Oscar bestsellers

Emozioni

di Rose Melikan

nella collezione Oscar

Il codice Blackstone
Un ospite ambiguo

ROSE MELIKAN

UN OSPITE AMBIGUO

Traduzione di Lucia Rebuscini

OSCAR MONDADORI

Titolo originale dell'opera: *The Counterfeit Guest*

I edizione Oscar bestsellers ottobre 2009

ISBN 978-88-04-59279-2

Questo volume è stato stampato
presso Mondadori Printing S.p.A.
Stabilimento NSM - Cles (TN)
Stampato in Italia. Printed in Italy

Anno 2011 - Ristampa 1 2 3 4 5 6 7

Un ospite ambiguo

A Tim, un grande amico su cui poter contare

1

Sulle coste del Suffolk, a una dozzina di chilometri a est di Woodbridge, s'ergeva ciò che in passato era stato un convento di monache cistercensi. Il suo aspetto era cambiato nei secoli e le monache avevano abbandonato quel luogo da molto tempo, eppure veniva ancora chiamato *Le Dame Bianche* in loro memoria. Nella primavera del 1796 stava per passare di nuovo in mani femminili: una giovane donna di nome Mary Finch aveva ereditato sia la tenuta che una considerevole fortuna, e aveva infine deciso di stabilirsi in quel luogo.

Tale decisione non si era immediatamente realizzata. Miss Finch era arrivata nel Suffolk in circostanze piuttosto inusuali e gli avvocati avevano stabilito solo di recente che lei era davvero la legittima proprietaria delle *Dame Bianche*. Numerose questioni pratiche sarebbero dovute ancora essere risolte prima che lei potesse prendere possesso della casa. Quindi, nel frattempo, era rimasta a Lindham Hall, in qualità di ospite e di protetta della signora Tipton.

Anche Lindham Hall si trovava sotto la sfera d'influenza femminile, fatto che Cuff, l'unico elemento maschile della casa, poteva ben testimoniare. Cuff svolgeva le mansioni di cocchiere e guardiano, e con la signora Tipton, Peggy la cameriera e Pollock la cuoca («le vecchie gatte», come lui soleva chiamarle quando pensava che nessuno lo udisse) raramente aveva un momento di pace. Anche Mary Finch si rivolgeva occasionalmente a lui, ma a Cuff non dispiaceva. Anzi, a volte si spingeva addirittura a offrirle lui stesso i suoi servigi, e in un soleggiato pomeriggio di maggio la raggiunse in giardino senza che nessuno gli avesse detto di farlo. Osservando la figura snella, ferma sul limitare del prato, una figura che emanava energia anche quando stava immobile, Cuff pensò che la signorina Mary possedeva qualcosa di speciale.

Mary era profondamente concentrata sulla botanica e non lo udì avvicinarsi. Era convinta che le donne di mondo impegnassero gran parte del loro tempo nel giardinaggio, mentre lei sapeva così poco di quell'arte. Per prima cosa doveva imparare i nomi di tutto ciò che sembrava sul punto di sbocciare e quindi si esercitava a ripeterli. «Violacciocche, anemoni, primule, narcisi...» mormorava, chinando il capo sui fiori contenuti nel cesto.

«Esatto» concordò Cuff, portandosi la mano al cappello e accennando un inchino. «E quelli laggiù?» Indicò un'aiuola variopinta con la punta dello stivale.

«Polmonarie... che nome sgradevole! Fa pensare a qualcosa usato dalle streghe per i loro incantesimi!» La brezza agitò i riccioli sfuggiti alla cuffia, mentre l'attenzione di Mary si rivolgeva altrove.

Cuff si chinò a raccogliere un fiore azzurro per aggiungerlo alla sua collezione, e Mary disse: «Questo è un non-ti-scordar-di-me. Non ne ho raccolti perché sono così piccoli...».

«Sì, forse è meglio lasciarli dove si trovano. Ancora nessuna notizia da lui, signorina?» aggiunse dopo un istante, togliendosi la pipa dalla bocca e aggrottando preoccupato la fronte.

Mary scosse la testa e la sua voce perse in parte l'entusiasmo. «Non ancora.»

Il fraseggio incerto di Cuff non aveva creato alcuna confusione in Mary. «Lui» era riferito a un ufficiale dell'Artiglieria Reale di loro conoscenza, di nome Robert Holland. Anche lui faceva parte delle insolite circostanze che avevano condotto Mary nel Suffolk per la prima volta e che avevano messo in moto ciò che lei in privato soleva definire *l'Avventura*. Solo poche persone erano al corrente di tutto ciò che era avvenuto durante quelle eccitanti settimane in ottobre, quando lei aveva contribuito a sconfiggere una spia francese, e quelle poche avevano giurato di mantenere il segreto. In quanto a Cuff, lui sapeva solo che si era creato un certo legame tra la signorina e il capitano, e il vecchio era intenzionato a dar loro una mano.

Il suo aiuto era di una natura piuttosto particolare. I due giovani desideravano restare in contatto epistolare, ma non potevano farlo alla luce del sole. Così, le lettere di Holland destinate a Mary venivano indirizzate al signor Josiah Cuff e quelle di Mary a Holland venivano spedite dallo stesso J.C. (Mary lo aveva anche istruito riguardo alla storia che avrebbe dovuto sostenere se gli avessero fatto domande riguardo alle lettere, perché non aveva alcuna fiducia nella capacità di mentire di Cuff.)

«Sono passate meno di due settimane» disse Mary, dandosi da fare con le forbici. «Non ancora due settimane.»

«Voi lo sapete meglio di me, signorina.»

Lei annuì, ma non era affatto certa di saperlo davvero meglio di lui. Era tutto così complicato! Non vedeva Holland da più di sei mesi e le loro comunicazioni nel frattempo erano state molto sporadiche. Questo era dovuto in parte al fatto che le parole non fluivano con facilità dalla penna del capitano. Infatti, sembrava esitare a ogni riga. I suoi sforzi erano stati ulteriormente limitati da circostanze che esulavano dal suo controllo. Holland era di stanza al quartier generale del reggimento a Woolwich – un luogo chiamato *il Recinto* – ma in novembre era stato mandato a Gibilterra, apparentemente per sorvegliare le opere di fortificazione. Quella non era stata l'unica o la principale ragione del suo incarico in quel luogo, ma le conseguenze che questo aveva avuto sul loro scambio epistolare erano state le medesime. La posta non viaggiava celermente tra Gibilterra e il Suffolk ed esisteva sempre la possibilità che andasse perduta a causa di un naufragio o di un attacco nemico.

Il carattere e la frequenza della corrispondenza di Holland, naturalmente, avevano influenzato quella di Mary. Non poteva certo rispondere con grandi slanci emotivi ai suoi pacati resoconti in cui prevalevano i dettagli della routine che vigeva al Forte. Le lettere di Mary dovevano rispecchiare quelle del capitano, con il racconto delle giornate che trascorreva a Lindham Hall o i progressi delle faccende legali o i riferimenti al clima. Né poteva rispondergli troppo celermente. Se *lui* lasciava passare un mese tra una lettera e l'altra, così doveva fare anche lei. Tutto ciò non presupponeva indifferenza o civetteria da parte sua, ma piuttosto la consapevolezza di non potersi impegnare più di quanto avesse già fatto. Dopotutto, che cosa sapeva davvero del capitano Holland? Una corrispondenza come la loro era piuttosto sconveniente... anzi, lo era del tutto... e le persone che tenevano comportamenti sconvenienti spesso finivano per pagarne le conseguenze oppure venivano scoperte. E la prospettiva di essere scoperta, soprattutto mentre si trovava sotto la protezione della signora Tipton, non era per nulla piacevole.

Raddrizzando le spalle e sollevando il mento in un gesto che denotava fermezza, Mary s'impose di non pensare al capitano Holland e informò Cuff che doveva rientrare. Il vecchio si mostrò d'accordo con lei e con quelle parole si separarono, Mary per dirigersi verso casa, dove intendeva sistemare i fiori, e Cuff verso le scuderie per dare una bella lucidata ai finimenti, il che significava che avrebbe schiacciato un pisolino.

Mary si richiuse alle spalle la pesante porta d'ingresso, si liberò dei vecchi stivali e infilò le linde pantofoline di pelle che aveva lasciato nel vestibolo. Aveva promesso alla signora Tipton di rinunciare alle sue discutibili calzature, con l'eccezione del riservarle al giardinaggio, alle lunghe passeggiate e a qualsiasi attività che avrebbe potuto bagnarle o infangarle. Altri nella posizione di Mary non avrebbero assunto un punto di vista così dimesso, ma lei non poteva facilmente dimenticare un'infanzia di dignitosa povertà e la prospettiva di un futuro fatto di ristrettezze economiche che l'avevano accompagnata fino a quel momento. Scarpe o stivali ancora in buone condizioni non andavano buttati.

Dopo il cambio delle calzature, lasciò cadere gli stivali nella grande cassapanca che conteneva una collezione di bastoni da passeggio, una spada che presumibilmente si era fatta onore nella battaglia di Sedgemoor e l'ombrello della signora Tipton, e procedette con i suoi fiori fino in cucina. Da lì fu cacciata in dispensa da Pollock, la quale sospettava che tra i fiori fossero nascosti vermi e altri insetti e non avrebbe mai tollerato di vederli strisciare nella *sua* cucina. Fu quindi dalla dispensa che Mary emerse qualche tempo dopo con due vasi in cui i fiori primaverili erano stati disposti con ineccepibile buon gusto. Mary ne mise uno sul mobile che si trovava all'entrata e portò l'altro in salotto… nel secondo salotto, perché il primo salotto era lugubre e scomodo. Era riservato solo alle occasioni *importanti* e quindi, di conseguenza, non veniva quasi mai utilizzato.

Mentre Mary attraversava la stanza, la signora Tipton si svegliò. Stava «riposando gli occhi» e cercò subito di allontanare qualsiasi allusione che lei potesse essersi addormentata. Era una vecchietta minuta, dallo sguardo penetrante e dal tono imperioso, e guardando Mary sbatté le palpebre dietro gli occhiali con la montatura in acciaio. «Ah, siete qui finalmente!» esclamò. «Dove siete stata?»

«A raccogliere i fiori, signora, come voi mi avevate chiesto. Spero che sarete soddisfatta. Il giardino è magnifico in una giornata di sole.»

«Sì, sì, molto belli. Dov'è il signor Cuff? Avrebbe dovuto aiutare Peggy a sollevare il tappeto delle scale, ma immagino che sia sparito, come fa sempre in queste occasioni.»

«No, signora, a dire il vero, mi stava aiutando» replicò lealmente Mary, sebbene avesse sentito parlare della necessità di sollevare il tappeto e sospettava che questo avesse stimolato l'interesse di Cuff per i fiori.

La signora Tipton sbuffò, ponendo l'accento sulle numerose mancanze di Cuff, che minacciavano d'intralciare il corretto svolgimento delle mansioni domestiche. «Dev'essere fatto assolutamente qualcosa al riguardo» decretò. «Così sono iniziati i guai in Francia, sapete?»

«In Francia?» ripeté Mary, sforzandosi di non sorridere.

«Certo. Servi che si montano la testa e gente che non è in grado di trattarli con fermezza. E qual è stato il risultato? La Rivoluzione, la ghigliottina e adesso questo Bonaparte. Metterò subito fine a questo stato di cose. A Lindham Hall non si seguiranno i princìpi della *Dichiarazione dei diritti dell'uomo*, né altre assurdità.»

Mary dovette mordersi le labbra per mantenere il contegno. «Oddio...»

«Si tratta di una faccenda seria e la si deve considerare tale. Che il Cielo ci aiuti se dovessimo imboccare la stessa strada dei francesi... l'intero paese in tumulto e gli uomini che si calano i pantaloni.»

Mary sapeva qualcosa di più della situazione politica francese e tentò di offrire una spiegazione. «Immagino, signora, che vi riferiate...»

«Mi riferisco agli uomini senza pantaloni» ripeté la signora Tipton, lanciandole un'occhiata di fuoco. Detestava essere interrotta. «*Sans culottes*, si chiamano.»

«Sì, ma loro...»

«Una pratica assolutamente ridicola quando si deve governare un paese, ma la storia ci fornisce molti esempi di uomini che si sono comportati in modo stupido e questo non è che l'ultimo. Infatti...» La signora Tipton esitò come se si fosse improvvisamente resa conto che quello non era il migliore argomento di conversazione. Dopotutto, i giovani erano impressionabili. «Sono arrivate le vostre lettere» concluse.

«Le mie lettere?»

«Sì, certo... sono sul tavolo.» La signora Tipton le indicò con un gesto stizzito. Detestava anche che qualcuno non capisse subito o che equivocasse le sue parole.

Anche Mary decise di abbandonare i *sans culottes*, sebbene per motivi diversi. Raccolse invece la pila di fogli accuratamente ripiegati e sigillati e si sedette sul divano. Era sempre felice di ricevere lettere, soprattutto quando queste non le provocavano ansia. Prima di trasferirsi nel Suffolk, una lettera rappresentava per lei un raro evento. La sua cerchia di amicizie era costituita da donne indigenti e nessun altro aveva occasione di scriverle. La cerchia delle sue amicizie era tuttora ristretta, ma ultimamente aveva iniziato a ricevere inviti a cene, balli, serate musicali, spesso da persone che nemmeno conosceva, ma che esprimevano sempre il desiderio di poter godere della sua presenza. Ecco che cosa significava essere ricchi, ed era davvero molto piacevole.

Mary sorrise leggendo il primo messaggio e lo sguardo della signora Tipton si raddolcì, assumendo un'espressione compiaciuta. Da quando Mary era arrivata a Lindham Hall, la signora Tipton aveva nutrito per lei una grande ambizione: che lei potesse avere successo tra la buona società della contea. Quest'ambizione poteva essere giustificata dal fatto che la signora Tipton non aveva avuto una figlia da plasmare e consigliare. Del resto, però, lei amava plasmare e consigliare la maggior parte delle persone con cui entrava in relazione. In qualsiasi caso, Mary Finch era il suo fiore all'occhiello e la signora Tipton era soddisfatta dei cambiamenti avvenuti negli ultimi sette mesi. Mary era sempre stata graziosa a dispetto del suo abbigliamento sciatto e privo di fronzoli e del suo atteggiamento ingenuo. Chiunque incontrandola l'avrebbe presa per una maestra o una governante. Ora, invece, il suo abito di mussola color sedano avrebbe potuto figurare sulle pagine di «Lady's Magazine», e inoltre il colore conferiva grande risalto ai suoi boccoli color mogano.

"Ecco di che cosa ha bisogno una bella ragazza," rifletté la signora Tipton "dell'ambiente adatto. E ora che quei ciarlatani di avvocati hanno acconsentito a consegnarle la sua eredità, chi può prevedere che cosa accadrà?" Era una fortuna che Mary non avesse né le efelidi né l'incarnato pallido che spesso si accompagnava ai capelli rossi... "no, color mogano" si corresse. E in quanto al carattere deciso... «Ebbene?» domandò, indicando la lettera che Mary teneva in grembo.

«Una cena a Woolthorpe Manor tra due settimane.»
«Ah, molto bene.»
«Un torneo di carte da Miss Carmichael.»
«Irrilevante. Sicuramente cercherà di appiopparvi quel suo nipote terribilmente noioso. Quando il torneo?»
«Sabato.»
La signora Tipton fece una smorfia. «Aspettate a rispondere, potrebbe subentrare qualcosa di meglio.»
«E poi ci sarà il concerto a Ickworth Lodge. La contessa di Bristol ci prega di assistere.»
«Uhm... gli Hervey sono persone strane e prive di gusto, ma un rifiuto potrebbe crearci problemi in altri ambienti. Dobbiamo pensare bene a come sia meglio rispondere. Che genere di concerto?»
Spesso gli occhi di Mary tradivano il suo stato d'animo, anche quando ricordava di non sorridere e di controllare le proprie espressioni, e ora bastava osservare le loro iridi verdi per capire che era divertita. «In stile italiano.»
«Buon Dio!» esclamò la signora Tipton rabbrividendo. «Un buon numero di inviti, in ogni caso. Cos'è quel plico più spesso?»
«Sembra che arrivi da Storey's Court, ma la calligrafia non è quella di Sir William Armitage.»
La signora Tipton la sollecitò a leggere la missiva. «Se daranno un ballo, dovrete sicuramente parteciparvi. Ora che Susannah Armitage è prossima al matrimonio, si presenteranno eccellenti opportunità. Ci sarà il problema del trasporto, perché dubito che il signor Cuff possa guidare la carrozza per un tragitto tanto lungo... i suoi reumatismi, sapete, ma sono certa che troveremo una soluzione.»
«Come avete detto? Ah, sì» concordò Mary con aria assente, mentre continuava a esaminare il plico. Si trattava davvero dell'invito a un ballo? Aveva ricevuto recentemente una lettera da Sir William e lui non ne aveva fatto parola. Sicuramente se n'era dimenticato. Poteva immaginarlo mentre fissava Lady Ar-

mitage a bocca aperta e mormorava: «Un ballo, mia cara? Qui? Ah, sì, certo, ma quando si terrà?».

Mary sorrise. Sir William si era dimostrato un grande e buon amico. Le era stato davvero molto utile durante la sua *Avventura*; solo grazie a lui la signora Tipton non si era mai allarmata o preoccupata. Era riuscito a conquistarla, cosa non proprio facile e non aveva fatto caso ai suoi insistenti tentativi di aiutare Mary a trovare il proprio posto in società. Al contrario, aveva immediatamente invitato Mary a passare il Natale a Storey's Court! Se non fosse stato per Sir William, lei non avrebbe mai conosciuto Susannah e Charlotte e inoltre lui era il cugino del capitano Holland...

Il capitano Holland.

D'un tratto Mary provò quella strana sensazione, a metà tra il brivido e il solletico, che Peggy diceva preannunciasse cattive notizie. Era assurdo, ma se fosse accaduto qualcosa al capitano Holland... e Sir William ne fosse venuto a conoscenza? Gibilterra probabilmente era un luogo molto pericoloso – c'erano delle gallerie, dopotutto – e se avesse ricevuto cattive notizie, Sir William le avrebbe sicuramente scritto senza indugio.

Le tremavano le mani. Era successo qualcosa e lei stava a pensare ai tornei di carte e ai cantanti italiani!

«Potrebbero mandare una carrozza a prendervi» stava dicendo la signora Tipton. «Sarebbe un gesto premuroso da parte di Sir William, e sono sicura che se gli venisse rammentata...»

Mary ruppe il sigillo; il foglio all'interno era listato di nero. «È morto!»

«... la nostra situazione... Che cosa avete detto?»

Mary stava leggendo frettolosamente e aggrottò la fronte confusa. Era impallidita e si sentiva addolorata e sollevata al tempo stesso. «Una... terribile notizia... è Lady Armitage che scrive, e c'è anche un messaggio da parte di Susannah. Credono che si sia trattato di un colpo apoplettico e… il medico dice che non ha sofferto.»

«Che cosa è successo?» domandò la signora Tipton.

«Il povero Sir William… è morto.»

2

La morte di Sir William Armitage fu un duro colpo per Storey's Court, la residenza della famiglia Armitage a Norfolk. La casa stessa, una dimora molto accogliente, anche se per certi versi piuttosto stravagante, cadde in un lutto profondo, con pesanti panni di lana nera alle finestre e ghirlande di salice e rosmarino alle porte. I domestici si trasformarono in silenziose figure spettrali che eseguivano i loro doveri senza un sorriso. Jeffries, il maggiordomo, oscurò in lacrime il ritratto del suo padrone con un velo nero e adornò quelli degli altri Armitage estinti con fasce nere, come se in quel modo potessero incontrare il loro parente defunto con un aspetto più consono alla circostanza. Poche luci furono accese nelle sale comuni oltre ai venti, grandi candelabri d'argento che illuminavano ogni sera la sala principale. Lì era stato sistemato il feretro e lì si recavano a rendere omaggio i fittavoli in processione solenne. La morte di un proprietario terriero provocava inevitabilmente incertezza tra coloro che vivevano sulle sue terre, ma Sir William era sempre stato amato e rispettato e gli uomini e le donne che varcavano la porta di servizio nei loro abiti della domenica, erano sinceramente addolorati per la perdita di quel «buon gentiluomo».

Molti tra coloro che avevano conosciuto gli Armitage in tempi più felici avrebbero detto che Sir William era comandato a bacchetta dalle donne della sua famiglia e che quindi la sua dipartita non avrebbe modificato il menage attuale dei suoi affari. In un certo senso questo era vero. Sir William si era ritirato dalla vita pubblica e da allora aveva cercato di evitare il più possibile qualsiasi *seccatura*. Sua moglie, al contrario, era una donna dalle idee molto chiare, che non si lasciava facilmente sviare dai propri propositi, mentre la vivacità di una delle figlie e la bellezza dell'altra le rendevano altrettanto speciali. Nonostante le tre donne soffrissero profondamente, ognuna di loro assunse un comportamento diverso. Charlotte, la figlia minore, era inconsolabile e inizialmente rifiutò persino di accettare ciò che era accaduto, mentre la madre e la sorella maggiore mascherarono il loro dolore con l'azione. Lady Armitage si occupò immediatamente degli affari e delle questioni legali del marito e diede istruzioni dettagliate all'agenzia delle pompe funebri di Norwich a cui si era rivolta, mentre Miss Susannah Armitage cercava di alleviare la disperazione di domestici e fittavoli e di far sentire a loro agio i parenti e gli amici ospitati a Storey's Court.

Quando Mary arrivò insieme alla signora Tipton, si ritrovò immediatamente immersa in un'atmosfera di malinconica e febbrile attività, ancora più accentuata dalla loro apparizione. Susannah aveva voluto a tutti i costi che fosse presente anche Mary, ma, sfortunatamente, nessuno aveva preso in considerazione l'arrivo della signora Tipton. Dal momento che era impensabile che una ragazza di ventun anni... un'ereditiera di ventun anni... viaggiasse sola, la signora Tipton, una fragile settuagenaria, aveva dovuto farle da *chaperon*. (In realtà Mary non credeva che per lei fosse così sconveniente viaggiare sola, ma alla fine si era lasciata convincere.) L'apparizione di un ospite inatteso sconvolse momentaneamente l'organizzazione di Lady Armitage, ma, come il duca di Marlborough prima della battaglia di Blenheim, recuperò rapidamente le forze e passò all'azione. Il risultato fu che alla signora Tipton venne assegnata la stanza gelsomino, un compagno di studi di Sir William, che a Lady Armitage non era mai piaciuto, venne trasferito in uno stanzino che per l'occasione fu battezzato la «stanza blu» e a Mary venne riservato un piccolo appartamento all'ultimo piano, dall'insolita forma ottagonale.

«Tra tutte le camere di Storey,'s Court, credo che questa sia la migliore» affermò Susannah, quando arrivò con una tazza di tè e si offrì di aiutare Mary a disfare i bagagli. «Spero che ti troverai bene.»

«Sarei davvero incontentabile se così non fosse» disse Mary. La stanza era molto bella, con il suo soffitto a volta e le pareti di pietra imbiancate a calce. L'arredamento era tutto blu e verde. «È come essere in una torre» mormorò, aprendo una delle finestre e guardando fuori.

Susannah era appoggiata alla parete e si guardava intorno. «Questa era la camera dei bambini e qui abbiamo fatto i giochi più meravigliosi... a volte fingevamo che io fossi una principessa tenuta prigioniera e nostro cugino Bobs doveva salvarmi.» Sorrise con espressione dolce. Il dolore per la morte del padre, paradossalmente, l'aveva resa ancora più bella. I capelli le ricadevano in una cascata dorata sulle spalle. Non era difficile immaginare che fosse una vera principessa, oltre che nella fantasia. «Charlotte e io avremmo dovuto scambiarci di ruolo, ma dal momento che la principessa sarebbe dovuta restare alla finestra a sventolare il fazzoletto, oppure vicino alla porta in attesa dei suoi salvatori, Charlotte insisteva sempre per fare il carceriere, oppure uno dei fedeli scagnozzi di Bobs.»

«Sì, immagino» disse Mary, trasalendo nell'udire il nome del capitano Holland, nonostante si dicesse che non avrebbe dovuto farlo. «In che modo riuscivano a salvarti?»

«A volte il malvagio aguzzino veniva sgozzato sulle scale,» rispose Susannah «ma a volte... so che non avremmo dovuto, ma se si fa attenzione, da qui si può arrivare direttamente sul tetto, e spesso i miei salvatori mi raggiungevano dal tetto.» Si avvicinò a Mary presso la finestra e le indicò il tragitto. «Si sale sul davanzale e da qui si arriva a quella sporgenza, vi si cammina sopra... è più larga di quanto sembri... e poi si scende fino a terra.»

Mary si sporse per valutare la distanza fino a terra e Susannah si affrettò ad aggiungere: «Non avrei dovuto permettere a Charlotte di fare una cosa simile, ma pensavo che se ero in grado di farlo io...».

«Ti arrampicavi fino al tetto?» domandò Mary. Era l'ultima cosa che si aspettava di sentir dire da Susannah, sempre così pacata e prudente.

«L'ho fatto solo una volta ed è stato spaventoso, ma sapevo che, dopo che Charlotte aveva visto Bobs arrampicarsi, nulla l'avrebbe più fermata. Avrebbe anche potuto provarci da sola e sarebbe stato sicuramente più pericoloso.»

Mary annuì. Ben sapendo che sarebbe stato impensabile secondo le leggi dell'infanzia, non le fece notare che un comportamento così rischioso e potenzialmente fatale sarebbe stato evitato semplicemente informando un adulto.

«Non avremmo dovuto farlo,» ripeté Susannah «ma... suppongo che non ci saremmo mai divertiti tanto se non l'avessimo fatto.»

Susannah aveva posato la mano accanto alla sua sul davanzale e Mary gliela strinse in segno di conforto. «Mi dispiace tanto, è stato un colpo terribile per tutti noi.»

«Non sapevamo che papà fosse malato e non abbiamo avuto il tempo di abituarci a... di pensare che potesse accadere. Di pensarci seriamente, intendo dire, perché è naturale che le persone muoiano... prima o poi.»

La frase di Susannah terminò in un singhiozzo tremolante e Mary la fece allontanare dalla finestra. Si sedettero abbracciate sulla panca ai piedi del letto. «È molto doloroso quando qualcuno muore inaspettatamente» concordò «ma sarebbe stato peggio se avesse dovuto sopportare una lunga malattia.»

«Sì, hai sicuramente ragione e io non devo... ma la povera Lottie... Questi ultimi giorni sono stati i peggiori della sua vita. È terribilmente addolorata e temo che la mamma stia iniziando a perdere la pazienza con lei. La mamma ha avuto tanto da fare...»

«Sono sicura che abbiate avuto molto da fare entrambe. Pensi che potrebbe esservi d'aiuto se io andassi a parlare con Charlotte? Credi che a lei farebbe piacere? Si tratta di una questione familiare, lo so, ma...»

«Oh, *lo faresti davvero*?» esclamò Susannah. Si era asciugata gli occhi con un fazzoletto e ora se lo strinse al petto. «Non vorrei arrecarti disturbo. Se nostro cugino fosse qui, lo farebbe lui, ma... Charlotte nutre tanta ammirazione per te.»

Mary eseguì una ricerca discreta di Charlotte in camera da letto, in quella di Elsie, la sua cameriera, e in cucina, prima di richiedere l'assistenza di qualcuno più indicato per trovare la ragazza. Jeffries le suggerì di provare nelle scuderie. Pare che avesse dato segretamente istruzioni alla cameriera di portare lì il pranzo di Charlotte. «Per fortuna le notti sono state miti» sospirò. «Sono certo che non tradirete il suo segreto, vero signorina?»

«Assolutamente» rispose Mary. Si trovavano nel salone, accanto al defunto, adagiato nella bara di legno, riccamente rivestita di velluto nero e ornata da guarnizioni d'ottone. Mary non aveva mai visto la morte rappresentata in modo così opulento. Se non fosse stato per la targa con l'iscrizione incisa e le figure araldiche, sarebbe stato difficile associare quella bara massiccia con Sir William, eppure, in un certo senso, Mary aveva la sensazione di parlare sia con lui che con il maggiordomo, mentre diceva che non avrebbe mai rivelato il nascondiglio di Charlotte, se lei non avesse voluto farsi trovare. «Anche se mi auguro che accetterà di rientrare in casa.»

«Sì, signorina,» replicò Jeffries «sono certo che voi saprete cosa dirle.»

Mentre si avventurava nelle scuderie, Mary si chiese se Jeffries si fosse sbagliato o se Charlotte avesse scelto un altro rifugio. Le scuderie erano vuote, o perlomeno erano abitate solo da esseri a quattro zampe e apparentemente nessuno vi era entrato di recente. Alla fine fu Clemmie, il castrato sauro di Charlotte, a tradire la sua padrona. Sopra i box c'era un soppalco e dopo che Mary ebbe accarezzato il cavallo e gli ebbe dato una zolletta di zucchero, l'animale cominciò a guardare verso l'alto in modo significativo.

«Buon pomeriggio, Charlotte.»

Silenzio.

Mary alzò la voce. «So che sei sul soppalco... me l'ha fatto capire Clemmie.»

Dal soppalco provenne un fruscio e poi una voce infantile disse, in tono lamentoso: «L'hai ingannato affinché mi tradisse».

«No, semplicemente lui sa che le scuderie sono per i cavalli e le case per gli esseri umani.»

Una testa dai capelli chiari e arruffati apparve oltre il bordo del soppalco e parecchi fili di paglia volteggiarono fino a terra. Clemmie annuì e sbuffando emise un nitrito. «Suppongo di dover scendere ora che sono stata scoperta» disse Charlotte contrariata.

«A meno che tu non sia la principessa tenuta prigioniera dal malvagio aguzzino» disse Mary. «Immagino che di solito si spazzolasse i capelli, altrimenti il suo salvatore non sarebbe stato così ansioso di liberarla.»

«Io non ho *mai* fatto la principessa.»

Charlotte scese dal soppalco e raggiunse Mary davanti al box di Clemmie. Il suo aspetto era piuttosto trasandato. L'abito, completamente nero, la faceva apparire più giovane dei suoi quindici anni e il suo viso, solitamente roseo e dall'espressione sorridente, era pallido ed esangue. Si presentò con un cipiglio aggressivo, incurvando le spalle e strascicando i piedi, ma il suo atteggiamento cambiò non appena Mary le si rivolse con un sorriso solidale. Subito si gettò tra le braccia dell'amica, abbracciandola forte e sussurrando: «Non volevo restare nascosta a lungo, solo che è stato terribile, e quando hanno portato giù... la bara e siamo state costrette a guardare il povero, caro papà con la papalina da notte... la mamma ha detto che avrei dovuto baciarlo, ma mi è stato proprio impossibile».

Mary le disse che sarebbe stato difficile anche per lei, se fosse stato suo padre, e quando le lacrime si calmarono, suggerì che Charlotte non avrebbe trovato la sistemazione attuale altrettanto sconvolgente. «Fa... meno impressione ora... la bara ricorda una grossa cassa del tesoro ed è riccamente decorata.»

Charlotte si staccò da lei, ma continuò a tenerle le mani. «Pensi che papà mi perdonerà per non averlo baciato?»

«Naturalmente!» rispose Mary. «Si trova in paradiso ora.»

«Sì, ma credo di aver fatto soffrire anche tutti gli altri, e *loro* non sono in paradiso.»

«Be', si sono molto preoccupati e non dovrai badarci se si mostreranno un po' freddi, almeno inizialmente.»

«Ti riferisci alla mamma. Susannah non è mai fredda, anche quando fai la cosa più disdicevole.» A quelle parole, Charlotte incurvò suo malgrado le labbra in un sorriso, che però scomparve subito. «Suppongo che ormai sia arrivata tanta gente strana... i nostri parenti.»

Mary ammise di aver conosciuto molti Armitage da quando era arrivata a Storey's Court, sebbene non fosse in grado di stabilire nulla del loro carattere. «Non credo che siano così... strani.»

«Oh, sì, lo sono» replicò Charlotte. «Le Gorgoni ad esempio... solo che non sono strane quanto sono cattive. Sicuramente una di loro si aggirerà furtivamente per casa.»

«Le *Gorgoni*? Che cosa intendi dire?»

«In realtà sono nostre cugine... delle Armitage, anche se alcune di loro sono diventate delle Hyde-Armitage, ma le abbiamo sempre chiamate *Gorgoni* perché sono orribili. Ho letto la storia di questi mostri mitologici in un libro. Tramutavano in pietra chiunque le guardasse e le nostre Gorgoni sono sicuramente in grado di farlo.» Charlotte s'interruppe, consapevole dello sguardo interrogativo di Mary. «È difficile spiegare in che cosa consiste la *gorgonaggine*, a meno che tu non le conosca; sono terribilmente snob e cattive... e hanno trattato davvero *molto male* la cugina Sophia. La madre di mio cugino Robert» aggiunse.

«Del capitano Holland, intendi dire?» Mary ebbe di nuovo un tuffo al cuore, ma si costrinse a ignorarlo.

Charlotte annuì. «Sì, certo. Avevo dimenticato che lo conosci. Scommetto che ora vorrai sapere tutto.»

In effetti, era così, ma Mary si sentiva a disagio nel fare domande in proposito. D'altro canto, non chiedere sarebbe apparso falso. Mentre lottava con se stessa per decidere se avrebbe fatto meglio a restare in silenzio, Charlotte iniziò il suo racconto, e la coscienza di Mary fu salva. Dopotutto, era impossibile non ascoltare e Charlotte aveva bisogno di distrarsi dal proprio dolore.

Così, senza alcuna responsabilità, Mary venne a sapere che Sophia Armitage si era innamorata di un gentiluomo molto bello, ma senza un penny, che si chiamava Holland. Il padre di Sophia, com'era prevedibile, dal momento che era stato soprannominato *il vecchio Gorgone*, aveva proibito l'unione, con la minaccia di diseredare la figlia e di altre pene terribili e ingiuste. Ciò nonostante, il matrimonio aveva avuto luogo e la giovane coppia aveva intrapreso una vita matrimoniale felice, per quanto misera. Sfortunatamente, la tragedia si era abbattuta su di loro con la morte prematura del signor Holland, avvenuta probabilmente nel corso di un nobile gesto. L'addolorata Sophia, abbandonata da tutta la sua famiglia, a eccezione di Sir William e Lady Armitage, era stata costretta ad andare a vivere a Storey's Court.

Anche tenuto conto di una certa enfasi poetica da parte di Charlotte, si trattava di una storia molto triste e Mary sapeva per esperienza diretta come membri della stessa famiglia potessero allontanarsi con le conseguenze più disastrose. Un litigio tra suo padre e suo zio era durato per più di vent'anni, e anche in quel caso un matrimonio era stato la causa di tutti i problemi. «Povera Sophia» concordò. «Che tipo era?»

«Oh, io non l'ho mai conosciuta» le confidò Charlotte. «Morì quando Bobs era ancora bambino e lui è molto più vecchio di Susannah e di me. So che era molto bella perché ho visto il suo ritratto e la mamma dice che era timida e delicata. Immagino a causa della tragedia che ha vissuto. Poi Bobs è partito per l'Accademia militare, ma veniva sempre a Storey's Court durante le vacanze... questo prima che andasse in India. Le Gorgoni lo hanno semplicemente ignorato... e continuano a farlo.»

«Un comportamento davvero malvagio, dal momento che non credo che si tratti più di una questione di... denaro» osservò Mary.

«Oh, no, anche se Bobs è piuttosto povero, in realtà.»

«Dev'essersi reso conto... della loro malevolenza, intendo dire. Io lo avrei notato.»

Charlotte rifletté sulle sue parole. «Forse. Non parla mai di queste cose. Io e Suz siamo molto legate a lui. Vorrei tanto che fosse qui adesso. È terribile dover avere a che fare con le Gorgoni, quando preferiremmo stare insieme a Bobs.»

«Sai se verrà?» Mary si rese conto di essere arrossita nel porre quella domanda. «Suppongo che gli abbiate scritto.»

«Sì, certo, Susannah gli ha scritto subito e a quest'ora dovrebbe essere arrivato.» Charlotte rifletté. «Quanto dista Woolwich?»

«Oh, parecchie miglia» rispose Mary, come se non avesse mai calcolato l'esatta distanza. «Si trova lì?»

«Sì, credo di sì. Perché me lo chiedi?»

Mary fece per rispondere, ma aveva appena fatto un gesto vago e imbarazzato che Charlotte proseguì.

«Era a Gibilterra, in Spagna, ma ad aprile ha fatto ritorno in Inghilterra.»

Pur pronunciate con noncuranza, quelle parole provocarono in Mary un'ondata di emozioni confuse. Da una parte il sollievo nel sapere che lui aveva fatto ritorno sano e salvo, dall'altra la delusione per non essere stata avvisata. Cercò di rispondere con disinvoltura, fissando il mucchio di fieno che si trovava nel box di Clemmie. «Ah, sì? Interessante... Se dici che è a Woolwich, probabilmente sarà qui... tra un giorno o due.»

Fortunatamente, Charlotte era troppo assorta nelle proprie ansie per notare quelle dell'amica. «Lo spero. Abbiamo tanto bisogno di lui. Temo che il funerale sarà... credo che non riuscirò ad assistervi, se Bobs non sarà qui.»

«Non devi partecipare, se non vuoi» le consigliò Mary. «Alcune donne...»

«Oh, no, sarebbe una vigliaccheria» tagliò corto Charlotte. «Naturalmente, *devo* partecipare. Verrai anche tu, vero?» A quelle parole le tremò la voce.

Mary la rassicurò. «Sì, certo e sono sicura che sarà presente anche il capitano Holland. Il funerale è stato fissato per martedì, c'è ancora tanto tempo.»

«S... sì.»

«Senza dubbio si angustierebbe se sapesse che sei stata in ansia per lui.»

Charlotte rilassò la fronte corrugata. «Sì, e mi direbbe di non fare la bambina. Non può di certo *volare* fino a qui!»

«Esattamente» concordò Mary. «E ora... possiamo tornare in casa? Penso che potremmo sgattaiolare dentro senza essere viste da nessuno, soprattutto dalle Gorgoni.»

«Dobbiamo guardarci da quelle. E, Mary, saresti così gentile da non farne parola con la mamma? Riguardo alle *Gorgoni*, intendo dire. Lei non ha mai approvato che le chiamassimo così.»

«Oh, certo.»

3

Il capitano Holland non arrivò dopo un paio di giorni. Infatti, il mattino del funerale, i parenti e gli amici di Sir William si riunirono senza di lui. Gruppi mal assortiti si assieparono sul vialetto di ghiaia davanti casa in attesa del segnale per incamminarsi verso la cappella della tenuta, ma il segnale tardava ad arrivare. Mentre i minuti passavano, sopraggiunsero da Aylsham alcune carrozze che trasportavano coloro che non avevano trovato ospitalità a Storey's Court e questo causò un ulteriore ritardo. Il caldo era soffocante e il sole che batteva sulla piccola folla vestita di nero con guanti e cravatte certamente non migliorava la disposizione d'animo dei presenti.

Tra le persone riunite, si aggirava un giovane uomo di altezza media, anch'egli appropriatamente in nero, pur con un abito modesto. Non era facile descriverlo con più precisione perché aveva un viso scialbo e comune che non attirava l'attenzione degli astanti. Nessuno, infatti, parve riconoscerlo, ma il numero delle persone riunite per il funerale era sufficientemente ampio da fare in modo che nessuno trovasse strana la cosa. Gli Armitage del Norfolk pensavano che appartenesse al ramo dello Hertfordshire, mentre gli Armitage dello Hertfordshire credevano che fosse imparentato con Lady Armitage, e gli Hyde-Armitage si dissero che probabilmente arrivava dalla città. L'ultima intuizione era la più esatta, ma l'uomo non aveva a che fare con il Ministero del Tesoro o con qualsiasi istituzione del governo, come si sarebbe potuto supporre a causa della lunga carriera pubblica di Sir William. L'uomo passeggiava in modo anonimo tra i vari gruppi, osservando e ascoltando. Il suo sguardo cadde su Mary e lì indugiò, fino a quando il suo senso del dovere lo spinse a spostarsi su altri soggetti.

Mary era impegnata in un esercizio analogo. Per la signora Tipton e le altre donne anziane erano state sistemate delle sedie e Mary stava in piedi accanto a loro, impegnata in una conversazione smozzicata. Dapprima questa assorbì tutta la sua attenzione, ma gradualmente si rese conto delle voci maschili alle sue spalle.

«Le undici *dovrebbero* essere le undici! Detesto questa perdita di tempo.»

«Sei troppo abituato a fare le cose a modo tuo, è questo il problema. Dovresti provare a stare tutto il giorno in tribunale, in attesa che Sua Eccellenza si degni di onorarci della sua presenza.»

«Ma sono stato informato... In qualsiasi caso, si tratta di una questione diversa. *Siamo costretti* ad aspettare a causa di questa folla infernale e la maggior parte di costoro si sono fatti vivi solo perché hanno sentito ventilare nell'aria la parola "eredità" e sono accorsi come maiali al trogolo.»

«Se tu fossi mai stato in un'aula di tribunale, coglieresti le analogie. E poi, a voler essere giusti, quante volte hai fatto visita a Sir William da quando eravamo bambini?»

Mary si voltò impercettibilmente e vide due gentiluomini, il cui abbigliamento austero non attenuava la loro aria di uomini di mondo. Tra i due esisteva una somiglianza sufficiente a far supporre che fossero fratelli, nonostante il più vecchio avesse un'espressione grave e poco intelligente. Mary pensò che probabilmente fosse quello che non amava perder tempo, perché aveva un orologio in mano e lo guardava fisso.

La sua supposizione fu prontamente confermata, quando l'uomo rispose in tono irritato: «Oh, quasi mai. Le persone si vedono, i parenti intendo, solo in queste occasioni. Matrimoni e funerali… abbigliamento scomodo e uno spreco impressionante di denaro». Rifletté per qualche istante, aggrottando la fronte e poi aggiunse: «Suppongo che quello Holland sia qui da qualche parte».

«Immagino di sì,» disse il più giovane, in tono più conciliante «ma non credo che lo riconoscerei.»

«Oh, lo riconoscerai di sicuro prima che sia tutto finito» commentò il più vecchio con sarcasmo. «Si farà sicuramente avanti a mendicare la sua parte.»

Il più giovane si accorse dello sguardo carico di disapprovazione di Mary. «Bada a come parli» bisbigliò.

«Eh? Che cosa?»

«Nulla,» sospirò l'altro, mentre la signora Tipton si alzava e si allontanava zoppicando al braccio di Mary «dovresti solo abbassare la voce. Come hai detto tu, c'è parecchia gente e non è il caso di disseppellire gli scheletri di famiglia.»

Il più vecchio si guardò intorno. «Ah sì, forse hai ragione.»

«Certo che ho ragione! Ma dimmi, chi è quella graziosa ragazza laggiù? Quella al braccio della vecchia gallina.»

L'altro non sapeva rispondere e il soggetto della loro conversazione scomparve rapidamente alla loro vista. Troppo rapidamente per la signora Tipton, la quale non riusciva a camminare tanto in fretta con un solo bastone e protestò, lamentandosi di essere trascinata. In effetti, Mary camminava a passo deciso, mentre cercava di riacquistare la calma. "Insopportabili Gorgoni!" pensò furente.

Le proteste della signora Tipton sortirono il loro effetto e le due donne si fermarono sul lato opposto della folla riunita, dove una cameriera stava distribuendo rametti di rosmarino. Mary abbassò il capo e fece un sorriso contrito. «Scusatemi, signora, è solo che…» Scrutando tra i presenti notò un giovane paffuto, dall'espressione seria e smarrita. Era Grantley Molton, che Susannah avrebbe dovuto sposare, e quando Mary gli indirizzò discretamente un gesto di saluto, l'uomo le raggiunse con un sorriso sollevato.

«Buongiorno, Miss Finch, e buongiorno anche a voi, signora, nonostante la circostanza non sia tra le più liete» precisò. «In queste occasioni si è sempre a disagio. Preferisco di gran lunga andare a caccia, piuttosto che assistere a questo spettacolo... come tutti, del resto.»

«Pensavo che sareste stato insieme a Susannah» replicò Mary. «Praticamente, siete di famiglia.»

«Be', non proprio,» disse Molton «e non voglio dare nulla per scontato. Non si deve essere presuntuosi. Naturalmente, sono molto addolorato per la povera Susannah. Questa è una dura prova per lei. Lo è anche per Charlotte e Lady Armitage, ma Susannah...» ed emise un sospiro contrito.

«È una ragazza dalla lacrima facile?» chiese la signora Tipton. «In questo caso, dovrete prendervi cura di lei.»

«Ha il cuore tenero» la corresse Molton.

«Allora, sarà meglio che le stiate accanto al termine della funzione, nel caso in cui perda i sensi. E assicuratevi di avere il fazzoletto a portata di mano.»

«Sì, lo farò, signora, per ogni evenienza.»

Avrebbe anche aggiunto altro, ma in quel momento la porta della casa si aprì e apparve il feretro, avvolto in un drappo funebre bianco e sorretto da sei domestici robusti. L'addetto delle pompe funebri passò tra la folla per organizzare la processione che avrebbe accompagnato Sir William nel suo ultimo viaggio. Mary e la signora Tipton furono sistemate in un gruppo eterogeneo in fondo al corteo, soluzione che si adattava all'incedere dell'anziana signora, se non al suo personale ordine di precedenza. Tutto ciò comportò una notevole perdita di tempo, perché alcune persone non prestavano ascolto alle istruzioni oppure le dimenticavano e dovettero essere richiamate al loro posto. Infine, furono pronti a incamminarsi.

Nonostante il caldo del tardo mattino, la cappella era piacevolmente fresca. Sebbene non fosse più stata utilizzata per le funzioni quotidiane da almeno quarant'anni, i membri della famiglia venivano battezzati, sposati e sepolti lì, soprattutto quando, come in quell'occasione, la congregazione non avrebbe potuto essere ospitata nella piccola chiesa del villaggio. Tra la folla di abiti, cappelli e veli neri, Mary poteva a malapena vedere Lady Armitage, Susannah e Charlotte, sedute sulla prima panca, sull'altro lato della navata, insieme al fratello di Lady Armitage. Dietro di loro sedeva Molton e un altro uomo che Mary non riconobbe. Poi il reverendo Fortescue, il curato del villaggio, diede un lieve colpo di tosse e la funzione ebbe inizio.

Le parole familiari «*Io sono la resurrezione e la vita, disse il Signore, chi crede in me, anche se morto, vivrà*» trasportarono Mary da quella cappella ad altre chiese in cui era stata e ad altri funerali. Rammentò il giorno, di quattro anni prima, in cui erano stati seppelliti i suoi genitori. Era un freddo e grigio mattino di febbraio, così freddo che alla fine della cerimonia le si erano intorpiditi i piedi e le mani e lei si era avvicinata barcollando alla fossa, come se camminasse su blocchi di ghiaccio. Il ghiaccio, per un certo periodo, aveva attanagliato anche il suo cuore, perché lei aveva perso tutto... la sua casa, la felicità, la sicurezza... ed era rimasta sola al mondo. Perlomeno, alle donne di casa Armitage era stato risparmiato quel destino.

Si alzarono in piedi per cantare il XXV salmo e la signora Tipton emise un sospiro di soddisfazione. Era contraria alla recente sostituzione dei salmi con gli inni in alcune parrocchie (soprattutto quella a cui apparteneva lei), cosa che considerava fosse il primo pericoloso passo verso il libero pensiero e il dissenso. Mary, la quale non concordava con lei, annuì con aria assente, e il suo sguardo fu attratto dal gentiluomo accanto a Molton, innanzitutto perché non cantava e in secondo luogo per il suo aspetto. Non avrebbe potuto definirlo bello perché, a giudicare dai capelli grigi e dalle rughe intorno agli occhi, doveva aver superato l'età per cui una giovane donna (seppur in segreto) potesse rivolgergli un simile complimento. Ciò nonostante, i suoi lineamenti decisi, lo sguardo sfrontato e il portamento austero e impettito attiravano l'attenzione. L'uomo indossava il completo nero e grigioperla più elegante e raffinato che Mary avesse mai visto. In confronto a lui, Molton appariva scialbo a trasandato e anche piuttosto ridicolo quando voltò per sbaglio due pagine del libro dei salmi e perse il segno. Lo sconosciuto gentiluomo stava ridendo del signor Molton? L'uomo sembrava inclinare il capo verso il suo vicino con un sorrisetto canzonatorio e Mary rimase scandalizzata. *Non è elegante, ma pretenzioso, e chiunque ostenti una tale… superiorità non può essere stato un vero amico di Sir William!*

Al termine della funzione, il reverendo Fortescue e il fratello di Lady Armitage accompagnarono il feretro attraverso una porta e scesero nella cripta. Quando scomparvero alla vista, la vedova e le figlie lasciarono la panca. Mary si voltò per seguirle con lo sguardo mentre percorrevano la navata, e i suoi occhi incontrarono quelli del capitano Holland, che si trovava in piedi tra i domestici, in fondo alla cappella. Lei trasalì e immediatamente abbassò lo sguardo. Quando lo rialzò, vide il capitano voltarsi verso il portale d'uscita con Charlotte sottobraccio. Il lento flusso di parenti e amici di Sir William che lasciavano la chiesa accrebbe la distanza tra loro e quando Mary, infine, riemerse alla luce del sole non riuscì immediatamente a rintracciarlo.

«Bene, bene,» disse la signora Tipton «non ci terrei affatto ad ascoltare un altro sermone di quell'uomo, ma sono felice di aver assistito a una cerimonia solenne. Dev'essere per questo che nessuno è svenuto. Nulla riesce a dare vigore quanto i salmi di Tate e Brady. Una volta partecipai a un funerale i cui partecipanti cadevano a terra come birilli. Naturalmente, era una giornata particolarmente calda e molti erano metodisti. Piuttosto espansivi, se capite che cosa intendo dire, e portati a cantare i salmi con grande enfasi.»

Un'altra donna si unì a loro, tamponandosi gli occhi con un fazzoletto di pizzo. «Che bella cerimonia» sospirò, parlando con la libertà che alcune persone si concedevano in quelle occasioni. «È un giorno davvero triste questo, e la povera Miss Armitage… sembra una rosa appassita.»

«Alla fine quel giorno arriva per tutti noi» replicò la signora Tipton in tono brusco.

«Ci spostiamo all'ombra?» propose Mary, scrutando la folla senza farsene accorgere.

«Lady Armitage sembra reagire bene» proseguì la donna in lacrime, facendo un cenno verso un piccolo gruppo poco distante. «Ha sempre posseduto un tale *contegno*!»

«C'è anche il capitano Holland» esordì Mary, sforzandosi di mantenere un tono noncurante. «Quel gentiluomo con i capelli scuri e la giacca blu» aggiunse, mentre la donna allungava il collo per vedere.

«Ah, sì,» disse infine «quello alto che si è rifiutato di portare la fascia di lutto. Mi stupisce che nessuna abbia pensato di... È parente di Sir William, vero? Dovrebbe essere legato a lui da un certo vincolo di parentela.»

«Sì» annuì la signora Tipton. «E così alla fine è arrivato. Si dice sempre che i militari siano puntuali, ma l'esperienza insegna. Come lo trovate, Mary?»

«Sembra molto stanco e credo proprio...» l'accorata difesa del capitano non fu portata a termine. Mary si accontentò di rivolgere uno sguardo di rimprovero alle due donne e propose: «Non sarebbe meglio se iniziassimo a tornare verso casa? Il tragitto è piuttosto lungo».

Ora che la cerimonia si era conclusa, il pensiero di molti era rivolto al pranzo. Era quel genere di cose che nessuno aveva il coraggio di menzionare, ma che tutti si aspettavano. Come la sepoltura, anche un pasto ricco e abbondante era la naturale conseguenza di un funerale e persino gli ospiti che sarebbero partiti quello stesso pomeriggio non avevano alcuna intenzione di andarsene a stomaco vuoto. Storey's Court non possedeva un grande salone e sarebbe stato difficile ospitare tutti all'interno della casa. Per fortuna, la minaccia della pioggia era stata scongiurata e il pranzo fu servito in giardino. I lunghi tavoli scricchiolavano sotto l'enorme quantità di cibo e di bevande e la loro vista rassicurò tutti coloro per cui la colazione sembrava un lontano ricordo. Alcuni degli ospiti più severi si lamentarono dell'assenza di formalità di un pranzo all'aperto e furono espresse critiche riguardo al numero insufficiente delle sedie e al pericolo reale di restare vittime di un colpo di sole. La signora Tipton era tra coloro che avevano qualcosa da dire al riguardo. Mary vi era abituata e, dopo aver sistemato l'amica in un posto tranquillo vicino a un cespuglio di lillà, si avventurò tra carni fredde, tramezzini, uova in salamoia, formaggi di tutti i tipi e insalate composte da cetrioli, mele, cavolo rosso, uva, aringhe, uova sode e pollo lessato.

Una delle convenzioni meno considerate del banchetto postfunerale voleva che coloro che erano più afflitti per la morte del loro caro circolassero tra gli ospiti per ringraziarli e offrire loro consolazione. Il capitano Holland, da sempre poco attento alle convenzioni, convinse Lady Armitage e le sue figlie a restare in casa e a non preoccuparsi di nulla. La notizia della morte di Sir William lo aveva raggiunto solo il giorno prima e la sera stessa era salito sulla diligenza che da Woolwich lo aveva condotto nel Norfolk. Il risultato del lungo viaggio notturno si traduceva nella barba sfatta, negli abiti spiegazzati e, come aveva notato Mary, nel viso stanco. Ciò nonostante, era pronto a impedire in tutti i modi alle donne di casa di *sfilare* tra gli ospiti senza avere l'opportunità di riprendersi dallo stress del funerale. Purtroppo, se non l'avessero fatto, lui avrebbe dovuto prendere il loro posto e detestava dover assumere il ruolo di padrone di casa di Storey's Court. Sicuramente le Gorgoni avrebbero detto che lui si stava facendo avanti e che approfittava della generosità di Sir William, ma era impossibile evitarlo.

Il capitano Holland era sulla terrazza e scrutava il giardino, notando visi che riconosceva e altri a lui del tutto estranei. Il suo sguardo si posò per un momento su un giovane uomo dall'aspetto anonimo e un vago interrogativo iniziò a prendere forma nella sua mente. Ma prima che venisse formulato interamente, vide Mary seduta comodamente sotto gli alberi. Com'era bella ed elegante: una versione raffinata e ingentilita della ragazza che aveva conosciuto.

Di solito il denaro sortiva quell'effetto sulle persone. Ora il capitano sapeva che Mary Finch aveva ereditato una rendita di settemila sterline l'anno, o almeno così gli aveva detto Sir William. Settemila sterline l'anno! Nel corso dell'ultimo mese quella cifra da capogiro aveva visitato spesso i suoi pensieri. Da un giorno all'altro l'eredità aveva trasformato la vita di Mary e aperto un abisso tra loro. Holland se n'era reso conto immediatamente e, anche se non fosse stato così, le parole di Sir William sull'argomento avrebbero cancellato tutti i suoi dubbi. «Il vecchio Finch le ha lasciato una vera fortuna» gli aveva scritto «e con essa la possibilità di diventare una gran signora. Temo che questo significhi che dovrai lasciarla perdere. Stando così le cose, non potrai farle una proposta che comporti dei vantaggi per lei o che ti faccia onore. Mi dispiace, Bobs, ma questa è la verità.»

Sì, quella era la verità, la cruda verità. Rivederla risvegliò in lui una ridda di emozioni che lo turbarono profondamente. Come poteva augurarle ogni bene e al tempo stesso maledire la sua fortuna? Sarebbe stato egoista da parte sua parlarle, oppure sarebbe stato un vigliacco evitandola? Mary era seduta vicino alla signora Tipton. "Santo Dio, quella... vecchia è destinata a stare sempre al suo fianco?" Il capitano aggrottò la fronte, chiedendosi quante possibilità di successo avrebbe avuto una conversazione iniziata in *sua* presenza. «Tutto bene, Jeffries?» chiese al maggiordomo, quando questi gli si avvicinò.

«Sì, signore, sto semplicemente andando a fare rifornimento di birra. È una giornata talmente calda!»

Holland annuì. Sapeva che se ne sarebbe dovuto andare da lì e invece rimase, in attesa che Mary lo notasse. Lo aveva visto nella cappella, sicuramente aveva intenzione di parlare con lui... desiderava farlo. Holland non avrebbe saputo dire quale fosse il proprio desiderio, ma questo non modificava ciò che si aspettava da lei. Mary non doveva far altro che voltarsi leggermente, ma stava annuendo nella direzione che la signora Tipton indicava con il bastone e non si voltò.

Infine, Holland si accorse della presenza di qualcuno al suo fianco. «Ah, signor Quincy!» Gli tese la mano. «Vi ringrazio molto per essere venuto. Spero che stiate bene.»

«Oh, non mi lamento, non mi lamento,» rispose l'uomo basso e con la parrucca, che in passato era stato l'avvocato di Sir William «anche se quello che è accaduto costringe a pensare che il momento si avvicina. *Tempus fugit*, sapete, capitano Holland.»

Holland non se ne curò, ma annuì educatamente.

«Sono arrivato dalla città la settimana scorsa per offrire i miei servigi a Lady Armitage, per ciò che è in mio potere, naturalmente. C'erano tante questioni di cui discutere. Qualche tempo fa Sir William mi aveva messo al corrente delle sue ultime volontà, eppure, è sorprendente constatare quanti particolari fossero ancora da chiarire prima che... ehm... che occorresse il triste evento. In cuor suo ogni uomo s'illude di essere immortale, nonostante ciò che ci insegnano la religione e l'esperienza.»

Mentre il signor Quincy si dilungava sull'innata vanità umana, che portava ogni essere a considerarsi il centro dell'universo, Holland si chiedeva quale potesse essere il modo migliore per porre fine a quella conversazione senza offendere l'avvocato. Poi udì: «... potrei scambiare due parole con voi?» e si voltò sorpreso verso il suo interlocutore.

«*In privato*» aggiunse il signor Quincy con un tono sommesso e confidenziale che Holland trovò ancora più sorprendente.

«Sì, d'accordo» disse il capitano, e quando Quincy aggiunse che non esisteva momento migliore di quello presente, Holland gli fece cenno di precederlo in casa. Attraversarono quindi il salotto, salutando le persone che conoscevano, e imboccarono il corridoio al termine del quale c'era una piccola stanza con vista sul lago: lo studio di Sir William. Essendo tranquilla e isolata dal resto della casa, era stata assegnata al signor Quincy durante la sua permanenza. I due uomini entrarono e chiusero la porta.

«Mi dispiace di non essere stato in grado di spiegarvi prima come stanno le cose» disse l'avvocato, sistemandosi gli occhiali sul naso e posando sulla scrivania davanti a lui un portadocumenti di pelle e alcune piccole scatole. A eccezione della presenza del baule del signor Quincy e delle cose che questo conteneva, la stanza non era cambiata dalla morte di Sir William. C'era un bicchiere di sherry vuoto sulla mensola del camino e un giornale aperto sulla poltrona più comoda, che era stata sistemata vicino a una delle finestre. Sul pavimento accanto alla poltrona, una pila di libri era crollata in un cumulo disordinato. «Credo che sia sempre meglio mettere in chiaro le cose quando c'è qualcosa d'insolito. Aiuta a prevenire sentimenti negativi.»

«Mettere in chiaro le cose?» ripeté Holland distrattamente. Sebbene, di solito, non prestasse attenzione alle sensazioni inspiegabili, entrando nello studio aveva avuto la strana percezione della presenza del cugino. Gli era quasi parso di vedere Sir William alzarsi dalla poltrona ed esclamare: «Eccoti qui, Bobs!» com'era solito fare quando lui tornava dopo essere stato via per un mese o per un anno.

«Sì, signore, riguardo al testamento.»

«Al testamento di Sir William?»

«Sì, signore.» Quincy sorrise, chiedendosi a chi altri potesse mai riferirsi. Al contempo trovava confortante, e anche piuttosto insolito, che il capitano Holland fosse così incurante della situazione. Quincy aveva visto spesso i familiari del defunto dimenticare tutto il loro dolore non appena lui proponeva la lettura del testamento.

Holland, invece, appariva incurante, sebbene non rivelasse apertamente i propri pensieri. Mentre l'avvocato consultava alcuni documenti, al capitano pareva ancora di udire la voce di Sir William. «Stando così le cose, non potrai farle una proposta che comporti dei vantaggi per lei o che ti faccia onore.» Ora quelle parole assumevano un significato diverso: non erano più una condanna, ma lasciavano intravedere un'alternativa. «Così come stanno le cose, la tua proposta sarebbe disonorevole... ma non lo sarebbe più se le circostanze cambiassero.»

E *sarebbero cambiate* se lui avesse ereditato una fortuna. "No, non una fortuna" si corresse immediatamente "questo non sarebbe giusto nei confronti delle ragazze... se erediterò qualcosa." Non ci aveva mai pensato prima, ma non era un'ipotesi del tutto infondata. Sir William era sempre stato molto affezionato a lui e lo aveva già aiutato in passato. Perché non avrebbe dovuto farlo di nuovo nel suo testamento?

Holland sentì il cuore iniziare a battere più veloce.

«Ah, sì, ecco qui!» annunciò Quincy, prendendo un foglio. «Questo non è il testamento, come ben sapete il documento ufficiale sarà letto in seguito alla presenza di tutti i beneficiari, quando Lady Armitage si sentirà pronta.»

«Non è il testamento» ripeté Holland, aggrottando la fronte. «Ma avete detto...»

«Che ci sono delle circostanze insolite, sì, infatti. Non rivelo alcun segreto dicendovi che per quanto Sir William possedesse molti terreni, non disponeva di una grande liquidità. La maggior parte delle proprietà immobiliari, come Storey's Court, fanno parte dell'eredità inalienabile e passano per diritto a Miss Armitage, indipendentemente dal testamento.»

Holland annuì. «Sì, questo lo so.»

«E ciò che rimane, a parte alcuni legati di poco conto, serviranno a provvedere alla vedova e alla figlia minore, com'è giusto che sia.» Quincy guardò Holland oltre le lenti degli occhiali, curioso di vedere che effetto avevano avuto le sue parole. Se si aspettava una qualsiasi manifestazione emotiva, rimase deluso, perché Holland si limitò ad annuire per la seconda volta. In quel momento provava tutt'altro, ma l'avvocato non poteva saperlo.

Quincy tossì e abbassò gli occhi sul foglio. Forse trovava incomprensibile la riservatezza di Holland o forse non era ansioso di proseguire nel suo compito. «Vi chiederete in che modo la cosa vi riguardi.»

Holland accennò un sorriso. «Volete evitare... sentimenti negativi.»

«Sì, in parte sì, ma il fatto è che Sir William custodiva alcuni oggetti che appartenevano a vostra madre, la vedova di David Holland. Il testamento non fa parola su questo punto, ma io so che Sir William desiderava che questi oggetti, alla sua morte, vi venissero consegnati, nel caso in cui non lo avesse fatto lui in vita. Si tratta di alcuni… documenti e di queste scatole contenenti i gioielli descritti su questa lista. Mi sono preso la libertà di esaminarli e tutto corrisponde.»

Holland scorse la lista: l'anello nuziale di sua madre; un paio di fermacapelli d'ebano; un braccialetto placcato d'oro e un altro bracciale di diamanti. «Da dove arriva questo bracciale?»

«Credo sia un regalo di Sir William» rispose Quincy. «I gioielli esulano dalle mie competenze, ma un fidato gioielliere di Londra sarà in grado di stimarne il valore.»

Holland rimase immobile per qualche istante, pensieroso. Poi si sporse in avanti e sciolse i lacci del portadocumenti di cuoio. Ciò che vide lo fece trasalire per la sorpresa. Era come se fosse il suo stesso viso a guardarlo. Si trattava di un ritratto eseguito da sua madre a matita, dietro a cui era scritto: *David, il giorno del nostro matrimonio. 1765*. Sotto il disegno c'era una curiosa collezione: un plico di lettere indirizzate alla signora Holland; un fazzoletto con le iniziali ricamate; ciò che restava di un mazzolino di fiori secchi, legato con un nastro; un mozzicone di carboncino e un diario.

Quegli oggetti non rivestivano alcun significato per Holland, erano solo vecchi ricordi di una persona che lui non aveva mai conosciuto. «Perché Sir William li ha conservati?» chiese. «Pensava che avrei voluto tenerli?»

Quincy annuì lentamente. «Forse. Sir William mi ha anche incaricato di spiegarvi alcune cose, nel caso in cui non lo avesse ancora fatto lui. Questi… oggetti, o meglio alcuni di essi, sono collegati a ciò che debbo dirvi.»

La porta dello studio si aprì ed entrò Lady Armitage. «Mio Dio, Robert, mi hai spaventata! Che cosa stai facendo?»

«Oh, nulla» rispose lui, alzandosi in fretta dal camino e riponendo l'attizzatoio. Resti di carta carbonizzata e leggera come una piuma giacevano oltre la grata e nella stanza aleggiava ancora il fumo. «Stavo guardando alcune cose che Quincy aveva conservato per me... nulla d'importante.»

«Evidentemente no.»

«Non mi sembrava il caso... ma temo di aver causato un guaio.»

Lady Armitage scosse la testa. «Nient'affatto. Non riesco ancora a entrare in questa stanza... a prendere una decisione in proposito, ma nel frattempo ha sicuramente bisogno di una bella ripulita.» Attraversò lentamente la stanza e si avvicinò alla finestra. Era una donna minuta, dai lineamenti delicati e, in contrasto con l'abito nero, il suo viso appariva esangue, come fine porcellana. «Sai, abbiamo sempre avuto delle difficoltà, io e la signora Ramsay, a riordinare questa stanza. Sir William voleva che restasse così.» Accennò un tremulo sorriso. «Credo che preferisse convivere con la polvere e le ragnatele piuttosto che qualcuno gli spostasse le sue cose.»

«Sir William era molto legato a questa casa» disse Holland. «Resterete qui... voi e le ragazze? Intendo dire, ora che Susannah si sposerà...»

Lady Armitage si voltò verso di lui sospirando. «Non ne abbiamo ancora discusso. Non si può ancora parlare del suo matrimonio come se fosse una certezza... perlomeno non del matrimonio con il signor Molton. Non c'è stato un fidanzamento *ufficiale*, e pensare al matrimonio è impossibile fino a quando non sarà terminato il periodo del lutto.»

«Sì, certo, dimenticavo. Quanto durerà?»

«Sei mesi per le ragazze e per me... un anno e sei settimane, credo.» Lady Armitage sorrise con tristezza. «Questi sono i periodi stabiliti dalla corte francese, ma ora mi chiedo: dobbiamo rispettarli perché sono stati istituiti da un re, oppure ignorarli perché era un francese? Non so proprio come ci si regoli in Francia attualmente.»

Holland scrollò le spalle, lui non ne sapeva nulla di quelle cose.

Lady Armitage spostò il giornale e si sedette con grazia sulla poltrona preferita di Sir William. «Credo che avrò bisogno di almeno un anno e sei settimane per riprendermi. Sono così stanca!» Osservò Holland, in piedi dietro alla scrivania, che giocherellava con un tagliacarte. I loro rapporti non erano sempre stati distesi, sicuramente tra loro due c'erano stati più attriti che tra qualsiasi altro abitante di Storey's Court.

"Non ho nulla contro Robert," pensò Lady Armitage "sarebbe crudele da parte mia se fosse così, e anche ingiusto. È pur vero che non l'ho mai amato, ma del resto non è mio figlio. Sono... affezionata a lui e sono sempre stata giusta nei suoi confronti. Credo che questo sia sufficiente." Dopo aver raggiunto la rassicurante conclusione, si rilassò. «Qualsiasi cosa sarà di Storey's Court... e non mi aspetto che accada qualcosa in tempi brevi, forse resterà tutto così... mi auguro che continueremo a vederti, Robert, per quanto te lo permetteranno i tuoi doveri. Tutte noi ci aspettiamo di continuare a vederti.»

«Grazie, è molto gentile da parte vostra.»

«Non si tratta di gentilezza. Spero proprio che non penserai che la morte di Sir William possa cambiare le cose tra di noi.»

«No, ma... grazie per avermelo detto.»

Quando i domestici iniziarono a riordinare i resti del buffet, la signora Tipton annunciò che era giunto il momento di rientrare in casa. Non le piaceva essere presente, mentre le cameriere sparecchiavano. Aveva la sensazione di essere anche lei una specie di avanzo, diceva. Pur condividendo il fatto che la vista di un tavolo saccheggiato non fosse affatto piacevole, Mary decise di non ritirarsi per un riposino ristoratore, ma bensì di approfittare del sole pomeridiano. La signora Tipton pensava che fosse sconveniente, ma acconsentì ugualmente perché era molto stanca e inoltre sospettava che Mary avrebbe fatto in qualsiasi caso di testa sua, non appena lei avesse chiuso gli occhi. Le estorse però la promessa che non si sarebbe tolta il cappellino per nessun motivo.

I giardini di Storey's Court, quello inglese, quello francese e quello orientale, erano tutti in fiore e passeggiando tra essi anche i pensieri di Mary presero strade divergenti. La vista delle aiuole meticolosamente curate e delle siepi ornamentali le fecero pensare a Sir William. Si era sempre interessato molto ai giardini e sull'argomento aveva persino intrattenuto una corrispondenza con Humphry Repton. Era molto piacevole godere degli armoniosi e variopinti risultati dei suoi sforzi e al contempo era triste pensare che la sua morte per i suoi amati giardini non avrebbe fatto alcuna differenza. *Naturalmente, è solo Dio il vero autore di tanta bellezza*, rammentò a se stessa, ma quel pensiero non bastò ad alleviare la sua tristezza. Il suo umore non migliorò di molto quando passò a un secondo argomento di riflessione: il capitano Holland. Doveva cercarlo? Sicuramente le avrebbe fatto piacere parlargli, ma farlo non era una cosa semplice. Anche in circostanze normali questo avrebbe richiesto... una certa strategia, se non altro per evitare la signora Tipton, e le circostanze attuali erano tutt'altro che normali. Un appuntamento era fuor di discussione il pomeriggio stesso di un funerale... il solo pensiero la faceva stare male. D'altro canto, non parlargli o farlo solo in presenza d'altri, discorrendo di argomenti banali, sarebbe stato terribilmente difficile per lei.

Le peregrinazioni di Mary la portarono casualmente verso la fontana del giardino francese e lei si avvicinò al bordo, incurante delle statue di delfini e tritoni che si sollevavano imperiosi dall'acqua. Stava ancora valutando se il tentativo di scoprire per quale ragione il capitano Holland non l'avesse informata del suo ritorno in Inghilterra potesse essere considerato un *appuntamento*, quando fu distratta da un movimento alla sua sinistra. Si voltò e vide con sorpresa il gentiluomo elegante che aveva notato al funerale. Lui s'inchinò e, dopo una breve esitazione, si scusò per averla disturbata.

La sua apparizione improvvisa e i pensieri poco amichevoli

che Mary aveva avuto poco prima nei suoi confronti, dapprima la confusero, ma nonostante ciò lei riuscì a rispondere a tono. La voce dell'uomo, profonda e ben modulata, e ancora di più la sua ineccepibile educazione deponevano in suo favore. Dopo che si furono presentati, lui le spiegò che la sua carrozza era quasi pronta e che stava approfittando dell'occasione per sgranchirsi le gambe in vista del viaggio.

«Quindi, non vi fermerete a cena questa sera?»

L'uomo scosse la testa. «No, suppongo che la cena sia riservata solo agli amici più intimi e ai membri della famiglia per riguardo alla vedova di Sir William, che sicuramente non avrà alcun desiderio d'intrattenere altri ospiti.»

«Sicuramente no» confermò Mary, considerando molto assennato il suo punto di vista. La curiosità la spingeva a chiedergli che cosa lo avesse indotto a partecipare al funerale, dal momento che non era stato legato a Sir William né da un vincolo di parentela, né da un'amicizia, ma si trattenne. Tuttavia, lui le spiegò che si trovava lì per offrire il suo appoggio a un conoscente che era stato molto vicino al defunto. «La mia condotta potrebbe essere considerata eccentrica, ma sono rimasto lontano dall'Inghilterra per molti anni e mi sono rimasti solo pochi amici intimi in questo paese. Quindi, sono forse più propenso a porre le mie energie al servizio dell'amicizia di quanto farebbero altri uomini dotati di una cerchia di amici più ampia.»

Mary gli assicurò che, secondo la sua opinione, l'eccentricità da lui descritta era del tutto ammirevole. Non era forse l'amicizia, la vera amicizia, uno dei valori più alti e uno dei legami più importanti?

«Sicuramente è un legame che a volte si paga a caro prezzo» replicò lui.

Parlarono ancora per qualche minuto. Il gentiluomo lodò i giardini, accattivandosi la simpatia di Mary, ma la loro conversazione si concluse su di una nota stonata quando lui disse che se fosse stato il proprietario di Storey's Court, probabilmente l'avrebbe venduta, sempre che fosse riuscito a ottenere un buon prezzo. Era un edificio (Mary detestò quel termine) pregevole, ma piuttosto piccolo per una casa di campagna e scomodo per chi risiedeva in città. In cuor suo, lei riconosceva questi limiti, ma non riusciva a capire come qualcuno potesse liquidare una proprietà, *una casa*, in modo così sbrigativo il giorno stesso del funerale del suo proprietario. "Dimentichi che non ha mai saputo quanto Sir William fosse affezionato a Storey's Court" si disse. "Sicuramente non intendeva essere scortese." Ma quando si salutarono, Mary si rammaricò che un gentiluomo così raffinato avesse avuto bisogno di essere giustificato.

Erano quasi le cinque quando Mary fece infine ritorno a casa. Il pomeriggio era trascorso senza che se ne accorgesse e si sentì lievemente a disagio quando salì i gradini che portavano alla porta d'entrata. La porta si aprì prima ancora che lei toccasse il batacchio e Jeffries la salutò con un sospiro di sollievo, affrettandosi a inchinarsi. «Ah, Miss Finch, eccovi qui.»

«Sì, mi dispiace» disse Mary, sentendosi in colpa. «Mi stavate cercando?»

«No, Miss... cioè...» Il maggiordomo aggrottò la fronte e riprese a parlare. «Vi chiedo perdono, ma la signora Tipton vi cercava. Lei e le altre signore si trovano nella biblioteca di Sua Signoria.»

«Ah, sarà meglio che le raggiunga, ma forse... Ho il tempo di cambiarmi d'abito prima di cena? Avrei dovuto farlo prima, lo so.»

Jeffries la stava già precedendo lungo il corridoio. «Per di qua, signorina. Mi auguro che la cena di stasera venga in qualche modo posticipata» aggiunse.

«Oh! È successo qualcosa Jeffries?»

Il viso del maggiordomo riassunse immediatamente la sua abituale espressione grave e anonima, ma il Jeffries non negò educatamente come avrebbe fatto di solito. Miss Finch gli piaceva, assomigliava molto alle signorine Armitage. «Be', signorina, dal momento che me lo chiedete, io e Sua Signoria siamo in difficoltà riguardo ai posti. Sareste dovuti essere in quattordici stasera, sei signori e otto signore, ma ora che il signor Robert, il capitano, intendo dire, è dovuto partire, dobbiamo ricominciare da capo.»

Mary lo fissò con gli occhi sgranati. «Il capitano Holland? Se n'è andato?»

«Sì, signorina, circa mezz'ora fa. "Questioni urgenti a Woolwich" credo che abbia detto così. E ora saremo in tredici, a meno che non si riesca a pensare a qualcosa, e il tredici, lo sapete, è un numero molto sfortunato.»

Si fermarono fuori della porta della biblioteca. Mary poteva sentire le voci attutite provenire dall'interno. «Sì, molto sfortunato» concordò.

«Be', non dovremmo avere nulla da ridire, essendoci una guerra in corso e tutto il resto, ma ci si sarebbe aspettato che si potesse fare un'eccezione solo per questa volta, tenendo conto del funerale del povero Sir William, ma del resto il signor Robert, il capitano, è sempre stato piuttosto imprevedibile e... ah, sì, a proposito...» Si frugò in tasca. «Mi ha chiesto di consegnarvi un messaggio. Eccolo.»

Mary non rispose e lui le fece scivolare il biglietto in mano. Poi, con un cenno del capo, proseguì lungo il corridoio, borbottando qualcosa a proposito del fatto che la gelatina non piaceva a nessuno, solo a Miss Charlotte, e che se lei avesse avuto l'emicrania, i commensali sarebbero stati dodici.

Mary fissò il biglietto ripiegato in quattro che portava le sue iniziali e lentamente lo spiegò.

Gentile signorina Mary Finch,

Vi scrivo in fretta, ma assolutamente consapevole della situazione, per informarvi con rammarico che non vedo l'opportunità di proseguire nell'amicizia di cui mi avete onorato. Vi chiedo perdono per qualsiasi azione da parte mia che possa avervi arrecato disagio e spero che vogliate anche perdonare il fatto che comunichi con voi in questo modo. Per quanto meschina, questa missiva possiede perlomeno la dote di essere breve.

Con i miei migliori auguri per la vostra salute e la vostra felicità, rispettosamente vostro, Robert Holland

Storey's Court, 24 maggio 1796

4

Il 10 di ottobre, a un anno di distanza dal giorno in cui aveva visto *Le Dame Bianche* per la prima volta, Mary vi si stabilì. I lavori di ristrutturazione avevano richiesto più tempo del previsto ed erano stati più complicati di quanto tutti si fossero aspettati, perché era stato necessario rinnovare l'aspetto medievale della casa affinché la cucina entrasse a buon diritto nell'era moderna, e lottare contro l'umidità e le correnti d'aria che l'avevano tormentata per molti secoli. Era stata rinnovata anche parte dell'arredamento, perché ciò che aveva soddisfatto un vecchio scapolo recluso non poteva soddisfare una giovane donna piena di energie, dotata di sensibilità artistica e del desiderio di spendere del denaro (pur conservando i suoi vecchi stivali tanto criticati). Quindi, Mary aveva sfogliato e risfogliato cataloghi, esaminato oggetti vari e campioni di tessuto, e al posto dei tappeti consunti e dei cupi ritratti, aveva acquistato nuove stoffe e carte da parati secondo lo stile di Robert Adam, e aveva ordinato nuovi mobili nel negozio di Thomas Sheraton.

Il risultato avrebbe scandalizzato il defunto signor Finch e i suoi pii predecessori, ma quando Mary prese possesso della casa era orgogliosa del lavoro svolto. Forse la tenuta era troppo isolata e i ricordi che la legavano a essa non del tutto piacevoli, ma questi erano dettagli in confronto all'eccitazione di esserne divenuta la proprietaria. Solo poco tempo prima, il pensiero di possedere una casa di qualsiasi genere sarebbe stato assolutamente ridicolo... un'ambizione che andava ben oltre i suoi mezzi. Se anche *Le Dame Bianche* fosse stato un semplice cottage, ne avrebbe fatto tesoro proprio per quella ragione, ma non era un cottage o qualcosa del genere, e quel pensiero, mentre passava da un'elegante stanza all'altra, era ancora più piacevole.

Mary non prese possesso del proprio regno da sola. Ora che la sua rendita era garantita, aveva fatto in modo di condividerla con le due persone che le erano state amiche nell'anonima scuola femminile dove aveva insegnato disegno e storia dopo la morte dei suoi genitori. L'idea di Mary era propizia sotto molti punti di vista. Miss Marchmont e Miss Trent erano due zitelle di una certa età e accettarono con gioia la loro liberazione dalle fatiche dell'insegnamento. Inoltre, una giovane donna, conscia della propria reputazione, non avrebbe potuto vivere sola, anche se lo avesse desiderato, e Mary sarebbe stata costretta ad avvalersi di una compagnia adeguata in qualsiasi caso. Deponeva a suo merito il fatto di aver pensato per prima cosa alle amiche piuttosto che alla propria reputazione.

La generosità di Mary diede presto i suoi frutti. Non appena le tre donne varcarono la soglia delle *Dame Bianche*, iniziarono quella che sembrava essere un'esistenza affascinante, dalla quale era stato eliminato tutto ciò che era triste e complicato. Trovarono dei bravi domestici, tutto in casa funzionava a meraviglia e le rendite arrivavano alle scadenze stabilite. Il tempo rimase buono fino a novembre, e quando dal mare arrivò una tempesta di vento, tutti i loro comignoli furono risparmiati dalla furia degli elementi. Mary acquistò un paio di docili castrati e iniziò a cavalcare, e quando non era impegnata in quell'interessante passatempo, il suo mondo ruotava intorno a feste, scampagnate, concerti e tè pomeridiani.

Le sue amiche assecondavano quelle sue occupazioni, non solo come fedeli *chaperon*, ma anche apportando le loro competenze professionali. In passato, Miss Marchmont aveva insegnato portamento oltre a matematica e, sotto la sua tutela, Mary imparò a ballare le danze popolari oltre al cotillon e all'allemanda, balli riservati alle occasioni più importanti. I suoi lavori di cucito erano sempre stati molto ammirati e dopo essersi trasferita alle *Dame Bianche* Miss Trent iniziò a produrre una serie ininterrotta di colletti bordati di pizzo e di fazzoletti ricamati per arricchire il guardaroba di Mary. Entrambe le signorine erano felici del successo di Mary e sembravano vivere tramite lei tutto ciò che era mancato alla loro giovinezza. Tra sé e sé Mary le chiamava le sue fate madrine.

Non che il titolo fosse fuori luogo, dal momento che Miss Trent e Miss Marchmont si erano votate ad assicurare la felicità di Mary come spiriti benevoli. Naturalmente, si preoccupavano delle spese che richiedeva la tenuta perché per loro la lezione della povertà era stata ancora più severa, e tutto nel Suffolk sembrava essere troppo costoso. Ma più di ogni altra cosa, desideravano vedere Mary felicemente accasata. Aiutare due vecchie amiche era una cosa buona e giusta, ma Mary doveva aspirare al matrimonio e ad avere dei figli, perché nella famiglia risiedeva la vera felicità, la sicurezza e la piena espressione della virtù femminile. Avendo poca esperienza in fatto di corteggiamento e nessuna in fatto di matrimonio, si rivolsero alla signora Tipton per ricevere suggerimenti sull'argomento. L'anziana signora era molto adatta a fornire consigli, dal momento che erano pochi gli argomenti in cui non si considerava esperta, e quello in questione le stava particolarmente a cuore. Alcune delle cose che diceva erano assurde e altre persino peggio, ma era un'attenta osservatrice della sua classe, le ricche famiglie rurali, e sapeva bene come ci si doveva comportare.

Quindi, quando la signora Tipton fece loro visita, Miss Marchmont e Miss Trent erano ormai ansiose di sottomettersi alla sua guida. Un pomeriggio, non molto tempo dopo che la casa era stata riaperta, nel più piccolo dei salotti delle *Dame Bianche*, ebbe luogo una conferenza sul futuro di Mary. Il motivo ufficiale della visita era quello di offrire la propria opinione sulle nuove tende della biblioteca, ma la conversazione presto scivolò verso l'argomento che occupava i loro pensieri.

La signora Tipton sorseggiava pensierosa il tè, osservando le nuove amiche. «L'amore, naturalmente, è il principale ostacolo da superare.»

«Oh, sì» concordò Miss Trent. Miss Trent era una donna minuta, dai capelli grigi, zelante e timida in ugual misura. «Ma Mary è talmente cara… sono sicura che molti gentiluomini s'innamoreranno di lei. Molto probabilmente, tutti.»

«No, no» intervenne la signora Tipton, etichettando in cuor suo Miss Trent come una sempliciotta dalle buone intenzioni. «Intendevo dire che dobbiamo fare qualcosa prima che lei creda di essersi innamorata. In una giovane donna l'amore può causare un'infinità di guai. Persino la ragazza più docile e accomodante, per amore può indulgere al melodramma e se ha un carattere forte, come lo possiede Mary, di solito diventa molto testarda. Sarà meglio per tutti se riusciremo a farla sposare prima che compia qualche follia. Spero che non abbiate già notato qualche sintomo.»

«D'amore?» chiese Miss Marchmont. «Non credo. Non ci sono stati sospiri, né si è mai lamentata di essere incompresa e nessuna lettera misteriosa letta in segreto e stretta al petto.» Miss Marchmont era una persona piuttosto pratica e avrebbe potuto tener testa alla signora Tipton, se non fosse stata lievemente intimorita da lei, come chiunque altro, del resto. «Mary è stata molto impegnata con la tenuta e nel rimettere a posto la casa.»

La signora Tipton annuì, nonostante non fosse del tutto convinta. Pensava anche che «petto» fosse un'espressione terribilmente volgare. «Be', date retta a me: l'amore è un pericolo, soprattutto per una ragazza come Mary.»

La discussione sull'amore si tramutò in una lezione sui mariti sbagliati. La signora Tipton fece una rapida carrellata dei più significativi difetti maschili: ubriachezza, brutalità, arroganza e mancanza di buon senso, e consigliò a Miss Marchmont e a Miss Trent di stare in guardia nel caso in cui si fossero fatti avanti dei pretendenti. Si chiese se Miss Trent fosse in grado di riconoscere la stupidità, ma quando lei domandò quale fosse la professione più auspicabile per un futuro marito, la signora Tipton riacquistò una certa fiducia in lei. Aggrottò pensierosa la fronte. I professionisti di qualsiasi genere erano piuttosto sospetti. Chi si sarebbe mai caricato del fardello di una professione quando avrebbe potuto farne a meno? Ciò nonostante, era pur vero che un avvocato sarebbe potuto diventare giudice e un parroco diventare vescovo. Se non si riusciva a sposare un nobile, si doveva cercare qualcuno con un valore analogo, pur sapendo che uno stemma nobiliare rendeva più elegante una carrozza.

«Che cosa ne pensate dei militari?» chiese Miss Marchmont. «Mi riferisco a generali e ammiragli. L'anno scorso l'ammiraglio Hood è stato nominato lord.»

«Uhm... sì, potrebbe andare,» concordò la signora Tipton «anche se i militari non sono certo i mariti più auspicabili. Se c'è una guerra in corso, come ora, rischiano di essere uccisi, cosa piuttosto sgradevole. Se non ci sono guerre, diventano noiosi e depressi perché non hanno nessuno da comandare e tendono a imporre in casa una disciplina marziale.» Inoltre c'erano anche alcuni atteggiamenti preoccupanti che non andavano sottovalutati, spiegò la signora Tipton alle due signorine. L'esercito era pieno di ragazzi e uomini dal dubbio carattere. Le loro famiglie erano, infatti, felici di essersi sbarazzate di loro al solo prezzo di una nomina. «Non possedendo una rendita propria, generalmente sono in cerca di una moglie ricca.» Detto questo, lanciò uno sguardo eloquente verso le due zitelle.

«Oddio...» mormorò Miss Trent. Aveva sempre pensato che i soldati fossero affascinanti e si vergognò di se stessa udendo il brusco commento della signora Tipton. In preda all'ansia, si dedicò alla sciarpa pesante che stava facendo per i poveri, facendo ticchettare rapidamente i ferri da maglia. Fu con grande sollievo che udì le amiche lodare l'innegabile prestigio della professione militare, che rendeva gli ufficiali così pericolosamente seducenti agli occhi delle donne ignare.

«Se solo si vestissero come i preti e parlassero come i banchieri, ci risparmierebbero una gran quantità di guai» sentenziò la signora Tipton.

«Poche donne sanno resistere all'uniforme rossa» concordò Miss Marchmont con l'accenno di un sorriso. «*La scarlattina...*» aggiunse, e Miss Trent annuì con espressione preoccupata.

«Precisamente. Ed è questo il motivo per cui...»

«Che cosa state dicendo a proposito della scarlattina?» chiese Mary, entrando silenziosamente nella stanza. «C'è qualcuno malato?»

«Santo Cielo, Mary!» esclamò Miss Trent. «Mi avete fatto spaventare!»

Mary si chinò per raccogliere il gomitolo di lana che era caduto dal grembo di Miss Trent, rotolando sul pavimento. «Vi chiedo scusa, pensavo che mi aveste sentita arrivare... ma evidentemente eravate assorte nelle vostre confabulazioni.»

«Sì, confabulazioni» ripeté la signora Tipton, osservando Mary che si sedeva sul divano dopo aver fatto una riverenza.

Mary era consapevole di essere sotto esame, ma sentiva di essere ormai quasi padrona della situazione, per quanto fosse possibile in presenza della signora Tipton. «Come state?» le chiese.

«Alla mia età, se una persona non crolla a terra, deve ritenere di star bene» rispose l'anziana signora. Mary le porse un vassoio con piccole paste glassate e lei le osservò con sospetto prima di prenderne una. «Questi non sono dolci da tutti i giorni.»

«Ma voi non venite a farci visita tutti i giorni,» replicò Mary con un sorriso «e dal momento che avevamo intenzione di mostrarvi i nuovi acquisti, la cuoca ha voluto preparare qualcosa di speciale. Ha molta fantasia in fatto di dolci.»

«Lo vedo. Be', è tutto molto bello... bello e costoso. Avete speso molto denaro e spero che vi abbia fatto piacere. Non che ci sia qualcosa di male in questo. Se una persona se lo può permettere, ha pure il diritto di essere stravagante almeno una volta nella vita. Ma ora che cosa farete?»

Non era il tipo di domanda che Mary si aspettava. «Che cosa farò?» ripeté.

«Non potete perdere tempo nell'ozio, nessuna donna se lo può permettere. Ora *dovete* pensare al matrimonio.»

Miss Marchmont e Miss Trent si guardarono l'un l'altra. Nessuna delle due avrebbe mai avuto il coraggio di parlare così apertamente.

Mary riuscì a non aggrottare la fronte, ma avrebbe preferito che la signora Tipton non avesse toccato quell'argomento. Non sapendo che cosa fosse meglio rispondere, si limitò ad annuire.

«Bene. Una donna saggia approfitta dei propri vantaggi, quando li ha. Una rendita cospicua, naturalmente, è sempre un'eccellente raccomandazione, ma non si deve sottovalutare l'importanza di un aspetto piacevole. Gli uomini non lo fanno mai.»

Mary annuì di nuovo.

«Vi suggerisco di sposare uno dei nostri gentiluomini del Suffolk, una persona abbiente e di buona famiglia, che tutti conoscono. So di parecchi giovani che farebbero al caso vostro e sono certa che almeno uno di loro potrebbe riscuotere i vostri favori.»

Era troppo sperare che la signora Tipton si accontentasse di vederla annuire per la terza volta e così Mary si azzardò a mormorare: «Sì, forse».

Anche quello, però, non fu sufficiente e la signora Tipton la scrutò con sospetto. «Che cosa intendete dire?»

«Nulla, solo che io non desidero sposare un uomo solo perché si ritiene che sia adatto a me.» E dopo un istante aggiunse, in tono piuttosto stizzito: «Forse non mi sposerò affatto».

Miss Trent trasalì, e le parole *testarda come un mulo* affiorarono alle labbra della signora Tipton. «Spero che il vostro cuore non sia già attualmente impegnato in alcun modo.»

«No, signora, non lo è.»

«C'è stato un momento in cui vi siete affezionata a quel tizio... quello Holland, il cugino di Sir William Armitage. Ha qualcosa a che fare con la milizia, credo.»

«È ufficiale d'artiglieria e... è stato lui a salvarmi dai contrabbandieri quando sono arrivata per la prima volta alle *Dame Bian-*

che» spiegò Mary alle sue amiche in tono più gentile, nonostante il suo sguardo non avesse perso intensità.

«Ah, sì» disse Miss Marchmont, mentre Miss Trent esclamava: «Che cosa romantica!». Nessuna delle due osò guardare la signora Tipton.

«Ma ora è tutto finito» proseguì Mary con fermezza «e non sono davvero in grado di dirvi nulla di più su di lui o su ciò che sta facendo.»

Stava dicendo l'assoluta verità, dal momento che non aveva saputo più nulla di Holland dal giorno del funerale. Non sapeva nemmeno se si trovava ancora in Inghilterra. Aveva ricevuto lettere sia da Charlotte che da Susannah, ma nessuna delle due aveva menzionato il capitano. E in quanto al biglietto che lui le aveva lasciato a Storey's Court, Mary aveva rispettato la sua richiesta, sebbene la sofferenza che questo le aveva causato fosse stata considerevole. Ora uno dei suoi principali propositi era quello di dimenticarlo.

Holland si trovava ancora in Inghilterra e quel pomeriggio, in particolare, era a Fort Cumberland, vicino a Portsmouth. Per essere precisi, era seduto su una sedia dall'alto schienale, scomoda e scricchiolante, fuori dell'ufficio del colonnello Frederick Mulcaster, comandante del Forte. Una scrivania separava Holland dall'aiutante del colonnello, un giovane tenente, con l'uniforme del reggimento dell'Est Middlesex. L'unico rumore nella stanza era lo stridio della penna del tenente, a parte gli occasionali scricchiolii quando Holland si muoveva sulla sedia. Dall'esterno provenivano i richiami del sergente, scontento dei risultati degli uomini al suo comando, e la miriade di rumori che regnavano in un Forte che aveva bisogno di lavori di manutenzione e ristrutturazione.

La porta si aprì e un ufficiale florido e corpulento, dall'espressione infastidita, entrò nella stanza con l'uniforme ricoperta da uno strato impalpabile di polvere di mattoni. Si batté senza successo le maniche e guardò prima Holland e poi il suo aiutante, i quali si erano entrambi alzati in piedi. «Ebbene, che cosa succede?»

«Scusatemi, signore. Questo è il capitano Holland, arriva da Woolwich. I calcoli che mi avete chiesto sul taglio delle pietre sono pronti.»

«Bene, me li consegnerai più tardi. Mi dispiace di avervi fatto attendere, capitano Holland. Il mio nome è Mulcaster e sono al comando di questo caos.» Fece cenno a Holland di precederlo nel suo ufficio e ordinò all'aiutante di portar loro qualcosa da bere.

Il colonnello Mulcaster si sedette alla scrivania sospirando come chi è stato in piedi tutto il giorno e osservò Holland guardando oltre il bordo del bicchiere di sherry. «Alla vostra salute, signore.» Bevve un sorso e poi proseguì: «Che cosa ve ne pare di questo posto?».

«I lavori sembrano procedere.»

«Procedono, sì, ma a rilento. Lo sapete che ci stiamo lavorando da quasi tredici anni e siamo arrivati a un quarto dell'opera? E se i francesi ci attaccassero domani? O l'anno prossimo? Come faremo a combatterli? Ci mancano uomini e munizioni, per tacere di un'adeguata fortificazione.»

«Prevedete un attacco?»

«Dio solo lo sa. Sembra che in questa guerra siano i francesi a decidere il da farsi.» Mulcaster vuotò il bicchiere e lo posò su un disegno dettagliato di una sezione delle mura nord. «Ecco Fort Cumberland, in ritardo rispetto ai tempi previsti e con spese superiori a quelle stimate, per colpa di contratti disonesti, progetti poco oculati, e di un ingegnere capo non più nel fiore degli anni.»

Il colonnello s'interruppe per dare a Holland l'opportunità d'intervenire, e quando questi non ne approfittò, lui proseguì. «Non è mia abitudine girare intorno alle cose, signore. Senza dubbio, voi avete ricevuto degli ordini e io non intendo causarvi guai, ma debbo dirvi che, a meno che voi non siate venuto per fare qualcosa riguardo alle mie armi, non accetterò di buon grado che il Ministero ficchi il naso nei miei affari senza fare tanti complimenti.»

Nonostante la crescente veemenza con cui furono pronunciate quelle parole, Holland si rilassò. «Scusate, colonnello, ma io sono stato mandato qui dal reggimento, non dal Dipartimento dell'Artiglieria.»

A quelle parole, Mulcaster si ammorbidì. «Che cosa? Ah, sì, i ragazzi me l'hanno detto, ma...» scosse la testa e poi aggrottò, pensieroso, la fronte. «Ditemi, voi avete a che fare con il... ehm... *laboratorio?*» Pronunciò quell'ultima parola a bassa voce e con un tono rispettoso. Oltre a essere il quartier generale e il deposito dell'Artiglieria Reale, l'Arsenale di Woolwich era il luogo dove si sviluppava il lavoro segreto e creativo del reggimento.

«Esatto, signore. In questo momento io sono una specie di tuttofare.»

«Che cosa diavolo significa?»

Significava che Holland si trovava in una sorta di limbo professionale. Per quasi due anni aveva lavorato fianco a fianco con il colonnello Congreve, il capo del laboratorio, acquisendo nel tempo una grande quantità d'informazioni riservate. Queste informazioni si erano dimostrate così importanti per il governo francese da ordire il progetto di far rapire Holland per estorcergliele. Nonostante il piano fosse fallito, la cosa aveva infastidito il Dipartimento che governava l'Artiglieria. Per timore dei rischi connessi alle conoscenze di Holland, il Ministero lo aveva immediatamente mandato a Gibilterra per allontanarlo. Era stato richiamato in patria dopo parecchi mesi, e a quel punto era stato deciso di non sollevarlo del tutto dal lavoro sperimentale, né di rinchiuderlo per sicurezza a Woolwich, ma di mantenerlo all'interno del reggimento e d'impiegarlo in incarichi di routine.

Invece di rivelare tutti i retroscena, Holland si limitò a spiegare: «Sto facendo il giro dei distretti di Portsmouth: Southsea Castle, Fort Blockhouse, Priddy's Hard e Fort Cumberland. C'è la fabbrica di Priddy, dove si produce la polvere da sparo e mi piacerebbe vedere anche il forno che stanno costruendo a Fort Blockhouse. Sono qui per dimostrare che il reggimento non vi ha dimenticati».

«Un'agenda incredibilmente piena d'impegni» disse Mulcaster. «E le mie armi?»

«Be', signore... di che armi si tratta?»

«Dieci pezzi da trentadue libbre, quattordici pezzi da diciotto libbre e altre armi che abbiamo portato dal vecchio Forte... il cannoniere capo vi dirà i calibri, ma credo che per quelle siamo rimasti senza munizioni. Ciò di cui abbiamo più bisogno sono altri dieci pezzi da trentadue libbre.»

Holland rifletté. «Non posso promettervi nulla, signore, ma cercherò di farvi avere i cannoni e riferirò che siete a corto di uomini... di cannonieri.»

«Davvero gentile da parte vostra,» disse il colonnello «molto gentile. Io... mi scuso per aver pensato che foste una maledetta spia del Ministero. Questo pensiero mi ha tormentato per tutto il giorno.» Mulcaster sospirò pensieroso. «Sarà meglio che facciate attenzione a come vi comportate d'ora in poi. Non dovete aspettarvi un benvenuto più caloroso di quello che... be', di quello che avete ricevuto da me.»

«Va bene così,» replicò Holland «ci sono abituato.»

«Be', voi conoscete il vostro lavoro. Un altro bicchiere?»

«Grazie, signore.» Holland si appoggiò comodamente allo schienale della sedia per la prima volta da quando era entrato in quella stanza. Facendo un cenno verso un paio di spade ricurve appese alla parete alle spalle del colonnello, osservò: «Si tratta di una coppia di *talwar*, se non sbaglio».

«Si chiamano così? Sono straordinariamente bilanciate e forgiate con acciaio di Damasco, naturalmente. Le ho prese a Pondicherry nel '61.» Mulcaster tirò giù una delle sciabole e saggiò il filo della lama, prima di porgerla a Holland.

«Una splendida arma, signore. E di gran lunga più affilata delle nostre.»

«Siete stato in India, capitano Holland?»

«Sì, signore, per conto della Compagnia, prima di ricevere l'incarico dal reggimento.»

«Avete partecipato a molte azioni?»

«Direi di sì. Ero insieme a Lord Cornwallis nel '91 e nel '92.»

Mulcaster annuì. «Un duro lavoro.»

Continuarono a parlare in modo disinvolto e amichevole dell'India, di un possibile raid francese su Portsmouth e delle insufficienze del Forte, fino a quando la caraffa, una grossa caraffa, fu vuota. Solo allora Holland disse che avrebbe dovuto scambiare due parole con il cannoniere capo.

«Naturalmente» concordò il colonnello, accompagnandolo alla porta con passo malfermo. «E poi vi recherete a Priddy's Hard... sarà meglio che ve lo dica subito prima che mi dimentichi. Lì avrete a che fare con l'addetto al deposito, si chiama Sicklemore. È un dannato civile, naturalmente, ma dovrete riconoscere il suo ruolo nell'Artiglieria, altrimenti si offenderà.»

«Sì, signore, me ne ricorderò.»

«E non è tutto» proseguì Mulcaster, la voce ridotta a un mormorio confidenziale. «Ha il vizio di scommettere su qualsiasi cosa. Non riuscirete ad andarvene senza scommettere. Quante navi arrivano al mese per caricare la polvere da sparo? Quanto è grande il lago Forton? Quanti barili di polvere da sparo ci sono nel deposito? Cose di questo genere. Sapete quanti barili può contenere il deposito di Priddy's Hart quando è pieno?»

«No, signore.»

«Quattromiladuecentotrentotto. Tenetelo a mente. Quattromiladuecento... trentotto. Abbastanza da metterci in allarme se dovesse esplodere, eh?»

«Sì, signore. Mi auguro che facciano attenzione con i sigari.»

Holland aveva deciso di passare la notte a Fort Cumberland e quella sera cenò alla mensa, cosa insolita per lui, dal momento che all'Arsenale non esisteva un locale adibito a mensa, ma nonostante ciò, conosceva piuttosto bene la routine. L'iter iniziale era lo stesso ovunque. I cadetti che cercavano di comportarsi al meglio in presenza degli ufficiali, i graduati che avevano l'obbligo di mantenere viva la conversazione e gli ospiti rispettosi e attenti a non contravvenire ad alcuna consuetudine locale. In seguito, naturalmente, le cose potevano anche cambiare, ma erano quelle le ragioni per cui era importante tenere gli occhi aperti.

All'inizio, quindi, Holland seguì le convenzioni e fece il suo dovere, sia per quanto riguardava il vino che la conversazione. Ma con il prosieguo della serata, la sua concentrazione si allentò. Mulcaster era sparito dopo il brindisi ed erano rimasti solo gli ufficiali più giovani, intenzionati a vuotare fin l'ultima bottiglia. Per la maggior parte erano sottoposti, ragazzi perbene, ma annoiati dalla routine del Forte. Gli altri erano ospiti: un capitano di Marina, un colonnello dei Dragoni Leggeri, un maggiore del 38° reggimento di Fanteria, e Holland. A quel punto le differenze di grado, le rivalità e la gran quantità di alcolici potevano facilmente causare guai.

Holland era stanco e senza rendersene conto, cominciò a fantasticare su Mary Finch. In realtà, non pensava spesso a lei, o meglio, *non voleva* affatto pensare a lei, ma a volte una parola casuale risvegliava i ricordi. Quella sera soffiava un vento freddo e la pioggia scendeva con scrosci violenti, come la notte in cui era iniziato tutto. Era strano come succedevano le cose, o non succedevano...

La voce insistente del colonnello dei Dragoni s'intromise nei suoi pensieri. «... soldati semplici, ve lo dico io, questa è la risposta. Siete d'accordo, signore?»

Holland alzò gli occhi e si accorse che tutti lo guardavano. Non aveva la minima idea di che cosa stessero parlando. «Soldati semplici?» ripeté.

«Parliamo di educazione e buone maniere» gli spiegò Balfour, il capitano di Marina. I profondi occhi scuri e la fronte sporgente gli conferivano un'espressione pensierosa e il suo accento lo identificava chiaramente come scozzese.

Holland venne così a sapere che uno dei soldati semplici aveva acquistato una nomina a capitano in un altro reggimento e che presto avrebbe lasciato Fort Cumberland. Questo aveva suscitato una discussione più ampia sulle promozioni.

«Non chiedete mai a un cannoniere che cosa pensa delle promozioni» intervenne con voce stentorea il maggiore, un uomo dallo sguardo torvo e dal collo taurino, il cui viso era diventato sgradevolmente paonazzo. «Per andare avanti non devono far altro che aspettare che il loro superiore tiri le cuoia.»

«Capisco... Quindi nell'Artiglieria Reale non è possibile ottenere delle promozioni acquistando le nomine?» chiese il capitano Balfour.

Holland scosse la testa.

«In questo caso, abbiamo qualcosa in comune, perché anche noi abbiamo la nostra lista di ufficiali, stilata in base alla data in cui si viene nominati capitani. Una volta raggiunto quel grado, la sacra lista determina il ritmo degli avanzamenti.»

L'ufficiale di Cavalleria tentò di esprimere la propria opinione sulla gerarchia, ma fu sfidato a proseguire dalla voce tonante del maggiore. Il vino stava facendo il suo effetto e furono espresse varie opinioni, di cui alcune coerenti. Qualcuno raccontò un salace aneddoto riguardo a un tizio chiamato «la gran signora» facendo morire dal ridere i soldati più giovani riuniti in fondo al tavolo, e non fu facile far notare loro l'importanza della conversazione degli ufficiali.

Holland non aveva alcuna voglia di fornire il proprio contributo, ma per qualche ragione la sua opinione veniva continuamente richiesta. Alla fine, scrollò le spalle e rispose a bassa voce: «Se un ufficiale è in gamba in quello che fa, ha il diritto di avanzare di grado. Del resto non me ne importa nulla».

«Avete idee molto democratiche, signore» osservò Balfour. «Un uomo è ciò che dimostra di essere, è così?»

«Democratiche?» ruggì il maggiore. «La democrazia è la rovina di un paese! Ho sentito parlare di queste... società, coi loro maledetti giuramenti e petizioni. Sono solo una massa di traditori!» E fissò Holland con sguardo implacabile, attraverso il tavolo.

«Grazie a Dio, non sono un democratico, né abbraccio qualsiasi altra fede politica» precisò Holland e molti mormorarono la loro approvazione.

«No, no, naturalmente no» concordò Balfour. «Non lo è nessuno di noi qui, sono pronto a scommettere. Nessuno è democratico, intendo dire. Ma in quanto a occuparsi di politica, questa è un'altra questione.» Il capitano guardò i propri colleghi. «Tenete presente, signori, che noi siamo chiamati a mantenere l'ordine tra gli uomini sottoposti al nostro comando, non solo in battaglia, ma anche in tempo di pace. Come riusciamo ad assolvere al nostro compito, se con le parole o con la violenza, è una questione politica e fa di noi dei politici. Alcuni di noi non sanno forse in fatto di tirannia e liberalismo ciò che sa chi siede su un trono o in Parlamento? È così, e le nostre decisioni sono altrettanto importanti per i nostri ragazzi... e forse anche per la nazione intera.»

Intorno al tavolo si diffuse un senso di disagio, suscitato in parte dalle parole di Balfour e in parte dalla confusione di coloro che le avevano ascoltate. Nessuno parlò fino a quando Holland chiese: «È questo ciò che intendevate quando avete detto "un uomo è ciò che dimostra di essere"?».

Balfour scrollò le spalle. «Sì, forse, ma la frase non è mia. È il verso di una poesia scritta da un uomo del mio paese, diventato molto popolare per le strade di Glasgow. Suonerebbe meglio con un po' di musica, se non v'infastidisse il dialetto.» Dopo aver bevuto un sorso di porto, batté la mano sul tavolo per ottenere il silenzio e iniziò a cantare con voce da baritono.

Dinnanzi all'onesta povertà
Che ha chinato la testa in silenzio, è stato detto tutto?
Passiamo oltre l'abiezione dello schiavo,
Noi abbiamo il coraggio di essere poveri, per tutto questo!
Per tutto questo e per quello.
Lavoriamo in segreto per questo,
Il rango non è altro che ricchezza,
L'uomo è prezioso solo per questo.

Che importanza ha se desiniamo su misere mense,
Se indossiamo grezzi abiti di lana grigia e tutto questo?
Lasciate agli stolti le loro sete, e alle canaglie il loro vino;
Un uomo è ciò che dimostra di essere per tutto questo:
Per questo e per quello,
Lasciate che mostrino i loro ornamenti sgargianti...

Dopo qualche strofa s'interruppe sorridendo. «Forse sarà meglio che mi fermi qui. Temo che il tizio che scrisse queste parole fosse un democratico e questo non è il luogo più adatto per ricordare le sue poesie.» Chinò lievemente il capo, come per scusarsi di fronte a qualche divinità militare che poteva essersi sentita offesa dalle sue liriche.

«I democratici sono tutti traditori» sentenziò il maggiore, fissando il bicchiere vuoto.

Di solito una canzone sortiva l'effetto di richiamarne un'altra, ma non in quell'occasione. Infatti, la conversazione si ridusse a sommessi mormorii e poco dopo la compagnia si sciolse. Mentre attraversava il cortile, diretto verso i propri alloggi, Holland si ritrovò a camminare accanto a Balfour, che sembrava essere rimasto l'unico ancora di buon umore.

«Il discorso delle promozioni è sempre stato un tasto dolente tra gli ufficiali» osservò, scuotendo la testa. «Forse avremmo dovuto limitarci ad argomenti più innocui, come fanno le donne.»

Holland abbozzò un sorriso. «Loro fanno di peggio, per quel che ne so io.»

«Sì, forse» concordò lo scozzese ridacchiando. «Le donne e anche i politici. Spero di non aver urtato la vostra suscettibilità su quell'argomento.»

«No, anche se io non avrei cantato quella canzone, non alla mensa, perlomeno.»

«Non è stata una buona mossa, ma temo che le questioni politiche reclameranno presto una risposta. E se i soldati inizieranno a discutere di politica... be', sapete che cosa è successo in Francia. L'uomo saggio bada alla propria casa quando vede che quella del vicino è in fiamme.»

A quel punto si separarono perché il capitano Balfour avrebbe fatto ritorno alla sua nave. Mentre si allontanava, iniziò a fischiettare il motivo della canzone e a Holland parve di udirlo ancora a lungo, anche dopo che l'oscurità aveva inghiottito qualsiasi altro suono.

A quel tempo, la poesia cantata da Balfour non veniva generalmente approvata in Inghilterra, anche se il messaggio che conteneva sarebbe stato considerato degno di nota in molti ambienti, sia nell'alta società che tra il popolo. Quella stessa notte c'era un uomo seduto in una taverna chiamata *I tre marinai* che avrebbe trovato davvero molto interessante quella poesia e anche il fatto che fosse conosciuta da un ufficiale della Marina in servizio.

Nessuno avrebbe potuto definire *I tre marinai* come un luogo perbene, se non addirittura onesto. Se fosse stato così, i suoi abituali avventori lo avrebbero evitato. Situato nel villaggio di Lambeth, sulla riva sud del Tamigi, *I tre marinai* aveva ben poco in comune con l'arcivescovo di Canterbury che risiedeva in quella zona e invece molto da spartire con il popolo dei barcaioli, dei marinai, dei timonieri e dei pescatori che prestavano la loro opera lungo il fiume, o con i delinquenti, i ladri, i mendicanti e le prostitute in attesa che questi sbarcassero. Per tali individui, le taverne come *I tre marinai* erano rifugi abituali, anche se non del tutto accoglienti.

Le abitudini del luogo erano senza dubbio note all'uomo che quella sera si trovava in un angolo tranquillo. La sua posizione lo esponeva alle peggiori esalazioni del fumo di tabacco e agli odori untuosi e stantii che provenivano dalla cucina, ma lui era più interessato a osservare discretamente ciò che lo circondava da una posizione sicura, nel caso in cui fossero insorti guai, che alla salubrità dell'ambiente. Perché il fatto che potessero insorgere guai, sotto varie forme, era certamente una possibilità. Se questo fosse accaduto, sapeva che gli altri avventori probabilmente lo avrebbero ignorato, ma se invece avessero conosciuto la sua identità, si sarebbe potuto aspettare il peggio. Questo perché lui non apparteneva né al fiume né alla costa, sebbene il suo lavoro lo obbligasse a frequentare entrambi i mondi. L'uomo era un agente di uno dei molti servizi segreti inglesi che a quel tempo operavano a Londra in modo più o meno scoperto. Le sue attività, però, non erano guidate dalle Guardie a Cavallo o dal Ministero della Marina, né da quello degli Esteri o degli Interni e nemmeno dalla milizia, ma da un individuo, i cui contatti con il governo erano così effimeri da essere quasi inesistenti. Questi era una persona eccentrica e molto riservata di nome Cuthbert Shy e i suoi agenti erano conosciuti come *gli uomini di Shy*.

C'erano alcune persone, piuttosto altolocate, che insistevano nel sostenere che Cuthbert Shy in realtà non esistesse e che la sua cerchia di agenti fosse solo una leggenda per confondere i servizi segreti francesi e per spaventare gli inglesi mal disposti verso la Corona, o i radicali irlandesi che, altrimenti, avrebbero potuto causare fastidi alle autorità. I pettegolezzi e le chiacchiere erano una naturale conseguenza della guerra. Non sorprendeva affatto, quindi, che fosse emersa una figura come Cuthbert Shy. Ma il fatto che quell'uomo esistesse davvero era tutta un'altra questione. Qualcuno lo aveva mai visto? Qualcuno aveva mai affermato di averlo incontrato? Dove si trovava il suo quartier generale? Non sembrava che ricevesse pagamenti per le sue attività, e questo in alcuni ambienti era un dato importante, o perlomeno, se li riceveva, venivano camuffati alla perfezione nella contabilità del fondo riservato ai servizi segreti.

L'agente di Shy, presente quella sera ai *Tre marinai*, non si preoccupava di questi dettagli; i suoi pensieri erano molto più pratici. Era responsabile di questioni di grande interesse che riguardavano la zona a sud del fiume. Per ottenere le informazioni che gli interessavano contava su un gruppo eterogeneo di spie, informatori e vagabondi più o meno affidabili. Questi individui spesso sentivano qualcosa e a volte lo riferivano in ritrovi prestabiliti come *I tre marinai*. L'agente definiva queste operazioni con la frase *ritirare la posta*. Ma quella sera la posta tardava ad arrivare e lui cominciava a preoccuparsi. Non solo era in attesa di uno dei suoi contatti più affidabili, ma sapeva che il suo contatto aveva da riferirgli informazioni molto importanti, notizie riguardo a un'alleanza tra i francesi e i traditori inglesi. Era esattamente il tipo d'informazione che più interessava il signor Shy, ma le ore passavano. Se l'uomo avesse tardato ancora, l'agente avrebbe lasciato *I tre marinai* per tentare la fortuna presso un'altra *cassetta della posta*.

Un ubriaco entrò barcollando nel pub. Aveva gli abiti sudici, doveva essere caduto su qualcosa di poco gradevole, e non si era di certo sbarbato di recente. Il suo aspetto non suscitò alcuna reazione particolare tra gli astanti, e i goffi tentativi dell'uomo di scroccare una bevuta diedero pochi frutti. Qualcuno gli urlò «giù le mani dal mio bicchiere, pezzente», mentre un marinaio gli rivolse un «togliti dai piedi», ma senza reale ostilità.

«Avete qualche spicciolo, signore?» chiese il vagabondo in tono lamentoso, appoggiandosi al tavolo a cui era seduto l'agente e guardandolo con gli occhi iniettati di sangue. «Il prezzo di una pinta di birra o per mangiare qualcosa» farfugliò.

«Non ho spiccioli» replicò l'agente. «Ma puoi finire questo, se vuoi.»

L'ubriacone prese il bicchiere che l'uomo gli porgeva, ne annusò sospettoso il contenuto e poi lo bevve tutto d'un fiato. Ruttò rumorosamente e si asciugò la bocca con la manica. «Non era granché» si lamentò, restituendo il bicchiere con mano tremante.

L'agente scrollò le spalle.

«Riuscirò a rimediare qualcos'altro, vedrete. Un pover'uomo avrà pure il diritto di bere qualcosa!»

«Potete bere quanto volete» replicò l'agente «ma non a spese mie.» Si alzò e passò davanti all'ubriaco, scostando la mano che il vagabondo aveva posato sul suo braccio e ignorando le sue nuove suppliche.

Il vagabondo deluso barcollò in avanti e poi indietro e infine si lasciò cadere pesantemente sul pavimento. «Avete qualche spicciolo?» chiese, guardando speranzoso coloro che lo circondavano. «Una sola moneta per un poveraccio che sta morendo di sete...»

Raggiunta la strada, l'agente inspirò a fondo e svoltò in un vicolo che correva parallelo al fiume. Non si fermò a leggere il pezzo di carta che il suo contatto gli aveva passato insieme al bicchiere vuoto, ma incurvò le spalle e diede un calcio a un ciottolo che si ritrovò tra i piedi. Era una notte serena, aveva smesso di piovere da poco, ma non c'era vento a disperdere gli odori malsani del fiume. L'azione aveva richiesto più tempo di quanto lui avrebbe voluto, ma alla fine aveva avuto ciò che voleva, o almeno lo sperava. Ora però doveva scrivere il rapporto, pensò, affrettando il passo.

Era combattuto se prendere una barca o attraversare il fiume al ponte di Westminster e si accorse della presenza degli uomini alle sue spalle solo quando era ormai troppo tardi. Uno strattone violento, un colpo allo stomaco e gli cedettero le gambe. "Sei proprio un idiota" fu l'unico pensiero che riuscì a formulare, mentre sentiva il sangue caldo scorrergli tra le dita.

I suoi assalitori lo trasportarono rapidamente all'ombra di un deposito di legname e gli frugarono accuratamente le tasche del giaccone e del panciotto. Trovarono un vecchio orologio senza catena, una borsa contenente pochi scellini, un fazzoletto e un foglio di carta ripiegato su cui con calligrafia incerta erano state scritte tre parole: Rabelais. Phoebus. Acchiappatopi. In altri termini, niente di valore.

Dopo avergli rubato il giaccone e le scarpe, fecero scivolare il cadavere nel fiume.

5

L'autunno si andava stemperando nell'inverno e quando il tempo peggiorò fu impossibile mantenere il ritmo di vita che aveva tanto entusiasmato Mary. Lei e le sue amiche iniziarono a ricevere ospiti alle *Dame Bianche*. Tè pomeridiani e discussioni letterarie erano eccellenti opportunità per dimostrare le doti di Mary (la signora Tipton la mise in guardia contro un'esposizione troppo liberale in quell'ambito) e i miglioramenti che lei aveva apportato alla proprietà (la signora Tipton riteneva che la residenza delle *Dame Bianche* rappresentasse una grande risorsa per Mary, soprattutto agli occhi dei gentiluomini che amavano l'arte). All'inizio di dicembre, uno di questi gentiluomini fece loro visita e lui e Mary trascorsero un piacevole pomeriggio a discutere del soffitto a cassettone di quello che un tempo era stato il refettorio. Ma quando lui si presentò una seconda volta e non la trovò in casa, Mary non si rammaricò di non averlo visto. Quello sembrava essere il suo atteggiamento verso tutti i gentiluomini del circondario, anche quelli che venivano considerati i migliori partiti. Ciò costituiva una preoccupazione per coloro che guardavano al matrimonio come al coronamento del successo di Mary. Lei si mostrava gentile con tutti, ma non sembrava nutrire sentimenti più profondi e nemmeno, come constatò con rammarico la signora Tipton, di preferire uno qualsiasi di quei gentiluomini a un ceppo di legno.

Mary, infatti, non trovava particolarmente interessante nessuno di quei signori del Suffolk, ma la sua indifferenza aveva a che fare più con la loro ottusità che con le ferite che il suo cuore aveva subìto durante la primavera precedente. O almeno così lei si diceva. A quel punto, fu inevitabile indirizzare i propri pensieri verso il capitano Holland. Era sufficiente che venisse fatto un riferimento a Storey's Court o alla famiglia Armitage, e Mary provò un brivido d'eccitazione quando una mattina, poco dopo Natale, sul tavolo della colazione apparve una lettera di Charlotte Armitage. La lettera giustificava la sua reazione, anche se non per il motivo che lei aveva immaginato.

«Sentite questa» esclamò, interrompendo una tortuosa conversazione tra Miss Marchmont e Miss Trent riguardo al fallimento dei recenti negoziati di pace, che il povero Lord Malmesbury aveva condotto con tanto coraggio. «Susannah Armitage infine si sposerà, ma *non* con Grantley Molton! Con il colonnello Crosby-Nash.» Mary abbassò la lettera. «Credo di averlo incontrato brevemente al funerale di Sir William. Un gentiluomo elegante... piuttosto *maturo*.»

«Che ne è stato del fidanzamento precedente?» domandò Miss Marchmont. «Intendete dire che è stato rotto? Incredibile!» Né lei né Miss Trent avevano mai conosciuto Miss Armitage o il signor Molton, ma avevano saputo tutto di loro da Mary e quindi si sentirono in diritto di commentare liberamente l'accaduto come se fossero state vecchie amiche.

Miss Trent stava servendo il tè e la teiera rimase sospesa a mezz'aria nella sua fragile mano. «Povero signor Molton!» esclamò. «Un giovane tanto gentile e a modo e tanto devoto a Miss Armitage! Che cosa può essere accaduto?»

Mary scosse la testa. «La spiegazione di Charlotte... e la sua scrittura... non sono molto chiare. Sono stati costretti a posticipare il matrimonio, sapete, e forse...»

«Sembra sia accaduto tutto molto rapidamente» commentò Miss Marchmont con disappunto, imburrando con veemenza una fetta di pane tostato. «Quelle due ragazze erano appena uscite dal lutto e

Miss Armitage si è subito fidanzata? Direi che è molto sconveniente. Come ha potuto Lady Armitage permettere una cosa simile?»

«Oddio... oddio,» mormorò Miss Trent «si direbbe... spero... deve trattarsi d'amore, Sarah. In questo caso si deve essere indulgenti. E la cara signorina Armitage è così amorevole...»

Miss Marchmont fece una smorfia. «Era ciò che pensavamo tutti... prima. Ma prima amava il signor Molton e ora probabilmente ama questo tizio. Come si chiama, Mary?»

«Colonnello Crosby-Nash.»

«Non è necessario urlare, non sono dura d'orecchi, anzi, il mio udito è acuto come...»

«Vi chiedo scusa» disse Mary. «Mi sembra di ricordare che Susannah abbia detto...» Posò la lettera e corse fuori della stanza, aggiungendo: «... di aver bisogno di consigli paterni».

Miss Marchmont e Miss Trent si fissarono l'un l'altra, ma prima che avessero il tempo di fare domande, Mary tornò sventolando una seconda lettera, che era andata a prendere nel suo studio. «Ecco qui la lettera che Susannah mi scrisse qualche tempo fa» spiegò in tono concitato. «Allora, non vi ho badato... o almeno non immaginavo che si riferisse all'amore, ma forse può spiegare quanto è avvenuto.»

> Come puoi immaginare, conduciamo una vita tranquilla e siamo state molto rincuorate dalle visite di mio zio. Mia madre conta molto su di lui, perché è un uomo di mondo e sa meglio di noi come vanno le cose. In passato non ci siamo frequentati spesso, ma dai tristi eventi della scorsa primavera, è diventato per noi una solida roccia. La perdita del mio amato padre mi ha dimostrato la necessità di poter contare su un gentiluomo, non solo dotato di carattere, ma anche di grande esperienza. Tu, mia cara Mary, sei molto intelligente... – *uhm*... – ma nel mio caso, sento più che mai il bisogno di una guida. Comprenderai che, in quanto erede dei beni del mio amato padre, ora ho delle considerevoli responsabilità e sono persuasa che sia opportuno condividerle con una guida esperta o, si potrebbe anche dire, paterna.

«Che tenerezza» mormorò Miss Trent affascinata, prima di aggiungere perplessa: «Ma che cosa significa?».

«Be', Charlotte scrive che il colonnello è un amico dello zio. Forse è lui la guida paterna... il colonnello, intendo dire. Non è giovane e... credo che del mondo sappia molto di più del signor Molton.» Mary cercò di rammentare la conversazione avuta con il colonnello Crosby-Nash. «Credo che sia vissuto all'estero per anni.»

«E se sua madre e suo zio considerano più adatto il colonnello, non dubito che se ne sia convinta anche Miss Armitage» aggiunse Miss Marchmont. «Non c'è motivo di credere il contrario. *Alcune* giovani hanno il giusto rispetto dei consigli dei più anziani.»

«Oh, sì, certo,» concordò Miss Trent «ma mi dispiace tanto per il signor Molton.»

«Temo che sia stato un colpo terribile per lui, adesso cadrà in depressione» disse Miss Marchmont con un'alzata di spalle.

«Sarah, non devi scherzare su queste cose!»

«Non sto scherzando... la depressione è la conseguenza naturale» protestò Miss Marchmont. «Prima l'amore e poi la depressione. Bene, bene, che notizia! Sicuramente Miss Charlotte Armitage ci terrà informate. Sono ansiosa di sapere che cosa accadrà in futuro.»

Charlotte non si limitò a tenerle informate. All'inizio di marzo fece visita alle *Dame Bianche*, traboccante di notizie riguardo al matrimonio, che aveva avuto luogo di recente. La prima occasione per affrontare l'argomento si presentò il pomeriggio stesso del suo arrivo, quando lei e Mary andarono a cavalcare. Mary non era un'amazzone esperta e i due animali imboccarono il viale con un'andatura che Charlotte definì in cuor suo come *un lento arrancare*. Quando giunse alla conclusione che la loro velocità non sarebbe aumentata e che non avrebbe potuto sperare in una corsa per la campagna, si rassegnò a far conversazione.

«Ebbene, che cosa pensi di questa faccenda di Susannah?»

Mary aggrottò la fronte e si guardò subito alle spalle, in direzione dello staffiere che le seguiva a discreta distanza. Per quanto fosse discreto, poteva udire le loro parole, o almeno, sicuramente, ciò che diceva Charlotte.

Charlotte, dal canto suo, non si faceva tanti scrupoli. Disse a Mary di non badarci e che presto tutti ne sarebbero stati informati. «Probabilmente, in questo stesso momento, la mia cameriera Elsie è in cucina a spifferare tutto quello che sa, ma del resto, perché mai la servitù non dovrebbe spettegolare? Non ci sono altre notizie degne di essere discusse.»

Piuttosto che tentare di rispondere a quella domanda, Mary preferì tornare all'argomento precedente. «Tu che cosa ne pensi?»

Charlotte scrollò le spalle. «Il dado è tratto, quindi non possiamo fare altro che rassegnarci al matrimonio. E a lui. In ogni caso, credo che non riuscirò mai a chiamarlo Arthur.»

«No? Perché no?»

«Innanzitutto, è molto vecchio. Senz'altro deve avere già superato i *cinquanta*!»

«Questo non fa di lui Matusalemme» disse Mary ridendo. «Ho scambiato solo qualche parola con lui la primavera scorsa e mi è parso un uomo… molto raffinato.»

Benché riluttante, Charlotte concordò su quel punto, ma insistette nel dire che il colonnello Crosby-Nash non era il tipo di persona anziana con cui ci si sente a proprio agio. Non era *bonariamente* vecchio, ma *gelidamente* vecchio, oltre a non essere per nulla spiritoso o interessante. Era stato un soldato, ma nonostante avesse trascorso anni e anni in India, non aveva mai vissuto un'avventura, o sfiorato la morte, o cose di questo genere.

«Sicuramente non è stata colpa sua.»

«Quando mio cugino Bobs si trovava in India, combattevano sempre e qualsiasi ufficiale dotato di un minimo d'intraprendenza… Ma credo che il colonnello avesse a che fare con i rifornimenti o i trasporti o qualcosa di altrettanto noioso, quindi forse è stato costretto a restare in disparte mentre succedeva qualcosa di eccitante.»

«Sì, forse avrebbe tanto desiderato andare dove si combatteva ed è stato invece obbligato...»

«A contare le stringhe degli scarponi dei soldati» concluse Charlotte ridendo. «O a cercare di scoprire se erano state consegnate le coperte per i cavalli.»

«No, intendevo dire che gli eserciti hanno bisogno di rifornimenti» si affrettò a precisare Mary. «Sei molto ingiusta nel dire così.»

Charlotte non era convinta. «Tu lo hai conosciuto... che ne dici, ti piace?»

«Be'...» Mary esitò, sforzandosi di essere imparziale. «Sicuramente è un uomo che emana una grande sicurezza, ma non saprei spiegarti esattamente.»

«Naturalmente è molto ricco» proseguì Charlotte. «Il signor Molton possiede una fortuna considerevole ed è l'erede di Fordham, che si trova abbastanza vicino a Storey's Court, ma il colonnello ha accumulato un'enorme quantità di denaro durante la sua permanenza in India... probabilmente, mentre tutti gli altri erano impegnati a combattere... Ora lui ha una grande e splendida casa a Londra, una tenuta nel Kent e un capanno di caccia da qualche parte nel Nord.»

«Quindi è Creso più che Matusalemme» replicò Mary, felice di non approfondire la propria opinione sul colonnello Crosby-Nash. «Susannah è felice di tutta questa abbondanza?»

«Be', naturalmente le piacciono le cose belle, ma no, non credo che le importi poi molto... ma la mamma è rimasta terribilmente impressionata. Sembra che sia l'unica cosa di cui parlano tutti, il denaro.» Charlotte guardò con aria sognante l'ampio spazio aperto visibile attraverso un buco nella siepe, che chiedeva solo di essere attraversato al galoppo.

«Tra la gente serpeggia l'ansia, sai, per via della guerra.» Mary superò il buco nella siepe, apparentemente senza nemmeno notarlo.

Charlotte sospirò. «Sì, e penso che sia giusto agire in modo responsabile, ma io lo trovo così triste. Quando il colonnello viene a farci visita, lui, la mamma e Susannah si chiudono in salotto e non fanno altro che parlare di denaro. A volte li ascolto dietro la porta. È così che l'ha corteggiata!» esclamò, facendo una smorfia. «Ma ti immagini? Quando ho chiesto a Susannah che cosa pensasse di lui, mi ha risposto che il colonnello era un gentiluomo molto colto, che la stava aiutando a prendersi le sue responsabilità. La mamma crede che potrebbe essere nominato baronetto.»

«I baronetti sono conosciuti per essere particolarmente responsabili?» chiese Mary con un sorriso ironico.

«No,» ridacchiò Charlotte «ma credo che mia madre accarezzi l'idea che Susannah un giorno potrebbe diventare *Lady* Crosby-Nash, invece di restare per sempre semplicemente la *signora* qualcosa.»

«La signora Molton, per esempio.»

«Sì, Molton è stato sfortunato, ma io non ho mai creduto davvero che lui e Susannah fossero follemente innamorati. Naturalmente, non potevano sposarsi subito, per via del lutto, ma se fossero stati consumati da una bruciante passione, sarebbero potuti fuggire in Scozia, dove ti può sposare chiunque, anche un maniscalco. Io lo avrei fatto. Lei, invece, è rimasta a Storey's Court e lui è rimasto a Fordham, e tra il colonnello, le questioni economiche e il fatto che Susannah dovesse comportarsi da persona responsabile, quando il periodo del lutto è terminato...» Charlotte alzò le spalle. «Alla fine le cose sono andate così.»

«Di certo è avvenuto tutto molto in fretta» disse Mary, rammentando i commenti di Miss Marchmont.

«Suppongo che il colonnello Crosby-Nash non volesse perder tempo, considerata...»

«Considerata la sua età, stavi per dire» la canzonò Mary. «Sei proprio impertinente, lo sai? Quel pover'uomo mi fa pena.» Si voltò di lato per nascondere un sorriso.

«Volevo solo dire che è stato molto determinato,» protestò Charlotte «ma ciò che hai detto è altrettanto vero. E ora sono andati a Londra e vi resteranno per il resto della stagione.» La ragazza sospirò e voltandosi verso Mary, le chiese: «Non credi che sia meravigliosa... la Stagione londinese?».

Mary era stata solo una volta nella capitale e in circostanze piuttosto inusuali. La Londra della mondanità era un mistero per lei, ma era sicura che fosse molto emozionante. Musica, balli, teatri, gallerie d'arte e cene in cui la conversazione verteva su qualcosa che non fosse la caccia. Gli eventi a cui aveva partecipato fino a quel momento impallidivano in confronto a ciò che offriva la grande città. «Penso che sarebbe...»

«Che sarebbe assolutamente splendido» concluse Charlotte. «Non ti piacerebbe andare a Londra? Io ci andrò» aggiunse sorridendo.

Mary fermò il cavallo. «Non vorrai dire... Lady Armitage non ti permetterà di prender parte alla Stagione alla tua età.»

«Be', no» ammise Charlotte. «Ci resterò solo per un paio di settimane e ho il permesso di partecipare solo al ballo che darà Susannah. La mamma dice che è meglio visitare Londra a piccole dosi e che ci potrò andare per distrarmi dopo la terribile perdita di papà. Poi l'anno prossimo, io e lei ci andremo insieme per un mese intero.»

Charlotte spronò di nuovo il cavallo e Mary fu costretta a seguirla. «Ma... sicuramente non potrai andarci da sola quest'anno.»

«No, ci sarà mio zio e naturalmente Susannah, anche se la mamma dice che non devo tormentarla, ora che è sposata, il che mi fa supporre che evidentemente lei pensava che io la tormentassi prima che si sposasse. Ma questo adesso non c'entra. Andrò a Londra e credo che dovresti venire anche tu.»

«Ti ringrazio molto,» replicò Mary «ma dubito che tuo zio m'inviterebbe e non posso semplicemente unirmi a te.»

«Oh, ma non preoccuparti per questo! A Storey's Court siamo state costrette a ospitare un gran numero di persone noiosissime che non avevamo invitato, e tu di certo non saresti noiosa. Inoltre, io non starei da mio zio, non ci starei di certo, se venissi anche tu. Alloggeremmo a casa mia. Papà è stato così buono da lasciarmi in eredità la nostra casa al numero 10 di Cavendish

Square e l'ammiraglio Verney, che ci vive di solito, si è recato a Bath per motivi di salute. Non è meraviglioso?»

«Non per l'ammiraglio Verney, ma suppongo che tu non sia responsabile della sua gotta.»

«No.» Charlotte rise e poi facendosi di nuovo seria, le chiese: «Potresti venire, vero? Nessuno ti dice che cosa puoi fare… non c'è nessuno a cui devi obbedire, non è così? Noi non potevamo fare quasi nulla durante il lutto, non che avessimo il desiderio di fare qualcosa, del resto».

Mary scosse la testa, sorridendo con dolcezza. «Certo, è naturale, ma non devi restare in lutto per sempre. Tuo padre non lo avrebbe voluto. E in quanto a me, non devo obbedire a nessuno.» Mentre parlava, le si materializzò davanti l'immagine della signora Tipton. La signora Tipton era convinta che Londra (naturalmente non ci era mai stata) fosse un luogo dove uomini pericolosi e depravati cospirassero per rovinare, sia moralmente, che economicamente, giovani donne inesperte. Per fortuna le sue idee non avevano influenza alle *Dame Bianche*. «Sai,» aggiunse sorridendo «sarei voluta andare a Londra la primavera scorsa, ma poi non l'ho fatto.»

«Non c'è nessun motivo per non farlo adesso. Pensa a quanto ci divertiremo! Potremo andare in carrozza al parco, a fare spese, a visitare la cattedrale di St Paul e la Torre di Londra e Susannah non sarà troppo lontana. Forse ci saranno anche le *luminarie* e assisteremo anche al saluto a salve, com'è accaduto in questo periodo per Sir John Jervis. Io credo che la Marina sia davvero splendida!»

«Davvero splendida, ma… aspetta un attimo, non posso abbandonare Miss Marchmont e Miss Trent, nemmeno per assistere al saluto a salve.»

«Possono venire anche loro» suggerì Charlotte con generosità. «Anzi, sarebbe un bene se venissero, perché, nonostante tu sia una persona responsabile, sei ancora abbastanza giovane e sarebbe utile essere accompagnate da due signore mature durante le nostre uscite. Penso che la mamma ne sarebbe felice.»

«Miss Marchmont e Miss Trent non sono vecchie» la corresse Mary ridendo. «Non farti mai sentire da loro a dire una cosa simile!»

«Meglio così,» disse Charlotte con entusiasmo «significa che non si stancheranno subito e che non insisteranno per tornare a casa per una tazza di tè e o per mettersi sedute sul divano con i piedi sollevati. Ci sono... hai altre obiezioni?»

«Uhm... fammi pensare» mormorò Mary con serietà. «Altre obiezioni... no, non me ne vengono in mente.»

Charlotte rise, raggiante di felicità. «Sei così simpatica! Quindi, verrai?»

«Direi di sì.»

«Urrà!» esclamò Charlotte. «Andiamo subito a scrivere alla mamma e alla signora Arbuthnot, la governante di Cavendish Square. Pensi che questi due vecchi ronzini riescano ad andare al piccolo galoppo? Credo che il galoppo li stroncherebbe.»

«Certo che possono andare al piccolo galoppo» rispose Mary, accarezzando la criniera del suo cavallo. «E non chiamarli "vecchi ronzini", potresti offendere la loro suscettibilità.»

Il flusso di lettere tra *Le Dame Bianche*, Storey's Court e il numero 10 di Cavendish Square cancellò qualsiasi dubbio residuo dalla mente di Mary. Lady Armitage diede la sua benevola approvazione al progetto e la signora Arbuthnot confermò che in Cavendish Square tutto sarebbe stato pronto per l'arrivo delle giovani, stabilito per il 20 di aprile. Di conseguenza, per il resto del soggiorno di Charlotte nel Suffolk, nient'altro fu discusso, programmato o preso in considerazione al di fuori del viaggio a Londra.

Miss Trent dovette essere convinta a unirsi a loro.

«Andate pure voi due, sono sicura che vi divertirete, ma io non credo...» «Oh, vi prego, Miss Trent, non possiamo fare una vacanza senza di voi! Non ci divertiremmo affatto.» «Ma non è meglio che una di noi resti qui a badare alla casa?» «No, la nostra presenza qui è superflua… tutto filerà liscio anche senza di noi.» «E poi, Hetty, c'è la questione del tuo ombrello. So benissimo che hai lasciato il cuore su quell'ombrello di seta verde, come quello che ha la signora Tipton. Dove credi che siano venduti? A Londra, naturalmente.» «Ma voi non potreste…» «Assolutamente no, devi sceglierlo tu. Non possiamo assumerci la responsabilità.» «Be', allora, se siete proprio sicure…»

Non era assolutamente necessario che viaggiassero con la loro carrozza; il servizio pubblico sarebbe stato adeguato ai loro bisogni.

«Il servizio pubblico? Non sarà scomodo o sconveniente?» «Sarà sicuramente inadeguato per te, Charlotte, con il tuo immenso guardaroba.» «Il mio guardaroba non è immenso!» «Dimentichi che ho visto il numero di bauli che hai portato con te alle *Dame Bianche*. Il povero Wallis barcollava sotto il peso.» «Be', sì, ma immaginate quante persone interessanti si possono incontrare viaggiando in diligenza!» «Compagni di viaggio eccentrici renderanno la nostra esperienza ancora più eccitante.»

E la servitù?

«Presumo che il numero 10 di Cavendish Square disponga già di domestici.» «Sì, certo, naturalmente, ma io porterò lo stesso Elsie con me.» «Io non ho una cameriera personale.» «Lo so e non capisco come tu possa farne a meno… ma tu sei molto in gamba. Però a Londra… con tutti gli impegni, gli intrattenimenti e il ballo, sarà diverso.» «Oddio, suppongo che dovremo essere sempre eleganti. Credete che ci riusciremo, Miss Marchmont?» «Voi due dovrete preoccuparvi dell'eleganza, io e Hetty invece dovremo puntare sulla comodità e il buon senso.» «Dimenticate l'ombrello di Miss Trent. Lei sarà più alla moda di tutte noi!»

E gli acquisti.

«Pensate a tutti quei meravigliosi negozi! Mia madre dice che a Londra è possibile trovare qualsiasi cosa.» «Uhm, sì, dovrò cercare un nuovo zerbino.» «*Uno zerbino?* Non puoi… oh, ti stai prendendo gioco di me, Mary, non è così?» «Forse.» «E a voi piace fare acquisti, Miss Marchmont?»

«Sì, abbastanza, Miss Armitage, benché in questa circostanza la mia responsabilità consisterà soprattutto nel limitare gli stravaganti voli di fantasia dei bottegai e nel tenere d'occhio i vostri acquisti.» «E noi tutte dovremo stare in guardia per difenderci dalla scaltrezza di quei bottegai londinesi che pensano di poter approfittare dell'ingenuità delle ragazze di campagna.» «Siete un tesoro, Miss Trent. Sono sicura che ci divertiremo tanto!»

Nonostante avesse rassicurato le amiche riguardo ai trasporti pubblici per Londra, Mary decise di prenotare tre posti sulla diligenza postale. «Se si vuol fare una cosa, la si deve fare bene» si giustificò, quando Miss Marchmont si lamentò per la spesa non prevista. «Saremo felici quando arriveremo in Cavendish Square con due ore di anticipo rispetto al corriere.»

Il viaggio fu piuttosto monotono. A Ipswich, dove cenarono prima di salire in carrozza, alla proprietaria del *Gran cavallo bianco* occorse solo qualche istante di concentrazione per ricordare «perfettamente» Mary, dopo la sua precedente visita alla locanda, la prima volta che era arrivata nel Suffolk. «Ci fu un terribile incidente sulla strada per Stowmarket» raccontò «e quel povero gentiluomo poi morì nella nostra camera migliore. Non che dobbiate stare in ansia per il viaggio, signore» le rassicurò, sfoderando un sorriso. «La diligenza postale è sicura e conveniente, lo dico sempre io.»

Le rassicurazioni della locandiera si rivelarono ben fondate: infatti, dopo Ipswich, proseguirono rapidamente attraverso la notte primaverile, facendo sosta solo per la sostituzione dei cavalli a Stratford e a Colchester. Il postiglione e la guardia si dimostrarono estremamente gentili, non solo moderando la velocità per riguardo delle passeggere, ma anche acconsentendo a fermarsi due volte per scaricare il baule di Miss Trent, la prima volta perché non riusciva a trovare i fazzoletti, e la seconda perché aveva dimenticato di rimetterli a posto.

A Witham si unì a loro un altro passeggero, un uomo alto e spigoloso di nome Wilcocks, che doveva portare degli importanti documenti agli uffici del'Avvocatura. Era politicamente schierato e per il resto del viaggio tenne una sorta di comizio sulle condizioni della nazione e su come il governo avrebbe potuto beneficiare del suo consiglio. In particolare, avrebbe agito con fermezza nei confronti delle attività criminali di cui si era macchiata la flotta di stanza sul Canale.

«La flotta del Canale?» chiese Mary, quando lui s'interruppe per riprendere fiato. «Vi chiedo perdono, ma... è successo qualcosa?»

«Oh, sì, signorina» rispose Wilcocks con veemenza. «I marinai si sono ammutinati. Alle navi era stato ordinato di salpare domenica, ma l'equipaggio si è rifiutato.»

Udendo quella notizia, le presenti aggrottarono la fronte; la cosa appariva molto sospetta. «Sono certa che nessun capitano chiederebbe ai suoi uomini di salpare la domenica di Pasqua» si affrettò a dire Miss Trent.

«Questi sono gli imperativi della guerra, signora. E rifiutarsi di eseguire un ordine, pur in quel giorno, denota la malvagità di quegli uomini.»

«La salvezza delle loro anime...»

Mary la interruppe. Miss Trent possedeva tendenze anticonformiste che, se assecondate, avrebbero risucchiato la discussione in un vortice teologico. «Perché si sono ammutinati?»

Il signor Wilcocks sbuffò con disappunto. «Vogliono un aumento di salario... ebbene, chi non lo vorrebbe? Io so bene che cosa direbbe il mio capo se io mi rifiutassi di eseguire i suoi ordini perché non sono soddisfatto della mia paga... e pretendono condizioni migliori e ufficiali *migliori*. Mi rendo conto della vostra incredulità, mie care signore, ma vi assicuro che è così. Questi... delinquenti hanno l'audacia di criticare chi è stato legalmente nominato a comandarli.»

«Dove si trovano adesso?»

«A Portsmouth... a meno che nel frattempo non siano fuggiti in Francia e non si siano arresi al nemico insieme alle loro navi.»

«Sarebbero davvero capaci di compiere un atto così terribile?» chiese Miss Marchmont.

«Hanno issato la bandiera rossa della ribellione alla testa d'albero e hanno preso il posto dei loro ufficiali. Il loro tradimento potrebbe non avere limiti.»

Mary aggrottò la fronte udendo il linguaggio colorito di Wilcocks. «Che cosa si sta facendo al riguardo? Per mettere fine all'ammutinamento, intendo dire.»

Lord Spencer, Primo Lord dell'Ammiragliato, si era recato a Portsmouth a parlare con i marinai per tentare un negoziato, ma il signor Wilcocks lo considerava un gesto di suprema follia. Gli ammutinati erano come dei bambini educati male, che non comprendevano le buone ragioni e non meritavano quel trattamento. Il ministro avrebbe dovuto costringerli a tornare ai loro doveri. Prima il governo avesse preso in mano la situazione e meglio sarebbe stato per tutti.

Mentre il signor Wilcocks parlava, l'opinione che Mary nutriva riguardo alla sua intelligenza divenne palese nella sua espressione. «Se si sono impossessati delle navi» fece notare «non vedo in che modo potrebbero essere costretti a fare qualsiasi cosa. Lord Spencer *deve* ragionare con loro, altrimenti sarà lui a rimetterci.»

«Se hanno organizzato... questo ammutinamento e hanno presentato le loro richieste» proseguì Miss Marchmont in tono più pacato, mettendo in guardia Mary con un'occhiata «saranno altresì in grado di comprendere gli argomenti del Primo Lord.»

«Sono sicura che i marinai *inglesi* saranno ragionevoli» disse Miss Trent «e anche di buon cuore. Sapete, la nostra guardia prima era un marinaio. È così che ha imparato a legare con tanta efficienza i nostri bagagli.»

Il signor Wilcocks rivolse loro un sorriso indulgente. «Non credo che voi signore comprendiate appieno la situazione.»

Mary tentò di fargli cambiare idea, ma la voce di Miss Marchmont ebbe la meglio sulla sua. Concordò con il signor Wilcocks,

pendo che sarà di pessima qualità," proseguì tra sé "*ma o mangi questa minestra o salti dalla finestra*."

«Me ne deve una bottiglia» disse Holland. «Sì, va' pure.»

Il capitano salì di corsa le nude scale di legno, il piacere di rivedere l'amico lievemente attenuato dalle sue ansie di ospite. Cercò di ricordare quand'era stata l'ultima volta che aveva visto il maggiore Francis, conosciuto da tutti come Dick, Whittington. *Saranno sei mesi? Probabilmente, quasi otto*. Tenuto conto della vicinanza di Woolwich a Londra, era una vergogna che fosse passato tanto tempo. Ma, del resto, un abisso divideva la Fanteria, uno dei reggimenti più esclusivi dell'Esercito, dall'Artiglieria Reale. I loro ufficiali vivevano in mondi completamente diversi, sia all'interno dell'Esercito che fuori di esso. La Fanteria prendeva parte all'aspetto più glorioso della guerra, mentre l'addestramento degli artiglieri riguardava più l'aspetto scientifico, e a volte correva poca simpatia tra i due corpi. Holland e Whittington si conoscevano da parecchi anni e il loro rapporto era di solito equilibrato, se non proprio paritario.

«Buona sera, Dick» disse Holland, facendo cenno all'amico di non alzarsi dalla poltrona consunta su cui era seduto. «Che cosa ti porta a sud del fiume? Qualche novità riguardo al pasticcio in cui s'è cacciata la Marina?»

Entrambi erano in uniforme, ma a parte questo, null'altro li accomunava. Whittington era il tipo di persona sempre a posto in qualsiasi circostanza. Era ben curato, la sua uniforme cadeva perfettamente e sedeva eretto sulla poltrona fatiscente con le lunghe gambe accavallate. I costosi guanti di pelle erano stati gettati sul pavimento e la mano pallida che sollevò per salutare l'amico mostrava un pesante anello d'oro con stemma nobiliare. «Per rispondere alla tua seconda domanda, il Primo Lord non è ancora tornato da Portsmouth, ma tutti sperano che il compromesso che ha proposto ai marinai, in particolare l'aumento di paga, verrà infine accettato. E in quanto alla prima, sono venuto a far visita a te e a vedere un cavallo. Sì, so che è strano il fatto che io sia venuto a Woolwich per un cavallo, ma...» Aggrottò la fronte, mentre Holland si sedeva di fronte a lui. «Mio Dio, cos'è questo odore disgustoso?»

Holland annusò la manica dell'uniforme. «Ah, temo di essere io.»

«Appendila fuori della finestra» gli consigliò Whittington, mentre Holland si ritirava in camera da letto. «O meglio ancora, bruciala.»

L'abito in questione era la giacca della più vecchia uniforme di Holland, che non solo era ormai logora, ma anche macchiata d'olio, di carbone e dei vari elementi chimici utilizzati nel laboratorio del reggimento. Il capitano tornò dall'amico in maniche di camicia.

«Puzzi troppo d'inferno per i miei gusti» proseguì Whittington. «Sai, lo zolfo...»

«Sì, scusami. L'ho maneggiato per tutto il giorno,» gli spiegò Holland «ma io ci sono abituato.»

«Ah, e a che cosa state lavorando? Se non è un segreto.»

Holland scosse la testa e riprese il suo posto. «Ormai non si fidano più a mettermi al corrente dei veri segreti. Stiamo lavorando a una specie di bomba. L'idea è quella di produrre in fretta una grande quantità di fumo senza fiamme. Un obiettivo davvero interessante.»

«Suppongo che questo sia considerato dai tuoi capi come un grande successo nell'arte della guerra.»

«Si tratterebbe di un fumo di copertura, per proteggere un'avanzata o una ritirata.»

Whittington annuì. «Sì, capisco. Piuttosto umiliante però darsela a gambe avvolti in una nube di fumo.»

«Meglio questo della morte» disse Holland. «Ma tornando all'ammutinamento, credi che un aumento di paga risolverà la cosa?»

«Probabilmente, se verranno però anche presi provvedimenti nei confronti degli ufficiali istigatori.»

«Chissà quando la flotta del Canale potrà riprendere il mare... ma la flotta del Mare del Nord può sorvegliare Texel e impedire agli olandesi di avvicinarsi.»

Per un certo periodo si era vociferato che i francesi avrebbero tentato di approdare sul suolo britannico, questa volta con l'aiuto degli olandesi. Gli scettici ricordavano i due recenti fallimenti in Irlanda e nel Galles. Nemmeno i francesi sarebbero stati così stolti da fare un terzo tentativo. I più pessimisti, invece, sostenevano che l'invasione dall'Irlanda fosse fallita solo a causa delle pessime condizioni meteorologiche. Se la Marina fosse rimasta bloccata dall'ammutinamento, sia le coste irlandesi che quelle inglesi si sarebbero trovate in pericolo.

Holland e Whittington analizzarono entrambi i casi, fino a quando Whittington si stancò di quell'esercizio. Scrollò le spalle e disse che era una gran noia. Che senso aveva la strategia quando anche i piani curati nei minimi dettagli potevano fallire a causa di una raffica di vento o della marea? «E questa faccenda del cavallo è ancora più deprimente.»

«Che cosa è successo?»

«È una storia molto triste, purtroppo. Mi avevano parlato di uno splendido cavallo in ottima salute, un sauro di otto anni, ottimo pedigree, comportamento eccellente, usato nelle esercitazioni militari. Un mio amico sosteneva di averlo visto e mi ha confermato le sue doti. Ci avevo davvero lasciato il cuore, al punto da arrivare sin qui pur di averlo, ma quando l'ho visto, la delusione è stata cocente. Mi avevano promesso Pegaso e mi sono trovato davanti Ronzinante.»

Holland detestava le cose riferite, e infatti... *Dick e i suoi svolazzi*... «Che ne è stato di... Pompey, si chiamava così?» gli chiese Holland, riempiendo il bicchiere di Whittington con lo sherry rimasto.

«Nulla, a parte il fatto che sta invecchiando e che l'inverno scorso ha sofferto molto di coliche. È ancora intrepido come un tempo, ma merita di ritirarsi. Non lo porterei mai all'estero.»

L'allusione all'estero e quindi al servizio attivo, toccò profondamente Holland, che provò un egoistico sollievo quando Whittington gli disse di non aver notizia di alcun piano. Ma, se le truppe inglesi fossero tornate sul Continente, sicuramente la Fanteria sarebbe stata tra loro, mentre Holland sarebbe rimasto segregato a Woolwich, a meno che non fosse scoppiata una vera guerra e si fosse formato un nuovo battaglione di Artiglieria.

«È solo colpa tua se hai scelto di entrare in un corpo con una fila interminabile di ufficiali e nessuna speranza di scavalcarla» disse Whittington. «Sei fortunato ad avere questo incarico al laboratorio. Non riesco proprio a capire perché tu abbia tanta fretta di essere fatto a pezzi. Ah, eccoti qui, Drake... e con una seconda bottiglia! Ci hai salvato. Come te la passi? Non hai voglia di fare davvero il soldato invece di assistere a questi esperimenti di stregoneria?»

«Sto bene, signore, non mi posso lamentare.» Drake non apprezzava il maggiore Whittington. "Voglia di fare il soldato un corno!" pensò, riempiendo i bicchieri.

«Va bene, lascia qui la bottiglia» disse Holland, guardandolo negli occhi. «Dal momento che sei qui, perché non ti fermi a cena, Dick?»

«Una magnifica proposta!»

«Spero di riuscire a preparare qualcosa di decente, signore» disse Drake in tono sofferente.

«Oh, no, andiamo a cena fuori» intervenne Whittington. «Potremmo tentare la sorte al Clarendon Hotel di Blackheath.»

Holland calcolò rapidamente il probabile costo di un pasto in quell'elegante ristorante. «D'accordo, se preferisci... Drake, prepara i cavalli.»

Drake stava riordinando la stanza, non che ci fosse qualcosa fuori posto, e per poco non lasciò cadere il lucente calamaio che stava spolverando. "Il Clarendon Hotel! E chi pagherà? Il capitano non può permetterselo, e da quando Sua Eccellenza è diventato così generoso da pensare a qualcun altro oltre a se stesso?" «La zampa di Ranger non è a posto» disse. «È ancora gonfia.»

«Questa mattina mi è parso che andasse bene.»

Drake scosse lievemente la testa, ma rispose in modo affermativo. "Uno stupido fa in fretta a dissipare il proprio denaro... sempre che ne abbia."

Holland riprese a parlare solo quando la porta si fu richiusa alle spalle del suo riluttante attendente. «Per essere giusti, io non potrei scavalcare la fila degli ufficiali nemmeno se fosse possibile. Non sono abbastanza ricco.»

Whittington annuì, nonostante già lo sapesse. Lo stato delle uniformi di Holland, il suo misero alloggio e la mancanza di qualcosa di decente da bere, rendevano la situazione abbastanza chiara. Il maggiore provò un improvviso scrupolo di coscienza. Il suo amico era davvero messo così male? Avrebbe dovuto offrirgli un prestito? Sarebbe stato possibile affrontare l'argomento in modo tale da evitare l'imbarazzo di entrambi? Probabilmente no, ma avrebbe fatto meglio a pagare la cena. «Ciò di cui hai bisogno è trovare una moglie ricca.»

Holland trasalì come se fosse stato schiaffeggiato in pieno viso. «*Che cosa?*»

«Non ti sto dicendo di diventare un mercenario, ma solo che potresti innamorarti di una ragazza ricca anziché di una povera. Non credo che sia difficile.»

Il tono di Whittington era piuttosto impersonale e Holland si rilassò. «Uhm... capisco.»

«Io farei così,» proseguì Whittington pensieroso «o meglio, è esattamente ciò che intendo fare. Se una ragazza è di buona famiglia, ha un aspetto accettabile e ventimila sterline, può avermi. Se è molto carina, può averne anche diecimila, e se ne ha trentamila, terrò gli occhi chiusi. Mi sembra una soluzione equa. Dopotutto, diventerà la viscontessa Bamfield. Cos'altro potrebbe pretendere?»

«Niente, suppongo. Che cosa farai riguardo al cavallo?»

Whittington scoppiò a ridere. «Mio Dio, non si può dire che tu eccella nella nobile arte della conversazione!»

«Intendevo solo dire...»

«So precisamente che cosa intendevi dire, ma il mio era un discorso serio! Le ballerine vanno benissimo quando uno si vuole divertire, ma ci sono cose come l'onore della famiglia... e la ricchezza. Si deve pensare a entrambe. In qualsiasi caso, è improbabile che io incontri la futura signora Whittington nel giro di qualche giorno e al nuovo cavallo ci penserò. Forse dovrei andare a dare un'occhiata a Tattersalls. Dovrebbero avere qualcosa di adatto alle mie esigenze, anche se forse dovrò sborsare più del previsto. Perché non vieni anche tu? C'è un'asta dopodomani.» Whittington bevve un altro sorso di quell'abominevole sherry e rabbrividì. «Dovresti venire più spesso in città, allontanarti un po' da questo luogo spettrale.»

«Cos'ha che non va?» chiese Holland con diffidenza.

«Sei rimasto rinchiuso qui troppo a lungo, se vuoi sapere come la penso. È questo il difetto di voi artiglieri, non mostrate alcun interesse per tutto ciò che non esplode.»

Holland annuì sorridendo. Anche Whittington sentì l'allentarsi della tensione e fece un ulteriore tentativo per alleggerire l'atmosfera. «Amico mio, spero che non ti mandino mai all'estero, benché tu lo desideri. Woolwich è sicuramente la tua Lagado.»

«Lagado?»

«Sì, la *Grande Accademia* di Lagado che Gulliver visita a Balnibarbi. Sai, il capolavoro di Swift» precisò Whittington, dal momento che le sue parole non sortivano alcun effetto. «Non conosci Swift?»

«No.»

«Buon Dio, ma che cosa leggi?» Whittington si alzò in piedi, camuffando l'imbarazzo con l'esasperazione. Sembrava che quella sera non ne avesse detta una giusta. Attraversò la stanza per andare a esaminare una piccola libreria. «Ah! Proprio come sospettavo! Il *Trattato sull'artiglieria* di Gray, *Le armi e le macchine usate in guerra* di Le Blond, *Attacco e difesa delle fortificazioni* e *La dottrina dei proiettili* di Muller... Santo Dio! Non sapevo nemmeno che i proiettili avessero una loro dottrina. E poi Robbins, naturalmente, e Vauban.» Percorse tutto il ripiano con la punta delle dita. «E questo cos'è? *Poesie* di Alexander Pope.» Sfogliò il volume e guardò Holland, che parve d'un tratto spazientito. «Mi sorprendi, hai letto *davvero* queste poesie?»

Holland scrollò le spalle. «Sì... qualcuna. Swift è un poeta?»

«Ehm... sì, ma scrive anche romanzi. È diventato famoso per un romanzo molto divertente intitolato *I Viaggi di Gulliver*, in cui il protagonista visita un certo numero di bizzarri paesi immaginari. In uno di questi, un posto chiamato Lagado, c'è la *Grande Accademia dei Progettisti.*» Con il procedere della spiegazione, Whittington capì che non sarebbe servita a nulla, ma continuò coraggiosamente. «Questi progettisti sono scienziati e filosofi che impiegano tutto il loro tempo nel tentare strani esperimenti impossibili... estrarre raggi di sole dai cetrioli o trasformare il ghiaccio in polvere da sparo. È molto divertente.»

«Uhm...»

«E, naturalmente, mi fa sempre pensare al tuo laboratorio.»

L'orologio batté l'ora e Holland suggerì di andare. Whittington acconsentì sollevato. Era felice di lasciare quella squallida stanza e le imbarazzanti conversazioni che sembrava stimolare. Mentre attraversavano il cortile, riacquistò l'abituale affabilità. «La cosa migliore di Londra è la possibilità di vedere tante belle ragazze» osservò.

«Sono certo che riuscirai a trovare la tua futura signora Whittington.»

«Conosco tante stupende giovani che farebbero al caso tuo. Se riuscissi a strapparti da questo maledetto posto, potrei presentartele.»

Drake li attendeva incupito davanti al cancello insieme a Ranger e Pompey. «Dovremo tirare la cinghia dopo questa sera» mormorò, e Ranger scosse solidale la testa.

«Ho solo una richiesta da farti» disse Whittington, montando in sella.

«Dimmi.»

«Devi promettermi che non parlerai di bombe, è un argomento che non viene apprezzato nemmeno dalle ragazze più comprensive.»

«D'accordo, maledizione!» Holland rise e insieme si allontanarono lungo la strada deserta.

6

Londra in primavera era deliziosa, soprattutto per coloro che abitavano in una residenza elegante come il numero 10 di Cavendish Square. La casa era comodamente ubicata in un quartiere piacevole e, sebbene l'arredamento dell'ammiraglio Verney fosse piuttosto austero, le ospiti erano eccitate nel sapere che persino una persona importante come Lord Howe aveva cenato al massiccio tavolo di quercia. Miss Trent confessò di ammirare il ritratto dell'ammiraglio Verney appeso sopra il camino del salotto. Nonostante ordinasse ai cannoni di sparare dal cassero di poppa, riusciva a conservare un aspetto rassicurante e paterno.

La capitale offriva senza dubbio le più notevoli attrattive. Charlotte voleva vedere tutto, mentre Miss Marchmont e Miss Trent solo quelle più adatte alle signore. All'arrivo in città, Miss Marchmont aveva subito acquistato una guida affidabile. Armata della sua copia della guida alla città, stese un accurato programma di visite includendo «tutto ciò che è degno d'interesse in quanto ad antichità, magnificenza, eleganza o bellezze rurali». Quelle escursioni a volte a Charlotte sembravano troppo simili a delle lezioni, in quanto sia Miss Marchmont che Miss Trent scivolavano facilmente sul tono pedagogico, e Mary si entusiasmava per qualsiasi cosa avesse un carattere anche lontanamente storico. In questo modo molto tempo venne impiegato nel conoscere com'era stata costruita la Torre di Londra e che significato avesse rivestito nel Medioevo, mentre Charlotte avrebbe voluto vedere i leoni o sapere qualcosa di più sulle decapitazioni. Fortunatamente, quelli furono solo inconvenienti minori e le lezioni furono alleggerite dai concerti, dalle visite a teatro e dai numerosi acquisti. Uno dei primi fu il famoso ombrello di seta verde di Miss Trent.

Altre questioni ben più serie furono dibattute durante le fresche mattine d'aprile e i temporaleschi pomeriggi. Gli uomini d'affari della City temevano che la scarsità di metalli preziosi potesse alterare la stabilità della Banca d'Inghilterra, mentre a Whitehall i ministri del governo si chiedevano quando la politica del blocco avrebbe esaurito le risorse britanniche e la pazienza degli Stati neutrali. Le persone che abitavano nelle baracche e nelle zone malfamate, per le quali l'insicurezza economica significava morire di fame e la guerra voleva dire servizio militare obbligatorio, s'interrogavano sulla giustizia divina. Ma tutti questi problemi non oscuravano le giornate delle ragazze di buona famiglia, e quando Mary s'informò sull'ammutinamento della *Spithead*, le sue domande furono accolte con sorrisi indulgenti. Che lei nutrisse anche interessi politici era considerato un fatto affascinante, ma che non doveva essere incoraggiato: le veniva ricordato a queso proposito che toccava a individui più saggi occuparsi di quei temi.

Mary concordava solo in parte. Di certo, mentre sedeva insieme a Susannah nel salottino al piano superiore, al numero 10 di Cavendish Square, i suoi pensieri non erano focalizzati sulle questioni di Stato. Da quando era arrivata a Londra e aveva visto Susannah sistemata a Scarborough House, la grande e splendida residenza in Dover Street, Mary aveva nutrito una crescente preoccupazione. Susannah possedeva una natura gentile che attenuava, piuttosto che cancellare, la sua gaiezza e il suo desiderio di divertirsi. Forse le mancava l'energia di sua sorella Charlotte, di cui a volte criticava alcuni comportamenti eccessivi, ma solo perché prevedeva le loro spiacevoli conseguenze e non perché fosse immune al loro fascino. Quale poteva essere quindi la causa di quella sua attuale apatia? La sua bellezza non era affatto svanita, anzi, forse ora era persino ancora più bella, ma la sensazione che suscitava non era altrettanto piacevole. Era come un dipinto, il cui autore non fosse riuscito a catturare la scintilla vitale della sua bella modella.

Mary aveva subito pensato quali potessero essere le cause più probabili di quello stato di cose, ma fino a quel momento non era ancora riuscita a capire se le sue ipotesi fossero corrette. Susannah era rimasta molto scossa dalla morte del padre, ma ora non era più gravata dal peso del dolore. Sir William sembrava appartenere alla sua vita passata e lei ormai si considerava più una moglie che una figlia. "Com'è giusto che sia" pensò Mary. Il matrimonio di Susannah sembrava abbastanza felice, per quanto Mary potesse esprimere un giudizio su quel genere di cose. Da quando erano arrivate a Londra avevano cenato solo una volta insieme al colonnello e a sua moglie, in una splendida atmosfera, e il colonnello si era mostrato affettuoso e premuroso. Charlotte lo considerava ancora «un vecchio glaciale», ma Susannah era apparsa più che felice e pendeva dalle sue labbra.

Eppure, c'era qualcosa che non andava; Mary ne era convinta. Ma in quel momento rispose allegramente quando Susannah le chiese se fosse soddisfatta della sua visita a Londra. «Oh, sì, molto! Sai, Samuel Johnson soleva dire che quando una persona è stanca di Londra, è stanca della vita.»

«Davvero? Suppongo che sia così» replicò Susannah con un accenno di sorriso. «Immagino che fosse un uomo molto saggio.»

Mary la osservò da sotto le ciglia abbassate. Sarebbe stato meglio ignorare quella letargia oppure affrontare il problema? Non voleva essere invadente, ma pensava che sarebbe stata insensibilità da parte sua fingere che andasse tutto bene quando era evidente che non era così. «È assolutamente naturale che tu senta la mancanza del Norfolk» azzardò, posando la mano sulle mani che Susannah teneva intrecciate in grembo. «Di tua madre e di Storey's Court.»

«Be', io... è tutto così diverso da ciò a cui ero abituata, da... So di essere una ragazza molto fortunata» aggiunse Susannah, come se stesse combattendo con la propria coscienza. Poi si rianimò e sollevò il capo. «Forse entro breve andremo anche noi in campagna, nella casa del colonnello... nella *nostra* casa nel Kent.»

«Oh, splendido!» esclamò Mary, sentendosi rassicurata. Forse Susannah era semplicemente turbata dalla vita londinese. Sicuramente in campagna avrebbe potuto trascorrere più tempo insieme a suo marito, e se era questo ciò che desiderava, le sue peggiori ipotesi erano state fuori luogo ed esagerate. Riempì di nuovo la tazza da tè di Susannah con un gesto elegante e proseguì. «Ci vuole del tempo per abituarsi a Londra... così grande e rumorosa, con tutte le persone sempre di fretta. Charlotte, non ti sorprenderà saperlo, è entusiasta della vita cittadina da quello che ha potuto vedere in meno di una settimana.»

Susannah annuì. «La cara Lottie è sempre così... risoluta. Che cosa mi puoi dire della sua ultima... missione? È andata a fare spese per il ballo?»

«Sì, un paio di guanti nuovi.»

«*Guanti?*» ripeté Susannah attonita. «Ma...»

«Sì, lo so,» disse Mary ridendo «ma Charlotte è convinta che il suo abito sarà rovinato se non lo indosserà con dei guanti impeccabili, e *molto eleganti*, aggiungo io. Nessun gentiluomo vorrà intrattenersi con lei, il suo primo ballo sarà un completo fallimento e lei tornerà a Storey's Court distrutta. I guantai di Londra sono la sua unica speranza di evitare questo terribile destino e ha chiesto l'assistenza di Miss Marchmont per la ricerca dei guanti perfetti. Suppongo che non torneranno fino a quando non avranno visitato tutti i negozi.»

«Povera Miss Marchmont! Mi auguro che poi non sia troppo stanca per affrontare la serata di domani.»

«Oh, no, e hanno anche già deciso, lei e Miss Trent, di tenere d'occhio Charlotte al ballo. Non le si può certo lasciare carta bianca: dopotutto non ha ancora sedici anni.»

«No, certo.» Susannah aggrottò la fronte, pensierosa. «Credo che potrà ballare con nostro zio o un paio di altri gentiluomini, ve li indicherò, ma in assenza di mia madre spetta a me occuparmi di mia sorella. Per nulla al mondo vorrei guastare il divertimento delle tue amiche.»

«Ma loro sono contente» si affrettò a dire Mary. «Anzi, dubito che tu possa impedirglielo. A loro piace controllare le cose, e poi tu avrai già abbastanza da fare. Devo dire che sembri molto tranquilla. Io, al tuo posto, sarei sconvolta dall'ansia, preoccupata anche per i minimi dettagli...»

Susannah parve appassire di nuovo. Abbassò gli occhi e fissò la tazza da tè, rigirandosela tra le mani. «Be', *sarei stata* anch'io terribilmente preoccupata» ammise «se solo avessi avuto qualcosa da fare per il ballo. La signora Crawford si occupa di Scarborough House da quando il colonnello è tornato dall'India e ha una grande esperienza. Lei sa che cosa si deve fare a Londra per un evento di questo genere... e così anche il colonnello. Sono entrambi molto più esperti di me.»

Un pensiero sgradevole si affacciò alla mente di Mary, ma fu subito scacciato. Forse la signora Crawford aveva una grande esperienza della società londinese, ma era anche una donna di sessantacinque anni, dal viso di pietra e totalmente priva di senso dell'umorismo. «Io non credo...»

«È la verità» ribadì Susannah. «Io saprei come fare in campagna, ma in città la gente ha abitudini diverse... persino la servitù è diversa. So che finirei per commettere gli errori più terribili, mentre così tutto sarà fatto in modo impeccabile.»

Rendersi conto di non essere all'altezza nell'organizzare un ballo, come il suo ruolo di moglie avrebbe richiesto, angustiava Susannah, ma Mary decise di non contraddirla. Dopotutto, le cose erano davvero molto diverse a Londra. «Così, perlomeno, potrai rilassarti e divertirti domani sera. Sei ansiosa che arrivi presto la sera del ballo, vero?»

Susannah abbozzò un sorriso per la seconda volta e disse che era certa che sarebbe stata una bella serata.

La conversazione si spostò poi su argomenti più mondani. Le signore di Cavendish Square erano state invitate a presentarsi presto a Scarborough House e poi a trascorrere lì la notte, dopo la conclusione del ballo. L'invito, accettato con grande piacere, richiedeva un riesame dell'abbigliamento. Non ci si poteva cambiare abito, scarpe e guanti all'ultimo minuto senza portare a Scarborough House il guardaroba necessario e, naturalmente, non era possibile presentarsi a casa del colonnello con un baule stracolmo di abiti.

«Spero che nessuna di noi sia troppo agitata» disse Mary in tono semischerzoso. «Forse dovrei consultare Miss Trent. Sono certa che lei conosce un rimedio o un tonico che possa tenere a bada l'eccitabilità.»

Susannah non sorrise né offrì un commento e Mary fu sollevata quando sulla soglia del salottino apparve la cameriera. «Vi chiedo perdono, signorina. È arrivato il colonnello Crosby-Nash.»

«Oh, fallo salire» rispose Mary, indirizzando a Susannah un'occhiata sorpresa. «Lo stavi aspettando?» le chiese, quando la porta si richiuse alle spalle della cameriera.

Susannah era già in piedi e si torceva nervosamente le mani. «S... sì. Ho pensato che forse sarebbe venuto... se avesse concluso i suoi affari al club. Non te l'avevo detto?»

«Forse l'hai fatto, comunque sia non ha importanza. Avrei semplicemente preferito che Charlotte fosse stata a casa.»

«Non preoccuparti,» mormorò Susannah «lui... non approva Lottie... non sempre, almeno. La considera *una ribelle*» concluse in un sussurro.

Poi si aprì la porta del salotto e fu annunciato il colonnello Crosby-Nash. Il primo pensiero di Mary fu che non gli importasse nulla dell'organizzazione del ballo. Non che fosse incapace di farlo, ma che probabilmente fosse ben poco interessato a decidere tra le gardenie e i lillà, o quali bevande dovessero essere servite alle signore che avevano ballato tutta la sera. Indossava un'elegante giacca verde scuro sopra un panciotto di seta chiara, pantaloni d'anchina e un paio di stivali da ussaro, e con quell'accurata combinazione di raffinatezza e di virilità riusciva a evitare di apparire troppo giovane o troppo vecchio. Il suo sguardo penetrante parve cogliere qualsiasi dettaglio di ciò che lo circondava e determinare all'istante il suo significato. Entrò con sicurezza nella stanza e ossequiò Mary con un breve inchino. Poi si portò delicatamente alle labbra la mano di Susannah e la riaccompagnò alla poltrona.

«Buon pomeriggio, Miss Finch, è un piacere rivedervi» annunciò. «Avete fatto i vostri programmi su domani sera?» Era in piedi dietro la poltrona di Susannah e cominciò a giocherellare con un boccolo che le ricadeva sulla nuca. Un rossore improvviso si diffuse sul viso di sua moglie.

Senza riuscire a spiegarsene la ragione, Mary trovò brutale quel gesto, e quel pensiero ingiustificato la turbò. Possibile che un gesto tanto delicato potesse esprimere qualcosa di tanto diverso dall'affetto? Sicuramente si stava lasciando trasportare dalla fantasia... ma possibile che quella sensazione fosse solo frutto della sua immaginazione? «Sì, temo che lo abbiamo fatto» rispose, facendo uno sforzo su se stessa per assumere un tono naturale. «Questo sarà il mio primo ballo e, come forse potete immaginare, sono molto ansiosa di parteciparvi. Credo che sarà un evento sensazionale.»

Lui sollevò lentamente lo sguardo e quando i suoi occhi incontrarono quelli di Mary, lei avrebbe voluto guardare altrove. «Quando un uomo possiede un bel gioiello, deve fare qualcosa di *sensazionale* per poterlo mostrare» disse il colonnello.

«Il colonnello è molto generoso» mormorò Susannah con un fil di voce.

«Nient'affatto, mia cara, ma quando decido di fare una cosa, mi piace farla bene.»

Susannah parve imbarazzata e lui sorrise. «Modesta quanto

bella. La mia *perla senza macchia*, come dice il poeta. Spero, Miss Finch, che sia voi che Charlotte stiate approfittando di tutte le altre opportunità che Londra vi offre.»

«Sì, signore, direi proprio di sì.»

«Eccellente.» La sua espressione si addolcì e dopo un attimo il colonnello si avvicinò al camino e posò una mano sulla cornice di pietra. «Forse riuscirete a convincere mia moglie a unirsi a voi in alcune delle vostre spedizioni... quando andrete a fare spese o a vedere monumenti.»

Mary rimase sorpresa dal quel suggerimento e non riuscì a nascondere lo stupore. «Certamente» disse e si rivolse a Susannah. «Temo che tu abbia già visitato tutti i luoghi elencati sulla nostra lista, ma spero che tu sappia che sarai sempre la benvenuta quando deciderai di unirti a noi... sempre che tu riesca a stare al passo con Charlotte.»

«Oh, sì» acconsentì Susannah con una serietà che Mary non riuscì a decifrare.

«I miei affari mi hanno tenuto molto impegnato in queste ultime settimane» spiegò Crosby-Nash «e di conseguenza non sono stato libero d'intrattenere mia moglie come avrei voluto. Credo che si sia annoiata a stare reclusa in Dover Street, senza osare avventurarsi fuori da sola. Questo, almeno, è il mio timore. È giustificato, mia cara?»

Susannah lo guardò. «Sono stata felice così, Arthur... ma uscirò sicuramente con loro la prossima volta» gli promise.

Lui le sorrise con indulgenza. «Fa' pure come preferisci, ma non vorrei che tu ti sentissi costretta a restare in casa.»

«Oh, no!»

«Come dovrai comportarti *se volessi* accompagnare le tue amiche?»

«Ordinerò la carrozza.»

«E?»

«Dirò a George o a Matthew di accompagnarci.»

«Esatto.» Il colonnello annuì e, rivolgendosi a Mary, aggiunse: «Ho dovuto spiegare a Susannah che l'uso della carrozza e la presenza di un valletto sono essenziali a Londra per una signora, se non vuole essere scambiata per... una persona dai modi o dalla reputazione discutibili».

La posizione del colonnello impediva a Mary di guardare marito e moglie contemporaneamente, costringendola a scegliere chi dei due osservare. Le buone maniere richiedevano che lei commentasse le parole del colonnello, mentre Mary avrebbe preferito valutare la reazione di Susannah. Era mortificata da quella piccola lezione di bon ton oppure pensava che facesse parte della *guida paterna* di cui l'amica sembrava tanto sentire la mancanza? "Io so bene come mi sentirei" pensò Mary. Ciò nonostante, sorrise prima di parlare. Dopotutto, lui non era suo marito ed era inutile mettersi a discutere. «Credo che Susannah sia avvezza alle abitudini meno formali che regolano la vita in campagna, signore... come me, del resto. Le precauzioni che avete menzionato non mi sarebbero mai passate per la testa nel Suffolk, ma» aggiunse, sforzandosi di essere obiettiva «capisco che a Londra vige un'etichetta diversa.»

«Esattamente» concordò lui.

Il giorno del ballo si preannunciò sereno e luminoso, ma a Woolwich Robert Holland si svegliò con un martellante mal di testa. Aprì gli occhi, o meglio, un occhio, dal momento che l'altro era troppo gonfio per essere aperto. Dopo essersi messo lentamente a sedere, sollevò una mano per valutare i danni: un occhio nero, senza dubbio, e il labbro spaccato.

I passi in corridoio furono seguiti da un deferente bussare alla porta. Presto sarebbe arrivato il peggio. «Entra pure, Drake.»

Drake entrò frettolosamente nella stanza, fischiettando tra sé, come sempre faceva la mattina, ma il motivetto gli morì sulle labbra quando vide la figura acciaccata riversa sul letto sfatto. Posò la tazza di tè sul comodino e disse: «Spero che l'altro se la sia passata peggio di voi, signore».

Holland sorrise. «Puoi starne certo.»

«È morto?»

«Sono conciato così male?»

«Be', credo che in questo stato non potreste mai vincere un concorso di bellezza, signore. Cos'è successo? Briganti, forse?»

Holland scosse la testa, trasalendo per il dolore improvviso. «Ma no, non è stato niente.»

«Niente non direi.» Drake lo fissò. Lui sapeva che Holland si era recato nella cittadina di Woolwich con un altro ufficiale, e se non avevano avuto guai con i civili... «Non sarà stato uno dei nostri ragazzi, vero? Quel maledetto idiota!»

«Vuoi abbassare la voce? Le tue urla mi trafiggono il cervello!» si lamentò Holland.

«Ma aggredire un ufficiale... questa è un'offesa punibile con l'impiccagione!»

«Infatti, quindi è meglio dimenticarsene.»

«Ma...» La preoccupazione di Drake si stemperò nell'indignazione. «Non riuscirete a dimenticare in fretta quell'occhio nero» borbottò. Incrociando le braccia sul petto, osservò spassionatamente Holland e gli chiese se stesse per sentirsi male. Dopo che gli fu risposto che non era necessaria una bacinella, iniziò a pensare a come rimetterlo in sesto. «Bene, sarà meglio fare un impacco per quell'occhio. Vado a prendere l'acqua calda.»

«Non ho bisogno di un impacco» protestò Holland. «Non può essere messo così male.»

Per tutta risposta, Drake staccò un piccolo specchio dal muro e glielo porse. Holland si guardò. Il sangue raggrumato faceva apparire la ferita più grave di quanto fosse in realtà. «Il gonfiore si attenuerà.»

«Ma non abbastanza in fretta» disse Drake, scuotendo la testa. «Vi siete dimenticato di questa sera, signore?»

«Questa sera?»

«Il ballo di Miss Susannah, o meglio, della signora Crosby-Nash. Un evento molto elegante, senza dubbio.»

«Oh, Cristo!» imprecò Holland con un tono di voce che lasciava intendere che se n'era completamente dimenticato.

«Non potete apparire in pubblico come se aveste combattuto dieci round con Mendoza, non credete?»

Holland prese in considerazione la possibilità di non presentarsi al ballo, ma era combattuto tra la volontà di evitare una delusione alle cugine, la sua profonda idiosincrasia nei confronti di balli e feste e il fermo proposito di non venir meno alla promessa fatta. E inoltre c'era Mary Finch. Holland sapeva che si trovava a Londra e senza dubbio sarebbe stata presente quella sera. "Maledizione!" «No, non posso.»

«Proprio così, quindi sarà meglio che vada a prendere dell'acqua calda» ribadì Drake, passando all'azione.

In accordo con la rigida etichetta della società londinese, le signore di Cavendish Square quella sera si recarono in Dover Street con la carrozza della famiglia Armitage. In questo modo la loro reputazione fu salva, ma non altrettanto il loro abbigliamento ed arrivarono a destinazione innervosite e con gli abiti sgualciti. Per fortuna, Susannah era in grado di offrir loro l'aiuto necessario nella persona della sua cameriera, che sapeva come sistemare gli abiti e aggiustare le acconciature, e come rassicurarle dicendo loro che apparivano assolutamente perfette, nonostante tutto.

Per quel che riguardava Mary e Charlotte si trattava dell'assoluta verità. Mary aveva scelto per l'occasione un mantello di seta dorata sopra l'ampio abito di satin color avorio. Il mantello aveva un taglio semplice, in stile classico, e l'abito era delicatamente ricamato intorno alla scollatura e ai polsini. Anche l'acconciatura era semplice, morbidi boccoli le incorniciavano il viso e davano risalto ai gioielli: un originale collier di piccoli nodi d'oro, intrecciati insieme a formare una corda, e un paio di orecchini che riprendevano lo stesso motivo. Charlotte indossava invece un ampio abito azzurro, adatto a una ragazza che non aveva ancora compiuto i sedici anni, e aveva i capelli raccolti con nastri blu. L'effetto era semplice e affascinante al tempo stesso, anche perché era stata costretta a seguire i consigli di Miss Marchmont, la quale le aveva assolutamente proibito qualsiasi genere di trucco. Quando era stata informata di questa imposizione, Susannah aveva espresso la sua solidarietà a Charlotte e aveva stretto con gratitudine le mani di Miss Marchmont, prima di completare l'abbigliamento della sorella, regalandole un singolo filo di perle.

Come previsto, le due rappresentanti più mature di Cavendish Square avevano prestato meno attenzione ai dettami della moda. Ciò nonostante, erano immensamente, anche se segretamente, eccitate all'idea di partecipare a un evento tanto importante e ognuna di loro, anche se in modo diverso, riuscì a raggiungere un certo splendore. Miss Marchmont si era rifiutata di assecondare la moda, a suo dire sicuramente passeggera, della vita alta e dell'assenza di corsetto, la cui combinazione, sosteneva, le avrebbe conferito l'aspetto di un piccione col gozzo. Aveva quindi optato per un abito più «tradizionale» di satin grigio, completato da un turbante di mussola indiana e velluto nero. Miss Trent, al contrario, aveva dichiarato di non aver affatto bisogno di un abito nuovo e, infatti, la graziosa cuffietta di pizzo e la borsetta a retina, entrambe fatte con le sue mani, avevano trasformato l'abito grigio acciaio in un insieme sobrio ed elegante.

Gli inviti erano stati fatti per le otto, ma tale era il prestigio di Scarborough House che quasi tutti gli ospiti si presentarono alle sette e mezzo. Una costante processione di carrozze si fermava fuori del palazzo per lasciar scendere gli eleganti passeggeri. Gli invitati, secondo la loro eleganza o la loro fede politica, venivano accolti con grida d'ammirazione o mormorii di biasimo dalla folla degli spettatori, tenuti a bada da un cordone di valletti. Una volta varcata la soglia, gli invitati venivano fatti dapprima salire in biblioteca, dove erano servite tartine e vari tipi diversi di punch e dove erano accolti dai padroni di casa.

Poi, quando la musica dell'orchestra promise altre delizie, giunse il momento di scendere nel salone. Nonostante questo fosse ubicato nel centro della casa, l'alto soffitto e le pareti chiare rendevano la sala da ballo luminosa e spaziosa, mentre i due grandi lampadari a candeliere provvedevano a illuminarla adeguatamente. Il palco in fondo alla sala ospitava l'orchestra, le cui piacevoli melodie avrebbero segnato il passo della serata. Una generosa profusione di fiori freschi completava la semplicità dell'arredamento e l'inebriante profumo dei lillà, delle rose e dei garofani permeava l'aria.

Alle nove in punto Susannah e il colonnello Crosby-Nash aprirono le danze. Susannah era sicuramente la donna più bella presente nella sala con il suo abito di seta leggera rosa chiaro, ornato da pizzo italiano, e una fila di diamanti intorno al collo, mentre il colonnello era austero ed elegante nel suo completo nero con camicia bianca. La coppia si esibì in un minuetto e probabilmente nessun altro ballo avrebbe messo in maggior risalto la grazia innata di Susannah. Se qualcuna, tra le signore, sperava che lei avrebbe sbagliato un passo, rimase sicuramente delusa, ma di certo nessuno tra gli uomini nutrì nei suoi confronti un pensiero tanto perfido. Poi la musica cambiò e gli invitati iniziarono a guardarsi intorno. I gentiluomini si avvicinarono alle loro dame e le condussero nel centro della sala per un'allemanda. L'atmosfera si fece festosa e vibrante. L'alternarsi dei passi di danza creò un caleidoscopio di lilla, avorio, giallo e acquamarina, con sprazzi occasionali di ambra e giada. Gli austeri colori maschili facevano da contrappunto all'eleganza femminile e qua e là si potevano intravedere i colori appariscenti delle uniformi militari.

Mary osservava ogni cosa tra le *chaperon* sedute in fondo alla sala, sotto la balconata, e pensava che Susannah aveva ragione: l'eleganza di un ballo nella capitale era completamente diversa da ciò che lei aveva sperimentato nel Suffolk. Non si trattava semplicemente del fatto che gli abiti delle signore erano più alla moda o che gli uomini erano più raffinati, sebbene fosse effettivamente così. Il fatto era che lì si muovevano tutti più serenamente e con maggior sicurezza, tanto da far passare inosservate le eventuali imperfezioni. Quelle erano le persone più importanti della società, o almeno della società che contava, e ne erano consapevoli.

Mary non era certa di voler entrare a far parte del mondo della ricchezza e dei privilegi. Aveva l'impressione che lì la serenità si accompagnasse alla freddezza e che la sicurezza non fosse facilmente distinguibile dal disprezzo. Avere successo tra quella gente sembrava essere oneroso sia sotto l'aspetto psicologico che sotto quello economico. Ma, almeno per quella sera, non poteva accontentarsi di restare un'osservatrice passiva. Mary attirò, infatti, l'attenzione di molti gentiluomini, ognuno dei quali avrebbe surclassato senza difficoltà qualsiasi signorotto di campagna, e tutti loro la incoraggiarono a pensare che lei fosse straordinariamente bella, affascinante e la più deliziosa tra le creature. Quando non ballava, c'era sempre un cavaliere al suo fianco, ansioso di andarle a prendere un bicchiere di punch, oppure di sedersi o di passeggiare insieme a lei.

Le amiche di Mary non ebbero il suo stesso successo. Nonostante il trionfo iniziale, Susannah e suo marito non ballarono più insieme, e dopo essersi mescolato brevemente ai suoi conoscenti, il colonnello lasciò la sala da ballo. Nelle ore seguenti, tornò di tanto in tanto, ma si limitò a fare da spettatore. Da parte sua, Susannah danzò con numerosi cavalieri, con l'usuale grazia, ma senza mostrare alcun entusiasmo. Charlotte, al contrario, avrebbe tanto voluto ballare. Sfortunatamente, a causa degli stretti limiti imposti da Miss Marchmont e Miss Trent, i suoi cavalieri furono pochi e piuttosto deprimenti. Charlotte ballò due volte con suo zio e una volta con un signore con gli occhiali che aveva a che fare con il Ministero del Commercio. A un certo punto, un giovane ufficiale tentò l'assalto alla fortezza, ma l'occhiata glaciale di Miss Marchmont lo convinse ad abbandonare il campo.

Proprio mentre era imprigionata tra le sue due guardie del corpo, Charlotte vide finalmente l'arrivo del suo campione. «Guardate, c'è Bobs!» esclamò, vedendo apparire il cugino sulla soglia della sala da ballo.

«Sì, mia cara,» mormorò Miss Trent «ma non dovete indicare con la mano» aggiunse, abbassando il braccio della ragazza. «E non dovete alzarvi in piedi.»

«Ma è venuto per ballare con me!» protestò Charlotte.

«Una signora aspetta sempre che sia il suo cavaliere a raggiungerla» affermò Miss Marchmont. «Non lo chiama a gran voce dall'altro lato della sala.»

Charlotte si risedette sbuffando. «Non abbiate fretta» bisbigliò Miss Trent, la quale non riusciva a essere severa a lungo. «Sono sicura che verrà subito qui.»

La sua previsione si rivelò, però, errata, perché Holland si avvicinò prima a Susannah. Trascorsero qualche minuto insieme, Holland con le braccia incrociate sul petto e Susannah che sventolava languidamente il suo ventaglio. Un domestico porse loro una coppa di champagne e Holland la vuotò tutta d'un fiato.

«Oh, guardate!» esclamò Charlotte. «Dev'essersi battuto con qualcuno!» Grazie all'impacco di Drake, il gonfiore si era ridotto e ora Holland riusciva ad aprire entrambi gli occhi. In compenso, però, la zona intorno all'occhio aveva assunto un vivido color porpora.

«Non è *esattamente* ciò che ci si auspicherebbe» osservò Miss Marchmont con disapprovazione. «Non credo che faccia parte dell'ultima moda, nemmeno qui in città.»

«Che colore...» mormorò Charlotte con ammirazione. «Forse è questa la ragione per cui è arrivato in ritardo. La sua carrozza sarà stata attaccata dai briganti e Bobs ha dovuto difendersi.»

«Shhh...» la redarguì Miss Trent. «Dovete fingere di non aver notato nulla» aggiunse Miss Marchmont.

«Che cosa? Bobs!» gridò Charlotte, agitandosi, quando lui s'incamminò finalmente nella sua direzione.

Mary osservava la scena a discreta distanza. Sapeva che Holland avrebbe partecipato al ballo, era certa che fosse stato invitato, perlomeno, e si era ripetuta più volte che sarebbe stata in grado d'incontrarlo in assoluta tranquillità. Ma ora non era più certa che sarebbe stato così. Osservarlo e chiedersi che cosa stesse pensando la faceva sentire a disagio. Provava una sensazione strana, un misto di collera, risentimento e timore. Eppure, non riusciva a distogliere lo sguardo, né a pensare a qualcosa di più piacevole.

Poi sopraggiunse una tempestiva interruzione. Un suo timido ammiratore, che considerò particolarmente affascinante il rossore che le si era diffuso sul viso e la sua postura impettita, trovò infine il coraggio di rivolgerle la parola. Questo spezzò l'incantesimo o almeno l'influenza che Holland esercitava su di lei, e mentre il gentiluomo al suo fianco le diceva che loro conoscenze comuni a Stowmarket sarebbero state felici di sapere che lei stava bene e si stava divertendo a Londra, Mary riuscì a osservare Holland e le sue amiche con maggior distacco. Il capitano aveva un aspetto piuttosto tetro, ma del resto lo aveva spesso, e ora era impegnato in una conversazione con Miss Marchmont e Miss Trent. Si stavano presentando, a giudicare dall'imperioso cenno del capo di Holland e dall'espressione imbarazzata delle due attempate signorine. Avrebbe chiesto sue notizie? L'aveva vista? Avrebbe guardato nella sua direzione? Lei desiderava che lo facesse?

Prima che Mary potesse trovare una risposta a una qualsiasi di quelle domande, Charlotte balzò in piedi e trascinò il cugino verso la pista da ballo. Mentre lo vedeva allontanarsi, Mary provò un moto di delusione, sebbene non ve ne fosse motivo. Perché aveva immaginato che la sua presenza al ballo avesse qualcosa a che fare con lei? Evidentemente non era così. "E così sia. Non me ne importa nulla."

Mary inspirò a fondo e osservò la scena. Il fatto che lui se ne fosse andato significava che avrebbe potuto riprendere il suo posto, benché lei non si fosse allontanata per evitarlo. Dopo essersi accomiatata dal conoscente di Stowmarket, andò a prendere due bicchieri di punch e li portò alle amiche.

Miss Trent le sorrise con affetto. «Oh, grazie mia cara. Siete stanca? È una serata così eccitante! Spero che vi stiate divertendo.»

«Sì, io... la musica è molto bella.»

«Il vostro abito è davvero delizioso» intervenne Miss Marchmont. «Nutrivo dei dubbi riguardo al colore, sapete, e invece è proprio adatto a voi.»

Mary sorrise compiaciuta. Aveva scelto quell'abito con grande attenzione ed era certa che le donasse. Dopotutto, non era più una ragazzina e poteva permettersi di apparire sofisticata. D'altro canto, però, non voleva sembrare troppo appariscente. Non aveva mai indossato un abito così lussuoso e in quanto ai gioielli... be', se si faceva una cosa... Sì, era tutto come lei aveva desiderato.

Si sentì, però, meno sicura di sé qualche minuto dopo, quando la musica terminò e Charlotte tornò da loro seguita da un Holland riluttante nel rendersi conto di non avere alcuna via di fuga. "Oddio!" Sarebbe riuscita ad assumere un atteggiamento che esprimesse un educato interesse per ciò che la circondava e lasciasse intendere che non avesse affatto notato la presenza del capitano? Il meglio che le riuscì di fare fu inclinare il capo di lato come se stesse origliando ciò che stavano dicendo le signore sedute accanto a lei.

«Stupendo!» esclamò Charlotte con gli occhi che le luccicavano. «Miss Trent dice che ballare le provoca i capogiri, ma voi dovreste davvero provare, Miss Marchmont. Vi farà ballare Bobs, vero Bobs? Non conosce tanti passi» confidò alle presenti «ma sono sicura che voi li conoscete tutti, Miss Marchmont, e potrete correggerlo se sbaglierà.»

Miss Marchmont rifiutò l'allettante proposta e Charlotte rivolse altrove le sue attenzioni. «Mary, sei la rivelazione della serata. Chiedono tutti di te, chiamandoti "l'ereditiera del Suffolk" e dicendo che al giorno d'oggi il *rame* vale quanto *l'oro*. Tu che cosa ne pensi?»

Miss Marchmont rispose al posto suo. «Penso che sia ridicolo e che denoti un'assoluta mancanza di buon gusto.»

«Si riferiscono ai capelli,» confidò Charlotte a Miss Trent «che in realtà non sono davvero color rame, ma forse non sono riusciti a trovare un paragone migliore. In ogni caso, penso che sia una bella cosa quando le persone ti fanno un complimento. Bobs, non hai detto anche tu che Mary è molto graziosa stasera?»

«Ehm... sì.» Holland era indietreggiato di un passo, come se sperasse di essere escluso dalla conversazione. Quando Mary fece un commento altrettanto esitante e lanciò un'occhiata nella sua direzione, lui si fece avanti, come se avesse intenzione di rivolgerle la parola. Ma in quel momento Miss Marchmont affermò con un tono di voce degno della signora Tipton che non c'era «rame in vendita da quelle parti» e lui indietreggiò di nuovo, visibilmente a disagio. Poi qualcuno chiamò il suo nome e lui si voltò per salutare il nuovo venuto. «Buonasera, Dick.»

Dick Whittington chinò il capo con un sorriso affabile. Quella sera era ancora più attraente del solito nella sua uniforme. Drake aveva fatto del proprio meglio per «rimettere in sesto» Holland, ma il contrasto tra i due uomini era eclatante. «Mi sembrava di averti visto» disse Whittington «ma non potevo credere ai miei occhi... Buon Dio, sei andato a sbattere di nuovo contro una porta? Sei davvero troppo distratto!»

«Bobs ha *combattuto*» lo corresse Charlotte con voce acuta «e ha steso il suo avversario, solo che...»

«Shhh, Lottie!» mormorò Holland, aggrottando la fronte.

«Vi chiedo perdono, signora» riprese Whittington, inchinandosi gravemente. «Il fatto che il suo avversario sia stato sconfitto cambia tutto. Capitano Holland, potrei essere presentato alla vostra affascinante protettrice e... alle sue amiche?»

«Sì, certo... scusate. Maggiore Whittington... mia cugina, Miss Armitage, e Miss Finch, Miss Marchmont e Miss Trent.»

«Signore...» mormorò il maggiore, abbracciandole tutte con un sorriso. «Sono onorato di fare la vostra conoscenza. Conosco vostro cugino da molti anni e di tanto in tanto mi diverto a stuzzicarlo» aggiunse con fare cospiratorio, rivolgendosi a Charlotte. «Sono perdonato?»

«Be', suppongo di sì» rispose lei, sorridendo suo malgrado. Gli porse la mano e quando lui la baciò in omaggio alla sua bellezza, Charlotte rimase irrimediabilmente conquistata.

Ben presto fu spiegato il legame che univa Charlotte, Susannah e Holland. «Ah, ecco che cosa ha portato in città il nostro galante artigliere!» esclamò Whittington. «Affetti familiari! Dovete sapere, signore... e mi auguro che non vi risentirete per questo, Miss Armitage... che, generalmente parlando, solo un ordine diretto del generale dell'Artiglieria potrebbe costringere il capitano Holland a partecipare a un evento di questo genere. Non è così, Bob?»

«Suppongo di sì, più o meno.»

«Ma ora sei qui e scommetto che ti stai divertendo. Forse, dopotutto, c'è ancora speranza per te. Ah, riprende la musica... Se non siete già impegnata, Miss Armitage, potrei avere il privilegio?»

«Sì, certo» rispose Charlotte ridendo e Whittington la portò via sotto braccio.

Holland rimase impalato per un istante, senza riuscire a decidersi, e poi porse la mano a Mary. Non parlò fino a quando lei non l'ebbe accettata e poi le chiese: «Volete danzare con me?».

La mano di Holland strinse con forza la sua e lei si alzò in piedi senza guardarlo. «Bene» mormorò e fece un cenno d'assenso quando si rese conto che la sua voce era a malapena udibile. Per un attimo aveva pensato di rifiutare, ma le era parsa una condotta terribilmente sconveniente.

«Oh, aspettate!» esclamò Miss Marchmont. «Mary! Io non credo...»

Holland si scostò di lato per permettere a Mary di precederlo. «Non preoccupatevi» disse, voltandosi indietro. «Non correrà alcun pericolo con me.»

«Lo spero davvero, signore. Siate così gentile da riportarla subito qui al termine del ballo.»

Danzarono insieme. O almeno, solo così avrebbe potuto essere definito quell'esercizio. Sebbene il ballo sia generalmente considerato un'attività piacevole, nessuno dei due sembrava trarre alcun piacere da quel che stavano facendo. Holland era perso in tristi recriminazioni. Perché non l'aveva lasciata stare? Sapeva bene quel che Mary doveva pensare di lui, ma non poteva fare nulla per rimediare. Lei non avrebbe mai capito la sua decisione e lui non avrebbe mai potuto spiegargliela. Mary, dal canto suo, aveva la sensazione di ballare con un estraneo... o peggio di un estraneo, un caro amico che aveva deliberatamente scelto la strada della noncuranza e dell'indifferenza. Ballava con lei, la aiutava persino quando sbagliava un passo, ma il suo tocco era assolutamente anonimo.

La sofferenza causata da quell'indifferenza continuò ad aumentare, e quando raggiunsero la fine della fila di coppie, Mary si accorse che stava piangendo. Non era un pianto dirotto, ma non riusciva a controllare le lacrime, e chiunque l'avesse guardata se ne sarebbe sicuramente accorto. Anche lui... Doveva evitare a tutti i costi quell'umiliazione. Mary voltò le spalle a Holland e agli altri ballerini e si diresse verso il cordone di persone riunite intorno alla pista da ballo. Le parve di sentir pronunciare il suo nome, ma scosse la testa e proseguì, senza nemmeno badare a dove stesse andando. Holland fece qualche passo e la vide scomparire tra la folla, ma non la seguì.

Mary si rimproverava mentre camminava a capo chino. Che cosa le era preso? Non si era mai sentita così debole e vulnerabile e per una cosa da nulla! Piangere perché un uomo non s'interessava a lei. Che assurdità! Be', se le cose stavano così, avrebbe almeno dovuto fare del proprio meglio per nascondere la propria debolezza fino a quando non fosse riuscita a tenerla sotto controllo. Nei quattro angoli del salone c'erano enormi vasi di porcellana che traboccavano di fiori e foglie. Mary scivolò dietro il vaso più vicino, con l'intenzione di restare nascosta fino a quando non avesse riacquistato un certo contegno. "Se potessi restare qui solo per un po" pensò "poi potrei tornare dagli altri e nessuno si accorgerebbe di nulla."

Rimase quindi qualche minuto in quella nicchia, respirando profondamente e costringendosi a pensare a cose piacevoli e prive d'importanza, come alle nuove lastre di pietra che avrebbero dovuto essere posate nel cortile delle *Dame Bianche*. Doveva fare anche attenzione a non stropicciarsi gli occhi, rammentò a se stessa.

Doveva lasciare che le lacrime si asciugassero da sole e ricacciare indietro quelle che minacciavano di scivolarle lungo il viso. Osservatrici attente come Miss Marchmont e Miss Trent avrebbero sicuramente notato i suoi lineamenti gonfi e arrossati.

Mary si guardò intorno. Quei grossi vasi garantivano un rifugio sicuro, reso ancora più efficace grazie all'oscurità che era caduta sulla nicchia dopo che si erano consumate le candele del candelabro a muro. Da lì poteva osservare tranquillamente la frenesia della sala da ballo e restare inosservata. C'era Charlotte che finalmente era riuscita a ballare con il giovane ufficiale di Cavalleria, mentre a pochi passi da lei una signora con un abito di seta turchese si era rovesciata addosso qualcosa e cercava di coprire la macchia con lo scialle di pizzo. Il capitano Holland non si vedeva, per fortuna, e il suo respiro era quasi tornato regolare.

Mary stava pensando che avrebbe voluto inumidire il fazzoletto per pulirsi il viso, quando accadde un fatto strano. La parete accanto a lei parve... *muoversi*, o forse era solo un'illusione ottica dovuta a un gioco di luci e ombre? Si rifugiò nell'angolo buio e vide che effettivamente la parete si stava aprendo verso di lei. Solo allora si rilassò. Si trattava, naturalmente, di una porta usata dalla servitù, dipinta come il resto delle pareti del salone, affinché non fosse notata e lei, infatti, non vi aveva fatto caso. Mary rimase immobile, perché sapeva che la sua presenza lì sarebbe parsa strana al domestico che fosse uscito da quella porta, e altrettanto difficile da spiegare.

Emerse un uomo e poi un secondo che richiuse la porta. Ora, se si fossero voltati l'avrebbero vista, perché Mary era protetta solo dall'ombra che oscurava l'angolo. Si acquattò contro la parete, ma i due uomini erano più interessati a ciò che avveniva nella sala.

Mary sospirò lentamente. Il primo uomo era un domestico... Mary riconobbe la livrea di Crosby-Nash... e portava un vassoio. Il secondo, invece, faceva una strana impressione. La cravatta inamidata, la parrucca incipriata e le calze di seta lasciavano presumere che fosse un invitato al ballo. Ma perché mai un invitato usciva furtivamente dal passaggio riservato alla servitù?

Mary si porse quella domanda mentre osservava i due uomini che ora stavano conversando, mentre il più alto, il domestico, si chinava con deferenza verso il più basso. Entrambi parlavano a bassa voce: se lei non fosse stata così vicina, non sarebbe mai riuscita a distinguere le loro parole.

«Se siete pronto, cit... intendevo dire...»

«So precisamente che cosa intendevate dire, ma dovete fare attenzione! Sempre!»

«Sì, certo» mormorò il domestico. «Vi chiedo perdono.»

«Bene, ora se vi siete calmato, possiamo avviarci all'uscita.»

«Perdonatemi di nuovo, ma siete sicuro che sia saggio? Potreste restare qui un'altra notte, lo sapete. Sarebbe più sicuro.»

L'uomo più basso scosse la testa. «No, ci sono questioni che richiedono la mia attenzione e che devo seguire personalmente. Questo era l'ultimo ballo, vero? Se me ne andrò adesso insieme a tutti gli altri, non correrò grossi rischi.»

Mary non udì la risposta del domestico e ridacchiando i due uomini si mescolarono al resto degli invitati. Lei li seguì.

Si ritrovò subito inghiottita dalla folla. La musica era terminata e le coppie di ballerini si congratulavano l'un l'altra per il talento dimostrato nel corso della serata, mentre molti vagavano per la sala cercando di rintracciare le persone con cui avrebbero dovuto lasciare la festa. I valletti in livrea consegnavano scialli e mantelli e annunciavano che la carrozza di Sua Signoria attendeva all'uscita.

Holland si trovava nell'ampio vestibolo, in attesa che gli venisse consegnato il suo cappello, mentre veniva spinto e strattonato da ospiti impazienti di raggiungere l'uscita. Lui sembrava osservarli con calma flemmatica, ma in realtà non vedeva né sentiva la pressione della folla. La sua mente era impegnata nel ricordo di Mary Finch che scivolava verso di lui, la luce delle candele che circondava di un alone dorato i suoi capelli e le sue spalle, e il tocco della sua mano inguantata quando le loro mani si erano sfiorate nel ballo. Quanto avrebbe voluto intrecciare quelle dita alle sue, attirarla a sé e vederla sorridere. Ma nulla di tutto ciò era accaduto. No, invece si era mostrato freddo e senza cuore e l'aveva fatta piangere.

L'hai fatta piangere. Per una sera ti sei comportato da vero bastardo, ma non è meglio esserlo una sera sola piuttosto che per il resto della vita? Questa sarà sicuramente l'ultima volta dal momento che non la rivedrai più. Holland si costrinse a ripetere quell'ultima frase e a convincersi che fosse la cosa migliore. Sebbene non fosse mai stato presuntuoso, Holland non era abituato a dubitare di se stesso, ma in questo caso lo fece. Quella serata gli aveva dimostrato quanto fosse forte la tentazione di tornare sulla propria decisione e di lasciare che il destino facesse il suo corso. Ma sarebbe stato egoista da parte sua e non lo avrebbe mai fatto.

Un movimento improvviso lo riscosse dai suoi pensieri. Si trovava ai piedi della grande scalinata circolare e un gentiluomo attempato inciampò nell'ultimo scalino. Holland lo aiutò a rialzarsi e si scambiarono un paio di convenevoli adatti all'occasione. «Signore, vi sono riconoscente» disse l'uomo, sistemandosi la parrucca. «Tutta colpa di questa calca infernale» si lamentò Holland.

In quel momento apparve un valletto con il suo cappello e il signore attempato chiamò un domestico con la fiaccola affinché gli facesse lume fino al *Gran cavallo bianco* in Arlington Street. Era piccolo di statura, ma si muoveva e parlava con la sicurezza di chi è abituato a essere obbedito. Il panciotto ricamato, il fermacravatta con il diamante e i polsini di pizzo avrebbero potuto farlo passare per un dandy, se l'abbigliamento fosse stato accompagnato da un atteggiamento affettato. Nel suo caso, invece, indicavano solo un gusto raffinato.

«Vi posso offrire il beneficio della mia torcia, signore?» chiese, sollevando lo sguardo verso Holland. Aveva occhi azzurro chiaro, dall'espressione particolarmente vivace su quel viso dal colorito poco sano, che portava le cicatrici di una varicella infantile. «Le strade sono pericolose a quest'ora di notte anche per un gentiluomo della vostra...» La voce gli morì sulle labbra quando notò l'occhio nero di Holland e la sua espressione si fece scettica.

Il capitano sorrise, rendendosi conto di quel che doveva pensare il suo interlocutore. Non aveva certo l'aria di chi fosse in grado di badare a se stesso. «Avete ragione, signore, sono pericolose e vi ringrazio per l'offerta, ma vado nella direzione opposta» aggiunse, resistendo alla tentazione di spiegargli che il suo avversario se l'era passata peggio di lui.

Mary si sollevò in punta di piedi, allungando il collo. Aveva perso di vista l'uomo che era uscito dalla porta della servitù, mentre il domestico era davanti a lei. Lo seguì fino alla sala da pranzo. Lì si era riunito un piccolo gruppo... alcuni degli ospiti avevano bevuto troppo... ma se fosse riuscita ad aggirarli, pensò, sarebbe riuscita a raggiungere il domestico e il suo compare prima che arrivassero alla porta. Non avrebbe saputo dire per quale ragione volesse farlo, a parte il fatto che la loro conversazione aveva acceso la sua curiosità. Mentre si faceva strada tra la folla, si trovò davanti Dick Whittington.

«Ah, Miss... Miss Finch, tutto bene?»

Lei abbozzò un sorriso, mentre cercava di non perdere di vista il domestico. Era la sua parrucca quella che ondeggiava come un gabbiano sulla cresta dell'onda? «Sì, certo, tutto bene, è stata una serata così piacevole...»

Ma alla luce dei candelabri, gli aloni lasciati dalle lacrime erano evidenti e Whittington non si lasciò ingannare. «È accaduto qualcosa? Posso esservi d'aiuto?»

«No, no, davvero.» Qualcuno l'aveva urtata e lei si rese conto di dare l'impressione di aver bisogno di aiuto, di un forte braccio maschile a cui appoggiarsi. Whittington si affrettò a offrirle il suo. "Oh, siete una vera seccatura!" pensò lei, sospirando. Aveva perso di vista il domestico e, benché fosse contrariata, doveva continuare a sorridere a Whittington. Se solo avesse rinunciato a volerla soccorrere a tutti i costi!

Il maggiore era ignaro della sua irritazione. «Posso chiedervi se conoscete da molto tempo il capitano Holland?»

Ecco un argomento ancora meno gradito. Mary rispose con cautela, mentre l'uomo la guidava attraverso la calca. «No... non da molto, perché?»

«Nessuna ragione in particolare, ma vi ho visto ballare con lui poco fa e poi lui mi è passato davanti senza rivolgermi la parola. Avete...» La sua espressione pensierosa si stemperò in un sorriso. «Quella vecchia volpe! Scusate l'ardire, Miss Finch, ma siete per caso un'ammiratrice della poesia di Pope?»

La domanda fu talmente inaspettata che Mary lo fissò stupita, dimenticando per qualche istante i propri problemi. «Sì» ammise perplessa. «Perché me lo chiedete?»

«Oh, per nessun motivo» rispose lui ridendo. «Venite, vediamo se riusciamo a trovarlo.»

La sua proposta provocò in Mary una reazione inattesa e accorata. «Oh, no, vi prego!» esclamò. «Preferirei...» Ma Whittington aveva già preso la strada da cui lei era venuta, tenendola sotto braccio, e Mary non poté fare a meno di seguirlo.

7

La serata si concluse negativamente per Mary, nonostante i migliori auspici iniziali. Lei e il maggiore Whittington non riuscirono a trovare Holland (un fallimento che Mary accolse con grande gioia), ma la ricerca fu snervante e lei tornò dalle amiche scossa e turbata. Miss Marchmont non era affatto felice della sua fuga e lo disse, mentre l'espressione maliziosa di Whittington irritò Mary profondamente. E per finire, Miss Trent contribuì stranamente a peggiorare ancora di più il suo umore. Mary si era già ritirata nella sua camera quando l'amica la raggiunse con indosso ancora l'abito del ballo e in preda a uno stato d'animo allegro, se non addirittura euforico.

«Non so se oserò più rivolgervi la parola» disse con un sorriso affettato. «Ora voi siete "l'ereditiera del Suffolk", non più la nostra cara Miss Finch. Siete al di sopra di noi comuni mortali.»

Mary si mostrò confusa e costernata. «Miss Trent!» esclamò, mettendosi a sedere sul letto. «Che cosa intendete dire? Voi non mi considerate così, vero? E nemmeno Miss Marchmont, mi auguro.»

Miss Trent si affrettò a rassicurarla. Naturalmente, *loro* non si sarebbero mai lasciate ingannare dalle apparenze, né influenzare da quel che diceva la gente; questo sarebbe stato *assolutamente impossibile*. Poi fece alcune considerazioni sui diversi tipi di punch (tutti deliziosi) serviti al ballo e si chiese se contenessero alcol.

Questo commento e un'osservazione dell'amica sugli effetti rinvigorenti del cordiale alla menta la indussero a mordersi le labbra per tacere, ma in seguito, quando rimase sola, Mary tornò a interrogarsi sulla propria situazione.

Non aveva mai pensato che la ricchezza potesse cambiarla. Sì, alcuni elementi esteriori erano cambiati, elementi indubbiamente molto piacevoli, ma nulla di ciò aveva modificato la sua personalità. Lei era rimasta la stessa e nessuno, tra le persone che la conoscevano bene, avrebbe mai potuto pensare il contrario. Le osservazioni di Miss Trent, però, avevano sollevato la questione. Se lei *dava l'impressione* di essere cambiata, forse coloro che non avevano vissuto l'esperienza della scuola femminile della signora Bunbury, o che non vedevano il mondo attraverso un prisma di solare semplicità, avrebbero potuto confondere l'apparenza con la realtà.

Il capitano Holland, per esempio. Forse il comportamento che aveva assunto verso di lei poteva essere il risultato, non dell'indifferenza, ma del proposito di non esprimerle più il suo affetto ora che lei era diventata ricca. Le sembrava improbabile. Un giorno non le aveva forse detto che il denaro non aveva importanza? Certo, in quel momento aveva parlato presumendo che lei *non* avrebbe ereditato il patrimonio di suo zio, ma se un principio valeva in un senso doveva valere anche nell'altro. E in seguito, quando aveva saputo che invece avrebbe ereditato, il capitano aveva espresso i suoi sentimenti senza mezzi termini (Mary arrossì al ricordo). Era doveroso ricordare che quando si era comportato in modo tanto... affettuoso, lui ancora non sapeva a quanto ammontasse la sua ricchezza. Che fosse stato quello a fare la differenza? Il capitano aveva forse immaginato che lei avrebbe ricevuto in eredità solo i mezzi sufficienti per vivere e una vecchia casa malandata e invece poi aveva scoperto che lei era diventata... "l'ereditiera del Suffolk"?

Forse. Mary sapeva molto bene che il capitano Holland possedeva un carattere molto forte e orgoglioso; era impossibile convincerlo di qualcosa su cui lui nutriva anche il minimo dubbio. Rammentando gli eventi dell'anno precedente, le parve significativo il fatto che la lettera in cui lui metteva fine alla loro amicizia le fosse pervenuta in primavera, subito dopo che il tribunale aveva stabilito con precisione l'ammontare della sua eredità.

Se questo spiegava la condotta del capitano Holland, che cosa le restava da fare?

Era previsto che le signore di Scarborough House avrebbero fatto colazione a letto il mattino successivo al ballo. Quando la cameriera con il vassoio della colazione aprì silenziosamente la porta della camera di Mary, rimase quindi sorpresa di trovare la sua occupante non solo sveglia, ma anche alzata e vestita di tutto punto. «Buongiorno, signorina» disse. «Siete mattiniera, spero che non sia stata la servitù a svegliarvi.»

Mary era seduta al tavolo da toeletta e apparentemente si stava guardando allo specchio, ma in realtà stava rivivendo gli eventi della sera precedente. L'arrivo della cameriera disturbò la sua concentrazione e lei iniziò a spazzolarsi i capelli. «Oh, no» rispose con un sorriso. «Non riuscivo a dormire, tutto qui. Temo di non essere ancora abituata al trambusto di Londra. I rumori sono... così diversi da quelli della campagna.»

La ragazza sistemò il contenuto del vassoio sopra un tavolino presso la finestra. «Oh, sì, il frastuono è terribile se non ci si è abituati, con gli spazzini e i calderai che gridano su e giù per la strada. Ma tutto questo non è nulla in confronto a quello che si sente la mattina a Billingsgate. La cuoca mi ci ha mandata quando abbiamo saputo che il padrone desiderava del pesce per colazione. Non potreste credere a quello che si sente laggiù, urlano tanto da svegliare i morti.»

La ragazza rimase in silenzio per qualche istante, aggrottando la fronte, ma subito dopo la sua espressione si rallegrò. «E voi signore meritate di riposare dopo tutta la splendida musica e i balli di ieri sera. È stata una serata meravigliosa, vero?»

«Oh, sì, lo è stata» rispose Mary, cercando di domare un ricciolo ribelle. «Vi chiamate Sarah, se ben ricordo.»

«Esatto, signorina. Posso servirvi il tè?»

Mary scosse la testa. «No, grazie.» Non aveva fame, ma si sedette ugualmente sulla sedia che Sarah aveva scostato dal tavolino.

La ragazza pensava ancora al ballo. «Io ed Emm... aiutavamo a servire la cena... non avevamo mai visto tutte quelle signore e quei signori così eleganti e una tavola imbandita degna di un re. Voi eravate così bella, signorina, se posso permettermi. Vi abbiamo vista ballare con un gentiluomo... anche lui era molto attraente. Emm dice che nessuno è più affascinante di un gentiluomo in uniforme, il che è quasi sempre vero, ma per un ballo io credo che sia più adatto un abbigliamento da sera.»

Quel commento non stimolò l'appetito di Mary, e quando la cameriera se ne andò, lei tornò a sedersi al tavolo da toeletta. Lì, nascosta sotto lo specchio, c'era una lettera che riguardava un argomento per lei molto penoso. L'aveva scritta e riscritta nelle prime ore del mattino quando i suoi pensieri, e non il trambusto di Londra, avevano disturbato il suo sonno.

Sollevò lo specchio e lesse l'indirizzo:

Capitano R. Holland, Reggimento Reale di Artiglieria
Arsenale di Woolwich, Kent

Il tratto di penna semplice e apparentemente sicuro non tradiva la sua ansia. *Devo spedirgliela? Una signora non deve correre dietro a un uomo, ma aspettare che sia lui a fare il primo passo... E se non lo fa? Se ha fatto capire in modo inequivocabilmente chiaro che non lo farà?* Mary rifletté su quel punto. Il capitano Holland sapeva essere molto testardo e molti avrebbero potuto dire che lei si stesse umiliando nell'insistere. Questa preoccupazione avrebbe dovuto farla desistere? *Hai scritto la lettera*, si disse *e ora devi spedirla. Indugiare adesso sarebbe il peggior atto di vigliaccheria... indegno persino di questo termine*. Con quell'ammonimento, prese la lettera e lasciò la camera.

Mary continuò a farsi coraggio mentre s'incamminava verso la scalinata principale. La casa era immersa nella quiete, ma sicuramente dovevano esserci altri domestici in giro. Avrebbe consegnato la lettera a uno di loro. Avrebbe dovuto spedirla subito, prima che la vedesse qualcuno o che qualcosa di peggio della vigliaccheria avesse il sopravvento.

Mentre si avvicinava alla scala, udì sopraggiungere dal vestibolo la voce del colonnello Crosby-Nash. Evidentemente, anche lui era mattiniero. Mary si sporse oltre la balaustra e poi indietreggiò di qualche passo con il proposito di attendere che lui se ne andasse. La sua posizione le impediva di vedere la persona con cui il colonnello stava parlando. Dallo scambio di battute si capiva chiaramente che erano amici. Mary prestò poca attenzione alla loro conversazione, ma non poté fare a meno di osservarli mentre si avviavano alla porta. Mentre si stringevano la mano, vide il viso dell'altro uomo. Distolse lo sguardo e poi lo guardò di nuovo.

La porta si aprì e Mary si avvicinò alla finestra che si apriva sulle scale, da cui si godeva una buona vista su Dover Street e da cui poté osservare meglio l'uomo che scendeva i gradini e si allontanava rapidamente. Mary rimase ancora presso la finestra dopo che lui fu scomparso, e la lettera indirizzata al capitano Holland restò dimenticata nella tasca del suo abito.

«Vi piacerebbe essere considerata un'impicciona, Miss Finch?»

La voce maschile trafisse il basso brusio. Erano trascorsi due giorni dal ballo dei Crosby-Nash, e Mary e Susannah si erano rifugiate in un angolo dell'affollato salotto della duchessa di Gordon a Pall Mall.

«Prego?»

«Un'impicciona... vi ho chiesto se vi piacerebbe essere considerata tale.» Colui che aveva parlato, un giovane vestito con abiti lussuosi, la guardò attraverso il monocolo e rimase in attesa. La lente aveva lo sgradevole effetto di ingrandirgli l'occhio in modo impressionante. «Sicuramente non vi piacerebbe, come stavo spiegando al mio amico Browne, ma solo perché nella nostra società quest'epiteto ha una connotazione negativa. Se io vi chiedessi se vi piacerebbe essere considerata una persona che s'interessa del prossimo, la vostra risposta sarebbe completamente diversa.»

«Diversa da cosa, signor Waterbury?» chiese Mary. «Non mi pare di avervi dato una risposta.»

«Ah, non ha risposto!» osservò con soddisfazione il signor Browne, un gentiluomo piuttosto robusto. Quando parlava, aveva l'abitudine di alzarsi in punta di piedi, e quando lo fece, andò a urtare contro Mary. «E adesso che cosa mi dite, Waterbury?»

«Avete capito perfettamente che cosa intendo. Dovete quindi riconoscere che tutti noi siamo prigionieri delle parole. Qualunque sia la condotta delle persone, le parole che utilizziamo per descriverla determinano se verrà giudicata bene o male.» Waterbury fece una pausa a effetto. «L'appellativo è tutto.»

«Sciocchezze!» tagliò corto Browne. «Mio Dio, vorrei che qualcuno aprisse una finestra, si soffoca qui dentro!» aggiunse con una voce quasi in falsetto.

Faceva davvero molto caldo e Mary iniziava a trovare piuttosto noiose le attenzioni di entrambi i gentiluomini. Guardò Susannah, la quale stava ascoltando costernata le osservazioni di Waterbury. Susannah non era mai a proprio agio in compagnia di quelli che lei definiva «gentiluomini colti» e aveva implorato Mary di accompagnarla proprio perché si aspettava che sarebbero stati largamente presenti nel salotto della duchessa. Il colonnello Crosby-Nash non aveva potuto accettare l'invito e Susannah non si era sentita di affrontare da sola quella prova. Né avrebbe mai potuto declinare l'invito. La duchessa aveva partecipato al *loro* ballo e quindi, per ricambiare la cortesia, si erano recate a Pall Mall.

«Ecco un uomo che potrà sostenere la mia causa!» esclamò Waterbury, agitando la mano. «Lui confermerà l'importanza delle parole. Sir John!» lo chiamò.

«Il Procuratore generale, buon Dio!» mormorò Browne avvilito. «Non ho nessuna voglia di discutere con lui. Signora Crosby-Nash che cosa ne direste di un bicchiere di... qualcosa? D'un tratto il caldo si è fatto infernale. Ah! *Caldo infernale*... Vedete? Posso accompagnarvi?»

Susannah annuì. «Sì, grazie... se pensate che non sia troppo scortese.»

«Oh, no!» la rassicurò Browne, e dopo aver rivolto un'occhiata impotente in direzione di Mary, Susannah si lasciò trascinare via.

Mary attese il nuovo arrivato con un interesse che solo in parte rifletteva il suo desiderio di concludere la conversazione con il signor Waterbury. Sir John Scott era uno dei magistrati che l'avevano interrogata quando si era conclusa la sua *Avventura*. In quell'occasione, lo aveva trovato gradevole e ora si domandò se lui fosse in grado di aiutarla.

«Miss Finch, che piacere rivedervi! Spero che stiate bene... anche se i miei occhi mi dicono che dev'essere sicuramente così.»

«Ah, vedo che voi due già vi conoscete» constatò Waterbury e la lente del monocolo luccicò mentre spostava lo sguardo dall'uno all'altra.

Sir John s'inchinò. «Esatto, signore, proprio così. La professione ha sicuramente perso un grande inquisitore e ricercatore della verità quando avete deciso di rinunciare al tribunale... ma io non posso dimenticare l'incarico che mi è stato affidato. La nostra squisita ospite mi ha pregato di chiedervi la gentilezza di darle la vostra opinione riguardo a una questione... di etichetta.»

L'espressione di Waterbury s'illuminò; era sempre lieto di porsi al servizio di Sua Grazia.

«Bene, signore» riprese Sir John, indicando due uomini anziani che conversavano sull'altro lato della sala, di cui uno con l'ausilio di un cornetto acustico. «Credo che quei signori siano in grado di spiegarvi ogni cosa.»

«Sicuramente.» Waterbury annuì, agitando la mano nella loro direzione. «Sembrano perplessi. Miss Finch, volete scusarmi? Sir John?»

«Non vogliamo trattenervi oltre» disse Sir John e Mary annuì, mentre Waterbury si allontanava frettolosamente.

«La duchessa desidera *davvero* che il signor Waterbury faccia da mediatore tra quei due gentiluomini?» chiese Mary.

«Forse ho esagerato un po',» ammise Sir John «ma sono certo che presto emergerà un argomento su cui Waterbury potrà essere loro di grande aiuto... in cui potrà esprimere tutto il suo... ehm... genio. Possiamo cercare un luogo più confortevole?»

«Sì, volentieri» rispose Mary, accettando il suo braccio.

I salottini che si aprivano su entrambi i lati del grande salone principale erano stati adibiti a sale da gioco, ma fino a quel momento nessuno tra gli ospiti della duchessa ne aveva approfittato. Quindi, Mary e Sir John furono liberi di accomodarsi lì, lontano dal caldo e dal trambusto del salone, dove la loro conversazione non sarebbe stata udita da nessuno.

«Ah, qui va meglio!» esclamò lui. «Non nutro una grande passione per i ritrovi di questo genere... c'è troppa confusione per i miei gusti, ma a volte è doveroso prendervi parte. Forse restereste sorpresa nel sapere quante volte un voto è il risultato di conversazioni da salotto e non di discorsi fatti in Parlamento. In questo momento sto venendo meno ai miei doveri, ma credo di poter essere giustificato. Vi trovate bene a Londra?»

«Oh, sì, molto bene» rispose Mary. «Mi stavo chiedendo se fosse possibile consultarmi con voi... riguardo a una certa questione. Credo che potrebbe avere una certa importanza, nonostante quel che sostiene il signor Waterbury.»

«Mia cara signorina, non mi direte che siete rimasta turbata dalle parole di quello stolto!»

«No, ma... be', mi darete la vostra opinione.»

Sir John si appoggiò allo schienale della sedia. Aveva previsto di corteggiare scherzosamente Miss Finch... in modo del tutto innocente, naturalmente, e di trascorrere così piacevolmente la serata. Ma ora si rendeva conto che lei gli chiedeva di assumere un altro ruolo e lui era sufficientemente filosofo da accettarlo di buon grado. Aveva già un'idea a proposito di ciò che poteva angustiare una giovane così graziosa, e la sua espressione assunse la gravità dell'uomo sposato di una certa età, abituato a offrire consigli nelle faccende di cuore.

In quel caso, però, aveva equivocato, perché Mary non era preoccupata per la propria situazione, bensì per quella di Susannah. Le sventure coniugali di una donna che lui non conosceva non lo interessavano particolarmente, ciò nonostante Sir John rimase ad ascoltarla educatamente. La cortesia si tramutò presto in interesse quando Mary gli parlò del ballo che si era tenuto a Scarborough House. Il magistrato annuì, quando lei s'interrogò sulle frequenti assenze del colonnello durante la serata, e aggrottò la fronte quando Mary menzionò i due uomini che erano usciti dal passaggio riservato alla servitù.

«Sono molte le ragioni per cui un gentiluomo può volersi spostare discretamente da una parte all'altra di una casa» le fece notare Sir John.

«Sì, signore,» concordò Mary «ma una di queste ragioni potrebbe essere che desidera mantenere segreta la sua presenza.»

«Perché pensate, quindi, che fosse vestito come se avesse partecipato al ballo?»

«Nel caso in cui fosse stato smascherato o avesse dovuto andarsene mescolandosi agli invitati, com'è effettivamente avvenuto.»

«Forse» riconobbe Sir John. «Però, non potete affermare con certezza che non abbia partecipato al ballo, non è così? Suppongo che ci fosse una gran folla...»

«Io l'ho visto solo in quell'occasione, mentre si nascondeva furtivamente nell'ombra» ribadì Mary, ma l'imparzialità la costrinse a prendere in considerazione anche l'eventualità suggerita dal magistrato. «Suppongo che possa essere stato presente, ma...»

«Ma voi lo ritenete improbabile. Non intendo sottovalutare il vostro punto di vista» si affrettò a precisare Sir John quando Mary fece per protestare. «Anzi, mi sento in tutta franchezza di dire che la condotta di quel gentiluomo può essere definita quanto meno bizzarra.»

«Non è tutto» proseguì Mary, ignorando il tiepido appoggio di Sir John. Aveva abbassato la voce parlando degli uomini usciti da quella porta, ma ora i suoi bisbiglii si fecero concitati. «La mattina successiva al ballo, ho visto di nuovo quel domestico, senza livrea, mentre conversava con il colonnello Crosby-Nash in tono assolutamente amichevole. Nessuno, vedendoli nel vestibolo di Scarborough House, avrebbe immaginato che fossero padrone e servitore, eppure quell'uomo solo la sera prima indossava la livrea!»

«Uhm... questo inizia a essere... mi sembra che abbiate detto che la sera del ballo, il... ehm... gentiluomo uscito da quella porta abbia lasciato intendere di aver già trascorso una notte a Scarborough House. Sarebbe possibile...»

«Me lo sono chiesta anch'io» disse Mary annuendo «e mi è parso un altro particolare sospetto. Susannah... la signora Crosby-Nash... non mi ha parlato di un ospite e sebbene pare che sia la governante a prendere buona parte delle decisioni in quella casa, Susannah lo avrebbe sicuramente visto o avrebbe saputo della sua esistenza.»

«È quello che ci si aspetterebbe.»

«E ne avrebbe fatto parola. Comunque sia, questa mattina...» Mary s'interruppe esitante. «Questa mattina ho esplorato il passaggio che conduce alla sala da ballo.»

Sir John trasalì. «Davvero? E che cosa avete scoperto?»

«Il passaggio conduce alle cucine, ma a un certo punto, lungo il corridoio, c'è una scala e in cima a essa si trova una *stanza segreta*!» Mary guardò il magistrato con espressione trionfante.

«Siete entrata?»

«No, la porta era chiusa a chiave.»

«Quindi, non potete affermare con certezza che si tratta di una stanza segreta.»

«Be', no,» riconobbe Mary «ma cos'altro potrebbe essere? Un armadio segreto in cima a una scala? Deve trattarsi di una stanza e se qualcuno volesse trascorrere una notte a Scarborough

House senza che sia notata la sua presenza, dormirebbe lì. E se nei pressi ci fosse anche un complice, travestito da domestico, questi potrebbe occuparsi di lui, portargli cibo e bevande e aiutarlo ad andarsene al momento più opportuno.» Sul suo viso apparve di nuovo un sorriso trionfante.

«Forse.» Sir John rimase seduto in silenzio per un po' e poi guardò Mary da sotto le sopracciglia cespugliose. «Presumo che non abbiate fatto parola con nessuno della vostra... esplorazione. Né dei vostri sospetti. Bene. Vi consiglio caldamente di non farlo.»

«E ora come si deve procedere?» chiese Mary, e quando lui scrollò le spalle, aggiunse con urgenza: «C'è qualcosa che non va, lo sapete anche voi, o perlomeno lo sospettate. Io vorrei poter fare qualcosa».

«Davvero? Volete rendervi utile? Non posso promettervi nulla, badate bene.»

«Sì, certo. La signora Crosby-Nash è una mia cara amica e io temo... sono in ansia per lei. Se ci sono dei problemi o qualche mistero...»

Sir John le indicò di fare silenzio e si azzittì anche lui, tamburellandosi le labbra con la punta delle dita. Guardò Mary, poi sospirò e scosse la testa. Tolse l'orologio dal taschino del panciotto e controllò l'ora prima di riprendere la sua riflessione. «Si è fatto tardi per un povero, indifeso servitore della Corona» osservò infine «e domani mi aspetta una giornata pesante. Posso chiedervi la cortesia di venire a farmi visita nel mio ufficio, Miss Finch?»

«Nel vostro ufficio? Sì» acconsentì Mary, stupita da quel repentino cambiamento di condotta.

«Non voglio farvi preoccupare, mia cara, ma credo che sarebbe opportuno che voi raccontaste la vostra storia a una persona che s'intende meglio di me di queste faccende, e se vi fosse possibile venire domani, sarebbe ancora meglio.»

Mary non riusciva a definire con esattezza le proprie sensazioni quando, il mattino seguente, salì sulla vettura a nolo che l'avrebbe condotta a Lincoln's Inn. L'aria era frizzante e lei aveva l'impressione che stesse per accadere qualcosa, ma non avrebbe saputo dire se sarebbe stato qualcosa di positivo o negativo. Il fatto che Sir John Scott le avesse proposto quell'incontro, nonostante il suo cauto scetticismo, doveva significare che aveva ritenuto importanti le sue informazioni. Ciò che aveva scoperto doveva avere a che fare con la legge, dal momento che Sir John se n'era interessato, ma ora come intendeva procedere? Quali questioni legali potevano andare oltre le conoscenze del Procuratore generale d'Inghilterra?

La procedura da seguire era già stata decisa quando Mary arrivò nell'ufficio di Sir John a Lincoln's Inn e il magistrato le spiegò ogni cosa in tono asciutto, misurato e professionale, senza le esitazioni della sera precedente. Innanzitutto, se lei era davvero intenzionata, avrebbe incontrato una persona che avrebbe potuto nutrire grande interesse per le sue informazioni. Sebbene non facesse esattamente parte del governo, questa persona godeva della massima fiducia e aveva prestato per il governo numerosi importanti servigi che riguardavano questioni di grande segretezza. Inoltre, a causa del lavoro svolto da questa persona, era indispensabile che lui non fosse conosciuto né avesse stretti legami con rappresentanti del governo e in particolare col Procuratore. Per questa ragione Sir John non aveva potuto riceverlo a Lincoln's Inn, ma doveva essere Mary a recarsi da lui. Peters, il segretario di Sir John, avrebbe provveduto a condurla a destinazione e a riportarla in Cavendish Square al termine del colloquio.

«Devo fare un'ultima precisazione» aggiunse il magistrato. «Come vi ho già detto, *ufficialmente* io non so nulla di questa persona e delle sue attività, né lo voglio sapere. Quindi, dopo il vostro colloquio, vi sarei grato se mi faceste sapere se siete soddisfatta dei vostri accordi. Se la vostra risposta sarà *sì*, la questione passerà completamente in altre mani. Mi avete capito?»

Mary annuì. Nonostante la crescente apprensione, era rimasta in silenzio durante tutta la spiegazione del magistrato. Gli ammonimenti di Sir John avevano acuito la sua curiosità, ma si rendeva conto di non poter porre molte domande in quella circostanza. «Posso chiedervi una cosa? Qual è il nome di questo gentiluomo?»

Sir John sorrise e nella sua riservatezza si aprì un varco. «Si chiama Shy. Cuthbert Shy. Un nome alquanto bizzarro, ma credo... così mi hanno detto... che si tratta di una persona piuttosto strana. Posso chiamare Peters?»

Impiegarono quasi un'ora per arrivare a destinazione. Il tragitto fu alquanto tortuoso, cambiarono tre vetture a nolo, fecero una passeggiata tra i negozi di stampe di St Paul e una visita alla pasticceria di Bond Street. A un certo punto, scesero dalla vettura e percorsero un tratto a piedi, comportamento che parve non avere altro scopo che quello di fermare un'altra carrozza e di riprendere il viaggio nella direzione opposta. Per tutta la durata di quello strano girovagare, Mary fu grata per la presenza del segretario di Sir John, il taciturno, ma efficiente Peters. Non solo l'uomo parve a proprio agio nel seguire quel bizzarro tragitto, ma Mary trovò molto rassicurante il suo aspetto dimesso e ordinario. Lei stava gradualmente entrando nello spirito della faccenda. Era come se stessero giocando a nascondino, ma la cosa strana e divertente era che non avevano un luogo dove nascondersi e che nessuno li stava cercando.

Quando, quindi, si separarono davanti alla porta di un edificio modesto, situato in un quartiere che lei non conosceva, Mary provò una momentanea trepidazione. Il gioco era finito e adesso che cosa sarebbe accaduto? Peters le spiegò che lui non l'avrebbe accompagnata dentro, ma le promise che sarebbe tornato a prenderla al momento opportuno. Non precisò in che modo avrebbe saputo che il colloquio si era concluso. Mary respirò a fondo quando lo vide allontanarsi. Ormai non poteva più tirarsi indietro, quindi sollevò il batacchio di ferro e bussò alla porta.

Una domestica che non chiese il suo nome la condusse in uno studio arredato con semplicità e poi se ne andò senza una parola. Quasi subito si aprì un'altra porta ed entrò nella stanza un uomo corpulento, di mezza età, con vivaci occhi azzurri e un'espressione florida e sorridente. L'uomo la salutò con fare asciutto, stringendole la mano e la invitò ad accomodarsi su una sedia presso la finestra. «Buongiorno, Miss Finch. Sono Cuthbert Shy. Grazie per aver acconsentito al mio piccolo stratagemma.»

Mary non avrebbe saputo dire con esattezza che cosa si aspettasse dal misterioso signor Shy, ma l'individuo di fronte a lei costituì senza dubbio una grande sorpresa. Con la sua parrucca fuori moda e il panciotto di fustagno le ricordava un droghiere, o un candelaio, e l'arredamento dello studio rafforzava quell'immagine di sobria rettitudine. L'unica libreria era vuota, a eccezione di una Bibbia, di una raccolta delle opere di Addison e di quelli che sembravano essere tre libri mastri rilegati in cuoio rosso. Non c'erano quadri alle pareti, solo stampe, e il tappeto sembrava essere stato scelto unicamente in base all'utilità da una persona che conosceva il valore del denaro. All'esterno si poteva vedere un piccolo giardino delimitato da un muro, con ordinate file di ortaggi che costeggiavano entrambi i lati del vialetto di ghiaia.

Mary osservò tutto in silenzio mentre Shy passava dietro la scrivania, situata nel centro della stanza e iniziava a rovistare nei cassetti in cerca della penna, del temperino, dell'inchiostro, del tampone assorbente e dei fogli per scrivere. Quando li ebbe trovati, posò tutto sul tavolino accanto alla sedia di Mary e si sedette di fronte a lei. C'era qualcosa di vagamente ridicolo nei comportamenti di quell'uomo e lei si stava chiedendo se Sir John avesse commesso un errore, quando ebbe una sorpresa ancora più grande.

«Oh, temo che non funzionerà mai» si lamentò Shy, sporgendosi in avanti e guardandola con espressione seria. «Per le personalità pubbliche è facile fare bella figura, ma quando uno fa il proprio lavoro... in privato, tutto ciò che è fastoso ed eclatante è fuori luogo. Naturalmente, in questo modo le persone potrebbero restare spiazzate e interrogarsi sull'autorevolezza di chi sta loro di fronte, ma questi, in fondo, sono solo dettagli, che, spero, possano venire superati in altro modo.»

«Sì, immagino che sia così» concordò Mary, mentre notava un lieve cambiamento nella sua espressione, un acume nel suo sguardo e su quel viso tondo e placido, e lei si sentì come se fosse stata sorpresa a commettere una birichinata infantile.

L'uomo annuì. «Precisamente. Mi fa piacere sapere che ci capiamo. Gli errori, soprattutto quelli commessi all'inizio, spesso possono essere corretti, ma una macchia nel carattere è un'altra questione. Ora, sapete perché ho accettato di vedervi, Miss Finch? Le ragioni sono due e ve le dirò entrambe. Innanzitutto, mi siete stata raccomandata dal Procuratore generale. Non è il tipo d'uomo disposto a spiccare un salto senza essere assolutamente certo dell'atterraggio, quindi, quando dice che qualcosa potrebbe interessarmi, posso essere sicuro che sarà così. In secondo luogo, sono al corrente del vostro coinvolgimento, qualche tempo fa, nella questione di quell'agente francese, Paul Déprez. In quell'occasione vi siete comportata con coraggio e intelligenza, il che mi porta a credere che siate una persona affidabile.»

Oltre al rossore che già si era diffuso sul suo viso, il riferimento alla sua *Avventura* indusse Mary a raddrizzare le spalle e sollevare il mento. In quell'occasione, il suo comportamento era stato degno d'elogio, sebbene ora non fosse in grado di vedere oltre un panciotto di fustagno. «Spero di esserlo, signore.»

«Lo spero anch'io... lo spero molto. Ora, prima di proseguire, devo farvi una richiesta. Lo avrete già intuito, ne sono certo, ma preferisco essere chiaro. È essenziale per me che voi non facciate parola del nostro incontro e di ciò che qui verrà discusso. Siamo d'accordo?»

La differenza tra il tono della sua voce e la gravità dell'argomento era così evidente da lasciare stupefatti. Lo sguardo acuto e perspicace esisteva ancora, o almeno così pareva a Mary, e lei annuì, basandosi su quello.

«Molto bene, allora andiamo dritti al punto. Mi piacerebbe

sentire che cosa potete dirmi riguardo alla vostra amica, la signora Crosby-Nash, e a suo marito.»

Mary espirò a fondo senza essersi resa conto di aver trattenuto il respiro. «Be', signore, è tutto piuttosto... complicato. Da dove devo iniziare?»

«Da dove volete» rispose Shy. «Le signore, nella mia esperienza, tendono a considerare le varie questioni come se si trattasse di una cena che prevede molte portate prima del piatto principale, mentre gli uomini le considerano staccionate da saltare subito, che il loro cavallo sia pronto a farlo oppure no. Il primo approccio fa sì che l'ascoltatore sia troppo sazio di zuppa per gustare l'arrosto e il secondo lo obbliga ad alzarsi dalla pozzanghera e a riprovare. Naturalmente, io preferisco la giusta via di mezzo, ma seguiamo pure le vostre inclinazioni e vediamo dove ci conducono.»

Mary si apprestò a eseguire il suo compito, forte di quell'incoraggiamento, e Shy, seduto comodamente sulla sedia, si limitò a stropicciarsi gli occhi sotto gli occhiali e ad annuire occasionalmente. Ma quando lei iniziò a parlare di Scarborough House, lui si fece più esigente. «Ancora un po' di zuppa, per cortesia,» le chiese, ancora con gli occhi chiusi «e non dimenticate il pesce.» Gli interessava qualsiasi cosa della serata del ballo e le chiese di compilare una lista, completa di descrizioni, di tutte le persone che rammentava.

«Temo che questo menù si rivelerà particolarmente pesante» disse lei, aggiungendo anche i nomi dei domestici.

«Nient'affatto, Miss Finch. Scoprirete presto che io ho un appetito prodigioso. Ripetetemi con precisione che cosa è avvenuto tra i due uomini che sono usciti dalla porta riservata alla servitù.»

Mary lo fece e lui le chiese altri particolari riguardo al presunto valletto e alla stanza segreta. Mary si rese conto che di quest'ultima non era in grado di fornire informazioni utili e spiegò di non aver esplorato più a fondo per paura di essere scoperta e che la sua presenza in quella parte della casa potesse sollevare degli interrogativi. «Ma sono sicura che c'è una stanza dietro quella porta.»

«Oh, sì, probabilmente, e non ha senso correre dei rischi senza ragione» concordò Shy. Poi rimase in silenzio, tamburellando con le dita sul bracciolo della poltrona e osservando l'ordinata fila dei ciuffi di carote nell'orto. «Come descrivereste il colonnello Crosby-Nash?» le chiese senza cambiare espressione.

Mary stava cominciando ad abituarsi ai repentini cambiamenti di direzione del signor Shy, che rammentavano il tortuoso tragitto che lei aveva dovuto percorrere per incontrarlo, e aggrottò la fronte prima di rispondere, ripensando all'immagine del colonnello. Non conosceva l'esatta ragione di quella domanda, ma era certa che Shy non fosse interessato a una descrizione dell'aspetto fisico. «Lo definirei elegante, calcolatore e determinato.»

«Molto bene,» disse Shy «e a questi aggettivi aggiungerei anche che è un uomo molto pericoloso.»

«*Pericoloso?*» Una vaga e intensa paura emerse dalla confusione dei pensieri di Mary e lei sentì il suo cuore iniziare a battere improvvisamente più veloce.

«Molto. Avete superato l'esame e questa sarà la ricompensa: mi fiderò di voi.» Shy s'interruppe un istante. «Sapete che il colonnello Crosby-Nash gode di una considerevole fortuna. Ora, gli uomini ricchi... e anche le donne... sono liberi di usare la loro ricchezza come più gli aggrada, sebbene la maggior parte di loro siano tristemente prevedibili. Acquistano grandi case e si divertono con intrattenimenti di vario genere. Il colonnello, naturalmente, non fa queste cose e io credo che abbia rivolto le sue attenzioni verso attività più singolari: il tradimento, la ribellione e le più importanti forme di spionaggio.»

Mary lo fissò allibita. «Spionaggio? Santo Cielo, signore! Eppure...»

«Eppure, è membro di uno dei più prestigiosi club della capitale. Prende parte alle udienze reali e quando dà un ballo... avete visto con quanto entusiasmo vengono accettati i suoi inviti.»

«Com'è possibile? Come avete detto voi, è accettato ovunque, ma se è un *criminale*... possibile che nessuno lo abbia mai scoperto? E... e la mia amica l'ha *sposato*!»

«È stata crudelmente ingannata,» disse Shy, scuotendo la testa «e mi dispiace. Ciò che vi ho appena detto è assolutamente confidenziale. Il colonnello Crosby-Nash non è mai stato accusato di alcun crimine, né ha mai destato dei sospetti, in via ufficiale.»

«Ma in via ufficiosa, sì, è così? Ne siete sicuro?»

«Sì, ne sono sicuro, ma non dispongo di prove a supporto dei miei sospetti.»

«Sir John che cosa dice?»

Shy sorrise. «Sapete, Sir John ha la tendenza a dubitare e a concentrarsi solo su ciò che può essere dimostrato, piuttosto che su ciò che si sospetta... o si sa. Naturalmente, si tratta di deformazione professionale e non lo si può rimproverare per questo.»

Mary rifletté sulle sue parole. Forse Sir John tendeva a dubitare di tutto, ma proprio per questa ragione l'aveva mandata da Shy. «Io credo che nutra la più grande fiducia in voi, signore» disse lentamente. Le affermazioni di Shy, tutto in lui, a dire il vero, sembravano appartenere a un'altra sfera, e il ricordo della fiducia che Sir John nutriva in lui stabiliva un collegamento tra quel mondo a lei sconosciuto e quello ordinario.

«Davvero?» chiese Shy, inarcando un sopracciglio. «Be', è molto gentile da parte sua.» Si alzò dalla sedia e iniziò a passeggiare per la stanza, camminando lentamente tra la scrivania e la finestra. «Forse saprete che la situazione del nostro paese è molto precaria. All'estero, i nostri alleati non sono in grado o non vogliono agire, mentre le forze militari francesi stanno dilagando sul Continente. La nostra situazione economica ha quasi raggiunto il punto di rottura, mentre gli anarchici e i repubblicani stanno facendo del loro meglio per promuovere il disordine e la ribellione. Credetemi, non sto esagerando. E ora c'è anche stato l'ammutinamento della flotta sul Canale. Forse le ragioni che l'hanno causato sono reali, ma il tempismo mi porta a pensare che tutto ciò sia estremamente conveniente per i nostri nemici.»

«Credete che il colonnello Crosby-Nash...»

«Potrebbe essere coinvolto» disse Shy, alzando le spalle «e potrebbe avere anche altre frecce al suo arco. Nonostante non abbia le prove del suo tradimento, credo che esista un legame con i servizi segreti francesi che operano nel nostro paese. Naturalmente, saprete che anche i francesi hanno le loro spie, così come noi abbiamo le nostre.»

Mary sentiva la gola secca e deglutì prima di parlare. «Come il signor Déprez.»

«Sì, anche se l'individuo a cui io sto dando la caccia è molto più pericoloso. Déprez era un avventuriero che giocava il suo gioco per amore del rischio; il mio uomo è un patriota. Si comporta in modo troppo deciso per essere altro. Si occupa dell'organizzazione e per lui non è un divertimento. La mia speranza è che, puntando gli occhi sul colonnello, io possa, non solo intralciare i suoi piani, ma riuscire a scoprire l'identità di chi tira i fili.»

Mary rimase in silenzio, riflettendo su ciò che aveva appena udito. La storia del signor Shy stava diventando sempre più incredibile, ma aveva acceso la sua curiosità. L'*Avventura* che aveva vissuto era la prova che le spie e i traditori esistevano davvero e il signor Shy aveva sicuramente più esperienza di lei in quel campo. Forse queste cose accadevano più frequentemente di quanto si potesse immaginare. Forse spie e traditori erano molto numerosi. "Sospettavo che ci fosse qualcosa di strano a Scarborough House" pensò. "L'avevo intuito." «Sperate quindi di riuscire a ottenere delle prove contro il colonnello Crosby-Nash?» chiese.

Shy annuì. Il colonnello era sotto sorveglianza già da qualche tempo, ma senza risultati tangibili. «Potreste ipotizzare che questo è avvenuto perché non c'è nulla da scoprire e che il colonnello è una persona perbene che non ha nulla a che fare con i francesi. Io, però, vi dico che i miei uomini si trovano davanti a un compito molto difficile. Crosby-Nash trascorre buona parte del suo tempo in quello che potrebbe essere definito un circolo ristretto, formato dai membri del suo club, dai suoi colleghi dell'India, che si conoscono tutti tra di loro, e dalle persone a cui lui estende i suoi inviti. Non è facile introdurre un estraneo in quella cerchia e sono pronto a scommettere che è lì che il nostro amico conduce gli affari che vuole mantenere segreti.»

«Il ballo può essere stato l'occasione perfetta per un incontro segreto» suggerì Mary. «Io ho notato il suo strano andirivieni, ma forse gli altri no.»

«Certo, e nemmeno che un ospite particolare è stato fatto uscire alla luce del sole, ma senza attirare la minima attenzione.»

«Mi dispiace di non essere riuscita a vedere chiaramente il suo viso.»

«Sarebbe stato un bel colpo» concordò Shy. «Oppure avreste potuto comunicare le vostre informazioni più celermente... non che il ritardo sia da imputare a voi. In qualsiasi caso, ciò che mi avete riferito è molto interessante e senza dubbio si rivelerà prezioso a tempo debito.»

Shy le sorrise placidamente e lei si chiese se questo significasse la fine del loro colloquio. Sembrava proprio che fosse così. Ora l'avrebbe ringraziata e in qualche modo avrebbe richiamato il signor Peters. Poi una vettura... o forse una serie di vetture... l'avrebbe riportato alla sicurezza di Cavendish Square e tutto si sarebbe concluso. L'avventura, se ce ne fosse stata una, sarebbe proseguita senza di lei e Mary si sentì triste a quel pensiero. Le sembrava ingiusto fare quelle sorprendenti rivelazioni, ammetterla a far parte di quel mondo segreto e poi escluderla di nuovo con dei tiepidi ringraziamenti. "Quasi preferirei..."

«Ho sempre creduto che non si debbano prendere decisioni affrettate» disse Shy. «Siete d'accordo con me?»

Quella domanda la sorprese. «Che cosa? Scusate... sì, certo.»

«D'altro canto mi rendo conto che il modo migliore per ottenere informazioni importanti non sia quello di tentare d'inserire un estraneo all'interno della cerchia del colonnello, come abbiamo fatto fino a ora, ma di avvalersi dei servizi di qualcuno che già si trova in quella posizione privilegiata e che si è già dimostrato all'altezza di questo compito.» La guardò. «Qual è la vostra opinione in proposito?»

Mary si sorprese a ridere, nonostante la serietà della situazione. «Mi sorprende che me lo chiediate» rispose «perché voi sembrate conoscere i miei pensieri prima ancora che io abbia il tempo di formularli. Sapete anche che il mio soggiorno a Londra è quasi giunto al termine? Farò ritorno nel Suffolk tra qualche giorno, mentre il colonnello presto si recherà nel Kent.»

Shy rifletté qualche istante. «Dovete *proprio* tornare nel Suffolk? Non potreste prolungare il vostro soggiorno? E non potreste andare a Champian Hall... così si chiama la sua tenuta nel Kent... per far compagnia alla signora Crosby-Nash?»

Sarebbe stato possibile, almeno in termini pratici. Mary ne sarebbe stata felice e Susannah aveva detto che le avrebbe fatto piacere avere compagnia... si sentiva piuttosto sola, anche se non voleva ammetterlo. «Io... *forse* potrei.» Mary prese tempo, ma mentre parlava il suo cuore iniziò a battere più velocemente e lei già si chiedeva se fosse in grado di assumersi quell'incarico o se era pazza solo a pensarlo.

«*Forse* è una parola così gradevole... così traboccante di possibilità» osservò Shy con voce suadente. «Ma voi dovete decidere se intendete davvero accettare la mia proposta, e non sull'onda dell'entusiasmo del momento per far piacere a un ometto bizzarro, ma seriamente. Ciò che vi sto chiedendo è molto importante, ma non è altrettanto semplice. Il compito consiste nel raccogliere informazioni su un individuo che custodisce con cura i suoi segreti... e poi bisogna considerare la natura dell'incarico. Lo spionaggio, anche quando riguarda il nemico, è una cosa sconveniente, soprattutto per una giovane donna come voi.»

"Una giovane donna che ha ereditato una grande casa e che si diverte con intrattenimenti di vario genere" aggiunse Mary tra sé con irritazione. Era diventata davvero una persona così, preoccupata solo di soddisfare la propria vanità? Aggrottò la fronte. «Ma si tratta di un incarico importante, e devo pensare alla mia amica... alla signora Crosby-Nash. Se suo marito è un traditore, non ci si può fidare di lui. Un giorno potrebbe decidere che lei è un peso, oppure potrebbe fare qualcosa che la mettesse in pericolo.»

«Entrambe le ipotesi sono possibili.»

«In questo caso, non dev'essere lasciata sola con lui!» esclamò Mary.

«Immagino che non sia il genere di situazione che le augurebbero le sue amiche» riconobbe Shy.

«Suppongo che voi non possiate allontanarla da lui... in qualche modo.» Mary lo guardò con gli occhi pieni di speranza.

«Non credo, perlomeno non in tempi brevi e senza considerevoli sforzi. Le mie risorse non sono illimitate e non sarebbe affatto saggio fare qualcosa che possa suscitare i sospetti del colonnello.»

«Sì, sì, certamente» si affrettò a riconoscere Mary. «È stato stupido da parte mia suggerire questa soluzione.»

«Nient'affatto, avete dimostrato un sentimento assolutamente degno. Ma se voi...»

«Se andassi insieme a loro nel Kent, non susciterei i suoi sospetti, perché lui sa che io e Susannah siamo amiche e... potrei sorvegliarli entrambi.»

«Esatto, Miss Finch» disse Shy sorridendo. «Credo che anche voi siate in grado di leggermi nel pensiero e, cosa più importante, penso che siamo d'accordo sulla linea da seguire.»

8

Mary salì sulla vettura a nolo che l'avrebbe riportata, attraverso un giro tortuoso, al numero 10 di Cavendish Square. Sul sedile accanto a lei c'era un pacco di libri, un acquisto innocente, nel caso in cui qualcuno avesse notato la sua assenza. Rabbrividì al pensiero che il signor Shy avesse pensato a quello stratagemma. "Ti chiedevi che cosa ci fosse sotto e ora sai che si tratta di qualcosa di molto pericoloso, talmente pericoloso da richiedere stratagemmi e precauzioni." Mary non rimpiangeva la propria decisione e ora che sapeva esattamente come stavano le cose, si sentiva stranamente calma riguardo a ciò che avrebbe dovuto fare. Era semplicemente intollerabile che un uomo pericoloso come il colonnello Crosby-Nash perpetrasse indisturbato i suoi crimini. Ora il suo obiettivo era quello di smascherare il suo segreto e di proteggere Susannah.

Il fedele Peters prese posto al suo fianco e fece cenno al conducente di partire. Trascorsero qualche minuto in silenzio, mentre lui la osservava con discrezione. Peters era un osservatore e sapeva stare in silenzio... se non ne fosse stato capace non avrebbe potuto lavorare per Sir John... e percepì il cambiamento avvenuto in Mary. Durante il viaggio d'andata si era posta delle domande, ora invece stava facendo dei progetti. Prima era apparsa insicura, ora era determinata. Peters conosceva già la risposta alla sua domanda senza bisogno di chiedere nulla, ma fece il suo dovere e glielo chiese ugualmente.

La vettura svoltò l'angolo e Mary raccolse il pacco di libri, posandolo in grembo. «Sì,» rispose con fermezza «potete riferire a Sir John che sono soddisfatta dell'accordo.»

Shy aveva dato a Mary solo un'idea generale di come avrebbe potuto procedere l'avventura e non le occorse una profonda riflessione per capire che il suo primo passo sarebbe stato quello di aggregarsi ai Crosby-Nash. Nei giorni che seguirono, quindi, fece visita a Susannah e insieme pensarono a come trascorrere quelle ultime giornate. I loro passatempi, purtroppo, non coinvolgevano anche il colonnello, ma la familiarità che ne derivò tra le due donne produsse il risultato desiderato: un invito a Champian Hall.

Nonostante si congratulasse con se stessa per il suo primo successo, la sicurezza di Mary subì un duro colpo. Per dedicare le proprie attenzioni a Susannah, Mary era stata costretta a trascurare le altre sue amiche e fu con un senso di colpevole sorpresa che si rese conto che la loro partenza si stava rapidamente avvicinando. Purtroppo, doveva escluderle dall'invito nel Kent, o perlomeno scoraggiare Susannah dall'includerle nell'invito, perché la loro presenza avrebbe indubbiamente complicato il suo lavoro. Per quel che riguardava Charlotte fu abbastanza facile, perché lei non aveva alcun desiderio di trascorrere una vacanza insieme al colonnello. Escludere Miss Marchmont e Miss Trent, invece, fu più difficile. Non pensarono affatto che Mary mancasse di riguardi nei loro confronti, e la loro umiltà e il sincero piacere che dimostrarono di provare per l'opportunità che si era presentata alla loro cara amica fecero sentire Mary profondamente a disagio. "Sapere di fare ciò che è necessario non impedisce di sentirsi crudeli" rimuginò tra sé.

Fu forse per quella ragione che acconsentì ad accompagnare

le amiche ad acquistare un regalo per Lady Armitage. Dopo molte discussioni optarono per una bottiglia di profumo di Golding, il profumiere della regina. Sarebbe stato un regalo di qualità indiscutibile e soprattutto, restringendo la ricerca a quel campo, avrebbero evitato una ripetizione della «grande caccia al guanto» già verificatasi precedentemente. In realtà, la loro spedizione non sarebbe stata così limitata, perché Miss Marchmont desiderava visitare un negozio in Vine Street che vendeva matite di grafite, e Miss Trent, ispirata dall'idea del profumo regale, aveva pensato di sorprendere la signora Tipton con una collezione di tè di Antrobus, Seaman & Antrobus, fornitore ufficiale di Sua Maestà. Il percorso da seguire era stato infine stabilito: le matite in Piccadilly, il tè sullo Strand, e poi da Golding a Cornhill.

Erano tutte piuttosto stanche quando raggiunsero la loro ultima destinazione, ma Golding rianimò il loro spirito. In particolare, Mary e Charlotte si entusiasmarono per quella gran varietà di profumi, tutti racchiusi in delicate bottiglie di cristallo o in piccoli vasi di porcellana, decorati per sembrare vasi di fiori o brocche d'acqua o piccole statue. Né dovettero limitarsi a guardare, perché la moglie del proprietario le incoraggiò a provare quel tal profumo dietro l'orecchio, quell'altro sui polsi e un terzo all'interno del gomito. Charlotte starnutì più volte, ma nonostante ciò affermò che i profumi erano tutti meravigliosi, mentre le boccette d'argento, le scatole di legno intagliato che contenevano il bergamotto, le lozioni, le polveri e i bruciatori d'essenze indussero Mary a dimenticare le proprie indagini.

Uscirono dal negozio parecchio tempo più tardi con una boccetta di profumo molto piccola, perché Charlotte era già riuscita a spendere quasi tutto il denaro che le aveva dato sua madre. Miss Marchmont le attendeva in strada, giacché quella miscellanea di profumi, per quanto gradevoli singolarmente, l'aveva disturbata costringendola ad agitare febbrilmente un fazzoletto per dissiparne le ultime tracce.

«Avrei voluto mostrarmi più patriottica,» proseguì Miss Marchmont «ma quello che si suppone sia il profumo preferito della regina a me ricorda solo un paio di stivali bagnati messi ad asciugare davanti al fuoco. Spero proprio che non abbiate scelto quello!»

«Oh, no, abbiamo scelto un profumo più elegante. *Eau* significa acqua» confidò Charlotte a Miss Marchmont, la quale annuiva gravemente. «Non dovete commettere l'errore di pensare che *les fleurs*, i fiori, siano scadenti o comuni.»

«No, assolutamente.»

«Sicuramente originali, ne sono certa» disse Mary sorridendo, ma subito dopo aggrottò la fronte perplessa. «Sembra che abbiamo perso Miss Trent.»

«No, doveva fare una commissione in una gioielleria dei dintorni» spiegò Miss Marchmont. «Sarà qui a minuti, credo.»

Miss Trent le raggiunse quasi subito, col fiato corto, e dopo essersi accertata di non aver fatto aspettare nessuno spiegò la sua capatina da Hardy & Son's in Birchin Lane con una commissione per conto di Susannah. La chiusura del suo bracciale, lo splendido bracciale che aveva indossato al ballo, si era allentata e doveva essere riparata.

"Miss Trent ha portato il bracciale di Susannah a far riparare?" Mary lo considerò piuttosto strano, soprattutto quando seppe che non era stata Susannah ad affidare quel compito a Miss Trent, bensì suo marito. Perché mai il colonnello Crosby-Nash avrebbe chiesto quel favore proprio a Miss Trent? Non c'era alcun confidenza tra loro e la cara Miss Trent dal cuore tenero non era certo il tipo di persona che potesse suscitare le simpatie del colonnello.

Mary rifletté su questo mentre salivano sulla carrozza che le avrebbe riportate in Cavendish Square e contribuì scarsamente alla discussione sulle pasticcerie e sull'opportunità di fermarsi ad acquistare qualcosa per recuperare le forze. Non riusciva a rammentare il bracciale che Susannah aveva indossato al ballo e non sapeva con quale pretesto approfondire l'argomento in quel momento. Sarebbe apparso troppo strano, mentre Miss Marchmont decantava le qualità delle torte di Banbury. *Come è possibile che una prestigiosa gioielleria si trovi in Birchin Lane? Un genti-*

luomo come il colonnello Crosby-Nash non dovrebbe preferire Bond Street o St James?

«Oh! Ferma!»

Mary trasalì per il grido improvviso di Charlotte, che venne ripetuto a voce ancora più alta, battendo sul soffitto della carrozza e sporgendosi dal finestrino per essere udita dal cocchiere.

«Che succede?» domandò Miss Marchmont. «Abbiamo investito qualcuno?» Si trovavano nel bel mezzo di High Holborn. La carrozza si fermò e Charlotte scese. «No, no,» rispose la ragazza ridendo «è solo che avevo ordinato una cosa... e me ne sono ricordata solo adesso passando davanti al negozio. Ci metterò solo un attimo.»

Miss Trent guardò fuori del finestrino. «Buon Dio, un sellaio!» esclamò trasalendo, poco meno scandalizzata di quanto sarebbe stata se Charlotte fosse entrata in una rivendita di gin. «Che cosa sta succedendo?»

Mary aggrottò la fronte e si apprestò a seguire Charlotte. «Non preoccupatevi» disse per metter fine ad altre esclamazioni inorridite. «Me ne occuperò io.»

Craddock & Renorden's, il negozio in cui era scomparsa Charlotte, vendeva selle, frustini e oggetti di quel genere. Quando entrò, Mary fu sollevata nello scoprire che dietro il bancone non c'erano individui truci con indosso grembiuli di cuoio, ma solo un commesso che stava servendo gentilmente Charlotte. Mary rimase ad ascoltare, mentre Charlotte spiegava che, dal momento che avrebbe presto lasciato Londra, la merce da lei ordinata sarebbe dovuta essere spedita nel Norfolk. Il nome del destinatario era Armitage, aggiunse, ma senza dubbio lui doveva averlo già annotato.

Quando il commesso scomparve dietro una tenda, forse per consultarsi nel retro del negozio con gli uomini con il grembiule di cuoio, l'atteggiamento di Mary cambiò. Tamburellando sul bancone, indirizzò a Charlotte uno sguardo glaciale. «È *questa* la ragione per cui hai quasi finito il denaro che ti ha dato tua madre?» le chiese.

Charlotte annuì, per nulla imbarazzata. «Sì, purtroppo sì, ma avevo davvero assolutamente bisogno di una sella nuova. Si ha solo l'illusione di risparmiare rinunciando ai prodotti migliori e inoltre, acquistare una sella scadente sarebbe una crudeltà nei confronti del cavallo. Non sottoporrei mai a un supplizio il povero Clemmie, montandolo con una sella scomoda e vecchia.»

Mary mantenne un'espressione scettica, ma solo con grande difficoltà. «Come puoi sapere che la sella che hai acquistato per una somma considerevole si adatterà meglio a Clemmie?»

«Oh, ne sono certa» le assicurò Charlotte. «Craddock & Renorden's mi è stato raccomandato dal maggiore Whittington. Ricordi? Lo abbiamo conosciuto al ballo. Mi disse che per una buona sella d'uso quotidiano ci si deve rivolgere a Craddock & Renorden's, ed è esattamente quel che serve a me. Quindi, come vedi, non sono stata affatto stravagante.»

Il commesso tornò prima che Mary potesse esprimere la propria opinione in proposito e disse che la sella sarebbe stata consegnata entro un paio di settimane. Il sorriso trionfante di Charlotte e il fatto di non aver udito il discorso sulle finanze della ragazza lo incoraggiarono a chiedere se potesse rendersi ulteriormente utile alla signorina per le redini o il morso. Charlotte fece un gesto con la mano, ma Mary gli assicurò che avevano già ampiamente provveduto agli articoli da lui menzionati e trascinò Charlotte verso la porta.

«Non saresti mai dovuta entrare in un negozio del genere, sai» le disse Mary quando furono di nuovo fuori. Erano quasi le quattro e la strada era molto affollata. Camminarono quindi a braccetto per evitare di essere separate o urtate mentre raggiungevano la carrozza.

«Perché no?» domandò Charlotte. «Non credo che il maggiore Whittington si sia preso gioco di me. Lui e Bobs sono molto amici e se mi desse un cattivo consiglio, sono certa che Bobs gliela farebbe pagare.»

Mary si fermò per permettere a un avvocato in toga e parrucca di passare e poi rispose: «Sì, lo credo anch'io, ma ciò che intendevo dire è che...».

«Il caro Bobs...» sospirò Charlotte «Mi auguro che venga a farci visita di nuovo prima della nostra partenza.»

«Immagino che sia molto impegnato.»

«Sì, è quel che ha detto. Non è giusto, però!»

Mary rimase in silenzio. Non voleva chiedere notizie del capitano Holland e, in effetti, si trattenne dal farlo fino a quando non raggiunsero la carrozza. «Hai avuto sue notizie?» domandò con un fil di voce.

«Oh, sì!» rispose Charlotte, aprendo lo sportello. «A Bobs piace molto scrivere lettere.»

La lode espressa da Charlotte era giustificata più dall'affetto che la legava al cugino che dalla realtà delle cose. Come Mary avrebbe potuto testimoniare, da quel punto di vista Holland era estremamente conciso e del tutto inaffidabile. Infatti, era passata quasi una settimana da quando aveva ricevuto la sua lettera e non le aveva ancora risposto. La mole di lavoro da cui era gravato avrebbe potuto giustificare il ritardo, ma lei non pensava che fosse quello il reale motivo.

Infatti, Holland non solo intendeva ignorare la sua lettera, in cui lei aveva parlato così timidamente di carattere, disposizione, affetti e dell'effetto pernicioso della ricchezza su entrambi loro, ma aveva addirittura deciso di distruggerla, anche se non l'aveva ancora fatto. La lettera aveva trovato un posto nella tasca della sua uniforme e lì era rimasta. Alzandosi dalla sua scrivania quel pomeriggio, lui avvertì l'ormai familiare stropiccio della carta e mentre s'incamminava verso il fiume, con il proposito di sgranchirsi le gambe, ripensò al suo doloroso contenuto. Era come una ferita che non ne voleva sapere di guarire. Quando raggiunse il molo, davanti ai suoi occhi si presentò una scena che raramente capitava di vedere all'Arsenale e che scacciò qualsiasi altro pensiero dalla sua mente. Due bambini piccoli, un maschio e una femmina, si stavano arrampicando sulla gru utilizzata per caricare e scaricare ciò che veniva trasportato dalle imbarcazioni.

«Ehi, voi due!» gridò, affrettando il passo. «Che cosa pensate di fare qui?»

I bambini si voltarono verso di lui e la loro espressione colpevole si trasformò immediatamente in un sorriso di felicità. «Capitano Holland!» esclamarono e il maschio staccò persino una mano dalla gru per salutarlo.

Holland mormorò un'imprecazione non adatta alle orecchie dei piccoli e a voce più alta ordinò: «Jack, scendi subito da lì... e non staccare le mani! Chloe, tu resta ferma dove sei». Dopo averli raggiunti, prese in braccio la piccola e la posò a terra. Quando furono entrambi al sicuro, li osservò con attenzione: erano i figli del tenente capitano Jack Dalton. Holland non ricordava la loro età, ma erano sicuramente troppo piccoli per arrampicarsi sopra una gru sospesa sul Tamigi. Cosa diavolo stavano facendo quegli scansafatiche delle guardie? Perché non li avevano fermati?

Guardò verso l'edificio delle guardie, apparentemente chiuso. Poi una guardia emerse e Holland urlò in tono non proprio amichevole: «Ehi, voi! Volete svegliarvi? Andate a chiamare Drake, ditegli che c'è bisogno di lui quaggiù. E ora» proseguì, incrociando le braccia sul petto e fissando severamente i bambini «volete dirmi che cosa sta succedendo? A chi siete stati affidati?».

«A nessuno» rispose Chloe con orgoglio. Era una bella bambina, nonostante in quel momento i suoi lunghi boccoli biondi fossero arruffati e il grembiulino fosse spiegazzato. «Siamo stati al deposito del carbone.»

«Questo lo vedo anche da me. Non dovreste andarci.»

«Perché?»

Holland aggrottò la fronte, ma prima che potesse rispondere, la bambina continuò: «Abbiamo visto gli uomini setacciare il fango e scavare. Uno di loro mi ha chiamata e io l'ho salutato. Non aveva denti davanti». E con un sorriso vanitoso, mostrò i denti a Holland per meglio esprimere il concetto.

«Ma... siete arrivati fino alla banchina dei forzati?» domandò Holland. «Come ci siete arrivati fin laggiù?»

«Abbiamo scavalcato il muro» gli spiegò Chloe. «Jack mi ha sollevata e mi ha spinta in alto e io...»

«D'accordo, non importa, ma non fatelo più!» Poi si rivolse a Jack, i cui abiti versavano in uno stato identico a quelli della sorella, anche se i suoi mostravano anche macchie d'erba oltre alla polvere di carbone. «Che cosa fate qui? Qui all'Arsenale, intendo dire.»

«Ci ha portati la mamma, ma poi lei è dovuta andare via e ci ha detto di aspettarla qui.»

«Sono sicuro che non vi ha detto di aspettarla qui al molo.»

«No, signore,» ammise Jack «ci ha detto di giocare nel cortile del magazzino.»

«E perché non avete obbedito?»

A quella domanda sembrava non esistere risposta, o perlomeno Jack non riuscì a spiegare la concatenazione di eventi che era iniziata con un gioco innocente in cortile e si era conclusa con il tentativo di arrampicarsi su per la gru, passando per le scuderie, il magazzino del salnitro e il deposito del carbone. Il bambino rimase quindi muto e si limitò a fissare il suo inquisitore.

«Jack ha lanciato il carbone nel fiume» intervenne Chloe, con la sua vocina acuta.

«Spiona!»

«Un uomo l'ha visto, allora Jack ha detto che avrei dovuto fingere di essere stata io...»

A quel punto la situazione degenerò rapidamente. Jack lanciò un grido: «Traditrice!» e si avventò verso la sorella per infliggerle una punizione adeguata, mentre Chloe, nel tentativo di fuggire, inciampò e cadde a terra. Gli occhi le si riempirono immediatamente di lacrime e le sue labbra iniziarono a tremare.

Holland cercò di prevenire ulteriori ostilità e offrì conforto alla bambina, ma i suoi sforzi non sortirono l'effetto desiderato. «Mi ha dato un calcio!» piagnucolò Chloe. «Non è vero!» protestò Jack, con l'espressione di chi avrebbe voluto realizzare il gesto di cui era stato accusato.

«Va bene, va bene, non è successo niente. Calmatevi adesso» tentò di ammansirli Holland e si raddrizzò, udendo una voce familiare.

«Che cosa sta succedendo, signore?» chiese Drake. «C'è un po' di confusione? Buon pomeriggio, signorino Jack, signorina Chloe. Che cosa avete combinato?» chiese, accucciandosi accanto alla bambina, sorridendo e scuotendo la testa.

«Jack mi ha picchiata e mi ha strappato il vestito!» si lamentò lei, tendendo le braccia verso Drake.

«Bugiarda!» Jack cercò un insulto degno della situazione. «Francese!»

«Ora basta!» esclamò Holland, trattenendo il bambino per un braccio, poi aggiunse a voce più bassa: «La signora Dalton dovrebbe tornare a prenderli... Dio solo sa quando».

«Su... su... Miss Chloe, adesso è tutto a posto» la rassicurò Drake. «Succede spesso così, signore, con le donne. Hanno i loro capricci e le loro distrazioni e questo le rende inaffidabili. È tutto il giorno che non vedo il signor Dalton.»

«Non mi sorprende.» Holland si rivolse a Jack. «Tuo padre lo sa che siete qui?»

Il bambino rimase a bocca aperta. «Forse.»

«Dove li portiamo per fare in modo che siano al sicuro? Nel casotto delle guardie?» chiese Drake, strizzando l'occhio a Holland.

Il capitano cercò di tenere a freno l'irritazione. «Suppongo... che sia meglio che stiano nel mio appartamento fino a quando qualcuno si deciderà a venire a prenderli.»

I bambini sorrisero. «Ai vostri ordini, signore» disse Drake, evitando lo sguardo di Holland. Chloe gli cingeva il collo con le mani sporche e ora sembrava che anche Drake avesse giocato nel deposito del carbone.

Il bizzarro gruppetto si avviò verso gli alloggi degli ufficiali e Holland s'irrigidì quando si accorse degli sguardi divertiti dei suoi colleghi. Quando passarono davanti a una compagnia, una voce anonima chiese con apparente candore: «È questo ciò che fanno gli ufficiali? Fanno le bambinaie mentre a noi tocca il lavoro duro?».

«Silenzio nei ranghi!» ruggì il sergente.

«Hai lasciato il berretto a casa» osservò un'altra voce, con l'apparente desiderio di rendersi utile.

«Badate a quel che dite!» li minacciò Drake.

«Quack... quack...»

«Lascia perdere» mormorò Holland, quando Drake si fermò per scrutare minaccioso tra le file di visi assolutamente impassibili. «Da chi è comandata questa compagnia, sergente?»

«Dal capitano Fanshawe, signore.»

Fanshawe, avrei dovuto immaginarlo! «State compiendo un'esercitazione?»

«Sissignore!»

Holland rifletté qualche istante. «Fate le mie congratulazioni al capitano Fanshawe e ditegli che i suoi uomini possono esercitarsi con il pezzo da quarantadue libbre. Lo avete presente?»

«Sissignore, ma il capitano Fanshawe... credo che sia andato in città, signore.»

«Be', esercitatevi pure con il quarantadue libbre... lo informerete in seguito.»

«Sissignore. Squadre da quattro uomini su per la collina, signore?»

Holland annuì, sorridendo. L'arma in questione, un vecchio ed enorme cannone d'assedio, veniva utilizzato principalmente per insegnare ai soldati come sollevare o far rotolare il cannone. Spostarlo su un terreno pianeggiante era abbastanza agevole, ma il compito si faceva arduo quando era necessario farlo rotolare su per una collina.

«Non conoscono la disciplina» si lamentò Drake, mentre i soldati si allontanavano a passo di marcia.

«È vero. Andiamo.»

Drake continuò a dar voce alla propria irritazione, borbottando. «Sono solo avanzi di galera, ecco che cosa sono. Glielo faccio vedere io il quack, quack... vedrete!»

«Capitano Holland?» lo chiamò Jack in tono ansioso, affrettandosi per stare al passo con gli adulti. «Dovete proprio raccontare del carbone, signore? Mio padre dice che quando qualcuno commette un crimine all'interno del reggimento, viene sbattuto in una cella senza cibo.»

Holland sospirò. «Suppongo di poter chiudere un occhio, dal momento che si tratta della prima volta.»

«Io... erano solo pochi pezzi.»

«Be', non rifarlo mai più!» ribadì Holland con severità, sperando di assumere un tono convincente. «E non si dovrebbe mai picchiare una bambina.»

«Lo so, signore» ammise umilmente Jack.

Si fermarono ai piedi delle scale. «Vado a cercare il signor Dalton, signore?» propose Drake, apprestandosi a passare Chloe nelle braccia di Holland.

«Oh, no!» rispose il capitano. «Portali di sopra, dà loro qualcosa da mangiare o... non so. Andrò io a cercare Dalton.» Liberando la mano da quella appiccicosa di Jack, aggiunse: «E cerca di... ripulirli un po'».

Nonostante detestasse profondamente ciò che lui definiva «le scartoffie», il tenente capitano Jack Dalton aveva trascorso gli ultimi giorni sommerso dai documenti. Holland lo trovò nell'ufficio del comandante della compagnia a esaminare pile di ricevute, verbali di assemblee, rapporti medici, spese e una fitta corrispondenza relativa alla perdita di una certa quantità di micce a lenta combustione che risaliva a quattro anni prima. La compagnia di Dalton aveva finalmente ricevuto ordini per prestare servizio all'estero e, oltre a equipaggiare gli uomini e a organizzare il trasporto, il Dipartimento dell'Artiglieria aveva richiesto l'esame di tutti i documenti rimasti in sospeso, sia che fossero datati o irrilevanti, prima che la compagnia lasciasse il paese.

Dalton era il più caro amico di Holland all'interno del reggimento. Vedevano le cose allo stesso modo, anche se Dalton era più vitale ed entusiasta e, di solito, molto più ciarliero di Holland. Il suo entusiasmo lo aveva portato ad avere una moglie e due figli che riusciva a stento a mantenere. «Lo sai che i tuoi figli si trovano qui all'Arsenale?»

Il robusto ufficiale dai capelli color sabbia alzò lo sguardo, ma la sua mente era ancora concentrata sui registri e sulle spese degli approvvigionamenti. «Che cosa? Ah, sì, Kitty me lo aveva detto. Non è ancora tornata?» Si passò stancamente una mano sugli occhi. «Dannazione, mi hai fatto perdere il segno! Dovresti sempre avvertire quando hai intenzione di interrompere qualcuno. I bambini sono... dovrebbe averli in custodia il magazziniere.»

«Di certo non li aveva in custodia lui quando li ho visti cinque minuti fa» replicò Holland. «Penzolavano da una delle gru e stavano per cadere nel fiume.»

«Che cosa?!» Dalton scattò in piedi, sparpagliando i documenti sulla scrivania e rovesciando una boccetta d'inchiostro quasi vuota. «Maledizione!»

«Ma adesso non si trovano più lì. Sono nel mio appartamento e probabilmente mi stanno mettendo a soqquadro la casa.»

«Ah, allora va bene.» Dalton si rimise a sedere ridendo e impugnò la penna. «Un po' di vita domestica è proprio ciò di cui hai bisogno, l'ho sempre detto.»

«No, non va affatto bene. Vieni subito a riprenderteli! Cos'ha in testa tua moglie? Come ha potuto affidarli al magazziniere? Non abbiamo già abbastanza guai senza Jack e Chloe?»

«Non lo so, mi ha detto qualcosa... sai com'è fatta Kitty, non è facile per un marito capire che cosa le passa per la testa. Occupati della futura generazione dei Dalton per una mezz'ora, d'accordo? Io ho quasi finito e poi potrò concedermi una pausa.»

Holland incrociò le braccia sul petto. «Mezz'ora» disse.

«Grazie, Bob, cercherò di fare prima possibile.»

«Bene» borbottò Holland. «Hai ricevuto ordini dal Canada?»

Dalton annuì, di nuovo concentrato sul suo lavoro. La sua penna ricominciò a scorrere sul foglio.

«E, naturalmente, il capitano Adair ha lasciato tutto sulle tue spalle...»

«Come vedi. Io sono solo le mani e gli occhi del Grande Capo. Lui è il genio che controlla.»

«Proprio un genio... Quando partirete?»

«Partiremo per Halifax tra due settimane, o almeno così mi è stato detto.»

Holland lo osservò, mentre l'amico aggiungeva una colonna di cifre e registrava il risultato. «Questo significa che salperete la prossima settimana per il Capo?»

Dalton sorrise. «Molto probabilmente.»

Mary non aveva dimenticato la commissione fatta da Miss Trent in Birchin Lane, ma quando l'amica iniziò i preparativi finali prima della partenza, si disse che forse si era sbagliata nel considerare con sospetto quell'episodio. Osservando Miss Trent che svuotava e riempiva di nuovo un baule perché la cara Charlotte si lamentava di quanto fosse complicato stirare gli abiti di seta spiegazzati durante il viaggio, Mary poté ben immaginare con quanta generosità Miss Trent avesse offerto il suoi servigi al colonnello Crosby-Nash. Perché mai lui non avrebbe dovuto approfittarne sapendo che lei era felice di essergli d'aiuto?

Il signor Shy le aveva detto che se avesse avuto qualcosa da comunicargli avrebbe dovuto acquistare dei fiori colorati dalla fioraia di Cavendish Square. Se, al contrario, non avesse scoperto nulla, avrebbe dovuto acquistare fiori bianch, e l'aveva invitata a farlo con regolarità in modo da fargli sapere che tutto andava bene. Che cosa sarebbe accaduto esattamente se lei avesse acquistato bocche di leone o ranuncoli, non era del tutto chiaro, perché fino a quel momento Mary si era limitata ai fiori bianchi. E così fece anche il pomeriggio seguente, quando si apprestò a dire addio a Cavendish Square. Non aveva senso suscitare le speranze del signor Shy con sospetti infondati. Se avesse iniziato a disturbarlo per quelle cose, lui si sarebbe pentito di averla reclutata e avrebbe finito col sottovalutare qualsiasi informazione importante lei gli avesse comunicato.

Sempre che, naturalmente, lei avesse scoperto qualcosa. Anche dopo che si fu trasferita a Scarborough House, non le fu facile scoprire i segreti del colonnello. Non lo vedeva quasi mai e quando s'incontravano, Mary era troppo tesa per porgli delle domande. Se in passato avrebbe toccato l'argomento dell'ammutinamento, considerandolo d'interesse generale, ora esitava a farlo per timore che lui s'insospettisse. Né era facile sapere che cosa facesse quando usciva di casa. Il colonnello era spesso fuori «per affari» e lei non poteva certo chiedere in che cosa consistessero.

Riassumendo ciò che aveva scoperto da quando aveva acconsentito ad aiutare il signor Shy, Mary si rese conto che il risultato era assolutamente deprimente. Quando aveva posto al colonnello domande generali riguardo al suo passato, era riuscita a ottenere solo notizie del tutto inutili. La prima volta era accaduto un pomeriggio, quando, insieme al colonnello, a Susannah e a Slipper, il loro piccolo bastardino, si erano recati a fare una passeggiata a Green Park. La seconda volta, lei e Susannah avevano accompagnato il colonnello nello studio di un artista. In entrambe le occasioni, Mary non aveva scoperto nulla d'importante. Sicuramente, il signor Shy già sapeva che Crosby-Nash apparteneva a una famiglia mediamente agiata del Leicestershire. Né era verosimile che il ritrattista, che si vantava di essere stato amico di Sir Joshua Reynolds, fosse un cospiratore segreto. Anche le confidenze fatte a Green Park si erano rivelate deludenti e Slipper si era dimostrato il più ciarliero del gruppo. La sua abitudine di abbaiare e uggiolare ogni volta che la carrozza rallentava aveva reso quasi impossibile la conversazione fino a quando avevano raggiunto il parco. Una volta giunti a destinazione, aveva iniziato a strattonare il guinzaglio e a scavare, sordo a tutti i comandi, e infine era riuscito a strappare il guinzaglio dalle mani di Susannah e a fuggire via. Un uomo l'aveva infine riportato ai suoi padroni, ma il fatto che lui si fosse rivolto solo a Susannah e che Slipper lo avesse morso aveva convinto Mary che l'episodio non nascondesse alcun intento criminale.

Continuava a ripetersi che le cose sarebbero state diverse nel

Kent, ma questa era una magra consolazione per i suoi fallimenti presenti. Si era posta un certo obiettivo e ora era impaziente di raggiungerlo. Accolse quindi con un certo disappunto la decisione del colonnello Crosby-Nash di non accompagnarle al King's Theatre per il loro ultimo evento mondano londinese. A colazione spiegò loro di non poter fare a meno di cenare con alcune persone al Rainbow Coffee House. Per fortuna lo zio di Susannah si era offerto di assistere alla rappresentazione al suo posto e le due donne non erano state costrette a rinunciare al teatro.

«Che cosa c'è in programma?» chiese il colonnello con l'intenzione di spostare la conversazione su un argomento che non gli creava disagio.

«Il titolo dell'opera è *Nina*, di Giovanni... Paisiello» rispose Mary, pensando tra sé che il Rainbow Coffee House era il ristorante dove un certo signor De Costa, un agente indiano, conduceva i suoi affari. (Il colonnello aveva fatto il suo nome in un'altra occasione e lei aveva fatto ricerche sul «Directory».) «L'eroina impazzisce per la morte presunta del suo amato.» Stava leggendo la trama dell'opera e l'elenco dei nomi degli attori e aggiunse: «Qui viene descritta come *una commedia sentimentale di grande bellezza*, quindi forse avrà un lieto fine».

«Oh, sì» mormorò dolcemente Susannah.

Perché non gli chiedi di annullare la cena con i suoi amici indiani e di mantener fede a una promessa che ti aveva fatto settimane fa? pensò Mary, alzando gli occhi per osservare il profilo di Susannah, ma domandò invece ad alta voce: «Che cosa pensate che sia una *zampogna?*».

Crosby-Nash stava spalmando il miele su una fetta di pane (Mary aveva scoperto che mangiava sempre cibi dolci a colazione). «Prego?»

«Una zampogna» ripeté lei. «Qui è scritto che *il pastore attira l'attenzione di Nina con una zampogna e lei lo segue al villaggio.*»

«Una parola misteriosa, cercherò di sapere di che cosa si tratta.» Il colonnello annuì, sorridendo alla moglie. «Non lasciate il teatro prima della fine dell'opera, mia cara, almeno non prima che la zampogna abbia fatto la sua apparizione.»

Apprezzarono molto l'opera, soprattutto il primo atto, quando il pastore suonò una melodia così accattivante con la sua zampogna da ricordare un allegro pifferaio piuttosto che un rozzo pastore italiano. Durante l'intervallo, presero parte a numerose conversazioni con persone che conoscevano Mary o Susannah o che desideravano fare la loro conoscenza. Si trattava di un'opera popolare che aveva attratto un pubblico numeroso e Susannah era troppo bella per non attirare le attenzioni dei presenti. Anche a Mary non mancavano gli ammiratori. Dopotutto, per il resto del mondo lei era "l'ereditiera del Suffolk", qualsiasi fosse il ruolo che aveva scelto d'impersonare.

Mary rispose a caso quando chiesero la sua opinione sul timbro di voce dell'eroina e sulla scioltezza della sua recitazione, perché nel frattempo erano stati fatti dei commenti sul bracciale di Susannah e Mary si era resa conto che si trattava dell'oggetto della missione di Miss Trent, lo stesso bracciale che lei aveva portato a riparare. Mentre Susannah tendeva il braccio per mostrare il gioiello luccicante, Mary vide che si trattava di un fine ed elegante esempio di arte orafa, un cerchio di piccole foglie d'oro inframmezzate da diamanti che luccicavano sul polso inguantato dell'amica.

«È il regalo di matrimonio di mio cugino Robert» spiegò Susannah.

Mary trasalì, le fu impossibile evitarlo, e fu assalita da una ridda di emozioni confuse. Stupore, sgomento e persino gelosia. Era stato il capitano Holland ad acquistare quel bellissimo oggetto, ma non per lei! Non per lei... mentre a Susannah aveva regalato dei diamanti... dei diamanti! E lei era stata esclusa, la sua lettera era stata ignorata... Si rese conto di essere arrossita e distolse lo sguardo. *Smettila*, si rimproverò. *Ha il diritto di acquistare un regalo per chi desidera. Come puoi essere gelosa di Susannah... della tua amica... di una donna sposata?*

Poi i tendaggi si aprirono per il secondo atto. Mentre l'attenzione del pubblico era concentrata sull'eroe, che non era stato ucciso in duello e che ancora amava l'eroina, nonostante la sua follia, i pensieri di Mary si spostarono dal capitano Holland al suo regalo. La vista del bracciale le aveva fatto venire in mente un piano. Ci pensò per il resto della serata, e quando l'eroe si presentò al cospetto all'eroina fingendo di essere un emissario di se stesso per non spaventarla, Mary aveva deciso di metterlo in atto. Si trattava di un piano molto semplice, così semplice che non lo avrebbe nemmeno preso in considerazione, se non fosse stata frustrata dalla sua incapacità di comunicare al signor Shy *qualcosa d'importante*. Ma ora che ci aveva pensato, perché no? Avrebbe potuto non sortire alcun effetto, molto probabilmente sarebbe stato così. Ma la prospettiva di un insuccesso non la scoraggiò e quando l'eroe e l'eroina, che nel frattempo aveva ritrovato il senno, si abbracciarono sul palco, insieme al padre di lei, che era stato la causa della sua follia, Mary pensò che tutto fosse possibile.

Mary aveva sofferto raramente una delusione altrettanto cocente di quella che provò quando, svegliandosi il mattino seguente, rammentò che era domenica e che il suo piano doveva essere rimandato. Il lunedì mattina si alzò quindi dal letto in preda a una forte eccitazione. Con indosso il meno elegante dei suoi abiti da mattina e un semplice cappellino di paglia, prese con sé una spilla a cui aveva appositamente rotto la chiusura. Il cuore le batteva più rapidamente del solito perché, nonostante si congratulasse con se stessa per essere riuscita a sgattaiolare fuori da Scarborough House senza essere notata, la missione che stava per intraprendere le metteva addosso una forte agitazione. Era solo la seconda volta che si spostava per Londra da sola. La prima volta era accaduto quando era andata a far visita a Sir John a

Lincoln's Inn, e si disse che quel che stava per fare poteva essere considerato altrettanto importante. Ciò nonostante, s'incamminò con passo deciso, addirittura affrettato, lungo Dover Street, a capo chino e impugnando saldamente il bastone da passeggio che aveva preso con sé all'ultimo minuto come possibile arma di difesa contro i malfattori. Quando raggiunse incolume Piccadilly, fermò una vettura e chiese al conducente di essere portata da Hardy & Son's, orefici e orologiai, in Birchin Lane.

La strada in cui si trovava la bottega era piuttosto ordinaria. Di fronte a Hardy & Son's c'era una drogheria e, ai lati della gioielleria, le vetrine di un libraio e di un notaio. Lungo la strada c'erano edifici più grandi e Mary rimase qualche istante a osservare gli impiegati che raggiungevano i loro uffici. Non si trattava di un quartiere elegante, ma nemmeno malfamato. Gli uomini che la superavano avevano un aspetto molto serio e professionale, come se stessero pensando a questioni importanti. Qualcuno la guardò con curiosità e uno di loro le chiese se si fosse smarrita, ma in generale la gente che affollava Birchin Lane era troppo indaffarata per fare caso a lei.

Hardy & Son's era più piccola delle gioiellerie che Mary aveva visitato in Bond Street e fiocamente illuminata. Quando varcò la soglia, si ritrovò in un locale piuttosto tetro, arredato senza cura, in cui sembrava che i rari clienti non fossero affatto ben accetti. Alla sua entrata era suonata la campanella, e un istante dopo apparve una donna. Era alta e magra con un'espressione seria e dignitosa. Aveva gli occhi scuri e i capelli grigi erano severamente raccolti in una treccia arrotolata sulla nuca. Le ragazze che lavoravano nelle gioiellerie, di solito indossavano i manufatti dei loro padroni. Se erano graziose non c'era modo migliore per mettere in mostra un collier o un paio di orecchini. Quella donna, invece, indossava un semplice abito di raso grigio ed era priva di ornamenti, e accezione del piccolo cammeo che portava al collo.

«Buongiorno, signora, come posso aiutarvi?» chiese a Mary, invitandola a sedersi.

Mary rimase sconcertata dai modi della donna e dal fatto che, evidentemente, non fosse la proprietaria della gioielleria. Si sentiva come se fosse stata sorpresa a spettegolare in chiesa dall'arcigna moglie del parroco. La donna che le stava di fronte non sembrava a proprio agio in quella piccola bottega, ma nemmeno dava l'impressione di essere una criminale o una cospiratrice. Aveva l'aspetto di una persona assolutamente onesta, nient'affatto furtiva o calcolatrice. Le cose non stavano andando come lei aveva immaginato. Ciò nonostante, sorrise con gentilezza e sciorinò la storia che aveva preparato. La donna l'ascoltò con espressione seria, senza aggrottare la fronte, né sorridere, ma limitandosi ad annuire, che poteva significare che fosse d'accordo con l'affermazione di Mary quando disse che un amico le aveva raccomandato le eccellenti riparazioni effettuate da Hardy & Son's, o semplicemente il desiderio di non mostrarsi in disaccordo con quanto lei aveva appena detto. Quando mostrò la spilla e spiegò in che modo era stata danneggiata, Mary azzardò un'innocente battuta, che però non sortì alcuna reazione. Mary non era abituata a civettare, ma non poté fare a meno di pensare che un uomo avrebbe mostrato maggior interesse, e si rammaricò dell'assenza del signor Hardy o, meglio ancora, di suo figlio.

La donna esaminò la spilla. Aveva delle belle mani, dalle dita lunghe ed eleganti. Poi sollevò lo sguardo su Mary e parve scrutarla. «Un momento, per favore» disse e tornò nel retro.

Rimasta sola, Mary fu tentata di parlare o di schiarirsi la voce per allentare la tensione. Dalla strada non proveniva alcun rumore e all'interno del negozio si udiva solo il ticchettio di un orologio d'oro riccamente decorato, posato su un mobile. Doveva alzarsi e forse esaminare le catene per gli orologi e le custodie per le carte da gioco esposte all'interno del mobile dal ripiano di vetro? In un altro negozio lo avrebbe fatto, ma lì era troppo tesa per muoversi. Il tappeto logoro aveva un angolo sollevato. Cercò di appianarlo, ma la piega era troppo pronunciata e si risollevava appena lei spostava il piede.

«Ecco, signora» disse la donna, mettendo qualcosa nella mano di Mary. Era la sua spilla.

«L'avete già riparata!» esclamò lei, sinceramente sorpresa.

«La chiusura era semplicemente piegata, nulla di complicato» replicò la donna, incrociando le braccia sul petto, mentre Mary riponeva la spilla in un borsellino di velluto e poi nella borsetta a rete. Sarebbe stato possibile prolungare la conversazione? Solo il tempo che occorreva per convincere la donna ad accettare un pagamento per il lavoro svolto. Le consegnò uno scellino, e poi dovette andarsene.

Mary si chiuse la porta alle spalle e la campanella suonò di nuovo per segnalare la sua uscita. Guardò attraverso la vetrina, ma la donna era già tornata nel laboratorio o nell'appartamento situato sul retro della tetra bottega. Invece di tornare sui propri passi, Mary percorse Birchin Lane verso Lombard Street. Gli edifici più grandi ospitavano uffici e sembravano essere sedi di compagnie di assicurazioni, istituti finanziari e studi notarili. A ognuno di essi si accedeva tramite una gradinata con ringhiera, spazzata con cura, e sulle porte era affissa una targa d'ottone. Era difficile immaginare qualcosa di più solido e affidabile.

In Lombard Street salì su una vettura che l'avrebbe riportata a Scarborough House. Avrebbe acquistato un mazzo di fiori bianchi anche quel giorno.

9

Lo sportello della carrozza si chiuse con un tonfo attutito e il veicolo si mise in moto. Si trattava di una splendida vettura, spaziosa, imponente, che trasudava ricchezza. All'esterno era dipinta di un lucido color cioccolato nella parte inferiore e di giallo primula nella parte superiore, con una sottile striscia rossa nel mezzo. Il rosso si ritrovava anche all'interno, sui sedili di pelle imbottiti. Ovunque c'era una gran quantità di inserti d'ottone, tutti lucidati con cura, e quando alla partenza i sei cavalli bai scossero la criniera, altri inserti d'ottone si evidenziarono sulle redini e sulle briglie. A cassetta sedevano il cocchiere e un valletto, entrambi eleganti nella livrea verde e oro di Crosby-Nash.

Mary era immersa nei suoi pensieri, mentre la carrozza si dirigeva lentamente verso Pall Mall. Aveva pensato che il signor Shy le avrebbe inviato delle istruzioni prima che lei partisse per il Kent, ma questo non era avvenuto. Quella stessa mattina, invece, aveva ricevuto una lettera da Coutts, la sua banca londinese. Era scritta su carta intestata e firmata dal signor Herbert, con cui lei aveva già trattato in precedenza. Il suo contenuto si riferiva a questioni riguardanti i suoi investimenti di cui non avevano specificamente mai discusso.

Miss Mary Finch
Scarborough House
Dover Street

Cara Miss Finch,

sono lieto di potervi fornire nuove informazioni sulle questioni di cui abbiamo discusso quando ci avete onorato della Vostra visita il 28 del mese passato.

Innanzitutto, per quanto riguarda i fondi governativi, vorrei potervi dire che, essendo modestamente risaliti al valore di cinquantatré, probabilmente, nel prossimo futuro, il loro valore non scenderà al di sotto di cinquanta, ma un banchiere prudente non dovrebbe mai indugiare in pensieri così ottimisti! Mentre credo che, se non si presenterà una nuova crisi imprevista, potremo cautamente sperare in una lieve ripresa nel corso dei prossimi mesi, forse fino a un valore di cinquantatré e mezzo, devo tuttavia avvisarvi che non è impossibile che si verifichi una perdita.

Inoltre, riguardo all'India, mi basti dire che la nostra bilancia commerciale con quel paese non è in condizioni altrettanto salubri. L'anno scorso il valore ufficiale delle importazioni si aggirava sui cinque milioni, mentre il valore delle merci esportate era al di sotto dei due milioni... e la differenza tra cinque e due non è certo incoraggiante! Naturalmente, questo non significa necessariamente che chi ha fatto investimenti in India si trovi in condizioni disperate. La situazione potrebbe ancora migliorare se la Compagnia sarà in grado di ampliare i suoi contatti commerciali con la Cina.

Entrambe le questioni, naturalmente, saranno notevolmente influenzate dalla risposta alla domanda più importante: riusciremo ad avere la pace? Sull'argomento sono apparsi degli accenni sui giornali francesi, ma non voglio fare supposizioni fino a quando il nostro governo, o altra fonte attendibile, non fornirà informazioni più dettagliate. Inutile dire che la pace in Europa avrebbe l'effetto più favorevole sui nostri interessi finanziari, sia nel nostro paese che in altri parti del globo, ma rimango dubbioso sull'eventualità che ciò si possa verificare nell'immediato futuro.

Infine, le Vostre informazioni riguardo ai dollari d'argento spagnoli erano corrette, tranne che per un particolare. Sono stati emessi solo in piccola quantità e hanno un valore nominale di quattro scellini e nove pence, però non si tratta di moneta corrente e quindi non possono essere utilizzati come tale. Mi sono preso la libertà d'includere uno di questi interessanti gingilli, affinché lo possiate esaminare. Su questo esemplare potrete distinguere sia l'effigie del nostro re che quella del sovrano spagnolo. Mi duole dover dire che ciò non avviene sempre, a causa dell'incuria con cui sono state coniate alcune monete.

Mi auguro che le mie informazioni possano esservi utili e resto, Miss Finch, il Vostro obbligato e rispettoso

William Herbert, Esq.

Thos Coutts & Co.
59 Strand
9 maggio 1797

Mary pensava che da qualche parte, in quella lettera, fosse nascosta la chiave della sua condotta futura... ma dove? Forse in quella moneta? Forse era un segno di riconoscimento, un modo per comunicare con l'agente a cui avrebbe dovuto riferire le sue scoperte, ma le era stato vietato di usarla. La lettera si riferiva anche all'India e il colonnello Crosby-Nash era stato in India. O forse era più rilevante il riferimento alla Francia? Mary sospirò. Per il momento le era impossibile capire il vero significato di quella lettera. Doveva essere paziente e attendere lo svolgersi degli eventi.

Con uno sforzo consapevole per evitare pensieri scoraggianti, Mary rivolse la propria attenzione al panorama che Crosby-Nash stava descrivendo piuttosto pomposamente. «E lì potete vedere la sede delle Guardie a Cavallo, dove il duca di York e i suoi amici decisero come e quando mandare a monte i piani dei francesi.»

«Il duca di York?» chiese Susannah timorosa.

«È il comandante in carica, mia cara. E qui, da questa parte della strada, c'è Banqueting House, un palazzo davvero splendido.»

«Perché si chiama Banqueting House?»

«Non ne ho la minima idea; probabilmente il nome deriva dalla sua sontuosa sala dei banchetti. Qui venne giustiziato il re... re Carlo I.»

«Che cosa orribile! Non parteciperei mai a un banchetto in un luogo simile.»

«No, infatti» concordò Crosby-Nash con un sorriso indulgente. «Sarebbe molto sleale.» Susannah aveva fatto scivolare la mano nella sua e lui gliela strinse. «Ma qualcuno potrebbe obiettare che un tiranno perde il diritto di godere della lealtà dei suoi sudditi, cosicché la morale e naturale conseguenza della tirannia è la rivoluzione.»

Qualcosa, forse la frustrazione o il desiderio di fare sfoggio della propria intelligenza, spinse Mary a osservare che il rimedio alla tirannia si sarebbe potuto rivelare peggiore della malattia stessa. Aveva appena parlato e subito si pentì d'averlo fatto, quando Crosby-Nash le chiese se si riferiva alla situazione francese. «No, anche se suppongo... In verità stavo pensando a Carlo I e al vostro riferimento storico. Sicuramente gli uomini che hanno determinato la sua rovina non erano migliori di lui... Cromwell e i suoi amici» concluse.

«Ah, sì, probabilmente.»

«E alla fine Carlo II è stato incoronato re» aggiunse Mary «mentre molti dei regicidi sono stati giustiziati... persino Cromwell, dopo che era già morto. Il suo corpo è stato dissotterrato, decapitato e appeso in catene.»

«Miss Finch, siete una fonte di macabre informazioni» osservò il colonnello.

«È molto erudita, vero?» intervenne Susannah con un sorriso compiaciuto e, rivolgendosi al marito, aggiunse: «Mary ci ha raccontato tante cose dell'Abbazia di Westminster... quale re è succeduto a chi, e chi tra loro era il più saggio. Mi piacerebbe conoscere meglio la storia».

«Be', mia cara, il vostro desiderio può essere facilmente soddisfatto. Avete tanti libri a portata di mano che potranno accrescere le vostre conoscenze.»

«Sì, certo» concordò Susannah. «Intendevo solo dire...»

«Temo che non voleste dire nulla con un'affermazione così casuale» la redarguì Crosby-Nash in tono bonariamente canzonatorio. «I desideri, per la loro natura, non possono essere soddisfatti che dalla magia e dovrebbero essere riservati a cose che vanno al di là di ciò che si può facilmente ottenere, come la saggezza, per esempio. Mentre ricordare a memoria i nomi dei re d'Inghilterra dovrebbe essere alla portata di chiunque, con un minimo d'impegno.»

Susannah riconobbe che le cose stavano così e Mary si costrinse a rammentare le raccomandazioni di Miss Trent riguardo all'opportunità di tenere a freno la lingua per dare il tempo alla propria rabbia di sbollire. Se il colonnello aveva voluto rafforzare l'opinione negativa che la sua ospite nutriva nei suoi confronti, non avrebbe potuto pronunciare frase più efficace. "Che uomo odioso!" La sua osservazione successiva fu pacata. Ad accompagnare la carrozza che trasportava i padroni di casa, c'erano altre quattro vetture che trasportavano la servitù, i bagagli e tutto ciò che era necessario per un soggiorno in campagna, e Mary osservò che il loro corteo doveva fare una grande impressione.

Le sue parole parvero divertire Crosby-Nash. «Lo credete davvero, Miss Finch?»

«Sì, è come...»

«*Juggernaut*?» le suggerì lui. «Conoscete questo termine?»

«No, temo di non conoscerlo.»

«Ah, vi chiedo perdono. Una conseguenza degli anni trascorsi in India... le espressioni locali alla fine diventano familiari. *Juggernaut* è il carro che trasporta Jagannath, la divinità indù. Tale è la devozione degli indù che si dice che i fedeli si gettino sotto le ruote del carro durante la processione.»

«Oh, mio Dio!» esclamò Susannah. «Povera gente!»

«E, sebbene non mi consideri certo una divinità, devo dire che, così come il carro del dio indiano non si ferma davanti a nessuno, nemmeno ai fedeli, così si potrebbe pensare del nostro appariscente corteo. Quindi, il termine *juggernaut* viene utilizzato per definire una forza o un mezzo di trasporto inarrestabile.»

I proprietari della gioielleria Hardy & Son's solitamente abbassavano le luci e chiudevano le imposte e la porta del loro negozio alle sei in punto. Così fecero anche quella sera, ma sul negozio non scese la quiete. Quando le ombre iniziarono ad allungarsi e i lavoratori di Birchin Lane sfollarono dalla strada, quattro uomini si avvicinarono al negozio e furono ammessi a entrare. Non arrivarono tutti insieme, ma uno alla volta. Il primo si presentò all'entrata principale e gli altri alla piccola porta sul retro. La donna alta e austera, con l'abito di raso grigio, li fece entrare. Era attenta al più leggero bussare alla vetrina, a ogni colpo di tosse o fischio, persino al rumore che faceva una scarpa urtando un bastone da passeggio.

Ogni uomo entrò silenziosamente nel negozio buio e si diresse verso la stanza illuminata dalle candele che si trovava sul retro. In una gioielleria come tante sarebbe stata adibita a laboratorio e serviva a quello scopo anche da Hardy & Son's. Dopotutto, gli affari erano affari e si diceva che il proprietario in gioventù avesse lavorato come orologiaio, il che spiegava la sua passione nel riparare delicati meccanismi o nel montare le pietre preziose quando aveva del tempo libero. Una parete era quindi occupata da un tavolo da lavoro, su cui vi erano un tornio, un'incudine e due bilance. Sulla parete opposta, un mobile a vetrina conteneva un assortimento di attrezzi necessari per esercitare la professione: chiavi per caricare gli orologi, martelletti, calibri e pinze di varie misure; olio, grasso e polvere rossa a base di ossido di ferro per lucidare metalli, vetro e gioielli, ognuno nell'apposito contenitore; tele smerigliate e una lente d'ingrandimento.

Nel centro della stanza c'era un tavolo di legno rettangolare coperto da una tovaglia bianca. A quel tavolo si sedettero i quattro uomini, ognuno al posto stabilito, lasciando libera la sedia a capotavola. La scena era strana, in parte a causa del silenzio dei presenti, ma soprattutto perché tutti sembravano avere ben poco in comune. Uno di loro sembrava essere arrivato dritto dal porto, mentre il suo vicino indossava la giacca di velluto nero e la parrucca tipica dei medici. Era suo il bastone con l'impugnatura d'oro che aveva prodotto il rumore di riconoscimento. L'uomo seduto di fronte a loro era un commerciante, un birraio per la precisione, e l'ultimo, seduto in fondo al tavolo, era un impiegato d'ufficio. Arrivava, infatti, da uno degli edifici vicini, dove teneva la contabilità per una società rispettabile.

La donna tornò con una lampada a olio, la cui luce sovrastò quella più fioca della candela, e rese la stanza più accogliente. Gli uomini si salutarono l'un l'altro con un cenno del capo e poi salutarono anche la donna, quando lei si apprestò a servir loro il caffè in piccole tazzine di porcellana. L'uomo del porto si appoggiò allo schienale della sedia e trangugiò il suo caffè in un sorso solo, posando rumorosamente la tazzina sul piattino.

Il birraio aggrottò la fronte con aria di disapprovazione. Per lui quell'incontro era una cosa seria, per l'occasione si era appositamente messo un fazzoletto pulito intorno al collo, e ora si trovava davanti Chabot, sporco come al solito e impregnato di puzzo di pesce. Non si era nemmeno preso la briga di togliersi quel vergognoso berretto di lana. «Chabot, sei un porco.»

«Eh? *Un poseur?*» domandò l'altro con sguardo torvo.

«No, no, Chabot,» gli spiegò pazientemente il contabile «*un cochon*, non *un poseur*.» Era il più giovane tra i presenti e l'unico che veniva chiamato con il nome di battesimo: André. Una rosa gli divideva i capelli in modo bizzarro, e la sua giacca era lisa e lucida, ma la sua espressione era appassionata e intelligente.

L'uomo del porto fece un sorriso ebete. «Ah, *un cochon*, sì... ah, ah!» Aveva mani grandi e forti, con le unghie sporche e il suo sorriso mostrò che gli mancava un incisivo.

Il medico stava cominciando a detestare quelle riunioni: il forzato cameratismo con uomini come Chabot e quello stupido presuntuoso di Huber; l'ansia nel sapere che la vita di ognuno di loro stava per essere travolta da questioni mal affrontate; la sensazione di essere sempre sorvegliato, sotto esame.

André batté le nocche sul tavolo. «Per favore, amici miei, cittadini. Facciamo il punto della situazione.»

«Dov'è l'orologiaio?» chiese Huber con voce petulante. «Non

si unisce a noi?» Huber nutriva una segreta gelosia nei confronti dell'impiegato, o almeno lui credeva che fosse segreta. Che un ragazzo così giovane, intelligente senza dubbio, ma che non rivestiva alcuna autorità sul posto di lavoro, presumesse di avere il diritto di farlo lì tra loro, lo irritava. E che fosse in confidenza con il capo, lo irritava ancora di più.

«Sì, dovrebbe essere qui tra breve» rispose André con quella sicurezza che infastidiva il birraio. «Nel frattempo, possiamo iniziare anche senza di lui. Sono stato autorizzato a raccogliere i vostri rapporti.» Prese una borsa di cuoio da cui estrasse vari fogli di carta e una boccetta d'inchiostro. Dopo averli posati sul tavolo, avvicinò la lampada e scelse la penna d'oca più lunga tra quelle che teneva infilate nell'occhiello della giacca.

Gli uomini presentarono a turno i loro rapporti, iniziando da Huber e finendo con Chabot. Il tutto si svolse in silenzio. Gli uomini che avevano già parlato apparivano sollevati e quelli che ancora dovevano farlo sembravano più preoccupati di riferire il loro rapporto piuttosto che criticare quello dei compagni. Di tanto in tanto, André smetteva di scrivere per porre una domanda o per osservare pensieroso colui che stava parlando, e quando tutti ebbero fatto rapporto, lui rilesse ad alta voce ciò che aveva scritto per avere conferma o modificare qualcosa.

Quando ebbero terminato, tornò la donna vestita di grigio. Lentamente arrotolò il tappeto steso sul pavimento dietro il tavolo. Il pavimento di legno lucido non sembrava tradire nulla d'insolito, ma dopo un po' alcune assi di legno si sollevarono – si trattava di una botola – e una figura minuta emerse, come se spuntasse dalle profondità della terra.

Come Mefistofele, quando Faust lo evocò per vendergli l'anima, pensò il medico, e lo avrebbe anche detto, se solo ne avesse avuto il coraggio. Invece, si alzò in piedi e disse, insieme ai suoi compagni: «Benvenuto, *citoyen*».

«In inglese, per favore» li rimproverò il nuovo arrivato, facendo loro cenno di sedersi. A volte usava il suo nome, ma lì, tra i suoi compagni, preferiva il titolo di *cittadino*. La donna gli tolse il mantello, lamentandosi che fosse bagnato fradicio, così come senza dubbio anche le scarpe e le calze, e lui sollevò gli occhi al cielo. «Sciocchezze... c'è stato solo un breve acquazzone e sono quasi riuscito a evitarlo. Dovete sempre parlare in inglese e correttamente» aggiunse, rivolgendosi agli uomini. «Forse riuscirete a impararlo un po' meglio, eh Chabot?»

«Sì, cittadino, credo di sì» disse l'altro con un ghigno. Si era tolto il berretto, rivelando un cranio a ogiva, con i capelli rasati, che mancavano del tutto dove un'ampia cicatrice rosata s'incurvava verso un orecchio. «Ma al porto risparmiamo il fiato per lavorare.»

«Certo, certo, ma non dimenticare di fare esercizio, eh? Ognuno di noi può migliorarsi e trovare modi per servire più efficacemente la nostra causa.»

Tutti si mostrarono d'accordo con lui, mentre l'uomo prendeva posto al tavolo. Il mantello lo aveva sicuramente protetto dalla pioggia, perché sotto di esso il tight blu scuro era asciutto, così come la cravatta inamidata e annodata con cura. Nonostante non fosse giovane, in vita portava l'ampia fusciacca rossa indossata da tutti coloro che qualche anno prima avevano avuto simpatie rivoluzionarie e il suo fisico era ancora sufficientemente atletico da non apparire ridicolo con un siffatto abbigliamento. Ma era davvero un rivoluzionario? La sua eleganza semplice contraddiceva quell'ipotesi, così come la parrucca incipriata e il fiore che portava all'occhiello. D'altro canto si diceva che anche il giacobino Robespierre si vestisse secondo quello stesso stile.

L'uomo inforcò gli occhiali e lesse il rapporto scritto dall'impiegato. Fece poche domande, ma sempre dirette e pertinenti. Poi seguì una lunga discussione e la donna servì dell'altro caffè e una torta glassata con il marzapane.

«Per la barca non ci sono problemi,» disse Chabot, affrettandosi a deglutire il boccone «posso procurarla io, quando ce ne sarà bisogno, ma André deve preparare i documenti.»

«Posso farlo» mormorò l'impiegato. «So come sono organizzati gli ordini e le consegne e posso procurare tutti i documenti necessari, anche quelli che richiedono una firma. Gli altri documenti, quelli di carattere scientifico, dovrò ottenerli da un gentiluomo di mia conoscenza, un astronomo.»

Huber apparve scettico. «Un inglese?»

«Sì, ma non s'interessa di politica, e poi siamo amici. Non s'insospettirebbe nemmeno se io gli facessi le domande più strane.»

«È uno stupido» mormorò il medico.

«Si fida» lo corresse il capo «e crede nella sua amicizia con il cittadino André. Dobbiamo sempre ricordarcene» aggiunse, togliendosi gli occhiali e riponendoli nella custodia d'argento. «Uno stupido può sempre trovare un posto, se è fedele, il che è molto confortante per alcuni di voi, eh? Ma se è sleale... se non ci si può fidare di lui, allora per me e per la nostra causa, non vale nulla, nonostante la sua intelligenza o il suo coraggio. Anzi, peggio ancora, è pericoloso e rappresenta una minaccia per noi. Avete capito?»

I presenti annuirono e risposero all'unisono: «Sì, cittadino». Huber pensò di fare il nome di un gentiluomo di sua conoscenza che si occupava di scienze, una persona assolutamente affidabile e anche molto intelligente, ma preferì evitare. Non voleva scalzare l'impiegato, ne avrebbe parlato in privato col capo in un'altra occasione.

La riunione si sciolse poco dopo, i partecipanti se ne andarono così come erano arrivati e André e il capo rimasero soli. Degli altri tre, l'ultimo ad andarsene era stato il medico, dopo aver preso in disparte il capo per un consulto professionale riguardante gli occhiali. Funzionavano bene? Forse presto sarebbe stato necessario aumentare la gradazione per i lavori più delicati. Dopo che se ne fu andato e che la donna ebbe detto loro che era tutto tranquillo, i due uomini rimasti ebbero un'altra conversazione.

«Maurice se ne intende di occhi» disse il capo. «È quindi un peccato... Lo sai che sua figlia si è fidanzata con un uomo che è stato segretario di *Philippe-Egalité*?»

André stava raccogliendo l'occorrente per scrivere e non alzò lo sguardo. «L'ho sentito dire, ma non possiamo condannare un uomo per quel che ha fatto prima della Rivoluzione. E poi, dopotutto, *le duc d'Orléans* ha rotto con il re.»

«Sì, e ha aspirato alla Corona. Gli orleanisti sono traditori e Maurice non avrebbe dovuto permettere a sua figlia di legarsi a loro. Ha violato i suoi doveri di padre e i doveri verso i suoi compagni. Probabilmente questo segretario è uno dei figli naturali del duca. Una serpe in seno a Maurice.»

«Pensate che quest'uomo... credo che il suo nome sia Christophe, potrebbe coinvolgere Maurice in un tradimento? Si è sempre dimostrato fedele.»

«Non lo accuso di essere sleale, ma temo ciò che potrebbe accadere in futuro. Maurice non è abbastanza attento... temo che potrebbe compromettersi con i nostri nemici. Potrebbe lasciarsi sfuggire qualcosa o permettere loro di esercitare un potere su di lui ed entrambe le cose sarebbero fatali per noi. Temo che si sia adagiato troppo nella sua nuova vita e che abbia dimenticato la vera virtù. La professione di medico e i suoi facoltosi pazienti assorbono tutte le sue energie.»

«In effetti, i suoi rapporti più recenti non sono stati del tutto completi,» concordò André «come sicuramente voi avrete notato.»

«Sì, sono stati vaghi e misurati... i rapporti di una persona che sta trascurando il suo lavoro o che non vuole rivelare troppo.»

«Forse alla nostra prossima riunione...»

«Purtroppo, non possiamo aspettare tanto» disse il capo, scuotendo la testa. «Se qualcuno tradisse adesso i nostri piani, ci troveremmo ad affrontare le conseguenze più gravi.» Fissò André con gravità. «Te ne puoi occupare tu?»

Il ragazzo annuì. «Naturalmente, lo farò sapere a Chabot stasera stessa. *Se deve essere fatto, allora è bene che sia fatto presto.*»

«Sicuramente, ma io non darei a Chabot il beneficio della tua cultura. Il suo inglese è atroce, ma per fortuna i suoi incarichi più importanti non richiedono comunicativa.»

Con quelle parole si separarono, dal momento che l'impiegato aveva un incarico da portare a termine. Il ragazzo si diresse infatti a sud del fiume, a Bermondsey. Chabot lavorava come uomo di fatica nella zona portuale al Dock di St Saviour e aveva una stanza sopra un negozio di colla in Trotter's Alley. André non aspettò che tornasse a casa, ma si limitò a lasciargli un biglietto sotto la porta. Sul biglietto era scritto l'indirizzo di una zona molto più elegante della città, la lettera R e tre croci nere.

Un fazzoletto non era sufficiente a proteggersi dagli odori provenienti dal negozio e dal magazzino, nemmeno durante la notte: colla e trementina, mischiate al fumo e ai miasmi del porto, tutto contribuiva a rendere l'aria irrespirabile. André fu felice di non dover aspettare per consegnare il biglietto di persona e spiegarne il significato. Chabot avrebbe compreso le istruzioni e le avrebbe eseguite in modo soddisfacente. Forse anche quella sera stessa, se non fosse andato a ubriacarsi. Chabot diventava un esecutore poco accurato degli ordini del suo padrone solo quando la sua mente era ottenebrata dall'alcol o dall'ira.

Quella sera Chabot aveva deciso di non gozzovigliare, o almeno non in modo pesante. Tornò nella sua stanza alle dieci di sera e alle undici si trovava già all'indirizzo di Holborn. La luce era accesa in una delle stanze del pianterreno e anche nel vestibolo, quindi bussò nel modo convenuto con il pesante batacchio d'ottone. Era già stato in quella casa e sapeva come funzionavano le cose. La servitù si ritirava presto; quindi, se il padrone era in casa, sarebbe stato lui ad aprire la porta; in caso contrario, nessuno avrebbe aperto. A Chabot non interessava. Se non fosse riuscito a portare a termine subito l'incarico, avrebbe aspettato.

Fu il padrone di casa ad aprire la porta. Indossava una veste da camera ed era senza parrucca. «Che cosa c'è?» bisbigliò allarmato.

«Notizie importanti.»

«Vieni dentro.»

La porta si chiuse alle spalle di Chabot. La candela nella stanza a pianterreno si era consumata... si trattava dello studio, dove il padrone di casa riceveva i suoi pazienti. Qualche tempo dopo, la porta si aprì di nuovo e Chabot uscì. Nessuno lo vide, perché aveva spento anche le candele del vestibolo e la strada era deserta. Aveva atteso per quasi mezz'ora nello studio, con la sola compagnia del ticchettio dell'orologio, assolutamente imperturbabile. Mentre faceva ritorno nel suo piccolo e miserabile alloggio a Bermondsey provò un rimorso passeggero per quanto era avvenuto, ma questo non lo turbò a lungo. Aveva sonno, e il capo sapeva ciò che andava fatto.

Più tardi, quella settimana, sul «Times» apparve la seguente notizia:

> Maurice Lacour-Perrey, emigrato francese ed eminente oculista, è stato trovato senza vita mercoledì mattina nella sua casa di Red Lion Square, a Holborn, in circostanze atroci. Volendo portare la colazione a Monsieur Lacour-Perrey la sfortunata figlia ha scoperto il suo corpo nello studio, dove il medico era stato assassinato. Si pensa che abbia sorpreso un ladro e che questi abbia strangolato la vittima con tanta forza da spezzargli il collo.

10

Champian Hall distava da Londra una buona sessantina di chilometri, ma il viaggio richiese un giorno e mezzo perché il colonnello Crosby-Nash preferiva procedere a velocità moderata. Si recavano in campagna in cerca di pace e di solitudine e non le avrebbero di certo ottenute viaggiando a rotta di collo. Una velocità ridotta, inoltre, offriva loro ampia opportunità di ammirare la campagna del Kent. La fioritura era terminata, ma i frutteti di meli e di ciliegi offrivano un panorama gradevole e c'erano anche le giovani piante di luppolo da ammirare e i giardini ben curati, dove macchie di campanelle rampicanti, primule e margherite costeggiavano la strada che attraversava prati e boschi.

Lasciarono infine la strada Maidstone e svoltarono a sud, su una pista più stretta. Mentre gli alberi si facevano più fitti su entrambi i lati, il percorso divenne ancora più interessante. I piccoli villaggi che attraversavano, in realtà gruppi sparuti di abitazioni silenziose, non affievolivano la magia del luogo. Poi emersero in una vallata e le carrozze svoltarono in quello che sembrava essere un viale privato. Erano quasi arrivati a destinazione.

«Che cos'è quella strana pietra, colonnello?» chiese Mary, indicando ciò che da lontano aveva pensato fosse una pietra miliare.

«È solo uno dei miei gingilli indiani e non particolarmente interessante. Ne vedrete altri a breve.»

Le signore si lasciarono sfuggire un corale *Oh!* mentre la carrozza avanzava rumorosamente sulla strada rialzata e Mary si sporgeva dal finestrino per seguire il loro passaggio sopra una pozzanghera. Crosby-Nash, per il quale quel rumore non era stato affatto una sorpresa, spiegò loro che lì in passato scorreva un corso d'acqua, evidentemente per alimentare il fossato.

«C'è un fossato?» esclamò Susannah. «Come quello dei *castelli*? Oh, mio caro Arthur...»

«Ancora un po' di pazienza» la ammonì lui, agitando l'indice. «Gli alberi oscurano la casa. Tra poco avrete una visuale migliore, dopo che avremo oltrepassato la porta. Buona parte della costruzione è ancora visibile. Naturalmente, è molto deteriorata e io non consiglierei... Ah, eccoci arrivati.»

La carrozza si fermò. Senza altre spiegazioni, il colonnello scese e Mary e Susannah lo seguirono in silenzio. Davanti ai loro occhi s'innalzava un'antica torre squadrata, attraverso cui si accedeva alla proprietà, costruita per la maggior parte in pietra, ma con la parte più alta di mattoni. Su entrambi i lati c'era ciò che era rimasto di antiche costruzioni o mura... difficile dire di che cosa si trattasse, dal momento che qui e là s'intravedeva una finestra o ciò che ne era rimasto. Alla torre si accedeva attraverso un ponte di pietra a doppia arcata, sotto cui, come predetto, c'era il fossato.

«Temo che l'entrata non sia stata pensata per carrozze simili alla nostra» spiegò Crosby-Nash. «Le carrozze gireranno intorno, ma io preferisco questa strada, anche se devo percorrerla a piedi.»

Mary e Susannah si mostrarono immediatamente d'accordo con lui. Nessuna delle due aveva mai visto un castello, a eccezione della Torre di Londra, che apparteneva al re e che quindi era completamente diversa dalla torre di chiunque altro. Percorsero il ponte e passarono sotto la porta ad arco con un senso di febbrile trepidazione, come se da un momento all'altro potessero essere sfidati da un cavaliere in armatura o da un mago nascosto dietro il pesante portone di quercia corazzato di borchie. Nessuno dei due apparve, e l'inquietante porta si aprì su un ampio spazio aperto, un prato attraversato da ordinati sentieri di ghiaia e subito le due donne ebbero la loro prima sorpresa. Quella non era la corte di un castello... innanzitutto non esisteva nemmeno il castello, e la corte su un lato non era delimitata. Alla loro sinistra si ergeva un muro in rovina, sulla cui sommità si potevano ancora distinguere le merlature. Alla loro destra sopravviveva una torre, ormai in rovina, dietro cui non esistevano più le mura, ma solo una fila di giovani piante di limetta. Ecco davanti a loro Champian Hall. Mary ammirò la grande costruzione in mattoni, le cui linee eleganti erano qui nascoste dall'edera rampicante e là interrotte da piccole finestre a più luci divise da sottili colonnine, la maestosa porta d'ingresso e il tetto con gli eleganti lucernari e i comignoli che puntavano verso il cielo.

Sorridendo, il colonnello Crosby-Nash risolse il mistero. Vi era stato un considerevole castello risalente al X secolo, sebbene ora non fosse rimasto nulla della costruzione medievale, a eccezione di una parte delle fondamenta, delle mura a est e a sud e della massiccia torretta d'entrata. Anche il fossato non era più lo stesso, perché esisteva ancora solo su due lati. Il resto era stato riempito molti anni prima. L'attuale residenza di campagna era stata costruita durante il regno di Elisabetta e successivamente completata nel secolo precedente.

Susannah osservò che era ancora molto bella e che era sicuramente molto più comoda di un castello. Mary si mostrò d'accordo con lei e chiese se la proprietà apparteneva da molto tempo alla famiglia del colonnello.

«Oh, no, solo da due anni. L'ho vinta al gioco poco dopo il mio ritorno in Inghilterra.»

«Avete *vinto* Champian Hall?»

«Sì, il proprietario precedente ha attraversato un lungo periodo di sfortuna e, piuttosto che ritirarsi dal gioco, ha insistito nel giocare un'ultima sconsiderata partita. Quasi subito ha perso tutto il denaro e alla fine è stato costretto a cedere questa proprietà. Buon pomeriggio, signora Saunders» disse, indirizzando un cenno di saluto a una donna minuta, vestita in modo austero, ferma sull'ultimo dei gradini dell'entrata. «Come potete vedere, siamo arrivati per tempo. Questa è la signora Crosby-Nash... mia cara, vi presento la signora Saunders, la nostra governante.»

«Buon pomeriggio, signore. Buon pomeriggio, signora. Spero che abbiate fatto buon viaggio.»

«Sì, un viaggio molto piacevole» disse Crosby-Nash. Dopo aver impartito le istruzioni alla signora Saunders, allontanò Mary e Susannah «dalle rovine» e le guidò verso i giardini ben curati su cui si affacciavano le ali sud e ovest della casa. Le due donne camminavano sottobraccio. Il loro progredire a tratti s'interrompeva quando una delle due si fermava per ammirare le siepi di tasso, i cespugli di lavanda, la meridiana di marmo con il complesso mosaico che la circondava. I resti delle mura massicce che un tempo avevano protetto il castello dagli attacchi esterni avevano suscitato il loro entusiasmo. Per quanto non fossero più adatte a tale scopo, facevano da sfondo ai giardini e si armonizzavano con le tre torri sopravvissute che facevano da sentinelle alla proprietà.

Susannah sembrava particolarmente attratta dai filari di albicocchi. «A Storey's Court non siamo mai riusciti a coltivare le albicocche» confidò. «Mia madre resterebbe davvero molto impressionata se vedesse come crescono bene qui.»

Il colonnello non si unì subito alla loro conversazione, ma le seguì a passo lento e infine riprese il discorso su Champian Hall. Le signore erano rimaste scandalizzate nel sapere com'era stata acquisita? Mary rispose di no, perché, dopotutto, il colonnello aveva rischiato il proprio denaro contro quello del suo avversario, ma Susannah mostrò di avere il cuore più tenero ed era dispiaciuta per chiunque avesse perso quella casa, in qualsiasi circostanza.

«Be', mia cara, vi consolerà sapere che era un poco di buono, che ha omesso di dire che il tetto versava in pessime condizioni e non ha menzionato la cospicua ipoteca che gravava sulla casa, quando io l'ho accettata come pagamento dei suoi debiti. Sono stato costretto a spendere una considerevole somma di denaro per renderla abitabile.»

«Sembra che il vostro denaro sia stato speso bene» osservò Mary.

Crosby-Nash annuì. «Forse non è il tipo di casa che avrei scelto, ma ormai mi sono affezionato alle sue stranezze, mentre tentavo di eliminarle.»

«Non vi sentite in dovere di preservarla in memoria delle generazioni passate?»

«Oh, no» rispose Crosby-Nash ridendo. «Se sono state come le generazioni con cui ho avuto a che fare io, sono certo che si sono disinteressate di questo posto. Spesso i figli non fanno che distruggere ciò che i padri hanno costruito. Ho trovato i progetti relativi ad alcuni lavori di costruzione promossi da uno dei miei predecessori, ai tempi di re Guglielmo. Uno studio davvero affascinante... per chi è interessato a questo genere di cose.»

«Mary adora le cose antiche» disse Susannah. «I vecchi libri e documenti.»

Quell'osservazione provocò un moto d'ansia in Mary, perché non voleva essere considerata curiosa o, peggio ancora, impicciona. Fu così che spostò il discorso sulle *Dame Bianche*, pensando che se avesse parlato della sua proprietà non avrebbe destato sospetti. Giunse al punto d'invitare Crosby-Nash a farle visita, sempre che non si aspettasse di vincere la sua tenuta al gioco.

«Naturalmente no, Miss Finch» replicò lui sorridendo. «Ma voi siete davvero una giocatrice? So che ad alcune signore piace giocare e che amano puntare alto.»

«Signore, confesso di non aver mai provato,» rispose Mary «ma credo che non mi piacerebbe perdere al gioco tutto quello che possiedo.»

«Siete molto prudente. Ma entriamo, potremo rifocillarci, e credo che Champian Hall abbia ancora molto da mostrare.»

Il tono malizioso del colonnello aveva messo in guardia Mary, ma non l'aveva preparata per ciò che l'attendeva. Nel corso della storia della residenza le dimensioni dell'imponente salone d'ingresso erano state adattate per creare un ampio vestibolo. Era piuttosto spoglio, con le pareti bianche e il pavimento di pietra lucida. Sulla parete di fondo c'era un piccolo camino, con un'unica poltrona di quercia dall'aspetto nient'affatto comodo a tenergli compagnia. Entrando nel vestibolo, però, tutto ciò non veniva quasi notato, perché lo sguardo veniva immediatamente catturato dal grande affresco che occupava la parete sopra il camino. Il dipinto raffigurava una strana creatura che possedeva le gambe e il corpo di un uomo, due paia di braccia e una testa di animale. La creatura sembrava danzare e la sua espressione, per quanto si potesse desumere dai piccoli occhi ammiccanti e dal grosso muso, appariva benevola.

«Oh, mio Dio!» esclamò Susannah, indietreggiando di un passo.

«Questo è Ganesh, o Gonesh, come lo chiamiamo nel Bengala,» le informò Crosby-Nash «il dio-elefante degli indù. È considerato il distruttore degli ostacoli e, tenuto conto di tutti gli ostacoli che ho dovuto superare con l'acquisizione di questa casa, ho deciso di far dipingere la sua immagine. Straordinario, vero?»

Il grande salone era ancora più impressionante. I pannelli di legno che ricoprivano le pareti erano stati dipinti di un giallo vivace, con rifiniture rosse, bianche e nere, mentre teste di tigri, leopardi, bufali e rinoceronti sostituivano alle pareti i trofei più abituali di cervi e alci. Una pelliccia di tigre era distesa davanti al camino, in fondo al salone, mentre altrove il pavimento era ricoperto da grandi stuoie variopinte. I mobili erano pochi, ma anch'essi esotici: qualche sedia di legno intagliato o di vimini delicatamente intrecciato, e tre o quattro tavolini bassi. Su uno di questi stava una scacchiera, dove i bianchi e i neri erano rappresentati rispettivamente dalle forze militari della Compagnia delle Indie Orientali e da quelle di un principe indigeno, mentre sugli altri c'era una vera e propria collezione di ciotole dipinte, scatole d'avorio e statuette in pietra e in bronzo. Una cassapanca con i bordi di ferro, affiancata da un paio di enormi zanne ricurve, stava accanto al camino. Solo il lungo tavolo di quercia in mezzo al salone era innegabilmente inglese ed era stato reso originale con l'aggiunta di una lunga corsia di seta verde e oro sopra cui erano posate tre lanterne d'argento.

La trasformazione di una casa di campagna in stile Tudor in quello che Mary supponeva dovesse assomigliare a un palazzo indiano era sicuramente inaspettata e lei non sapeva decidere se le piacesse oppure no. Era chiaro che a Susannah non piaceva affatto e altrettanto chiaro che non avrebbe espresso critiche.

«Quelle sono zanne di elefante, signore?»

«Esatto, Miss Finch.»

«E... avete cacciato personalmente tutti questi animali?»

Crosby-Nash annuì. «L'India è un grande paese per la caccia.»

Se Mary avesse apprezzato il colonnello, lo avrebbe sollecitato a raccontare le sue avventure, ma allo stato delle cose, preferì non farlo. Dopotutto, loro due non erano amici. «Dovete avere molti ricordi felici del tempo che avete trascorso laggiù» osservò invece.

«Sì, direi di sì. Vi ho trascorso molti anni, sapete, e si dice che una volta che Madre India ti è entrata nell'anima, sia impossibile sbarazzarsene del tutto.»

«Quindi, dev'essere un paese molto bello.»

«Sì, bello, ma anche terribile e a volte entrambe le cose insieme. Sicuramente sorprendente.» A quelle parole seguì il silenzio, che si prolungò, creando un lieve disagio.

«Sì, dev'essere davvero... sorprendente» concordò infine Susannah, con il tono chi si sente in obbligo di offrire il proprio contributo. «Come avete... È stato molto difficile portare a casa tutte queste cose?»

«Ci sono modi e mezzi, mia cara, modi e mezzi. Di solito la Compagnia cura piuttosto bene gli interessi dei suoi fedeli servitori.»

Mary stava osservando la governante, mentre impartiva istruzioni per la disposizione di scatole e bauli e seguì ad alta voce il corso dei propri pensieri. «Mi chiedo come abbia reagito la servitù ai vostri cambiamenti... oh! Vi chiedo perdono, colonnello.»

«Non dovete, Miss Finch, i vostri sospetti sono fondati. In effetti, ho incontrato certi pregiudizi tra i componenti la servitù che aveva conosciuto questa casa sotto il mio predecessore. Sono stato costretto a lasciarli andare e, sfortunatamente, gli abitanti di Saxonhurst... è questo il nome della cittadina più vicina... non si sono rivelati adatti a sostituirli. Di conseguenza, di solito tengo la casa chiusa, se ne occupa solo la signora Saunders e quando vengo qui porto la servitù direttamente da Scarborough House. Trovo che la servitù londinese, in genere, sia meno provinciale, e molti di loro sono al mio servizio dai tempi dell'India. Ma non restiamo qui. Potremo ristorarci nel salotto di sopra e voi vorrete sicuramente vedere le vostre stanze.»

Al piano superiore l'influenza di Madre India non era altrettanto pronunciata, sebbene la camera da letto di Mary ospitasse un pesante cassettone di quercia che si accompagnava a un letto di legno di rose e intarsi d'argento, e prendessero il tè in un salotto dipinto con una tonalità di verde che non si vedeva di frequente in Inghilterra.

La crescente serenità che si era impossessata del colonnello da quando erano arrivati lo indusse a mostrare «i suoi tesori per il piacere delle signore»: una ciotola di giada color crema, tempestata di rubini e fiori d'oro; una statua di una dea su un trono d'oro, adornata con serpenti dagli occhi d'argento; un arazzo di seta che aveva più di trecento anni; e una serie di delicati dipinti miniati che ritraevano dèi ed eroi indiani. Erano tutti oggetti di straordinaria bellezza e interesse e le spiegazioni che Crosby-Nash fornì sui dipinti evocarono un mondo mitologico esotico e al tempo stesso familiare alle sue ascoltatrici: l'incarnazione di Visnu in un grosso pesce argentato per salvare il genere umano da una tremenda inondazione, e Gazi Pir, in grado di ipnotizzare le tigri, così come san Francesco aveva fatto con un serpente.

«Ora lasciate che vi racconti della donna, il cui marito era stato ucciso da un serpente mandato da Manasa, la dea d'oro. La moglie fedele non solo protesse il suo corpo dagli animali feroci, ma compì altre gesta eroiche, che impressionarono gli dèi a tal punto da concederle di esprimere un desiderio. Naturalmente, lei chiese che il marito potesse tornare da lei.»

A Mary vennero in mente altri desideri plausibili, ma chiese se la moglie fosse stata accontentata.

«Ci fu un certo imbarazzo, che però non aveva nulla a che fare con gli dèi» rispose Crosby-Nash. «In precedenza al poveretto era stata divorata una gamba e gli dèi dovettero dargliene una nuova. Così fu fatto, e credo che alla fine i protagonisti siano vissuti per sempre felici e contenti.»

Nonostante le sorprese iniziali, la vita a Champian Hall presto assunse un ritmo familiare. Crosby-Nash riprese a interessarsi alla tenuta, Susannah a ricamare, con la speranza che un cuscino di merletto o un parafuoco potessero rendere la casa più accogliente (pur non disdegnando, da moglie leale, l'arredamento indiano del marito), e Mary riprese cauta le sue indagini. Ottenne accesso alla biblioteca, il santuario privato del colonnello, dove lui scriveva le sue lettere, leggeva i giornali che arrivavano da Londra e discuteva occasionalmente dei problemi locali con il medico o il giudice del luogo.

Avendo intuito l'importanza di quella stanza, dapprima Mary non seppe come procedere. Crosby-Nash non aveva l'abitudine di annunciare i suoi programmi per la giornata e Mary non poteva rischiare di essere scoperta mentre rovistava tra le carte del padrone di casa. Ma limitandosi a esaminare superficialmente la scrivania, forse sarebbe riuscita a ottenere informazioni importanti. L'aiuto di cui aveva bisogno le fu fornito inaspettatamente da Slipper, il cane del colonnello. Non era un bel cane e durante il viaggio verso Champian Hall aveva anche morso uno dei valletti, ma possedeva una dote preziosa: captava immediatamente la presenza del suo padrone. Quando si accorse di questo suo talento, Mary coltivò l'amicizia con Slipper ed entro breve tempo divennero inseparabili.

Slipper non era particolarmente colpito dall'abitudine di Mary di trascorrere tanto tempo in casa, né comprendeva il suo interesse per la biblioteca, ma si accontentava di sonnecchiare su una comoda sedia fino a quando non fosse accaduto qualcosa di eccitante. L'atteggiamento di Mary verso il compito che aveva assunto era ambivalente. Continuava a ripetersi che scoprire una condotta criminale e pericolosa era un'azione pregevole, se non addirittura nobile, e lei ci credeva davvero, perlomeno quando considerava le cose sotto quel punto di vista. Ma il comportamento furtivo e segreto che era costretta ad adottare stava cominciando a farla sentire a disagio. Arrivò alfine a un primo risultato. Aveva esaminato i documenti privati del colonnello e non aveva trovato nulla che facesse sospettare che fosse un criminale. La possibilità che Crosby-Nash non fosse un uomo malvagio avrebbe dovuto farle piacere e invece questo aumentava il suo disagio, perché lei doveva continuare a spiare e a invadere la sua sfera privata, sperando di scoprire qualcosa che avrebbe giustificato le sue azioni altrimenti riprovevoli. Il signor Shy era convinto che il colonnello fosse un essere malvagio... ma il signor Shy non si trovava lì.

Mary stava riflettendo su questo mentre percorreva il corridoio che conduceva verso il retro della casa, con Slipper che le trotterellava accanto. Un recente numero del «Times» conteneva un riferimento al Consiglio di Gabinetto e Crosby-Nash lo aveva cerchiato. Con quale frequenza si riuniva il Consiglio, si chiese Mary, e che tipo di questioni venivano generalmente discusse? Vi partecipava anche il re?

Un coccodrillo impagliato che appariva del tutto fuori luogo su una credenza del periodo di James I provocò il ringhio di Slipper e le questioni politiche furono dimenticate. Mary rimproverò il cane. «Sfidi questo coccodrillo tutti i giorni e lui non ti ha degnato di una risposta nemmeno una volta.»

«Credo che questa vecchia carcassa abbia paura di mister Slipper, signorina» suggerì una voce alle sue spalle. «Non osa scendere dal quel mobile quando mister Slipper è nei paraggi.»

Mary si voltò verso uno dei giovani aiutogiardinieri e lo salutò con un sorriso. «Buon giorno, Tom, come sta vostro padre oggi?»

«Oggi il piede gli fa terribilmente male dopo che ieri sera ha camminato su un chiodo» le spiegò Tom, scuotendo la testa. «Sto uscendo a vedere se quel venditore ambulante ha qualche rimedio contro il dolore.»

«Oddio!» esclamò Mary. «Spero che non sia nulla di grave. Pensate che il venditore ambulante potrebbe aiutarlo?»

«Esatto, signorina. Ha cure per tutti i mali, oltre ai soliti... Ehi, basta!» gridò, quando Slipper trasferì le sue attenzioni dal coccodrillo allo stivale di Tom.

«Slipper, comportati bene!» lo redarguì Mary e, ignorando i suoi uggiolii di protesta, lo costrinse a sopportare l'umiliazione di essere preso in braccio come un poppante. «Temo che sia di pessimo umore questa mattina.»

«Sarà meglio farlo uscire, così potrete vedere anche voi la merce del venditore.»

«Ah, è venuto qui a Champian Hall?»

«Sì, signorina, è nelle cucine. E ha chiesto delle signore della casa per mostrare loro un po' di questo e un po' di quello.» Tom fece un sorriso malizioso.

Il nome del venditore era Romney. «Signori e signore, mi chiamo Jack Romney.» Era un ometto esile, piuttosto anziano, con una vocetta sottile e acuta e vivaci occhi neri che saettavano da una parte all'altra, valutando i potenziali clienti. Il suo sguardo cadde su Mary e lui s'inchinò. «Penso di aver qui qualcosa che potrebbe interessare una giovane graziosa come voi, signorina. Che cosa potrebbe essere? Uno scampolo di pizzo? Una boccetta di profumo? Questi bottoni del più fine avorio?»

Mary avrebbe preferito restare in disparte, ma nel gruppo di valletti, aiutocuoche e cameriere si aprì un varco e lei fu costretta ad avanzare verso il venditore e tutta la sua mercanzia. «Sono qui solo per guardare» disse.

Mentre osservava l'uomo esibire la sua merce, Mary pensò che le sarebbe stato difficile riuscire a esimersi dall'acquistare qualcosa. Il venditore sembrava sapere esattamente che cosa dire per incoraggiare il pubblico a separarsi dal proprio denaro. «Avete dolori alle ossa? Questo tonico vi rimetterà in sesto di sicuro! Io lo bevo tutti i giorni e guardatemi! Ah, no, voi volete il nastro viola. Solo nastri viola con occhi come i vostri. Ti piace questo coltello, ragazzo? Non mi stupisce... la lama è di puro acciaio di Sheffield.» Tom acquistò una piccola boccetta marrone il cui contenuto avrebbe dovuto guarire «all'istante» il piede ferito di suo padre. «Vedrai se non è come dico io!» Solo Slipper rimase indifferente alla messinscena di Romney. La sua voce acuta poteva essere udita anche dal giardino e di tanto in tanto il cane grattava furiosamente la porta della cucina.

Romney non permise a Mary di restare a lungo solo un'osservatrice. Incrociò ripetutamente il suo sguardo, indicando vari oggetti e scuotendo sconsolato la testa quando lei declinava l'invito. «Un pacchetto di tè, signorina? Arriva dalla Cina. Io non dico che non si debba pagare il dazio, ma perché mai dovrebbe guadagnarci solo la Compagnia? Questo mi chiedo. Uno scampolo di pizzo spagnolo? Solo quattro scellini e nove pence. Avete sentito che cosa si dice delle donne spagnole? Be', portano tutte questo pizzo. Un vero affare per quattro scellini e nove pence!»

«No, grazie.»

«Come volete, signorina. Purtroppo non posso venderti questo mazzo di carte per meno di una corona, ragazzo mio. Non lo sai che il gioco delle carte è il passatempo del demonio? Dovrò pur guadagnarci qualcosa se rischio l'anima vendendole, non ti pare? E questo fermacapelli, signorina? Di vera tartaruga, credetemi. Non è grazioso? Aspettate un attimo, ne ho un altro, lo prendo subito dalla sacca. Eccoli, signorina, li ho comprati da un tizio a Londra, che era appena tornato dall'India. La migliore merce indiana.»

Mary non era affatto interessata ai fermacapelli, che trovava piuttosto brutti, ma nonostante ciò, chiese il prezzo per gentilezza.

L'uomo la fissò negli occhi, pensieroso. «Per voi, signorina, posso fare cinque scellini. Cinque scellini per entrambi. *Cinque* per *due* fermacapelli.» Sollevò entrambe le braccia, la mano destra con il palmo aperto e la sinistra mostrando pollice e indice.

Quella vista risvegliò in lei un ricordo quasi dimenticato e all'improvviso Mary si sorprese a chiedere: «Cinque per due? Mi sembra un'offerta vantaggiosa». Guardò l'uomo, cercando di restare calma. Aveva capito giusto? Il riferimento alle importazioni indiane nella lettera del signor Herbert... era quello l'indizio? Il venditore era un agente del signor Shy?

Romney rimase imperturbabile. «Non avrei potuto farvi un'offerta più vantaggiosa» si lamentò, scuotendo la testa. «Sono dei veri tesori indiani, arrivano direttamente da Bombay. Cinque scellini per tutt'e due. Non potrei mai sopravvivere se svendessi sempre così la mia merce.» Sospirò. «Ma non so resistere alle signorine graziose come voi.»

«D'accordo, li prendo» disse lei, alzando le spalle con indifferenza.

«Molto bene, signorina, ero sicuro che avreste saputo apprezzare la rarità. Valgono ogni singolo penny del loro prezzo.»

Mary gli consegnò la somma richiesta, chiedendosi che cosa sarebbe accaduto, e rimase sconcertata quando Romney le porse i fermacapelli e parve perdere interesse per lei. Rispose alla domanda di qualcuno riguardo a delle stringhe e lei indietreggiò perplessa. Un rumore proveniente dall'esterno le fece capire che Slipper aveva travolto i vasi di fiori e lei pensò che avrebbe fatto meglio a intervenire.

Era quasi arrivata alla porta della cucina, quando una voce arrestò la sua fuga precipitosa. «Un attimo, signorina, avete dimenticato il resto. Ecco.» L'uomo le mise delle monete nel palmo della mano, aggiungendo in un frettoloso bisbiglio: «Oggi pomeriggio alle tre... al cimitero di St Stephen. E non portatevi dietro quel maledetto cane». Poi le voltò le spalle. «E che nessuno dica che non sono onesto! Onesto quant'è vero che ogni mattina sorge il sole!»

«Certo... grazie.»

L'entusiasmo di Mary fu sufficiente per catapultarla fuori dalla cucina e farle attraversare il giardino, allontanandosi da Champian Hall. Oltrepassò l'orto e imboccò il sentiero che portava al fiume. Tutt'intorno a lei i fiori di campo sbocciavano a profusione tra l'erba mossa dal vento, mentre in lontananza il sole riluceva sulla ruota del mulino che girava lentamente. La tensione e l'incertezza che l'avevano sovrastata da quando aveva accettato l'incarico del signor Shy erano svanite, sostituite da un'energia improvvisa. Ancora una volta sentiva di far parte di qualcosa di vitale, d'importante e, soprattutto, d'imminente. Slipper, momentaneamente intimorito dalla sua improvvisa apparizione tra i vasi rotti, ne dedusse che combinare un guaio fosse il modo più sicuro per fare una passeggiata e ora le correva intorno, abbaiando e incoraggiandola ad avventurarsi fino al fiume, dove sapeva che a volte si potevano trovare i topi d'acqua.

La figura inginocchiata, intenta a tagliare le erbacce intorno a una lapide, ignorò il rumore del cancelletto che veniva sbattuto e dei passi frettolosi. Solo quando ebbe terminato, si sedette sui talloni e lasciò cadere a terra le cesoie. «Siete in ritardo.»

«Sì, mi dispiace» disse Mary col fiato corto.

«E vedo che avete portato anche il cane.»

«Sono stata costretta a farlo... lo porto spesso con me e ho pensato che fosse meglio continuare a comportarmi come sempre.»

«Su questo avete ragione, ma tenetelo d'occhio, è un po' troppo svelto con i denti, per i miei gusti. Be', buon pomeriggio, Miss Finch, sono felice di fare finalmente la vostra conoscenza.»

«E io la vostra.»

Romney raccolse i suoi attrezzi, si alzò lentamente, e strascicando i piedi si avvicinò alla lapide successiva. «È questo il mio lavoro del pomeriggio, il parroco mi paga sei pence.» Indicò la lapide, un massiccio pezzo di marmo bianco, il cui effetto era stato deturpato da una pronunciata inclinazione della pietra. «Questa mi richiederà un po' di tempo. Volete tenermi compagnia?»

«Sì, certo» acconsentì Mary e, trascinando via Slipper da un odore particolarmente interessante, si sedette sulla panchina accanto alla lapide.

Romney si mise al lavoro, voltò le spalle a Mary e riprese a tagliare l'erba. In realtà, a ogni taglio di cesoie cadevano a terra solo pochi fili d'erba. «Dubito che passerà qualcuno, ma tenete gli occhi aperti» la ammonì, senza guardarla.

«Lo farò» rispose lei, guardandosi intorno con circospezione. «Slipper ci avviserà sicuramente se dovesse avvicinarsi qualcuno.»

«Ah, bene, allora serve a qualcosa. Bene, consideriamo la situazione generale prima di addentrarci nei particolari. È una circostanza piuttosto eccezionale quella di parlare direttamente in questo modo. Non sarà frequente, anzi, potrebbe non verificarsi mai più. È troppo rischioso per entrambi. Per le comunicazioni abituali useremo il Sistema.»

Il Sistema, le spiegò Romney, prevedeva due stadi e non era complicato se si prestava attenzione. Se Mary avesse dovuto comunicare delle informazioni, avrebbe dovuto avvertirlo mettendo il suo dollaro spagnolo nella crepa alla base di quella lapide. Poi avrebbe dovuto lasciare il suo messaggio, scritto chiaramente, dietro un certo mattone del muro della chiesa che lui le avrebbe mostrato. Avrebbe dovuto cercare di lasciare il messaggio al più presto, ma solo se avesse potuto farlo in totale sicurezza. Se lui avesse voluto comunicare con lei, avrebbe utilizzato lo stesso metodo.

Romney continuò a ripulire l'area intorno alla lapide, togliendo ramoscelli e foglie con le sue magre dita nodose.

«Bene, abbiamo terminato o avete già qualcosa da dirmi?»

Mary si schiarì la voce. «A dire il vero, ho notato qualcosa, ma non so se è importante.»

Romney scrollò le spalle o, piuttosto, le scosse spazientito. «Coraggio, ditemi tutto, signorina, e lasciate che sia io a giudicare se è importante. In casa è tutto normale?»

«Sì, assolutamente. A parte... tutti quegli strani oggetti indiani, il resto sembra normale. Sono riuscita a guardare sulla scrivania del colonnello. C'è solo un cassetto chiuso a chiave.» Mary si sentì arrossire, sembrava talmente disdicevole dirlo ad alta voce.

Romney non condivideva i suoi scrupoli. «E...?»

«Si è fatto mandare un giornale da Londra e sembra averlo letto con molta attenzione. Benché io...»

«Qualcosa in particolare?»

«Sì, una riunione politica. Una riunione del governo... dei ministri o del Consiglio Privato del sovrano, ma anche discorsi pubblici che riguardano soprattutto il commercio estero. Spesso segna gli articoli che riguardano queste riunioni o sottolinea particolari passaggi. Credo che si sia arricchito in India e che abbia delle proprietà laggiù o degli investimenti. Sicuramente ha portato tanti oggetti dall'India.» Mary s'interruppe, aggrottando la fronte. «Ha anche letto con interesse gli articoli riguardo all'ammutinamento della *Spithead*.»

«Siamo tutti accaniti sostenitori della Marina di questi tempi.»

«Sì, capisco il vostro punto di vista, ma non capisco come il colonnello potrebbe influenzare un ammutinamento a Portsmouth standando qui nel Kent. Inoltre, il giornale diceva che è quasi tutto risolto, che Lord Howe si sarebbe recato laggiù mercoledì per comunicare ai marinai che le loro richieste sono state accettate e che, se torneranno ai loro doveri, saranno perdonati. E se è così...»

«I problemi con la *Spithead* sono *quasi* risolti,» confermò Romney «ma ieri mattina c'è stato un altro ammutinamento tra l'equipaggio della *Nore*, sul Mare del Nord, la grossa flotta navale all'ancora a Sheerness, sulle coste del Kent.»

«Ah, capisco...»

Romney scrollò le spalle. «Forse i vostri occhi sono meglio dei miei, o forse no. Forse è a questo che punta il nostro amico, in un modo o nell'altro.»

«Il...» Mary abbassò la voce. «Il signor Shy ha degli agenti a Sheerness?»

Romney la guardò per la prima volta. «È meglio che non facciate mai quel nome, signorina. E non preoccupatevi troppo per

Sheerness. Noi dobbiamo pensare solo a Crosby-Nash. L'ammutinamento per noi non significa nulla, a meno che non abbia a che fare con lui. È questo ciò che dovrete scoprire... se lui c'entra qualcosa.» Attese fino a quando la vide annuire e poi proseguì. «Ora io credo che dovremo cercare di aprire quel cassetto... quello che lui tiene chiuso a chiave. Parlatemi della scrivania. Avete notato qualcosa di strano? È un mobile esotico?»

Mary non credeva che lo fosse. Per quello che poteva ricordare, era una scrivania assolutamente normale... piuttosto grande, con cassetti su entrambi i lati e un altro cassetto poco profondo al centro. Le sembrava che fosse di mogano, con un piano di lavoro intarsiato.

La descrizione suscitò l'approvazione di Romney. Non avrebbe saputo suggerire il metodo migliore per violare una scrivania sconosciuta, forse dotata di qualche sistema di sicurezza. Riuscire ad aprire il cassetto di una comune scrivania inglese non poteva essere al di fuori della sua portata... o di quella di Mary. Prese due chiavi, una delle quali, disse, probabilmente avrebbe funzionato. Ognuna di esse aveva un lungo fusto cilindrico e un unico dente non troppo prominente. «Provate questa» le consigliò, consegnandole la prima chiave, che era un po' più grande dell'altra. «Forse dovrete ruotarla un po' nella serratura, quindi siate paziente, ma se non funziona, provate con l'altra.»

Romney le consigliò anche di rimuovere il cassetto centrale e di tastare sotto la scrivania alla ricerca di una leva che potesse aprire il cassetto. «In ogni caso, non cercate di forzare la serratura,» la ammonì «altrimenti il nostro amico se ne accorgerà e noi non vogliamo che cominci a guardarsi le spalle.»

«No, certo» concordò Mary. «Grazie per le chiavi, cercherò di fare del mio meglio.»

«C'è un'ultima cosa» disse Romney. «Supponiamo che a Champian Hall arrivi un amico del colonnello. Non scartate subito l'idea, ma ci sarebbe utile sapere che cosa si dicono.»

«Sì, ci ho pensato anch'io quando il dottor Chalmers è venuto a prendere il tè... non che abbia immaginato che lui fosse coinvolto in qualcosa di losco, ma mi sono chiesta in che modo avrei potuto scoprirlo. Se il colonnello intrattenesse una conversazione privata, non m'inviterebbe certo a unirmi a loro in biblioteca.»

«In biblioteca, vero? Be', forse potrei farvelo avere io l'invito. Non sarebbe una sistemazione comoda, badate bene, ma servirebbe al nostro scopo... sempre che voi acconsentiate.» Guardò Mary per la seconda volta. «Avete mai sentito parlare di un *priest's hole*, Miss Finch?»

Lei annuì e si sentì morire, pensando a ciò che lui stava per dire. «Si tratta di un rifugio segreto, dove si nascondevano i preti cattolici, nel periodo in cui erano stati espulsi dall'Inghilterra o quando erano sospettati di tradimento.»

«Esattamente. Conosco abbastanza bene Champian Hall e posso dirvi che nella stanza sopra la biblioteca esiste uno di questi rifugi. È una stanza piccola, l'ultima volta che l'ho vista aveva le pareti tappezzate.»

«Sì, ho capito di quale stanza parlate. Contiene un'infinità di oggetti indiani che non hanno trovato sistemazione... è una specie di ripostiglio e non viene quasi mai utilizzata.»

«Meglio così. Ora... questo nascondiglio non è molto comodo, ma è posto proprio di fianco al camino in modo che chiunque si trovi all'interno può udire ciò che viene detto in biblioteca.»

«Sì, capisco.»

Romney percepì la sua ansia. «Vi preoccupa infilarvi in un posto piccolo e buio sotto il pavimento? Qualcuno potrebbe avere paura a stare da solo in un posto così.»

«Probabilmente sì,» ammise Mary «ma... se voi mi spiegate esattamente dove si trova e come posso fare per entrarvi... potrei provarci.»

Romney la osservò con un sorriso d'approvazione. «Dovrete entrarci solo se arriva qualcuno, se il colonnello riceve visite.»

«E non dovrete dimenticarvi di spiegarmi come uscire da lì» aggiunse lei, abbozzando un sorriso. «Non vorrei restarci chiusa dentro.»

«No, naturalmente. Non vogliamo certo che vi trasformiate nel *fantasma di Champian Hall*!»

11

Mary riuscì a mettere in pratica le sue abilità di scassinatrice due giorni dopo, grazie alla decisione del colonnello di far visita a Tunbridge Wells. Subito dopo aver salutato i padroni di casa, Mary corse in biblioteca, armata delle chiavi speciali di Romney.

Chiuse dolcemente la porta e si avvicinò alla scrivania del colonnello. Dopo aver spostato con cautela la sedia, s'inginocchiò ed esaminò i cassetti. Prima rimosse il cassetto centrale e tastò sotto la scrivania, facendo scorrere le dita sui binari del cassetto e chinandosi anche a guardare. Di sfuggita pensò che quello sarebbe stato il momento peggiore per essere disturbata, perché non sarebbe riuscita a trovare una spiegazione per il suo comportamento. Per fortuna, nessuno la disturbò, mentre Slipper, il suo complice, sonnecchiava sul tappeto con il respiro pesante. Mary passò quindi allo stadio successivo e si apprestò ad aprire il cassetto chiuso a chiave.

La chiave più grande, quella che Romney le aveva consigliato di provare per prima, si rivelò troppo grande, mentre quella più piccola entrò facilmente nella toppa. "E adesso?" pensò Mary. Senza sapere bene quel che stava facendo, mosse lentamente la chiave, da una parte all'altra, facendo sempre attenzione a non danneggiare in alcun modo la serratura. Aveva i muscoli delle spalle tesi mentre immaginava il colonnello ritornare a casa e scoprire che la serratura era rotta o era stata forzata.

"Se la chiave non funziona, dovrai semplicemente dire al signor Romney che non ci sei riuscita" rammentò a se stessa. "Meglio così piuttosto che commettere un errore." Si chinò in modo da poter osservare da vicino la serratura, mentre girava la chiave. D'un tratto si udì un clic e la chiave girò con facilità. Vittoria! Con un sorriso trionfante, Mary estrasse la chiave e aprì il cassetto.

All'interno c'era una scatola dalla forma strana, le cui decorazioni le ricordavano i contenitori indiani che aveva già visto a Champian Hall. Il coperchio era rigido e quando lo sollevò vide che all'interno c'era un involto di stoffa che avvolgeva qualcosa di molto simile a un mattone. Era marrone scuro, con una consistenza solida e lievemente appiccicosa e con un odore intenso e dolciastro. Era zucchero? O forse una spezia indiana? Slipper si era avvicinato per curiosare e quando Mary gli offrì il dito da leccare, lui declinò l'invito. «Hai ragione» concordò lei, rimettendo a posto l'involto e chiudendo la scatola. «Non è particolarmente invitante.»

Sotto la scatola c'era una pila di carte e Mary le esaminò con interesse. Purtroppo, a parte alcune note a margine, erano scritte in una lingua straniera... una lingua indiana, probabilmente, dal momento che lei non aveva mai visto prima quella strana scrittura tutta riccioli. Provò un moto d'irritazione. In passato, aveva avuto esperienza nel decifrare documenti segreti, ma dubitava che avrebbe avuto successo se avesse tentato di tradurre quella lingua! Avrebbe potuto copiare quei documenti e consegnarli al signor Romney, ma sarebbe stato un lavoro lungo e pericoloso. Forse...

I suoi pensieri s'interruppero, perché Slipper infilò il muso nel cassetto ed emerse con un pezzo di cuoio tra i denti. «Oh, che cosa stai facendo?» esclamò lei. «Dammelo subito.»

Il cane stranamente obbedì, lasciando cadere l'oggetto, ma poi aggravò il suo crimine abbaiando furiosamente e iniziando a saltellare eccitato. «Smettila! Zitto!» sussurrava Mary, paralizzata dal terrore che quel frastuono potesse richiamare la servitù.

Mary lo sgridò e rimase in ascolto per accertarsi che nessuno si stesse avvicinando, poi esaminò la striscia di cuoio. Sembrava essere... sì, era uno dei collari di Slipper e questo spiegava l'eccitazione del cane dopo averlo visto. In campagna di solito poteva andarsene in giro libero, mentre a Londra era soggetto a un più stretto controllo. *Strano che un collare sia tenuto sotto chiave*, pensò Mary, rigirandoselo tra le mani.

Solo allora notò che il collare era più alto di quello che avrebbe dovuto essere per un cane della taglia di Slipper e che era composto da due pezzi di cuoio cuciti insieme, uno sopra l'altro. La parte esterna aveva un'apertura che si estendeva per quasi tutta la lunghezza del collare... un'apertura abbastanza grande da... *Ci si potrebbe nascondere dentro qualcosa?*

Slipper aveva appoggiato il muso sulle sue ginocchia e la osservava speranzoso. Sorridendo, lei gli mise il collare e lo osservò, mentre lui si metteva in piedi e iniziava a scuotersi e a saltellare. Mary rammentò di averlo visto fare la stessa cosa a Green Park, quando era fuggito... ed era stato recuperato. *Ma certo! L'uomo che l'ha riportato! Oh, che stupida! Non ci ho trovato nulla di strano perché si è rivolto solo a Susannah, ma evidentemente aveva nascosto un messaggio nel collare. Quanto vorrei aver osservato quell'uomo con maggiore attenzione! Probabilmente Slipper lo conosce. I morsi sembravano... ma del resto, Slipper cerca di mordere chiunque.*

Quell'ultimo pensiero fu confermato quasi immediatamente quando il tentativo di Mary di togliergli il collare provocò un ringhio. Ma in quel momento non erano i denti di Slipper a preoccuparla. Il collare le aveva ricordato altri episodi avvenuti a Londra, inclusa la visita alla gioielleria di Birchin Lane. Probabilmente, Miss Trent aveva consegnato inconsapevolmente un messaggio del colonnello. Sì, le cose dovevano essere andate così. Il bracciale da riparare doveva essere custodito in una scatola con un doppiofondo. *Lo sapevo che c'era qualcosa di strano!* «Smettila tu!» ordinò a Slipper e calmò la sua ferocia con un colpo sul muso.

Mentre rimetteva tutto nel cassetto e armeggiava con la chiave, Mary pensava al rapporto che avrebbe fatto a Romney. Gli avrebbe rivelato tutto… l'uomo di Green Park, Hardy & Son's, i *café* che il colonnello Crosby-Nash frequentava a Londra, gli avrebbe parlato persino del signor Doyle, il pittore. *Potrebbe essere il peggiore di tutti!* pensò, mentre rimetteva a posto la sedia.

La sua eccitazione nell'aver scoperto finalmente qualcosa fu attenuata dall'imbarazzo nel rendersi conto di essere stata, fino a quel momento, un'osservatrice disattenta. "Chissà quanti altri particolari ho trascurato! Ma ora ho imparato la lezione… in futuro rivelerò qualsiasi cosa e non lascerò nulla al caso."

Dopo la scoperta in biblioteca, Mary trovò particolarmente noiosi i due giorni successivi. Non vide Romney, né gli parlò e quindi non ebbe modo di sapere se lui fosse rimasto impressionato dalla sua abilità nell'aprire il cassetto o irritato dal fatto che lei non avesse dato importanza all'episodio di Green Park. Ora che aveva scoperto un altro dei segreti del colonnello Crosby-Nash, Mary avrebbe voluto che lui non avesse continuato a comportarsi in modo così… normale. Per il mondo lui era un perfetto gentiluomo, ma Mary ora sospettava, sebbene non fosse ancora in grado di dimostrarlo, che l'immagine che lui offriva era completamente falsa.

Quando scese a fare colazione, la terza mattina, Mary rimase delusa nel non vedere il colonnello, perché avrebbe voluto parlargli prima che lui si occupasse della contabilità della tenuta. Ma la proposta di Susannah rischiarò il suo umore. Era una giornata deliziosa, le disse, e aveva intenzione di andare a far visita al parroco subito dopo aver finito di mangiare il suo uovo sodo. A Mary avrebbe fatto piacere accompagnarla?

Se fosse stata del tutto sincera, Mary avrebbe voluto declinare l'invito, ma tre pensieri in rapida successione la indussero a rispondere in modo affermativo. Innanzitutto, sarebbe stato un vero peccato restare chiusa in casa con una giornata così bella, avrebbe ostacolato la digestione, come soleva dire Miss Marchmont. In secondo luogo, il reverendo Garbett, il parroco di St Stephen, aveva la reputazione di essere una persona dinamica e, quindi, era improbabile che avesse le mani sudaticce, la pronuncia blesa e modi impacciati verso i suoi ospiti. Probabilmente, possedeva anche un ottimo senso dell'umorismo, sempre auspicabile quando si discuteva delle cose del mondo. Infine, l'interesse di Mary per il colonnello Crosby-Nash l'aveva portata a trascurare Susannah e non sarebbe stato giusto che la felicità di un'amica innocente passasse al secondo posto per privilegiare segreti e stratagemmi.

Tale fu la gioia di Susannah alla prospettiva di poter godere della sua compagnia, da farla sentire in colpa per l'ordine con cui aveva formulato i suoi pensieri e Mary si ripropose di non pensare al colonnello almeno per l'ora successiva. All'inizio le riuscì difficile, perché il comportamento di Susannah mentre si dirigevano verso la parrocchia la costrinse a notare un allarmante contrasto. Quel giorno Susannah era gioiosa e sorridente, tutta la sua persona sembrava rallegrata dal sole primaverile... forse si sentiva anche finalmente libera dalla soffocante influenza del colonnello? Inoltre, mentre si avvicinavano alla loro destinazione, Mary non poté fare a meno di rammentare la sua recente visita a St Stephen, e quando passarono davanti al cimitero, cercò con lo sguardo Romney o una traccia della sua presenza.

Quando furono all'interno della parrocchia, Mary ebbe la conferma delle sue supposizioni. Il reverendo Garbett non solo mantenne fede alla sua reputazione di uomo pieno di iniziative, ma le due donne rimasero anche favorevolmente colpite dalla sua gentilezza. Sebbene non fosse un esperto oratore, il parroco illustrò loro il suo progetto di assistere i bambini poveri della parrocchia. Nel villaggio esisteva una specie di scuola, dove sua figlia insegnava ai più piccoli a leggere e a scrivere, ma molto altro ancora poteva essere fatto. Sarebbe stato necessario un vero maestro per fornir loro i primi rudimenti della matematica, e inoltre libri, penne e carta e un edificio appropriato. Attualmente, gli scolari di Saxonhurst erano costretti a riunirsi nella canonica, che non poteva offrire sedie sufficienti ed era assolutamente carente in quanto a banchi e altro materiale didattico. Le signore si rendevano conto della gravità della situazione?

Sicuramente sì. Mary fu riportata alla sua precedente vita d'insegnante e si rammaricò che il suo soggiorno nel Kent fosse così breve e dedicato ad altri impegni. Forse avrebbe dovuto incoraggiare Miss Trent e Miss Marchmont ad accompagnarla, perché le sue due coraggiose amiche sarebbero riuscite a fare molto con ciò che c'era a disposizione. In qualsiasi caso, i bambini andavano aiutati e lei e Susannah s'impegnarono a contribuire economicamente al progetto del reverendo Garbett. Susannah era ancora più convinta di Mary che andasse fatto qualcosa di concreto e s'impegnò sia a nome suo che di suo marito.

«Sono davvero felice, signora, di sentirvi dire questo,» replicò il reverendo Garbett «perché dopo una discussione con il colonnello Crosby-Nash sull'argomento, avevo avuto l'impressione opposta. Sicuramente ho equivocato.»

«Suppongo sia così,» disse Susannah «perché il colonnello mi ha spesso parlato dell'importanza dell'educazione e il nostro dovere di cristiani è quello di aiutare chi è meno fortunato di noi.»

Il reverendo Garbett fu rassicurato da queste parole, ma Susannah parve vagamente a disagio quando la conversazione si spostò su questioni pratiche: che cosa doveva essere acquistato per primo, quanto sarebbe costato e se altri membri influenti della comunità avrebbero potuto contribuire. La sua promessa d'aiuto non vacillò mai, ma a poco a poco fu chiaro che il coinvolgimento di suo marito sarebbe stato superficiale. Lui era sempre così impegnato e si recava in campagna per riposare; forse non avrebbero dovuto disturbarlo con quei problemi. Susannah disponeva di una propria rendita e forse sarebbe stato molto più semplice attingere i fondi da quella. Non era necessario che il reverendo Garbett menzionasse la cifra precisa al colonnello.

Mary provò un tuffo al cuore ascoltandola. Era molto legata a Susannah e si rammaricava di non poter fare molto per l'amica.

Detestava per principio qualsiasi forma di tirannia, e se lei fosse stata al posto di Susannah, si sarebbe sentita in dovere di schierarsi contro l'atteggiamento autoritario del colonnello. Ma lei non era al posto di Susannah e ponendo l'accento sulla situazione avrebbe solo accresciuto il suo disagio. Inoltre Mary temeva che qualsiasi dissidio tra i due coniugi potesse mettere a repentaglio la sua missione. Il pensiero che lei stesse sacrificando la felicità di Susannah per smascherare un crimine che non poteva essere ancora provato la lasciò sconfortata. In ogni caso, non affrontò alcuna discussione con l'amica.

Susannah si mostrò di nuovo allegra durante il tragitto di ritorno, nonostante la conversazione con il reverendo Garbett si fosse conclusa con una nota d'imbarazzo. Era contenta di fare qualcosa di utile e parlò del suo proposito di arieggiare Champian Hall in modo adeguato. «Non intendo criticare la signora Saunders, ma in alcune stanze c'è... un odore strano.»

Mary sapeva perfettamente che cosa intendesse dire Susannah con «un odore strano». Lo aveva notato anche lei, un sottile aroma pungente, soprattutto in biblioteca, ma volle evitare che si potesse riconoscere una sua certa familiarità con quella stanza. Parlò quindi con la sgradevole consapevolezza di non poter essere del tutto sincera con la sua amica anche su un argomento così banale. «Suppongo che gli oggetti esotici abbiano un odore diverso. Se mandassimo una cassettiera inglese in India, probabilmente la gente del luogo la considererebbe molto strana.»

«Sì, ma perché le cose inglesi non restano in Inghilterra e le cose indiane in India?» chiese Susannah. «In questo modo ognuno di noi sarebbe circondato da ciò che gli piace. Ci si sente molto più a proprio agio circondati da oggetti familiari.»

«A me piace vedere le cose di altri paesi,» ammise Mary, sollevata di trovarsi di nuovo su un terreno sicuro «anche se penso che sarebbe meglio osservarli nel loro ambiente. Forse il Kent non è... io non ho mai viaggiato, lo sai, e mi piacerebbe tanto visitare l'India... e altri luoghi esotici.»

«Davvero?» chiese Susannah sorpresa e incredula. «Ma sembra che sia tutto così strano e pericoloso! Lì la gente viene sempre divorata o rapita dai demoni...»

«Ma quelle sono solo favole!»

«Be', sì, ma sono sicura che i serpenti ci sono davvero!»

«Così come gli elefanti. Penso che valga la pena di vedere tanti serpenti pur di ammirare un elefante. E poi ci sono molte altre cose interessanti. Suppongo che il cibo sia diverso in India... mi piacerebbe provarlo... e non dimenticare tutte le sete meravigliose che il colonnello ci ha mostrato.»

Susannah nutriva seri dubbi sulla cucina di Calcutta, ma cedette di fronte all'entusiasmo di Mary. «C'è anche il tè speciale del colonnello, che rende intelligenti» aggiunse. «Anche quello arriva dall'India.»

«Tè che rende intelligenti?» fece eco Mary, sorpresa a sua volta. «Non avevo mai sentito nulla del genere.»

«Oh, sì, ma sembra che su di me non abbia effetto» disse Susannah ridendo. «Suppongo che tu abbia ragione riguardo alle cose indiane, e le sete sono davvero stupende. In ogni caso, non devo mostrarmi provinciale, soprattutto in presenza dell'amico del colonnello.»

L'espressione di Mary tradì la sua curiosità prima ancora che ponesse la domanda. «L'amico del colonnello?»

«Sì, non ti ho parlato di lui? Arriverà oggi.»

A quelle parole, il cuore di Mary iniziò a battere più veloce e dovette fare uno sforzo su se stessa per parlare con calma. «Io non... tu... sai chi è?»

«Non l'ho mai incontrato» rispose Susannah. «È un suo amico di Londra. Si chiama Phoebus... o almeno così lo chiama il colonnello. Penso che sia una specie di soprannome, perché nessuno può chiamarsi davvero Phoebus, ti pare?»

«Non credo. Dev'essere una persona... solare. Forse dovremmo affrettarci. Sarebbe scortese da parte nostra non essere a casa al suo arrivo. Dopotutto, è il tuo primo ospite ufficiale a Champian Hall.» Mary dovette resistere alla tentazione di prendere Susannah per mano e trascinarla verso casa. *Un amico di Londra che si chiama Phoebus. Davvero interessante...*

«Sì, hai ragione, ma... *Phoebus!*» ripeté Susannah, aggrottando la fronte. «Spero non sia un poeta o qualcosa del genere.»

Il suo nome in realtà era William Legg, ma Crosby-Nash lo presentò come Phoebus e Susannah pensò che *signor Legg* non suonasse molto meglio. Non aveva un aspetto particolarmente solare. Era alto, magro e piuttosto curvo, come se fosse consapevole della propria altezza e cercasse di non darla a vedere. I lunghi capelli neri raccolti in un codino rendevano ancora più pronunciato il contrasto con il viso pallido.

Mary lo salutò cortesemente, dicendo che era molto felice di fare la sua conoscenza, e lo era davvero. «Avete... degli affari in città, signore?»

«Più o meno, Miss Finch.» Aveva una voce pacata e rassicurante e mani bianche e lisce.

«Phoebus è un avvocato,» spiegò loro Crosby-Nash «un avvocato molto in gamba, ma dal momento che ha deciso di limitare la sua professione alle cause penali, temo che non diventerà mai ricco.»

«Sicuramente rendere giustizia a chi la merita è preferibile al fatto di facilitare trasferimenti di proprietà tra famiglie oziose e dissolute, la cui ricchezza è l'unica cosa che le distingue dagli altri malfattori» disse Phoebus.

«Oh!» esclamò Susannah intimorita.

«Io terrei conto sia del carattere di un individuo che dell'ammontare delle sue proprietà,» osservò Crosby-Nash «ma non voglio impegnarvi in questioni filosofiche, perché so per esperienza che non saremmo d'accordo.»

«Non sono mai riuscita a comprendere la legge» ammise Susannah. «Conosco la differenza tra il bene e il male, naturalmente, ma la legge rende tutto così complicato.»

«Ciò che dite è vero, signora, quando la legge viene applicata da persone incaute o disoneste.»

Sebbene fosse incerta se Phoebus concordava con lei, Susannah annuì e pensò di coinvolgere l'amica nella conversazione. Mary, disse, trovava la legge molto interessante. Non volendo ritrovarsi al centro dell'attenzione, Mary esitò, ma Susannah accorse in suo aiuto. «Ha conosciuto anche il Procuratore g,enerale.»

«Un grande gentiluomo,» disse Phoebus «ma non posso dire di condividere il suo punto di vista su parecchie questioni. Sir John Scott è il principale rappresentante della complessità di cui avete parlato poc'anzi, signora, che oscura la semplice distinzione tra ciò che bene e ciò che è male. Lo conoscete bene, Miss Finch?»

Mentre volgeva lo sguardo su di lei, uno sguardo molto più attento rispetto a prima, Mary si rese conto di dover fare molta attenzione. L'interesse di quell'uomo per il Procuratore generale poteva essere solo di carattere professionale, ma non era necessario che lei sottolineasse il suo legame con Sir John. «Oh, no,» rispose «ci siamo conosciuti dalla duchessa di Gordon. Ricordi che caldo quel giorno, Susannah? Credo... che sia originario del Nord, se non sbaglio.»

«Sì, di Newcastle.»

«Ah, questo spiega tutto. Raccontò alcuni aneddoti divertenti... almeno credo che fossero divertenti, perché io non riuscii a capire il dialetto.»

Phoebus annuì. «Sì, a volte sa essere molto spiritoso.»

«Una persona spiritosa, eccellente» intervenne Crosby-Nash, dando una pacca sulla spalla dell'amico. «Allora c'è del buono anche nel Procuratore generale.»

Quell'osservazione segnò una svolta nella conversazione verso argomenti meno delicati, svolta che sia Mary che Susannah, anche se per ragioni diverse, accolsero con gioia. Quando i commenti sul tempo e sulle bellezze naturali del Kent si conclusero, i due gentiluomini si accomiatarono. Il colonnello spiegò che lui e Phoebus avevano delle questioni da discutere e che tanto valeva che lo facessero subito.

Rimaste sole, Susannah disse qualcosa riguardo alla stanza da preparare per l'ospite e Mary si chiese se dovesse seguire subito i due uomini. A quel pensiero, provò un brivido d'eccitazione. "Forse è questa la sensazione che si prova facendo una puntata alta al tavolo da gioco!" Non fu facile attendere pazientemente fino a quando Susannah terminò di parlare e lasciò la stanza, ma Mary riuscì a controllarsi. Non appena fu sola, si affrettò su per le scale.

Quando raggiunse il ripostiglio all'ultimo piano, si fermò e fece un respiro profondo. Poi, aprì la porta ed entrò. Era una stanza misteriosa e silenziosa, che conteneva un bizzarro guazzabuglio di mobili, suppellettili e imballaggi, con le tende pesanti che oscuravano la luce. «Oh, chi...» Poi sospirò sollevata. Era solo Durga, una delle dee indiane del colonnello. Era una statua piuttosto imponente, alta più un metro, di una dea in groppa a un leone. Cinque delle sue sei mani impugnavano delle armi, mentre l'ultima stringeva una testa decapitata, ma era solo una statua e non poteva riferire nulla.

Dopo il suo incontro con Romney, Mary aveva localizzato «il rifugio del prete» e vi aveva anche sbirciato dentro, ma nulla di più. In quel momento pensò che non le piacevano affatto gli spazi bui e angusti e soprattutto detestava l'idea di doversi calare lì dentro. Ma *doveva* scoprire quel che stavano dicendo Phoebus e Crosby-Nash. La sua missione consisteva in quello. Come poteva sperare di portarla a termine se continuava a indugiare, troppo impaurita per fare il suo dovere?

Facendosi forza, scese gli stretti scalini. La sua vita era al livello del pavimento, ora le spalle. Ora doveva chiudere la botola sopra la sua testa, era quella la cosa più difficile. Toccò di nuovo il chiavistello che le avrebbe permesso di riaprirla dall'interno. Lo avrebbe ritrovato al buio?

La chiusura della botola cancellò gli ultimi raggi di luce. Mary iniziò a scendere lentamente, orientandosi solo con il tatto. L'aria era polverosa e c'era un odore stantio, e Mary cominciò a provare una strana e irragionevole sensazione, come se lo spazio si stesse restringendo intorno a lei. Nonostante continuasse a ripetersi che era assurdo, la parte più istintiva ed emotiva della sua mente non le permise di proseguire fino a quando non ebbe allungato una mano per avere la certezza che la parete ruvida non si fosse mossa nell'oscurità. "Ecco, non c'è nulla di cui aver paura," concluse "diventa tutto molto più facile quando si pensa ai poveri sacerdoti costretti a nascondersi quaggiù per ore o forse per giorni interi!" Mary sperava che si fosse trattato solo di poveri sacerdoti e non di assassini di papi o di rivoluzionari con l'obiettivo di far saltare in aria il Parlamento.

Il suono di voci attutite l'aiutò a riacquistare il controllo. "Sei qui per ascoltare, ricordatelo, e non per filosofeggiare sulle intenzioni dei sacerdoti di un tempo." Alla sua sinistra passava la canna fumaria e sotto i suoi piedi poteva vedere un debole riflesso di luce. Si trovava all'interno della parete della biblioteca, accanto al camino. Ora le voci erano abbastanza udibili, riusciva persino a localizzare la loro provenienza. Crosby-Nash si trovava alla sua destra, probabilmente seduto alla scrivania; Phoebus era davanti a lei, su una delle poltrone. Udì un tonfo, probabilmente era Slipper che era saltato giù dal divano.

Dal tono di voce dei due uomini, era evidente che non si trattava di una conversazione amichevole. Le domande brusche di Crosby-Nash riscuotevano le risposte irritate e diffidenti del suo ospite. Fu necessario qualche scambio di battute prima che Mary potesse comprendere il contenuto della loro conversazione e rendersi conto che si trattava davvero di qualcosa d'importante.

«Eppure, tutto ciò non è riuscito a smuoverli.»

«No, no, non è andata così. Avrei avuto successo... i miei uomini avevano fatto grandi progressi, ma il tempismo è stato sbagliato. Ho saputo troppo tardi che l'ammutinamento era ormai imminente, non c'è stato il tempo per gettare i semi necessari. Dovevamo costantemente reagire agli eventi... e quando è arrivato Lord Howe, abbiamo perso. È un vero eroe per i marinai e non ho potuto competere con lui. Avreste dovuto sentirli... "Il buon vecchio *Black Dick* difenderà i nostri diritti. Lui non ci abbandonerà!" Naturalmente, Howe è solo lo strumento del Parlamento, ma questo i marinai non lo capiscono. E alla fine hanno gettato alle ortiche la loro occasione d'oro.»

«Potrebbero rifarlo a Sheerness.»

«Forse, ma la situazione là è completamente diversa. Innanzitutto, i capi sono fatti di un'altra pasta e ho avuto il tempo di architettare i piani con più attenzione. Siete bravo a trovare gli errori quando le cose sono ormai avvenute. È facile essere saggi quando è già tutto accaduto.»

«Meglio essere saggi in ritardo che non esserlo affatto. L'ammutinamento della *Nore* ci offre una seconda possibilità che non deve andare perduta. Se ne avete discusso con...»

«Con l'*acchiappatopi*? Non mi piace quel tizio.»

«Lo so, ma questo non lo rende meno utile. La sua posizione gli dà accesso a informazioni e gli permette di avvicinarsi a personaggi influenti. È sempre meglio sapere che cosa sta avvenendo in campo nemico.»

Phoebus sbuffò e Mary lo immaginò mentre agitava la mano con un gesto noncurante. «Ho un'arma molto più preziosa di questo *acchiappatopi*.»

«Davvero?»

«Sì, *davvero*... l'irlandese.»

Crosby-Nash lo schernì, ma Phoebus proseguì imperturbabile. «Gli irlandesi sono la chiave di tutto, ve lo dico io. Si trovano qui in grande numero e ognuno di loro ha una conoscenza perlomeno rudimentale della situazione politica. Sanno quali sono i loro interessi e sono disposti a fare qualsiasi cosa per raggiungerli. È la risposta migliore al vergognoso comportamento del governo in Irlanda.»

«A che cosa vi riferite?» chiese Crosby-Nash con diffidenza.

«Alla legge che consente ai giudici irlandesi di spedire in Marina tutti gli uomini sospettati di avere simpatie repubblicane. Non *accusati*, badate bene, ma semplicemente *sospettati*. Si tratta di un atto di tirannia, naturalmente, ma mi ha procurato gli uomini di cui ho bisogno.»

Mary udì uno scricchiolio, come se qualcuno si fosse mosso sulla sedia. «Devono essere proprio degli stupidi ad aspettarsi che questi uomini combattano con entusiasmo per l'Inghilterra.»

«Esatto. E in quanto all'*acchiappatopi*, non credo che la sua operazione abbia avuto un particolare successo.»

«No, io... che notizie avete?»

«So solo che ci sono stati chiari segnali d'irrequietezza, ma i soldati non hanno fatto i passi necessari per fomentare la ribellione.»

«Non hanno voluto farlo o non sono stati adeguatamente incoraggiati?»

«I miei uomini hanno svolto tutti il loro dovere, ve lo posso assicurare!»

«Be', siamo ancora agli inizi. Suppongo che non ci siano molti *irlandesi* attualmente arruolati tra le Guardie» aggiunse Crosby-Nash.

Phoebus attese prima di rispondere e anche da quella distanza Mary poteva percepire il suo rammarico. «Non quanti ce ne sono in Marina» ammise cupamente.

«Infatti,» replicò il colonnello «quindi non possiamo contare sulla saggezza politica irlandese né dipendere dal loro rancore. Forse è più difficile infiltrare qualcuno tra le Guardie che tra i marinai?»

«Forse.»

«Sì, e forse, affinché questa operazione abbia successo, è necessaria una coordinazione più accurata. Alcuni di noi contavano molto sul fatto che avrebbe avuto successo.»

«Ci contavo anch'io!» protestò Phoebus. «Qualcosa potrebbe ancora accadere. I miei uomini non hanno rinunciato... assolutamente. Ma se i miei piani per la *Nore* daranno i frutti sperati, presto tutti questi... contrattempi saranno dimenticati.»

«I *vostri* piani? Che voi, naturalmente, intendete tenere segreti, suppongo.»

«Inizialmente, sì. La sicurezza viene minacciata quando si parla troppo di un'operazione.»

«Su questo non discuto» disse Crosby-Nash prima che il suo interlocutore avesse il tempo di giustificarsi. «E in quanto alle vostre bande d'irlandesi mal impiegati, riconosco che c'è qualcosa di vero in ciò che avete detto. Probabilmente saranno utili per creare l'atmosfera che voi sicuramente incoraggerete a Sheerness. Per quel che mi riguarda, preferisco che la passione sia alleata del calcolo, ma... forse ne potremo discutere in un'altra occasione.»

«Avete in mente un altro progetto?»

«Forse, ma per il momento non vi dirò altro. È una questione di sicurezza, lo sapete bene.»

Phoebus non commentò, almeno non verbalmente, e dopo un breve silenzio Crosby-Nash disse una parola... o un nome... che Mary non capì. «Anche "Rabellay"» – o forse era "Roblay" – «era ansioso di raggiungere i risultati desiderati.» Qualcosa nella sua voce, il tono vagamente minaccioso, attirò l'attenzione di Mary, che si sforzò di ascoltare con maggior attenzione. «Suppongo che lo abbiate visto in città.»

«Mmm... mmm...»

Crosby-Nash ridacchiò. «Vi fa paura? Non negate, perché è evidente che è così» aggiunse, quando Phoebus fece per rispondere.

«Non lo nego. Sicuramente, si è dimostrato molto utile, ma a volte...»

«A volte non vorreste aver mai fatto la sua conoscenza? Avreste dovuto conoscerlo ai vecchi tempi, quando le sue ambizioni riguardavano solo se stesso. Allora non era ansioso di riformare la società, a meno che non pensasse di aumentare in questo modo i suoi profitti.»

«È molto cambiato, quindi.»

«Sì, ma ora che voi due condividete la stessa filosofia... democrazia, uguaglianza e i diritti del popolo... i vostri rapporti dovrebbero essere molto cordiali.»

«Lo sono, infatti,» protestò Phoebus «e nutro una grande ammirazione per lui. Ha fatto molti sacrifici, solo che a volte penso che sia... che esageri.»

Crosby-Nash ridacchiò. «Be', il suo modello è Robespierre, sapete. Quando Rabellay tornò in Francia, l'Incorruttibile era all'apice del suo potere.»

«Sarà pur stato incorruttibile, ma era al tempo stesso anche terribile, e alla fine ha pagato un caro prezzo.»

«Rabellay è troppo astuto, percepisce il tradimento a grande distanza.»

«Oh, io non intendevo...»

«Naturalmente no» lo interruppe Crosby-Nash in tono mellifluo. «Nessuno potrebbe accusarvi di mancanza di entusiasmo. Ma, in ogni caso, fareste bene a non deluderlo.»

«Non intendo farlo. Sono curioso... voi sembrate conoscerlo molto bene, eppure nutrite poca simpatia per la sua... per la nostra causa.»

Ci fu una pausa, durante la quale Crosby-Nash poteva aver scrollato le spalle o scosso la testa. «Siamo vecchi amici» disse «o piuttosto, soci in affari da lungo tempo.»

«Questo significa che lo temete?»

«No, significa che conosciamo i reciproci metodi e ognuno di noi sa quanto l'altro può essere pericoloso.»

12

Il colonnello Crosby-Nash era seduto alla sua scrivania, intento a sbrigare la posta e a sorseggiare una tazza del suo tè preferito. Si trattava di una miscela particolare, aromatizzata con zafferano e miele, tra le altre cose, e, oltre ad apprezzarne il gusto, il colonnello trovava che lo aiutasse a riflettere. Non che avesse bisogno di uno stimolante artificiale. Aveva sperato che l'arrivo di Phoebus avrebbe portato qualche nuovo sviluppo o almeno nuove notizie, ma questo non era avvenuto. Riguardo alla situazione a Londra non aveva scoperto nulla che lui già non avesse saputo da altre fonti. "No, Phoebus ha fatto fiasco, come al solito."

Scorse brevemente un messaggio proveniente da un'eminente personalità locale… "a questo potrà rispondere anche Susannah"… e lo mise da parte. Quella successiva era una lettera del reverendo Garbett riguardo alle decime. Il colonnello non si era reso conto che il terreno della parrocchia fosse di sua pertinenza. "Perché si aspettano che io risolva tutti i loro problemi ogni volta che vengo nel Kent? Possibile che vada tutto a rotoli appena mi allontano?"

Stava rispondendo al reverendo quando un deciso bussare alla porta interruppe un suo caustico commento su coloro che avrebbero dovuto essere aiutati da Dio. «Sì? Avanti.»

Era entrato Lockwood, il maggiordomo. Minuto, curato, il viso liscio, sapeva sempre quando il padrone aveva bisogno di lui... in altre parole, era un servitore molto efficiente. Era arrivato nel Kent insieme a molti altri membri della servitù di Scarborough House e, benché non fosse abituato alla campagna, si era adattato senza fatica alla vita di Champian Hall. «Vi chiedo perdono, signore, ma mi chiedevo se posso portare una cosa alla vostra attenzione.»

Crosby-Nash posò la penna. «Naturalmente» disse. Lockwood lo aveva servito per molti anni e in varie circostanze, non era sua abitudine perdere tempo in sciocchezze.

«Grazie, signore. Si tratta di George, signore. Rammentate il secondo valletto che abbiamo assunto qualche mese fa?»

«Sì, un tizio dotato di un talento particolare, se ben ricordo, benché non possa dire molto di lui dal momento che i suoi compiti, per il momento, si limitano... alla sfera domestica.»

«Non esattamente, signore. Un tipo piuttosto losco, per questo gli ho sempre assegnato compiti minori... lontano dall'argenteria, per intenderci. Comunque sia, questa mattina mi ha informato di un incidente singolare che, se dovesse essere vero, potrebbe avere serie conseguenze.»

«Molto bene» disse Crosby-Nash. Si appoggiò allo schienale della sedia e ascoltò il racconto riferito con precisione dal maggiordomo. Al termine della narrazione, il suo viso era una maschera di pietra. «Potrebbe trattarsi di una cosa seria» concordò.

«Sì, signore.» Lockwood era in piedi davanti alla scrivania e raddrizzò distrattamente i libri impilati nell'angolo.

«Che cosa ci faceva George a St Stephen? Non mi pare un uomo di chiesa.»

«Be', forse non dovrei dirlo, signore,» rispose il maggiordomo «ma pare che Miss Garbett, la figlia del parroco, sia piuttosto graziosa.»

«Capisco...»

Crosby-Nash si alzò e si avvicinò alla finestra. Vide Phoebus in piedi accanto a un arbusto di rose e di caprifoglio, incurante delle api che si spostavano affaccendate da un bocciolo all'altro.

Il colonnello si disse che avrebbe dovuto informare il suo ospite di quegli ultimi sviluppi. Non esistevano prove, naturalmente, ma se George aveva ragione, sarebbero stati tutti in pericolo, forse i loro piani sarebbero stati scoperti e le loro alleanze smascherate. Il fatto che Phoebus si fosse recato a Champian Hall ora poteva costituire un pericolo per tutti loro.

"No, no, ora stai esagerando" si disse. "Supponiamo che George abbia ragione... questo non significa che la situazione sia disperata, ma solo che hai saputo prevedere i rischi. Avevi previsto di attirare l'attenzione e di dover prendere le misure necessarie; perché dovresti essere preoccupato dal fatto che i cani si sono avvicinati ad annusare? Lascia che facciano, lasciali pure uggiolare."

«Di' a George di tenere gli occhi aperti» disse senza voltarsi «e d'informarmi subito se dovesse scoprire qualcosa di nuovo. Presto riceverà miei ordini.»

«Sì, signore.»

«E... Lockwood... digli anche di comportarsi bene con Miss Garbett.»

Il sabato pomeriggio, Phoebus partì per Sheerness. Nessuno annunciò la sua destinazione e Mary lo venne a sapere gironzolando il più possibile intorno ai due uomini nella speranza che si scambiassero ancora qualche confidenza. Mentre era fuori delle scuderie, insieme a Susannah e al colonnello, per dire addio all'ospite in partenza, rifletteva sulla falsità della propria posizione. Trattava Phoebus come se lui fosse un ospite come tutti gli altri, quando sapeva bene che non lo era, così come il colonnello non era esattamente chi sosteneva di essere. "E io non sono da meno," pensò "nemmeno io sono una vera ospite, bensì un'ipocrita e un'imbrogliona. Stiamo tutti giocando a un gioco molto pericoloso. Solo Susannah è onesta e sincera e tutti la considerano un'anima semplice. E si potrebbe aggiungere che sia anche troppo semplice per un artifizio così minuziosamente preparato come quello per il quale ci adoperiamo."

I due uomini avevano sicuramente recitato bene la loro parte. Origliando la conversazione in biblioteca, Mary aveva saputo che Phoebus non piaceva a Crosby-Nash, ma nulla di tutto ciò era stato evidente in presenza d'altri. Né il colonnello aveva mai rivelato nulla delle sue attività segrete. Una volta uscito dalla biblioteca, anche Phoebus si era liberato dei suoi modi diffidenti e scontrosi, apparendo del tutto a proprio agio, e aveva preso talmente a cuore un'osservazione casuale sulla sua salute da limitarsi a passeggiare in giardino e a conversare amabilmente con le due signore.

Le informazioni ottenute da Mary, quindi, si limitavano a ciò che aveva ascoltato in biblioteca. "Se solo avessi scoperto qualcosa di più!" si rammaricava. Era chiaro che Phoebus era stato coinvolto nell'ammutinamento della *Spithead* e ora intendeva prendere parte anche a quello della *Nore*, ma quale sarebbe stato il ruolo del colonnello? Crosby-Nash era al corrente delle attività dell'avvocato, ma i suoi interessi sembravano risiedere altrove… forse avevano a che fare con *l'acchiappatopi*, che sembrava essere coinvolto in qualcosa di diverso. Sia Phoebus che il colonnello avevano degli obblighi verso un uomo chiamato Rabellay, che sembrava essere il più pericoloso di tutti loro. Si trattava forse dell'agente francese che il signor Shy stava cercando? Mary aveva incluso tutto ciò nel suo rapporto e aveva depositato il rotolo di fogli scritti fittamente dietro il mattone nella parete rivolta a nord della chiesa di St Stephen. Ma le sue informazioni sarebbero state davvero utili?

Avrebbe preferito parlare con Romney del significato delle sue scoperte, in parte, ammise tra sé, per il desiderio di ricevere i suoi complimenti, ma ancor di più per mantenere un contatto diretto. Non poteva certo considerare un amico quello scontroso venditore ambulante, ma, dopotutto, si trovavano sulla stessa barca. Era facile sentirsi isolati a Champian Hall e Romney condivideva le sue stesse speranze e paure. D'altro canto, avere una conversazione con lui sarebbe stato troppo pericoloso e da ricercare solo se ci fosse stato un motivo grave e urgente. Mary lo aveva visto un paio di volte al villaggio e lungo il fiume, ma non si erano mai rivolti la parola e chiunque li avesse visti passare l'uno accanto all'altro non avrebbe mai sospettato che si conoscessero.

Slipper, come potevano confermare tutti coloro che lo conoscevano, era un cane molto intraprendente. Ogni mattina si presentava prima in cucina e poi nella sala della prima colazione, sapendo che in quel modo avrebbe rimediato qualche avanzo. Così faceva a ogni pasto e alla sera gli piaceva andare a fare una corsa all'aperto. Quell'ultima scorribanda si aggiungeva a tutte quelle che riusciva a estorcere a Mary, perché aveva capito che lei non amava andare a caccia d'insetti o fare passeggiate in cui ci si poteva sporcare o rotolare in sostanze disgustose e dal momento che lui apprezzava molto queste attività, era costretto a compierle in solitudine.

Il crepuscolo era il momento più indicato per andare a caccia di topi, ma non sempre gli riusciva di farlo e dunque Slipper era sempre pronto a ogni eventualità. Tornando da una passeggiata mattutina sfuggì al tentativo di Mary di pulirgli le zampe e scappò di nuovo in direzione delle scuderie, sapendo che da lì gli si sarebbero presentate altre occasioni di esplorazione del territorio.

Mary lo richiamò, ma senza davvero aspettarsi che le sue parole avrebbero avuto effetto. «Oh!» sbottò spazientita. «Sei il cane più disobbediente e peggiore...» Forse avrebbe dovuto cercare di riacciuffarlo, ma Slipper si era già comportato molto male quella mattina e quindi lei desistette. Prima o poi sarebbe tornato a casa e se nel frattempo fosse stato aggredito da un cane più grosso di lui, avrebbe solo avuto quel che si meritava.

Si era del tutto dimenticata di lui, quando, circa un'ora più tardi, Slipper andò a cercarla, apparentemente ansioso di rinnovare la loro amicizia. Mary era seduta in salotto, al piano superiore, e stava cucendo un bordo di pizzo a un vecchio colletto. La sedia accanto alla finestra le offriva una vista eccellente del prato, dove Crosby-Nash stava osservando il livello dell'acqua nel fossato. «E così sei tornato!» disse, quando Slipper entrò a orecchie basse nella stanza.

Voltandosi verso la finestra, vide Baxter, l'amministratore della tenuta, avvicinarsi al suo padrone. Baxter teneva in mano un taccuino, da cui leggeva qualcosa. Crosby-Nash lo ascoltava con le braccia incrociate sul petto, poi si sfregò il mento e cominciò a passeggiare avanti e indietro. Baxter parlava in modo animato, indicando varie ondulazioni del terreno e una parte del muro. Il suo gesto incluse anche la casa e Mary si nascose in fretta dietro le tende.

«Che cosa vuoi?» chiese, quando Slipper iniziò a toccarle con insistenza la caviglia con la zampa, e quando lei si chinò, il cane le saltò in grembo. Il gesto la sorprese, Slipper non le aveva mai mostrato il suo affetto. Ma forse l'affetto non era sufficiente a giustificare la sua condotta. Era irrequieto, e quando lei lo accarezzò, il cane rabbrividì.

«Che cosa c'è, Slipper?» gli chiese Mary, aggrottando la fronte. «Avrai mangiato qualcosa di disgustoso, ingordo animale!» Temendo che lui potesse sentirsi male sul suo grembo, lei tentò di rimetterlo a terra, ma questo provocò un uggiolio di protesta e il cane si rannicchiò ancora di più tra le sue braccia.

«Sei proprio un tipo strano» osservò Mary. «Di solito non ti piace stare in braccio… e poi mi stai distraendo.» Un secondo tentativo di scacciarlo sortì lo stesso risultato, e infine Mary fu costretta a cedere. Dopo un po' lui si tranquillizzò e lei riprese a osservare fuori dalla finestra. Ciò che vide la fece quasi ridere. I due uomini stavano fissando il fossato. Crosby-Nash si sporse a tal punto da rischiare di caderci dentro. Poi guardarono entrambi verso l'alto e infine di nuovo nell'acqua. Il vecchio Tom, il giardiniere, li raggiunse e tutt'e tre fecero di nuovo la stessa cosa.

Mary si aspettava un'altra ripetizione del rituale, quando apparve Lockwood, il maggiordomo, per nulla interessato al contenuto del fossato, oppure non facilmente distraibile dai suoi doveri. Il maggiordomo, infatti, rimase in disparte, tenendo tra le mani un vassoio, in attesa di essere notato. Mary osservò ancora più incuriosita quando si accorse che sul vassoio c'erano numerose lettere. Non era insolito che un domestico seguisse il colonnello fino al fossato per presentargli la posta? Aveva ricevuto ordini speciali? Crosby-Nash aspettava qualcosa di particolarmente importante?

Mary osservò il colonnello aprire ed esaminare ogni lettera e cercò di controllare la propria agitazione. Da quella distanza era impossibile leggere la sua espressione e lui non fece alcun gesto rivelatore. A un certo punto parve esitare su un foglio e le speranze di Mary si risvegliarono per naufragare subito dopo quando lui disse qualcosa a Baxter e gli consegnò la lettera. Doveva riguardare la tenuta. Poi rimise una lettera nella busta, la posò sul vassoio e anche quella successiva subì lo stesso trattamento. Una lieve brezza costrinse Lockwood a mettere una mano sulle lettere affinché non volassero via.

Crosby-Nash aprì l'ultima busta. Conteneva un solo foglio. Lui lo lesse e poi guardò il maggiordomo. «Mi pare che non ci sia tanto lavoro per la servitù, almeno non quanto ci aspettavamo quando siamo arrivati a Champian Hall, vero Lockwood?»

«Sì, signore, proprio così, è un soggiorno tranquillo.»

«George, per esempio, mi dà l'impressione che si stia rigirando i pollici.»

«Credo che il signor Baxter gli abbia trovato occasionalmente qualche lavoretto nelle scuderie, ma di solito non ha molto da fare per occupare il tempo.»

«Uhm... lo immaginavo, e dubito che pulire le scuderie sia esattamente di suo gradimento. Sarà meglio dirgli di tornare a Scarborough House. Credo che qui non avremo più bisogno di lui.»

«Molto bene, signore. Quando dovrò dirgli di partire?»

«Oh, non appena sarà pronto a farlo... ho delle lettere da consegnare a Londra che potrebbe portare con sé. Digli di passare in biblioteca prima di partire.»

«Sì, signore, sono certo che George vi sarà grato per la vostra considerazione.»

Il colonnello annuì con benevolenza e poi lui e Baxter ripresero la loro conversazione. Lockwood indietreggiò di qualche passo e Crosby-Nash rientrò in casa.

La cena si svolse in silenzio. Susannah sembrava aver esaurito la sua riserva di chiacchiere, e vedendo che i padroni di casa non erano inclini a far conversazione, Mary non tentò nemmeno di riempire il vuoto. Crosby-Nash si alzò in fretta da tavola dicendo di dover parlare ancora con Baxter. Sembrava che alcuni rami fossero caduti nel fossato e ora dovevano essere recuperati perché ostacolavano il drenaggio.

Concludendo che non sarebbe servito a nulla restare in casa, Mary decise di approfittare dell'ultimo sole della giornata. Si sentiva ben disposta verso Slipper e lo chiamò affinché l'accompagnasse. Lui rispose subito alla chiamata, ma non con il solito entusiasmo. «Ti sentirai meglio dopo una bella corsa» lo rassicurò Mary. «Andremo giù al fiume, così potrai spaventare le anatre.»

Dapprima la sua ipotesi apparve fondata, ma quando si avvicinarono al fiume, Slipper iniziò a comportarsi in modo strano. Le restava accanto, mentre di solito correva avanti, e sembrava attento a ogni minimo movimento o odore. Quando lei lo canzonò, il cane si limitò a guardarla, rabbrividendo lievemente, fino a quando Mary si convinse che non stesse bene. «È sicuramente colpa tua» lo rimproverò, ma la sua voce mancava di autorità.

Aggrottando la fronte, guardò verso il fiume. Due uomini che lavoravano al mulino avevano attraccato la barca alla sponda e stavano sollevando qualcosa, probabilmente un sacco o un involto di stoffa. Di qualsiasi cosa si trattasse, doveva pesare molto. Uno dei due scivolò e Mary vide una mano. Stavano sollevando un cadavere.

«Oh!» Udendo quell'esclamazione i due uomini si voltarono e notarono la sua presenza.

«Buona sera, signorina» la salutò uno dei due. A Mary sembrava di ricordare che il suo nome fosse Henry. «Brutto affare.»

Il sole splendeva ancora nel cielo, ma lei sentì un freddo improvviso. Si avvicinò ai due uomini e a ciò che giaceva su una coperta tra di loro – si accorse ora che un lembo era ripiegato – senza quasi rendersi conto di ciò che stava facendo. Era possibile riconoscere una mano? Una mano pallida e sporca che emergeva da una manica strappata? Ma lei sapeva di chi era quella mano. «Che cosa... chi è?»

«Il vecchio venditore ambulante» rispose Henry.

«È... morto?»

"Morto. Morto. Morto. Ma certo che è morto!" Quella parola continuava a riecheggiare nella sua mente. Ormai era vicina, abbastanza vicina da riconoscere Romney, quando Henry scostò la coperta e lei vide il viso grigio e gonfio e un'orribile ferita sul capo. C'erano fili d'erba tra i suoi capelli e del limo verde sulla giacca. Mary chiuse gli occhi e serrò forte le labbra per dominare la nausea.

«Sì, il vecchio ambulante che gironzolava qui intorno» riprese il secondo uomo, che si chiamava Bill.

«Sì, mi ricordo. Che cosa...» Mary cercò di riprendersi. «Che cosa è successo? Sapete che cosa potrebbe essergli successo?»

«Dev'essere caduto nella gora del mulino» rispose Henry.

«O scivolato» suggerì Bill.

«Giusto, caduto o scivolato, e poi è stato trascinato sotto la ruota.»

«E la ruota l'ha sistemato» aggiunse Bill.

«Deve averlo ferito in testa e poi è annegato» aggiunse Henry, concludendo il macabro racconto.

«Esatto.»

Mary si rese conto che stava ancora trattenendo il respiro. Inspirò a fondo, ma questo le fece uno strano effetto: sentì un improvviso rombo nelle orecchie e uno strano formicolio alle mani e ai piedi.

«Vi sentite bene, signorina?» le chiese Henry. «Siete terribilmente pallida.»

Le parole di Henry sembravano provenire da molto lontano. «Sì, sto abbastanza bene, è solo che... Dove lo state portando?»

«Non sappiamo esattamente che cosa fare, ma non potevamo lasciarlo dove si trovava, questo è sicuro» le spiegò Bill. «Così abbiamo pensato di portarlo in chiesa, il reverendo Garbett saprà cosa fare.»

«Era anziano... non avrebbe dovuto...»

«Che cosa c'è, signorina?» le chiese Henry.

Mary trasalì. Non si era resa conto di aver parlato a voce alta. «Spero che non abbia sofferto... ma probabilmente non è così» disse, mordendosi le labbra.

Henry la osservò con attenzione. Il suo colorito non era dei migliori e lui si augurò che non svenisse o qualcosa del genere. A volte le donne perdevano i sensi. «Sarà meglio che torniate a casa, signorina, e che non pensiate più a queste cose. Ormai il povero vecchio riposa in pace. Vi accompagneremmo noi, se non dovessimo occuparci di lui.»

«No, no» li rassicurò Mary, scuotendo la testa. «È molto gentile da parte vostra, ma posso fare da sola.» Era come se fosse un'altra persona a parlare, Mary stentava persino a riconoscere la propria voce.

Si fece di lato mentre i due uomini le passavano davanti. Henry era ancora preoccupato. «Non avresti dovuto farglielo vedere, Bill, razza d'idiota! Far vedere un poveraccio annegato a una signorina! Non si è mai sentita una cosa simile!»

Mentre il suono delle loro voci si allontanava, Mary si lasciò scivolare lentamente a terra, incurante dell'erba bagnata dagli stivali dei due uomini. E questa volta, quando Slipper le salì in grembo, non lo cacciò via, ma lo abbracciò in cerca di conforto.

Holland si svegliò nel cuore della notte con la sensazione che Mary Finch fosse nei guai e che avesse bisogno di lui. Qualche momento di riflessione lo convinse che nessuna delle due ipotesi era plausibile e, dopo essersi dato dello stupido, si voltò dall'altra parte e tornò a dormire.

Quando si svegliò per la seconda volta, era mattina e lui aveva ormai dimenticato tutto. Pensava invece al compito che lo attendeva quel giorno e che aveva a che fare con i fucili. Un fucile poteva sparare più lontano e con maggior precisione rispetto a un moschetto e l'Esercito era interessato a diffondere l'uso di quelle nuove armi. O forse era più esatto dire che alcuni gentiluomini dell'Esercito erano interessati a questa possibilità, mentre altri sostenevano che i fucili erano costosi e poco affidabili e che la possibilità di sparare da una notevole distanza non avrebbe stimolato la giusta dose di coraggio tra i soldati. La controversa *questione dei fucili* doveva essere dipanata dall'Artiglieria. Era possibile produrre fucili di comprovata qualità in numero sufficiente e senza spese troppo onerose?

Nessuno sapeva rispondere a quella domanda e a Holland era stato chiesto di scoprirlo. Doveva recarsi quindi a Londra per discutere del problema con il signor Nock, il signor Manton e il signor Baker, tre dei più famosi produttori di armi della capitale.

«Ogni volta che non sanno a chi affidare un incarico, chiamano te» disse Holland alla propria immagine riflessa allo specchio, mentre si sistemava il colletto della camicia.

Udì un rumore di scarponi sulle scale, seguito da tre rapidi colpi alla porta e dalla voce di Drake che annunciava: «La barca è pronta, signore».

«D'accordo» rispose Holland, cercando di non apparire troppo cupo.

Drake lo seguì giù per le scale. «Una splendida giornata, signore» osservò. «Sarà piacevole il viaggio fino in città.»

Holland annuì e Drake non poté reprimere un sorriso. La maggior parte delle persone che si spostava da Woolwich a Londra viaggiava via fiume. Erano molte le barche che effettuavano il tragitto e i costi erano contenuti. Ma il capitano Holland non vedeva le cose allo stesso modo. Lui preferiva spostarsi a cavallo o in carrozza, nonostante la fatica, la spesa e la perdita di tempo che questo comportava.

"E perché?" Drake scosse la testa. "Perché lui e le barche non vanno d'accordo, ecco perché. Povero capitano Holland! Mettetelo su una barca e diventerà verde dopo dieci colpi di remo. Non importa se il fiume è piatto come una tavola."

Avendo appuntamento la mattina presto, Holland aveva deciso di affrontare il fiume, anche se questo significava arrivare a destinazione con lo stomaco sottosopra e un umore pessimo… ancora peggiore del solito.

«Avete preso i disegni da mostrare al signor Nock, signore?»

«Certo che li ho presi!» sbottò Holland spazientito.

"Si sta già innervosendo" pensò Drake. "Perlomeno non resterà imprigionato nel traffico di London Bridge come l'ultima volta. Poveretto!"

Quando raggiunsero il molo, Holland si voltò verso di lui. «Scusami, vecchio mio, sono di cattivo umore.»

«Oh, non preoccupatevi, signore.»

Holland osservò la barca. Gli sembrava che ondeggiasse un po' troppo. Odiava le barche… e l'acqua.

«Buona fortuna, signore» disse Drake. «Per il vostro appuntamento, intendevo dire.»

L'incontro fu positivo, ma piovve per tutto il viaggio di ritorno, così che quando Holland sbarcò nel tardo pomeriggio era fradicio e sconvolto dalla nausea. Dopo aver fatto qualche respiro profondo sulla terraferma, si affrettò a raggiungere il suo alloggio. Era ansioso di trascrivere i propri pensieri sulla carta, consapevole del fatto che gli appunti che aveva preso erano fradici anch'essi. Per fortuna Drake aveva acceso il fuoco e per le due ore successive Holland rimase seduto ad asciugare al suo vecchio tavolo di lavoro, facendo schizzi di otturatori di fucili, annotando misure, potenza del rinculo e considerazioni sull'efficacia dei fucili a canna rigata rispetto a quelli a canna liscia.

Drake gli servì la cena e la riportò via intatta, borbottando che quelli che restavano seduti con addosso i vestiti bagnati e che saltavano la cena sicuramente si sarebbero presi l'influenza… se l'andavano proprio a cercare... e a che cosa servivano i fucili se poi uno si ammalava d'influenza?

«Lascia qui il piatto, allora» disse Holland, senza alzare gli occhi dal suo lavoro. «Mangerò più tardi.»

«Ormai la cena si è raffreddata» si lamentò Drake dal corridoio.

«E allora portami qualcosa di caldo da bere... un tè, se proprio sei preoccupato per l'influenza, ma mettici dentro qualcosa, in modo che possa berlo» aggiunse il capitano, sorridendo tra sé.

Non ci fu una risposta immediata e poco dopo Holland udì delle voci. Poi Drake aprì la porta, senza più quell'espressione lugubre. «C'è il signor Dalton, signore.»

«Buona sera, Bob» lo salutò Jack Dalton, entrando nella stanza e dirigendosi senza indugio verso una delle poltrone. «Ho pensato di passare a trovarti prima di tornare a casa. A proposito, devi venire ancora a cena da noi. Kitty avrebbe piacere di vederti.»

La signora Dalton – Kitty – era una giovane donna frivola e piacente e Holland non nutriva una particolare simpatia per lei. E ancora meno per sua sorella, che Kitty non mancava di proporgli come degno oggetto del suo affetto. Di conseguenza, Holland si recava raramente nell'affollato e disordinato cottage in cui i Dalton abitavano a Woolwich e i due uomini, di solito, si vedevano all'Arsenale.

Holland intinse la penna nell'inchiostro e continuò a scrivere. «Un attimo solo, ho quasi finito.»

Dalton sospirò e allungò le gambe in avanti. «Ho passato tutto il giorno dietro la scrivania e dopo aver chiuso bottega, vengo qui e ti trovo ancora indaffarato. Che cosa stai facendo?»

«Nulla, è solo un rapporto.» Holland riordinò i fogli e vi posò sopra la boccetta vuota dell'inchiostro come fermacarte.

«Ora che hai finito questo, te ne chiederanno un altro. Sei riuscito a trovarmi quelle spalline da Hetherington?»

«No, non avresti potuto permettertele, quindi te ne ho comprate un paio da Davenport & Gilpin. La doratura probabilmente sbiadirà più in fretta, ma costavano la metà.»

«Per quando si sbiadiranno mi sarò fatto talmente valere che la nazione mi ricoprirà d'oro per dimostrarmi la sua gratitudine.»

Alzandosi dal suo tavolo, Holland prese una tazza fumante dal vassoio che Drake aveva portato silenziosamente. Poi si avvicinò all'amico, ma rimase in piedi, era stanco di stare seduto.

«Tè bollente con whisky e limone» disse Dalton, prendendo a sua volta la tazza. «Chi l'avrebbe mai detto!»

«Probabilmente si tratta del tuo whisky.»

«Uhm… devo ricordarmi di riprendermi ciò che mi appartiene prima di partire.»

«Gli ordini non sono cambiati?»

«No, se la Marina riuscirà a trovare una nave affidabile per il viaggio. Tra poco inizierà la nostra grande avventura verso ovest.»

Mentre Dalton scherzava sul suo futuro in Canada, Holland immaginava gli anni monotoni che lo attendevano e ancora una volta pensò di rassegnare le dimissioni e di tornare in India. La paga sarebbe stata migliore e non avrebbe dovuto attendere altri dieci anni per una promozione. Nel reggimento le cose procedevano con estrema lentezza e per lui non c'era più nulla in Inghilterra… nulla che si sarebbe potuto permettere. Dalton e Kitty sembravano felici, ma per loro era diverso… *loro* erano diversi, o meglio, loro due si assomigliavano. Nemmeno questo, però, era del tutto vero, perché Kitty non uguagliava certo il marito in quanto a carattere e intelligenza. "Ma Dalton può prendersi cura di lei" concluse. "Sa di poterlo fare, e così lei."

Andarsene via avrebbe sicuramente semplificato le cose. A lui l'India piaceva, soprattutto l'India che ricordava. Pensò di farlo davvero e per qualche momento si sentì trasportato in un altro mondo. Solo le parole di Dalton lo riportarono alla sua misera stanza. «… c'è troppa indolenza e questo non fa bene agli uomini. Ma che cosa ci si può aspettare da ufficiali come Adair e Fanshawe, che non nutrono alcun interesse per le loro compagnie e lasciano tutto in mano ai loro sottoposti e ai sergenti? E a noi che cosa resta da fare? Siamo in troppi, senza nessuna prospettiva di un lavoro reale. Poi è naturale che gli uomini si lamentino e che facciano baldoria quando vanno in città.»

«Non me ne parlare! Si lamentano davvero?»

Dalton scrollò le spalle. «I miei no, ma sanno che presto se ne andranno. Vorrei tanto che il Ministero della Difesa rimettesse a posto le cose come si deve e la smettesse di perdere tempo. Santo Dio, siamo in guerra oppure no?»

«Io credo... che c'è?» chiese Holland, sentendo bussare alla porta.

«Mi dispiace disturbarvi, signore» disse Drake, facendo rispettosamente capolino. «Il colonnello chiede se potete raggiungerlo al laboratorio.»

«Ma che cosa...» Holland posò la tazza vuota sulla mensola del camino e si abbottonò il panciotto. «Di solito non vengono effettuati test, a quest'ora.»

«No, signore» concordò Drake. «Non in laboratorio, ma nell'ufficio del colonnello.»

Holland fece una smorfia e Dalton rise. «Credo che me ne andrò, Bob. Sembra proprio che tu abbia da fare con il vecchio e temo che ne avrai per un bel po'.» Terminò di bere e porse la tazza a Drake. «Devi essere venuto meno ai tuoi doveri ancora una volta.»

Holland si presentò nell'ufficio del colonnello William Congreve, controllore e sovrintendente della produzione militare, e inspirò a fondo. Sapeva di non aver fatto nulla di sbagliato e che di solito era ben visto dal suo superiore. Non c'era ragione per cui quel colloquio, nonostante l'orario insolito, dovesse provocargli apprensione. Holland si disse tutto ciò, mentre bussava alla porta, ma lo fece ugualmente con una certa trepidazione.

Il colonnello Congreve era seduto alla scrivania. La luce delle candele tremolò quando Holland entrò. «Mi avete mandato a chiamare, signore?»

«Sì, capitano Holland, grazie per essere venuto subito. Conoscete già il maggiore Whittington, se non erro» aggiunse, facendo un cenno verso l'ufficiale seduto di fronte a sé.

«Sì, signore. Buonasera, signore.» Holland represse la sorpresa e mantenne un tono formale.

«Sedetevi, Holland, sedetevi.» Congreve gli indicò la sedia vuota. «Il maggiore Whittington delle Guardie a Cavallo si è presentato qui con una richiesta piuttosto… insolita.»

«Potrei spiegarvi, signore?» intervenne Whittington. «Io e il capitano Holland siamo amici, ma lui non è al corrente dell'esatta natura del mio lavoro.»

«Ah, no, certo che no» concordò Congreve. «Proseguite pure, ve ne prego»

«Grazie, signore.» Whittington si rivolse a Holland sorridendo, ma mantenendo al tempo stesso un'espressione assolutamente professionale. «Io lavoro per il generale Dundas… e mi occupo di questioni della massima segretezza. In questo momento sto investigando su certi individui presenti in questo paese che costituiscono una grave minaccia per i nostri interessi nazionali.»

Holland si costrinse a non fissarlo a bocca aperta. Il generale Dundas era il capo del Commissariato, l'ufficiale dell'Esercito responsabile dei movimenti e dell'acquartieramento delle truppe. Non tutte le truppe erano destinate alla difesa militare. Alcune si occupavano di ricognizioni, di indagini, di raccogliere informazioni… di tutto ciò che i profani avrebbero potuto definire generalmente come spionaggio. E quando la supervisione di queste attività non veniva delegata ad altri, come a volte accadeva, restava sotto la responsabilità del capo del Commissariato.

«In particolare ci preoccupa quello che sembra essere un complotto messo in atto per minare la fedeltà e la moralità delle truppe» proseguì Whittington. «Ormai sappiamo che sono stati dei cospiratori a cercare di fomentare l'ammutinamento della *Spithead* e ci sono stati anche preoccupanti sviluppi in seno all'Esercito.»

Whittington s'interruppe. Dal momento che anche Congreve restava zitto, Holland si sentì in dovere d'intervenire, per quanto non ne avesse alcuna voglia. «Sviluppi?» chiese.

«Sì, tentativi di distogliere gli uomini dai loro doveri. In alcune circostanze il loro obiettivo è stato solo quello di demotivare i nostri ragazzi, dicendo loro che fanno un lavoro miserabile e rammentandogli che non vengono pagati da mesi, cose di questo genere. Ma a volte sono stati avanzati argomenti più seri. Hanno detto loro che un radicale cambiamento politico migliorerebbe la loro condizione. Se questo paese fosse governato secondo i princìpi democratici, non solo regnerebbe la libertà e per le strade scorrerebbero latte e miele, ma i poveri diavoli come loro non sarebbero costretti a combattere contro i francesi, i quali in realtà stanno anch'essi lottando per la libertà.»

«E i soldati danno retta a questo genere di cose?»

Whittington scrollò le spalle. «Ci sono giunte voci in questo senso. Circa due settimane fa, abbiamo saputo che presto ci sarebbe stata una ribellione tra le Guardie. Per fortuna, siamo riusciti a sgominare una vera e propria sommossa, ma la possibilità che questo possa verificarsi, anche in tempi brevi, è molto preoccupante.»

Era più che preoccupante. Le Guardie proteggevano Londra e tutto ciò che a Londra era d'importanza essenziale: la Zecca, la Torre, la sede del Parlamento. Se le Guardie fossero diventate inaffidabili, o peggio ancora, questi presidî fossero caduti nelle mani di uomini ostili al governo, la situazione sarebbe diventata estremamente pericolosa. L'instabilità nella capitale avrebbe provocato disordini altrove. I problemi della Marina si erano già spostati dalla *Spithead* alla *Nore* e si temeva che una ribellione generale si estendesse all'interno delle forze armate. Se questo cancro si fosse saldamente radicato, in che modo sarebbe stato possibile asportarlo? Con la forza? Anche se si fosse riusciti a identificare i soldati fedeli alla patria, non c'era nulla di peggio per inimicarsi i soldati che ordinare di sparare sui loro compagni. Holland non prese nemmeno in considerazione quell'ipotesi. «Avete parlato di "cospiratori". Sapete chi sono?»

«Sì, ed è per questo che ho bisogno del tuo aiuto.»

«Del *mio* aiuto?»

«Il maggiore pensa che voi potreste collaborare con lui nelle indagini. Sapete, ci sono parecchi individui, che potremmo definire "pesci piccoli", la cui attività può essere sorvegliata con i sistemi usuali, ma per controllare i loro capi è necessario un approccio diverso.»

«Per controllare intendete dire *spiare*?» Holland guardò Congreve. Il colonnello sapeva che lui era stato direttamente coinvolto nell'affare Déprez, sebbene non ne avessero mai parlato. Era un argomento di cui non si doveva parlare. «Ma io non.. non ho mai...»

Congreve alzò infine lo sguardo. «Ho spiegato al maggiore Whittington che lo spionaggio non rientra esattamente nella nostra sfera d'azione, ma sembra che si tratti di un caso eccezionale.»

«Sì, piuttosto eccezionale» confermò Whittington. «Lascia che ti spieghi. Quest'uomo, quello che pensiamo sia a capo delle operazioni, è il colonnello Arthur Crosby-Nash.»

«Oh, Cristo!» mormorò Holland, e aggiunse, rivolto a Congreve: «Crosby-Nash è sposato con mia cugina, signore».

«Il colonnello...?» chiese Congreve.

«Al servizio della Compagnia delle Indie Orientali, signore.»

«Capisco. Lo avete già incontrato?»

«Sì, signore, brevemente. Non posso certo dire di conoscerlo bene.»

«Il rapporto di parentela che lega il capitano Holland alla signora Crosby-Nash gli permetterà di sorvegliare da vicino suo marito senza destare sospetti» continuò Whittington. «Attualmente si trovano nel Kent e Holland potrebbe far loro visita. Una volta sul posto...»

«Sì, sì, ho capito il vostro punto di vista» lo interruppe Congreve, come se non avesse nessuna voglia di sentirsi spiegare tutto nei dettagli.

«Inoltre» aggiunse Whittington «è molto probabile che le mie indagini mi conducano presto a Sheerness e ai problemi attuali della Marina. Forse saprete che Sheerness dovrà essere fortificata, nel caso in cui la situazione non venga risolta in tempi brevi. L'assistenza di un ufficiale dell'Artiglieria mi sarebbe indispensabile. Potrà muoversi tra la truppa senza destare sospetti, oltre naturalmente a fornire la sua esperienza professionale. A dire il vero, qualsiasi ufficiale competente potrebbe assolvere questo compito, ma i requisiti del capitano Holland, per quanto riguarda Crosby-Nash, lo rendono particolarmente adatto all'incarico.»

«Voi che cosa ne pensate, Holland?» Congreve osservò con attenzione il suo sottoposto. «Siete disposto ad accettare?»

Era una domanda la cui risposta era già scritta. «Sì, signore.»

«Molto bene. Il maggiore Whittington ha già preparato tutti i documenti da firmare e sigillare, con ordini così fumosi da non rivelare nulla, al di là del fatto che io posso permettervi di andare con la coscienza pulita. Mi congratulo con voi, maggiore Whittington per la vostra efficienza.»

«Grazie, signore. Le ruote devono essere fatte girare più velocemente quando è necessario.»

«Essendo ruote, non dev'essere tanto complicato.»

«Non avete obiezioni, signore?»

Congreve sollevò le braccia. «Non sta a me ostacolare grandi imprese segrete. Bene, signori, penso che la nostra conversazione sia conclusa. Sicuramente, vorrete proseguire la vostra discussione in privato e io ho questioni più concrete che richiedono la mia attenzione.»

Holland e Whittington si alzarono in piedi a quel chiaro segnale di congedo. «Sì, signore. Buona notte, signore» dissero meccanicamente e il loro atteggiamento formale proseguì fino a quando lasciarono il laboratorio. Ma quando si chiusero la porta alle spalle, Holland non riuscì più a contenersi. «Vuoi dirmi esattamente di che cosa si tratta?» chiese all'amico, mentre attraversavano il cortile deserto.

«Mi dispiace di averti travalicato, ma questi affari segreti richiedono molta prudenza» rispose Whittington. «Sono stato costretto a muovermi seguendo quelli che vengono chiamati "canali ufficiali" e questo ha significato presentare la mia richiesta... la richiesta del mio ufficio... in prima istanza al colonnello Congreve.»

«Naturalmente. Questo lo so, ma cosa sta succedendo? Credi davvero che Crosby-Nash sia una specie di... *rivoluzionario*?»

«Sì, purtroppo sì, vecchio mio. È un brutto affare.»

«E io che cosa dovrei fare esattamente? Spiarlo?» Holland scosse la testa. «Che cosa ti fa credere che si fiderà di me?»

Whittington si fermò, posando la mano sul braccio di Holland. «Non devi preoccuparti,» lo rassicurò «ti spiegherò tutto a tempo debito. Non è complicato come pensi.»

Passarono in silenzio davanti alla fonderia, dove venivano segretamente custoditi i mortai. «Da quanto tempo fai parte del Commissariato del generale Dundas?» chiese infine Holland pensieroso.

«Oh, da un po' di tempo.» Whittington estrasse l'orologio dal taschino, inclinandolo avanti e indietro per poter catturare la pallida luce della luna. «Ascolta, tu potresti partire anche subito?»

«Sì, suppongo di sì.»

«Bene. Prendi le tue cose, ci vediamo al cancello principale tra dieci minuti. Farò sellare il tuo cavallo.»

«Ma che cosa diremo a Crosby-Nash?» domandò Holland. «Non possiamo presentarci nel cuore della notte senza...»

«Ti spiegherò tutto più tardi» ripeté Whittington. «Tu va' a prendere le tue cose. Ho visto lo stato del tuo guardaroba... non dovresti metterci molto tempo.»

«D'accordo, d'accordo» acconsentì Holland, voltandosi per andarsene.

«Bob... non parlare di questo con nessuno.»

«Non potrei mai, non so nemmeno quel che sto per fare.»

13

Holland cavalcò in silenzio al fianco di Whittington. Si erano lasciati l'Arsenale alle spalle e avevano imboccato la strada Maidstone. Fortunatamente le condizioni meteorologiche erano buone e c'era poco traffico, perché Holland era concentrato su questioni molto più serie e non prestava grande attenzione al cavallo.

«Quindi, come vedi, dovrò cercare di ottenere informazioni dal colonnello Crosby-Nash» concluse Whittington.

«Cristo...» mormorò Holland, scuotendo la testa. «E lui crede che tu stia dalla sua parte?»

«Sì.»

«Sa per chi lavori?»

«Sa che occupo una posizione privilegiata. Non gli ho mai fornito dei dettagli, a parte il fatto che godo di una certa influenza e ho accesso alle informazioni. È questa la ragione per cui mi considera prezioso. Sono il suo agente all'interno del governo. Approfittando della mia influenza e delle informazioni in mio possesso, suggerisco obiettivi raggiungibili, posso aiutarlo a portare a termine i suoi progetti e indicare la loro possibilità di successo.»

Holland rimase pensieroso per qualche istante. «Eri coinvolto nell'ammutinamento della *Spithead*?»

«No, in proposito so poco di più di quanto è stato pubblicato sui giornali, ma non molto. Io mi sono sempre occupato della Fanteria. Crosby-Nash voleva fare un'azione dimostrativa a Londra e si è parlato di una bomba, di un incendio, persino di un omicidio... qualcosa che avrebbe davvero creato il caos. La cosa non mi piaceva e quindi gli ho suggerito di rivolgere le attenzioni alle Guardie. Crosby-Nash ha gradito l'idea, pensando ai danni che ne sarebbero seguiti, se il progetto avesse avuto successo, e per noi sarebbe stato più semplice controllare. Così come in effetti è stato.» Whittington abbozzò un sorriso. «Non nego che ci sono stati momenti di tensione, ma alla fine abbiamo rilevato solo dei motivi di malcontento, che saranno affrontati, e il governo ha accettato di aumentare le paghe nell'Esercito. Un buon risultato, credo.»

«Mi sembri molto tranquillo» disse Holland. «E se Crosby-Nash incolpasse te del fallimento?»

Whittington scrollò le spalle. «Il rischio esiste, naturalmente, ma penso che valga la pena di correrlo per ottenere le informazioni che ci servono.»

«Perché non lo arrestate? Dovreste avere prove sufficienti.»

«Le abbiamo e non le abbiamo» rispose Whittington. «Purtroppo, non sono al corrente di tutto quello che fa. Nel mio ufficio serpeggia il sospetto... e anche tra gli altri servizi segreti... che stiano progettando un piano molto più ampio, di cui non conosciamo ancora i dettagli. Si pensa che i tempi non siano ancora maturi per agire contro di lui.»

«E io che posto ho in tutto questo?»

«Tu sei la mia ultima acquisizione, un ufficiale dell'Artiglieria con esperienza in esplosivi e...»

«Un momento... non ti aspetterai che io lo aiuti a costruire una bomba, vero?»

«No, no, per fortuna ha abbandonato quell'idea, ma la tua conoscenza delle fortificazioni ti renderà molto appetibile ai suoi occhi, se è interessato a Sheerness.»

Whittington rallentò l'andatura e tolse l'orologio dal taschino del panciotto. «Ah, siamo in perfetto orario. Ora ascolta, Bob, quando arriveremo a Champian Hall dovrai seguire le mie indicazioni. In queste faccende è sempre meglio attenersi il più possibile alla verità.» Aggrottò la fronte pensieroso. «Noi due siamo amici di vecchia data e tu ti trovi in ristrettezze finanziarie. Io ti ho promesso una somma significativa in cambio del tuo aiuto... denaro sufficiente per risolvere i tuoi problemi economici. La tua motivazione sarà il vile denaro e non altisonanti princìpi.»

Holland arrossì. «D'accordo.»

«Quando si tratta di Crosby-Nash, il silenzio è d'oro. Fai parlare me. Tu dovrai solo spalleggiarmi. È un uomo molto astuto e inflessibile. Questo non è un gioco.»

Holland non rispose e Whittington lo guardò, cercando d'interpretare i pensieri dell'amico dalla qualità del suo silenzio. «Non sei molto contento di questa situazione, vero? Ti dispiace che ti abbia coinvolto?»

«No, in realtà no, è solo che... so che ciò che stai facendo è importante, ma non mi piace l'idea... per quel che riguarda il mio ruolo, intendo dire. Intrufolarmi nella tenuta di campagna di Crosby-Nash, intrattenermi amichevolmente con un traditore e cercare di estorcere confidenze a mia cugina.» Holland sospirò. «Ma suppongo che vada fatto.»

«Sì, esatto.» Whittington incitò il cavallo ad accelerare l'andatura e il capitano lo seguì. «Crosby-Nash è più pericoloso di una carica di cavalleria, credimi. Ti assicuro che i prossimi giorni saranno perlomeno interessanti. E questo non è poco, vero? Qualcosa di diverso dallo zolfo e dai fumi di Woolwich. Inoltre, sarai costretto a rinunciare alla grande parata.»

«Che cosa? Oh, sì!» Holland aggrottò la fronte e scosse la testa. «Detesto quel genere di cose. Tutte le grandi personalità in alta uniforme che per quel giorno giocano a fare i soldati. Qualche giorno fa abbiamo ricevuto la visita del principe di Württemberg e mi è bastato.»

«Immaginavo che la pensassi così.»

«Un'ultima cosa, Dick... non posso fare a meno di chiedertelo... non possiamo proteggere Susannah?»

«Non possiamo fare nulla che rischi di compromettere la nostra posizione agli occhi di Crosby-Nash,» rispose Whittington «e se rapissimo sua moglie sicuramente accadrebbe. In ogni caso, non penso che tu ti debba preoccupare. Lui non ha alcun motivo per farle del male e nemmeno noi.» Whittington s'interruppe come se d'un tratto gli fosse venuto in mente qualcosa. Poi proseguì in tono neutro. «No, non credo che le due donne siano in reale pericolo.»

«Dannazione, Dick, intendi dire che c'è anche Charlotte?»

«Char... Ah, già, la sorella minore. No, non Charlotte... Mary Finch.»

«*Mary Finch?*» ripeté Holland esterrefatto. «Che cosa ci fa a Champian Hall?»

«Si è trasferita lì insieme a loro da Londra» gli spiegò candidamente Whittington. «Per far compagnia alla signora Crosby-Nash, non te l'avevo detto?»

«No, non l'avevi fatto, maledizione!»

«Be', avrei voluto dirtelo... dev'essermi passato di mente. Non avere quell'aria lugubre. Credevo che l'idea di vedere Miss Finch ti avrebbe fatto considerare la nostra missione sotto una luce positiva. Voi due potreste rinnovare il vostro comune interesse per la poesia. Le opere di Pope, vero?»

Quando arrivarono a Champian Hall, la casa era buia e silenziosa. Crosby-Nash in persona aprì la porta, e poco dopo un valletto semivestito e assonnato mostrò a Holland la sua camera. Anche Whittington avrebbe voluto ritirarsi subito per la notte. Nonostante avesse minimizzato sulla pericolosità della propria posizione, aveva ben chiari i rischi che stava correndo. Sapeva altresì di essere stanco e che la stanchezza spesso porta a commettere degli errori. Ciò nonostante, quando il padrone di casa suggerì di «bere qualcosa insieme», lui accettò, sorridendo cordialmente.

Giunti in biblioteca, Crosby-Nash si accomodò al suo solito posto dietro la scrivania e indicò a Whittington la sedia di fronte. Il fuoco era spento, perché la notte era tiepida, e le candele accese sulla scrivania e su altri mobili rendevano la stanza accogliente, anche se vagamente misteriosa.

«Un brandy eccellente» osservò Whittington.

«Grazie.» Il colonnello si versò di nuovo il tè da una piccola teiera delicatamente dipinta e chiuse il libro che si trovava aperto sulla scrivania davanti a lui. «Presumo che non abbiate condotto qui il cugino di mia moglie solo per una visita di cortesia, ma questo argomento può aspettare.» Sorseggiò il tè. «Così come ho dovuto aspettare io. Era stato programmato un evento di una certa importanza per il dodici... e oggi è il ventitré. Ve la siete presa comoda per venire qui a dirmi qualcosa.»

L'inizio non era dei più promettenti, ma Whittington non ne fu sorpreso. Si era aspettato di trovare Crosby-Nash di pessimo umore e dubitava che il suo rapporto lo avrebbe migliorato. Ora il dilemma era: doveva limitarsi a fornire una spiegazione oppure doveva cercare di difendersi?

Iniziò a rispondere prima ancora di aver preso una decisione. «Mi dispiace sapere che siete deluso, ma c'erano altre questioni che non potevo trascurare senza attirare l'attenzione. Suppongo che abbiate ricevuto la mia lettera.»

«Sì, e non l'ho trovata soddisfacente. Ciò che io volevo era un rapporto completo in cui mi si spiegava l'azione, o l'*inazione*, e mi si diceva in che modo avremmo potuto riguadagnare la nostra posizione. Ho avuto notizie di Phoebus, dei suoi progressi sulla *Nore*. Sono stati istituiti dei comitati di ribelli su ogni nave e gli uomini circolano liberamente nel porto e al Forte di Sheerness.»

«Io credo che alcune di queste affermazioni siano esagerate.»

«Forse, ma se fosse vera anche una decima parte, le Guardie si troverebbero in difficoltà, e io voglio saperlo.»

«Bene, signore, ora sono qui a vostra disposizione.»

Crosby-Nash scrollò le spalle e invitò l'altro a continuare.

Whittington si sistemò sulla sedia, accavallando le gambe con disinvoltura. «La storia delle Guardie è presto spiegata. Come sapete, la loro sommossa sarebbe dovuta iniziare il dodici in modo da coincidere con quella dei marinai. Purtroppo, l'undici il governo si è reso conto che stava per accadere qualcosa. Nonostante la mancanza di dettagliate informazioni, i ministri hanno giudicato la situazione sufficientemente grave da indire per quella sera stessa una riunione del Consiglio Privato del sovrano.»

«Vi avete partecipato?»

«Sì, in qualità di osservatore.»

«Qual è stata la vostra impressione?»

Whittington si massaggiò la nuca, pensieroso. Fece un resoconto superficiale della riunione, facendo il nome dei ministri presenti e descrivendo i vari rappresentati delle Guardie a Cavallo, della polizia di Londra e del Ministero degli Interni.

«Era presente anche un certo Shy?»

«Forse. Non sono state fatte presentazioni, ma rammento il nome. Qualcuno deve averlo menzionato, ma non posso assicurare che fosse presente.»

«Molto bene. Che cosa è stato deciso?»

«D'isolare qualsiasi gruppo o individuo particolarmente turbolento, senza causare un allarme pubblico o turbare la maggioranza dei soldati. I disordini sembrano essere stati limitati al primo e al terzo battaglione del terzo reggimento e presumo che entro breve verranno affidati a comandanti diversi. Il quindici tutte le unità erano schierate a St James e Hyde Park ed è stato assicurato loro che le loro rimostranze sarebbero state ascoltate e che al riguardo sarebbero stati presi provvedimenti adeguati. Nel frattempo, il Parlamento ha proposto con insistenza un aumento delle paghe che avrebbe soddisfatto i soldati e che nello stesso tempo non avrebbe messo al tappeto il Ministero del Tesoro. L'annunciò sarà dato domani. È questa la ragione per cui ho corso il rischio di venire qui.»

«Il "Times" aveva ventilato questa possibilità, senza lasciar intendere che la decisione potesse essere presa per arginare dei disordini tra le truppe. Di che cifre si parla?»

«Il governo avrebbe voluto mantenere il riserbo, ma il "Times" non si è lasciato scoraggiare. Dopo aver valutato tutti i pro e i contro, è stato deciso un aumento di due pence al giorno.»

«Due pence al giorno... non avrei mai pensato che una tale cifra potesse riscuotere assoluta fedeltà. È sorprendente constatare quanto poco basti a soddisfare la maggior parte degli uomini. Una debolezza interessante.»

«Una debolezza da tener presente» disse Whittington. Per un attimo lui e Crosby-Nash si fissarono negli occhi e il più vecchio dei due assunse uno sguardo di sfida. Poi Whittington aggiunse con un sorriso imbarazzato: «Be', dopotutto, la maggior parte degli uomini ha bisogno di denaro. È questa la ragione per cui sono riuscito ad assicurarmi i servizi di Holland e credo...».

«Parleremo del capitano Holland tra un momento» ribadì Crosby-Nash. «Dopo che avremo esaminato in modo soddisfacente la situazione attuale. Perché non siamo riusciti a raggiungere il nostro obiettivo nella Fanteria?»

"Intendi dire: 'dopo che avremo esaminato la situazione e io sarò soddisfatto'" pensò Whittington. «Come vi ho già detto, il governo ha avuto sentore dell'ammutinamento e io ho deciso che fosse troppo pericoloso insistere.»

Crosby-Nash annuì. «Probabilmente avete ragione. Avete un'idea di come siano stati scoperti i nostri piani?»

Whittington esitò prima di rispondere. Avrebbe voluto prendere un altro sorso di brandy, ma pensò che così facendo avrebbe dato l'impressione di aver paura di parlare. «Ci sono molte spiegazioni plausibili,» disse, prendendo tempo «la più probabile è che uno degli uomini abbia parlato... incautamente.»

«Ah, la disciplina militare!»

«Gli uomini parlano tra loro, soprattutto quando non sono in servizio e hanno bevuto un po'. C'è sempre un margine di rischio e...»

«E...?»

Whittington prese la palla al balzo.«E gli uomini che Phoebus ha infiltrato per... agitare le acque, probabilmente non sono stati molto discreti.»

«Erano ai vostri ordini.»

«Sì, ma io non li avrei mai scelti! Vi ho già detto che alla maggior parte dei soldati non interessa ascoltare tutte quelle storie sulla libertà... complicano solo le cose... mentre la presenza di noti repubblicani all'interno delle caserme attira quasi sicuramente l'attenzione delle autorità. Ma ciò che più importa è che gli amici di Phoebus non riescono a tenere la bocca chiusa e che sono stati molto incauti. Ho visto girare alcuni dei loro manifesti e suppongo di non essere stato il solo.»

«So che volevate che questa operazione fosse solo nelle vostre mani» disse Crosby-Nash. «Pensate che se fosse stato così, avrebbe avuto successo?»

Whittington scosse la testa, non volendo focalizzare l'attenzione su di sé. «Posso solo dirvi quello che credo si sia verificato, non quello che sarebbe accaduto se voi aveste approvato un piano diverso.»

«No, certo, e ormai è inutile piangere sul latte versato.» Crosby-Nash sospirò, pensieroso. «Era una possibilità.» Si appoggiò allo schienale della sedia e percorse col dito il bordo della tazza da tè. Poi proseguì, in tono diverso. «C'è stato un certo trambusto qui a Champian Hall, sapete. C'era un agente del governo che si aggirava furtivamente qui intorno.»

Whittington trasalì. «Un agente? Ne siete sicuro?»

«Sì, un vecchio, che si fingeva un venditore ambulante. Si chiamava Romney. Uno dei miei servi lo ha riconosciuto.»

«Ma il vostro servitore come...»

«Non si tratta esattamente di un servitore, forse dovrei definirlo un uomo al mio servizio, assunto per espletare compiti particolari. In ogni caso, aveva già avuto a che fare con questo tizio in passato. Sembra che il vecchio avesse lavorato per il Ministero degli Interni e che ai suoi tempi si fosse occupato di spionaggio. Ne avete sentito parlare?»

I pensieri di Whittington correvano veloci. Che cosa doveva rispondere? Che cosa diavolo stavano combinando al Ministero degli Interni? «No, ma non mi sorprende, se prestava servizio come civile. Di solito, abbiamo poco a che fare con loro. Ma che cosa è accaduto? E dove si trova adesso?»

«Adesso? Sta aspettando di essere seppellito» rispose Crosby-Nash. «Temo che abbia avuto un incidente. Non sono in grado di fornirvi i particolari, ma ieri è stato ripescato dal fiume con una ferita mortale alla testa.»

Whittington sbottò. «Dannazione...»

«Forse non è stata la soluzione più prudente,» concordò Crosby-Nash «ma la situazione è stata gestita egregiamente e l'unica altra persona al corrente di quanto è avvenuto è tornata a Scarborough House.»

«Ma...»

«Il medico legale ha poteri limitati e sono sicuro che firmerà una dichiarazione di morte per incidente.»

«Al diavolo il medico legale! Il Ministero degli Interni non si accontenterà di un atto di morte per incidente! Non se uno dei loro uomini è stato ammazzato!»

«No, suppongo di no.» Crosby-Nash si accese un sigaro, interrompendosi finché non iniziò a tirare bene, e osservò pensieroso Whittington attraverso il fumo. «E poi c'è il fatto che sono abbastanza interessati a me da mandare qui un loro uomo. Immagino che voi non ne sappiate nulla.»

Quella domanda, posta casualmente, provocò una fitta improvvisa allo stomaco di Whittington. «*Io?*» domandò. «Come osate? Io non sono un traditore!»

«Davvero? Pensavo che questo aggettivo poco lusinghiero vi calzasse perfettamente.»

«Avete capito che cosa intendo dire» insistette Whittington. Aveva l'impressione di essere stato spinto sott'acqua e di dover lottare per riguadagnare la superficie. «Non mi sono espresso bene... come posso farlo se voi muovete contro di me queste... sordide accuse?»

«Era solo una domanda, non intendevo preoccuparvi.»

Whittington guardò il suo ospite in cagnesco. *È quel che hai tentato di fare sin dall'inizio*. «Bene, e questa è la mia risposta. No, io non ho nulla a che fare con questa faccenda. Se sospettate il tradimento, vi suggerisco di guardare altrove. Perché dovrei fare una cosa simile? Sapete quali pericoli corro. I rischi per me si decuplicano se vengono coinvolti anche altri Dipartimenti.»

«Addirittura!» esclamò Crosby-Nash, fingendosi sorpreso. «Capisco il vostro punto di vista, non dovete essere così suscettibile.»

«Come potrei non esserlo?» si lamentò Whittington. Cercò di mostrarsi irritato per mascherare il suo reale stato d'animo. «Non capisco perché siate venuto qui. Lasciando la città avete sicuramente attirato l'attenzione.»

«Sono venuto qui perché desideravo cambiare ambiente» rispose il colonnello «e perché non intendo permettere alle autorità di condizionare la mia vita privata. Che vengano pure a sorvegliarmi, se vogliono. Vedranno che conduco la vita di un gentiluomo di campagna... di una persona felice di ospitare amici e parenti. Il che ci porta al capitano Holland.»

«Ah, sì, Holland.» Whittington non si aspettava che Crosby-Nash avrebbe cambiato argomento con tanta rapidità, ma non ne fu dispiaciuto. Anzi, si sentiva come qualcuno che ha finalmente raggiunto l'acqua bassa dopo una lunga ed estenuante nuotata al largo. Da qualche parte, alle sue spalle, un orologio batté l'ora con rintocchi lenti e cupi.

Crosby-Nash sorrise e gli avvicinò la bottiglia del brandy. «Lo so, siete stanco» mormorò comprensivo. «Non vi tratterrò ancora a lungo, ma vorrei sapere qualcosa di lui. Sto dimenticando le buone maniere... prendete un sigaro.»

Ancora prima di vedere Champian Hall, Holland era certo che non gli sarebbe piaciuta solo perché apparteneva a Crosby-Nash. Dopo averla vista, la sua opinione si rafforzò. Detestava gli ornamenti sfarzosi (non ciò che lui associava alla *vera* cultura indiana) e ciò che restava dell'opulenza in stile Tudor non migliorava certo l'impressione generale. Al suo arrivo, Mary aveva paragonato la grande casa a un palazzo indiano, ma a Holland richiamò alla mente un'immagine molto diversa.

Il suo ricordo di quel luogo era ancora molto vivido, nonostante fossero trascorsi più di cinque anni da quando aveva lasciato l'India. Forse in passato era appartenuta a un principe, ma quando ci era stato lui, era conosciuta come la "Casa di Miss Amber" e le sue abitanti, le "piccole sorelle", offrivano ospitalità ai gentiluomini della comunità europea di Madras. Miss Amber veniva da Shoreditch ed era arrivata in India da ragazzina, al seguito di un funzionario minore della Compagnia delle Indie Orientali. A un certo punto, lui era uscito di scena e, mancandole i mezzi e il desiderio di tornare in Inghilterra, lei si era messa in affari da sola. Negli anni seguenti, il suo desiderio di creare un ambiente da "notti arabe" (le sue nozioni di geografia erano piuttosto carenti) aveva fatto sì che la sua Casa diventasse uno strano amalgama di Oriente e Occidente.

La società delle signore rispettabili di Madras aveva pesantemente disapprovato Miss Amber e le sue piccole sorelle e aveva insistito affinché la sua Casa venisse chiusa. Holland, che a quel tempo era un giovane soldato semplice, ovviamente non condivideva la loro opinione. Ma ora non gli faceva certo piacere che Susannah vivesse in un luogo che gli rammentava così vivamente la Casa di Miss Amber, anche se sua cugina non lo avrebbe mai saputo. Si sentiva imbarazzato e a disagio come se Susannah... e anche Mary Finch, per l'amor di Dio!... fossero entrate in un luogo in cui non avrebbero mai dovuto mettere piede, e la sua presenza lì aggravava ancora di più la situazione.

Scese quindi a far colazione con una profonda sensazione di disagio, e quando le due donne lo raggiunsero, il suo stato d'animo si fece ancora più cupo. Susannah iniziò a parlare del più e del meno, ma quando cominciò a spiegare la sua presenza a Champian Hall, Holland trovò deprimenti le proprie bugie e l'innocenza con cui venivano accettate da sua cugina. Mary non disse quasi nulla, ma il suo silenzio era altrettanto doloroso. Appariva distratta, persino preoccupata, e dal momento che sedeva di fronte a lui, Holland non poteva fare a meno di guardarla ogni volta che alzava lo sguardo dal piatto.

Erano circondati dallo stravagante arredamento che caratterizzava Champian Hall. Da una parte c'era una credenza di quercia scura, riccamente intagliata, adornata da due pesanti brocche di rame. In una nicchia presso la finestra c'era una sedia di legno di rose, con i cuscini ricamati. Da lì uno spettatore avrebbe potuto abbracciare con un solo sguardo la sala della colazione: il tavolo di mogano, apparecchiato con i piatti con lo stemma, e le posate dal manico d'ebano. Il sole del mattino penetrava nella sala attraverso un tondo di vetro colorato, le pareti erano ricoperte da pannelli dipinti per rappresentare un giardino esotico di rami intricati, carichi di frutti e fiori, mentre sopra il camino era appeso il ritratto di una voluttuosa, ma senza dubbio penitente, Maddalena. Nulla che potesse incoraggiare Holland a prolungare la sua permanenza. Mangiò quindi in fretta e si alzò dal tavolo, mormorando qualche parola di scuse. La risposta di Susannah aleggiava ancora nell'aria mentre lui si chiudeva la porta alle spalle.

Mary emise un sospiro di sollievo. La visita inaspettata di Holland l'aveva gettata nella più profonda confusione e ritrovarselo così vicino non aveva certo giovato al suo equilibrio mentale. I modi freddi e distaccati che lui aveva mostrato al ballo erano ancora presenti nella sua mente. Mary non lo aveva mai visto senza uniforme e il semplice completo marrone che indossava lo faceva apparire ai suoi occhi ancora più estraneo, non certo una persona con cui avrebbe potuto confidarsi. Eppure, doveva confidarsi con lui… o almeno parlargli, ma come? Doveva seguirlo? *No, sembrerebbe… ma del resto, che senso ha aspettare? Sono combattuta tra il "non oso" e il "vorrei"*.

Susannah si attardò a leggere la posta e non c'era nulla di più noioso per Mary, nel suo attuale stato d'animo, che ascoltare stralci di notizie che riguardavano le amicizie di qualcun altro. Lamentando una lieve emicrania, e questo non era molto lontano dalla verità, lasciò l'amica a riflettere su quali fossero i cappellini più adatti per l'estate.

Il salone era vuoto. Mary rimase ferma davanti al camino a pensare al da farsi. Non era che avesse paura del capitano Holland, si disse, ma forse sarebbe stato saggio ripassare mentalmente ancora una volta ciò che aveva intenzione di dirgli. Una passeggiata ristoratrice le avrebbe sicuramente giovato, quindi lasciò il salone e attraversò il vestibolo, uscendo dalla porta principale. Raramente prendeva quella direzione, quando aveva voglia di camminare, ma dal giorno della morte di Romney, la vista del mulino e della distesa dei campi la faceva stare male.

Mentre attraversava il giardino, qualcosa d'inaspettato la indusse a fermarsi. In fondo, sotto l'arco della torre, c'era Holland. Era sul ponte di pietra, gli avambracci appoggiati sul parapetto basso e il capo chino a guardare nell'acqua. Sembrava assorto nei suoi pensieri e se solo lei fosse riuscita a sgattaiolare via, senza farsi vedere...

Ma la possibilità di fuga andò immediatamente perduta quando Holland si voltò e la vide. Mary vide un velo d'apprensione oscurargli lo sguardo, ma fu solo un attimo e subito lui si ricompose. «Ah, Miss Finch» disse, raddrizzandosi e voltandosi verso di lei, mantenendo una mano posata sul parapetto. «Avrei piacere di parlarvi, se non vi dispiace» aggiunse, prima che lei dicesse qualsiasi cosa.

Mary gli si avvicinò lentamente e lui pensò che avrebbe rifiutato o che gli sarebbe passata davanti senza dire una parola. «Sì,» rispose lei infine «ma prima devo dirvi qualcosa io.»

Quando erano uno di fronte all'altro la loro differenza in altezza era significativa. Holland era consapevole della grazia con cui lei stava quasi in punta di piedi e della dolce curva del suo collo quando sollevava lo sguardo. «Certo» acconsentì, sentendosi grosso e goffo. «Io...»

«Andiamo verso quel vialetto, vi prego» lo invitò Mary con urgenza, guardandosi intorno. «Potremo parlare più liberamente.»

Dopo aver fatto la sua richiesta, Mary s'incamminò con la sicurezza di un generale, senza attendere di vedere se il suo sottoposto l'avrebbe seguita e, stranamente, nonostante le precedenti incertezze, ora si sentiva davvero sicura di sé. Sapeva con precisione quel che voleva dire e pensava che avrebbe funzionato.

Holland si affrettò a raggiungerla, ma tale era l'energia di Mary, che lui rimase passivo anche camminando al suo fianco. Stava pensando a lei sul ponte, forse era quella la ragione per cui si era voltato, ma i suoi pensieri non erano giunti a una vera e propria conclusione, se non al fatto che, tra tutte le sfortune che l'avevano condotto a Champian Hall, trovarvi lei era stata la peggiore di tutte.

Svoltarono a destra, nel sentiero che si immetteva più avanti sul viale principale. Era stretto, permetteva il passaggio solo di calessi leggeri ed era ricoperto da piante rampicanti. Qui e là, sui bordi del sentiero, crescevano i fiori di campo e le farfalle svolazzavano al sole. A eccezione del canto degli uccelli, nascosti tra i rami d'edera – peraltro il loro canto si acquietò al loro passaggio –, il silenzio era rotto solo dal rumore dei loro passi sul terreno compatto.

Mary si fermò quando raggiunsero una grossa pietra gialla dove era stato scolpito un uomo che teneva sulla spalla quello che sembrava essere un arco, nonostante mancasse l'estremità superiore, ed era inginocchiato su un'aiuola di violette. Mary inspirò a fondo e guardò Holland negli occhi. «Capitano Holland, dovete lasciare immediatamente Champian Hall.»

14

L'annuncio fu così inaspettato da lasciare Holland sorpreso e confuso. Poi, aggrottando la fronte, riuscì a chiedere: «*Che cosa?*».

«Avete commesso un terribile errore, ma non è ancora troppo tardi! Ma dovete fermarvi subito, prima di ritrovarvi in seri guai.» Mary lo guardò seria e, sollevando il mento, proseguì con ostinazione. «Avreste dovuto dirmelo che vi trovate in una situazione disperata. Nonostante la vostra decisione di... io vi avrei dato il denaro, qualsiasi sia la somma di cui avete bisogno. E lo farò anche adesso, ma...»

Holland continuava a non capirla, ma quel riferimento alle sue finanze toccò un nervo scoperto. «Di che cosa state parlando?» sbottò. «Io non voglio denaro... né da voi né da nessun altro.»

«Vi prego, è inutile mentire, perché so tutto. Quel... *maggiore Whittington* vi ha convinto a fare qualcosa di terribile!»

«Ma voi come... Oh, mio Dio!» esclamò Holland, guardando prima il cielo e poi lei. «L'avete sentito parlare con Crosby-Nash ieri notte? Ha detto qualcosa di me?»

Lei annuì solennemente. «Il maggiore Whittington ha detto che voi avete una grande conoscenza delle armi e... che siete terribilmente indebitato. Ha detto al colonnello Crosby-Nash che se lui vi pagherà, voi gli darete qualsiasi genere d'informazione riguardo agli esplosivi, gli armamenti e...»

La voce le morì in gola. Tra tutte le reazioni che avrebbero potuto provocare le sue parole, di certo Mary non si aspettava una risata. Eppure Holland stava ridendo. Non era una risata divertita, ma bastò a bloccare il fiume di parole di Mary. Che cosa stava succedendo? Aveva commesso un errore? Si sentì stranamente vulnerabile, come se avesse messo un piede in fallo sull'ultimo gradino di una scala senza corrimano.

«Miss Finch,» disse lui infine, con un sorriso ironico «temo che abbiate equivocato. Dick... il maggiore Whittington... non è quel che sembra e non sempre dice quel che pensa davvero. Riveste un ruolo segreto all'interno dell'Esercito. Non lo sapevo nemmeno io fino a ieri, quando mi ha chiesto di venire qui e di aiutarlo a fermare Crosby-Nash. Qualsiasi cosa abbia detto sul mio conto, fa parte della ragnatela che sta tessendo.»

«Oh!»

«In realtà, sta lavorando per smascherare Crosby-Nash fingendosi suo complice, il che non è facile.»

Mary sospirò sollevata. «È una spia! Oh, grazie a Dio!»

«Che cosa?»

«Grazie a Dio» ripeté lei. «Allora, va tutto bene! Sono così...» Gli sorrise. «Non potete immaginare quanto fossi in ansia! Forse penserete che sono stata una stupida a crederci, ma il maggiore Whittington... non ha l'aria della spia. Non avrei mai immaginato...»

Holland non riusciva a comprendere la reazione entusiastica di Mary. «Certo, e come avreste potuto immaginare? Non siate sciocca.»

Lei si morse le labbra e si voltò verso la statua. Aveva del muschio sul capo e lei glielo tolse. «Sapete...»

«Se avesse l'aria della spia significherebbe che non sa fare bene il suo lavoro. Ma ora non ci pensate» disse Holland, spostando lo sguardo dal rossore sul suo viso alla punta delle sue dita macchiate di verde. «Come avete fatto a sentire quel che ha detto Dick?»

«Be', sono riuscita a origliare la loro conversazione perché... anch'io sono una specie di spia.»

Se il suo primo annuncio lo aveva sorpreso, questo lo lasciò di sasso, e Holland rimase ad ascoltare in silenzio mentre Mary gli spiegava in che modo aveva acconsentito a collaborare con Cuthbert Shy, e tutto ciò che era avvenuto da quando era arrivata a Champian Hall. Il suo racconto non fu del tutto coerente, tanto era il suo sollievo nel potersi confidare con qualcuno e forse soprattutto con Holland. «Lunedì è stata la giornata peggiore» disse a bassa voce. «Trovare il povero signor Romney e pensare che se non fosse stato per me, lui sarebbe stato ancora vivo... e poi temevo che il colonnello avesse scoperto che io lo conoscevo e...»

«Nessuno potrebbe collegare quell'uomo a voi?»

«No, non credo, ma non riuscivo a smettere di pensare che forse... Poi il colonnello ha annunciato che sarebbe arrivato qualcuno, che avremmo avuto visite, e io ho pensato che potesse trattarsi di qualcuno d'importante, come quando è arrivato Phoebus. Ho atteso e atteso e poi ieri notte...» Mary rabbrividì ricordando ciò che aveva provato rinchiusa nel suo rifugio, quando aveva sentito fare il nome di Holland. Sgomento, paura e poi una cieca disperazione. Si era sforzata di stare ad ascoltare anche il resto della conversazione e poi non era riuscita a chiudere occhio. «Forse è questo il motivo per cui non ho capito nulla.»

Holland scosse irritato la testa. «Non potevate sapere, ma perché diavolo avete acconsentito a fare tutto questo? Infilarvi in una botola segreta e trasmettere informazioni... e per di più qui! E solo perché ve l'ha chiesto questo Shy?»

«Ma Sir John ha detto...»

«Che cosa?» la interruppe Holland. «Che il governo ha fiducia in Shy? Tanta fiducia che il Procuratore generale mantiene le distanze e nessuno riconosce nemmeno la sua esistenza!»

«Ma aveva ragione riguardo al colonnello Crosby-Nash e sono certa che il governo appoggerebbe qualunque...»

«Il governo non farà nulla che non gli faccia comodo. Qualsiasi accordo abbia con Shy non significa nulla, o perlomeno, non impedirà al governo di scaricarlo. E poi che ne sarà di voi?» Holland s'interruppe bruscamente. Poi sospirò e rimase in silenzio, senza guardarla, portandosi alle labbra la mano chiusa a pugno.

Nonostante Mary fosse in aperto disaccordo con Holland (non avendo mai conosciuto il signor Shy, lui non poteva certo capire) le sue parole la indussero a riflettere. Forse era stato imprudente da parte sua recarsi a Champian Hall, potendo contare solo sull'aiuto di Romney? Alla luce degli ultimi fatti, sembrava che fosse così. Attese che Holland si calmasse e proseguisse, ma quando lui non parlò, Mary chiese timorosamente: «Che cosa pensate che dovrei fare?».

«Penso che dovreste fare i bagagli e tornarvene subito nel Suffolk, ma suppongo che non spetti a me prendere la decisione.»

«Ma certo, me ne stavo dimenticando! Dobbiamo consultarci con il maggiore Whittington, potrei ancora essere di qualche aiuto qui.»

«Non intendevo dire questo, ma solo che dobbiamo fare attenzione a non rovinare i suoi piani. Voi dovete stare tranquilla e al diavolo Shy e tutti gli altri!»

«Ma che cosa...» iniziò Mary, prima di ricordarsi che c'erano situazioni in cui era impossibile convincere il capitano, né con la logica, né facendo appello al suo intuito. Probabilmente si trovavano in una situazione del genere, come testimoniava il suo linguaggio così scontroso. Mary si affrettò quindi a cambiare argomento. «E Susannah?»

Fu una buona mossa, perché su Susannah si sarebbero sicuramente trovati d'accordo. No, lui non credeva che lei fosse al corrente delle attività del marito e sì, non doveva essere lasciata sola sotto la sua dubbia protezione. Quando Holland ebbe concordato su quegli aspetti, Mary si affrettò ad aggiungere: «Quindi, capite che io devo rimanere, qualsiasi cosa accada».

Lui scrollò le spalle infastidito. «Be', forse. Ma prendervi cura di Susannah è una cosa, spiare il colonnello Crosby-Nash un'altra!»

Mary non replicò e gli chiese invece se potesse metterla al corrente dei piani del maggiore Whittington.

«Non credo che ne abbia, a parte il fatto di aspettare che Crosby-Nash ci dica cosa fare, acconsentire e poi fare esattamente l'opposto» rispose cupamente Holland. «Dobbiamo scoprire che cosa ha in mente e cercare di fermarlo, ma preferirei che ci fosse una strada migliore. Non mi piace l'idea di promettere a qualcuno di aiutarlo e poi pugnalarlo alle spalle. Se è un bas... un criminale, preferisco dirglielo in faccia e farla finita.»

«Sì.» Mary fu sorpresa dalla forza che quelle parole ispiravano e si sentì in dovere di spiegare le proprie difficoltà o di tentare almeno una spiegazione. «Io provo la stessa cosa. Pensavo che non mi sarebbe importato, ma essere qui mi fa sentire una traditrice, sebbene il colonnello Crosby-Nash non meriti nessuna lealtà. Poi quando il signor Romney... questo mi ha terribilmente spaventata, ma allo stesso tempo mi ha convinta che il colonnello dev'essere fermato e che io devo... restare al mio posto. Solo che non so che cosa sia meglio fare.»

Appariva così attraente in quel momento, il coraggio che esprimeva la rendeva più bella di qualsiasi abito da ballo, e Holland si sentì quasi sopraffatto da un senso di confusa tenerezza. Avrebbe voluto prenderla tra le braccia, proteggerla e stare accanto a lei contro i pericoli. "No, no, non è questo il modo di aiutarla!" «Be', ora non siete più sola» disse rudemente. «Voglio dire che Dick saprà cosa fare... di solito lo sa.»

«Me lo auguro. Sono così felice che siate arrivati.»

Scivolarono nel silenzio. Mary aveva l'impressione che non ci fosse mai stata una conversazione in cui tante cose fossero cambiate così dall'inizio alla fine. La loro era giunta al termine, ma lei si sentiva esausta e non avrebbe voluto muoversi da lì. Dall'altro lato della statua, nascosto dall'erba alta, c'era il tronco tagliato di un albero e lei vi si sedette. Holland aveva le braccia incrociate sul petto e con la punta dello stivale tentava di smuovere un sasso conficcato nel terreno.

Mary lo osservava pensierosa. «Dick Whittington. Naturalmente. Dev'essere lui *l'acchiappatopi*. Così l'ha chiamato Phoebus» spiegò, in risposta allo sguardo interrogativo di Holland. «Vi conoscete da molto tempo?»

«Uhm... vediamo...» Il capitano riuscì a togliere il sasso dal sentiero e lo allontanò con un calcio. «Da prima che andassi in India.»

«Come vi siete conosciuti?»

Holland la guardò e poi abbassò di nuovo gli occhi. Un uccellino svolazzò tra i cespugli che costeggiavano il sentiero e poi, coraggioso, saltellò fuori per beccare un seme. «La prima volta che ho visto Dick stava cenando. Si comportava come fa ora... aveva ordinato una serie di piatti speciali e rimandato indietro il vino due volte. Dal momento che eravamo gli unici ufficiali presenti... a dire il vero, io ero un cadetto e lui era stato appena promosso... m'invitò a unirmi a lui.»

Mary lo guardò, facendosi scudo con la mano per proteggersi gli occhi da sole, e annuì. «È stato molto generoso da parte sua.»

«Sì,» concordò Holland «a parte il fatto che... che nessuno dei due aveva il denaro per pagare il conto.»

«Oh!» Mary trasalì imbarazzata. Che situazione incresciosa! Ma non poteva lasciare quell'esclamazione sospesa nell'aria. Abbassando lo sguardo, mormorò: «Che cosa avete fatto?».

«Dick cominciò a sbuffare e a mostrarsi risentito. Suo padre è un visconte e lui era convinto che sarebbero stati felici di averlo come cliente, ma non fu così. Minacciarono di tenerci rinchiusi fino a quando una persona responsabile non si fosse fatta avanti a pagare il conto, ma riuscimmo a convincerli. Alla fine diedi loro tutto il denaro che avevo in tasca e Dick lasciò il suo orologio in garanzia per coprire il resto della somma. Rammento che tornai a piedi a Woolwich appena in tempo per la parata del mattino.»

«Oh, mio Dio...»

«In realtà, andò peggio a Dick. Rimase offeso a morte quando non accettarono una sua cambiale.» Holland sorrise al ricordo. «E da allora siamo sempre stati amici.»

«Un'amicizia fondata sull'avversità.»

«Esatto.» Holland guardò in direzione di Champian Hall. «Gli altri si saranno alzati ormai, sarà meglio non attirare l'attenzione.»

«Certo» concordò Mary, alzandosi dal tronco. «Sapete, qualsiasi cosa pensassi a proposito del maggiore Whittington, vi avrei detto tutto comunque. A proposito del motivo per cui mi trovo qui, intendo dire.»

«E se io e Dick fossimo stati sul libro paga di Crosby-Nash?»

«Pensavo che sarei riuscita a fermarvi... anche se forse non ero così sicura che ci sarei riuscita con il maggiore Whittington.» Camminavano l'uno accanto all'altra e lei gli sorrise timidamente. «Forse avreste dovuto parlargli voi.»

«Sono felice di non doverlo fare.»

«Sono sicura che avreste avuto successo... Devo esservi apparsa terribilmente stupida.»

«No, affatto.»

«Quel che ho detto riguardo al... denaro» proseguì Mary, abbassando la voce nel pronunciare quell'ultima parola. «Vi chiedo perdono per aver pensato... spero di non avervi offeso.»

«No» la rassicurò Holland. «Non pensateci più.» Ma lui continuò a pensarci ancora per parecchio tempo dopo che si furono lasciati.

Non fu possibile parlare immediatamente con Dick Whittington. Quando rientrarono in casa, lui era già chiuso in biblioteca con il colonnello e, quando ne uscirono, la presenza di Susannah rese impossibile qualsiasi conversazione privata. Nel pomeriggio toccò a Holland andare in biblioteca. Infastidita dal forzato posticipare, Mary decise di prendere in mano la situazione e chiese a Whittington se avesse piacere di accompagnarla a fare due passi in giardino.

Dapprima lui parve distratto, come se non ascoltasse davvero ciò che lei gli diceva. Ma qualcosa nel suo tono di voce o nel suo sguardo riuscì infine a catturare la sua attenzione. Dopo essersi assicurato a sua volta che Susannah non li stesse osservando, rivolse a Mary un sorriso complice e rispose che ne sarebbe stato onorato. Non c'era nulla che apprezzasse di più di un giardino ben curato.

Il suo atteggiamento era ancora allegro quando uscirono di casa. Mentre Mary si preparava ad affrontare lo spinoso argomento, Whittington la prese risoluto sottobraccio e la guidò lungo il sentiero che conduceva alla meridiana. «Ah, che cos'abbiamo qui? Un motto interessante, direi!»

«"Il carro alato del tempo", come diceva Marvell» farfugliò Mary.

Whittington annuì. «Sì, Marvell... ho sempre pensato che fosse un grande poeta. "La tomba è un luogo splendido e discreto, ma nessuno, credo, là s'abbraccia".» Le sorrise e pensò che lei fosse davvero molto graziosa, soprattutto quando arrossiva, nonostante di solito non amasse le rosse.

«No, certo, sicuramente no. Maggiore Whittington, io vi devo parlare...»

«Sì, temo che sia colpa mia.» Il maggiore rise. «Ma ditemi che non siete troppo dispiaciuta.»

«Dispiaciuta?»

«Che non siete in collera con me... con Holland... per averlo rivisto. È solo colpa mia se si trova qui, sapete?»

«Sì... intendevo dire, no, non sono dispiaciuta.» Mary aggrottò la fronte, visibilmente stupita per quell'inattesa affermazione. «Ma io...»

«Bene. Non avrei mai voluto farvi un torto, per nulla al mondo, e sicuramente nemmeno lui.»

«No, certo, ma... Ma non è di questo che desideravo parlarvi!»

«Ah no?»

«No.» Mary liberò il braccio e si voltò a guardarlo negli occhi. «Si tratta di una cosa molto più importante che ha a che fare... con la vostra presenza qui» concluse, abbassando la voce.

Whittington continuò a sorridere, ma la luce nei suoi occhi si offuscò. «La mia presenza qui?» ripeté in tono allegro, ma sbatté le palpebre due volte, come se fosse sconcertato.

Lei annuì e negli attimi che seguirono le loro posizioni s'invertirono, perché a ogni parola lui era sempre più perplesso e lei sempre più sicura di sé. Mary iniziò spiegando la propria condizione, certa che in seguito le confidenze di Holland riguardo alle loro attività sarebbero apparse naturali e non un tradimento. Mary non avrebbe saputo dire perché quel punto fosse tanto importante per lei, ma lo era.

Whittington, però, non fece alcun commento in proposito. Lui era più interessato a Cuthbert Shy. «Che Dio abbia pietà della mia anima! Avete davvero conosciuto quel vecchio fantasma? Che tipo è?»

«Non saprei dirvi» ammise lei. «Non ci si sente del tutto a proprio agio con lui, ma è... ho fatto in modo che lui avesse una buona impressione di me... e così è stato, o almeno credo.»

«I generali migliori fanno questo effetto,» concordò Whittington «e suppongo che per i suoi agenti lui sia una specie di generale. Ieri notte Crosby-Nash mi ha chiesto di lui.»

«Sì, mi ricordo e mi sono spaventata. Pensate che lui sospetti che Romney lavorasse per il signor Shy?»

«Non ha motivo di sospettare... probabilmente lo ha chiesto solo per curiosità. Siamo tutti curiosi a proposito di Shy, tutti noi che non lo abbiamo mai incontrato. Quando vi trovavate nel rifugio segreto, siete riuscita a sentire *tutto* quello che è stato detto in biblioteca?»

«Sì, certo, tutto quello che è stato detto.»

«Mi dispiace di avervi spaventata nel tramare con Crosby-Nash, ma vi siete vendicata» disse Whittington sorridendo. «Ora continuiamo la nostra passeggiata. Mi piacerebbe sapere cos'altro avete scoperto sul nostro ospite, se foste così gentile da volermelo rivelare.»

Whittington l'ascoltò con attenzione e le sue domande incisive e pertinenti fecero una grande impressione a Mary. Evidentemente non era così frivolo come il loro precedente incontro le aveva suggerito, nonostante lui facesse il possibile per presentarsi sotto quella luce. La sua spiegazione di *Rabellay*, che lui corresse in *Rabelais*, s'incentrò sul fatto che in passato lui aveva letto un libro molto scandaloso, il cui autore portava quel nome. «Il mio tutore possedeva una mentalità molto aperta e sembra che questo Rabelais sia stato un grande umanista e che abbia suscitato scandalo alla Sorbona e nella Chiesa cattolica e in chiunque fosse legato al vecchio modo di pensare. Temo però di aver perso a quel tempo l'aspetto filosofico del libro, ma del resto, non avevo mai letto nulla di così... be'... di così piccante, e ricordo che mi fece una grande impressione.»

Mary non capì del tutto il riferimento alla letteratura piccante, ma preferì non indagare. «Ma chi è il *nostro* Rabelais?»

«Purtroppo, non ho mai avuto il piacere d'incontrarlo, ma è il ragno che tesse la tela. Phoebus e Crosby-Nash mettono in moto il meccanismo, ma solo con la sua approvazione. Vorrei saperne di più. Ma mi sembra che voi abbiate saputo qualcosa sul suo conto.»

«Be', credo che sia francese» disse Mary. «L'ho capito da quello che il colonnello ha detto al signor Phoebus e ora che voi mi dite che il *vero* Rabelais era francese, dev'essere proprio così. Inoltre...»

«Riesce difficile immaginare un tradimento su scala così ampia, che coinvolge tutte le nostre forze armate, senza che i francesi muovano un dito» intervenne Whittington.

«Sì.»

«Mi piacerebbe sapere in che modo il colonnello è entrato in contatto con un ammiratore di Robespierre. Per quel che riguarda Phoebus è facile intuirlo, ma avrei giurato che a Crosby-Nash non importasse nulla della repubblica, né della monarchia, se non il fatto che gli permettano di arricchirsi e di spendere il suo denaro senza giocarsi la testa.»

«È esattamente quello che il colonnello ha detto di Rabelais!» esclamò Mary. «Che a lui interessa solo arricchirsi. Sembra che fossero soci in affari, anche se la cosa appare piuttosto strana. Credo che il colonnello abbia fatto fortuna in India, in qualche modo, ma è possibile che un francese abbia lavorato per la Compagnia delle Indie Orientali?»

«È improbabile,» rispose Whittington pensieroso «ma io so qualcosa riguardo alla carriera del colonnello che potrebbe fare luce sulla questione. Prestava servizio nell'esercito del Bengala e per un certo periodo è stato di guarnigione vicino a Chandernagar.»

«Sì, ne ha parlato... sembra che si pratichi la caccia alla tigre nelle vicinanze di Chandernagar.»

«Credo che quella non fosse la sola attrazione del luogo. Come voi forse saprete, i francesi sono stati cacciati dall'India nel corso dell'ultima guerra, ma è stato loro concesso di conservare alcuni centri d'interesse commerciale nel Carnatic e nel Bengala. Chandernagar era uno di essi.»

«Forse Rabelais era un francese che conduceva affari in quella zona e lui e il colonnello Crosby-Nash hanno unito le loro forze per... fare cosa?» Mary colse l'espressione sorpresa di Whittington. «Per truffare la Compagnia delle Indie Orientali?»

«Be', cose di questo genere sono note. Si tratta di un'ipotesi piuttosto remota, ma potrebbe spiegare il legame tra i due, anche se non il motivo per cui ora Crosby-Nash si è alleato con Rabelais.»

«Forse per amicizia?» chiese Mary dubbiosa.

«Forse,» rispose Whittington «se c'è anche del denaro di mezzo.» Il maggiore alzò le spalle sorridendo. «Purtroppo, io sono più abile nello spenderlo che nel guadagnarlo.»

«Sì, forse c'è di mezzo il denaro» rifletté Mary con espressione assente. «E Phoebus? Sapete qualcosa di più sul suo conto?»

«Ah, il lugubre Phoebus!» esclamò il maggiore ridendo. «Non è sicuramente una persona solare. Come avete detto che mi ha chiamato? *L'acchiappatopi*? Quel tizio ha una bella faccia di bronzo! Cerca sempre di defilarsi e di esporsi il meno possibile ai rischi. Ha rifiutato di partecipare al ballo a Scarborough House creando grossi inconvenienti a tutti noi. Quella sera abbiamo avuto parecchio da fare.»

Si fermarono nell'angolo più lontano del giardino ad ammirare una pianta di rose rampicanti, i cui boccioli avevano lo stesso colore del burro.

«Sì, l'ho pensato» disse Mary. «Non la sera stessa del ballo, naturalmente, ma l'ho pensato in seguito.»

«In seguito» ripeté Whittington. «Mi fa piacere sentirvelo dire. Non mi piacerebbe sapere che i nostri movimenti sono stati chiari persino agli occhi di fanciulle innocenti, che avrebbero dovuto essere concentrate solo sui loro cavalieri. Ciò che mi avete riferito sugli ammutinamenti è molto interessante.»

«Ma credo che riguardino solo Phoebus... e Rabelais. Non penso che per il colonnello rivestano un particolare interesse.»

«Forse non un interesse immediato, ma rammentate ciò che ha detto a proposito di Phoebus... quando si è vantato dei suoi successi sulla *Nore*. Dubito che Crosby-Nash riesca a resistere alla tentazione di prendervi parte. Lui vuole umiliare Phoebus in qualche modo, soprattutto dopo i risultati non proprio soddisfacenti che ha ottenuto fra le Guardie. Se riuscissi a convincerlo a mandare me e Holland a Sheerness, forse potremmo ottenere qualcosa di buono. È questa la mia idea.»

«Sì, capisco...» Mary sfiorò una rosa, i cui petali caddero lentamente a terra in una pioggia dorata, e lei aggrottò la fronte.

«Vorrei che il signor Shy sapesse tutto... che voi agite contro il colonnello Crosby-Nash... e quello che pensate di Rabelais.»

«Purtroppo, sono tutte informazioni confidenziali destinate al capo del Dipartimento» disse Whittington. «Non posso andare in giro a diffondere queste notizie a tutti quanti.»

«Il signor Shy non è *tutti quanti*» protestò Mary.

«No, ma noi, di solito, non abbiamo molto a che fare con gli altri servizi... abbiamo contatti occasionali con la Marina, ma raramente con il Ministero degli Interni e con quello degli Esteri... e Shy, ufficialmente, non esiste nemmeno!»

Mary ripensò alla spazientita condanna mossa da Holland nei confronti di Shy. «Ma voi sapete molto bene che esiste e che il governo conta su di lui. Lavorando allo stesso caso, mi sembra del tutto sensato collaborare per raggiungere lo stesso obiettivo.»

«Purtroppo, il buon senso ha poco a che fare con tutto ciò» ammise Whittington. «Forse sarebbe meglio se i diversi Dipartimenti collaborassero di più, ma le cose non funzionano così» concluse con una scrollata di spalle.

Dopo altri poco lusinghieri commenti a proposito di Phoebus, Whittington deviò il discorso su Mary e il suo futuro. «Sicuramente, manderanno un altro agente a rimpiazzare Romney e tutto tornerà come prima. Ma se non lo facessero, in che modo passerete le informazioni? Sapete in che modo Romney comunicava con Shy?»

Mary non lo sapeva e Whittington prese in considerazione le varie possibilità. Poteva esserci un altro degli uomini di Shy da qualche parte, nelle vicinanze. Se era così, probabilmente avrebbe cercato di mettersi in contatto con lei quando si fosse reso conto che qualcosa era andato storto... se lui e Romney s'incontravano con frequenza regolare e questi non si fosse più presentato agli appuntamenti. Ma forse il contatto non avveniva in quel modo.

Mary non pensava che funzionasse così. Il suo senso d'isolamento era stato talmente profondo da impedirle d'immaginare che altri agenti operassero nelle vicinanze. Lei si trovava nel Kent, Shy era a Londra, e qualcosa andava fatto per superare quell'ostacolo. Aveva già pensato come fare... avrebbe potuto scrivere una lettera come quella che aveva ricevuto, in cui il vero messaggio era nascosto in mezzo a innocue informazioni. L'unico problema, disse, era costituito dal fatto di non sapere se la lettera sarebbe giunta a destinazione, nel caso in cui lei l'avesse spedita alla Coutts Bank.

Il fatto che lei avesse intenzione di restare a Champian Hall e che non fosse spaventata all'idea di ricorrere a quel genere di lettera impressionò molto Whittington. Era sicuramente una ragazza coraggiosa, oltre a essere intelligente. Non stupiva il fatto che Shy l'avesse reclutata. «Sarebbe un ottimo piano se si riuscisse a scrivere davvero una lettera simile» disse. «Ci dev'essere un canale di comunicazione, sicuramente segreto, poco utilizzato e di cui non vi hanno parlato, ma a cui è possibile ricorrere in situazioni d'emergenza. Ma dovete fare attenzione! Non cedete alla tentazione di far sapere al tizio che lavora in banca, per esempio, che in un pomeriggio piovoso avete letto Rabelais. Se la lettera dovesse cadere nelle mani sbagliate, una tale ammissione susciterebbe sicuramente dei sospetti.»

«Perché si tratterebbe di una lettera troppo piccante?» chiese Mary sorridendo.

Whittington la prese di nuovo sottobraccio. «Esattamente.»

Se avesse tenuto un diario, Mary avrebbe descritto quella serata come una delle tante di quello strano periodo durante il suo soggiorno a Champian Hall in cui aveva l'impressione di vivere in una specie di sogno, in cui l'inganno e il tradimento non esistevano. Crosby-Nash era semplicemente un marito premuroso e un padrone di casa accogliente, sua moglie appariva felice e i loro ospiti erano solo persone amichevoli, che apprezzavano la loro ospitalità. Quindi, fu del tutto naturale che dopo un'ottima cena, Holland e il colonnello si scambiassero aneddoti sull'India e che Whittington voltasse le pagine dello spartito, mentre Susannah suonava il pianoforte. Il maggiore aveva una bella voce da baritono e l'unico momento di disagio si presentò quando Whittington cercò di convincere Mary a cantare insieme a lui. Lei declinò l'invito, nonostante venisse sollecitata dai padroni di casa, e alla fine riuscì a placarli, offrendosi di fare il ritratto a tutti.

Disegnò in fretta e produsse gli schizzi in rapida successione. I disegni non mostravano una vera somiglianza, ma Mary possedeva l'abilità di catturare l'espressione dei soggetti che ritraeva con pochi tratti di carboncino e, dal momento che i suoi ritratti si riducevano spesso a caricature umoristiche, furono accolti con un misto di acclamazioni e di divertite proteste. «Non mi direte che ho un'espressione così boriosa quando canto.» «Non più di quanto tu l'abbia quando parli, Dick.» «Oh, no, maggiore Whittington, la vostra voce è splendida, ma Mary... penso che tu mi abbia ritratta con troppa indulgenza.» «Sciocchezze, mia cara, non ho mai sentito suonare Gambarini in modo così delizioso.»

Mary era d'accordo. La musica e il canto erano particolarmente gradevoli, ma lei era rimasta catturata soprattutto dai racconti dell'India. Catturata a tal punto da cedere alla tentazione di raccontare lei stessa un aneddoto, cosa che non avrebbe mai fatto, tenuto conto della prudenza che l'accompagnava quotidianamente da quando soggiornava a Champian Hall. «Gli dèi e gli eroi di cui parlate sembrano così interessanti!» esclamò sospirando. «Rama e Krishna... anche se penso che la dea Kali sia davvero orribile. So qualcosa degli antichi dèi assiri e di quelli filistei e moabiti ma mi piacerebbe conoscere di più delle divinità indiane.»

Tutti la fissarono, tranne Holland. «Davvero, Miss Finch?» chiese Crosby-Nash stupito. «Non sapevo che aveste studiato la storia antica.»

«In realtà, non ne so molto,» ammise Mary «ma per un certo periodo, nella scuola della signora Bunbury, ricorrevamo ai nomi delle divinità pagane per imprecare.»

«*Per imprecare?*» ripeté Susannah scandalizzata, mentre gli uomini tentavano di reprimere una risata.

«Be', sì» rispose Mary. «Sapete, Miss Trent era molto severa e proibiva alle ragazze, alle nostre studentesse, di nominare il nome di Dio invano e ha avuto l'idea d'incoraggiarle a ricorrere ai nomi di divinità pagane ogni volta che erano in collera. Nella Bibbia ne vengono citati parecchi.»

Whittington non riuscì più a trattenersi e iniziò a ridere. «Li avete cercati?» domandò.

«Non è stato necessario, perché Miss Trent li conosceva tutti, ma abbiamo pensato che questo avrebbe reso più interessanti le lezioni sulla Bibbia. Alcuni dei suoi libri sono piuttosto... Be', per un certo periodo abbiamo seguito il suo suggerimento e dicevamo cose del tipo: "Per Nisroch, non posso sopportare queste assurdità!". Oppure esclamavamo "Dagon" o "Tammuz"...» a quel punto fu costretta ad alzare la voce perché persino il colonnello Crosby-Nash non riusciva a contenere le risa «... se si rompeva una teiera o se qualcuno si pungeva con un ago.»

«Per Nisroch!» fece eco il colonnello. «Vi prego, Miss Finch, diteci dove si trova questa scuola straordinaria.»

«A St Ives» rispose Holland. «Nello Huntingdonshire.»

«Se state pensando di farvi visita, colonnello, vi accompagnerò volentieri» disse Whittington ridendo. «Mi piacerebbe conoscere queste sacerdotesse di Baal.»

Mary aggrottò la fronte. «Non adoravamo Baal. Non abbiamo seguito a lungo questo consiglio... soprattutto per il motivo che voi stesso avete insinuato. Ci siamo chieste se nominando queste divinità qualcuno avrebbe potuto pensare che le stessimo invocando.»

Whittington disse che a lui tutto ciò ricordava la più oscura stregoneria e Crosby-Nash aggiunse, sforzandosi di apparire serio, che non aveva apprezzato il fanatismo che pervadeva il rurale Huntingdonshire.

«Ripensandoci, sembra una cosa assurda» riconobbe Mary «e noi non immaginavamo... Ma la povera Miss Trent... credo che l'esperienza le abbia rovinato per sempre la storia del vitello d'oro. Era Baal, sapete?»

Whittington annuì solennemente, nonostante non ne sapesse nulla della storia del vitello d'oro.

«Io credo che non ci fosse nulla di veramente sbagliato in ciò che facevate» intervenne Susannah, aggrottando la fronte «e sono certa che non lo pensa nessuno dei presenti... ma non ne farei parola con il reverendo Garbett.»

«Oh, no!» concordò Mary.

«E non ditelo nemmeno a Charlotte» le suggerì Holland in tono asciutto.

«O alla signora Tipton!»

Mary gli rivolse un sorriso e distolse lo sguardo quasi subito. Holland era il meno animato del gruppo quella sera, ma per vari motivi Mary si sorprese a pensare spesso a lui. La loro conversazione di quella mattina era stata molto insolita e ora non riusciva a capire quale fosse la reciproca posizione. C'erano stati momenti in cui si era preso gioco di lei o l'aveva rimproverata bonariamente come ai vecchi tempi, solo per poi assumere una fredda riservatezza che cancellava qualsiasi parvenza d'intimità. I suoi sentimenti non erano meno confusi di quanto apparissero quelli di Holland. Forse la cosa migliore era quella di rivolgersi la parola solo per comunicazioni di servizio, dal momento che entrambi si trovavano lì per fermare il colonnello Crosby-Nash.

Da parte sua, il capitano Holland trovò quella serata più noiosa che mai. Riusciva a sopportare la falsità del proprio ruolo, ma senza la maestria e la soddisfazione che sembrava provare il colonnello. Era scandalizzato più che impressionato dal fatto che lo stesso uomo che aveva pensato di far esplodere una bomba nella caserma delle Guardie a Cavallo ora potesse prendersi cura di sua moglie con una tale devozione. E Dick Whittington non era migliore di lui. Quando fece un'indecente allusione a un esclusivo bordello di Londra, che, per fortuna, nessuna delle due donne comprese, Holland temette che qualcuno facesse il nome di Miss Amber. E nel frattempo Mary Finch di tanto in tanto gli lanciava delle occhiate. Senza dubbio era lei il suo più grande problema. Che cosa doveva fare? Ignorarla per il resto del suo soggiorno a Champian Hall? Temeva che non ne sarebbe stato in grado, soprattutto quando lei gli era vicino. Ma forse, dopotutto, non sarebbe stata nemmeno la soluzione migliore.

«Miss Finch, mi stavo chiedendo se potrei parlarvi.»

La domanda, e l'ombra di Holland che ricadde sul libro, la indussero ad alzare lo sguardo. Era il pomeriggio del giorno seguente e Mary stava leggendo in giardino. Era convinta di essere rimasta sola perché Crosby-Nash e Susannah si era recati a prendere il tè dalla vicina, la signora Cathcart, e i due uomini erano usciti a cavallo.

«Ve lo avevo già chiesto ieri, se ben rammentate.»

«Sì, certo» disse Mary, scostando un ricciolo ribelle. In realtà, aveva dimenticato l'inizio della loro precedente conversazione, ricordando solo le rivelazioni che erano seguite, ma le parve scortese precisarlo. Inspiegabilmente, pensò alla formula legale *diritto di pre-udienza*, ma evitò di dire anche quello. Quelle espressioni fiorite appartenevano a un altro periodo della loro amicizia, ora sempre più distante.

«In realtà non ha alcuna importanza» proseguì Holland «se voi non avete intenzione di continuare le vostre... indagini dopo che noi ce ne saremo andati. Dick non ci vede alcun pericolo, ma...»

«Sono sicura che non correrò alcun rischio» rispose lei automaticamente.

Holland le diede l'impressione di voler protestare, ma riuscì a trattenersi. «Certo... non sta a me dirvi quel che dovete fare, ma se resterete, vi dispiacerebbe... fare qualcosa per me?»

Mary lo guardò perplessa, ma senza l'intenzione di rifiutare. «Potete dirmi di che cosa si tratta?»

«Sì, ma non qui.»

Qualcosa nel suo atteggiamento la incuriosì. La curiosità e l'attrazione che ancora esisteva tra di loro spostarono l'ago della bilancia, e lei acconsentì. Si lasciarono alle spalle la casa e il giardino e s'incamminarono verso uno spazio aperto e ondeggiante che veniva chiamato "il parco". Holland indicò come loro destinazione una collinetta, a meno di un chilometro di distanza, su cui il precedente proprietario di Champian Hall aveva piantato una macchia di piante ornamentali. Quando la raggiunsero, lui la guidò verso una panca di pietra, da cui si potevano ammirare le piante e la campagna circostante.

Ma non era il panorama il suo obiettivo quando le porse una custodia di mogano dalla forma allungata. «Apritela. Se siete decisa a continuare, ne avrete bisogno. Coraggio, apritela.»

«Oh, mio Dio!» esclamò Mary quando aprì la custodia e vide un'elegante pistola con l'impugnatura di legno di noce e ottone, insieme a un certo numero di proiettili di piombo, uno scovolo, due pietre focaie e l'attrezzatura per pulire l'arma, il tutto adagiato su un panno verde.

Era una delle armi migliori di Henry Nock, le spiegò Holland. Piuttosto piccola, forse, ma adatta a lei. Tolse l'arma dalla custodia, la soppesò nella mano e gliela porse.

Mary non sapeva cosa dire. Come ci si doveva comportare quando si riceveva una pistola? «È molto... bella, ma io non posso... Avete intenzione d'insegnarmi a sparare?»

«Be', non so in quale altro modo potreste imparare. È molto facile, davvero. Siete pronta?»

Dire che era *pronta* sarebbe stata un'esagerazione, ma acconsentì a provare e anche ad ascoltare come funzionava il meccanismo.

Holland si sedette, con la custodia sulla panchina tra di loro. Il tête-à-tête ebbe successo, forse proprio a causa della situazione insolita. Le spiegazioni riguardo a come si sprigionava la scintilla, al rinculo e alla traiettoria vennero fornite da Holland senza il minimo imbarazzo e il suo atteggiamento rilassato permise a Mary di liberarsi dell'ansia che ancora l'opprimeva. Al tempo stesso, era in apprensione al pensiero di caricare l'arma e di sparare e ascoltò le sue parole con un'attenzione che il capitano trovò lusinghiera. Il suo desiderio d'imparare ciò che ancora non conosceva lo impressionava sempre favorevolmente. «Se fosse stato un moschetto, avrebbe avuto una cartuccia» le spiegò lui, mentre le sue mani si muovevano con sicurezza, mostrandole passo per passo come caricare la pistola «con polvere da sparo, piombo e ovatta tutto insieme.»

«E sarebbe molto più facile piuttosto che avere ogni ingrediente... ogni parte... separata dalle altre?»

«Sì, ma bisogna mordere la cartuccia per far uscire la polvere e il piombo e questo non è molto piacevole. Una volta ho visto un vecchio perdere i denti finti mentre cercava di farlo.»

«Oh, no!» esclamò lei ridendo.

«Sul mio onore!» ribadì Holland. «Li ha proprio persi, sono finiti nel fango.»

«E li ha rimessi?»

«Naturalmente... e ci ha anche riprovato. Bene, ora la pistola è carica e pronta a sparare.» Holland si alzò in piedi. «Se voglio usare una sola mano, devo mettermi in diagonale rispetto al bersaglio, tendere il braccio, abbassare lo sguardo sulla canna e premere il grilletto con decisione. Se invece voglio usare entrambe le mani, ed è quello che farete voi, devo mettermi davanti al bersaglio. Continuerò a tenere la pistola con la mano destra, ma userò la sinistra come supporto per mantenere la mira... così. Tutto chiaro?»

«Sì. Quale sarà il bersaglio?»

«Be', abbiamo una portata di circa trenta metri...»

«E non potete mettere a repentaglio la vostra autorità di istruttore mancando il bersaglio.»

«Esatto, minerebbe la mia autorevolezza. Che ne dite di quell'albero con i rami a forcella?»

«Quello piccolo? Molto bene, ma sappiate che la vostra reputazione è in pericolo.»

Mary si era imposta di non trasalire, ma il rumore dello sparo fu più assordante di quanto avesse immaginato e lei sobbalzò, anche se impercettibilmente. Tentò di mascherare la sua reazione con un complimento. «Oh... bel colpo!» esclamò.

Lui inarcò un sopracciglio e sorrise. «La mia reputazione è salva. Ora tocca a voi. Ve la carico io. Ridurremo la carica fino a quando non vi sarete abituata al rinculo.»

Mary annuì nervosamente. In una manciata di secondi la pistola fu caricata e posta nelle sue mani. Era molto pesante e aveva un aspetto terribilmente pericoloso.

«Preparatevi a sparare,» le disse lui con calma «ma non premete il grilletto fino a quando non ve lo dirò io. Mirate qualcosa di più vicino... il cedro.»

«D'accordo.» Lei cercò di imitare la sua posizione, ma la concentrazione s'incrinò quando lui le chiese se avesse intenzione di colpire l'albero. Se era quella la sua intenzione, Holland le consigliò di tenere gli occhi aperti.

«Continuate a fissare il bersaglio lungo la canna della pistola... così. La pistola vi sobbalzerà tra le mani quando farete fuoco, quindi siate pronta al rimbalzo e al rumore. Ora premete il grilletto... lentamente, ma con decisione.»

Ci fu uno sbuffo di fumo e poi un'esplosione, sicuramente molto più assordante rispetto a quando aveva sparato Holland. Il rinculo la sorprese, nonostante gli ammonimenti del capitano, ma Mary riuscì a non lasciar cadere la pistola e si voltò verso di lui con un sorriso trionfante.

«Ben fatto» commentò Holland. «Molto bene.»

Mary era d'accordo con lui, ma la modestia le impose di chiedere: «Lo pensate davvero? Non ho colpito l'albero».

«Vi perfezionerete con la pratica. Questa volta la caricherete voi... una carica completa, che ne dite?»

Il suo entusiasmo fu smorzato da quel suggerimento e Mary iniziò immediatamente a pensare che un errore nel caricare l'arma avrebbe potuto farle fare cilecca o, peggio ancora, farla esplodere. Per fortuna, non accadde. Anche il secondo colpo non andò a segno, ma si avvicinò un po' di più al bersaglio con il terzo, e al quarto colpì l'albero. «Urrà!» esultò. «Questo era preciso quanto il vostro. E suppongo che voi siate un ottimo tiratore, vero?»

«Discreto.»

«Allora, se continuerò a esercitarmi, presto diventerò un'esperta.»

«Se continuerete a esercitarvi, presto resterete senza munizioni» le fece notare Holland. «Non ho altri proiettili adatti a questa pistola, a parte quelli contenuti nella custodia, e non potrete certo rivolgervi a Crosby-Nash per avere dell'altra polvere da sparo.»

«No, sicuramente no.» Mary rise della battuta ironica e gli porse l'arma. Aveva le mani sporche di polvere da sparo, ma non le importava e inalò l'odore acre che ancora aleggiava nell'aria. Sapeva che esisteva un un'arma chiamata *mitraglia* e si chiese se producesse lo stesso odore. «Questa è la vostra pistola?» chiese. Le piaceva l'idea che lo fosse.

«No.» Holland iniziò a ripulire l'arma mentre parlava. «A dire il vero, l'ho acquistata a Londra proprio prima di venire qui. Il tizio che l'aveva ordinata è… non ne aveva più bisogno e così sono riuscito ad averla a un buon prezzo.»

Mary non indugiò a chiedersi perché un uomo che aveva ordinato una pistola poi non ne avesse più avuto bisogno. Dopotutto, poteva accadere che si cambiasse idea su un certo acquisto. «Non credevo che mi sarebbe piaciuto sparare» confessò, raggiungendolo sulla panchina. «Non ci avevo nemmeno mai pensato, ma è davvero eccitante, soprattutto quando si colpisce il bersaglio.»

«Sì, di solito è divertente. Ma se doveste sparare a qualcosa di diverso da un albero?»

Il cambiamento nel suo tono di voce indusse Mary a guardarlo. Holland teneva la pistola per la canna e fece per porgergliela. «Be',» rispose lei «sembra che i gentiluomini del Suffolk sparino agli uccelli con grande entusiasmo, ma dubito che a me piacerebbe.»

«Ah, i gentiluomini del Suffolk!» esclamò Holland con sarcasmo. «Immagino che le anatre e i fagiani rappresentino per loro un grande divertimento e che poi a cena raccontino alle signore le loro mirabili imprese… a quelle che non si sono unite a loro nella caccia.»

Mary annuì. Pensò a una risposta spiritosa per confutare le sue argomentazioni, ma il tono di voce di Holland l'azzittì. Non aveva capito il senso del suo sarcasmo, ma era evidente che non si era trattato di una semplice battuta di spirito. «È la moda» gli rammentò. «Sono certa che anche Sir William Armitage organizzasse battute di caccia a Storey's Court.»

«Probabilmente sì» replicò lui. E stava per aggiungere: "e così farete anche voi o vostro marito". «Ma non intendevo questo con la mia domanda» disse invece.

«E non è certo questo il motivo per cui mi avete insegnato a usare la pistola» disse Mary, guardandosi le mani. D'un tratto si rammaricò di non avere un fazzoletto. «Volete sapere se potrei sparare a un uomo? Naturalmente, preferirei non doverlo mai fare.»

«Ma ne sareste in grado?»

Holland le stava ancora porgendo la pistola e lei la prese. «Suppongo di sì... se fossi costretta a farlo... se fossi in pericolo di morte. Oppure se dovessi proteggere qualcuno» aggiunse, pensando a Susannah.

«Bene,» mormorò Holland annuendo «mi aspettavo proprio questo da voi. Badate bene di non dimenticarvene fino a quando resterete qui. Sparare a Crosby-Nash o a qualcuno della sua risma non dovrebbe essere così difficile.» Il capitano si alzò in piedi e incrociò le braccia sul torace. «Ma supponiamo che si tratti di una persona a cui tenete... e che tiene a voi. Riuscireste a spararle?»

«Ma perché... Io non vi capisco!» sbottò Mary, mentre un brivido gelido le percorreva la schiena e le chiudeva lo stomaco. Si alzò a sua volta e cercò di restituirgli la pistola, ma lui indietreggiò, rifiutandosi di prenderla. «Che cosa volete dire? Perché mai dovrei compiere un gesto così terribile?»

Holland scrollò le spalle e si allontanò. «Perché magari questa persona vi fa del male, oppure beve troppo e voi avete paura di lui. Oppure perché vi rendete conto che sposarlo è stato un errore, come vi avevano detto tutti. Lui vi ha trascinata nel fango e voi lo odiate per questo.»

Mary era spaventata dalle sue parole e quando Holland si voltò di nuovo verso di lei, si fissarono negli occhi. «Era questo ciò che intendevo dirvi» le spiegò. «A proposito di me e della mia famiglia. Avrei dovuto farlo prima, ma... be', ora lo sapete.»

«Ma che cosa... volete dire che... è ciò che è accaduto ai vostri genitori?» chiese Mary inorridita e confusa. «Charlotte mi ha detto...»

«Lottie non ne sa nulla. Non lo sa nessuno, a parte Quincy, l'avvocato, e ora voi.» Holland la osservò, mentre il colore affiorava e poi scompariva dal viso di Mary, lasciandola pallida. "È disgustata" pensò. "Lei ha sempre vissuto tra persone perbene e nulla di simile l'ha mai toccata. Ora proverà pietà per me." Con voce dura e priva di emozione proseguì. «Sir William era molto affezionato a mia madre. Si è preso cura di lei, dopo, e ha messo tutto a tacere affinché non scoppiasse uno scandalo e non si arrivasse a un processo. Aveva questi poteri quando ancora faceva parte del governo.»

«Niente processo» bisbigliò Mary.

«Per omicidio.» Holland la stava ancora guardando e quando Mary trasalì, lui continuò impassibile. «Conoscete la legge, quindi sapete che cosa intendo dire. Anche se credo che forse non sarebbe stata giustiziata dal momento che aspettava un figlio.»

«No...» mormorò Mary. «Avete saputo di questo segreto l'anno scorso, al funerale di Sir William.» D'un tratto ciò che non aveva mai capito del comportamento di Holland cominciò ad avere senso e il mosaico che le si compose davanti agli occhi mostrò un quadro raccapricciante.

«Esatto. Sir William avrebbe voluto dirmelo, mi riferì Quincy, ma non ci era mai riuscito.»

«Ma...» Mary esitò. Non voleva essere invadente, ma era incapace di restare in silenzio alla luce del triste e crudo racconto del crimine compiuto da sua madre. Era così terribile... aveva ucciso il marito... doveva esserci un'altra spiegazione oltre alle deduzioni di Holland. «Sapete perché... Non può essere stato solo perché erano poveri. Lui la...?»

«Picchiava?» concluse il capitano al posto suo. «Probabilmente sì. Non sembra che mio padre possedesse grandi qualità. La famiglia di lei la scacciò senza un penny... questo lo so per certo. Forse dopo un certo periodo è diventato troppo pesante per lei vivere insieme a lui e sapere che le cose non sarebbero mai migliorate. Per sposarlo ha rinunciato a tutto, a tutto ciò che è importante.»

«Mi dispiace...»

«Non dovete dispiacervi» tagliò corto Holland e poi sospirò. «Intendo dire... è gentile da parte vostra, ma...»

Mary rimise la pistola nella custodia e abbassò lentamente il coperchio «Vorrei che Sir William ve lo avesse detto» mormorò. «Lui avrebbe potuto aiutarvi a capire.»

«Sono felice che non lo abbia fatto» replicò Holland in tono cupo. «Ormai non c'era rimedio e sarebbe stato troppo difficile per lui. Era molto legato a mia madre e io assomiglio tanto a mio padre.»

15

Holland aprì gli occhi presto il mattino seguente, al rumore della pioggia che batteva contro i vetri. Considerando la penombra perlacea e le tende che si gonfiavano, poiché la sera prima aveva dimenticato di chiudere bene le finestre, avvertì un altro rumore, più insistente, provenire dal corridoio. Prima che potesse capire di che cosa si trattasse, la porta si aprì e Dick Whittington entrò nella stanza senza mostrare la sua abituale pacatezza.

«Che cosa è successo?» domandò Holland, mettendosi a sedere.

Whittington aggrottò la fronte, mentre restava ai piedi del letto. «Guai, purtroppo. Un ammutinamento a Woolwich… che partirà da oggi.»

«Cristo!» Holland scostò frettolosamente le lenzuola e balzò in piedi. Mentre si toglieva la camicia da notte e infilava febbrilmente i calzoni, iniziò a tempestare Whittington di domande. La ribellione si era già diffusa? Che cosa si sapeva esattamente? C'era lo zampino di Crosby-Nash? Quanti uomini erano coinvolti? «Dobbiamo… devo tornare là.»

«Calmati e ti dirò quello che so. Sì, probabilmente l'idea è stata del nostro amico. A quanto pare, ha una particolare propensione ad agitare le acque tra i militari. Dio solo sa da quanto tempo lo progettava… mi ha informato solo poco fa, mentre prendevamo il tè! Dice che sono stati infiltrati degli agitatori in almeno cinque compagnie a Woolwich e che sono stati accolti favorevolmente.»

«Cinque compagnie coinvolte nella ribellione? Non ci credo.»

Whittington alzò le spalle. «Forse ha esagerato, ma dev'esserci un fondo di verità nella sua storia. Sai molto bene che è sufficiente anche una piccola scintilla per provocare una grande deflagrazione.»

«Sì, lo so bene. È questa la ragione per cui devo partire immediatamente. Che cosa diremo a Crosby-Nash?»

«Fortunatamente, non dobbiamo dirgli nulla, a parte *sissignore*. Ci ha chiesto di andare. Io dovrò impersonare il mio solito ruolo *dietro le quinte* e lui spera che tu potrai essere di considerevole aiuto all'interno dell'Arsenale... il che è vero, ma non nel modo che si aspetta lui.»

Holland annuì. «Sai chi c'è a Woolwich? Chi ha infiammato gli animi?»

«No» rispose Whittington con rammarico «o meglio, non ne sono sicuro e non posso insistere con Crosby-Nash per avere altri particolari.»

«Perché no?»

«Be'... è stato piuttosto evasivo... nonostante fosse molto orgoglioso di se stesso. Desiderava suscitare ammirazione, non un interrogatorio. E il fatto che mi abbia informato all'ultimo momento mi fa pensare che forse stia iniziando ad avere meno fiducia in me, a causa del fallimento tra le Guardie. Ma se è così, perché chiederci di andare a Woolwich?» Whittington scosse la testa. «Non mi piace essere manovrato da un tipo come Crosby-Nash.»

La pioggia svegliò anche Mary quella mattina, prima invadendo e poi interrompendo il suo sogno su Sophia Holland. Era una visione molto inquietante, in cui la giovane e fragile donna, di cui Mary aveva visto il ritratto a Storey's Court, camminava lentamente lungo un ampio corridoio. Era vestita con eleganza e anche il corridoio sembrava appartenere a una casa in cui non si era lesinato sulle spese. Alla fine del corridoio c'era un uomo, il cui viso era oscurato. Sophia lo chiamava, ma prima che lui si voltasse gli sparava per due volte e lui cadeva di lato contro un mobile a vetrina pieno di gioielli. La donna... non era più chiaro se fosse Sophia o Mary stessa... continuava a camminare ed entrava in una piccola stanza arredata miseramente, in cui l'unica luce proveniva da un fumoso fuoco di carbone. C'era un uomo seduto su uno sgabello davanti al camino e teneva qualcosa in grembo... un ritratto di Sophia in un'elaborata cornice dorata. Mentre la donna lo osservava, lui tagliava la tela con un coltello e faceva lentamente a pezzi la cornice. Poi gettava sia la tela che la cornice di legno tra le fiamme. Il fuoco iniziava a sibilare e a crepitare, crescendo in un cupo ruggito, fino a quando Mary aprì gli occhi e vide la pioggia rigare i vetri della finestra.

Il sogno e il suo significato erano così inquietanti da impedirle di alzarsi subito e di vestirsi. Quelle immagini così vivide rimasero nella sua mente anche dopo che lo ebbe fatto. I colpi di pistola sembravano echeggiare nel corridoio, mentre lei si avviava verso le scale e attraversando il grande salone poté quasi sentire l'odore di qualcosa che bruciava nel camino spento. Quando incontrò Susannah nella sala della colazione, stava quasi per raccontarle il sogno (senza menzionare Sophia), ma le notizie di Susannah la interruppero. Holland e Whittington stavano per partire.

«Oh! Davvero?» chiese Mary, sorpresa dal fatto di riuscire a versare il tè con mano ferma. «Hai parlato con loro?»

«No, me l'ha detto il colonnello. Povero Bobs... non so perché debba precipitarsi a Woolwich con questo tempo orribile...»

«*Woolwich?*» ripeté Mary, mentre la sua tazza traboccava. «Ha detto che deve tornare a Woolwich? All'Arsenale?»

«Sì, immagino di sì» rispose Susannah, porgendole il cestino del pane.

«Grazie.» I pensieri di Mary passarono da omicidi spettrali a questioni ben più terrene. *A Woolwich e non a Sheerness, come si aspettava il maggiore Whittington. Che cosa può aver causato questo cambiamento nei loro piani? Phoebus ha comunicato qualcosa al colonnello Crosby-Nash? O forse i marinai sono tornati al loro dovere come è già successo a Portsmouth?* Simulò uno sbadiglio e asciugò il tè che si era versato sul piattino. «Non sono ancora del tutto sveglia.»

«Hai dormito male? Il vento era molto forte stanotte… mi sembra di aver sentito persino dei tuoni… deve averti disturbato il sonno.»

«Oh, no, non preoccuparti, sto bene.» *Il capitano Holland non era certo entusiasta della sua missione qui, ma se ha deciso di tornare a Woolwich forse significa…*

Mary lasciò la sala da pranzo non appena le fu possibile e si precipitò nelle scuderie. Il suono di voci maschili la incoraggiò a inoltrarsi lungo i box dei cavalli, mentre gli animali la osservavano incuriositi. Davanti all'ultimo box, Holland stava sistemando la sella sul dorso di un grande cavallo nero con le zampe bianche. Chinandosi ad allacciare le cinghie disse: «Se non ti va bene, cambiala! Non vale la pena…» Si voltò. «Oh, scusate… pensavo fosse Dick.»

«No, io…» Mary s'interruppe. Holland si era vestito in tutta fretta quella mattina e appariva trasandato. Oltre a ciò, era visibilmente in tensione. I suoi bagagli, fatti in fretta e furia, erano impilati in un angolo e sopra vi era stato gettato il mantello. Era chiaro che non avrebbe atteso che un valletto gli preparasse il cavallo. Le era parso così importante riuscire a parlargli, ma ora si sentiva un'intrusa. Lui non desiderava altro che partire il prima possibile e lei lo stava facendo ritardare. Inoltre, non le veniva in mente nulla d'intelligente da dire. «Siete stato richiamato a Woolwich?» chiese.

Holland scosse la testa e rispose a bassa voce. «Ci andiamo per ordine di Crosby-Nash.»

Le spiegò che ci sarebbero stati dei disordini all'Arsenale… che forse erano già scoppiati.

«Disordini? Intendete dire un ammutinamento?»

«Così ci ha detto Crosby-Nash.»

Mary era stata una volta all'Arsenale di Woolwich e immaginò gli edifici distrutti e gli alloggi degli ufficiali in fiamme. «E voi... certo, naturalmente dovete andare a sistemare le cose, ma se... vi prego, siate prudente.»

Holland aggrottò la fronte e si abbassò le maniche arrotolate della camicia. La sua espressione era in parte un tentativo di minimizzare le sue paure e in parte era dovuta alla concentrazione, mentre cercava di capire quali sentimenti gli ispirasse la sua presenza. Non voleva che Mary si preoccupasse per lui... o meglio, gli faceva piacere, ma sapeva che non avrebbe dovuto essere così. «Forse non è nulla. Qualche testa calda o qualcuno che ha parlato troppo dopo aver bevuto.»

«Forse, ma gli ammutinamenti sulle navi non sono stati cose da nulla.»

«Ah, ma quelli sono marinai, non artiglieri. Non so come funzionino le cose in Marina, ma la prima cosa che insegniamo ai nostri uomini è obbedire e rispettare i loro ufficiali.»

«Ma...»

Holland infilò la giacca, abbottonandola fino al mento, iniziando così ad assumere un aspetto militare, e le rivolse un sorriso, mentre assicurava la bisaccia alla sella. «Siete diventata anche voi una specie di soldato ora che avete ricevuto istruzioni su come usare un'arma.»

Mary sapeva che stava cercando di rassicurarla, e benché non vi riuscisse affatto, non osò dirlo. Non doveva essere codarda o, peggio ancora, fargli capire di avere paura. «Questo significa che dovrò obbedire ai vostri ordini?» domandò e sollevò il mento con un'espressione che lui conosceva molto bene.

«Certo.»

«Ebbene? Quali sono?» Holland stava sorridendo e lei non poté fare a meno di ricambiare. «Non intendo dire che lo farò, badate bene, ma vorrei sapere quali sono.»

Dannazione! pensò Holland, sentendo sobbalzare il cuore in petto. *Come riuscire a parlarle in un certo modo? Come nulla fosse cambiato e certe cose fossero ancora possibili?* Ma ora non poteva fare altro che continuare così come aveva iniziato. «Vi ordino di badare a voi stessa, di non fare nulla d'insensato e di ritirarvi se la postazione diventasse indifendibile.»

Mary aveva dimenticato quanto fossero blu i suoi occhi. Merito dell'uniforme, naturalmente, si disse e poteva quasi risentire gli ammonimenti di Miss Marchmont, che la metteva in guardia a proposito del fascino della divisa. *Le giubbe blu sono le più pericolose*, disse silenziosamente a un'ipotetica Miss Marchmont, *ma non posso lasciarlo partire senza...*

«Eccomi, sono pronto final... Oh! Miss Finch!» esclamò Whittington. «Ah, sì, devo ancora...» e fece per tornare sui propri passi.

«No, no, è troppo tardi» lo interruppe Holland. «Addio, Miss Finch.»

Le tese la mano e lei la prese. Mary non sapeva che cosa intendesse esattamente con quel gesto e nemmeno che cosa intendesse esprimere lei stessa stringendogliela. Poi entrambi lasciarono ricadere la mano, imbarazzati, senza guardarsi.

«Mi dispiace» mormorò Whittington, mentre Holland gli passava davanti, conducendo il proprio cavallo fuori dalle scuderie. Poi si rivolse verso Mary e alzò le spalle, ed ebbe la soddisfazione di vederla arrossire. «Ho salutato il colonnello anche da parte tua» proseguì, alzando la voce per essere udito da Holland. «Ci augura buon viaggio.»

Il capitano alzò gli occhi verso il cielo plumbeo e le grosse nubi grigie. «Molto gentile da parte sua.»

Mary rimase al coperto, sulla soglia della scuderia, mentre i due uomini facevano gli ultimi preparativi. Una ventata di pioggia la fece rabbrividire. Il capitano Holland e il maggiore Whittington si stavano avviando indiscutibilmente verso il pericolo e il fatto che non si sapesse nulla di preciso accresceva ancora di più i suoi nefasti presagi. Se fosse partita insieme a loro si sarebbe sentita più tranquilla. Sarebbe stato molto più gravoso per lei restare lì, con i suoi pensieri come unica consolazione.

Whittington s'issò in sella e le rivolse un sorriso. «Addio, Lucasta, partiamo per la guerra. La nostra breve conoscenza è stata molto piacevole e mi auguro d'incontrarvi di nuovo in circostanze migliori.»

Mary annuì. «Lo spero anch'io.» Guardò Holland, oltre le spalle del maggiore, ma lui aveva già girato il cavallo. «Buona fortuna» mormorò, più a se stessa che ai due uomini.

Quando scomparvero alla sua vista, Mary rientrò in casa, cercando di mettere ordini nei propri pensieri. Un ammutinamento a Woolwich... i soldati che si ribellavano agli ordini e al senso del dovere, e il capitano Holland che presto si sarebbe trovato nel mezzo della mischia. *Calmati, ancora non si sa che cosa troverà là. I marinai non hanno aggredito i loro ufficiali... o forse lo hanno fatto? In ogni caso, il capitano Holland conosce i suoi uomini. È inutile immaginare il peggio*. La partenza dei suoi amici avrebbe lasciato un vuoto a Champian Hall. Avrebbe dovuto contare di nuovo solo su se stessa, senza potersi confidare con nessuno. «Sì, ma la situazione qui non è così pericolosa ed esiste sempre la possibilità di ristabilire i contatti con il signor Shy. Non è detto che io debba restare completamente sola.» E poi c'era Sophia Holland, non la protagonista di un sogno confuso, ma la donna reale che era stata spinta a compiere un gesto terribile. Mary sentiva che Sophia era la chiave, qualsiasi cosa il futuro avesse in serbo per lei e il capitano Holland. *Ma temo che lei, al momento, rappresenti un problema troppo complesso e che debba attendere tempi più tranquilli*.

Mentre si trovava nel vestibolo e rammentava a se stessa quell'ultimo proposito, Mary udì delle voci provenire dal salone. Una apparteneva a Crosby-Nash e, socchiudendo la porta, poté udire anche la seconda. Immediatamente si rilassò, rendendosi conto che l'altra voce apparteneva a Lockwood, il maggiordomo, e che stavano discutendo del tempo e dell'opportunità che il colonnello andasse a far visita ai proprietari della tenuta vicina. Quello, perlomeno, era un problema del tutto normale, quasi salutare, e lei continuò a origliare proprio per quel motivo.

D'un tratto si rese conto che i due uomini si stavano avvicinando e si raddrizzò di scatto. Nel vestibolo non c'era alcun luogo dove nascondersi... l'avrebbero vista subito e come avrebbe fatto a spiegare che cosa faceva lì? Guardò il ritratto del dio elefante e alla pallida luce di quel tetro mattino ebbe l'impressione che stesse ridendo di lei.

«Sarà meglio che ne parli con Walters» disse Crosby-Nash, con la mano già sulla pesante maniglia d'ottone.

«Sì, signore, credo che lui saprà dirvi cosa è meglio.»

«E se il tempo collaborerà... Miss Finch, mi avete spaventato!» Quando Crosby-Nash e Lockwood aprirono la porta che dava sul vestibolo, la porta principale si aprì per far entrare Mary, con gli abiti umidi di pioggia e i capelli scompigliati dal vento.

Anche lei trasalì sorpresa. «Oh, colonnello! Vi chiedo scusa, non mi aspettavo...»

S'interruppe imbarazzata e lui si affrettò a intervenire. «Vengo subito a far colazione, Lockwood... se fossi così cortese da dire loro...»

Il maggiordomo guardava fisso il suo padrone, come se non avesse nemmeno notato la presenza di Mary e dopo quelle parole si allontanò. «Certo, signore.»

«Non consiglierei a nessuno di andare a passeggiare con questo tempo» osservò Crosby-Nash quando furono soli.

«No, certo, è che... sono stata... be', sapete che il capitano Holland e il maggiore Whittington sono partiti e io... io volevo salutarli.» E abbassò gli occhi pudicamente.

«Ah, sì, naturalmente.» Il colonnello si avvicinò alla porta. «Sono ancora qui?»

«Purtroppo no.» Mary sospirò, allontanandosi dalla porta.

«Che peccato, avrei voluto dir loro un'ultima cosa. Ma immagino che abbiano preferito parlare con voi.» E le rivolse un sorriso ironico.

Mary ricambiò il sorriso, un sorriso a denti stretti. «Oh, io non so... credo che lui... C'è un vento talmente violento, devo avere un aspetto orribile!»

Fece per sistemarsi i capelli e il colonnello le assicurò che non era necessario, che era ugualmente affascinante. «Se volete scusarmi, devo dire due parole allo staffiere. Immagino che lo abbiate visto nelle scuderie.»

Mary rifletté qualche istante. «Purtroppo non ricordo, ma dovrebbe essere lì da qualche parte.»

«Sì, certo.»

Mary si chiuse la porta alle spalle e mantenne il contegno fino a quando ebbe attraversato il salone e imboccato il corridoio che da lì si dipartiva. Vedendo che non c'era nessuno, si appoggiò contro la parete rivestita da pannelli di legno ed esalò un profondo sospiro, felice di essere riuscita a sfuggire a quella situazione imbarazzante.

La pioggia la costrinse in casa per il resto della mattinata, ma Mary non rimase in ozio. Dopo parecchi tentativi infruttuosi, scrisse una lettera ai suoi banchieri, che conteneva anche un messaggio per il signor Cuthbert Shy. Si augurava che il messaggio lo avrebbe informato che le cose non stavano procedendo bene, ma che passasse inosservato se fosse stato letto da qualcun altro.

Signor William Herbert
Thos Coutts & Co.,
59 Strand, Londra

Caro signor Herbert,

Vi ringrazio per la lettera del 9 di questo mese che ho ricevuto poco prima di lasciare Londra. Da quando sono arrivata nel Kent ho avuto ampia opportunità di riflettere sui Vostri consigli riguardo agli investimenti indiani e sono felice di continuare a seguire la linea da Voi suggeritami. Vi ringrazio anche per la moneta spagnola che mi avete inviato. Come ben sapete, sono molto interessata a questo genere di cose ed è stato molto gentile da parte Vostra ricordarlo. Durante il nostro incontro avvenuto a Londra, mi avete suggerito di mantenere i contatti con un agente affidabile che si occupasse di curare i miei investimenti e avete fatto il nome del signor Marsh come il più qualificato ad assolvere questo compito. Da allora sono sempre rimasta in contatto con lui, ma sfortunatamente ora il signor Marsh non è più in grado di sostenere questo incarico. Potete propormi un altro candidato? Sicuramente, una persona come me, inesperta in questioni finanziarie, trarrebbe grandi benefici dal poter fare affidamento su una guida esperta e temo che potrei ritrovarmi in difficoltà economiche se continuassi a sperperare senza criterio. Vi sarei molto grata per la Vostra assistenza in tal senso.

Sinceramente Vostra

Mary Finch

Champian Hall
Maidstone, Kent
26 maggio 1797

Una lettera priva di fronzoli, certamente, ma conteneva indizi sufficienti per destare l'attenzione del signor Shy? Questi era un uomo molto intelligente e probabilmente riceveva con regolarità messaggi criptati dai suoi agenti. Benché Mary si rassicurasse su quel punto, non riuscì a esimersi dal nutrire altri fastidiosi dubbi. Come poteva essere certa che lui avrebbe ricevuto la lettera? Il maggiore Whittington era abbastanza convinto che esistesse un canale segreto di comunicazione attraverso la banca Coutts... e se si fosse sbagliato? Forse la lettera che lei aveva ricevuto non era passata dalla banca, ma era stata spedita direttamente dal signor Shy. Dopotutto, per lui non sarebbe stato impossibile ottenere la carta intestata della banca. Qualsiasi lettera lei avesse spedito si sarebbe fermata al destinatario scritto sulla busta e Mary si chiedeva come avrebbe reagito il signor Herbert a quella strana comunicazione.

Mary sorrise immaginando i funzionari della banca interrogarsi sulla sua sanità mentale, pur sapendo che non ci sarebbe stato nulla da ridere se la sua missiva non fosse arrivata nelle mani del vero destinatario. Che cosa avrebbe dovuto fare se il signor

Shy non avesse saputo della sua situazione? Sarebbe dovuta restare a Champian Hall, probabilmente in pericolo e impossibilitata a comunicare le sue importanti scoperte? In quei termini appariva una soluzione stupida. *È una soluzione stupida*, le avrebbe sicuramente detto Holland.

Ma che scelta ho? Se non faccio nulla non saprò mai che cosa è meglio fare. Non agire e non sapere... una combinazione inaccettabile, soprattutto adesso che intorno a lei stavano accadendo eventi importanti. Doveva assolutamente spedire quella lettera. "Eppure..." Non voleva fare qualcosa che potesse attirare l'attenzione su di sé, soprattutto ora che era di nuovo sola. Forse avrebbe dovuto aspettare. Avrebbe potuto spedire la lettera l'indomani, o attendere che il colonnello uscisse di casa. *No, no, perché non dovrei spedire una lettera? Non c'è nulla di sospetto in questo. Dopotutto, che cosa dovrebbe sospettare?*

Mary prese la penna, ricopiò la lettera e la sigillò con cura.

Holland spronò il cavallo al trotto e Whittington fece lo stesso. La pioggia era leggermente diminuita da quando erano partiti da Champian Hall, ma scendeva ancora copiosa. Sarebbero stati fradici ben prima di arrivare a Woolwich.

Whittington si asciugò il viso con il fazzoletto, pur rendendosi conto di quanto fosse inutile e si rimise in tasca il fazzoletto inzuppato. Avrebbe voluto parlare, ma l'atteggiamento di Holland scoraggiava la conversazione, così desistette e proseguirono in silenzio. In seguito, però, la sua natura socievole lo costrinse a fare almeno un tentativo. «Stavo pensando a Miss Finch» disse.

Holland annuì. «È folle a restare là.»

«È una donna piena di risorse» lo corresse Whittington «e questo Cuthbert Shy è in gamba. Sono sicuro che ti stai preoccupando inutilmente. No, stavo pensando a un altro aspetto della situazione. Non ti è venuto in mente che il tuo frettoloso addio non sia stato il modo migliore per accomiatarti da lei?»

«E a te non è venuto in mente di badare agli affari tuoi?»

Whittington rise. «Se fosse accaduto, non sarei adatto a questo lavoro. Inoltre, come tuo amico e consigliere, penso che sia giusto da parte mia intervenire quando ti comporti in modo maldestro.»

«Pensi che lo stia facendo?»

«Sicuramente. Questo tuo... indugiare è una follia. Finirai per perderla, se non farai attenzione, e sarebbe un peccato.» Whittington osservò l'impassibile profilo di Holland e proseguì. «È graziosa, possiede una considerevole fortuna ed è intelligente... sebbene l'attrazione che prova per te potrebbe suscitare dei dubbi su quest'ultimo punto. Se io fossi al tuo posto...»

«Ma non lo sei.»

«No, ma se *fossi* al tuo posto, passerei sicuramente all'azione. La sua ricchezza è certa, vero? Ne siamo ragionevolmente sicuri?»

«Non lo so.»

«Be', dovresti cercare di scoprirlo. Un po' di denaro ti farebbe comodo. Potresti comprarti una nuova uniforme, tanto per cominciare, e qualcosa di decente da offrire da bere ai tuoi amici quando ti fanno visita. Tu non sai che cosa significhi essere ospitali. Ti posso dire una cosa, il collier che indossava al ballo a Scarborough House valeva parecchio e poi c'è la proprietà nel Suffolk e sicuramente qualche investimento...»

«Diciamo pure che è ricca e facciamola finita.»

«Non intendo dire che dovresti mostrarti avido, non si tratta di questo, ma non riesco a capire perché ti tiri indietro. Che cosa vuoi di più? Mi è parso di capire che ci sono stati dei disaccordi tra di voi, ma a questo si può facilmente rimediare. Credimi, l'unica cosa che le donne amano di più di un amante virtuoso è un uomo che perde la retta via e dev'essere redento e perdonato. Appellati alla sua generosità e sono sicuro che avrai via libera.»

«Io non voglio avere via libera. Tempo fa mi hai parlato del tuo desiderio di sposare una ragazza ricca e di offrirle il tuo titolo. È una cosa buona e giusta, ma io cos'ho da offrire a Miss Finch? Nulla, e che io sia dannato se accettassi di farmi mantenere.»

«Ma devi lasciare che sia lei a decidere, potrebbe pensarla diversamente.»

«Non m'interessa quel che pensa lei e inoltre...» Holland si guardò le mani. La pioggia aveva arrossato una vecchia cicatrice che aveva alla base del pollice e sembrava che la pelle fosse ustionata. «Mia madre sposò un uomo senza un soldo. Era... era un bastardo e... e alla fine dovette allontanarsi da lui e forse...»

«Ah, capisco, un precedente sfortunato. Ma dimenticatene, tu non sei tuo padre» osservò Whittington «e Miss Finch non è tua madre, per fortuna! Questo avrebbe reso le cose tremendamente complicate, ti pare? Come quel tizio... come si chiamava? Odisseo... no, Edipo. Santo Cielo, i greci ci prendevano gusto a complicare i legami familiari!»

Holland ignorò l'allusione con un'alzata di spalle. «No, questo lo so, ma non importa. La responsabilità è mia e so quel che sto facendo.»

«Ma...»

«Maledizione, Dick, lascia perdere!»

Per qualche minuto si udì solo il ticchettio della pioggia e il rumore attutito degli zoccoli dei cavalli sul terreno bagnato. Poi Holland chiese: «Chi è Lucasta?».

Whittington era immerso nei suoi pensieri e la domanda lo sorprese. «Che cosa? Ah, è la protagonista di un poema molto romantico, in cui l'amato si stacca dal suo appassionato abbraccio per andare incontro al suo destino sull'insanguinato campo di battaglia. "Non potrei amarti così tanto, cara, se non amassi ancor di più l'onore." Versi recitati con profusione di sospiri.»

«Che sciocchezze!»

«Sciocchezze sentimentali» concordò Whittington. «Esattamente il genere di cose a cui tu dovresti far ricorso.»

I due ufficiali giunsero presso Woolwich nel tardo pomeriggio. I cavalli erano stremati e dimostrarono poco entusiasmo per la salita fino a Shooter's Hill. I due cavalieri smontarono di sella e li guidarono a piedi. Aveva smesso di piovere da un'ora, ma gli stivali dei due uomini erano pieni d'acqua e i mantelli da viaggio fradici sbattevano contro le loro gambe, mossi dal vento.

Woolwich era composto da tre strutture distinte. Innanzitutto, c'era l'Arsenale, dove venivano prodotte e immagazzinate le armi. L'Arsenale ospitava anche l'Accademia militare e il laboratorio. Poi c'era la caserma di Woolwich. Vi risiedevano da dodici a quindici compagnie d'Artiglieria e non tutte potevano essere alloggiate all'interno dell'Arsenale. La maggior parte degli uomini era stata sistemata in baracche di recente costruzione. E infine c'era il cantiere navale.

«Se tu volessi provocare dei disordini, che cosa attaccheresti?» chiese Whittington.

Holland rifletté. «Dipende. Se volessi smembrare il reggimento, cercherei di provocare il malcontento tra gli uomini. Mi concentrerei sulle baracche, perché lì sono più numerosi e sarebbe più facile avvicinarli all'insaputa dei loro ufficiali. Ma se volessi danneggiare l'Esercito in generale, allora mi concentrerei sull'Arsenale: distruggerei tutto ciò su cui riuscirei a mettere mano, incluso il laboratorio. Questo ridurrebbe la nostra capacità di produrre le armi necessarie e perderemmo il vantaggio che abbiamo raggiunto.»

«Ah, armi segrete...»

Holland annuì. «Vanificare tutti i risultati raggiunti riguardo alla polvere da sparo e a tutte le innovazioni militari sarebbe la cosa peggiore.»

«Quindi, il comportamento dei soldati è cruciale» disse Whittington «e potrebbe essere l'obiettivo di Crosby-Nash. E il cantiere navale?»

Holland scrollò le spalle. «Su questo fronte non posso esserti di grande aiuto. Il cantiere è diretto dal Ministero della Marina e dall'Artiglieria insieme. Penso che il guaio più grave sarebbe l'ammutinamento di una delle navi ancorate lì per essere riparate.»

Whittington piombò in un pensieroso silenzio. «Credo» disse poi lentamente «che forse dovremmo dividerci. Io mi recherò al cantiere navale a dare un'occhiata e tu andrai a verificare che cosa sta succedendo nell'artiglieria.»

«D'accordo» disse Holland, a cui non importava affatto quel che avrebbe fatto Whittington. Più si avvicinavano a Woolwich e più si rendeva conto che quella era una situazione, per quanto difficile, in cui non aveva bisogno di un aiuto esterno.

Si fermarono in cima alla collina, dietro una curiosa torre triangolare. Holland guardò verso la caserma e, oltre a questa, verso la città di Woolwich. «Sembra tutto tranquillo» mormorò.

«Cos'è questa?» chiese Whittington, indicando la torre. «Ci sono passato davanti un'infinità di volte e non ho mai...»

«È un monumento in memoria di Sir William James» rispose Holland senza voltarsi. «C'è una targa. Senti, Dick, io mi fermo qui. Tu puoi proseguire fino alla deviazione per Charlton e da lì svoltare verso il cantiere navale.»

Whittington annuì. «Ah, capisco. "Per commemorare la conquista del castello di Severndroog, sulla costa di Malabar, che cadde espugnato grazie al suo valore e alle sue doti di condottiero, il secondo giorno di aprile dell'anno 1755." Non sapevo che la cattura... pardon... *la conquista* di... Severndroog fosse un evento storico tanto importante.»

«L'ha fatto erigere la sua vedova.» Holland rimontò a cavallo come per incoraggiare anche l'amico a ripartire.

Whittington indietreggiò di qualche passo per meglio ammirare il monumento. «Una torre... un vero esempio di amore coniugale.» Si tolse il cappello per farsi aria.

«Decidiamo un'ora e un luogo dove incontrarci?»

Whittington scosse la testa. «Meglio non programmare nulla fino a quando non avremo visto come stanno le cose. Ho notato che Sir William James era un ufficiale della Compagnia delle Indie Orientali... come il nostro prode colonnello Crosby-Nash.»

«Sì, proprio come lui. Ascolta, se ci fossero dei disordini, potrebbe risultarti difficile entrare nell'Arsenale, soprattutto col buio, ma se dovessi sentire qualcosa d'interessante in città...»

«Stai pur certo che riuscirò a trovarti se dovrò comunicarti qualcosa d'importante» disse Whittington, voltandosi infine verso l'amico. «Molto bene. Capisco che hai fretta di rimetterti in marcia. Buona fortuna.»

«Anche a te.»

Il sorriso di Whittington svanì mentre osservava il cavallo di Holland scendere lentamente giù per la collina e poi partire al trotto una volta raggiunto il terreno pianeggiante. «Almeno uno dei due è ansioso di fare il suo dovere. Vorrei che fosse lo stesso anche per me.»

16

La vista del colonnello Crosby-Nash comodamente seduto su una delle poltrone del salotto al piano superiore fu così inaspettata da indurre Mary a bloccarsi sulla soglia. Era pur vero che erano quasi le quattro e mezzo e che quella era la stanza in cui solitamente Susannah prendeva il tè, ma il colonnello si univa così raramente alla moglie che la sua presenza lì parve ora quasi sinistra.

Aveva in mente un piano preciso, fare qualche semplice commento di poco conto e poi assentarsi brevemente senza che qualcuno vi facesse caso, ma la sorpresa di vedere lì il colonnello le svuotò la mente, e prima che riuscisse a ricordare che cosa avrebbe voluto dire, Susannah intervenne in suo soccorso. Era concentrata sul suo lavoro di ricamo, ma quando notò il cappellino di Mary, esclamò: «Oh, mia cara, non avrai intenzione di uscire con questo tempo, vero?».

«A… a dire il vero, pensavo di farlo. Ha smesso di piovere ore fa…»

«Ah, sì? Ma il cielo è ancora così cupo e il terreno sarà zuppo!» Susannah nascose uno sbadiglio dietro la mano.

«Oh, be'… questo non m'importa» disse Mary come se le passeggiate nel fango nelle giornate fredde e ventose rientrassero tra i suoi passatempi preferiti. Guardandosi intorno in cerca d'ispirazione, il suo sguardo cadde su Slipper che sonnecchiava ai piedi del suo padrone. «Pensavo di portare Slipper a fare una passeggiata.»

Quelle parole risuonarono sospette ai suoi stessi orecchi, ma sicuramente convinsero Slipper. Udendo il suo nome, il cane sollevò la testa e prese a sbattere con entusiasmo la coda sul pavimento.

«Sapete, stavo per proporre anch'io la stessa cosa» disse Crosby-Nash, abbassando il giornale che stava leggendo.

«Oh!» La compagnia del colonnello era l'ultima cosa che Mary desiderava.

Il colonnello osservò con un sorriso indulgente l'agitazione di Slipper. «Ma iniziate pure ad andare, se preferite. Sicuramente siete più comprensiva di me nei suoi confronti.»

Il suo sorriso e la sua osservazione, quest'ultima pronunciata con una certa condiscendenza, accrebbero il disagio di Mary. «Be', se voi... Vieni, Slipper» disse, e il cane, che non aveva bisogno di altri incoraggiamenti, si alzò e iniziò ad abbaiare. Mary si accucciò, in parte per calmarlo e in parte per calmare se stessa, ma non ebbe successo in entrambi i casi.

«Pensi di andare a Saxonhurst?» le chiese Susannah. Era tranquilla nella voce, ma a un tratto fece una smorfia come se l'abbaiare di Slipper le avesse procurato una fitta alla testa.

«Sì, forse» ammise Mary. Mentre se ne stava lì in piedi, aveva l'impressione che il colonnello la osservasse con un particolare interesse, ma perché avrebbe dovuto farlo? Erano tante le ragioni per cui una persona poteva decidere di recarsi al villaggio... oppure avrebbe potuto farlo senza un motivo particolare. Mary si rendeva conto che quei timori erano frutto solo della sua immaginazione, eppure aveva la sensazione che lui sapesse della lettera, come se potesse vederla spuntare dalla sua borsa.

La domanda di Susannah spezzò l'incantesimo. «Se ci vai, potresti comprarmi una spoletta di cotone verde dalla signora Humphreys? Avrei voluto farlo io, ma poi c'è sempre qualcosa che mi distrae.»

«Sì, certo... allora sarà meglio che prenda il guinzaglio di Slipper.»

Quando Mary se ne andò, Susannah e Crosby-Nash ripresero le loro precedenti occupazioni. Ma dopo pochi minuti, Susannah si alzò. «Ho dimenticato di ricordare a Mary di lasciare Slipper fuori dal negozio! Rammentate con quanta ferocia ha abbaiato alla signora Humphreys quando l'ha vista per strada?» chiese al marito in tono animato.

«No, ma non mi sorprenderebbe sapere che l'ha fatto.»

«Sì, l'ha fatto e temo che potrebbe comportarsi male nel negozio.»

«È possibile.»

«Forse dovrei andare insieme a lei.»

«Suppongo che Miss Finch sia assolutamente in grado di badare a Slipper, ma se volete anche voi tornare a casa fradicia e in disordine...»

«Non stavo pensando tanto a Slipper» ammise Susannah «quanto al fatto che Mary non dovrebbe andarsene in giro da sola. Lei non ci pensa a queste cose, ma io non vorrei che diventasse oggetto di pettegolezzi, soprattutto mentre è sotto la nostra tutela. Andarsene in giro sola, con questo tempo orribile potrebbe essere considerato un comportamento... sconveniente. A meno che voi abbiate qualcosa in contrario, naturalmente.»

Crosby-Nash sorrise con indulgenza, compiaciuto della remissività di sua moglie. «No, penso che abbiate ragione.»

«Faremo attenzione a non tornare a casa in disordine.»

«Ne sono certo.» Il colonnello abbassò di nuovo il giornale. «Ma ditemi, mia cara, qual è la natura del legame tra Miss Finch e il capitano Holland?»

Susannah si fermò alle parole del marito. «*Legame?*» ripeté.

«Non in senso formale, naturalmente. Mi è parso di capire che già si conoscevano prima che lui venisse a farci visita.»

Susannah annuì. «Oh, sì! Sono grandi amici, direi, anche se

forse questa non è la definizione più corretta. Si sono conosciuti in circostanze molto particolari, sapete?»

Crosby-Nash non lo sapeva e nemmeno Susannah, in effetti, ma gli spiegò che quando Mary aveva ereditato la tenuta *Le Dame Bianche*, aveva avuto una disavventura con dei pericolosi banditi, o forse erano contrabbandieri, in ogni caso criminali, uomini disperati. Aveva vissuto un'esperienza terribile, ma Bobs l'aveva salvata, sconfiggendo quei criminali e comportandosi come un eroe.

Crosby-Nash riteneva strano che Holland fosse riuscito a comportarsi da eroe nel Suffolk, ma forse questi eventi si erano verificati prima che lui ottenesse l'incarico a Woolwich? Su quel punto Susannah era più informata. Bobs era stato destinato a Woolwich dopo il suo ritorno dall'India, ma gli era stato affidato un incarico speciale all'interno del reggimento che lo costringeva a viaggiare molto. Era un vero esperto in fatto di armi ed esplosivi, lo dicevano tutti.

«E ha salvato una giovane donna indifesa dai contrabbandieri. Con un tale atto di eroismo, naturalmente, si sarà guadagnato la gratitudine di Miss Finch.»

«Sì, immagino di sì, ma lei non ne ha mai parlato.» Susannah fu folgorata da un pensiero improvviso. "Forse a causa del denaro."

Crosby-Nash inarcò le sopracciglia. «Mia cara, la vostra logica mi sfugge.»

«Be', se lo amasse, naturalmente vorrebbe sposarlo, ma questo non sarebbe possibile perché il caro Bobs è tremendamente povero... troppo povero per una persona come Mary. E lei preferirebbe non rammentare il suo gesto eroico perché questo peggiorerebbe solo la situazione.»

«Ah, sì, ora capisco che cosa intendete dire. Ma affrettatevi, se volete raggiungerla.»

Susannah si affrettò e riuscì a raggiungere Mary e Slipper prima che lasciassero la tenuta. Un evento sensazionale dal momento che Susannah era stata costretta a infilare le soprascarpe con la suola di legno sopra le babbucce che teneva in casa (i suoi stivali erano misteriosamente scomparsi), e poi a correre goffamente dietro all'amica.

«Oh, quella ghiaia bagnata! Mi sembrava di essere una mucca sul ghiaccio» si lamentò ridendo, mentre si fermava a riprendere fiato.

L'idea che Susannah potesse conformarsi a un'immagine così poco lusinghiera fece sorridere Mary, felice di poter godere della sua compagnia. Sarebbe stato più facile fingere che non ci fosse nulla d'insolito nella sua uscita, sicuramente nulla di segreto o misterioso, se era accompagnata da Susannah. *Che cosa c'è di più innocente di due donne che si recano a Saxonhurst?* si chiese, mentre ad alta voce osservava, indicando l'ombrello di Susannah: «Non credo che pioverà di nuovo».

«Nemmeno io,» concordò Susannah «ma il colonnello pensa che potrebbe piovere e non volevo farmi cogliere di sorpresa da un temporale.» Quelle parole fecero sobbalzare Mary, senza che Susannah se ne rendesse conto, ma per fortuna ciò che disse dopo fu più rassicurante. «Non hai mai notato che uscire con l'ombrello è il modo migliore per scongiurare la pioggia? È come una specie di amuleto contro le influenze maligne. Non che la pioggia sia maligna, naturalmente.»

«Oh, no,» disse Mary con un timido sorriso «ma è sempre meglio ricorrere a un amuleto, se se ne possiede uno.»

Poco dopo uscirono vittoriose dal negozio della signora Humphreys con una selezione di spolette di cotone di varie tonalità di verde, una bottiglia di latte e un pacchetto di forcine per capelli. Nessuna delle due amava particolarmente fare spese ed entrambe trovarono sorprendente il fatto che spesso la ricerca di un certo oggetto ispirasse altri acquisti che apparentemente non avevano nulla a che fare con l'acquisto principale, che a volte veniva persino quasi dimenticato. Dopo aver riso di quello strano fenomeno, affrettarono il passo verso *La Corona della Regina*, la piccola locanda (fortunatamente vuota a quell'ora) in cui veniva consegnata la posta. Slipper, che era stato legato a distanza di sicurezza, invocava lamentoso la sua libertà, ma fu ignorato.

Nella locanda s'imbatterono in un ostacolo. Il proprietario, il signor Neville, non sembrava in grado di esaudire prontamente la richiesta di Mary. La lettera dovette essere dapprima pesata, operazione che richiese non solo la ricerca della bilancia, ma anche dei pesi, molti dei quali sembrava che fossero andati persi il martedì precedente. Il fatto che Mary non disponesse del denaro contato comportò una digressione sulla carenza di monete di rame, soprattutto dall'inizio della guerra. Le due signore sopportarono quegli inconvenienti senza spazientirsi fino a quando il signor Neville focalizzò l'attenzione sulla lettera. Era sorpreso, disse, che l'avessero portata lì piuttosto che consegnarla al valletto di Champian Hall che di solito si occupava della posta. L'allusione che lei non avesse seguito la routine prestabilita parve infastidire Susannah, ma si riprese subito quando il signor Neville disse che forse la natura della lettera di Mary giustificava il fatto che fosse consegnata personalmente a lui.

«Immagino che si tratti di una lettera speciale, eh?» ridacchiò, con un sorriso ammiccante. «Una lettera d'amore, forse?»

«Signore!» esclamò Susannah offesa. «Moderate i termini! Vi devo chiedere di non rivolgervi in questo modo alla mia amica.»

Mary arrossì e questo, insieme al fatto che Susannah non era la signora Tipton, spinse l'incorreggibile signor Neville a borbottare a mo' di scuse un noncurante «Bene, bene». Poi, dopo aver esaminato attentamente l'indirizzo, aggiunse: «Ah, una banca! Be', si dice che la ricchezza sia più importante dell'amore. Forse più preziosa. Il cuore è più leggero quando il portafogli è pieno».

«Se non le dispiace, posso sapere quando verrà ritirata la posta?» chiese Mary in tono glaciale.

«Oh, sì» rispose lui, gettando la busta nella buca alle sue spalle. «Vediamo... oggi è venerdì... partirà domani pomeriggio.»

«Grazie.» Mary annuì e Susannah disse: «Buon pomeriggio» in un tono che lei riteneva essere particolarmente brusco.

Quando furono di nuovo fuori, Mary si chiese se sarebbe stato possibile attirare più attenzione sulla sua lettera. *Ormai, quel che è fatto, è fatto*, si disse e poi sorrise quando Susannah sussurrò: «Avremmo dovuto lasciare che Slipper lo mordesse».

La caserma di Woolwich era insolitamente tranquilla per un pomeriggio primaverile, ma per il resto non si notava nulla di strano. Sulla caserma sventolava la bandiera nazionale e non quella rossa degli ammutinati, mentre al suo interno, un lungo edificio a tre piani di mattoni, sembrava essere tutto in ordine. Sul bordo del piazzale c'era un gruppo di uomini riuniti intorno a un cannone da dodici libbre, mentre il loro sergente, un irlandese enorme, considerato il miglior pugile del reggimento, ricordava loro le conseguenze se si fossero dimenticati di pulire il cannone dopo che aveva sparato.

«Ora dimmi, Kennedy, che cosa succederebbe se tu dimenticassi di fare come ho detto e spingessi dentro il nuovo proiettile e poi guardassi nella bocca del cannone come se fosse il collo di una bottiglia di rum?»

«Lo sparo mi farebbe saltare la testa.»

«"Lo sparo mi farebbe saltare la testa" *sergente O'Dwyer*. Tu saresti qui e la tua testa sarebbe là e questo sarebbe una vera vergogna e un terribile dolore per la signora Kennedy.»

«Kennedy non è sposato» disse uno dei suoi compagni.

«Come se non lo sapessi, del bamboccio!» replicò O'Dwyer. «Stavo pensando a sua madre, quella povera donna.»

Holland stava per salutare il sergente quando delle voci concitate provenienti dalla caserma attirarono la sua attenzione. C'era una disputa in corso, ma da quella distanza era impossibile capire di che cosa si trattasse. Un'altra voce, dal tono inferocito, ristabilì subito l'ordine e il tono generale si fece più pacato. Qualunque fosse stata la causa del diverbio, pareva essersi risolto senza conseguenze. Holland si accorse che i soldati riuniti per l'esercitazione lo osservavano di sottecchi, senza più prestare attenzione al loro istruttore. Poi si aprì una porta a circa tre quarti del corpo frontale della caserma e apparve Jack Dalton. Rimase fermo per un istante, ma, riconosciuto Holland, attraversò il piazzale e lo raggiunse.

«Che cosa sta succedendo, Jack?» gli domandò Holland, smontando rapido di sella e tendendo la mano all'amico. Il capitano notò che Dalton indossava l'uniforme, ma che né gli uomini né il loro sergente lo avevano salutato quando era passato loro davanti.

«Guai in vista, ma nessuno ne conosce ancora la portata. Sarà meglio che tu venga con me. Sto tornando all'Arsenale con la lista delle richieste dei soldati.»

«*Richieste?*»

«Shhh... *Lamentele*, se preferisci. Ti spiegherò strada facendo.»

Holland annuì. «Che cosa stava succedendo laggiù?» chiese, dopo che si furono allontanati dalla caserma.

«Ti riferisci all'esercitazione col cannone? Forse vogliono dimostrare che sono in grado di cavarsela anche senza di noi.» Dalton alzò le spalle. «O forse hanno intenzione di usarlo.»

«Quando sono iniziati i disordini?»

«Questa mattina. Non riesco a crederci, nemmeno adesso» disse Dalton. «Filava tutto liscio, a parte la solita agitazione che è naturale in vista di un evento speciale.»

«Certo, me n'ero dimenticato... oggi è il 26. La giornata ideale per una ribellione.» E lo era davvero. Il 26 maggio cadeva l'anniversario della fondazione del reggimento ed era il giorno in cui gli artiglieri di qualsiasi luogo, ma soprattutto quelli di Woolwich, sfilavano in parata in rievocazione di quell'evento.

«Esattamente. Il colonnello Congreve era fuori di sé, con il generale al suo fianco alla sua prima, grande parata. Diede l'ordine di rompere le righe e nessuno si mosse. Non avevo mai visto nulla del genere. L'ordine fu ripetuto e non accadde nulla. Poi una delegazione di sergenti si staccò dalla parata e si rivolse ai superiori, come se facesse parte del programma. I sergenti annunciarono che gli uomini si rifiutavano di obbedire a qualsiasi ordine provenisse da un ufficiale.»

«Maledizione! Hanno occupato l'Arsenale?»

«Non proprio. Congreve e MacLeod si trovano lì adesso. I sergenti...»

«Quelle canaglie!»

«No, non è così. In realtà, sembra che siano stati eletti portavoce delle lamentele dei soldati e che abbiano deciso di accettare per evitare che la situazione sfuggisse di mano. Qualcuno di loro avrà pure le sue idee, naturalmente...»

«Ma chi ha dato il via?»

«Non lo so. Alcuni degli uomini sono scontenti, questo lo sapevo da mesi, ma Dio solo sa che cosa abbia scatenato questo pandemonio.»

«Be', continua... poi che cosa è successo?»

«Lord Cornwallis chiese allora ai sergenti se loro avrebbero continuato a obbedire agli ordini e loro risposero di sì, ma che speravano che non venisse loro ordinato di fare qualcosa che potesse peggiorare la situazione. Discussero un po' e alla fine fu deciso che per il momento i sergenti si sarebbero assunti la responsabilità degli uomini. Gli ufficiali, a eccezione di quelli con incarichi speciali come te, sono stati mandati in città e ci è stato raccomandato di evitare di fare qualsiasi cosa che possa scatenare un confronto.»

«Quindi ora i responsabili sono i sergenti?»

«Per il momento esiste una specie di... accordo tra loro e Congreve.»

Holland rimase in silenzio, ma quando si avvicinarono al cancello principale dell'Arsenale posò la mano sul braccio di Dalton. Seguì una breve discussione e infine Dalton gli consegnò la lista delle richieste e si ritirò. Holland di solito non faceva valere il suo grado con l'amico, ma non aveva nessuna intenzione di essere relegato in città insieme agli altri ufficiali. Il colonnello Congreve aveva ordinato ai suoi ufficiali di ritirarsi nella città di Woolwich, ma Holland aveva lavorato abbastanza a lungo al suo fianco da sapere che l'ordine non valeva necessariamente anche per lui. In ogni caso, voleva dare al suo superiore la possibilità di contare su di lui, se lo desiderava.

L'atmosfera all'interno dell'Arsenale gli confermò che stava accadendo qualcosa d'insolito. Di solito era un luogo piuttosto frenetico e rumoroso, con lavoratori civili che si muovevano liberamente. Quel giorno, invece, l'Arsenale appariva deserto e l'unico suono udibile proveniva da un paio di gabbiani che emettevano le loro stridule grida e si chiamavano l'un l'altro, mentre volavano in cerchio sul piazzale deserto. Non del tutto deserto peraltro, perché il fuciliere Drake avanzava verso di lui, proveniente dagli alloggi degli ufficiali.

Si affiancò a Holland e gli prese le redini. «Mi occuperò io del cavallo e del bagaglio, signore» gli disse.

Drake stava già per allontanarsi, ma Holland lo fermò. Sapeva che non avrebbero dovuto essere visti insieme a parlare e che gli assistenti degli ufficiali si trovavano in una situazione particolarmente delicata quando veniva infranta la normale gerarchia. Sembrava che Drake avesse già avuto modo di rendersene conto, perché aveva il viso gonfio e livido. «Tutto bene?» gli chiese Holland a bassa voce.

Drake sorrise, nonostante la tumefazione. «Oh, non è nulla, signore. Gli ignoranti devono imparare a tenere la bocca chiusa, tutto qui.»

«Be', non fare idiozie.»

«No, signore.»

Si lasciarono, ma prima Holland gli sussurrò: «Fatti un impacco con qualcosa».

«Lo farò, signore.»

Holland percorse il viale che divideva il fabbricato con le officine e i magazzini dal laboratorio. In circostanze normali era lì che si sarebbe aspettato di trovare il colonnello Congreve. Quel giorno, però, il laboratorio era chiuso e c'erano degli uomini di guardia davanti alla porta. Holland venne così a sapere che per il momento il colonnello aveva trasferito il suo ufficio nell'edificio che ospitava l'Accademia militare. La decisione di chiudere il laboratorio era stata sensata, ma a Holland non piaceva l'idea che il colonnello fosse stato costretto ad abbandonare il suo ufficio.

L'Accademia era la scuola in cui i cadetti che speravano di arruolarsi nell'Artiglieria Reale o nel Genio Reale imparavano i rudimenti della loro futura carriera. Di solito era il regno di chiassosi ragazzini e dei loro vessati istruttori, ma quel giorno Holland trovò l'entrata principale bloccata da alcuni uomini armati. Dal loro atteggiamento non era facile capire se stessero proteggendo il loro comandante in carica o se lo stessero tenendo in ostaggio. Il loro comportamento nei confronti di Holland fu più apertamente ostile. Le espressioni impassibili, che negavano di conoscere Holland, e il tono aggressivo con cui uno di loro chiese il suo nome e poi gli disse di attendere lasciavano intendere che non si sarebbero tirati indietro di fronte a un confronto, e che forse speravano di provocarlo.

Poco dopo, gli fu concesso di entrare e gli fu detto di raggiungere l'aula principale. Lì Holland trovò il comandante di Woolwich, il colonnello Congreve, e il maggiore MacLeod, l'aiutante generale del reggimento.

«Holland» disse Congreve, alzando gli occhi dalle sue carte. «Sono felice di vedervi. Immagino che sappiate già qualcosa del pasticcio in cui ci troviamo.»

«Sì, signore, ho incontrato il tenente capitano Dalton alle baracche. Queste sono le... lamentele che ha raccolto.»

«Ah, sì. MacLeod dà un'occhiata. Dal momento che gli uomini non hanno dichiarato di pretendere le nostre teste, la mia opinione è che, sebbene la situazione non sia delle migliori, avrebbe potuto essere ben peggiore... basterebbe chiedere alla Marina. Ora il nostro compito è quello di assicurarci che le cose non degenerino anche qui. Non possiamo rischiare che scoppi la scintilla.»

«No, signore.»

«I guai sono iniziati quando si è sparsa la voce che il governo avrebbe aumentato le paghe dell'Esercito e della milizia, ma che noi non ne avremmo beneficiato. La prima parte è vera, ma la seconda no, eppure ha scaldato gli animi. Poi i rappresentanti dei soldati hanno avanzato una serie di stupide richieste.»

«Potrebbero essere stati degli agitatori esterni a fomentare la ribellione?»

«È possibile. Non possiamo impedire agli uomini di recarsi in città e sono molti i civili che lavorano all'interno dell'Arsenale. Ma temo che anche tra di noi ci siano delle mele marce.»

«Delle quattordici compagnie e dei distaccamenti di stanza a Woolwich, tre sono messi male» spiegò MacLeod. «Hanno un pessimo comando e una truppa costituita da un gran numero di condannati ai lavori forzati e d'immigrati. In queste compagnie regna un gran caos e sicuramente vi sono degli agitatori. Fino a questo momento hanno sempre obbedito agli ordini, ma devono essere sorvegliati con attenzione.»

«Non rappresentano l'unico pericolo» disse Congreve. «Lord Cornwallis è sempre stato un uomo di buon senso, ma se verrà a sapere che siamo in pericolo, deciderà d'intervenire. Credo che tornerà, deve tornare, per Dio!, ma non voglio che soffi sul fuoco e che scateni una rivolta.»

«Certo, signore.»

«Quindi, potete capire che è molto importante, per varie ragioni, che a Woolwich resti tutto tranquillo stanotte» disse MacLeod. «Abbiamo bisogno di tempo per ricordare ai nostri uomini che prima di tutto noi siamo artiglieri e che non possiamo agire sconsideratamente.»

Sebbene non lo dicesse, Congreve considerava provvidenziale l'arrivo di Holland. Era stato deciso che due ufficiali sarebbero rimasti all'Arsenale fino a quando la situazione non fosse stata risolta. Congreve aveva pensato di assumere quell'incarico insieme al maggiore MacLeod, ma ora si disse che l'aiutante e Holland sarebbero stati più adatti di lui. Detestava l'idea di lasciare il suo posto, ma nutriva grande fiducia nei suoi sottoposti. Il primo aveva grande capacità di comando e il secondo posseva il sangue freddo necessario per gestire la situazione se l'autorità non fosse più stata sufficiente. Non era il caso, però, che si montassero la testa, quindi annunciò semplicemente che si sarebbe ritirato nella sua casa di Charlton. Il maggiore MacLeod avrebbe assunto il comando dell'Arsenale e il capitano Holland lo avrebbe assistito, se fosse stato necessario.

MacLeod e Holland giudicarono ragionevole la sua decisione. Da Charlton, Congreve avrebbe potuto più facilmente conferire con Lord Cornwallis e dirigere le operazioni. Inoltre, se si fosse verificato il peggio, sarebbe stato importante che il comandante non venisse aggredito o preso in ostaggio. Naturalmente, nessuno dei due ufficiali in carica osò puntualizzare questo aspetto.

17

Quella sera Mary si ritirò presto in camera sua, stanca per gli eventi della giornata e per il ruolo che era stata costretta a recitare. Il suo ruolo e la situazione a Champian Hall stavano diventando sempre più complicati.

Come sarebbe finito tutto ciò? Con... l'arresto del colonnello? Era sicuramente difficile provare simpatia per lui, ma che ne sarebbe stato di Susannah se lui si fosse rivelato un traditore? Non sembrava che Susannah amasse suo marito, ma senza dubbio nutriva lealtà verso di lui. Come avrebbe potuto sopportare l'umiliazione, se lui fosse caduto in disgrazia? Avrebbe perdonato Mary per aver aiutato il governo a smascherarlo? Mary ripensò a Sophia Holland. Sophia aveva sposato l'uomo sbagliato e di conseguenza aveva subìto l'umiliazione. I due casi erano diversi, ma sia Sophia che Susannah erano delle Armitage. Era possibile che ci fosse affinità tra i loro caratteri? Sophia era morta giovane, forse distrutta e annientata dal fardello che aveva dovuto sopportare. Se Crosby-Nash avesse dovuto affrontare un processo, Susannah si sarebbe mostrata più forte di lei?

Mary iniziò a passeggiare lentamente su e giù per la stanza, rimuginando sulla questione, ma non così distratta da dimenticare di evitare un'asse del pavimento che scricchiolava in modo allarmante ogni volta che ci posava sopra il piede. Il suo vagabondare per la stanza la condusse alla scrivania. La pila della corrispondenza attirò la sua attenzione e lei si sedette a esaminarla... non perché le osservazioni di Miss Trent e Miss Marchmont fossero particolarmente interessanti, ma perché erano lontane mille miglia dallo spionaggio e dal doppio gioco. In particolare, la fece sorridere la lettera di Charlotte, scritta con quel suo stile animato e infantile. Perché, si chiedeva, la Principessa reale non si era sposata qualche settimana prima, quando loro si trovavano ancora a Londra? «Sarebbe stato così eccitante vederla passare, o almeno vedere la sua carrozza, perché non credo che lei sia particolarmente bella. Non pensi che sia strano diventare principessa di un luogo chiamato "Württemberg"? A me sembra di sì, ma mia madre dice che non è vero.»

Non dovrei lasciare qui questi scritti, dove chiunque potrebbe leggerli, pensò Mary, immaginando lo scambio di opinioni tra Charlotte e Lady Armitage. *Non è nulla d'importante, ma il colonnello*... Subito si rimproverò per aver sospettato che il colonnello potesse entrare in camera sua e rovistare tra le sue carte. *No, io sono l'unica qui ad abbassarsi a fare queste cose, ma, in ogni caso, è meglio essere prudenti*...

D'un tratto si raddrizzò sulla sedia e il sorriso le morì sulle labbra. Un pensiero, o meglio il seme di un'idea, s'insinuò nella sua mente e cominciò a crescere, e insieme a lui crebbe anche la paura. L'ultimo rapporto destinato a Romney, quello in cui faceva riferimento alla partenza di Phoebus, era stato lasciato nel nascondiglio della chiesa di St Stephen poco prima della morte del venditore ambulante. In quell'occasione Mary aveva ritirato la sua moneta, ma non aveva mai controllato se Romney avesse ritirato quell'ultimo messaggio. Probabilmente lo aveva fatto, perché lei lo aveva lasciato il giovedì e lui doveva essere stato ucciso la domenica. Ma se non fosse stato così... *allora significa che si trova ancora là, dietro il mattone, in attesa di essere ritrovato*...

Mary avvertì una stretta allo stomaco, mentre la sua mente iniziava a vagliare tutte le possibilità. *Romney era molto efficiente, quindi il messaggio non si trova più in chiesa e, se è ancora lì, sicuramente è ben nascosto. Perché mai qualcuno dovrebbe trovarlo*...

o pensare di cercarlo? A meno che non lo abbiano aggredito lì… nella chiesa di St Stephen… forse l'assassino… forse ha seguito Romney in chiesa.

Mary rabbrividì al pensiero di Romney che veniva colpito, proprio mentre si chinava per spostare il mattone. *È orribile! Ma anche se qualcuno trovasse il messaggio, non potrebbe mai risalire a me…* Cercò di rammentare quel che aveva scritto. Sarebbe stato possibile confrontare la calligrafia con la sua? *Forse… ma non c'è motivo di credere che questo possa accadere. Mi sto solo agitando immaginando queste cose terribili. La cosa più probabile è che Romney abbia ritirato il messaggio o che questo si trovi ancora nel nascondiglio perché nessuno ne è a conoscenza.*

Mary si alzò dalla sedia e si avvicinò alla finestra. Il tempo era migliorato, ma l'aria era ancora fresca e profumava di quell'odore di terra che segue sempre la pioggia. Avrebbe potuto recarsi a St Stephen per esserne certa? Immaginò il tragitto. Sì, avrebbe potuto farlo, ma più ci pensava e meno plausibili le apparivano le sue paure. Sicuramente, *se il messaggio si trovava ancora nel nascondiglio… e probabilmente non è più lì perché l'ha preso Romney…* era estremamente improbabile che qualcuno lo scoprisse proprio quella notte. *Si potrebbe dire addirittura impossibile.* Sarebbe rimasto al sicuro dietro quel mattone per anni e anni, all'insaputa di tutti, a eccezione dei topi e degli scarafaggi. *È un nascondiglio che passa assolutamente inosservato.*

Dicendo a se stessa che ne stava facendo un dramma senza motivo, chiuse la finestra e tirò le tende, cancellando con decisione dalla propria mente quegli inquietanti pensieri. Dopo essersi messa a letto, rilesse le sue lettere, sorridendo per il racconto che aveva fatto Miss Trent di un tè pomeridiano a Lindham Hall, durante il quale le signore si erano complimentate con Mary e avevano dichiarato di attendere con ansia il ritorno dell'ombrello di Miss Trent… o forse era il contrario. *Domani mattina andrò a controllare il nascondiglio per essere assolutamente sicura,* decise Mary, spegnendo la candela.

Sprofondò subito in un sonno senza sogni e non udì il rispettoso bussare alla porta di Champian Hall e, pochi minuti dopo, la voce deferente di Lockwood che riferiva al suo padrone che il signor Neville, del villaggio, chiedeva di parlare con lui, se non gli fosse stato troppo d'incomodo.

Holland tornò all'Accademia poco dopo le nove, dopo aver passato una serata noiosissima nella guardiola, all'entrata dell'Arsenale. Trovò il maggiore MacLeod in una delle salette di lezione.

«Ah, vedo che siete tornato» esordì quest'ultimo, sfregandosi gli occhi. Appariva stanco. «Ci sono notizie?»

«Sì, signore, come voi avevate previsto. È arrivato Lord Cornwallis... l'ho incontrato proprio adesso al cancello, prima che si recasse dal colonnello. Mi ha informato che il 7° Dragoni Leggeri è stato inviato a Lewisham, nel caso in cui avessimo bisogno di loro.»

«Ah, bene, ciò è rassicurante, sebbene Lewisham non sia proprio dietro l'angolo.» MacLeod chiuse il libro che stava leggendo e osservò Holland alla tetra luce della lanterna. «Quindi, per il momento siamo soli a difendere l'Arsenale in nome di Sua Maestà.»

«È questo ciò che stiamo facendo?» chiese Holland. «E gli uomini lo sanno?»

«Mi auguro che non abbiano modo di verificarlo. Il resto è tutto in ordine?»

«Sì, signore, tutto molto tranquillo. Mi sembra che aleggi un po' di tensione, ma forse è solo una mia impressione.»

«No, credo che siamo tutti nervosi.» MacLeod sospirò pensieroso. «A volte gli uomini perdono il controllo di notte, quando è tutto tranquillo e hanno tempo per pensare. A volte la tranquillità li agita ancora di più. Be', finirò questo capitolo e poi andrò a letto e vi consiglio di fare altrettanto. Se dovesse succedere qualcosa, saremo i primi a saperlo, ne sono certo.»

Quando Holland vide la propria sistemazione, riconobbe immediatamente lo zampino di Drake. Non solo la branda era stata fatta con cura, ma c'erano anche molti oggetti presi dal suo alloggio, incluso il rasoio e una camicia pulita. E ancora più gradevole fu la vista di un vassoio con qualche panino e mezza bottiglia di brandy.

Dopo aver mangiato, Holland si sentì piacevolmente stanco, ma non ancora pronto per dormire. Prendendo con sé la bottiglia, uscì nella notte. Senza avere in mente una destinazione precisa, si diresse verso il fiume, ma invece di girare a sinistra in direzione del molo, s'incamminò per un sentiero costeggiato dagli alberi, sulla destra, verso la zona conosciuta un tempo come "Passeggiata Principe Rupert". Era una notte fresca e senza luna, ma il brandy e i suoi pensieri lo tenevano al caldo. Stava pensando a Woolwich, a Dick Whittington, alle Guardie a Cavallo e a Mary Finch, anche se non esattamente in quest'ordine. *Che cosa starà facendo Mary?* si chiese. Sicuramente a quell'ora era già a letto, ma era riuscita a prendere sonno? O forse era ancora sveglia e stava pensando a ciò che lui le aveva detto? Quell'eventualità lo fece arrossire e ricordò la sua espressione quando erano partiti. Sembrava così in ansia per lui! *E invece è lei a essere in pericolo, in quella maledetta casa, senza nessuno che possa aiutarla.* Avrebbe voluto fare qualcosa... ma cosa? Fino a quando fosse durato l'ammutinamento, anche lui sarebbe stato praticamente prigioniero.

Probabilmente era stato un errore sedersi a terra, con la schiena appoggiata al tronco di un albero. Si era alzata la marea, ma c'era ancora un lungo tratto di fango scuro e oleoso tra l'acqua e la costa. Una lieve brezza trasportava gli innumerevoli odori del Tamigi, alcuni decisamente sgradevoli, ma che gli ricordavano la pioggia primaverile e il mare. A pochi passi da lui poteva sentire il gorgoglio dell'acqua e delle onde farsi sempre più vicino, mentre il fiume rientrava nel suo letto. *Il fiume... Londra... E se... Ma Londra è a oltre centocinquanta chilometri a quest'ora di notte...*

Forse si era appisolato per qualche minuto, ma udì subito un rumore di passi che si avvicinavano. In realtà lo aspettava sin da quando si era incamminato verso quella zona isolata. «Grazie per la cena» disse a bassa voce, quando i passi furono più vicini.

Ci fu un borbottio d'assenso. «Ho pensato che non aveste avuto il tempo di mangiare oggi.»

«Infatti.»

Drake si accucciò accanto a lui e Holland gli passò la bottiglia. Il suo assistente prese un sorso e poi gliela restituì. Per qualche istante nessuno dei due parlò, mentre Holland osservava la buia e ondeggiante distesa d'acqua. «A proposito di quel che sta succedendo... ci hanno fregato?» chiese Drake con diffidenza.

«I nostri uomini, intendi dire?»

Drake scrollò le spalle. «Intendevo in generale.»

«Non lo so. La Guardia a Cavallo di certo non gradisce gli ammutinamenti, soprattutto in questo periodo.»

«È una vera sfortuna che si sia diffusa la notizia» borbottò Drake. «Sarebbe stato meglio se fossimo riusciti a sistemare le cose tra di noi.»

«Impossibile, Woolwich è troppo importante. Qualsiasi problema si verifichi qui, coinvolge anche l'Esercito. Di chiunque sia stata l'idea, deve aver pensato anche a questo prima di decidere di far apparire il reggimento come una massa di idioti.»

«Certamente, ma...»

Holland lanciò un'occhiata di sbieco. «Non ti chiedo di tradire nessuno, ma ora il colonnello sta in mezzo tra i nostri uomini e quelli mandati dall'Esercito, e non è una posizione facile.»

«Che cosa pensate che accadrà?»

«Se non interverrà nulla di nuovo, presto tutto rientrerà nella normalità, ma se gli uomini dovessero fare un colpo di testa... finiremmo tutti nei guai. Hai saputo qualcosa?»

«C'è un po' di agitazione in giro, ma dubito che abbiano in mente qualcosa... a meno che qualcuno non li fomenti» aggiunse Drake dopo una breve riflessione.

«Bene, allora probabilmente finirà tutto in nulla.»

«Sì, forse.»

Il silenzio tra loro crebbe e Drake pensò che Holland si fosse addormentato, ma quando si voltò incuriosito verso di lui, vide che aveva gli occhi aperti. La sua espressione era attenta e stava ascoltando qualcosa. Poi lo sentì anche Drake, o meglio, percepì la presenza di qualcuno non troppo lontano da loro.

Holland ricambiò lo sguardo e si portò l'indice alle labbra, mentre entrambi si alzavano silenziosamente. Si trattava di un rumore di passi che proveniva dalla bottega del carpentiere che confinava con il vecchio Arsenale. Holland vagliò le varie possibilità... un soldato che disertava il suo servizio di guardia? Un condannato ai lavori forzati che era riuscito a fuggire dalla nave ancorata al largo del nuovo molo? Un intruso che si trovava lì per rubare o... peggio? Di chiunque si trattasse, sicuramente aveva intenzione di passare inosservato.

Drake si spostò lentamente sull'altro lato del sentiero in modo che, di chiunque si trattasse, sarebbe stato costretto a passare in mezzo a loro due. Non aveva armi con sé, a parte la bottiglia di brandy e la impugnò per il collo come se fosse stata un randello. *Oh, Gesù!* pensò, vedendo che anche Holland si stava muovendo. *Restate dove siete, per l'amor di Dio! Lasciate che sia lui ad avvicinarsi.*

Poi l'uomo si fermò, come se si fosse reso conto di non essere solo. Qualche istante di silenzio e poi Holland avanzò di nuovo. Rassicurato, o perlomeno non preoccupato dalla presenza di Holland, l'uomo riprese a camminare e una voce sussurrò: «Maggiore?».

«Sì» rispose Holland a voce bassa, avanzando ancora di qualche passo. Ora era abbastanza vicino e poteva distinguere la sagoma scura dell'uomo, che sembrava vestito con abiti civili. «Sono qui.»

Ma evidentemente quella non era la risposta giusta e l'uomo si bloccò. Qualcosa nei suoi movimenti allarmò subito Drake. «Ha un coltello!» sibilò e, rinunciando a nascondere la propria presenza, ruppe la bottiglia contro il tronco di un albero in modo da disporre di un'arma letale.

Ma non poté offrire un aiuto tangibile perché d'un tratto i due uomini si saltarono addosso. Ci fu una zuffa, i due iniziarono a lottare avvinghiati sul terreno in un groviglio indistinto. Drake non poteva far altro che stare a guardare, perché non riusciva a distinguerli l'uno dell'altro e sicuramente non poteva intervenire senza mettere in pericolo Holland. «Santo Dio, signore, fate attenzione!» esclamò, impotente.

I due combattenti erano di nuovo in piedi. Lo sconosciuto menava fendenti a caso, come un animale terrorizzato, e Holland continuava a schivare agilmente i suoi colpi. A un certo punto, riuscì ad afferrare il braccio dell'uomo e lanciò un'imprecazione. L'altro abbassò la guardia e il capitano ne approfittò per colpirlo con violenza allo stomaco, mozzandogli il respiro. Lo sconosciuto cadde a terra e venne disarmato.

Drake udì, piuttosto che vedere, il coltello cadere e lo allontanò subito col piede. Era un'arma malefica, un coltello a serramanico. Drake passò il dito sulla lama seghettata. Era bagnata?

Mentre il proprietario del coltello veniva issato in piedi, ancora ansimante, Holland gli torse il braccio dietro la schiena per immobilizzarlo. «Sta' fermo!» gli ordinò, rafforzando le sue parole con un ultimo strattone. «Drake, perquisiscilo.»

Sotto il mantello dell'uomo, Drake trovò un lungo cilindro, una specie di tubo, e lo gettò ai piedi di Holland. «Tutto bene, signore?» gli chiese. «Siete ferito?»

«Sì, leggermente.» L'ammissione accrebbe l'ira di Holland e dopo aver consegnato il prigioniero nelle mani di Drake, gli domandò: «Chi sei? Come ti chiami?».

«Smith» fu la risposta. Era un uomo minuto e con quegli abiti trasandati sembrava un commesso di bottega che fosse rimasto coinvolto in una rissa contro la sua volontà. Ma la sua espressione furibonda contraddiceva l'apparenza innocua. Nonostante ansimasse, se Drake lo avesse liberato sarebbe sicuramente saltato di nuovo addosso a Holland senza esitazione né pietà.

«Bene, Smith, che cosa diavolo ci fai qui? Chi ti ha fatto entrare?» Holland si chinò e raccolse il tubo, che si dimostrò essere un involto di carte, strettamente arrotolate e legate con un pezzo di spago. «Pronto a far la tua rivoluzione personale, vero?»

«In questo momento non avrebbe nemmeno il fiato per farla» disse Drake, rafforzando la stretta e quasi sollevando di peso il prigioniero. «Che cosa ne facciamo?»

La ferita sul braccio cominciava a dolere. Holland prese un fazzoletto dalla tasca e lo legò sopra la manica tagliata. *Mio Dio, sto tremando*, constatò meravigliato e fece qualche respiro profondo prima di rispondere. «Portalo all'Accademia. MacLeod vorrà essere subito informato... senza suscitare troppo scalpore.»

«Sì, avete ragione.» Drake esitò quando si rese conto che Holland non lo avrebbe accompagnato.

«Io do un'occhiata in giro» gli spiegò il capitano «per accertarmi che non ci siano altri visitatori.»

«E se...»

«Smettila di blaterare... o forse hai intenzione di non obbedire più nemmeno tu agli ordini?»

«D'accordo, ma se vedete qualcosa, non prendete iniziative!» gli raccomandò Drake. Scuotendo la testa, spinse Smith lungo il sentiero, in direzione dell'Accademia. «Comportati bene, signor Smith» lo ammonì in tono minaccioso. «Prova a fare scherzi e ti sventro come un pesce.»

Holland li osservò allontanarsi e poi si diresse verso il cancello principale, con passo spedito, ma senza correre. Non era il caso di allarmare le sentinelle, tanto più che non aveva ancora deciso cosa fare. I manifesti di Smith gli avevano dato un'idea, un'ottima idea, se avesse avuto il coraggio di realizzarla. *E se è vero quel che pensi dei soldati, perché tutto dipende da loro*, aggiunse tra sé. L'Arsenale era un barile di polvere da sparo in attesa che Smith accendesse la miccia? Era quello il significato della sua presenza lì? Oppure la moderazione dimostrata dai soldati significava che l'invito alla ribellione era stato ignorato e ora gli agitatori stavano giocando la loro ultima carta?

Ciò che Holland aveva in mente avrebbe risposto a quegli interrogativi. Se avesse avuto successo, gli uomini si sarebbero convinti a fidarsi dei loro superiori. Naturalmente, questo avrebbe dato alle teste calde la possibilità di trionfare dove Smith aveva fallito, ma del resto, se fosse esplosa una vera ribellione, due soli ufficiali non avrebbero avuto in ogni caso la possibilità di sopravvivere. Consapevole della situazione, Holland prese la sua decisione e svoltò a sinistra in direzione della caserma. Come prevedeva, la luce era ancora accesa nell'edificio più vicino. Un semplice allentamento della normale disciplina oppure i soldati avevano un motivo particolare per essere ancora svegli? Holland poteva udire delle voci, ma nulla fuori dall'ordinario. «Coraggio» mormorò tra sé, bussando con decisione alla porta ed entrando nella baracca.

I soldati rimasero talmente sorpresi dalla sua improvvisa apparizione da non dire nulla, solo qualcuno balzò in piedi, mettendosi sull'attenti. Ci fu uno spostamento di sedie e un oggetto di metallo cadde a terra. Lo stanzone odorava di sudore, di tabacco da pipa e del cavolo bollito che era stato servito per cena. Holland osservò i visi che lo scrutavano. Alcuni gli erano sconosciuti e non riuscì a rendersi immediatamente conto della situazione. Pur non essendo in servizio, la maggior parte di loro era ancora vestita. Alcuni erano riuniti intorno a un tavolo; forse stavano giocando a carte, ma le brande erano state spostate in modo da creare uno spazio per riunirsi.

«Buonasera.» Holland entrò nella stanza, pur sapendo che non avrebbe avuto una facile via di fuga. «Solitamente non vengo qui, ma ho delle notizie e ho pensato che vi avrebbero interessato.» Fece una breve pausa. «Un civile, un certo Smith, stasera è penetrato nell'Arsenale... probabilmente scavalcando il muro orientale.»

Le sue parole furono accolte da un mormorio concitato, ma era la sua unica possibilità e doveva approfittarne. «Credo che non sia venuto qui con la benedizione dei sergenti, ma di propria iniziativa. Ha portato con sé alcune carte che probabilmente intendeva farvi leggere.» Srotolò il cilindro e le mostrò.

Alcuni degli uomini lo fissarono increduli e impauriti, altri distolsero lo sguardo. «Che cosa dicono?» chiese una voce dall'ombra.

«Non lo so» rispose Holland, senza riuscire a identificare chi avesse parlato. «Volete leggerli?»

«È una trappola» insinuò un uomo dal colorito olivastro, alla sua destra. Era seduto, con le gambe allungate in avanti e la camicia sbottonata. «Prenderà i nomi di tutti quelli che accetteranno di leggerli.»

«Non essere idiota, Curtis» replicò un soldato calvo dall'altra parte della stanza. «Carta e inchiostro non possono farti del male.»

«Chi se ne frega della carta!» sbottò il primo, raddrizzandosi sulla sedia senza perdere di vista Holland. «Scommetto che hanno messo delle spie alle finestre o forse persino tra di noi.»

Altre voci si sollevarono e Holland dovette intervenire. Il cuore gli batteva forte e sapeva che la sua autorità era precaria, ma doveva negare quelle accuse. «Non sono qui per spiarvi o per prendere i vostri nomi» disse. «Non credo che un civile possa dirvi che cosa è giusto o sbagliato all'interno del reggimento, ed è questo ciò che voleva fare Smith. E penso che lasciare che degli esterni mettano zizzania può causare solo guai per tutti noi... guai peggiori di quelli che già abbiamo. Però non voglio dire che non dovete leggere questi manifesti. Anzi, credo che *dovreste* leggerli e poi farvi la vostra idea, senza essere influenzati da individui come Smith.»

Holland tentò di consegnare i volantini agli uomini che gli erano più vicini, ma questi indietreggiarono come se avesse voluto offrir loro un serpente velenoso. I compagni alle loro spalle, invece, li spingevano avanti. «Prendine uno, Joe, non fare la femminuccia!» oppure «Fammi dare un'occhiata.» Una manciata di volantini si spostò così verso il fondo della stanza o sul pavimento. Ma la maggior parte rimase tra le mani di Holland e ora lui non sapeva cosa fare. Non poteva certo costringere i soldati a leggerli, ma se non l'avessero fatto per paura delle ritorsioni, in loro sarebbe rimasto il dubbio.

Poi una voce pacata e ragionevole suggerì che il capitano Holland leggesse ad alta voce il manifesto. «In questo modo sapremo tutti la verità.» Era stato il sergente O'Dwyer a parlare, appoggiato svogliatamente a una branda in un angolo buio.

«Come potremo essere certi che leggerà tutto con onestà?» domandò qualcuno, ma i più annuirono per appoggiare il suggerimento del sergente e Holland disse: «D'accordo, leggerò io e tu potrai interrompermi se cambierò una sola parola o tralascerò qualcosa».

«Non tu, Roberts» obiettò uno degli uomini seduti al tavolo. «Tu non sai leggere.»

«Ecco perché si è arruolato» disse il suo vicino. «Quando ha messo la firma in realtà pensava di comprare un biglietto della lotteria.»

«Potete leggere voi al posto suo» intervenne Holland. Porse i volantini a entrambi e mise i restanti sul tavolo. Poi chiese un'altra candela e iniziò a leggere. Se la lettura lo rendeva ansioso, né la sua espressione né il tono della sua voce tradirono il suo stato d'animo.

> Alle truppe britanniche. Compagni! Siamo uomini, dunque? Non è arrivato il momento di dimostrare che lo siamo? Altrove siamo rispettati come tali e perché qui no? È stata la disciplina a ridurci in questa deprecabile condizione? C'è un solo uomo tra di noi che non desideri difendere il proprio paese e che non lo farebbe spontaneamente, senza essere soggetto all'insolenza e alla crudeltà di burattini effeminati?

«Chi è il burattino?»
«Si riferisce al capitano.»
«Silenzio!»

> I marinai non hanno forse dimostrato di saper pensare e agire per se stessi e di essere in grado di mantenere la disciplina allo stesso modo, se non meglio, di quando erano sottomessi alla tirannia dei loro ufficiali?

«Oh, sì!»
«Sta' zitto, Roberts! Lascialo finire!»

Che cosa fa la differenza tra un ufficiale e un soldato semplice? Gli ufficiali sono forse migliori degli altri? Che assurdità! Non hanno forse la stessa disciplina dei nostri sergenti? Non devono forse la loro promozione alle loro conoscenze tra gli uomini del governo, tra le guardie del re o tra i parlamentari-fantoccio che fingono di rappresentare il popolo?

Quando pensiamo al popolo non dovremmo forse pensare a un padre o un fratello come parte di esso? Credete che se un parlamentare agisse come nostro padre o i nostri fratelli ci tratterebbe come siamo trattati?

Si burlerebbero di noi con un fittizio aumento dei nostri salari e ci rinchiuderebbero in caserme per ingannarci e mantenerci nell'ignoranza? Non considererebbero piuttosto ciò di cui abbiamo bisogno per le nostre famiglie, perlomeno raddoppiandoci la paga?

Siamo vestiti come dovrebbero essere vestiti dei soldati degni di questo nome? Chiedete ai militari in pensione. Chiedete anche a loro se i colonnelli non traggono profitti sulle divise in dotazione ai soldati. Parte della loro ricchezza proviene da ciò che ci viene rubato!

Queste, COMPAGNI, sono alcune delle nostre rimostranze, solo alcune. COME DOBBIAMO AGIRE? La tirannia di ciò che viene falsamente definita disciplina ci impedisce di agire come tutti gli altri uomini. Non possiamo nemmeno sottoscrivere petizioni per ottenere ciò che avrebbero dovuto concederci spontaneamente già da tempo.

CI RESTANO SOLO DUE ALTERNATIVE: sottometterci alle attuali imposizioni, oppure chiedere di essere trattati come uomini.

IL POTERE È NELLE NOSTRE MANI!

I reggimenti che vi inviano questo volantino sono pronti a fare la loro parte. Dimostreranno ai loro connazionali che possono essere soldati senza essere schiavi e avanzeranno le loro richieste non appena sapranno che non oserete sparare su di loro. Agiremo non appena sapremo che avrete distribuito questo volantino non solo tra i vostri compagni, ma anche tra tutti i soldati che conoscete, in qualsiasi parte del paese essi si trovino. SIATE SOBRI! SIATE PRONTI!

Holland guardò il suo pubblico. «Ho finito.» Nessuno parlò e lui aggiunse: «Chiunque abbia scritto questo documento non conosce a fondo il reggimento. Noi non abbiamo comprato le nostre promozioni e nessun ufficiale ha ottenuto speciali benefici senza meritarlo».

«E i sergenti?» domandò l'artigliere Curtis, chinandosi in avanti con i gomiti sulle ginocchia. «Quel volantino dice la verità: sanno fare il loro lavoro meglio di qualsiasi ufficiale.»

Holland si costrinse a rispondere con leggerezza a quella domanda. «È per questo che il sergente O'Dwyer ti tiene d'occhio?» chiese, provocando una risata generale. Approfittando del vantaggio, proseguì. «Il compito dei sergenti consiste nel guidare le esercitazioni e nel farvi sparare quando il nemico si avvicina e questo è dannatamente importante. Ma credete che si limiti a questo il lavoro di un reggimento?»

«Io non ho mai visto altro. Solo esercitazioni» si lamentò qualcuno.

«Forse perché non ti sei mai allontanato da Woolwich, non hai mai partecipato a una vera battaglia. Quando ti troverai in difficoltà, capirai che non basta solo caricare e sparare per vincere il nemico. Chi decide la posizione migliore dei cannoni per sgominare gli avversari? Chi decide se utilizzare mortai o cannoni per bombardare una città o abbattere delle mura? Gli ufficiali che hanno studiato e hanno imparato tutte quelle cose e anche altre... prima qui all'Accademia e poi sul campo.»

«E voi dove avete imparato?»

«In India» rispose O'Dwyer prima che Holland potesse parlare. «Dove ci sono le tigri e il sole è così bollente che ti fa diventare nero come i tuoi stivali e gli indigeni tentano di strangolarti mentre sei nel tuo letto. Li chiamano Thug. Se ne vanno in giro liberi come un qualsiasi tizio si possa incontrare sulla strada per Templemore e poi di notte ti tolgono la vita, strangolandoti con i loro sottili lacci. Plumb, te lo dico solo nel caso in cui tu stia pensando di cambiare aria.»

Anche quelle parole furono accolte da una risata generale e

qualcuno disse che loro non avevano nulla contro il capitano Holland e nemmeno contro il colonnello Congreve, ma altri...

«Le mele marce si trovano ovunque» disse Holland. «Ci sono pessimi ufficiali, pessimi sergenti e pessimi soldati, ma non sono molti e il buono del reggimento è più forte e numeroso di ciò che vi è di marcio. Per questo motivo il colonnello ha riposto la sua fiducia nei sergenti ed è per questo che voi obbedite ancora ai loro ordini. Sempre per la stessa ragione, il colonnello vi ha chiesto di elencare le vostre richieste in una petizione... la petizione che questo volantino sostiene che voi non potete fare.»

«Otterremo ciò che abbiamo chiesto?»

«Molto probabilmente sì» rispose Holland «se non chiederete la luna e se manterrete la calma. Se invece perderete la testa come... come un branco di francesi, allora invieranno qui l'Esercito e sarà la fine di qualsiasi discussione ragionevole. So che vorreste andare a combattere i "mangiarane", e lo vorrei anch'io, ma fino a quando non riceveremo l'ordine, dovremo essere pazienti.»

«E le nostre paghe?»

«Aumenteranno come per tutti gli altri uomini dell'Esercito. È già stato raggiunto un accordo in Parlamento in questo senso giorni fa. Chiunque vi dica il contrario, è un bugiardo.»

Quell'affermazione e la sicurezza con cui fu pronunciata conquistarono l'appoggio generale, ma qualcuno chiese l'opinione del sergente O'Dwyer. Che cosa ne pensava lui?

Il grosso sergente si alzò in piedi e continuò a parlare con il suo tono placido e cantilenante. «Be', ragazzi, se devo scegliere tra la parola di un uomo che conosce il reggimento da tutta la vita e quella di un civile, di uno sconosciuto che non conosce la differenza tra una fortificazione e un rivellino, cose che dovrebbe sapere anche il giovane Evans qui... allora, so a chi dare la mia fiducia.»

Lo sfortunato Evans, uno dei soldati meno brillanti della compagnia, fu canzonato e punzecchiato, e l'atmosfera parve rilassarsi. I soldati che prima non lo guardavano nemmeno iniziarono a sorridere a Holland e lui udì per la prima volta la parola *signore*. Intuendo che quello fosse il momento giusto per ritirarsi, il capitano chiese se qualcuno avesse qualcosa da aggiungere. Nessuno parlò, quindi lui augurò loro la buonanotte e si ritirò in buon ordine, portando via con sé i volantini.

Quando fu fuori, sentì la tensione abbandonare le sue spalle e si concesse un lungo sospiro di sollievo. Aveva corso un rischio, un grosso rischio forse, ma era stato ripagato. *Dio ti ringrazio*, pensò con gratitudine. *Ringrazio Dio e il sergente O'Dwyer.*

Quest'ultimo si materializzò al suo fianco. «Ottimo lavoro, signore, se posso permettermi» mormorò.

I due uomini si allontanarono dall'edificio. «Vi sono grato per il vostro appoggio, sergente. Ora è tutto tranquillo là dentro?»

«Tutto liscio come l'olio, signore.»

«Credete che sia necessario che visiti anche gli altri alloggiamenti?»

«No, direi di no. Forse andrò io a dare un'occhiata e a scambiare due parole, per tenerli buoni, ma sono dei bravi ragazzi e non credo che sarà necessario. È qui che sarebbero iniziati i guai... *se* fossero iniziati. Per questo li tenevo d'occhio. Ma ora si sono calmati.»

«Vi lascerò al vostro lavoro, allora.»

«Sì, signore. Quel tizio... Smith... l'ho sentito parlare una volta in città e non mi aveva convinto. È come una pistola finta, lo sparo ti può anche spaventare, ma ti rendi subito conto che non può farti del male. È spesso così con voi inglesi... esclusi i presenti, naturalmente.»

«Buonanotte, sergente.»

«Anche a voi, signore.»

L'aria era più fresca e il terreno più solido sotto i suoi piedi, quando Holland si allontanò. L'oscurità non rappresentava più una cupa minaccia, ma faceva semplicemente parte del corso naturale delle cose. Quando svoltò l'angolo stava ancora sorridendo dell'osservazione di O'Dwyer. In quel momento, una sagoma uscì dall'ombra e bisbigliò il suo nome.

«Capitano Holland... signore...»

«Maledizione, Drake, mi hai fatto prendere un colpo!»

«Anche voi! Vi ho visto uscire gli alloggi della truppa e mi sono chiesto... che cosa ci facevate là dentro?»

«Nulla, ho fatto solo due chiacchiere. Che ne è stato di Smith?»

«Il maggiore e il sergente Mitchell lo hanno interrogato, ma lui ha tenuto la bocca chiusa e allora lo hanno messo in cella a riflettere.» Il coltello di Smith non era stato requisito e Drake lo porse a Holland. «Il braccio va bene, signore?»

Holland esaminò il coltello e glielo restituì. «Sì. Avrei preferito che non avessi spaccato quella bottiglia» aggiunse sorridendo.

Drake fece altrettanto. «Anch'io, signore, soprattutto perché l'avevo presa in prestito da Dalton e ora ne pretenderà indietro una piena.»

18

«Holland, svegliatevi!» Il tono urgente e la consapevolezza di trovarsi in un luogo non familiare gli infusero un'improvvisa sensazione di pericolo. Holland spalancò gli occhi e si sollevò su un gomito, completamente sveglio e pronto a prendere la sua spada. Chino su di lui c'era il maggiore MacLeod con indosso la camicia da notte e la giacca dell'uniforme e, vedendolo, Holland si rilassò. «Che c'è, signore?» mormorò. «Che cosa è successo?»

«Qui nulla,» rispose MacLeod «ma abbiamo ricevuto delle notizie e le Guardie a Cavallo devono essere informate. Vestitevi e venite da me al più presto.»

Essendosi addormentato vestito, a Holland servì solo un attimo per infilarsi gli stivali. La giacca richiese più tempo. La manica sinistra era rigida nel punto in cui il sangue si era rappreso e il capitano faticò a infilarvi il braccio bendato. Una luce pallida filtrava dalla finestra e, oltre il campo di tiro, il Tamigi appariva grigio e freddo. Guardò l'orologio… non erano ancora le quattro.

Quando Holland entrò, abbottonandosi la giacca, il maggiore MacLeod era chino a scrivere. «Abbiamo avuto notizia che c'è stato un ammutinamento sulla nave della Marina Reale *Lancaster*, attualmente all'ancora a Long Reach» gli disse.

La ribellione di un'altra nave non rivestiva un grande interesse per Holland, ma comprese immediatamente il significato di quell'annuncio. «I suoi cannoni potrebbero sparare sul deposito di Purfleet?» chiese.

«No, pare di no, ma rendendosi conto del possibile pericolo, il capitano Nesbitt ha radunato i suoi uomini e ha dato loro l'ordine di sparare su chiunque tenti di avvicinarsi al deposito. In ogni caso, si tratta di una situazione delicata, come vi renderete ben conto. Dobbiamo evitare che si spari in quella zona, con tutta quella polvere da sparo che potrebbe saltare in aria. Nesbitt dispone di una guarnigione di ottanta uomini, ma ha bisogno di rinforzi, se si riuscirà a trovarli, nel caso in cui gli ammutinati decidano di sbarcare.»

MacLeod posò la mano sui volantini che avevano requisito a Smith. «Inoltre, gli amici del signor Smith sono stati attivi anche altrove. Sembra che altri volantini simili siano apparsi a Canterbury, tra le truppe a cavallo... dove, sono lieto di dire, hanno ricevuto una gelida accoglienza. Spero che Nesbitt non abbia difficoltà con i suoi uomini e questo è un altro motivo per cui è molto importante che riceva subito dei rinforzi.

«Dovete recarvi subito a Charlton e informare della situazione il colonnello Congreve e Lord Cornwallis, se si trova ancora lì. Immagino che poi vi manderanno a Londra. A quest'ora dovreste trovare le strade libere. Sarà meglio evitare la città di Woolwich, gli amici di Smith potrebbero aver creato un po' di confusione anche lì.»

Come MacLeod aveva previsto, Holland fece solo una breve tappa a Charlton e poi ripartì. Arrivato nella capitale, cercò il capitano Parrish, l'aiutante di campo di Lord Cornwallis, per comunicargli personalmente le direttive del suo superiore. Parrish, a sua volta, decise di riferire immediatamente la notizia a Sir William Fawcett, generale dell'Esercito, perché alle cinque e mezzo del mattino non ci sarebbe stato nessuno sveglio tra le Guardie a Cavallo e Sir William non li avrebbe certo perdonati se non lo avessero informato subito... a qualsiasi ora.

Il generale li ricevette in vestaglia e interrogò scrupolosamente Holland, mentre Parrish scriveva sotto sua dettatura. Dopodiché li mandò dalle Guardie a Cavallo con una serie di ordini per la milizia del Warwickshire, di East London e di Coldstream. Holland non aveva molto a che fare con tutto ciò e pensò che avrebbe potuto approfittarne per fare qualcosa per sé. Di nuovo si rivolse al capitano Parrish, il quale aveva molte conoscenze a Londra e un debito di gratitudine nei suoi confronti.

«Immagino che a quest'ora sia ancora a letto» disse in risposta alla domanda di Holland «e se non siete interessato a fargli visita a casa...»

«No, ovviamente.»

Parrish tentò di dissimulare la curiosità. Dopotutto, gli artiglieri non erano i selvaggi che tutti pensavano che fossero. Chi avrebbe mai detto che s'interessassero di alta politica? «Allora, credo che l'ufficio del Procuratore generale si trovi a Lincoln's Inn.»

Anche il magistrato più solerte del governo il sabato mattina non arrivava mai in ufficio prima delle otto, quindi Holland decise di recarsi a Lincoln's Inn a piedi. Quando svoltò verso Whitehall gli si presentaro due diverse facce di Londra: gli impiegati che si affrettavano verso i loro uffici quasi calpestavano i vagabondi ancora riversi a terra dopo la sbronza della sera prima, mentre le ragazze con i cestini di fiori che gridavano «Fiori, fiori freschi, quattro mazzetti di primule per uno scellino!» prendevano posto agli angoli delle strade abbandonati da poco da ragazze che offrivano ben altri servizi. Holland fu adescato da più d'una delle prostitute che stazionavano fuori dai pub di Charing Cross. Con la barba lunga e vestito alla meglio, anche lui sembrava appartenere al popolo della notte.

Vedendolo, i rispettabili cittadini di Lincoln's Inn avrebbero avuto la stessa impressione, se fossero stati già svegli. Ma quando Holland passò sotto la porta di Chancery Lane, diretto verso New Court, l'unico rumore che si udiva era quello dell'acqua delle fontane. Holland si sedette in attesa sui gradini del numero 11, mangiando lo speziato pasticcio di carne che aveva acquistato presso una bancarella. Veniva chiamato *baubau*, ma Holland, come molti altri soldati prima di lui preferiva non preoccuparsi delle possibili implicazioni che quel nome suggeriva.

Mentre aspettava, il suo pensiero tornò al Procuratore generale. Aveva già incontrato una volta Sir John Scott. Come Mary, anche lui era stato costretto a sottoporsi a svariati interrogatori condotti da numerosi rappresentanti del governo, in seguito all'affare Déprez, e il Procuratore generale era stato uno di loro. Quell'esperienza gli aveva confermato che gli avvocati erano più abili dei suoi superiori nel dire una cosa, pensarne un'altra e farne un'altra ancora.

Sir John Scott apparve alle nove, accompagnato dal suo segretario. Se anche fosse sorpreso dall'inatteso visitatore non ne diede prova nel suo saluto, a parte quando osservò che il capitano Holland aveva l'aria di aver bisogno di una tazza di caffè e chiese a Peters di portarlo. Poi scortò Holland nel suo ufficio.

«A che cosa devo il piacere di quest'incontro, signore?» chiese Sir John, dopo essersi seduto alla scrivania e aver preso carta e penna. «Presumo che si tratti di una questione importante. Vi prego, accomodatevi.»

«Sì, signore, lo è. Si tratta di Cuthbert Shy. Devo parlargli.»

Sir John posò la penna. «Ah, il signor Shy.» Poi si appoggiò allo schienale della sedia e sorrise. «L'uomo del mistero. È strano che vi rivolgiate a me per sapere dove si trova. Sono spiacente di deludervi, signore, ma temo che abbiate fatto un viaggio a vuoto. Il governo, e io in particolare, non sappiamo nulla del signor Shy... non siamo nemmeno sicuri che esista davvero.»

Holland si morse la lingua per non rispondergli in malo modo. Era esattamente l'atteggiamento elusivo che si aspettava e perdere la pazienza non sarebbe servito a nulla. Quindi, fissò implacabile il magistrato. «Eppure, lo conoscevate quando avete mandato da lui Mary Finch.»

L'espressione di Sir John cambiò subito. «Mary Finch?»

«Esatto. Vi risulta che lei esista?»

«Signore...»

«Risparmiatemi le menzogne» lo ammonì Holland. «Sono stato a Champian Hall… dove Shy l'ha mandata a spiare il colonnello Crosby-Nash… e ha bisogno di aiuto.»

Il percorso per raggiungere Cuthbert Shy fu ancora più tortuoso di quanto fosse stato quello seguito da Mary. Anche Holland venne diligentemente trascinato su e giù dalle vetture a nolo dal solerte Peters, ma il suo percorso non si concluse davanti a una piccola residenza privata, bensì di fronte a Montagu House, il luogo in cui venivano custoditi i tesori del British Museum. Inoltre, a un certo punto, durante il tragitto, Peters era stato sostituito da un uomo di mezza età che indossava un semplice completo grigio fumo e una parrucca. Con piccoli occhialini tondi sollevati sulla fronte e la catena d'oro dell'orologio che gli attraversava il panciotto, aveva l'aspetto di un prospero commerciante. La sua unica concessione alla moda, se si poteva definire in tal modo, era un bastone da passeggio intagliato che, spiegò a Holland, in realtà era un bastone usato dai guerrieri dei mari del Sud. Le due facce dall'espressione arcigna che formavano l'impugnatura tenevano lontani gli spiriti maligni e le punte aguzze che si trovavano sul fondo erano sicuramente utili contro i nemici terreni.

Il bastone, il tragitto tortuoso e l'uomo stesso accrebbero tutti i pregiudizi di Holland contro *spie e inganni* e tali pregiudizi non furono cancellati nemmeno quando arrivarono a destinazione. Il museo era chiuso, ma il compagno di Holland parve non farci caso… lui faceva parte del consiglio d'amministrazione e poteva entrare e uscire a suo piacimento. Le visite private, inoltre, erano sicuramente molto più piacevoli. «Naturalmente, mi conoscono con un altro nome» precisò, mentre il portiere li faceva entrare. Una volta all'interno dell'edificio principale, continuò a comportarsi come se stesse davvero offrendo a Holland una visita guidata, indicando il «meraviglioso caos» del vestibolo e chiedendo la sua opinione sul soffitto affrescato. In cima all'imponente scalinata l'uomo s'inchinò davanti al mezzobusto in terracotta di un gentiluomo con gorgiera e una vistosa parrucca ormai fuori moda... «è un'abitudine in onore del Grand'Uomo» disse la guida. Dal momento che non fornì altri indizi, a Holland sfuggì in che cosa consistesse la sua grandezza e continuò a seguire lo sconosciuto con crescente confusione e sospetto.

Giunti nel salone principale, però, la sua opinione cominciò a cambiare. Il signor Shy, perché era proprio di lui che si trattava, mostrò di essere un attento e acuto ascoltatore. Immediatamente apprezzò ciò che Holland aveva da dirgli e insistette per sapere dei dettagli che Holland stesso non si era reso conto di conoscere. Al tempo stesso, continuò a fare osservazioni su ciò che custodiva il museo nel suo caratteristico tono solenne. La conversazione procedette, quindi, lungo un corso interessante e altrettanto imprevedibile.

Come, per esempio, riguardo ai gioiellieri di Birchin Lane. «Miss Finch non vi ha mai parlato di quel negozio?»

«No, signore, solo della donna che l'ha servita.»

«Ah, certo, lo stratagemma della spilla rotta. E riguardo al negozio? Conoscete il nome o l'indirizzo?»

«Conosco la strada, signore. Le botteghe di Tinker e Taylor, due armaioli, si trovano in Birchin Lane.»

«Interessante... polvere da sparo... Lo sapete che è stata una legge del Parlamento a dar vita al museo? Un gioielliere deve avere conoscenze all'estero, naturalmente... ad Anversa e ad Amsterdam... suppongo sappiate che i diamanti provengono dall'India.»

«Sì, signore, come il diamante Pitt.»

«Esatto, ora purtroppo si trova in mano ai francesi. Le pietre preziose costituiscono un molto efficace mezzo di trasporto per grosse somme di denaro, cosa di cui hanno bisogno la maggior parte dei cospiratori.»

Uomini come Rabelais e Phoebus.

«Mi dicono che questo vaso greco rappresenti l'apoteosi di Omero, un successo straordinario per un poeta. Vorrei tanto che riuscissimo a dare anche a questo "Rabelais" una ricompensa eterna... Lui e il colonnello erano soci quando erano in India, sapete?»

«È ciò che sostengono Miss Finch e il maggiore Whittington.»

«Ed è un devoto di Robespierre... quella canaglia! Che ne dite di questa? È la mummia della collezione di Lethieullier. Anche lui ha fatto parte dell'esercito della Compagnia delle Indie Orientali. Lethieullier, intendo, non certo la mummia. L'avvocato Phoebus, invece, lo considero meno interessante. C'è un dipinto di Apollo e Fetonte nel corridoio in cima alle scale... lo avete notato?»

«Sì, signore, me lo avete indicato voi.»

«Una storia del tutto diversa, naturalmente. Le informazioni che abbiamo su di lui verranno comunicate all'Ammiragliato, a cui farà piacere sapere che sta agitando le acque a Sheerness. Rabelais, invece... io credo che dovremmo concentrarci soprattutto su di lui.»

Holland rimase, però, deluso riguardo al discorso che più gli stava a cuore. «Direte a Miss Finch di lasciare Champian Hall, signore?»

«*Dirglielo?* Oh, no... no... Conosce bene qual è la situazione ed è in grado di prendere una decisione da sola. Bisogna sempre fidarsi dell'uomo... o della donna... che si ha sul campo.»

«Invierete almeno un altro agente per tenerla d'occhio?»

«Forse... forse... ma avete visto questo animale impagliato? È un canguro... un animale davvero curioso.»

«Sì, molto curioso, signore.»

«Gli animali curiosi attirano l'attenzione, soprattutto per chi nutre un interesse particolare per queste specie, e l'attenzione spesso può risultare pericolosa. Pericolosa per tutti coloro che sono coinvolti.»

«Sì, signore, comprendo il vostro punto di vista.»

«Splendido, ero certo che avreste capito.»

Una mattina di sole, soprattutto dopo una giornata di pioggia, metteva sempre Mary di buon umore. Mentre si avvicinava a

Champian Hall, però, il piacevole clima primaverile non aveva alcun sensibile effetto su di lei, perché era troppo immersa nei propri pensieri per badarvi. Si era recata a St Stephen e aveva rimosso il mattone segreto. Non vi aveva trovato nulla... il suo ultimo rapporto destinato a Romney non c'era più.

In questo non c'era nulla di preoccupante. Romney aveva avuto tutto il tempo di ritirare il messaggio e sicuramente lo aveva fatto. Era inutile, anzi, addirittura sciocco, immaginare che uno sconosciuto avesse scoperto il nascondiglio segreto dopo la sua morte. Mary se lo ripeté più volte mentre tornava sui propri passi e attraversava il prato con espressione corrucciata.

L'ampio vestibolo era piacevolmente fresco, soprattutto per chi come lei aveva dimenticato a casa il cappellino. Mentre si chiudeva la porta alle spalle udì l'ultima parte di una conversazione che la riscosse dai propri pensieri. Lockwood stava rimproverando uno dei valletti, che stava di fronte a lui con un vassoio. «No, no, testone, non qui. I signori desiderano che il caffè venga servito in biblioteca. E cerca di sbrigarti!»

Il maggiordomo fece ancora qualche osservazione sull'importanza di essere puntuali, sul fatto che gli ordini andavano eseguiti prontamente e intimò al valletto di fare attenzione a non rovesciare nulla, ma Mary ormai non lo ascoltava più. *I signori desiderano che il caffè venga servito in biblioteca.* Il colonnello aveva un ospite e se lei non fosse tornata in quel momento, non l'avrebbe mai saputo! Naturalmente, non era certa che l'ospite in questione avesse qualcosa a che fare con le sue indagini, ma era molto probabile. Perché altrimenti sarebbe stato ricevuto in biblioteca, invece di essere presentato a Susannah o intrattenuto in salotto? *Lockwood l'ha chiamato "signore", quindi non può trattarsi di un fittavolo...* Non appena il maggiordomo si fu ritirato in direzione delle cucine, scuotendo la testa, Mary si precipitò su per le scale, verso la stanza adibita a ripostiglio.

Mentre apriva lentamente la botola e s'infilava nello stretto pertugio, si congratulò con se stessa per essere riuscita a soddisfare le aspettative del signor Shy. Sì, e presto sarebbe stata in grado di comunicargli altre scoperte. La soddisfazione crebbe quando, attraverso la parete, udì la voce dello sconosciuto. Aveva un accento strano e questo rafforzò la sua convinzione che la sua apparizione a Champian Hall fosse importante. Gli stranieri, di solito, significavano guai. Poi udì un'altra voce, ma non sembrava quella del colonnello. Era attutita da qualcosa? Si avvicinò alla parete, appoggiando la mano alla superficie ruvida, come se questo potesse aiutarla a udire meglio.

Le voci risuonavano strane, come se due persone stessero parlando contemporaneamente... ma ora era più sicura di aver udito il colonnello... la voce dall'accento strano... e anche una terza persona. *Ah, gli ospiti sono due!* concluse Mary. *Dopotutto, Lockwood ha detto "signori". Be', dovrò semplicemente ascoltare con maggior attenzione.*

La parete alle sue spalle presentava un incavo proprio all'altezza della sua vita e, sollevandosi in punta di piedi, lei poteva mettersi a sedere sulla stretta sporgenza, con i piedi a penzoloni. Era molto più comodo che restare in piedi, soprattutto se avesse dovuto rimanere lì a lungo. Eseguì quindi silenziosamente la manovra e si preparò a essere paziente.

La pazienza e una posizione comoda si dimostrarono indispensabili. I tre uomini dovevano essersi allontanati dalla scrivania e dal divano, perché la loro conversazione non era più del tutto comprensibile. Mary li immaginava in piedi davanti alle finestre, oppure intenti a osservare qualcosa sul grande tavolo situato dall'altra parte della stanza. Sì, forse era proprio così. Riusciva a cogliere singole parole, occasionalmente qualche frase, e queste suggerivano che gli uomini stessero esaminando una mappa.

«Sì, io... Erith» disse Crosby-Nash. «Le attività... gli ammutinati della *Nore*... difficile per voi.»

«Sì, difficile» si lamentò la voce dall'accento straniero. «Quei tizi... per rovinarmi!»

«La nave di Rangan... salpare... capitano... oserà lasciare il porto... navi ammutinate a Long Reach... cannoni a Tilbury e Sheerness... fuori dalle acque, nessun uomo dotato di buon senso...» mormorò la terza voce.

Il colonnello Crosby-Nash si dichiarò d'accordo. «Nessuno... ha a cuore gli interessi... un simile rischio.»

«... altri capitani... ve lo assicuro, signore. Siamo... ostaggi... pistole... alle nostre teste.» La voce straniera aveva un'intonazione melodiosa e questa divenne più pronunciata quando cercò di far valere le proprie ragioni. «Perché... il governo... quest'aberrazione?... i mezzi di sussistenza degli uomini onesti?»

Mary si appoggiò al muro. Mentre la conversazione proseguiva, cercò di mettere insieme i vari tasselli per ottenere un discorso coerente. Il signor Rangan... lo straniero... era responsabile di una nave ancorata da qualche parte sul Tamigi, tra Londra e il mare, la cui partenza era stata ostacolata dall'ammutinamento della *Nore*. Di conseguenza, lui era stato costretto ad approfittare dell'ospitalità del suo amico, la terza voce. Quest'ultimo era sicuramente inglese e sembrava conoscere il colonnello. Considerando le conoscenze indiane del colonnello, sembrava che quella visita avesse lo scopo d'indirizzare i pensieri del signor Rangan su questioni più piacevoli o di fornirgli un pubblico comprensivo.

Quando fu chiaro che né il signor Rangan, né l'altro gentiluomo (il cui nome doveva essere Ponsonby) si erano recati a Champian Hall con propositi sinistri, Mary perse interesse alla loro conversazione. Anche il riferimento a Woolwich... il signor Rangan aveva sentito che c'erano stati dei disordini all'Arsenale... si dimostrò un falso allarme, perché dietro le insistenze del colonnello, disse di non avere informazioni riguardo all'ammutinamento e di averlo citato solo come prova dell'attuale situazione delle forze armate. «E io mi trovo tra Scilla e Cariddi.»

Per qualche inspiegabile ragione Scilla e Cariddi le fecero pensare al capitano Holland. O forse era stato il riferimento a Woolwich. Si stava chiedendo quale fosse esattamente la situazione all'Arsenale, quando si accorse di uno strano rumore... no, non era affatto strano, sapeva perfettamente di che cosa si trattava... *Slipper!* Il cane doveva aver seguito il padrone nella biblioteca e, annoiandosi... aveva cominciato a grattare il pavimento vicino alla parete dietro cui lei era nascosta.

Mary indietreggiò inorridita, mentre il suo compagno di passeggiate faceva di tutto per rivelare la sua presenza. *Vattene, Slipper, vattene!* Il cane si fermò per un istante, come se stesse prendendo in considerazione la sua richiesta e poi iniziò ad abbaiare minacciosamente. Qualcosa… un odore o un rumore o la sensazione che ci fosse qualcosa di strano, aveva suscitato la sua curiosità e ora era intenzionato a soddisfarla.

Mary sentiva il sudore imperlarle la fronte, l'aria si era fatta pesante, ma al tempo stesso si sentiva terribilmente esposta di fronte agli uomini che si trovavano oltre la parete. Stavano ancora parlando? Avevano notato Slipper? Forse…

«Slipper!» lo chiamò Crosby-Nash in tono irritato. «Smettila! Che cosa stai facendo?»

«Deve aver visto qualcosa» disse Ponsonby, abbassando la voce. «Forse un topo. Che cosa c'è dietro quella parete?»

Oh, no! pensò Mary. *Dio, ti prego, no!*

«Niente, solo un salottino. Forse un uccello è rimasto imprigionato nel camino, accade spesso. Ogni tanto li sento… sono soprattutto piccioni.»

Il signor Rangan disse qualcosa a proposito dell'utilizzo dei serpenti per liberarsi dei topi, ma senza dubbio quel cane sapeva il fatto suo.

«Ora basta, Slipper!» gli ordinò Crosby-Nash. «Vieni via da lì!»

Mary trattenne il respiro, udendo dei passi avvicinarsi e poi le unghie di Slipper sul pavimento di legno, mentre il cane veniva trascinato via. *Sono salva?* Si costrinse a rilassarsi. Slipper era sempre piuttosto agitato, sicuramente nessuno si sarebbe insospettito per il suo comportamento. Probabilmente… Un colpo secco sulla parete a pochi centimetri dal suo viso la fece trasalire e lei si premette le mani sulla bocca nell'inutile tentativo di soffocare quel suono. *Mi hanno sentita? La parete suona vuota? C'è un altro modo per entrare qui?*

Mary non poteva vedere Crosby-Nash, ma sapeva che stava fissando la parete che li separava. Avrebbe percepito anche lui la sua presenza? Forse avrebbe sentito i battiti del suo cuore... batteva così forte! Che cosa sarebbe successo se avesse osato respirare?

Ci fu un lungo silenzio, e mentre questo si protraeva, Mary provò l'inspiegabile desiderio di muoversi o di tossire, persino di urlare, e cominciò a dubitare di riuscire a impedirsi di fare una o l'altra di quelle cose pericolosissime. Aveva l'abito appiccicato alla schiena e i palmi delle mani ricoperti della polvere che rivestiva la parete.

Qualcuno fece scorrere le dita lungo i pannelli di legno e poi Ponsonby annunciò che sembrava tutto a posto, ma non si poteva mai dire. Era difficilissimo snidare i topi dalle loro tane.

«Oh, sì, sono gli animali più difficili da debellare sia sulla terraferma che in mare» concordò Rangan, e Mary ebbe l'impressione che i tre uomini fossero a pochi passi da lei.

«Meglio dare un'occhiata alla parete della stanza adiacente» suggerì Ponsonby. «Potreste scoprire qualcosa.»

«Uhm... forse avete ragione.» Dal suono della voce di Crosby-Nash, ora lievemente attutita, Mary capì che non stava più esaminando i pannelli di legno, e lei trovò finalmente il coraggio di fare un respiro. «Per di qui» aggiunse.

Udì un rumore di passi sul pavimento, poi sul tappeto, poi di nuovo sul pavimento e la porta che si apriva. Slipper iniziò ad abbaiare, inseguendo i tre uomini. Prima che la porta si chiudesse, Mary udì Ponsonby dire: «Il vecchio Masefield... topi. Prima di voi... Alla fine dovette usare il veleno e non vi dico l'odore!» concluse in tono disgustato.

Quando se ne furono andati, Mary si lasciò andare contro la parete con un sospiro di sollievo. Finalmente salva! Sì, salva per il momento, ma quali erano le condizioni della parete dall'altra parte? E Slipper era andato con loro... e se avesse sentito ancora il suo odore o avessero deciso di rimuovere i pannelli? Ascoltò attentamente, ma non udì nulla. Forse perché anche loro stavano facendo la stessa cosa? Era il momento buono per fuggire? Sapeva che lo era, ma non riusciva a muoversi.

Nonostante ora fosse libera di farlo, scoprì che le riusciva sempre più difficile respirare... l'aria stava diventando troppo viziata? No, sicuramente non era così, ma il timore che mettessero il veleno, la convinse ad andarsene. Non poteva perdere i sensi in quel posto, qualsiasi cosa fosse accaduta! Quando la porta della biblioteca si aprì di nuovo e Slipper entrò, lei stava già salendo i gradini. Le sue dita trovarono il chiavistello e Mary sollevò la botola.

Una ventata d'aria fresca l'accolse, mentre usciva dal nascondiglio e abbassava silenziosamente la botola. Ah, era salva! Si concesse qualche attimo per riprendersi... ma solo un attimo. Non sarebbe stata davvero al sicuro fino a quando non si fosse rifugiata nella sua camera. Allora avrebbe potuto lavarsi le mani e il viso e... pensare al da farsi. Alzandosi in piedi provò un'improvvisa vertigine e chiuse gli occhi fino a quando la sensazione passò. Quando li riaprì, il viso implacabile di Druga, la divinità indiana, attirò il suo sguardo. *Sì, sì*, pensò Mary, *me ne sto andando!*

Holland tornò a Woolwich nel primo pomeriggio e andò a letto immediatamente. Per fortuna, era una di quelle persone che riuscivano a prendere sonno quasi immediatamente, ma aveva l'impressione di aver appena posato la testa sul cuscino quando gli dissero di alzarsi. Per un attimo immaginò di essere ancora a Champian Hall perché, quando aprì gli occhi, vide Dick Whittington ai piedi della branda che lo stava osservando.

«Che cosa c'è?» farfugliò Holland, ancora mezzo addormentato.

«Niente, sono le tre del pomeriggio e tutto va bene, anche se tu hai un aspetto orribile. Che cosa è successo alla tua mano?»

Holland si mise a sedere e posò i piedi a terra. «Qualcuno si è introdotto nell'Arsenale ieri notte con l'intento di agitare gli animi, ma ha incontrato me e Drake. E non si tratta della mano, ma del braccio» concluse, sbadigliando.

«Ah, sì... Smith» disse Whittington. «Lo avevo avvisato che sarebbe stata una follia cercare di esportare la rivoluzione tra voi artiglieri. Avete tutti il cuore troppo insensibile agli ideali politici... o forse sono stati i cannoni a rendervi sordi. Ma ero certo che sarebbe stato inutile.»

«Avrei preferito essere avvertito del suo arrivo.»

«Lo avrei fatto volentieri, ma purtroppo non è stato possibile. Non posso entrare e uscire da questo posto come più mi aggrada, lo sai.» Whittington si guardò intorno. Era la sala in cui si riuniva il Dipartimento dell'Artiglieria e, a parte la branda di Holland, l'arredamento consisteva in un lungo tavolo e in parecchie sedie dall'aspetto scomodo. Fece un commento sulla mobilia e sul fatto che la situazione sembrava essersi stabilizzata. Il porto era tranquillo e le tre compagnie più agitate sarebbero state allontanate da Woolwich. Sicuramente quei soldati avrebbero imparato a comportarsi meglio a Berwick-upon-Tweed o in qualche altro luogo simile.

«Senza dubbio. Smith cercava te, lo sai? Mi ha chiamato *maggiore*. Questo prima che tentasse di accoltellarmi.»

«Ah, e naturalmente io sono l'unico ufficiale con il grado di maggiore a Woolwich.» Whittington osservò l'amico per qualche istante. «Ma potresti aver ragione... forse sperava d'incontrare proprio me e poi è rimasto deluso. Forse il coltello è stato un po' eccessivo, ma del resto è sempre stato un tipo piuttosto eccitabile. Ecco che cosa succede a leggere... e scrivere... volantini che inneggiano alla sobillazione. Ho sentito dire che ti sei precipitato a Londra in piena notte. Dev'essere stato estenuante, non mi stupisce che tu sia di pessimo umore.»

Holland rispose in tono asciutto. Non aveva alcuna voglia di parlare della zuffa con Smith o di quello che aveva fatto a Londra. «I tuoi amici del Commissariato mi hanno comunicato che sei destinato a Sheerness. Non ho ordini scritti, ma ho detto loro che sicuramente ti avrei visto e ti avrei informato.»

«Non mettono mai nulla per iscritto, se possono evitarlo» disse Whittington, aggrottando la fronte. Avrebbe voluto saperne di più del punto di vista dei suoi superiori riguardo ai recenti avvenimenti, ma la reticenza di Holland scoraggiò qualsiasi domanda. «Be', sono felice di andarmene. Sai che cosa penso di Woolwich... non è proprio il genere di posto in cui qualcuno possa desiderare di passare il proprio tempo.» Prese il fazzoletto e si tamponò il viso. «Questo caldo è insopportabile.»

Holland sedeva in silenzio, osservando i gesti nervosi di Whittington e chiedendosi quanto altro avrebbe detto. Dick era sempre felice quando poteva parlare, anche quando non c'era molto da dire. Perciò, quando piombò il silenzio tra loro, Holland non tentò di riempire il vuoto. Infine, si alzò e suggerì di uscire. Fuori avrebbe fatto più fresco.

Era più fresco, infatti, con una leggera brezza che mitigava l'acceso sole primaverile. Come aveva fatto anche la sera prima, Holland s'incamminò verso il fiume e verso la "Passeggiata Principe Rupert". Whittington lo seguì dicendo qualcosa a proposito della fila di alberi che costeggiava il sentiero. Holland lo lasciò parlare per un po', ascoltandolo a malapena, ma alla fine anche solo il tono di voce dell'amico divenne fastidioso. «Sapevi tutto, vero?» gli chiese Holland spazientito.

Whittington sbatté gli occhi perplesso. «Prego? Sapevo tutto a proposito degli alberi piantati a Bamfield? Sì, fino a un certo punto...»

«Ti sembra possibile che io mi riferisca a quei maledetti alberi?» domandò Holland. «Sapevi che ci sarebbe stato un ammutinamento qui a Woolwich!»

«*Sapevo*... non essere ridicolo!» tagliò corto Whittington. «È evidente che non avrei dovuto svegliarti, non riesci ancora a pensare lucidamente.»

«Ma non è ridicolo, vero? Credo che tu abbia programmato ogni cosa e poi hai finto che fosse una sorpresa.»

«Ma davvero? E che cosa ti dà... quest'assoluta certezza, se mi è concesso chiederlo?»

Il tono di superiorità, il rifiuto di considerare la gravità dell'accusa... tutto ciò faceva parte del Whittington che Holland conosceva da sempre, eppure c'era una nota di nervosismo nella sua voce che lo rendeva poco convincente e che fece sbottare Holland. «Al diavolo, Dick, tu sapevi esattamente quando saremmo stati più vulnerabili... una grande occasione, con tutti gli ufficiali riuniti, gli uomini in grado di agire tutti insieme e un nuovo comandante. Tu sapevi del 26 di maggio e che Congreve avrebbe assunto il comando. Mi hai persino detto che avrei perso la parata, quando siamo andati a Champian Hall.»

«Vedo che hai una memoria eccezionale.»

«E quei volantini... Smith ne aveva alcuni in tasca. Non erano stati scritti per noi, quindi suppongo che fossero quelli avanzati dopo la ribellione delle Guardie.»

Whittington tentò di replicare, ma per una volta Holland glielo impedì. «Una ribellione qui avrebbe suscitato lo stesso scalpore che tra le Guardie. È questo il tuo compito, vero? Quello di suggerire obiettivi militari a Crosby-Nash e poi fornirgli i dettagli.»

Mentre Holland parlava, Whittington si voltò e guardò verso il fiume come se avesse visto qualcosa di particolarmente interessante sulla riva opposta. Si fece persino scudo agli occhi con la mano. Infine disse, sempre guardando lontano: «Devi ritenerti molto intelligente».

«No, ma avrei dovuto essere proprio un idiota per non capirlo. Ora voglio sapere esattamente come stanno le cose.»

Whittington sospirò e si voltò verso Holland. La brezza era calata completamente e il sole gettava un riverbero accecante sulla superficie del fiume. «Le cose stavano funzionando in modo soddisfacente, sai? Entro pochi giorni, i sobillatori sarebbero stati richiamati e tra di voi tutto sarebbe tornato come prima.»

«Pensavi che sarebbe accaduto questo?»

«Non potevo esserne certo» ammise Whittington. «Pensavo che ci fosse una dose di rischio, ma non conoscevo a sufficienza la situazione qui per scongiurare un ammutinamento, né potevo mettere a repentaglio la mia posizione con Crosby-Nash... non dopo il fallimento che si era verificato tra le Guardie. Era semplicemente troppo pericoloso essere coinvolto personalmente, in un modo o nell'altro.»

«Così hai deciso di non fare nulla?» domandò Holland in tono gelido. «Di non avvisare e di startene in disparte a vedere come ce la saremmo cavata?»

«Sì, a volte nel mio lavoro si è costretti a prendere decisioni di questo tipo. Maledizione, tu sei un ufficiale e non capisco che cosa intendi con quel *noi.* Mi sono limitato a far uscire *te* dalla mischia, o perlomeno ci ho provato.»

«*Farmi uscire dalla mischia?* Di che cosa stai parlando? Intendi dire... quando hai detto di aver bisogno del mio aiuto... Era solo un modo per allontanarmi da Woolwich?»

La reazione stupita e confusa di Holland rassicurò Whittington e la sua voce riprese sicurezza. Disse che sapeva che Holland sarebbe rimasto immischiato se fosse stato presente quando fosse scoppiata la rivolta. Questo tipo d'eroismo fa notizia nella storia del reggimento, ma le cose sarebbero potute precipitare e saltarci dentro a piè pari non sarebbe stato il modo migliore per restare vivo. «Quindi, in virtù della nostra lunga amicizia, ho deciso di offrirti la possibilità di non essere ucciso dai tuoi stessi uomini.»

Ora fu Holland a esitare e Whittington proseguì con spavalderia. «Poi siamo stati costretti a tornare, nonostante le mie migliori intenzioni. Whittington propone, ma Crosby-Nash dispone. Però, alla fine, sembra che tutto si sia concluso per il meglio.»

Holland non rispose immediatamente. In un certo senso avrebbe dovuto essergli grato.

Whittington inarcò le sopracciglia, facendogli capire che anche lui lo pensava. «Be', sì, dovresti esserlo» mormorò.

A quelle parole, la tensione parve rilassarsi tra loro e Whittington ne fu felice. Era risentito del fatto di aver dovuto fornire delle spiegazioni e lo considerava piuttosto imbarazzante.

«Te la sei cavata bene con Crosby-Nash» constatò Holland.

Whittington fece un'alzata di spalle, ma in cuor suo fu felice di udire quelle parole: dimostravano il riconoscimento delle sue capacità in circostanze difficili. «Non è stato facile decidere quali informazioni passargli e convincerlo che valesse la pena di procedere in un certo modo.»

Holland annuì. «È stata questa la tua unica preoccupazione? Mi riferisco al vostro accordo» aggiunse, mentre Whittington aggrottava perplesso la fronte. «È un accordo di tipo economico, vero? Basato unicamente sul vile denaro.»

«Sì, se vuoi metterla così. Che cosa stai cercando di dirmi?»

«Solo ciò che ho detto. È da quando ti conosco che hai bisogno di soldi, ma recentemente hai iniziato a sfoggiare eleganti uniformi e cavalli nuovi. Grazie al denaro di Crosby-Nash?»

«E anche se così fosse?» domandò Whittington. «A te che cosa importa?»

«Non m'importa, se questo non ti ha fatto dimenticare da che parte stai.»

«No, non l'ho dimenticato.»

«E allora dimmi, che cosa ne pensano i tuoi superiori? Lo sanno che hai trovato il modo di raddoppiare la tua paga? O forse ci guadagni ancora di più?»

Whittington non rispose subito. «Che cosa hai detto loro quando sei stato a Londra?»

«Quello che ho detto io non ha importanza» tagliò corto Holland. «Che cosa hai intenzione di fare a Sheerness? Di cercare di fermare l'ammutinamento o di favorirlo? Sono questi gli ordini di Crosby-Nash, vero? Tu devi cercare d'insidiare il Forte mentre quel... Phoebus tiene discorsi e fa circolare i volantini.»

«Per l'amor del Cielo, Bob, dici di non essere uno stupido, ma adesso ti stai comportando come un idiota. Tu pensi che io stia davvero *lavorando* per Crosby-Nash?» Whittington indietreggiò di un passo e osservò l'amico. Ciò che vide lo indusse a incrociare le braccia sul petto e a chiedere in tono stizzito: «Che cosa hai intenzione di fare? Di fermarmi?».

«Se sarò costretto...»

«Be', ti sbagli, io *non* lavoro per lui, non nel modo che credi tu. Ammetto di aver preso del denaro da lui... anche parecchio, in effetti... ma dovevo risarcire dei debiti e... e non ho ancora incontrato la futura signora Whittington» concluse con un sorriso amaro.

«E ora sei sul libro paga di quel bastardo!»

«Non proprio,» obiettò Whittington «anzi, non lo sono affatto. All'inizio ho pensato che sarei stato costretto a diventare una sua creatura e l'idea non mi piaceva. Non è esattamente ciò che ci si augura. Alla fine ho deciso che avrei potuto semplicemente approfittare della situazione e volgerla a mio vantaggio. Sì, gli ho passato qualche informazione... nulla di realmente importante... e fino a quando il Commissariato crederà che lavori per loro e Crosby-Nash che lavori per lui, io posso fare in modo che siano entrambi ragionevolmente soddisfatti e lavorare invece per me stesso.»

«Che cosa intendi dire?»

«Intendo dire che ne uscirò a testa alta, chiunque dei due vinca alla fine. Naturalmente, preferirei che fosse l'Esercito, ma perché devo scegliere tra le due parti quando non ho né le informazioni sufficienti per giudicare chi è più forte, né la capacità di determinare il loro comportamento? Una qualsiasi scelta da parte mia sarebbe folle. Non sarebbe una *vera* scelta e io potrei perdere tutto.»

Holland era senza parole. Che senso aveva parlare di *onore* e di *lealtà*? Non rientravano nella logica di Dick, per lui non significavano nulla.

Whittington lo guardò con condiscendenza. «A un certo punto, ho anche pensato di coinvolgerti, quando ancora credevo che sarei riuscito a convincerti a vedere le cose sotto l'aspetto pratico. Dio solo sa quanto avresti bisogno di denaro, ma visto che hai una visione così romantica di tutto...»

Per un attimo Holland ebbe l'impressione che il suo cuore avesse cessato di battere...

E poi riprese a battere più veloce. «Maledizione, Dick!» esclamò, stringendo il braccio di Whittington in una morsa d'acciaio. «L'hai tradita? Se l'hai tradita, ti ucciderò con le mie stesse mani!»

La domanda fece trasalire Whittington, distogliendolo da quel suo atteggiamento di superiorità. «*Tradita?* Certo che no! Come osi anche solo pensare una cosa simile?»

Si fissarono l'un l'altro, poi Holland lasciò ricadere la mano e Whittington proseguì nel suo abituale tono pacato. «No, non lo farei mai. Ammetto però che quando ho saputo che anche Cuthbert Shy era sulle tracce di Crosby-Nash e che uno dei suoi agenti era stato eliminato, ero piuttosto contrariato. È già difficile avere a che fare con la propria gente, ma se adesso ci si mettono di mezzo anche i civili...»

Holland scosse la testa. «Smettila, ti prego! Crosby-Nash sospetta di Mary?»

«Non penso. Credimi, se avessi avuto il dubbio che fosse stata in pericolo, te lo avrei detto.»

Holland lo osservò con attenzione. Era ancora lo stesso vecchio Dick di sempre, eppure era completamente cambiato, era come se fosse diventato un estraneo. «Ora che cosa farai?»

«Andrò a Sheerness, naturalmente. Devo eseguire gli ordini e, contrariamente a quel che pensi tu, Crosby-Nash non sarebbe poi così dispiaciuto se Phoebus facesse fiasco. Anzi, esattamente l'opposto. Quindi, non c'è nulla di cui preoccuparsi... a meno che tu non ti fidi più di me.»

«Non lo so.»

«Be', potresti compiere un atto d'eroismo e fermarmi.»

«Non ci sarebbe nulla di eroico in questo.»

«Nel tradire uno dei tuoi più vecchi amici?» chiese Whittington con sarcasmo. «No, forse no. Ma tu non lo farai. Credo che opterai per l'approccio diretto. Sei armato?»

«No, e tu?»

Whittington scosse la testa. «Ma del resto non sono stato io ad affrontare l'argomento, mentre invece sembra che tu ci stessi pensando da un po'.» La vista dell'espressione tesa di Holland gli diede un perverso piacere. Non era stato felice di dover confessare i propri peccati. Benché fosse certo di aver fatto la cosa giusta... la cosa più sensata... riguardo a Crosby-Nash, era consapevole del fatto che Holland non la pensava allo stesso modo. Bob aveva una prospettiva molto limitata, ma riconoscergli quel vantaggio dal punto di vista morale avrebbe potuto stravolgere il senso della loro amicizia. Sorrise con amarezza. «Credo di dover proprio andare. Ah, ecco Drake che viene a cercarci come un segugio fedele... che sorpresa! Buon pomeriggio, Drake.»

«Buon pomeriggio, signore.»

«Suppongo che tu non possa trovarmi un cavallo sellato, vero? Sarebbe contrario al regime vigente? Sto per partire per Sheerness e ho bisogno di un cavallo riposato per il viaggio. Naturalmente, lascerò qui il mio.»

Pur senza guardarli, Holland percepiva lo sguardo interrogativo di Drake e il sorriso divertito di Whittington. Dio, si sentiva un completo idiota! «Ma dimmi, sai altro di Crosby-Nash?»

Whittington inarcò un sopracciglio. «Oh, molto altro, ma nulla che potrebbe interessarti. L'hai ostacolato in modo molto efficace.»

«Sei sicuro che abbia finito qui e non farà altri tentativi?»

«Mio caro amico, non sono certo in grado di predire il futuro!» si rammaricò Whittington. «Ma per quanto ne sappia, non esistevano progetti di continuare a bersagliare Woolwich, se il primo tentativo fosse fallito. Secondo me, il prossimo obiettivo sarà quello di creare disordini sulla *Nore*, per questo voglio andare a Sheerness.»

Holland si rivolse infine a Drake, il quale stava seguendo con malcelato interesse il loro scambio di battute. «D'accordo, procuragli un cavallo» gli ordinò. «Sarà meglio che tu vada con lui» aggiunse, rivolto a Whittington.

Sentì i loro passi che si allontanavano e poi rimase solo. Mentre camminavano, Whittington iniziò a dire qualcosa a Drake nel suo solito tono spensierato e colloquiale, ma Holland ormai aveva smesso di ascoltarlo.

19

Quella sera, Mary e Susannah stavano prendendo il tè, quando Crosby-Nash le raggiunse. La sua espressione, unita al fatto che lui spesso preferiva restare solo dopo cena, allarmarono Mary ancora prima che lui parlasse. Aveva il viso arrossato, gli occhi lucidi. Mary si chiese se avesse bevuto, anche se sarebbe stata una cosa assai insolita per il colonnello. Posò sul tavolino la tazza ancora intatta. Era accaduto qualcosa di speciale, o stava per verificarsi, e doveva essere pronta.

Nonostante quelle supposizioni, provò un tuffo al cuore quando il colonnello annunciò che era stato scoperto un passaggio segreto. «Un "rifugio del prete", credo si chiami così,» proseguì in tono agitato «dietro la parete della biblioteca.»

Susannah annuì a quella notizia. Era una serata calda, quasi afosa e lei si stava facendo aria con il ventaglio. «Oh, davvero molto interessante, mio caro.»

«In che modo lo avete scoperto?» chiese Mary. La sua espressione rivelava una sicurezza che era ben lontana dal possedere.

«Be', avevo notato alcuni strani rumori e ho chiesto a Baxter di svolgere delle indagini. Mi ha appena comunicato la notizia.»

«Un "rifugio del prete"» ripeté Susannah, come se non fosse sicura di aver udito correttamente. «Ma che cosa può aver prodotto quei rumori?»

«Probabilmente i ratti, mia cara, non certo un prete nascosto.»

E in risposta all'espressione allarmata della moglie, aggiunse: «O forse è stato solo il vento. Ma Baxter farà tutto ciò che sarà necessario per eliminare qualsiasi... ehm... *visitatore* venga scoperto».

«È tutto molto eccitante» disse Mary. «Non i ratti, naturalmente, ma l'esistenza del nascondiglio segreto. La presenza di un tale luogo suggerisce un interessante passato nella storia di Champian Hall» concluse, cercando di infondere enfasi alle proprie parole.

Crosby-Nash annuì. «Sì, davvero. Naturalmente, dovremo fare una ricerca accurata, ma credo che la costruzione risalga alla metà del secolo scorso. Andrò a dare un'occhiata. Volete venire anche voi, Miss Finch?»

Nonostante fosse preparata, Mary si sentì raggelare a quella domanda posta con innocenza. Ma era davvero una domanda innocente? Il sorriso del colonnello nascondeva qualcosa? Come doveva rispondere? «C'è qualcosa da vedere?» chiese, costringendosi a sostenere il suo sguardo. «Avete rimosso i pannelli di legno della biblioteca?»

«Oh, no, sarebbe stato eccessivo e avrebbe danneggiato la stanza, e inoltre non è stato affatto necessario. L'intraprendente Baxter ha trovato l'entrata del nascondiglio segreto! Si trova in una delle stanze del piano di sopra.»

Mary cercò di valutare i vantaggi e gli svantaggi di accondiscendere alla richiesta. Quella scoperta l'aveva messa in ansia, ma non doveva perdere la calma. Il colonnello non poteva sospettare di lei. «Sì, mi piacerebbe vederlo, se posso. Come credo vi abbia già detto Susannah al nostro arrivo, sono molto interessata alle cose antiche.»

«Possiamo andarci ora?» chiese Crosby-Nash, alzandosi in piedi.

Mary fece altrettanto. «Naturalmente, se volete.» La sua voce tremò impercettibilmente. «Susannah?»

Crosby-Nash si rivolse alla moglie. «Mia cara, presumo che tu abbia deciso di non accompagnarci, ma se volessi farlo, saresti la benvenuta...»

«Oh, no,» replicò lei, sistemandosi più comodamente in poltrona «io resterò qui. Non riesco a capire dove tu possa trovare tutta quell'energia con questo caldo, Mary... io non riesco quasi a muovermi. Ma andate pure... poi mi direte com'è.»

Mentre lasciavano la stanza, Susannah fece un'ultima richiesta. «Ma se doveste trovare dei ratti, preferirei non saperlo.»

Mary e Crosby-Nash salirono insieme le scale. Lei aveva l'impressione che facesse ancora più caldo al primo piano, ma forse la sensazione era causata dal crescente sospetto di aver commesso un errore... di aver accettato una sfida pericolosa, senza che ne valesse la pena. Sentendosi in obbligo di continuare a parlare a dimostrazione del proprio interesse, aggiunse: «Che meravigliosa scoperta, colonnello! *Un nascondiglio segreto!* È così eccitante!»

«Credo che non siano infrequenti nelle antiche dimore. Non ce ne sono alle *Dame Bianche*?»

«No... o meglio, non che io sappia. I preti si spostavano liberamente quando le monache cistercensi risiedevano lì... ogni convento aveva il proprio padre confessore... e dopo la Riforma, la proprietà è stata affidata a protestanti dalla fede incrollabile che non avevano molto da dire sulla vecchia religione.»

«Ah!»

L'ansia di Mary continuava a crescere. Era quasi inconcepibile che Crosby-Nash la collegasse al nascondiglio, ma varcando la soglia della stanza si aspettava quasi di scoprire un suo cappellino o un paio di guanti, qualcosa che dimostrasse che lei era già stata lì. Invece non c'era nulla di più inquietante del viso cordiale e rugoso di Baxter, il segretario del colonnello. Era inginocchiato sul pavimento, accanto alla botola aperta e si alzò per salutarli.

«Questi sono altri dei vostri tesori indiani, colonnello? Oh, buonasera, Baxter.» Mary sorrise e scorgendo il suo giovane amico, l'aiutogiardiniere, aggiunse: «Buonasera, Tom».

«Buonasera, signore... buonasera, signorina» rispose Baxter. «Qui abbiamo quasi finito, tra poco ci toglieremo dai piedi.»

«Oh, non preoccupatevi, Baxter, prendete tutto il tempo che vi occorre» lo rassicurò Crosby-Nash. «Se avete ancora la lanterna a portata di mano, accendetela di nuovo, in modo da poter dare un'occhiata all'interno.»

«Avete ragione, signore. Tom, fai luce.»

La lanterna fu accesa e abbassata all'interno dell'antro buio. Mary si sporse in avanti e Crosby-Nash le offrì il braccio per mantenersi in equilibrio. Lei riuscì ad appoggiarsi senza tremare. «Oh, mio Dio...» sussurrò.

«Sì, molto interessante,» riconobbe Crosby-Nash «ma per apprezzarlo appieno, credo che ci si dovrebbe proprio avventurare all'interno.»

Il brivido che scosse Mary era autentico. «Lo credete davvero?»

Il colonnello sorrise. «Oh, sì, credo sia l'unico modo per capire che cosa si prova a restare confinati lì dentro per ore o forse persino per giorni, sapendo che essere scoperti significa la prigionia o forse la morte. Suppongo che vorrete provare a scendere, in quanto appassionata di storia.»

Mary non riusciva a decifrare il suo tono di voce. La stava sfidando? Che cosa si aspettava che lei dicesse? Mary non osava staccarsi dal suo braccio. Sbirciò all'interno della botola, sempre più nervosa. «No, signore, il mio interesse per la storia non si spinge a tanto» rispose.

«No, naturalmente no.»

«Ma sono certa che per *voi* sarà molto eccitante» aggiunse, come segno di riconoscimento del suo coraggio. «Vi ringrazio molto per avermi mostrato questo nascondiglio.» Alzò lo sguardo verso di lui; il colonnello stava sogghignando? Il suo complimento era apparso una forzatura?

«È stato un piacere per me. Grazie, Baxter, ora potete chiudere.»

«Grazie, signore.»

Il colonnello le indicò la porta e Mary uscì sul corridoio e attese che lui la richiudesse prima di azzardare una domanda. «Dalla biblioteca non si vede nulla? Non c'è traccia del nascondiglio segreto o un altro modo per accedervi?»

«No, credo di no. Ma quel buco arriva fino alla parete della biblioteca... si riesce a localizzare perché il muro suona a vuoto. Volete venire a vedere?»

«Uhm... sì, grazie.»

Quando il suono delle loro voci si allontanò, Baxter si rimise al lavoro. «Qui abbiamo finito, Tom, se ti sbrighi e metti via tutto, come ti avevo già detto di fare.»

«Sì, certo. Signor Baxter?»

«Passami quella fune.»

Tom prese la fune e gliela porse. «È davvero strano questo nascondiglio, vero?»

Baxter scrollò le spalle con indifferenza. «Sì, ma facevano tante cose strane nell'antichità.»

«Uhm... signor Baxter?»

«Cosa c'è ancora?»

«Non capisco una cosa: non avevate detto che il colonnello lo aveva già scoperto? Prima di oggi, intendo dire.»

«Sì, me lo aveva mostrato quando abbiamo riparato il camino, l'anno scorso.»

«Ma allora perché ha voluto che venisse riaperto?»

«Suppongo che volesse mostrarlo alla signorina. I misteri e le cose di questo genere suscitano sempre curiosità.»

Il giorno seguente era domenica e Mary partecipò alla funzione del mattino insieme a Susannah. Il reverendo Garbett commentò la parabola dei talenti, ma Mary non riuscì a concentrarsi sul sermone. Più di una volta i suoi pensieri corsero al colonnello Crosby-Nash. Mary era ragionevolmente sicura di aver cancellato qualsiasi sospetto lui nutrisse su di lei riguardo al nascondiglio segreto. L'idea che il colonnello potesse sospettare che lei si fosse nascosta in quel buco appariva talmente assurda che infine si rilassò e cominciò a prestare attenzione alle parole del reverendo. Non era poi così male come oratore. Ma, ben presto, si distrasse di nuovo.

Ora che si sentiva più tranquilla, analizzò criticamente la conversazione che il colonnello aveva avuto con i suoi ospiti. Forse era stata troppo frettolosa nel considerarla irrilevante?

Un'ape ronzava rumorosamente contro i vetri, cercando una via d'uscita. In alto c'era un'apertura, ma l'insetto insisteva a sbattere contro il vetro e alla fine iniziò a zampettare scoraggiato lungo il davanzale. Non era sospetto il fatto che nel corso di una conversazione privata il colonnello avesse parlato sia di Woolwich che degli ammutinamenti navali? Forse le osservazioni del signor Rangan erano state innocenti, ma questo non significava che si potesse dire la stessa cosa anche del colonnello. Forse, fingendosi interessato, aveva cercato di ottenere informazioni di cui solo il signor Rangan era informato. Del resto, anche Satana sapeva citare le Sacre Scritture per raggiungere i propri scopi. Non si trattava, anche in quel caso, di qualcosa del genere? Forse anche il signor Ponsonby faceva parte del complotto. Dopotutto, era stato lui a condurre il signor Rangan a Champian Hall, e a Mary non era affatto piaciuta la sua insistenza sui ratti e sul veleno.

Ma di che cosa avevano discusso esattamente? Mary non era riuscita a udirli con chiarezza e poteva aver perso dei particolari importanti. *Woolwich e i progressi della ribellione*... Mary avvertì un brivido al pensiero di ciò che queste parole potevano significare, ma rammentò a se stessa che il signor Rangan non ne sapeva nulla in proposito e che forse i disordini all'Arsenale erano già stati risolti. *No, lui era più interessato alle navi all'ancora sul Tamigi, impossibilitate a salpare a causa dell'ammutinamento dei marinai. Com'era il nome di quel posto? Era... qualcosa. La nave del signor Rangan non era l'unica a essere stata costretta a ritardare la partenza e il colonnello era molto interessato a questo.*

Mentre lasciavano la chiesa per uscire al sole, Susannah ringraziò il reverendo Garbett e lo stesso fece Mary, nonostante si sentisse piuttosto falsa. *Ma sono sicura che è stato un buon sermone.* Poi s'incamminarono verso Champian Hall, entrambe apparentemente soddisfatte della funzione a cui avevano assistito, ma quando si furono allontanate, Susannah confessò che, nonostante le parole del reverendo Garbett, provava pena per il terzo servitore.

«Che cosa?» chiese Mary.

«Il terzo servitore» rispose Susannah. «Quello a cui era stato dato un solo talento.»

«Ah, sì.» Mary non rammentava la fine della parabola e non si sbilanciò.

«Dopotutto, non ha perduto il denaro del suo padrone» proseguì Susannah. «Semplicemente, non è riuscito a trovare un modo intelligente per farlo fruttare e per questa ragione è stato condannato all'oscurità. Forse le cose erano diverse ai tempi della Bibbia, ma a me sembra che investire del denaro sia molto complicato e che ci si può guadagnare o perdere.»

Mary si mostrò d'accordo, ma quando insinuò che probabilmente il terzo servitore aveva un brutto carattere, Susannah cominciò a farsi sospettosa. Aveva raccolto dei fiori di campo mentre camminavano e si rialzò, indirizzando all'amica uno sguardo interrogativo. «Non hai ascoltato una sola parola del sermone, vero?»

«Be', io...»

«Povero reverendo Garbett! E pensare che ha fatto del proprio meglio! Sei come Charlotte.»

«Oh, no, non posso essere come lei!» protestò Mary ridendo.

«Sì, davvero. Sai, quando eravamo piccole, nostro padre doveva corrompere Charlotte con dei dolcetti per farla stare buona in chiesa e non le era assolutamente permesso sedersi vicino a nostro cugino Robert. Iniziò tutto una domenica in cui c'era una colletta per i poveri e Lottie fece una scena riguardo allo scellino che aveva messo nel cesto delle offerte... dicendo che voleva il resto!»

Susannah sorrise al ricordo delle acute proteste della sorella, urlate a gran voce in un momento di raccoglimento dei fedeli. Quanto le mancavano Lottie e Bobs... se solo non fossero stati tanto lontani! Ma subito si rimproverò per quei pensieri. Una donna sposata, dopotutto, non doveva desiderare altra compagnia che quella del marito e di certo non doveva provare nostalgia per quelle birichinate infantili.

«E alla fine le hanno dato il resto?» chiese Mary ridendo.

«Come? Ah, sì, credo di sì. Il pover'uomo che raccoglieva le offerte si spaventò, non sapeva come calmarla. Sai, Charlotte è sempre stata piuttosto caparbia. Ma quando siamo tornati a casa, le cose si sono messe male. Ha dovuto scrivere cento volte la stessa frase e niente torta con il tè.»

«Una punizione piuttosto severa. Ma non siete stati puniti tutt'e tre, vero?»

«Be', Bobs aveva riso in chiesa... forse era stata persino sua l'idea... e non sarebbe stato giusto abbandonare Lottie al suo destino. E io... io non avrei gustato la torta senza di lei, quindi abbiamo rinunciato entrambi al dolce.»

Giunte a Champian Hall si separarono. Susannah soffriva ancora di una certa malinconia, mentre lo stato di Mary era decisamente l'opposto. Probabilmente a causa del fatto che Susannah aveva menzionato il capitano Holland nella sua storia. Se ne avesse avuto il coraggio, avrebbe insistito con l'amica per ascoltare altri ricordi della sua giovinezza, ma in quel momento la causa principale della sua eccitazione era la vista del colonnello Crosby-Nash che attraversava il prato, seguito dal fedele Slipper. Mary conosceva abbastanza bene le preferenze del cane da sapere che se stavano per andare a fare una passeggiata, come sembrava essere, Slipper avrebbe insistito per prolungarla il più possibile. Questo avrebbe garantito l'assenza del colonnello per almeno un'ora e le avrebbe dato tutto il tempo per mettere in atto il suo piano.

Non aveva avuto il tempo di pensare esattamente che cosa sperava di ottenere, ma non poteva perdere un'opportunità così invitante. Si precipitò, quindi, in camera sua e vi si fermò solo il tempo necessario per togliersi il cappellino e per prendere le due chiavi di Romney dalla cassetta che teneva in fondo all'armadio. Poi scese le scale e avanzò cauta verso la biblioteca. Si fermò sulla soglia. Era saggio procedere? Sì.

Il suo primo compito fu quello di esaminare la scrivania del colonnello e si diede della stupida per non essere più andata a rovistare tra le sue carte. Forse c'erano lettere e scritti incriminanti in attesa di essere scoperti mentre lei... che cosa faceva esattamente? Mentre lei si limitava a origliare trascurando quell'importante aspetto del suo incarico!

Esaminò in fretta le carte sulla scrivania e quelle contenute nei cassetti, senza però trovare nulla d'interessante. Si trattava di documenti che riguardavano la tenuta, e di giornali che non le dissero nulla di nuovo. Mary aggrottò la fronte leggendo due missive del reverendo Garbett, ma non perché riguardassero delle attività clandestine. Sembrava che il colonnello non nutrisse grande simpatia per la costruzione di una scuola al villaggio e Mary prevedeva che si sarebbe giunti a un imbarazzante conflitto quando Susannah avrebbe dovuto conciliare la sua coscienza sociale con i suoi doveri verso il marito. Il contenuto del cassetto chiuso a chiave doveva essere stato riordinato, perché il collare di Slipper ora si trovava in cima ai fogli scritti in lingua straniera, ma questo che cosa significava? Era improbabile che il colonnello usasse il collare come mezzo di comunicazione mentre si trovava nel Kent. *Il solo fatto che Slipper questa mattina sia uscito senza, lo dimostra*, si disse.

Un biglietto del signor Ponsonby, in cui presentava il signor Rangan e proponeva una loro visita, le rammentò il suo obiettivo. Dopo aver richiuso a chiave il cassetto e sistemato con cura i giornali e le lettere sulla scrivania, Mary si avvicinò al lungo tavolo dal ripiano di marmo posto di fronte alle finestre. Oltre a un candeliere di legno e a una statua di bronzo di una figura a quattro braccia in elegante equilibrio all'interno di un cerchio di fuoco, sul tavolo spiccava una vera collezione di mappe. C'erano mappe dell'India, della Francia, molte dell'Inghilterra, ma quella che più attirò l'attenzione di Mary fu una mappa dettagliata del Tamigi, da Londra al mare.

Champian Hall si trovava troppo a sud per essere inclusa, ma Mary riuscì a identificare parecchi luoghi: Woolwich, naturalmente, ma anche Dartford, Gravesend, Tilbury e infine un luogo che veniva curiosamente chiamato l'Isola del Grano, ma che non sembrava affatto essere un'isola. Erith, le sembrava fosse questo il nome menzionato dal colonnello e dai suoi ospiti, era un piccolo puntino sulla mappa, poco a nord di Dartford. Poteva avere un'importanza oltre al fatto che era il luogo dov'era ancorata la nave del signor Rangan? Impossibile stabilirlo. Alcune insenature del fiume avevano nomi particolari come Gallions Reach o Tipcock Reach, ma per Mary non significavano nulla.

Si chinò sulla mappa, tracciando il percorso del fiume, mentre questo saliva e scendeva e si ampliava gradualmente fino a non essere più un fiume, ma a sfociare in mare aperto. Il marmo freddo sotto le sue mani contribuiva a darle l'immagine dell'acqua fredda che scorreva. Quella mappa poteva essere importante, ma lei non ne era certa, e anche se fosse stato così, che cosa avrebbe potuto fare? Non c'era nessuno a cui poter comunicare i suoi sospetti, né ci sarebbe stato fino a quando il signor Shy non avesse ricevuto la sua lettera. Se solo avesse potuto parlarne con il capitano Holland o con il maggiore Whittington! Sembrava impossibile, ma forse sarebbe riuscita a scrivere una seconda lettera indirizzata alla Coutts Bank...

Un movimento la indusse ad alzare lo sguardo e Mary vide un uomo sul prato. Subito si staccò dal tavolo, con il cuore che le batteva all'impazzata. Era uno dei giardinieri. L'aveva vista? *No,* si disse, *fuori c'è il sole che si riflette sui vetri, è impossibile riuscire a vedere all'interno della casa.* Ciò nonostante, non riusciva a calmarsi. Da quanto tempo era ferma davanti al tavolo? *Non da molto, di certo non da molto... e inoltre, che cosa può importare al giardiniere se vede che guardo una mappa?*

Poi accadde qualcosa di ben peggiore: udì delle voci in corridoio! Non del colonnello Crosby-Nash, grazie al Cielo, ma del maggiordomo, Lockwood, e... una voce femminile. *Susannah? No, dev'essere una delle cameriere. Stanno venendo qui a riordinare la stanza o...* Mary rimase paralizzata mentre le voci si avvicinavano. Doveva nascondersi o fingere di trovarsi lì per un altro motivo? Già una volta era stata avventurosamente costretta a giustificare la propria presenza di fronte a Lockwood, forse non le avrebbe creduto una seconda volta. Ma dove avrebbe potuto nascondersi? L'arredamento offriva pochissime possibilità e i tendaggi non arrivavano fino al pavimento. La scrivania? In preda alla disperazione, prese il primo volume di una pila di libri e si avvicinò alla libreria proprio mentre si apriva la porta.

«Vi chiedo scusa, signorina... spero di non disturbarvi.»

Mary si voltò, sorridente. «Nient'affatto, Lockwood, sono venuta a sostituire il mio libro.» Glielo mostrò, sperando che non si trattasse di un almanacco o di un atlante geografico, che sicuramente non avrebbe potuto leggere per diletto, o che perlomeno il titolo a quella distanza fosse illeggibile.

«Sì, signorina.»

Gettò un'occhiata al dorso del libro, si trattava del *Table Talk* di Selden, e sentì la tensione tra le spalle allentarsi un po'. Perlomeno, quel libro non l'avrebbe messa nei guai. La cameriera le era sconosciuta. Era una donna scialba e grassoccia e Mary decise d'ignorarla. Era Lockwood la persona da convincere e si rivolse a lui. «Non entro mai in biblioteca quando il colonnello Crosby-Nash è in casa. Non voglio disturbarlo» aggiunse ingenuamente.

«Certo, signorina.»

«Credo che questo, in realtà, sia il suo studio e che i libri qui siano più che altro un ornamento. Sono sicura che non gli dispiacerà se ne prendo uno in prestito.»

«Naturalmente, signorina... anche se credo che il colonnello li abbia letti quasi tutti.»

Mary annuì. «Oh, ne sono convinta, è un uomo molto colto.» Fece per riprendere a esaminare i libri sugli scaffali e poi si voltò nuovamente verso Lockwood. «Dovete lavorare qui? Me ne devo andare?»

«Nient'affatto, signorina» si affrettò a rispondere il maggiordomo. Sia il tono che l'atteggiamento mostravano deferenza e la volontà di attendere che lei avesse terminato. «Scegliete pure con calma il vostro libro.»

Lei gli sorrise e con un grande sforzo scelse un volume, lo sfogliò, ripeté lo stesso gesto con un altro libro, preso da uno scaffale diverso e infine decise per un terzo... un resoconto di viaggi. «Questo sembra interessante» osservò.

Lockwood replicò che si augurava che fosse un libro gradevole e lei disse di essere sicura che lo sarebbe stato. Aveva sempre desiderato viaggiare e il soggiorno a Champian Hall aveva indubbiamente stimolato ancora di più il suo appetito. Tutti i meravigliosi tesori esotici del colonnello...

Mentre parlava, scrutava gli scaffali in cerca del posto giusto per riporre il *Table Talk*. Non poteva lasciarlo sulla scrivania, ma non riusciva a trovare un posto libero.

«Posso esservi d'aiuto, signorina?»

«No, no, io...» Non c'era motivo perché dovesse ricordare il posto esatto del libro, ma il fatto di non riuscire a portare a termine quella semplice azione la faceva sentire a disagio. Lockwood la stava fissando e lei desiderava tanto lasciare la biblioteca. «Ah, ecco... era qui.» Il libro scivolò agevolmente nello spazio libero del primo scaffale.

Lockwood la ringraziò e l'anonima cameriera fece una riverenza quando Mary le passò davanti. In corridoio si fermò ad ascoltare la loro conversazione. La porta era socchiusa e poteva udire ogni singola parola. La banalità dei loro discorsi la tranquillizzò. Non si erano recati in biblioteca a causa dei sospetti di qualcuno che l'aveva vista attraverso la finestra, e la sua giustificazione era stata accettata, ne era certa. Era stata imprudente e mentre tornava in camera sua si disse che non era valsa la pena di correre quel rischio.

Quella mattina il colonnello Congreve ricevette uno strano ordine, così insolito da far sì che ci riflettesse sopra per una buona mezz'ora prima di chiamare il suo aiutante. Sembrava che fosse stata presa infine una decisione riguardo all'ammutinamento navale e le Guardie a Cavallo intendevano disporre dei cannoni in alcuni punti strategici lungo l'estuario del Tamigi per fare fuoco sulle navi ancorate, se il governo lo avesse ritenuto necessario. A tale proposito, l'Artiglieria Reale doveva provvedere l'equipaggiamento e gli uomini necessari e trasferire l'uno e gli altri nei luoghi prefissati lungo la costa nord del Kent.

A Congreve questa storia non piaceva. Si chiedeva se fosse possibile collocare i cannoni sul terreno paludoso dell'Isola del Grano, e nutriva dei dubbi sull'opportunità di bombardare i marinai per costringerli a fare il loro dovere, soprattutto perché avrebbero dovuto farlo i suoi uomini. La situazione a Woolwich si stava calmando, ma non era ancora tornata alla normalità e gli uomini non avrebbero accolto bene un ordine di quel tipo.

MacLeod era d'accordo con lui e tentò di calmare le ire del suo comandante, rammentandogli che si trattava di un progetto complesso, che non avrebbe potuto essere messo subito in atto. Come primo passo, un ufficiale competente avrebbe dovuto fare un sopralluogo e in seguito un rapporto sulle condizioni locali. Fino a quando il rapporto non avesse stabilito che era *effettivamente* possibile disporre i cannoni, era inutile turbare gli uomini con un ordine puramente ipotetico. MacLeod consigliava il più stretto riserbo riguardo all'intera questione. Nel frattempo, l'ammutinamento navale avrebbe potuto risolversi da sé e l'intervento dell'Artiglieria sarebbe stato superfluo.

Congreve si tranquillizzò a quelle parole e propose che fosse il capitano Holland a effettuare il sopralluogo. Con lui si poteva essere certi che avrebbe tenuto la bocca chiusa riguardo all'operazione. Inoltre, aveva corso di qua e di là agli ordini del capo del Commissariato ed era ora che facesse qualcosa anche per il reggimento. MacLeod pensava che recentemente Holland avesse fatto parecchio per il reggimento, ma si trattenne dal farlo notare e concordò che Holland era l'uomo giusto per quell'incarico.

Quando Holland seppe la notizia, pensò che ormai era diventato una specie di tuttofare, ma tenne l'opinione per sé. Dopotutto, era pur sempre qualcosa tornare a operare per il reggimento, nonostante la situazione fosse molto delicata. Come i suoi superiori, anche lui era contrario all'idea di fare fuoco sui marinai... a meno che non fosse indispensabile. Se non altro, quella missione lo avrebbe distratto dalle preoccupazioni che affollavano la sua mente. Aveva commesso un errore lasciando che Whittington raggiungesse Sheerness? E Mary Finch?

Quei pensieri continuavano a tormentarlo, mentre preparava la sacca per la partenza. Drake non gli avrebbe mai permesso di infilare tutto dentro alla rinfusa, ma per qualche strana ragione non c'era. Holland non si rammaricava di dover preparare da solo i bagagli, al contrario, era felice di non dover sopportare i commenti sarcastici di Drake, che diventavano ancora più taglienti quando si prospettava all'orizzonte qualcosa di vagamente interessante da cui lui sarebbe stato escluso. Drake a volte era un vero supplizio.

Tre colpi secchi alla porta annunciarono il ritorno del supplizio. «Mi scusi, signore,» annunciò, lanciando un'occhiata dubbiosa alla sacca di Holland «c'è qui un ragazzo che dice di avere un messaggio per voi. Dice di chiamarsi...»

«Non ho detto il mio nome» disse una voce da dietro la porta.

Poi un giovane di altezza media entrò nella stanza. Era un tipo anonimo, con capelli castani e abiti modesti, ma in lui c'era qualcosa di vagamente familiare. «Venite da Champian Hall?» domandò Holland. Passò davanti a Drake e si avvicinò al nuovo venuto.

Il giovane scosse la testa e fece cenno a Drake di chiudere la porta. «No, signore, vengo da parte di un vostro amico... il signor Lethieullier.» Fece una pausa affinché il nome venisse assimilato e poi proseguì. «Ha avuto un'informazione che considera molto importante, ma vorrebbe conoscere la vostra opinione in proposito, prima di intraprendere altre iniziative.»

La sorpresa di Holland era evidente nel tono della sua risposta. *Lethieullier... che cosa diavolo vuole Shy da me? Se il suo messaggio non ha a che fare con Mary...* «La *mia* opinione? Io... molto bene, signore... vi prego, accomodatevi.»

L'agente di Shy si diresse verso una delle logore poltrone di fronte al camino, ma rimase in piedi. «Vi chiedo scusa, ma ho ricevuto l'ordine di comunicare quest'informazione solo al capitano Holland e mi chiedevo...»

Le sue parole e lo sguardo che indirizzò a Drake fecero sorridere Holland e il suo divertimento crebbe quando Drake soffocò un borbottio contrariato. «Quando siamo al museo seguiamo le regole del signor... Lethieullier, ma quando siamo all'Arsenale, seguiamo le mie. Sentiamo che cos'avete da dirmi.»

«Come volete. Per arrivare dritti al punto, quindi, abbiamo motivo di credere che le forze nemiche abbiano intenzione di far saltare in aria il Deposito Reale di polvere da sparo di Purfleet.»

Holland fissò il suo interlocutore, mentre il sorriso gli moriva sulle labbra. Da qualche parte alle sue spalle, Drake strascicò i piedi. La terribile possibilità di un'esplosione nel più grande deposito governativo non era sicuramente una novità, ma il freddo annuncio della sua realizzazione gli fece aumentare i battiti cardiaci. Ciò nonostante, rispose con prudenza. La sua opinione di Shy non era del tutto negativa, ma Holland non aveva intenzione di credere ciecamente a qualsiasi sua ipotesi. «Purfleet è ben protetta. Ci sono numerose truppe di stanza lì e gli edifici sono stati costruiti osservando tutte le norme di sicurezza. Le pareti sono profonde un metro e mezzo e i tetti sono in materiali speciali.»

«Sì, signore, si tratta di un obiettivo ambizioso, ma è perfettamente in linea con gli attentati che sono stati recentemente pianificati, sia a Londra che nelle sue vicinanze. La distruzione di Purfleet causerebbe un danno immane... lo straripamento del Tamigi, una grave perdita di vite umane, per non parlare della distruzione di preziose forniture militari.»

«Non dovete convincermi dei pericoli,» osservò Holland in tono asciutto «ma solo della reale esistenza di questo piano. Come avverrebbe quest'esplosione?»

«Con un assalto via fiume.»

A quelle parole Holland si rilassò. «Questo è molto improbabile. C'è solo una nave ammutinata a Long Reach e non si trova in posizione da poter fare fuoco su Purfleet. Infatti, nell'ultimo rapporto che abbiamo ricevuto si diceva che sta cercando di scendere verso Sheerness.»

L'agente di Shy scosse la testa. «L'assalto non arriverà dalla *Lancaster*, ma dalla parte opposta... probabilmente da Barking Creek.»

«*Barking Creek?*» Holland si allarmò di nuovo. Molte delle fabbriche di polvere da sparo immagazzinavano i loro prodotti nei depositi di Barking Creek, e da lì venivano trasportati in barca a Purfleet. «Credo che sia meglio che mi diciate tutto quello che sapete.»

«Con piacere.» L'agente gli fece un rapporto preciso, anche se piuttosto prolisso. L'informazione proveniva dalla gioielleria Hardy & Son's e anche da altre fonti e si basava sulle carte nautiche del Tamigi, che erano state ritrovate in possesso del nemico, con la registrazione delle maree, insieme ai registri dei depositi dei signori Taylor, Bridges, Hill e Pigou, e a un disegno dei vari edifici che componevano il deposito, con il resoconto delle diverse attività giornaliere.

«Avete visto personalmente queste cose?» domandò Holland. «I documenti, intendo dire.»

«Sì, signore, in parte, e negli altri casi ho ricevuto informazioni dettagliate. Sappiamo per certo che questo materiale esiste.»

«Quindi, pensate che il nemico si avvicinerà a Purfleet fingendo di dover consegnare la polvere da sparo. In questo caso otterranno il permesso di attraccare e poi attaccheranno?»

«Sì, probabilmente aiutati dai fiancheggiatori già presenti sul posto.»

Holland incrociò pensieroso le braccia sul petto. «La fabbrica di Pigou è a Darent... i suoi magazzini si trovano a Dartford. Sarebbe troppo rischioso percorrere il tragitto in barca fino a Purfleet. Non lo farebbe nessuno... Pigou, almeno, non lo farebbe. Mentre gli altri utilizzano Barking Creek o i depositi che si trovano da questa parte del fiume, in fondo a Tipcock Reach. Se questi effettuassero una consegna a Purfleet, non sembrerebbe troppo strano. Avete detto di essere in possesso delle registrazioni delle maree... sono state segnate?»

«No, ma vi è stata registrata l'ora del tramonto del sole per tutta questa settimana. Se gli attentatori hanno programmato di assalire il deposito al tramonto, avranno il beneficio della marea e la loro apparizione sarà meno facilmente individuata dalle truppe di stanza a Purfleet.»

«Uhm... capisco.»

«Quindi, credete che il loro progetto sia realizzabile?»

«Sì, se hanno fegato sufficiente e un piano di fuga» rispose lentamente Holland. Rimase in silenzio per un po' e poi chiese: «Quando credete che ci proveranno?».

«Be', è possibile che il nostro intervento li abbia convinti a desistere. Ieri notte abbiamo reso le cose piuttosto difficili al signor Rabelais e ai suoi amici.»

«Rabelais!» esclamò Holland. «Lo avete catturato?»

«Purtroppo no, ma abbiamo creato una gran confusione. In ogni caso, il signor Lethieullier crede che Rabelais farà un tentativo questa sera, nella speranza di aver successo prima che noi abbiamo il tempo di decifrare completamente i loro piani.»

«Potrebbe essere. E il vostro piano presumo sia quello d'impedire alle barche di lasciare i depositi?»

«Esattamente. So che verranno inviate altre truppe a Purfleet, e questo sarà sicuramente utile, ma è preferibile evitare qualsiasi scontro al deposito.»

«Su questo siamo d'accordo» disse Holland. «Riguardo alle vostre forze... avete uomini sufficienti? Non sarà facile e dovrete fare molta attenzione nei pressi dei depositi. Non c'è molta polvere stipata a Purfleet, ma non vogliamo incidenti.»

«Sì, signore, certo. E a proposito delle nostre forze, dovrebbero essere sufficienti. Rapidità e segretezza hanno la precedenza in queste questioni.» L'agente si alzò e tese la mano al capitano. «Vi sono molto grato per il vostro aiuto... e la vostra discrezione. Come ben potete immaginare, questo non è il tipo di problema che si può presentare ufficialmente ai militari, ma eravamo ansiosi di avere l'opinione di un esperto.»

Holland gli strinse la mano, aggrottando pensieroso la fronte. «Eravate al funerale di Sir William Armitage, vero?»

L'agente s'inchinò. «Avete una buona memoria, capitano.»

«Sorvegliate Crosby-Nash da allora?»

«Da ancora prima.»

Holland espresse la sua condanna nei confronti del colonnello e scosse la testa. «Be', buona fortuna, e ora credo che sia meglio che ve ne andiate.» Si rivolse a Drake. «Puoi trovargli una carrozza senza destare troppa curiosità?»

«Certo che posso» si risentì Drake, come se trovasse ridicola quella domanda.

«Buona fortuna» ripeté Holland e, indietreggiando di un passo, fece un cenno al suo sottoposto. «Sbrigati, Drake, voglio che questo signore sia sulla strada per Londra in un quarto d'ora e *nessuno* deve saperlo.»

«Sissignore.»

Quando Drake tornò, felice di aver assolto il suo compito con ben tre minuti di anticipo, trovò Holland seduto al tavolo che utilizzava come scrivania, intento a osservare il disegno che aveva fatto.

«Tutto a posto?» chiese il capitano senza alzare lo sguardo.

«Sì, signore. Quel che ha detto a proposito di Purfleet… mi pare una pessima notizia.»

Holland annuì. Duemila tonnellate, questo era l'ammontare della polvere da sparo immagazzinata nel deposito di Purfleet. *Cristo, l'esplosione sarebbe micidiale. Il magazzino distrutto, tutti quelli che vi lavorano morti, e le navi all'ancora sul fiume, per un raggio di una decina di chilometri, affondate o distrutte. E questo sarebbe il danno causato solo dall'esplosione della polvere.* Non ne aveva parlato all'agente di Shy, ma temporaneamente era custodito a Purfleet anche un carico di granate da mortaio. Il fatto che si trovassero lì era una follia ed era assolutamente contrario alle regole del deposito, ma in tempo di guerra venivano commesse tante follie. Nessuno si aspettava che le granate sarebbero rimaste a Purfleet per più di qualche giorno, ma quando i marinai ammutinati avevano iniziato a ostacolare il passaggio delle navi sul Tamigi, era stato ritenuto più prudente lasciarle dove si trovavano.

Drake ascoltò in silenzio, mentre Holland gli spiegava la situazione nel dettaglio. Era meno impressionato dalla deflagrazione che poteva essere scatenata da cinquantaduemila barili di polvere da sparo e da forse cento granate che dal fatto che il suo superiore fosse preoccupato per le possibili conseguenze. Le preoccupazioni di Drake, invece, erano puramente pratiche. «Quando cominciamo, signore?»

«Che cosa intendi dire?»

«Non lasceremo tutto nelle mani di quei tizi di Londra, vero?»

«La cosa più saggia sarebbe impedire che si avvicinino al deposito» riconobbe Holland.

«Certo, ma se loro non dovessero riuscirci? Ci sono centinaia di cose che potrebbero andare storte e noi siamo qui a Woolwich, così vicini, ma sulla sponda opposta del fiume senza poter fare nulla.»

Holland scosse la testa. «Non vedo come potremmo essere d'aiuto. Non possiamo bombardare qualsiasi imbarcazione sospetta sul Tamigi ogni pomeriggio fino al tramonto e non vogliamo nemmeno scatenare il panico qui a Woolwich, non dopo quello che è successo.»

«No» mormorò Drake.

«E non dimenticare che alcuni di questi... radicali potrebbero essere ancora qui. Se dovessero sapere che siamo a conoscenza del loro piano, Dio solo sa cos'altro potrebbero scatenare qui per distogliere l'attenzione.»

Drake rifletté su quel punto e poi il suo viso s'illuminò. «Ma ci dev'essere dell'altro, immagino. Voi non avete messo sul tavolo tutte le vostre carte con quel tizio... lo so.»

Holland si appoggiò allo schienale della sedia sospirando. «Forse ha assolutamente ragione riguardo a ciò che accadrà... a ciò che Rabelais ha in mente... ma io non ne sono così sicuro. Si aspettano che lui assalti il deposito. Credo che anche lui abbia idea di quanto siano resistenti quelle costruzioni, quindi non può pensare di farle esplodere e di riuscire a sopravvivere. Forse Rabelais è disperato, ma c'è qualcosa che non quadra.»

«Esiste un altro modo per provocare l'esplosione» intervenne Drake e quando Holland annuì, aggiunse: «E voi sapete come fermarli senza causare guai».

Holland aveva osservato il viso di Drake cambiare lentamente espressione e passare dalla preoccupazione allo scoraggiamento e poi all'entusiasmo, e non poté fare a meno di sorridere pensando alla sicurezza che la sua abilità ispirava. «Sì, ho avuto un'idea,» ammise «ma potrebbe anche non funzionare. Molto probabilmente, non funzionerebbe.» Scrollando le spalle, spiegò brevemente ciò che aveva in mente, ricorrendo al disegno per mostrare i particolari. «Naturalmente potremmo sbagliarci riguardo ai piani di Rabelais.»

«Ma se fosse come pensate voi, i vostri amici di Londra non potrebbero fare molto e avrebbero bisogno di rinforzi sul posto» osservò Drake.

«Sì, è quello che credo anch'io.»

Drake continuò a studiare la mappa. «Forse potrebbe far comodo un altro paio di mani. Stavo pensando a Dalton, il coraggio non gli manca.»

«No» disse Holland, scuotendo la testa. «Lui ha famiglia, meglio lasciarlo fuori da questa faccenda.»

Drake annuì. «Sì, signore, dimenticavo i piccoli. Allora, saremo solo noi due, ma andrà tutto bene.»

Holland gli indirizzò uno sguardo interrogativo, ma prima che avesse il tempo di aprire bocca, Drake aggiunse: «Non ci andrete senza di me, questo è sicuro. Non potreste mai farcela da solo, ma in due abbiamo una possibilità».

«Dio solo sa quanto abbia bisogno del tuo aiuto, Drake, ma...»

«È come avete detto voi, signore. Se quel deposito salterà in aria, a Purfleet sarà una carneficina e tutta la zona da Woolwich a Gravesend si trasformerà in un inferno. Non credo che abbiate molta scelta.»

«Be'... grazie, allora. Che cosa ne pensi della mia idea?»

Drake scosse la testa. «Oh, credo che sia folle, signore, così come lo credete anche voi. Ma dal momento che non ne abbiamo altre, penso che sia meglio metterla in pratica.»

20

«Signore, che ne direste di una partita a carte?»

Erano rimasti seduti in silenzio per una buona mezz'ora, Susannah con il suo ricamo, Mary che fingeva di leggere la *Relazione sulle Isole Pelew* di Keate e il colonnello Crosby-Nash apparentemente concentrato sul suo giornale, e quel suggerimento costituì per le due donne una grande sorpresa.

Susannah alzò gli occhi dal suo lavoro. «Certo, mio caro, direi che è un'ottima proposta.»

«Be', si cerca di fare del proprio meglio» replicò suo marito. «Voi che ne dite, Miss Finch?»

«Oh, sì» concordò Mary, chiudendo il libro. Il ricordo dell'angoscia recente si era stemperato in una strana letargia, mentre osservava placidamente il colonnello. «Nella scuola della signora Bunbury a volte giocavamo a carte insieme alle ragazze.»

«Doveva essere una scuola molto moderna per permettere... Ma stavo dimenticando Nisroch!» esclamò Susannah. «Doveva essere *sicuramente* molto moderna. Mia madre non approvava alcun gioco di carte, esclusa la *Papessa Giovanna.*»

«Sapete giocare a *Casino*?»

Entrambe conoscevano il gioco e mentre Crosby-Nash andava a cercare un mazzo di carte, Mary sistemò il tavolo e le sedie. Presto furono immersi di nuovo nel silenzio, ma questa volta erano concentrati su un obiettivo comune.

Com'era prevedibile, Susannah era la giocatrice più debole. Mancando completamente d'astuzia, lasciava che i suoi avversari approfittassero della sua ingenuità a loro vantaggio. Crosby-Nash, al contrario, era molto esperto, mentre Mary cercava semplicemente di vincere più mani possibili. Mentre il gioco progrediva, Mary si rese conto che si stava divertendo forse per la prima volta dalla partenza di Holland e Whittington, ed era quasi grata a Crosby-Nash per aver suggerito quel passatempo.

Conclusero la partita e contarono i punti. Mary era sorprendentemente in testa... o almeno fu una sorpresa per lei... mentre Crosby-Nash era al secondo posto a pochi punti di distacco. «Avete giocato bene, Miss Finch» osservò il colonnello.

«Grazie, signore,» rispose Mary «ma credo che sia stata più fortuna che abilità.»

Lui scosse la testa in disaccordo. «I giocatori abili sanno sfruttare le occasioni. Ora, signore, dal momento che abbiamo iniziato così bene, che ne direste di una piccola posta per mantenere vivo l'interesse?»

«Intendete dire che dovremmo *scommettere*?» chiese Susannah. «*Del denaro?*»

«È ciò che si scommette di solito.»

«Vi avverto subito che non ho nessuna intenzione di mettere in palio *Le Dame Bianche*» lo avvisò Mary.

«No, no, naturalmente no» replicò Crosby-Nash ridendo. «Non intendevo suggerire nulla di tanto stravagante, ma solo qualche penny. Credo che non sia la somma in palio ad accendere l'interesse, ma il fatto che si stia correndo un rischio e che si debba agire di conseguenza. E, per dimostrarvi la mia magnanimità, provvederò io alle puntate.» Dopo aver consegnato le carte a Mary, infilò la mano nella tasca della giacca ed estrasse una manciata di monete. «Ho parecchi spiccioli... perfetti per il nostro scopo. Ecco per te, mia cara, e anche per voi, Miss Finch, io terrò il resto.»

Mary fece del proprio meglio per mescolare con cura le carte. «Sto facendo un pasticcio,» disse ridendo «non sono abile quanto il colonnello. La prossima volta dovrò osservarlo con attenzione per vedere come fa. Non dovremo scommettere a ogni *mano*, vero?»

«No, pensavo a ogni partita.»

«Sì, certo.» Mary annuì e iniziò a distribuire quattro carte a ognuno e poi posò quattro carte scoperte in mezzo al tavolo. Avevano un nome particolare? Spesso si usavano strane espressioni per designare le carte o i giochi di carte. Non c'era persino una carta che veniva chiamata la *Maledizione di Scozia*? Poi, ripensandoci, aggiunse due delle sue monete a quelle già puntate da Crosby-Nash.

La voce di Susannah s'insinuò nelle elucubrazioni di Mary sulla terminologia usata nel gioco delle carte. «Oh, che strana moneta mi hai dato, mio caro... cos'è?»

Mary provò immediatamente una strana e sgradevole sensazione. Non osava alzare gli occhi, ma si costrinse a osservare le proprie carte: re di picche, otto di cuori, tre di cuori e dieci di quadri. Crosby-Nash stava rispondendo con noncuranza. «Ah, sì, è molto interessante, vero? In realtà, è una moneta fittizia, di quelle emesse dalle banche della capitale.»

Mary deglutì a fatica, aveva la gola improvvisamente asciutta. «È molto bella, se così si può dire, ma se non è vero denaro...» Susannah osservò scettica la moneta, come se le ispirasse diffidenza.

Oddio, dove l'ha presa? Che cosa significa? Ha forse... Possibile che abbia trovato la mia moneta? Che cosa devo fare? Mentre quei pensieri vorticavano nella sua mente, Mary fissava lo sguardo triste del re di picche, come se sperasse nel suo aiuto. Costringendosi a sorridere, riunì le carte e osservò con attenzione la moneta che Susannah teneva ancora in mano. «Sì, davvero interessante» affermò. «Avete detto che è... una di quelle monete emesse dalle banche?» Poi dovette fare la cosa più difficile... guardare Crosby-Nash. Che cosa avrebbe visto incrociando il suo sguardo?

La sua espressione, decisamente fredda, non lasciava trasparire nulla, nemmeno una condanna. Era stato tutto calcolato? «Sì, se la osservate da vicino, vedrete che si tratta di un dollaro spagnolo che è stato ri-coniato.»

Quelle parole le diedero l'opportunità di guardare di nuovo la moneta. Per qualche ragione, preferiva non toccarla, e per osservarla meglio attirò a sé la mano di Susannah. «Sì, ha sicuramente un'aria... esotica» disse annuendo. Non riuscì a fare di meglio e si sforzò di assumere lo stesso tono distaccato del colonnello. «Hai intenzione di puntarla, Susannah?»

«Suppongo di sì, se a voi non dispiace.»

«Naturalmente no, mia cara, si tratta solo di un gioco.»

Per tutta la durata della partita, il dollaro spagnolo fissò Mary dalla pila di monete ammucchiate sul tavolo. Una partita senza vincitore, perché lei e Crosby-Nash totalizzarono quattro punti, contro i tre di Susannah e, dunque, nessuno poté ritirare la posta.

Mary riuscì chissà come ad avere la concentrazione necessaria per vincere la partita successiva, o forse fu soltanto un colpo di fortuna, ma questo fece sì che la moneta passò nelle sue mani, il che le parve persino peggio. Sapeva che non faceva alcuna differenza, ma non voleva che quella moneta fosse in suo possesso o che venisse in qualsiasi modo collegata a lei. Si sentiva come se fosse stata sorpresa accanto a un cadavere sanguinante. *Ma io non ho... Oddio! E se è stato davvero lui a uccidere Romney? Se lo ha ucciso e poi ha trovato la moneta?*

L'immagine del colonnello Crosby-Nash chino sul corpo ancora caldo del venditore ambulante, intento a rovistare con calma nelle sue tasche, era raccapricciante e accrebbe la sua repulsione per la moneta e per il colonnello. Aveva la sensazione di avere il viso in fiamme. *Sono arrossita? E se Susannah se ne accorge e dice qualcosa? Non devo assolutamente apparire in imbarazzo.*

Incluse la moneta nella puntata successiva e fece uno sforzo per ignorarla e concentrarsi interamente sul gioco, ma le risultava difficile. Fu quasi sollevata quando Crosby-Nash vinse la partita e ritirò la vincita, solo per fare esattamente quel che aveva già fatto lei e puntare di nuovo la moneta per la partita successiva.

Mary si disse che Crosby-Nash non sapeva nulla; forse quella era davvero la moneta di Romney, ma non c'era nulla che potesse collegarla a lei. La *sua* moneta era al sicuro, in fondo al suo baule da viaggio... Sicuramente era così, *doveva* essere così!

Ora toccava di nuovo a lei giocare. «La partita si sta facendo eccitante» disse il colonnello, che era colui che teneva il punteggio. «Questa dovrebbe essere la mano decisiva, quindi sarà meglio che prestiate attenzione.»

Oh, che cosa orribile da dire! Mary fremette di rabbia in silenzio. *Mantieni la calma, ricorda quel che ti ha detto il maggiore Whittington... al colonnello piace mettere a disagio le persone.* Aggrottò la fronte, pensando quanto fosse veritiera quell'affermazione e aggiunse un asso al sette di Crosby-Nash, dichiarando «otto» con voce ferma.

Le mani successive si svolsero per Mary in una specie di sogno e quando la partita giunse al termine, Crosby-Nash fece il totale dei punti. «Abbiamo un vincitore» annunciò. «Susannah, mia cara, voi avete totalizzato dodici punti, un punteggio onorevole per una giocatrice inesperta. Io diciotto e Miss Finch ha raggiunto trionfante i venticinque punti.»

«Oh, congratulazioni Mary!» esclamò Susannah. «Hai giocato proprio bene!»

«Sì, davvero» concordò Crosby-Nash. «Credo che farei meglio a non scommettere mai seriamente con voi, Miss Finch. Ma questa partita casalinga non presenta rischi e promette solo divertimento. Giochiamo ancora? Susannah, credo che tocchi a voi dare le carte.»

La situazione a Woolwich era abbastanza tranquilla e Holland e Drake poterono lasciare l'Arsenale senza che venissero loro poste domande scomode. Vedendoli, i due uomini di guardia all'entrata ebbero la conferma che le cose stessero tornando alla normalità. Il capitano Holland andava sempre da qualche parte, anche se di solito non in abiti civili o con quella vecchia canaglia di Drake al seguito, peggio di un ufficiale con le sue arie di superiorità e vestito della giacca della domenica. Un Ponzio Pilato fatto e finito, anche solo se avesse dovuto preparare una tazza di tè.

Holland aveva con sé un taccuino e tutta la sua attrezzatura con la quale sperava di riuscire a eseguire gli ordini che aveva ricevuto riguardo all'Isola del Grano. La sua prima destinazione, però, era il villaggio di Erith, a circa quattro chilometri da Purfleet. Nonostante fosse poco più di una strada di casette e magazzini lungo il Tamigi, Erith era un luogo piuttosto affollato e una base d'appoggio per gli indiani che conducevano i loro affari lungo il fiume. Le navi che arrivavano in Inghilterra spesso venivano scaricate lì prima di procedere verso Londra, mentre quelle in partenza caricavano passeggeri o visitatori. La presenza di due stranieri in più, perciò, avrebbe suscitato poco interesse. Cosa più importante, i comandanti della Compagnia delle Indie Orientali avevano l'abitudine di rendere le loro navi molto simili a quelle della Marina Reale, e questo sarebbe stato molto utile per l'esecuzione del piano di Holland.

Forse non sarebbe nemmeno stato necessario metterlo in pratica... spesso lo avevano rammentato l'uno all'altro... ma affinché fosse possibile dovevano avere una barca, e Drake si assunse l'onere di trovarne una. Aveva trascorso la sua giovinezza a Wapping e, come spiegò a Holland, ne sapeva qualcosa di piccole imbarcazioni. Entrambi erano consapevoli che in quel caso *trovare* significava *rubare*, ma dal momento che quella rappresentava solo una piccola complicazione in un'impresa che era già molto complessa e rischiosa, non ritennero fosse necessario discuterne.

«Deve sembrare proprio una barca della Marina» insistette Drake. «Non importa se è piccola... ma deve avere l'aria di appartenere a una delle navi di Sua Maestà, altrimenti ci scopriranno subito. Se proprio dobbiamo farlo, lo faremo.»

«Ci scopriranno subito.» Holland ripensò a quella frase, mentre attendeva Drake nell'unico pub del villaggio, un locale che sembrava si chiamasse *Il buon ritorno*, nonostante l'insegna con il nome e una nave a vele spiegate fosse ormai caduta. Aveva preso una stanza e lì aveva deposto la sua sacca con l'attrezzatura e aveva cercato di modificare il più possibile il proprio aspetto. Non aveva potuto fare molto in tal senso, ma sperava che degli indumenti vecchi, delle scarpe con la fibbia e un panciotto di flanella marrone lo avrebbero almeno fatto passare inosservato. Mentre sorseggiava un boccale di birra nell'osteria deserta, Holland riassunse ancora una volta i vari eventi che si sarebbero potuti verificare nelle ore successive.

Esistevano due modi per distruggere Purfleet: un sabotaggio dall'interno e un assalto dall'esterno. Durante il giorno, entrambi i metodi erano realizzabili. La polvere veniva ritirata e consegnata in continuazione, le porte del deposito erano perennemente aperte e gli uomini facevano rotolare dentro e fuori i micidiali barili. Ma dopo il tramonto, le probabilità di una minaccia interna si riducevano. Non era possibile lavorare all'interno del deposito dopo il calare del sole, perché nessuno sano di mente avrebbe osato accendere lanterne o candele, e quindi l'area veniva messa sotto chiave e sorvegliata.

Un assalto dall'esterno era quindi più probabile e Holland pensava di sapere come si sarebbe svolto senza sacrificare le vite degli assalitori. Alle chiatte che arrivavano tardi la sosta notturna sulla banchina di Purfleet non era permessa. Potevano, però, gettare l'ancora in mezzo al fiume, dotate di un'adeguata illuminazione e segnalazione, e in questo caso l'equipaggio avrebbe dovuto prendersi cura dell'imbarcazione. Non era una pratica molto saggia, perché esisteva sempre il pericolo che accadessero degli incidenti fatali per l'equipaggio. Si presumeva che i depositi fossero sicuri, con i loro muri spessi e i tetti massicci, ma dal momento che non si era mai verificata un'esplosione, l'ipotesi non era mai stata messa alla prova. E se gli uomini della chiatta avessero sistemato una lunga miccia, l'avessero accesa e poi se ne fossero andati inosservati? Se una chiatta a pieno carico fosse esplosa, non sarebbe esploso di conseguenza anche il deposito? *Ottocento barili… tanti ne può trasportare una chiatta… si sarebbero trasformati in una bomba micidiale!*

Tutto ciò aveva senso e, cosa più importante, corrispondeva a quanto Cuthbert Shy aveva saputo. La chiatta sarebbe arrivata da uno dei depositi che consegnava regolarmente la polvere da sparo a Purfleet. L'unica differenza era che questa volta l'imbarcazione sarebbe stata nelle mani di una manciata di attentatori invece che del solito equipaggio. Nessuno a Purfleet avrebbe notato qualcosa d'insolito, perché la chiatta sarebbe arrivata troppo tardi per essere scaricata. Gli attentatori avrebbero, quindi, gettato l'ancora, acceso la miccia e si sarebbero dileguati prima dell'esplosione.

Holland rifletté sui vari fattori logistici che era in grado di prevedere, la rapidità con cui sarebbe salita la marea, la velocità della chiatta e l'ora in cui sarebbe arrivata a Purfleet. *Tardi, ma non troppo tardi*, concluse, *non tanto tardi da destare sospetti.* Affidandosi a stime prudenti e a come lui stesso avrebbe condotto un'operazione di quel tipo, Holland ottenne una risposta: alle sette e mezzo. La chiatta aveva previsto di arrivare a Purfleet alle sette e mezzo di sera.

Dove e quando lui e Drake avrebbero cercato d'intercettarla? Naturalmente, forse non sarebbe stato necessario. Molto probabilmente la chiatta non sarebbe nemmeno apparsa perché sarebbe stata fermata prima di lasciare Barking Creek. Shy aveva tutto il tempo di mettere in atto il suo piano. L'orologio di Holland segnava le sei e un quarto. *Dov'è Drake? Avremmo dovuto essere già sul fiume a quest'ora!*

Drake fece capolino attraverso la porta socchiusa del pub e fece cenno a Holland di raggiungerlo all'esterno. Chissà come, era riuscito a trovare una camicia a scacchi e un paio di pantaloni a gamba larga tipici dei marinai e teneva una giacca blu ripiegata sul braccio.

«L'hai trovata?» chiese Holland, strizzando gli occhi contro il sole ormai basso.

«Sì, signore, tutto a posto,» rispose Drake «è nella palude.»

«Bene, andiamo.»

«Ho preso questa giacca, che sembra quella di un marinaio...

potreste metterla voi» disse Drake, mentre s'incamminavano verso il fiume. E gli porse l'indumento.

«Grazie. Non ti chiederò dove hai *preso* la giacca... e tutto il resto.»

«No, signore, meglio di no.»

«Che tipo di barca è?» chiese Holland dopo un breve silenzio.

«Potrebbe essere definita una scialuppa, signore» gli spiegò Drake. «Abbiamo i remi e anche una vela, se dovesse alzarsi un po' d'aria. »

«Bene, allora io remerò e al resto penserai tu.»

«Il braccio è a posto?»

Holland annuì, flettendo il braccio sinistro e, in risposta alla tacita domanda di Drake, aggiunse: «Ho imparato a remare da ragazzo. Se remo, il movimento non mi dà fastidio, credo che sia più difficile stare male mentre si fa qualcosa, invece di restare accasciati sul fondo della barca».

«Credo che abbiate ragione, signore.»

La barca era stata nascosta tra le canne. Salirono a bordo e Drake la spostò verso il centro del fiume. Poi si scambiarono di posto... Drake alla barra del timone e Holland ai remi.

«Scendiamo un po' lungo il fiume e andiamo a dare un'occhiata a Purfleet, signore?» chiese Drake.

Verso la città o verso il mare? si domandò Holland. *Incrociare la chiatta il più lontano possibile da Purfleet, oppure perdere tempo remando nella direzione sbagliata?* Di nuovo la possibilità di essersi sbagliato si trasformò nella spaventosa visione della chiatta che aveva già raggiunto il magazzino. E se fosse stato così?

«Eccola, signore!» esclamò improvvisamente Drake. «Si sta lasciando trasportare dalla corrente, circa un chilometro dietro di noi.»

Spostò bruscamente il timone, cercando di virare, ma Holland intervenne. «Calmati, la giro io.» Remando un po' avanti e un po' indietro, ruotò la barca e la diresse verso la chiatta. «Te l'avevo detto che sapevo come fare» mormorò, notando l'espressione sorpresa di Drake.

In pochi minuti, l'energia di Holland e la corrente portarono le due imbarcazioni vicine. Il capitano si guardava alle spalle per osservare il loro obiettivo. Non c'erano dubbi. Larga e spaziosa, con i bordi sporgenti che s'incurvavano verso l'interno su entrambi i lati; era esattamente il tipo d'imbarcazione comunemente utilizzata per trasportare le merci lungo il Tamigi. La vela era stata ammainata perché non sarebbe stata di alcuna utilità in quella serata tranquilla e senza vento, e la bandiera rossa che segnalava esplosivi a bordo penzolava floscia dall'albero.

L'altezza della grossa chiatta faceva sì che il suo equipaggio fosse invisibile a coloro che si trovavano sulla scialuppa. Il capitano sembrava essere solo a poppa, in piedi davanti al timone, ma quanti altri erano accucciati sul ponte o si trovavano nella piccola cabina?

Holland girò la scialuppa una seconda volta e affiancò l'imbarcazione più grande sulla destra, come un terrier che trotterella di fianco a un calesse. Poi annuì a Drake, il quale mise le mani a imbuto davanti alla bocca e gridò: «Dove siete diretti?».

Il capitano della chiatta li guardò senza interesse. «E a voi che cosa importa?»

«Siamo della *Nore* e abbiamo l'ordine di sorvegliare questo tratto di fiume» rispose Drake senza esitare. «Non abbiamo intenzione di farvi del male, se siete onesti, ma dobbiamo controllare che tutto sia in regola.»

«Per conto di chi?»

«Del governo, naturalmente, idiota! Ma non sai niente?»

«Noi non appoggiamo il governo inglese e non critichiamo chi gli si mette contro» disse un'altra voce.

«Ah, sì? E come mai?» volle sapere Drake.

«Perché noi siamo per la libertà! Abbiamo esultato insieme ai ragazzi della *Nore* quando abbiamo saputo che si erano ribellati.»

«Non abbiamo ricevuto un grande sostegno dai civili, ma ce la siamo cavata anche da soli, non è così, Bob?»

«Sì» concordò Holland. «Mi piacerebbe proprio sapere come farebbero a fare la guerra senza di noi.»

«Semplice, non potrebbero» rispose Drake. «Chissà come saranno contenti quando salperemo per la Francia!»

Il capitano cercò di tagliar corto. «Sentite, noi abbiamo da fare... si tratta di una faccenda molto importante... quindi, lasciateci in pace.» Detto questo si voltò, come se la conversazione fosse terminata e lui intendesse concentrarsi sul timone.

Non era difficile tenere il passo con la chiatta e la scialuppa si affiancò di nuovo, con un paio di energiche remate, questa volta sul lato opposto, in modo da trovarsi tra la chiatta e la costa dell'Essex... e, di conseguenza, tra la chiatta e Purfleet.

«Maledetti idioti! A che gioco state giocando?» imprecò il capitano. A causa della manovra della scialuppa, era stato, infatti, costretto a spostarsi verso il centro del fiume, dove la corrente era più forte.

«Siete voi che state giocando» replicò Drake. «Di qui non passa nessuno se non lo decidiamo noi. Ci sono altri uomini a Long Reach e molti di loro sono piuttosto nervosi, quindi, se non volete guai, diteci dove siete diretti e che cosa trasportate.»

Seguì una pausa e poi una conversazione concitata tra il capitano e un'altra persona che Holland e Drake non riuscivano a vedere, ma che sembrava anch'egli esercitare una certa autorità a bordo. A Holland parve di distinguere una terza voce.

Un uomo magro, con i capelli scuri, uscì dalla cabina e li osservò per qualche istante. Era vestito con abiti sobri e decorosi, nonostante si fosse tolto la cravatta e avesse la camicia sbottonata. Dopo qualche istante parlò, con voce bassa, ma decisa. «Signori, noi non vogliamo guai, ma dobbiamo fare il nostro lavoro e non possiamo essere ostacolati. Dite che il governo ha raggiunto un accordo con gli ammutinati, ma come possiamo esserne certi?»

Drake si mostrò sorpreso per quella domanda. «Per quale altro motivo dovremmo essere qui? Io sono l'aiutante del capitano di vascello e Bob qui, è un artigliere, o meglio lo era, fino a quando non è stato degradato per essersi azzuffato con uno che era un vero bastardo e per di più ubriaco.»

«Come si chiama la vostra nave?» chiese l'uomo con i capelli scuri.

«*Sandwich,*» rispose Drake con orgoglio «ed è stata la prima a ribellarsi.»

«Avete sottoscritto una petizione?»

«Certo.»

Una terza figura apparve alle spalle dell'uomo con i capelli scuri. Era più alto e vestito semplicemente con una blusa di tela e corti pantaloni a righe che lasciavano braccia e gambe nudi. Quando prese la parola fu chiaro che era stato lui poco prima a schierarsi dalla parte degli ammutinati. «Sentiamo un po' che cosa diceva...»

L'atteggiamento di Drake cambiò, mentre prendeva in considerazione la sua richiesta. «Non si trattava delle vostre solite chiacchiere da irlandesi, ma di parole semplici, che chiunque poteva capire. Ma siamo ugualmente fedeli alla causa.»

«Siete sobri?» domandò l'irlandese.

«Sì, siamo sobri» rispose Holland. «E siamo pronti.»

«Chi ha il potere di operare un cambiamento?»

«Il potere è solo nostro.» Holland inspirò a fondo. Non rammentava altro del volantino di Smith e quel documento costituiva tutto ciò che lui sapeva della retorica radicale.

«E che cosa...»

«Basta così, James.» L'uomo con i capelli scuri annuì, posando la mano sul braccio del compagno. Poi, guardando verso la scialuppa, proseguì. «Anche noi siamo fedeli alla causa, amici miei, e questa sera ci attende un compito importante. Un evento che lascerà di stucco il governo inglese e che potrebbe essere d'aiuto anche a voi. Quindi, non vorrete di certo ostacolarci.»

«Siamo diretti in un posto chiamato Purfleet» aggiunse il tipo di nome James.

«Purfleet,» ripeté Drake «non mi direte che siete... che siete diretti al magazzino?»

«E tu cosa ne sai?» domandò James.

«Le voci corrono» tagliò corto Drake. «Noi siamo sempre qui a sorvegliare questo tratto di fiume. Ci è stato detto che avete in mente qualcosa di grosso a Purfleet. Quindi, può trattarsi solo del magazzino. Che cosa avete intenzione di fare con tutta quella polvere, se riuscirete ad arrivarci?»

«Niente. Noi abbiamo solo intenzione di farla saltare in aria.»

«*Che cosa? Di far saltare in aria il deposito?*» Drake scosse la testa, con un sorriso ammirato. «Non ce la farete mai» disse infine. «Non vi lasceranno avvicinare.»

«Riusciremo ad avvicinarci abbastanza, non temete» dichiarò l'irlandese. «Dobbiamo solo gettare l'ancora e sistemare la miccia.»

«Ah, certo» replicò Drake ridacchiando. «Dovete solo sistemare la miccia. E avete già trovato il povero diavolo che lo farà? Assicuratevi che prima dica le preghiere. Penso che sia meglio andare, Bob, non sono ancora pronto a vedere il paradiso.»

«Il paradiso? È più facile che tu finisca in quell'altro posto, vecchio mio» commentò Holland.

E fece per allontanarsi, ma il capitano li richiamò. «Aspettate un attimo! Che cosa intendi dire?»

«Intendo dire che sarà meglio che si raccomandi a Dio» rispose Drake. «*Signore, se dovessi camminare nella valle dell'oscurità della morte*... così dice la Bibbia. Per tutti voi questo sarà il fiume della morte.»

Holland aumentò la distanza tra le due imbarcazioni. «Ve ne intendete di esplosivi?» chiese.

«Io sì,» rispose James «li ho già usati.»

«A miccia lunga? Mezz'ora? Un'ora?»

«No, ma...»

«Be', dovrà essere molto lunga, a meno che non vogliate saltare in aria insieme a tutto il resto. Dovrete essere molto prudenti se volete far esplodere una chiatta carica di polvere da sparo e riuscire a sopravvivere in modo da poterlo raccontare.» Diede un altro colpo di remi e si voltò verso Drake. «Che cosa dici? Un paio di settimane nella milizia? Non è un geniere e dubito che sappia come funzionano gli esplosivi.»

«Credo che tu abbia ragione, Bob... un breve periodo nella milizia e qualcuno deve avergli fatto provare a sparare una volta con il moschetto... così, tanto per gioco. Sì, sì, proprio un vero esperto!»

«So quel che faccio» protestò James, ma fu coinvolto in un'altra discussione con il capitano della chiatta e l'uomo con i capelli scuri. «Aspettate voi due!» intimò di nuovo il capitano a Drake e Holland, mentre entrambe le imbarcazioni si lasciavano trasportare dalla corrente.

La conversazione a bordo della chiatta proseguì per qualche minuto, mentre Drake fissava l'acqua pensieroso. Poi si accorse che Holland aveva assunto un colorito pallido, quasi verdognolo. "Oh, Cristo! Ci mancava solo questo... il capitano che si sporge dalla scialuppa e inizia a vomitare!" «Andiamocene, Bob» disse ad alta voce. «Forza con quei remi.» Remare gli fece riacquistare colore e Drake si rilassò. «Ecco, così.»

«Voi ve ne intendete di esplosivi?» chiese l'uomo con i capelli scuri.

«Bob, sì,» rispose Drake «ve l'ho detto che era nell'Artiglieria fino a quando...»

«Sì, sì» tagliò corto James. «Il punto è...»

«Il punto è» lo interruppe l'uomo con i capelli scuri «che potreste avere ragione, che sarebbe meglio se poteste darci una mano con le micce. Il tempismo è essenziale per la buona riuscita del nostro piano e se poteste esserci d'aiuto, vi saremmo molto grati.»

Drake si sfregò il mento e lanciò un'occhiata interrogativa a Holland. «Non so... tu che cosa ne dici, Bob? Possiamo dargli una mano?»

«Per me va bene,» rispose lui con un'alzata di spalle «ma la miccia dev'essere molto lunga. Avete a bordo tutto quello che occorre?»

«Sì, abbiamo parecchi metri di miccia, ma dovrà essere giuntata.»

Drake sollevò gli occhi al cielo. «Avete bisogno d'aiuto, questo è certo. Andiamo, Bob.»

Holland remò all'indietro, avvicinandosi di nuovo alla chiatta. Drake raccolse la cima d'ormeggio e si preparò a lanciarla al capitano. «Se la sapete così lunga sulla polvere da sparo, come mai non avete capito subito che la stavamo trasportando?» chiese James.

«Chiunque potrebbe issare una bandiera rossa» replicò Drake con freddezza. «Non significa nulla.»

«Sì, e qualsiasi ladro può fingersi un uomo onesto» concordò James.

«Proprio così. Adesso afferra questa cima, così potremo salire a bordo e dimostrarvi che cosa sappiamo fare.»

La serata trascorse lentamente per Mary. Era stato impossibile resistere alla proposta del colonnello di giocare un'altra partita, e anche quando giunsero alla conclusione, non osò essere la prima a ritirarsi. Da quando era arrivata a Champian Hall non era mai stata tanto conscia d'interpretare una parte e di dover mantenere il sangue freddo fino a quando fosse stato necessario. Riuscirci era davvero molto difficile. Per fortuna, non subentrarono altre sorprese a spaventarla, ma desiderava approfondire al più presto ciò che era avvenuto poco prima. L'atmosfera era pesante, persino minacciosa. Sedevano nell'ampio salone e la luce delle candele, anziché diradare l'oscurità, sembrava persino enfatizzarla. Nell'ombra, sopra di loro, si potevano distinguere le teste degli animali impagliati, dallo sguardo ostile e inquietante, mentre il resto del salone, oltre le pozze di luce, era uno spazio vuoto, cupo e misterioso.

Devi smetterla, si disse Mary, *non può venire nulla di buono da queste... fantasie*, e come in risposta ai suoi cupi pensieri, Susannah chiese se fosse in arrivo un temporale. Crosby-Nash confermò i suoi sospetti, facendo loro notare il rombo distante di un tuono, e Mary cercò di convincersi che la sensazione di pericolo imminente che avvertiva avesse una causa naturale. Dopotutto, gli animali percepivano i cambiamenti atmosferici e il povero Slipper ansimava tanto rumorosamente da dare l'impressione che ci fosse qualcun altro nella sala. E i tuoni, be', quelli non erano certo una sua fantasia.

Allo scoccare delle nove, Susannah annunciò la sua intenzione di andare a letto e anche Mary poté finalmente ritirarsi. Abbandonando la *Relazione* di Keate, chiuse il libro e lo posò sul tavolino accanto alla poltrona, prendendo una delle candele accese. Era ancora importante non dare l'impressione di voler fuggire in camera sua e quindi seguì la solita routine, che consisteva nell'accompagnare Slipper in cucina, dove veniva rinchiuso per la notte. Poi, salì lentamente le scale fino alla sua camera, ansiosa di raggiungere il suo santuario. Aveva bisogno di tranquillità, di solitudine e forse anche di riposo.

Mary fece qualche passo nella stanza e poi s'immobilizzò: lì, davanti a lei, c'era il colonnello Crosby-Nash. Era appoggiato alla scrivania, con le spalle alla finestra.

Mary si mise subito in guardia, come uno spadaccino esperto, mentre cercava di capire che cosa significasse la sua presenza lì. «Colonnello» mormorò, fingendosi sinceramente sorpresa. «Che cosa fate qui? È successo qualcosa? Di che cosa si tratta?»

Lui non rispose immediatamente e per Mary fu il momento più lungo della sua vita. Era intensamente consapevole di tutti i dettagli della stanza: il copriletto di mussola color avorio intessuto di fili d'oro, il tappeto con le frange, il bicchiere d'acqua sul comodino e la porta alle sue spalle.

«Risparmiatemi la vostra ingenuità» disse lui infine. Il suo viso era in ombra, ma il disprezzo era evidente nella sua voce. «Volete sapere di che cosa si tratta? Si tratta di *voi*, da quando siete qui a Champian Hall... o forse persino da prima ancora.»

Oddio!

«Ditemi» proseguì il colonnello, avanzando verso di lei. Mary fece per andarsene, ma lui l'afferrò saldamente per un braccio. Con l'altra mano chiuse la porta. Mary sentì lo scatto della serratura.

«Ditemi, da quanto tempo mi state spiando? Dalla sera del ballo a Scarborough House? Da quando siete arrivata a Londra?»

Mary era confusa dalla paura e dalla sorpresa e la mano del colonnello che le stringeva il braccio sembrava infonderle un veleno mortale nelle vene. *Sono perduta... che cosa devo fare?* Si costrinse a rispondere. «Non so di che cosa state parlando. Io non sono una spia.»

Con uno strattone, si liberò della sua presa e si allontanò, non verso la porta, ma di lato, come se volesse semplicemente posare la candela che stava sgocciolando cera sul pavimento. Lo fece, cercando di concentrarsi. *Sta bluffando, non ha prove... sta' calma e non fargli capire che hai paura.* «Credo che abbiate commesso un errore, signore, e ora devo chiedervi...»

«Di fare cosa?» la interruppe lui in tono sarcastico. «Di lasciarvi in pace, suppongo. Lo farò dopo che avrete risposto alle mie domande.»

«Ma le vostre domande non hanno senso!» Lo scialle le scivolò dalle spalle e Mary lo ripiegò in due; farlo impedì alle sue mani di tremare. «Non sono una spia e temo... che voi non siate corretto nel muovermi una simile accusa.»

Crosby-Nash osservò i suoi gesti con un gelido sorriso. «Avete un invidiabile sangue freddo,» osservò «con il vostro atteggiamento e il vostro sguardo fermo. Che mi dite di questo?» Infilò due dita nel taschino del panciotto e ne estrasse una moneta. Mary sapeva già di che cosa si trattava senza aver bisogno di guardare.

Lui la vide trasalire e sogghignò. «Ah, vedo che la riconoscete, anche se non avete battuto ciglio durante la partita. Sì, apparteneva al vostro amico Romney... o perlomeno, è stata trovata tra le sue cose.» Gettò la moneta sul letto. «Dove pensate che sia l'altra moneta identica a questa? In fondo al vostro baule, forse? Pensavo che la portaste con voi... ma questo avrebbe avuto senso quando Romney era ancora vivo. La usavate per comunicare con lui o serviva solo a identificarvi come complici?»

La vista della moneta risvegliò le paure di Mary. Non riusciva a pensare a nulla, a nessuna strategia, oltre al fatto di non cedere.

«Io... non so di che cosa state parlando» ripeté, pur sapendo di apparire disperata. «Non ho mai visto quella moneta prima d'ora.»

«Oh, andiamo, facciamola finita con questa farsa!» Le mostrò una seconda moneta e Mary capì immediatamente che si trattava della sua. La *sua* moneta! *Sa... deve sapere tutto!* Dopo averla lanciata in aria e averla ripresa al volo, lui la tenne tra il pollice e l'indice, come se la stesse studiando. «Una curiosa moneta spagnola, o almeno, così vi era stata descritta.»

«Voi... la mia lettera!» esclamò Mary, incapace di trattenersi. «Come...»

«Come faccio a sapere ciò che vi era scritto? L'ho letta, naturalmente. Pensate che sia stato scorretto da parte mia? Avreste dovuto pensare a questo... e a tutte le conseguenze a cui andavate incontro prima di iniziare a giocare a nascondino con me. Ora che il gioco è terminato, potete dirmi per chi lavoravate. Per il Ministero degli Interni? Era lì che Romney prestava servizio.»

Mary scosse la testa e lui non cercò di appurare se quel gesto significava una negazione o se lei si rifiutava di rispondere. «Non vi considerate ancora sconfitta? Be', fa poca differenza ora che non avete più nessuno con cui comunicare. Ho letto la vostra lettera con molta attenzione, sapete?»

Il suo sarcasmo e la consapevolezza di essere stata ormai smascherata le diedero una strana sensazione di potere. D'un tratto, non aveva più paura, senza nemmeno sapere perché. «Siete un vigliacco» lo accusò «e un traditore.»

«Come voi. Dopo essere stata accolta in casa mia, avete tradito tutti i doveri di un'ospite. Purtroppo per voi, la punizione per aver infranto le leggi dell'ospitalità a Champian Hall sarà molto severa.»

Gli occhi di Mary fiammeggiavano di rabbia, mentre avanzava di un passo verso di lui. «Mi state minacciando?»

Il suo avversario la guardò con aperto disgusto. «Nient'affatto. Vi sto semplicemente ricordando che siete in casa *mia*, dove non devo render conto a nessuno e dove un incidente non susciterebbe domande imbarazzanti.»

«Non oserete farmi del male, non davanti a Susannah o alla servitù. Sono pronta a scommettere che alcuni di loro, almeno, sono persone oneste.»

«Susannah...» mormorò lui con una risata sarcastica. «Non riponete le vostre speranze sull'influenza di mia moglie, e in quanto alla servitù... agisce secondo i miei ordini.»

A quelle parole Mary impallidì, nonostante la rabbia, e Crosby-Nash approfittò del suo vantaggio. Avvicinandosi a lei, ebbe la soddisfazione di vederla rabbrividire e le si rivolse in tono pacato, ma con profonda malvagità. «I miei affari stanno per giungere al termine e poi mi occuperò di voi. Ma se tenterete di ostacolarmi di nuovo, quant'è vero Iddio, vi ucciderò senza la minima esitazione.»

Le sorrise e poi le voltò le spalle, come se lei rappresentasse solo un fastidio minore e non meritasse altra considerazione. Mary lo vide allontanarsi senza voltarsi indietro e poi udì la porta che si chiudeva alle sue spalle. La chiave girò nella toppa, i suoi passi si allontanarono lungo il corridoio e quindi piombò il silenzio.

21

Mentre le ombre si andavano allungando nel grande salone dov'erano riuniti Mary, Susannah e Crosby-Nash, Holland si apprestava a sistemare le micce. La chiatta aveva raggiunto Purfleet alle sette e mezzo e, rispettando la decisione del capo del magazzino di posticipare lo scarico fino al mattino seguente, aveva gettato l'ancora a breve distanza dalla costa. Lì l'equipaggio e i due uomini che si erano aggiunti avevano atteso che calassero le tenebre. Il loro piano prevedeva che Holland collocasse le micce che avrebbero fatto esplodere i barili di polvere da sparo verso le nove, mentre la chiatta sarebbe stata evacuata mezz'ora prima. Ma Holland e Drake avevano altre idee in testa. In origine, avrebbero voluto impossessarsi della chiatta, ma, dal momento che questo era ormai impossibile, Holland avrebbe simulato un atto di sabotaggio.

Intendeva accendere le micce in modo che si spegnessero dopo pochi minuti. L'equipaggio, vedendo le micce accese, sarebbe fuggito, convinto che tutto sarebbe andato secondo i suoi piani. Probabilmente sarebbero stati lontani prima di rendersi conto che qualcosa era andato storto, ma anche se avessero avuto dei sospetti, Holland dubitava che uno di loro avrebbe avuto il coraggio di tornare a bordo. Lui e Drake, invece, avrebbero solo finto di fuggire e sarebbero tornati in segreto a mettere al sicuro la chiatta. Se nel frattempo non fosse stata scoperta la loro vera identità, quel piano appariva meno pericoloso di un'aggressione diretta all'equipaggio.

Era un lavoro delicato, reso ancora più difficoltoso dal fatto che il momento della fuga si stava avvicinando e tutti ne erano consapevoli. Oltre al capitano, l'equipaggio era composto da tre uomini: quello dall'espressione seria e i capelli scuri, James, l'irlandese, e un tizio corpulento chiamato Chabot. Aveva un'espressione al tempo stesso semplice e brutale, ma sembrava esperto in fatto di barche. Nessuno dei cospiratori sembrava possedere il controllo totale dei propri nervi e ogni volta che uno di loro guardava oltre le spalle di Holland, chiedendogli se avesse quasi finito, aumentavano le probabilità che il loro inganno venisse scoperto. Quando l'oscurità si fece più fitta, la lanterna che li illuminava li rendeva simili a spettrali falene.

«Sei sicuro che la giuntura terrà?» domandò James. Era il più pericoloso di tutti, sia perché sapeva qualcosa di esplosivi, sia perché era risentito del fatto di essere stato soppiantato. Il suo tono passava da un genuino interesse, a tratti persino deferente, a una minacciosa indignazione. «Avrei fatto anch'io così» continuò, e tagliò un pezzo di miccia per mostrare la sua tecnica.

«Sì, lo avevo capito» disse Holland bruscamente, senza alzare gli occhi. «Va bene anche così, ma questo metodo è più sicuro.»

James mostrò la giuntura che aveva eseguito e poi riabbassò la mano, aggrottando la fronte. «Allora sbrigati, se sei tanto in gamba. Non abbiamo intenzione di passare qui la notte.» A quelle parole, il tizio corpulento aggiunse: «Andiamocene».

Durante quello scambio di battute, Drake aveva tenuto gli occhi fissi sul capitano. Da quando erano arrivati a destinazione era parso particolarmente teso, sudava e continuava a portare la mano al fazzoletto unto che teneva annodato al collo, e quando ordinò a James di non interferire, Drake disse: «Bob sta cercando di fare il più in fretta possibile, non dovete essere assillanti».

«Ma adesso non si corre alcun pericolo, vero?» chiese ansioso il capitano.

«No, ma se non farà le cose per bene, non ci sarà l'esplosione. E sono sicuro che nessuno di noi ha voglia di tornare a bordo dopo che è stata accesa la miccia per vedere se magari si è staccata.» Drake sorrise. «O se la miccia è a posto e lui ha solo calcolato male i tempi.»

«Oddio, no!»

«A quest'ora io avrei già finito e ora saremmo tutti a bere una pinta della miglior birra» si lagnò James.

«Ho quasi finito» annunciò Holland, spostandosi in modo che gli altri non potessero vedere. «La barca è pronta?»

«Sì» mormorò il capitano, mentre Chabot ordinava: «Tutti a bordo!».

Drake si rivolse all'irlandese in tono cameratesco. «Siete diretti a Dartford? Se fossi in voi starei alla larga. Quando questo posto esploderà, potete star certi che salterà in aria anche la fabbrica di Dartford.»

«Dici davvero?»

«Dove andremo non ti deve interessare» intervenne l'uomo con i capelli scuri. «Abbiamo fatto i nostri programmi, ci puoi scommettere.»

«Dicevo così... tanto per dire» si giustificò Drake. «Una volta ho visto una fregata incendiarsi ed esplodere... Gesù, che scena! Pezzi di legno e di funi... e anche di corpi! C'era un povero diavolo... tutto quello che rimase di lui era la testa che galleggiava sull'acqua con un ghigno stampato sulla faccia, e tutto il resto era in fiamme!» Rabbrividì al ricordo. «È stato orribile, e non è nulla in confronto a quello che succederà qui.»

«Sarà meglio andarsene adesso» suggerì il capitano e si guardò intorno, come per accertarsi che nessuno lo considerasse un vigliacco. «Be', non è necessario stare tutti qui per accendere una miccia.»

«Infatti» disse l'irlandese con un sorriso astuto. «Chi avrà l'onore di farlo?»

«Perché non lui?» Il capitano indicò Holland. «Sa quel che fa e noi... stiamo solo ritardando le cose con le nostre chiacchiere.»

Holland si alzò lentamente in piedi e si allontanò dalla miccia avvolta a spirale. «Come volete» disse con un'alzata di spalle. Era esattamente ciò che lui e Drake avevano sperato, ma doveva essere prudente. Qualsiasi entusiasmo da parte sua sarebbe potuto apparire sospetto.

L'uomo con i capelli scuri, infatti, lo osservava con attenzione. «D'accordo.»

«Perfetto» concordò l'irlandese, stringendo la mano di Holland. «Non risparmiare sulla lunghezza della miccia. Buona fortuna e che Dio benedica tutti noi.»

Sia lui che il resto dell'equipaggio s'incamminarono lungo il ponte e Drake li seguì. Da dietro le sue spalle udì un'altra voce. «Accenderò io la miccia, se non avete obiezioni.»

Mentre Holland s'inginocchiava di nuovo, sentì una mano sul braccio. Era la prima volta che sentiva quella voce... c'era un altro uomo nascosto sottocoperta? Alzò gli occhi e nell'oscurità vide un uomo basso e minuto, con i capelli grigi rasati, come se fosse abituato a portare la parrucca.

«Come preferite» mormorò. «Un attimo solo e vi faccio luce.»

Holland sollevò la lanterna e l'uomo si chinò verso di lui. Mentre la luce illuminava i loro visi, si riconobbero. L'espressione decisa di Holland... gli occhi azzurro chiaro dell'altro... nonostante il loro unico incontro fosse stato molto breve nel vestibolo affollato di Scarborough House.

Per un attimo nessuno dei due si mosse e poi scoppiò il caos. Holland gettò lontano la lanterna e incespicò in cerca del suo coltello. «Ah, vi conosco!» sibilò l'altro, facendo un balzo all'indietro ed estraendo al tempo stesso la pistola. L'irlandese cadde in avanti con un grido e gli altri corsero verso Drake, che teneva un coltello puntato contro il loro compagno. «Dio onnipotente!» Il capitano trasalì alla vista della pistola. «Non sparate sulla polvere da sparo!» Per un istante parve che l'uomo con i capelli grigi volesse puntare l'arma contro il capitano. «Al diavolo la polvere da sparo!» imprecò. «Sono due traditori, ci hanno fregato!» Holland si gettò su di lui e partì un colpo.

Il capitano fissò incredulo per un istante la macchia rossa che si andava allargando sul suo torace e poi cadde contro Holland, aggrappandosi al suo braccio e strappandogli la lanterna di mano, prima di cadere sul ponte. Uno sparo costrinse Drake ad appiattirsi a terra. Si rialzò subito, ma prima che potesse riacquistare l'equilibrio fu avvolto dal micidiale abbraccio di Chabot. Per un puro colpo di fortuna riuscì a riguadagnare la libertà e indietreggiando inciampò in qualcosa. Una seconda pistola apparve dal nulla, ma lui riuscì ad abbassare la canna prima che avesse il tempo di fare fuoco.

Un grido soffocato indicò che il colpo era andato a segno, ma prima che Drake potesse capire chi fosse stato colpito, Chabot lo riacciuffò e le sue forti mani iniziarono a stringergli la gola. Lo straniero era quasi riuscito a prendere la lanterna da sotto il corpo del capitano, quando Holland lo spinse di lato facendolo cadere goffamente contro un barile di polvere. Drake non riusciva a liberarsi. Stava per essere strangolato e il sangue gli pulsava furiosamente alle tempie. Poi d'un tratto fu libero. Quando già stava per perdere conoscenza, qualcuno gli finì addosso e lui cadde a terra.

La violenza dell'urto spedì Holland e Chabot oltre il parapetto, dentro il fiume, mentre lottavano avvinghiati. Erano quasi accecati dall'acqua e dall'oscurità; il coltello di Holland contro la morsa mortale di Chabot. «Avanti, vieni avanti, bastardo!» gridò Holland, che tra i due era quello che sapeva nuotare meglio, ma più di una volta dovette immergersi per evitare gli attacchi furiosi del francese che gli si avventava addosso, incurante del pericolo. «Non riuscirai a sfuggirmi» ruggiva. «*Je te noyerai comme un chiot.*»[1]

La chiatta era immersa nel buio, perché Holland aveva lanciato la lanterna nel fiume e lo straniero si diresse verso qualcuno che si stava lamentando. «André?» bisbigliò. «Dove sei?» Trovò il ragazzo, sentì che aveva la gamba insanguinata e d'un tratto vide delle luci e udì delle voci provenire dalla riva. «Cittadino, siamo finiti» mormorò il ragazzo ferito.

[1] «Ti annegherò come un cagnolino.» (*NdT*)

Drake riprese i sensi in tempo per vederli scavalcare il parapetto e saltare su una delle scialuppe in attesa. Anche lui scorse le luci e udì le voci sulla riva e iniziò ad agitare le braccia e a gridare: «Siamo qui!» prima di correre sul ponte, verso la scialuppa che si stava allontanando. Poi si accorse che qualcuno stava lottando nell'acqua e udì altre voci. «Chabot! Vieni! Lascialo!»

«*Je viens, patron!*» rispose Chabot, ma si avventò di nuovo su Holland e questa volta riuscì ad afferrargli il braccio. Holland affondò il coltello, mentre l'altro lo serrava in una morsa. Continuarono a lottare e mentre Chabot gridava: «Cane maledetto!» sprofondarono entrambi sott'acqua.

«Chabot, vieni!» ripeté la voce, ma fu solo Holland a riemergere in superficie e a rispondere quando Drake bisbigliò: «Capitano Holland?». Drake si sporse oltre il parapetto e agitò la mano. «Sono qui, signore» aggiunse. «Mi vedete?» «Lanciami una cima» disse la voce di Holland sotto di lui.

Holland riuscì in qualche modo a issarsi a bordo e per qualche minuto rimase immobile sul ponte, ansimante. «Tu stai bene?» chiese col respiro affannato.

«Sì, signore, non preoccupatevi per me. Due di quelle canaglie stanno fuggendo.»

Holland si rimise in piedi e scrutò nel buio. Sì, poteva sentire i remi che fendevano l'acqua. «Chi sono?»

«Il vecchio, sicuramente,» rispose Drake «e forse il ragazzo, non l'irlandese... quello penso di averlo fatto fuori.»

«Maledizione!» imprecò Holland. «Uno di loro doveva essere Rabelais!» Si appoggiò alla frisata, come se avesse intenzione di saltare sulla seconda scialuppa e di dar loro la caccia.

«Dobbiamo inseguirli?» chiese Drake dubbioso.

Holland si rilassò, riacquistando la ragione. Imprecando tra sé, scosse la testa. Non avrebbe avuto senso inseguirli al buio, lasciandosi alle spalle una bomba altamente pericolosa. «Non riusciremmo mai a prenderli» ammise.

Le sue ultime parole furono interrotte da un grido proveniente dalla riva. «Ehi voi! Accendete una luce e identificatevi! Se non vi identificherete immediatamente, ordinerò ai miei uomini di fare fuoco!»

«Aspettate! Non siamo nemici!» urlò Drake di rimando.

L'ordine e la risposta del suo assistente fecero sorridere Holland. «Sarà meglio addivenire a una trattativa. Sembra proprio che abbiamo svegliato la guarnigione di Purfleet e se non risponderemo subito faranno ciò che non è riuscito a fare Rabelais.»

Rimasta sola, Mary sedette sul bordo del letto, stringendo nel palmo le due monete spagnole. Era stata costretta a sedersi. Fino a quando Crosby-Nash era stato presente, anche quando l'aveva minacciata, era riuscita a fronteggiarlo senza battere ciglio, ma era come se andandosene lui avesse portato via anche tutte le sue forze. Le gambe avevano ceduto e se non avesse avuto qualcosa vicino a cui appoggiarsi, sarebbe sicuramente crollata a terra. *Crollata.* Quella parola descriveva esattamente la sua situazione, in tutti i sensi. *Sei perduta... da sola, in questa casa, alla sua mercé.*

Dapprima la sua mente non riuscì a sfuggire a quella terribile conclusione. Riusciva a pensare solo di aver fallito. Aveva giocato puntando alto e aveva perso tutto. *Sei sola in questa casa alla sua mercé.* Ma, a poco a poco, cominciò a considerare le alternative, per quanto improbabili. Aveva davvero perso ogni speranza?

Buttò da parte le due monete e si inginocchiò sul pavimento a lato del letto. Questo era molto grande e, infilando il braccio sotto il materasso, incontrò la superficie liscia di una custodia di legno. La sua pistola! L'aveva ancora e traendo a sé la scatola fu pervasa da un profondo, immenso sollievo.

Considerò il significato della pistola... non come simbolo di libertà, ma come arma. "Che cosa hai intenzione di farne, esattamente?" si chiese. "Ucciderlo? Saresti davvero capace di farlo?" Aveva detto a Holland che ne sarebbe stata in grado e il ricordo della propria rabbia, della collera che si era impossessata di lei quando il colonnello l'aveva minacciata, la indusse a riflettere. "Forse potrei farlo davvero... se mi minacciasse di nuovo o se cercasse di farmi del male, ma riuscirei a ucciderlo mentre è seduto alla sua scrivania in biblioteca? Mentre mi guarda negli occhi? Oppure spararlgli alle spalle come un'assassina?" Al pensiero di sparare a qualcuno a sangue freddo, fosse stato anche il colonnello Crosby-Nash, provò una stretta allo stomaco.

Ciò nonostante, il rendersi conto di non essere del tutto impotente la incoraggiò a riflettere. "Questa casa è la sua fortezza, qui lui è sicuramente in vantaggio... È possibile riuscire a fuggire?" Il suo cuore iniziò a battere più forte quando immaginò di essere libera, fuori pericolo. Lì il pericolo era reale... e terribile. La promessa del colonnello non era stata solo una vuota minaccia, la morte di Romney lo dimostrava. Se solo fosse riuscita ad andarsene!

Ma questo avrebbe significato... Cercò d'immaginare di confidarsi con Susannah. Avrebbe potuto spiegarle ogni cosa in modo che lei capisse e accettasse? *E in fretta! Non sarebbe certo una conversazione da salotto!* E se avesse lasciato Susannah a Champian Hall? Non per molto, naturalmente, solo il tempo di arrivare a Londra e d'informare il signor Shy. Oppure avrebbe potuto tentare di raggiungere Woolwich. Era più vicino e il capitano Holland avrebbe saputo esattamente che cosa fare. *Sì, se si trova ancora a Woolwich e se non c'è stato un ammutinamento all'Arsenale.* Le sembrava valesse la pena di rischiare, ma Susannah sarebbe stata in pericolo? Chi poteva immaginare che cosa avrebbe fatto il colonnello se avesse avuto il timore di essere catturato? E se fosse fuggito e avesse portato Susannah con sé?

È inutile preoccuparsi di quel che potrebbe accadere a Susannah in tua assenza, se non riuscirai a fuggire, si disse Mary. E la fuga, senza ricorrere a mezzi violenti, sembrava impossibile. Forse l'indomani mattina l'avrebbero fatta uscire dalla sua stanza, ma questo non avrebbe migliorato la situazione. Sicuramente sarebbe stata sorvegliata e il colonnello Crosby-Nash avrebbe avuto tutto il tempo per decidere che cosa fare. Il fatto che si fosse limitato a imprigionarla significava che non aveva ancora preso una decisione, ma l'indomani mattina... Se fosse riuscita a fuggire subito, avrebbe avuto un grande vantaggio, nel caso in cui avessero deciso d'inseguirla.

Sì, un grande vantaggio, ma avrebbe dovuto allontanarsi il più in fretta possibile, in sella a un cavallo. Questa consapevolezza fece emergere nuove paure. Mary non era titubante all'idea di rubare un cavallo, soprattutto al colonnello Crosby-Nash, ma fu immediatamente assalita da tutte le difficoltà pratiche di un simile piano. Lei non conosceva i cavalli del colonnello... e se non le avessero obbedito o si fossero imbizzarriti? E poi c'erano i misteri della sellatura, a cui lei aveva assistito, senza però mai provare. Era possibile cavalcare senza sella? "Be', non pensarci adesso, un passo alla volta. Come farai a uscire da questa stanza?"

Dal momento che la porta era chiusa a chiave dall'esterno, l'unica altra via possibile era la finestra. La stanza aveva una grande finestra a tre archi, di cui quello centrale si apriva su un ampio davanzale di pietra. Alla destra della finestra, cresceva una pianta rampicante, sorretta da un traliccio di legno. Osservando la pianta e il traliccio alla luce della candela, dalla finestra aperta, Mary si chiese se insieme avrebbero sostenuto il suo peso. Dopotutto lei non era pesante e, anche se non l'avessero sostenuta a lungo, sarebbe riuscita a scendere così di qualche metro e poi a saltare a terra. O almeno lo sperava. La candela non illuminava il terreno sottostante, ma non poteva essere molto distante.

Si ritirò di nuovo nella stanza, che appariva rassicurante e luminosa in confronto all'oscurità esterna. Il pensiero di scendere, forse di dover saltare nel buio, era inquietante, e si chiese se avrebbe fatto meglio ad attendere l'alba. "No, anche se il colonnello non si sveglia all'alba, la servitù sarà già al lavoro a quell'ora e sarebbe più difficile riuscire ad allontanarsi inosservata." Nonostante ciò, si avvicinò alla porta e provò ad abbassare la maniglia ancora una volta. Sì, era chiusa a chiave. Ma meglio essere sicuri, perché cadendo o saltando dalla finestra del primo piano avrebbe potuto rompersi una gamba. "Perché insisti nell'immaginare queste tragedie?"

Consultò l'orologio… non era ancora mezzanotte… e decise di attendere fino all'una prima di tentare la fuga. Mary sapeva che i guardiani facevano la ronda a mezzanotte e mezzo e non aveva alcuna voglia d'incontrarli. Inoltre, non si sentiva tranquilla a essere là fuori nell'*ora delle streghe*. Naturalmente, non credeva a streghe e fantasmi, ma era sempre meglio stare lontano dai guai. "È sempre meglio essere prudenti." Era un'espressione tipica del capitano Holland e Mary sorrise ripensandoci. Il capitano l'avrebbe senza dubbio derisa se avesse nominato i fantasmi e di certo le avrebbe consigliato di non saltare dalla finestra. "Cosa piuttosto singolare, dal momento che lui pare invece averlo fatto spesso da ragazzo" si disse.

In attesa dell'ora della fuga, Mary indossò l'abito che più si avvicinava a una tenuta da cavallerizza, che consisteva in un vestito vecchio e nei suoi logori e malandati stivaletti. Un mantello scuro avrebbe completato il tutto. Purtroppo non aveva il cappuccio, ma Mary si coprì i capelli con un ampio foulard scuro, che non sarebbe apparso troppo strano se avesse incontrato qualcuno. Poi rammentò qualcos'altro. Avrebbe avuto bisogno di avere entrambe le mani libere per aggrapparsi al traliccio e poi per cavalcare, quindi si legò strettamente lo scialle in vita a mo' di fusciacca e v'infilò la pistola. Per fortuna, il vestito aveva le tasche. In una ripose il sacchetto con la polvere da sparo e una manciata di proiettili e nell'altra tutto ciò che le occorreva. Si sentiva goffa, ma portare una borsetta sarebbe stato peggio, e la pistola avrebbe potuto esserle utile. Anche se sperava di non dover sparare a nessuno, forse sarebbe stata necessaria per intimidire i malintenzionati.

Poco dopo l'una, andò alla finestra e gettò giù il mantello, che aveva legato come un fagotto. Poi, con il cuore che le martellava nel petto, uscì sul davanzale e si mise in piedi. La pistola si spostò subito e lei fu costretta a sistemarla meglio e a stringere lo scialle. Nonostante fosse inizialmente terrorizzata, il fatto di riuscire a muoversi pur essendo in piedi sul davanzale le infuse sicurezza, e dopo un paio di profondi respiri, si spostò lentamente di lato fino a raggiungere il traliccio, con la schiena ben aderente alla finestra.

Ora che si era avvicinata, i rami le apparivano pericolosamente sottili, e quando toccò il traliccio con la punta del piede, lo sentì oscillare. Resistendo alla tentazione di guardare giù, pensò alla mossa successiva. Ora avrebbe dovuto voltarsi, afferrare il traliccio con la mano destra, calarsi nel nulla e aggrapparsi alla pianta con la sinistra. Al tempo stesso, avrebbe dovuto trovare un appoggio per i piedi e infine da lì avrebbe potuto saltar giù. O almeno sperava di riuscire a farlo. Se solo fosse stato possibile vedere quel che stava facendo! La luce proveniente dalla finestra era dietro di lei e riusciva a vedere ben poco oltre i contorni della pianta e del traliccio. "Sicuramente troverai un punto dove aggrapparti, smettila di pensarci!" E con questo si tranquillizzò.

Dopo aver fatto un respiro profondo, si voltò e si calò nel vuoto. Afferrò una manciata d'edera e posò il piede su un ramo che si piegò in modo inquietante. *Oh, Dio, ti prego!* Con il piede destro riuscì a trovare un appoggio migliore. Qualcosa scricchiolò, ma lei ormai stava scendendo rapidamente, e con un salto coprì gli ultimi metri.

Il terreno imperlato di rugiada non le era mai parso così rassicurante. Ce l'aveva fatta! Era libera! Il cuore le batteva ancora all'impazzata; aveva le vertigini per l'emozione. "Calmati adesso, devi essere lucida, c'è ancora molto da fare. Non sarai completamente libera fino a quando non ti sarai allontanata da questo posto e non sarai sulla strada per Woolwich." Woolwich! Come le sembrava lontano! Dopo aver sistemato la pistola una seconda volta, guardò in alto, verso la finestra e notò con soddisfazione che la discesa appariva piuttosto impressionante. Dopo una breve ricerca, trovò il suo mantello e lo indossò. Poi, risoluta, si diresse verso le scuderie.

Il passo successivo si dimostrò abbastanza semplice. Mary entrò di soppiatto nel basso edificio di mattoni e ne uscì poco dopo allo stesso modo, conducendo una cavalla, sulla cui targhetta era scritto il nome Sita. Mary aveva l'impressione che gli zoccoli dell'animale producessero un rumore assordante sulle lastre di pietra, ma il rumore non suscitò alcuna reazione della servitù e Mary salì goffamente in sella. La cavalla si mostrò lievemente indispettita al primo inesperto colpo di talloni, ma quando il comando venne ripetuto, iniziò a muoversi come se non avesse paura di cavalcare di notte, alla luce della luna.

Mentre Sita imboccava il sentiero al trotto, Mary cominciò a sentirsi più sicura di sé. Aveva temuto che i cavalli sarebbero stati addormentati e che sarebbe stato difficile svegliarli o che, svegliandosi, avrebbero fatto rumore. Sita aveva semplicemente aperto gli occhi vedendola entrare ed era rimasta tranquilla quando Mary le aveva cautamente mostrato il morso e la sella. Aveva aperto spontaneamente la bocca e aveva atteso pazientemente che lei stringesse la sella con i finimenti. Sita era il nome di una dea indù buona, docile e fedele e la cavalla sembrava aver ereditato quelle doti.

"Forse la fortuna rende sicuri", pensò Mary. Si era rilassata e ora cavalcava più tranquillamente, in sintonia con il cavallo. Sita era l'animale più piccolo nelle scuderie di Champian Hall e Mary l'aveva scelta per quella ragione, oltre che per il nome di buon auspicio. Presto scoprì altre sue doti. Aveva un'andatura costante e sicura, aspetto molto positivo perché Woolwich doveva distare una cinquantina di chilometri e Mary non aveva mai percorso una tale distanza a cavallo. La prima parte del viaggio fu relativamente semplice. Il sentiero si era aperto in una strada più ampia che presto avrebbe raggiunto la deviazione per Londra. Nonostante ci fossero salite e discese e si snodasse tra campi e piccoli gruppi di casolari, Mary sapeva che restando su quella strada, nulla sarebbe potuto andare storto. Confidava che presto avrebbe trovato un'indicazione per Woolwich. Naturalmente, avrebbe preferito non incontrare nessuno, ma se fosse accaduto, be', avrebbe dovuto semplicemente inventarsi una storia plausibile, e non voleva nemmeno prendere in considerazione la possibilità d'incappare nei banditi.

Poi iniziò a piovere, non forte, ma abbastanza da rinfrescare l'aria e da attutire i rumori della notte. Sita si fermò quando Mary si avvolse nel mantello e si annodò il fazzoletto sotto il mento prima di riprendere la marcia. Passarono davanti a una casa solitaria, situata lontano dalla strada, in fondo a un vialetto delimitato da pietre bianche. Illuminate dalla pallida luce delle stelle, conferivano a quel luogo un aspetto misterioso e soprannaturale. Mary vide una luce accesa a una delle finestre e s'interrogò sul suo significato. "Vi abita una persona malata, oppure è arrivato un ospite nel cuore della notte? Che cosa sta accadendo dietro quella porta?" Poi un cane abbaiò e Mary si disse che molto probabilmente il suo padrone stava semplicemente leggendo a letto, senza immaginare che qualcuno potesse avere quei pensieri fantastici sulla sua casa.

Infine, raggiunse la strada principale. Non c'erano segnali, ma Mary sapeva di dover svoltare a sinistra, verso ovest; a destra c'era Maidstone e la costa del Kent. Svoltò quindi a sinistra. Il suo unico strumento di navigazione era la stella polare, che Cuff le aveva insegnato a riconoscere e Mary si disse che fino a quando l'avesse tenuta davanti a sé o alla sua destra, non avrebbe avuto motivo di preoccuparsi. "Dopotutto, c'è solo una strada." Avrebbe preferito vedere segnali con la scritta *Londra* o, preferibilmente, *Woolwich*, ma sicuramente li avrebbe visti quando avesse iniziato ad albeggiare.

Quando ormai si era convinta che tutto stava procedendo per il meglio, vide qualcosa di strano... una luce intermittente in lontananza. Scompariva e poi ricompariva e... si stava avvicinando? Mary guardò Sita e vide che la cavalla aveva aguzzato le orecchie. Poi le accadde di udire un rumore di zoccoli. Si trattava di una carrozza, quindi, o di un altro genere di vettura. "Un viaggiatore comune, senza dubbio" concluse, guidando Sita verso il bordo della strada. Nascondersi era ormai impossibile.

«Ehi, tu, ragazza!»

Era la voce di un uomo e lei non sapeva cosa rispondere. «Sì... signore?»

«Non spaventarti, ho solo bisogno d'aiuto.» La luce oscillò ancora per qualche istante e poi si fermò. La lanterna era stata aperta e appesa a un bastone per illuminare meglio.

Mary si avvicinò per gentilezza e curiosità. Era improbabile che quell'uomo fosse pericoloso e, in ogni caso, avrebbe sempre potuto fuggire. «Ditemi» rispose con diffidenza.

Quando si avvicinò, poté vedere l'uomo più chiaramente. Era un uomo anziano, con un abbigliamento piuttosto discutibile, dal momento che era senza cravatta e la giacca aveva uno strappo sulla spalla. Conduceva un calesse, anch'esso male in arnese. Mary notò tutto questo, oltre allo sguardo penetrante dell'uomo e al cranio quasi rasato a zero. Il fatto che non portasse la parrucca gli conferiva un aspetto… vagamente sinistro.

«Sto cercando una casa che credo si trovi da queste parti… si chiama Champian Hall. La conoscete?»

«Cham… no, *ma ne ho sentito parlare*» balbettò Mary. *Champian Hall!*

«È molto lontana?»

Mary cercava di pensare rapidamente. *Chi è quest'uomo? Perché si trova qui?* Non sapeva cosa rispondere. «Io non…»

Prima che potesse terminare la frase udì un suono, un lamento, provenire dal fondo del calesse. «*Le fusible, patron!*» E poi, in tono più concitato: «*Allumez la poudre!*».

"Dare fuoco…?" si chiese Mary. "Ha detto… *miccia?*" Non riusciva a vedere l'uomo che aveva parlato, ma solo una sagoma scura. *Ha parlato in francese! I francesi sono diretti a Champian Hall!*

«Non avere paura» le disse il conducente. «Il mio amico è malato… delira. Per questo devo fare in fretta. C'è stato un incidente. La casa è ancora molto lontana?»

Mary si sentì assalire dal panico al pensiero che quell'uomo, che entrambi quegli uomini, fossero complici del colonnello Crosby-Nash. Amici del colonnello da cui lei era appena fuggita! D'un tratto temette di essere riconosciuta e fatta prigioniera di nuovo. «No, non è lontana» rispose. «Prendete la prima svolta a destra… e la strada vi condurrà a Champian Hall.»

Mary indietreggiò di qualche passo. L'uomo la stava osservando in modo strano? Sospettava qualcosa? «La prima svolta a destra» ripeté lei.

«Grazie» mormorò l'uomo. «Vi sono molto grato per il vostro aiuto.»

Sollevò la frusta e l'abbatté sul dorso del cavallo. Non appena il calesse fu ripartito, anche Mary si rimise in marcia. La luce si allontanò e si affievolì quando la lanterna fu richiusa.

Mentre ascoltava il rumore degli zoccoli che si perdeva in lontananza, nonostante fosse felice che tutto fosse andato liscio, Mary si sentì attanagliare da una nuova ondata di paura. I francesi erano diretti a Champian Hall e uno di loro era ferito... che cosa significava? Uno di loro era il francese, l'agente che il signor Shy stava cercando? Quegli interrogativi a cui non sapeva rispondere misero in discussione il suo piano. Doveva continuare il suo viaggio, pur sapendo che a Champian Hall sarebbe accaduto qualcosa d'importante? Il signor Shy avrebbe preferito che lei tornasse indietro? "No, sarebbe impossibile, molto meglio che tu vada in cerca d'aiuto. Oh, ma perché non hai indicato loro una direzione sbagliata? Che stupida! Hai avuto l'occasione... una splendida occasione... di ostacolare il colonnello e te la sei lasciata sfuggire!"

Susannah non aveva il sonno profondo e fu svegliata da voci basse e concitate. La sua stanza era immersa nel buio, ma poteva vedere la luce filtrare da sotto la porta. Dopo aver infilato la vestaglia, aprì la porta e vide suo marito con una candela e dietro di lui Lockwood che sorreggeva un giovane con i capelli scuri che sembrava stare male. Tutt'e tre erano in disordine. Crosby-Nash e il maggiordomo erano mezzi svestiti, mentre lo sconosciuto era in maniche di camicia, con il panciotto sbottonato. La luce della candela illuminava il suo viso pallido e dai lineamenti tirati.

«Che cosa è successo?» chiese allarmata.

«Un incidente, mia cara» rispose Crosby-Nash in tono brusco e al tempo stesso rassicurante. «Uno di questi signori ha avuto un incidente.»

«Ma...»

«Vi chiedo umilmente perdono per l'intrusione, signora» disse un'altra voce, e un secondo uomo emerse dall'oscurità. Era un uomo anziano e sembrava che anche lui fosse rimasto vittima di un incidente. Ma che genere d'incidente poteva aver condotto quegli uomini a Champian Hall? Susannah avrebbe voluto saperne di più, ma qualcosa nei modi dell'uomo, o forse la sua voce, la trattenne dal fare domande e lei rispose con la sua abituale gentilezza.

«Non preoccupatevi, signore, voi e il vostro amico siete i benvenuti.» Si rivolse a Crosby-Nash. «Avete chiamato il dottore?»

«Sì, mia cara, sarà qui tra breve. Nel frattempo, signor... qual è il vostro nome?»

«Thompson.»

«Io e il signor Thompson faremo il possibile per prenderci cura di lui. Vi prego, tornate a letto adesso... è tutto a posto.»

Susannah esitò. «Io... non vorrei intralciarvi in alcun modo.»

«Il vostro interesse è molto apprezzabile, signora,» disse il *signor Thompson* «ma credo che riusciremo a cavarcela. Vi prego, non preoccupatevi per noi.»

«No... allora, buonanotte» concluse Susannah. Si sentiva una sciocca, era evidente che la sua presenza non era gradita. Che altro poteva fare?

Quando Susannah si fu ritirata ed ebbe chiuso la porta, Crosby-Nash li condusse verso una stanza vuota, situata in fondo al corridoio. Dopo che furono entrati, accese altre candele e tirò le tende, mentre Lockwood aiutava l'uomo ferito a distendersi sul letto. Il signor Thompson rimase fermo sulla soglia. «Che cosa dobbiamo fare?» domandò.

Crosby-Nash si fermò ai piedi del letto, mentre mille pensieri gli vorticavano in testa. Paure... sospetti... obiezioni... avrebbe voluto avere il tempo di riflettere con calma, ma non poteva concedersi quel lusso. Era stato sincero quando aveva detto che avrebbe fatto il possibile fino all'arrivo del medico. Ma non aveva alcuna intenzione di chiamare un medico. "Un medico per curare un francese ferito da un'arma da fuoco nel cuore della notte!" Cristo, Rabelais ha davvero esagerato! «Portami la borsa con la mia attrezzatura medica, sai quale,» disse rivolto a Lockwood «e anche una bacinella d'acqua e delle forbici.»

Quando il maggiordomo se ne fu andato, i due uomini si fronteggiarono da una parte all'altra del letto. Lo straniero indicò il compagno ferito. «Se la caverà?»

«Lo saprò quando gli avrò dato un'occhiata» rispose Crosby-Nash. «Il viaggio fin qui non gli ha certo giovato. Avrei preferito che mia moglie non vi avesse visto» aggiunse contrariato.

«Anch'io,» concordò Rabelais «ma non è stato possibile evitarlo.» Posò la mano sulla fronte dell'uomo ferito con un'espressione di profonda preoccupazione. «*Mon pauvre camarade*» mormorò, prima di alzare gli occhi verso il colonnello. «Farete del vostro meglio per salvarlo, lo so, e noi non vi disturberemo un minuto più del necessario.»

Quando Lockwood tornò, posò gli strumenti sul letto e somministrò al ferito un farmaco, di qualsiasi cosa si trattasse, in un piccolo bicchiere. Crosby-Nash rassicurò Rabelais. «Non gli farà del male. Lo farà semplicemente dormire, mentre io cercherò di estrarre il proiettile.»

Il colonnello si lavò le mani e si rimboccò le maniche, accingendosi ad esaminare la gamba ferita, con Lockwood accanto come suo assistente. Rabelais fu invitato a spostarsi sull'altro lato della stanza, ma lui rimase ai piedi del letto, scrutando il viso dell'amico per cogliere qualsiasi segno di sofferenza. Gli altri due lavorarono in fretta e con efficienza. Ognuno di loro intuiva ciò che l'altro voleva anche con un semplice cenno o una parola. «Eccolo qui» disse Crosby-Nash, annuendo in direzione di Rabelais. «Non credo che gli darà fastidio ancora per molto.»

Rabelais sospirò mentre il colonnello lasciava cadere qualcosa nel palmo della mano di Lockwood. «Ce l'hai?»

«Sì, signore» rispose il maggiordomo, mostrando un piccolo

oggetto insanguinato. «Il proiettile è andato a conficcarsi contro l'osso, ma sembra che non lo abbia danneggiato.»

«Il colpo dev'essere stato sparato da un'insolita angolazione,» disse Crosby-Nash «come spesso accade quando le pistole si scaricano accidentalmente» concluse, pulendosi le mani in un asciugamano.

Rabelais annuì. «Sì, sicuramente.»

Dopo che Crosby-Nash ebbe suturato la ferita, lui e Rabelais si trasferirono in biblioteca. Rabelais si lasciò cadere stancamente sul divano e si appoggiò allo schienale con gli occhi chiusi. Li riaprì solo quando il colonnello gli mise in mano un bicchiere di brandy, e lui lo ringraziò con un cenno del capo. «Oh, ora va meglio» mormorò dopo il primo sorso.

Crosby-Nash lo osservava con ansia. L'improvvisa apparizione dei due e le circostanze che l'avevano causata lo avevano spiazzato e lo stare in biblioteca non mitigava il suo nervosismo. Si era ritirato in quella stanza senza riflettere, ma ora aveva la sensazione che le pareti rivestite di libri e i pesanti tendaggi rendessero l'atmosfera asfittica, persino minacciosa. Sebbene la botola del rifugio del prete fosse stata chiusa con lunghi chiodi di ferro, non riusciva a togliersi dalla mente l'immagine di qualcuno... di Mary Finch, per la precisione... accucciato dietro la parete ad ascoltare tutto ciò che veniva detto. Voleva interrogare Rabelais, ma non trovava il coraggio d'iniziare. «Dovete essere stanco» osservò comprensivo.

«Sì» rispose Rabelais in tono asciutto e prese un altro sorso. «Voi non mi tenete compagnia? *À chacun son goût.*» Fece un'alzata di spalle e con quel gesto svanì il suo atteggiamento benevolo, anche se preoccupato. Ora la sua voce era aspra e l'espressione dei suoi occhi implacabile. «Siamo stati venduti a quel demonio... Shy» disse. «Il negozio di Birchin Lane è stato perquisito e si sono anche intrufolati nelle case di altri nostri amici.»

Crosby-Nash lo fissava, sbalordito da quelle tragiche informazioni. «Quando? Che cosa è andato perduto?»

«La notte scorsa, quando tutti gli inglesi timorati di Dio avrebbero dovuto essere a letto. E in quanto alle nostre perdite, hanno frugato dappertutto, ma al momento è impossibile stabilire che cosa abbiano preso. Io sono riuscito a bruciare dei documenti e non sarà facile… nemmeno per Shy… decifrare i restanti.»

«Che ne sarà di noi? Sanno che avete lasciato Londra?»

«Noi? Non preoccupatevi» lo rassicurò Rabelais con un sorriso sarcastico. «Non ho portato i lupi fino alla vostra porta. Naturalmente, chiunque ha tradito la mia organizzazione potrebbe aver tradito anche voi.»

Crosby-Nash concordò. Non era la prima volta che, in cuor suo, si rammaricava di aver accettato di aiutare Rabelais. «Sospettate un vero e proprio tradimento?»

«Non mi limito a sospettarlo. Non può esserci altra spiegazione per quanto è avvenuto. E quando scoprirò il traditore, gli riserverò il solito trattamento, qualsiasi cosa accada. Lo devo ad André e agli altri.»

Rabelais gli riferì brevemente il fallimento della missione a Purfleet e Crosby-Nash si allarmò sempre più. I loro piani, accuratamente ideati, e di cui Rabelais si era vantato, erano ormai inservibili. Tutto… persino le loro stesse vite erano in pericolo! «Che cosa intendete fare adesso?» gli domandò. «Sicuramente non potete restare in Inghilterra.»

«No, ci dirigeremo verso la costa, a Dover, non appena André potrà viaggiare.»

Crosby-Nash percepì il tono interrogativo di Rabelais e scrollò le spalle. «La ferita non è grave, ma ha perso molto sangue. Forse sarebbe stato meglio… vi intralcerà.»

Rabelais scosse la testa e prese un altro sorso di brandy. «No, io senza di lui non me ne vado. Non posso… Chabot è stato ucciso, sapete?»

«Ucciso o catturato.»

«È morto. Chabot non si sarebbe mai fatto prendere vivo. Non lo avrei di certo lasciato indietro, se non fosse stato per il suo carattere. Era un uomo di buon cuore, ma avrebbe dovuto darmi retta e venire via con noi quando l'ho chiamato.»

Crosby-Nash annuì, nonostante non fosse mai rimasto particolarmente impressionato dal buon cuore del fu *monsieur* Chabot. «André dovrebbe riposare per ventiquattro ore.»

«*Bon.* Vi sono molto grato per ciò che avete fatto per lui. Questi servizi non facevano certo parte del nostro accordo e io non vi avrei mai disturbato, ma era indispensabile che André ricevesse delle cure adeguate e ho rammentato la vostra abilità in questo ramo.»

Crosby-Nash accettò il complimento annuendo. «Non agisco solo per interesse economico, sapete?»

«No, ma non dobbiamo guardare lontano per trovarlo» ridacchiò Rabelais. «Naturalmente, i termini del nostro accordo restano in vigore. Qualunque sarà la mia situazione, io non tornerò in India e alla mia vecchia vita. Lascerò i miei affari totalmente nelle vostre mani.» S'interruppe e fissò Crosby-Nash dritto negli occhi. «A meno che voi non vogliate venire con noi in Francia. Sareste il benvenuto e dareste un nuovo significato alla vostra vita.»

Il cambiamento d'espressione di Rabelais non sfuggì al colonnello, che però non riuscì a intuirne il significato. Era preoccupato per le condizioni di André o forse persino per la sicurezza di Crosby-Nash? Dopotutto erano stati soci per molti anni e Rabelais possedeva un forte senso della lealtà. "Sì, ma in questo momento per lui la lealtà verso la Francia e la causa francese è più importante di qualsiasi altra cosa, e se non è più sicuro di me..." «Credo che sarei il benvenuto se parlassi un francese più decente» disse sorridendo. «E la mia cara mogliettina non ama viaggiare.»

«Ah, ora comprendo la reale motivazione!» esclamò Rabelais ridendo. «Una creatura molto affascinante. Mi piacerebbe conoscerla meglio. Ventiquattro ore, avete detto?»

«Sì, per ventiquattro ore dovreste essere al sicuro qui» rispose Crosby-Nash. Pensò di fare una battuta sull'argomento del corteggiamento, ma desistette. Era troppo difficile intuire lo stato d'animo di Rabelais e un errore avrebbe potuto essere fatale. «Lockwood non aprirà bocca e qui conduciamo una vita molto tranquilla e ritirata.»

«Infatti ho avuto delle difficoltà a trovare Champian Hall» disse Rabelais. «È stata una zingara a darmi le indicazioni. Suppongo che qui non abbiate problemi con i ladri di cavalli.»

«Uhm... no.»

«No... eppure quella ragazza cavalcava un ottimo cavallo, per quanto me ne possa intendere io di queste cose. Ma non ha importanza.»

Crosby-Nash lo osservò rigirare lentamente il bicchiere tra le mani per scaldare il brandy. Avrebbe voluto chiedergli: "Chi sospettate che vi abbia tradito?", ma non osava. *Non può sospettare di me*, si disse. *Non sarebbe mai venuto qui se non si fosse sentito al sicuro*.

«Siete soddisfatto del vostro sistema di sicurezza?»

La domanda gli piombò addosso all'improvviso. «Del mio sistema di sicurezza? Sì, certo.»

«È naturale che sia preoccupato dopo quello che è avvenuto a Londra» si giustificò Rabelais. «Io mi recherò a Dover, ma voi potreste trovarvi in difficoltà qui, se resterete.»

Se resterò... Ha intenzione di insistere affinché vada con lui? «Ho preso tutte le precauzioni possibili» rispose il colonnello. Parlò con fermezza, osservando Rabelais per cercare di capire se fosse prudente aggiungere dell'altro. L'espressione del suo ospite rimase impassibile, e il colonnello aggiunse, riluttante: «Naturalmente, non si può mai essere assolutamente certi che la propria fiducia sia ben riposta».

«No, infatti,» concordò Rabelais «e a volte da piccoli errori possono nascere grandi problemi. Questa sera c'è stato un particolare che mi ha lasciato sconcertato, ma forse qui riuscirò a trovare la spiegazione.»

Crosby-Nash si sentì raggelare. Sbatté le palpebre e fece il possibile per mantenere un tono di voce tranquillo. «Che cosa intendete dire?»

«Mi riferisco al fatto davvero sorprendente che avevo già incontrato a casa vostra l'uomo che è salito sulla chiatta... il traditore. Ecco, credo che sia stato questo il vostro piccolo errore.»

22

Sembrava impossibile che una persona potesse essere impaurita e assonnata al tempo stesso; le due cose si sarebbero dette incompatibili. Eppure, Mary si rese conto di essere esausta e che la fretta di giungere a destinazione e il terrore di mancare la svolta per Woolwich impedivano ai suoi occhi di chiudersi. Avvertendo la sua stanchezza, Sita rallentò al passo e Mary cominciò a sentirsi cullare dal lento ritmo della sua andatura.

"Dieci passi con gli occhi chiusi" pensò Mary con la logica annebbiata di chi desidera solo dormire. "Dieci passi così e poi altri dieci con gli occhi aperti. In questo modo riuscirò a riposare un po'. Uno, due, tre..."

Le cadde il capo in avanti. Arrivata a otto aveva smesso di contare, ma qualcos'altro l'aveva svegliata, il rumore di qualcuno che si stava avvicinando. Sentiva un rumore di zoccoli e una voce maschile. L'intonazione era interrogativa, quindi l'uomo doveva avere un compagno, forse più di uno. Ora Mary era completamente sveglia.

Il cielo aveva iniziato a rischiararsi e ora era grigio piuttosto che nero, ma una curva nascondeva gli uomini alla sua vista. La strada era costeggiata dagli alberi e Mary guidò Sita verso gli alberi alla sua destra, smontando di sella per evitare i rami più bassi. Quando cercò di camminare, trasalì per il dolore. I muscoli intorpiditi non obbedivano ai suoi ordini e lei incespicò sul terreno sconnesso, appoggiandosi alla docile Sita.

«Accidenti!» bisbigliò, quando un rametto si spezzò sotto gli zoccoli della cavalla, e trasse Sita verso un boschetto di noccioli. Da lì poteva vedere bene la strada, ma non poteva essere immediatamente vista da chi la percorreva. I cavalli si stavano avvicinando e Mary riuscì infine a vedere i due uomini, a capo scoperto e vestiti miseramente. Si avvicinò per osservarli meglio e le briglie di Sita tintinnarono quando anche lei fece un passo avanti. Uno dei due uomini si voltò e la sua espressione incredula rispecchiò quella della donna che lo stava fissando allibita.

«Capitano Holland!»

«Che io sia dannato!» Holland smontò di sella e s'inoltrò a passi rapidi nel boschetto. «Che cosa fate qui?»

«Sono... sono fuggita» rispose lei in tono concitato, e se prima si era sentita indolenzita, adesso aveva l'impressione di poter volare. «Oh, grazie a Dio siete qui!»

Il capitano era accanto a lei, le mani posate sulle sue spalle e lei pensò che... be', non sapeva esattamente che cosa stesse pensando, ma rimase lì a guardarlo, mentre la sua espressione passava dallo sgomento alla felicità. Poi lui indietreggiò, lasciando ricadere le braccia lungo i fianchi. «Fuggita? Da Champian Hall? Che cosa è successo?»

Mary gli raccontò rapidamente gli eventi che avevano portato alla sua fuga e mentre parlava si rese conto delle condizioni di Holland. Lo aveva già visto in cattivo stato, ma mai così stanco e sporco. Aveva gli indumenti bagnati e sporchi di fango e il suo viso era pallido sotto la barba sfatta. Una benda macchiata di sangue gli fasciava l'avambraccio destro. Mary notò tutto questo e si allarmò. Le cose erano andate così male a Woolwich? Dov'era diretto adesso?

Ma non ebbe il tempo di fargli domande, perché il riferimento ai francesi accrebbe ancora di più l'interesse di Holland per la sua storia. «Maledizione!» esclamò. «Dovevano essere i due della chiatta! Quando li avete incontrati?»

«Un po' di tempo fa... non saprei... Quale chiatta?» chiese Mary. «A Woolwich?»

«No, no. Avete lasciato Champian Hall all'una e adesso devono essere...»

Aggrottando la fronte, alzò gli occhi al cielo, che si andava gradualmente tingendo di rosa. «Devono essere ormai passate le quattro.» Afferrando le briglie di Sita la riportò sulla strada. «Dov'è il vostro orologio?»

Mary lo raggiunse, affrettando il passo. «L'ho lasciato in camera mia. Ho pensato che potesse... non volevo che si rovinasse.»

«Non vi siete preoccupata di quello che sarebbe potuto accadere a voi,» la canzonò Holland «ma al vostro orologio! Avete fatto bene ad andarvene da quel posto. Se ben rammentate, ve l'ho consigliato sin dall'inizio.»

«Sì, ricordo, me lo avete detto più di una volta. Ma se io me ne fossi andata via prima, come mi avevate suggerito voi, ora non sapremmo tutto quello che sappiamo.»

Erano di nuovo sulla strada e Holland stava controllando la sella e le briglie di Sita. «È vero» ammise, scuotendo la testa quando vide le cinghie allentate. «Hai sentito, Drake? Rabelais e i suoi amici sono andati a Champian Hall.»

«Che notte!» esclamò Drake. «Mancava solo d'incontrare Miss Finch. Buongiorno, signorina.»

«Rabelais!» esclamò Mary. «Oh, Drake, buongiorno anche a voi, non vi avevo riconosciuto.» Anche lui aveva la barba sfatta e una fasciatura avvolta maldestramente intorno alla testa. «Siete ferito?»

«Nulla di grave, signorina, sono solo un po' intontito.»

«Per fortuna, ha la testa dura» disse Holland. «Resterei molto stupito se il vecchio non fosse Rabelais. Non pensavo che lo avremmo acciuffato, ma forse ora esiste una possibilità.» Accarezzò pensieroso il collo di Sita e poi si rivolse a Mary. «Se esistesse un luogo sicuro dove lasciarvi, non vi riporterei lì, ma...»

«Ma certo che ci torno» lo rassicurò lei. «Avevo già intenzione di farlo dopo avervi trovato.»

«Dobbiamo sbrigarci, non voglio perdere tempo.»
«Nemmeno io.»
Holland la osservò sorridendo. Ecco la Mary Finch che conosceva... la *sua* Mary: coraggiosa, determinata... ed esasperante. «Il vostro è un buon cavallo... considerando il fatto che non vi ha disarcionata dopo il pasticcio che avete fatto con briglie e sella.»
«Io non...» La protesta di Mary terminò in un'esclamazione quando Holland la sollevò da terra e la rimise in sella. «Oh, santo Cielo!» Non voleva cavalcare di nuovo, ma quando lui le chiese se era pronta a rimettersi in marcia, lei raddrizzò la schiena e annuì. «Sì, certo.»
«Bene.» Lui le porse le redini con un sorriso.
Cavalcarono per un po' in silenzio. Mary si sentiva quasi oppressa tra i due uomini. Innanzitutto, i loro cavalli erano molto più grandi di Sita e sembravano sovrastarla. E loro due, doveva riconoscerlo, sapevano cavalcare meglio di lei... sicuramente erano più sicuri e sapevano spronare i loro animali come lei non avrebbe mai fatto. Non si sentiva a proprio agio nel procedere al piccolo galoppo... a meno che non si trattasse di un breve tratto.
Holland la guardò e notò la sua espressione tesa e la rigidità delle spalle. «Come pensavate di trovarmi?» le chiese, come se la loro conversazione non si fosse mai interrotta.
«Che cosa?» Mary non voleva distogliere gli occhi dalla strada e rispose in tono brusco. «Be', sarei andata all'Arsenale, naturalmente.»
«In piena notte?» domandò Holland. «Avete corso un rischio.»
«Sì,» riconobbe Mary, pensando ai tagliatori di gole e ad altri malfattori nascosti nell'ombra ad attenderla, forse anche dietro la curva successiva «ma in quale altro modo...»
«Dubito che gli uomini di guardia vi avrebbero fatta entrare.»
Lei trasalì. «Che cosa?»
«Be', il reggimento ha le sue regole, sapete.»
Mary si arrischiò a guardarlo. «Naturalmente» replicò. «Ave-

vo dimenticato la prima regola del reggimento. I soldati devono proteggere i loro ufficiali e impedire che venga fatto loro del male. Ma io non avrei chiesto di voi, capitano» proseguì.

«Ah no?»

«No, avrei chiesto di Drake. Voi avreste garantito per me, Drake, ne sono sicura... non è così?» E si voltò verso di lui.

Drake non sapeva cosa rispondere, ma bastò un'occhiata del suo superiore a chiarirgli le idee. «Oh, certo, signorina, sicuramente.»

«Credo che funzionino così le cose quando il capitano Holland riceve visite... sgradite» proseguì Mary. «Del resto, non si è mai troppo prudenti.»

«Esattamente» concordò Holland sorridendo. «Ora, ordinate alla cavalla di cambiare zampa.»

«Cambiare... che cosa intendete dire?»

Holland le spiegò che Sita si sarebbe stancata meno se avesse segnato per un po' il passo con la zampa sinistra, ma aveva bisogno del suo incoraggiamento per farlo. Mary non capiva quel che avrebbe dovuto fare, ma seguendo le istruzioni di Holland, riuscì a raggiungere l'obiettivo desiderato. Sita fece un piccolo balzo, cambiò passo e poi proseguì con maggior agio.

«Ben fatto» disse Holland. «L'animale farà tutto quello che gli chiederete.»

«Sì, è molto dolce» concordò Mary, mentre un punto della sua schiena cessava miracolosamente di farle male.

Quando raggiunsero Champian Hall era tutto tranquillo. L'alba era appena spuntata e, a parte gli uccelli che cinguettavano tra le siepi, c'erano pochi segni di attività, sia animale che umana. Le tende alle finestre erano ancora tutte tirate e dai camini della cucina non si alzavano spirali di fumo. Il calesse, che Mary identificò come quello dei francesi, si trovava davanti alle scuderie.

«Bene» disse Holland «A quanto pare, sono ancora qui.» Dopo

aver legato i cavalli nell'orto, dove nessuno avrebbe potuto vederli, lui e Drake fecero un giro di ricognizione intorno alla casa, mentre Mary li attendeva nel capanno del giardiniere.

Quando fu sola, si chiese come avrebbero proceduto. Avendo udito il crudo racconto dell'attacco sventato a Purfleet, temeva ciò che sarebbe potuto accadere. Il colonnello Crosby-Nash era già abbastanza malvagio, ma Rabelais aveva voluto addirittura causare un'esplosione che avrebbe ucciso... solo il Cielo sapeva quante persone. Nella sua immaginazione assunse le fattezze di un mostro per il quale le comuni regole di condotta morale non erano valide.

Come poteva essere certa che non fossero arrivati altri uomini dello stesso stampo? Forse la banda di Rabelais si era riunita a Champian Hall, avendo dovuto abbandonare il suo nascondiglio di Londra.

Holland fu il primo a tornare. «Tutto a posto» disse.

I timori di Mary trovarono espressione nella sua risposta. «Non dobbiamo fare nulla che possa mettere in pericolo Susannah» gli rammentò. «Credete che il signor Shy manderà degli uomini? Dobbiamo aspettarli?»

«Potrebbe mandarli, ma io non ci scommetterei. I suoi uomini non sono stati in grado d'impedire alla chiatta di prendere il largo. Forse non è neppure ancora a conoscenza di quanto è avvenuto.»

«Allora, siamo solo in tre» disse Mary.

"No, in due" la corresse tacitamente Holland. Drake li raggiunse e il capitano gli chiese: «Tutto tranquillo dall'altra parte della casa?»

«Un silenzio di tomba» rispose Drake con un sorrisino ironico. «Cos'è questo?» chiese poi, guardando Holland.

«Un cavallo» disse lui. Facendo cenno agli altri di restare al loro posto, girò intorno al capanno, dirigendosi verso le piante di limetta che avevano rimpiazzato le mura diroccate sul lato orientale della proprietà.

Drake tolse dalla giacca un coltello dalla lama larga e frastagliata. Mary gli sfiorò il braccio, indicandogli la pistola, ma lui declinò l'invito. Meglio così, pensò Mary, dal momento che l'arma era scarica e che, per usarla, sarebbe stata costretta a rovistare nelle tasche in cerca dell'occorrente. Poi ebbe un'illuminazione. "Un cavallo? Forse il capitano Holland si era sbagliato e il signor Shy aveva mandato i rinforzi!"

Attesero, ma non accadde nulla. Il silenzio si fece sempre più opprimente e Mary si mise in una posizione più comoda. Dov'era finito il capitano Holland? Se Drake non fosse stato lì insieme a lei, sarebbe sgattaiolata fuori per andare a dare un'occhiata. Forse percependo la sua impazienza, lui le sorrise rassicurante e mise via il coltello. «Non preoccupatevi, signorina, di solito il capitano Holland sa quel che fa.»

Mary annuì e si sentì in dovere di dimostrargli che non era preoccupata... almeno non eccessivamente. «Ha... incontrato il signor Shy?»

«Non ho mai sentito il suo nome,» confessò Drake «ma ieri si è presentato un ragazzo all'Arsenale. È così che abbiamo saputo del grande show sul Tamigi. Naturalmente, è stato il capitano a capire in che modo quella canaglia di Rabelais... chiedo scusa, signorina... aveva intenzione di far esplodere il deposito, senza rischiare la vita.»

Mary sorrise con indulgenza della fiducia che Drake riponeva in Holland e ne fu orgogliosa. «Non è davvero caduto nel fiume, giusto?»

«Be', signorina...» Drake esitò. Holland aveva raccontato a Mary della zuffa sulla chiatta, ma il suo racconto era stato alleggerito e reso persino umoristico, sfrondandolo di tutti gli aspetti macabri. Drake, invece, possedeva una naturale inclinazione a fare l'esatto contrario e, nonostante fosse d'accordo nel non impressionare la giovane dicendole che il capitano era scampato a stento all'annegamento, non era facile rinunciare alle vecchie abitudini. «Era buio pesto, sapete, e non ho visto bene» disse per prendere tempo. «Il capitano non ha esitato, lui non si tira mai indietro quando c'è da menar le mani... solo quando è necessario, naturalmente.»

«Certo» disse Mary con un tono ammirato che gli fece rimpiangere di aver omesso di menzionare la mostruosa stretta di Chabot. "Era paralizzante, come la Morte in persona." «Doveva essere furibondo... dovevate esserlo entrambi... quando Rabelais è riuscito a fuggire.»

«Eccome!»

«E li avete inseguiti» proseguì Mary. «Ma quando ci siamo incontrati... il capitano Holland non aveva intuito che Rabelais si sarebbe nascosto a Champian Hall?»

Ora fu Drake a sorridere. «Appena siamo riusciti ad abbandonare quella maledetta chiatta... scusatemi di nuovo... si è messo in testa che ci sarebbero stati dei problemi qui. E lui sa essere terribilmente testardo, ve lo assicuro, è come... insomma, nulla riesce a smuoverlo.»

Holland apparve sulla soglia del capanno. «No, nulla riesce a smuoverlo» ripeté, andando ad accucciarsi accanto a Mary. Lei gli rivolse uno sguardo interrogativo, ma non disse nulla quando vide che anche Dick Whittington scivolava furtivamente nel capanno al fianco di Drake. Era molto più pulito degli altri due e vestito con cura.

«Buongiorno, Drake, sei sorpreso di vedermi?»

«Sì, signore, lo sono.»

«Be', non più di quanto lo sia io di vedere voi dopo aver saputo delle vostre imprese. Vi stringerei la mano se pensassi che voi l'accettereste.»

La disapprovazione si trasformò in sospetto, e Drake accettò il complimento con un'imbarazzata alzata di spalle. «È... un bene che siate venuto, signore.»

«Qualunque aiuto fa comodo a questo punto, vero? E voi, Lucasta, siete più affascinante che mai. Sembra che vi giovi calarvi dalle finestre nel cuore della notte!» Dopo aver osservato brevemente Mary, concluse che non avesse saputo nulla a suo discredito e continuò a parlare nello stesso tono disinvolto. «Purtroppo, io non ho fatto nulla di particolarmente eccitante. Infatti, mi annoiavo talmente a Sheerness che ho deciso di venire a vedere come ve la stavate passando.»

Holland aggrottò la fronte, spazientito da quel tono scherzoso. «Dick pensa che dovremmo entrare subito» disse.

«Esattamente. Solo due artiglieri sceglierebbero l'assedio con forze tanto limitate» replicò il maggiore ridendo. «Molto meglio un attacco deciso, prima che abbiano il tempo di organizzarsi.»

«Se Rabelais uscisse, senza sospettare nulla, non avrebbe il tempo di organizzarsi» replicò Holland. «Ma sono d'accordo sul fatto che le probabilità contro di noi aumenteranno quando si sveglierà la servitù. Se riuscissimo a entrare non visti...»

Si rivolse a Mary per chiederle come e dove fossero stati alloggiati Rabelais e il suo amico. Lei pensava che ci fossero altre due camere al primo piano in aggiunta a quelle che avevano occupato Holland e Whittington, ma solo una camera al secondo piano.

«Bene, è una fortuna che la casa non sia troppo grande. Quindi, se io salissi in camera di Mary e...»

Drake scosse la testa. «Meglio entrare dal retro. C'è una porta che si dovrebbe riuscire a forzare facilmente.»

«Ho capito a quale porta vi riferite,» intervenne Mary «è proprio qui, si apre sull'orto. Credo che basterà una spinta. La mia camera, invece, non vi sarà di alcun aiuto, perché la porta è stata chiusa a chiave dall'esterno ed è molto più robusta.»

«D'accordo» disse Holland. «E tu, Dick?»

«Io, naturalmente, entrerò dalla porta principale. Non sono portato per le entrate eroiche a spallate, e inoltre, la mia apparizione distrarrà la servitù.»

«Ti aspetti che ti facciano entrare?» chiese Holland.

«Certamente. Dopotutto, io sono complice di Crosby-Nash, perché non dovrebbero farmi entrare?»

«E se sospettasse qualcosa?» domandò Mary.

«Che cosa potrebbe sospettare? Non ha alcun motivo per collegarmi a voi.»

«No, ma...» Mary aggrottò la fronte. «Se io fossi il colonnello, sospetterei di *chiunque* dopo quello che è successo.»

Whittington rifletté sulle sue parole. «C'è del vero in quello che dite, ma troverò il modo di convincerlo che si sbaglia. Non è la prima volta che riesco a districarmi da una situazione incresciosa.»

«Ma...»

Holland tolse la mano di Mary dal braccio di Whittington. «No, fatelo tentare.» E all'amico disse: «Lasciaci il tempo di entrare, in modo che, se sarà necessario, potremo stringerli tra due fuochi».

«Molto bene.»

Gli uomini si alzarono e Mary fece altrettanto. «E io che cosa posso fare?» chiese, sentendosi immediatamente piccola e impotente, come una bambina che gli altri ragazzi tollerano solo occasionalmente nei loro giochi. Non le piaceva l'idea di rientrare in casa, ma nemmeno voleva essere lasciata indietro.

«*Fare?*» ripeté Holland in tono esasperato. «Voi resterete qui e non vi muoverete fino a quando non sarà tutto finito.»

«Ma siete solo in tre contro... non sappiamo quanti,» protestò lei «e Drake è stato colpito in testa. Potrei...»

«La mia testa non ha niente che non va» sbottò Drake stizzito.

«Posso chiedervi dove l'avete presa?» domandò Whittington, indicando la pistola di Mary. «Avete la chiave della sala delle armi del colonnello?»

«No, me l'ha data il capitano Holland.»

«Oh, molto premuroso da parte sua!» Whittington e Holland si guardarono negli occhi, il primo divertito, il secondo irritato. Poi il maggiore si rivolse a Mary. «Vi suggerisco di prendere posizione nella torretta all'entrata. In questo modo, senza correre alcun rischio, potrete sparare a chiunque esca di casa. Non a noi, naturalmente, ma ai nostri nemici.»

Holland fece per obiettare, ma poi cambiò idea. «D'accordo,» disse «andate pure, se proprio dovete, ma...» Afferrò Mary per un braccio. «Siate prudente e non tentate nulla di azzardato.»

Mary sentiva ancora il calore della sua mano mentre si affrettava verso l'entrata della proprietà insieme a Whittington. Quando giunsero al limitare del prato, lui si guardò intorno con circospezione e poi entrambi corsero fino alla torretta. Il cuore le batteva così forte da farle temere che sarebbe esploso. Si sedette accanto alla finestra, con la schiena contro la parete, mentre Whittington si guardava in giro.

Poi si voltò verso di lei. Mary respirava affannosamente, con le labbra serrate. «Immagino che sappiate caricare la pistola e sparare.»

Quella domanda le rammentò i suoi doveri. «Naturalmente, me l'ha insegnato il capitano Holland. Mi ci vuole solo un momento per essere pronta.» Estrasse la pistola e iniziò a rovistare nelle tasche in cerca dell'occorrente.

«Qui non vi accadrà nulla» la rassicurò il maggiore, mentre lei distendeva lo scialle a terra e vi posava i vari oggetti. «Chi ha detto che la discrezione è la parte migliore del valore?»

Mary rifletté qualche istante. «Falstaff.»

«Be', lui doveva saperlo.» Whittington prese la propria arma e la esaminò. «Ora vado, Ippolita, quindi tenete giù la testa e rammentate ciò che vi ha detto Holland. Non mi perdonerebbe mai se dovesse accadervi qualcosa.»

Le posò una mano sulla spalla e lei sussurrò: «Buona fortuna».

«Grazie» rispose lui sorridendo, e tra sé aggiunse: «Andrà ancor meglio se il colonnello Crosby-Nash accetterà di aprirmi la porta».

Mary finì di caricare la pistola e s'inginocchiò davanti alla finestra. Da lì poteva vedere Whittington avvicinarsi con disinvoltura alla porta d'entrata, nascondendo la pistola dietro la schiena. Lei appoggiò la sua sul davanzale, in modo che, se fosse successo qualcosa, avrebbe potuto sparare senza preoccuparsi di dover tener ferma la pistola. Whittington salì i gradini e scomparve alla sua vista, ma lei sentì il batacchio di ferro ricadere pesantemente contro la porta. Poi bussò di nuovo. "La porta scricchiola" rammentò Mary "mi accorgerò quando verrà aperta."

Udì il familiare scricchiolio, poi la voce di Whittington e infine il silenzio… che si protrasse. L'assenza di rumori… di spari… era positiva, ma che cosa stava succedendo? Suo malgrado, prese a immaginare tutta una serie di silenziose calamità. Il francese aveva scoperto la loro presenza e aveva teso loro una trappola? E se Drake e il capitano Holland non fossero riusciti a entrare dalla porta sul retro? Il maggiore Whittington sarebbe stato catturato e… "Oh, smettila! Fa' la tua parte e non preoccuparti per cose che non… che potrebbero non verificarsi." All'interno della torre era umido e fresco, ma forse non era quella la ragione per cui lei rabbrividiva.

Per quanto tempo doveva aspettare? Pur non conoscendo la risposta, cominciò a sentirsi stupida lì accucciata nell'oscurità, di guardia contro una minaccia inesistente. Con prudenza, lasciò la torre e si avvicinò alla casa. La porta era socchiusa e lei scivolò furtivamente nel vestibolo. Le due immagini contrastanti che affiorarono alla sua mente la fecero esitare con la mano posata sulla maniglia della porta del salone: il nemico disarmato, oppure Rabelais e Crosby-Nash che tenevano i suoi amici sotto tiro e che aspettavano di catturare anche lei. Stringendo con forza la pistola con una mano, con l'altra abbassò la maniglia e aprì la porta.

Il salone era vuoto, ma dal piano superiore sentiva provenire delle voci e si diresse verso le scale. «Non lo so, ve l'ho già detto!» gridava qualcuno, e un'altra voce, quella di Holland, chiese: «Qual è la sua stanza?». Poi Mary iniziò a correre lungo il corridoio, passando davanti alle stanze con le porte spalancate, fino a raggiungere la camera di Susannah. Drake era fermo sulla soglia e lei gli passò davanti. All'interno, Mary trovò Lockwood, il maggiordomo, tremante davanti a Dick Whittington e Holland chino sul letto. Lì accanto c'era anche la cameriera di Susannah, ancora in vestaglia, aggrappata alla camicia da notte della sua padrona. Le tende erano state tirate, ma la luce lattiginosa che filtrava dalle finestre faceva apparire la stanza lugubre e priva di gioia.

«Era solo tè!» gridò Lockwood, torcendosi le mani. «Il colonnello lo beve spesso la sera prima di andare a letto, lo trova rilassante.»

«L'hanno trovato sicuramente rilassante anche loro» sbottò Whittington. «Che cosa c'era dentro?»

«Non lo so!»

Holland assaggiò il fondo rimasto nella tazza sul comodino e poi lo sputò. «Oppio» disse. Mise Susannah a sedere. Era come una bambola di pezza e ondeggiava priva di vita. «Cristo!» imprecò Holland e scosse la cugina, afferrandola per le spalle. «Svegliati, Susannah! Apri gli occhi!»

«Che cosa è successo?» chiese Mary rivolta a Drake. «Dov'è il colonnello?»

«Non è più qui» ringhiò Whittington senza voltarsi e Drake aggiunse: «Sembra che abbia avvelenato gli altri e se la sia svignata».

«*Avvelenato?* Sono morti?»

«Uno è morto e l'altro quasi. Il capitano ha detto che è in coma.»

«E Susannah?» Mary posò la pistola e fece per avvicinarsi, ma Whittington la fermò prima che raggiungesse il letto. Susannah non rispondeva agli ordini di Holland e Mary trasalì quando lo vide schiaffeggiarla.

«Apri gli occhi!» ripeté, e dopo un secondo ceffone, Susannah mormorò qualcosa. «Coraggio, Suz, apri gli occhi e guardami!» La scosse di nuovo.

«Mio caro amico...» iniziò Whittington, ancora con la mano posata sulla spalla di Mary, ma Holland lo interruppe.

«So quel che faccio. Suz! Dick, aiutami a metterla in piedi. Mary, portatemi quella brocca d'acqua e riempitene un'altra... altre due. E tu,» aggiunse, rivolgendosi a Lockwood «c'è del caffè in questa maledetta casa?»

«Sì, signore.»

«Preparane in gran quantità... che sia forte... e portalo qui al più presto. Drake, assicurati che obbedisca. Dobbiamo tenerla sveglia. Se si addormenta, morirà come gli altri.»

Quando Holland era in quello stato, non bisognava contraddirlo e ognuno si accinse a obbedire ai suoi ordini. Dopo che la cameriera ebbe avvolto la vestaglia intorno a Susannah, Holland le vuotò in testa la brocca d'acqua e la restituì a Mary. «Occorre altra acqua.»

Mary uscì sul corridoio e si trovò davanti le porte aperte delle altre stanze. Sapeva che lì avrebbe trovato delle brocche d'acqua, ma l'idea di vedere i loro occupanti la fece esitare. "Avvelenati… il colonnello li aveva avvelenati e ora erano morti o stavano per morire." Quelle parole le fecero accapponare la pelle, ma riuscì ugualmente a entrare nella stanza più vicina, prendere la brocca dalla cassettiera e ritirarsi in tutta fretta. Poi un respiro lento e leggero la indusse a tornare sui propri passi e lì, sul letto, Mary vide Rabelais. Le lenzuola in disordine e il cuscino caduto a terra testimoniavano i tentativi di alzarlo, ma ora lui giaceva pallido e immobile, apparentemente sereno. Mary lo fissò ancora per qualche istante e poi fuggì via.

Susannah si svegliò alla seconda doccia fredda, ma non sembrava rendersi conto di dove si trovasse. La terza sortì maggior effetto, perché lei annuì quando Holland le parlò e cercò anche di rispondere. Al suono della voce della sua padrona, la cameriera si precipitò verso Holland, ringraziandolo con pianti e grida di commozione.

«Non abbiamo ancora finito…» disse lui. Aveva visto spesso quella ragazza a Storey's Court, prima del matrimonio di Susannah, ma ora non riusciva a ricordarne il nome.

«Mi chiamo Cassie, signore, e se mi dite che cosa devo fare… qualsiasi cosa… lo farò. Oh, la mia povera signora!»

«Sareste capace di sostenerla… così? Bene. Tra un attimo vi chiederò di farla passeggiare avanti e indietro insieme a questo gentiluomo. Ma dov'è finito quel maledetto caffè?»

«È qui, signore!» rispose Drake, entrando nella stanza con una grossa caffettiera d'argento e un boccale. Versò il caffè e nella camera si diffuse immediatamente l'avvolgente aroma della bevanda appena preparata. «Forse è troppo bollente.»

«Glielo darò io non appena si potrà bere» si offrì Cassie. «E questo la salverà?»

«Deve restare sveglia in qualsiasi modo» rispose Holland. «Avremo bisogno di un'altra caffettiera, forse anche due. Spero che quel tizio...»

«Ha capito quel che deve fare» disse Drake con un sorriso eloquente.

«Bene.» Holland sollevò il mento di Susannah e le sorrise, mentre i riccioli bagnati le ricadevano sul viso. «Ti ho rovinato i capelli, Suz, mi perdonerai?»

«I miei... capelli... Bobs» mormorò lei e poi socchiuse esausta gli occhi.

«Va tutto bene, ci sono qui io. Ora farai una bella passeggiata con Cassie e il maggiore Whittington. Dovrai fare tutto quello che ti diranno. Da questo momento sei ai loro ordini, siamo intesi?»

«Bobs... ho tanto sonno.»

«Sì, lo so, ma adesso non puoi dormire. Devi continuare a camminare e vedrai che presto ti sentirai meglio.» Affidò la cugina a Cassie e le spiegò: «Fatela passeggiare avanti e indietro... e parlatele. Fatele delle domande o chiedetele di contare fino a cento e non lasciate che si sieda o si riaddormenti».

«Sì, signore» promise la cameriera.

«Coraggio, signora Crosby-Nash» la invitò Whittington, sorreggendola per l'altro braccio. «Non so voi, ma io comincio ad avere freddo con questi abiti bagnati addosso e una bella marcia ci farà sentire meglio.»

Holland li osservò, mentre Cassie, Whittington e Susannah attraversavano la stanza. Mary gli porse il boccale e quando loro furono di nuovo vicini, Holland fece cenno di fermarsi e costrinse Susannah a bere. Lei lo fece a piccoli sorsi, ma lui non fu soddisfatto fino a quando non ebbe vuotato il boccale. «Brava ragazza» le disse. «Ora puoi andare.»

Quando ebbero attraversato la stanza per dieci volte e Susannah ebbe recitato l'alfabeto e i mesi dell'anno, Lockwood tornò con una seconda caffettiera. Sarebbe sgattaiolato subito via, ma Holland lo trattenne. «Ditemi tutto ciò che sapete su Crosby-Nash. Quando se n'è andato, quali istruzioni ha lasciato... tutto.»

«Ma signore, io non so nulla della partenza del mio padrone» insistette Lockwood.

«L'avete aiutato a somministrare quella maledetta sostanza e almeno una persona è morta» disse Whittington. «Se non volete essere impiccato per omicidio, vi consiglio di aiutarci a trovare Crosby-Nash.»

A quelle parole Lockwood impallidì, ma si limitò a dire di non aver visto il suo padrone lasciare Champian Hall e che quel mistero sconcertava lui come chiunque altro. Dopo aver servito il tè agli ospiti, su ordine del colonnello e senza minimamente sospettare che contenesse qualcosa di strano, era andato a letto e si era svegliato solo quella mattina.

«Non avete portato il tè anche alla signora Crosby-Nash?»

«No, signore. La signora si era già ritirata in camera sua e non mi è parso il caso.»

Holland rifletté qualche istante. «Suppongo che Crosby-Nash sia entrato in camera sua nel cuore della notte e le abbia lasciato il tè sul comodino, ma lei deve averlo bevuto solo più tardi.»

«Perché dite così?» chiese Mary.

«Perché le sue condizioni non sono gravi quanto quelle degli altri, ma questo non ci dice a che ora il colonnello abbia lasciato il tè... o forse la dose di droga era minore.»

«Capisco dove vuoi arrivare» intervenne Whittington. «Se sapessimo quando le ha portato il tè, potremmo avere un'idea dell'ora in cui ha lasciato Champian Hall e potremmo sapere quanta strada ha percorso. Tu quando sei arrivato, Bob?»

Lui alzò le spalle. «Poco prima di te.»

«Sulla Maidstone non ho incontrato nessuno» proseguì Whittington «e Crosby-Nash sarebbe dovuto passare di lì se fosse stato diretto a Dover. Qualcuno...»

«Maledizione!» borbottò Drake e poi, a voce più alta, aggiunse: «Vado subito a controllare se il calesse è ancora qui».

Tornò pochi minuti dopo, ansimando per aver fatto il tragitto di corsa, e riferì che i cavalli del colonnello si trovavano tutti nelle scuderie, a eccezione di Sita. Inoltre, mancava anche il cavallo che aveva trainato il calesse dei francesi e che nessuno degli staffieri era in grado di descrivere con precisione.

«Ma perché avrebbe...» Holland si rivolse a Lockwood. «Avete portato voi il cavallo in scuderia?»

Il maggiordomo ammise di averlo fatto, ma quando gli fu chiesto di descrivere l'animale, fu solo in grado di dire che era marrone, di taglia media e che probabilmente non lo aveva legato con cura. Occuparsi dei cavalli non rientrava nelle sue mansioni. Lo aveva fatto solo quella notte proprio a causa dell'ora tarda.

«E perché tutto doveva passare sotto silenzio» aggiunse Holland.

«Vi state stringendo da solo la fune intorno al collo, amico mio» osservò Whittington. «Ma stiamo perdendo tempo.» Dopo aver fatto cenno a Drake di prendere il suo posto al fianco di Susannah, si diresse verso la porta. «Tu vieni, Bob?»

«Aspettate! Come potete sapere...» iniziò Mary, ma Holland stava già annuendo in risposta a Whittington.

«Continuate a farla camminare» disse a Cassie «e fatele bere dell'altro caffè.»

«Sì, signore.»

«Aspettatemi!» esclamò Mary, seguendoli.

Percorsero il corridoio, affollato ora di servi incuriositi. Holland ordinò ai due più affidabili, dietro raccomandazione di Mary, di restare seduti fuori della stanza dello sfortunato francese. «Dubito che vi creerà dei problemi, ma se dovesse succedere qualcosa, chiamate.»

Mary diede voce ai propri sospetti mentre scendevano nel salone principale. Non trovavano strano il fatto che il colonnello fosse fuggito in sella a un cavallo che non era il suo? Un cavallo già stanco, quando avrebbe potuto prenderne uno fresco?

«Se intendete insinuare che potrebbe trovarsi ancora nei paraggi, tanto meglio» disse Whittington, dirigendosi verso le scuderie.

«Sì, ma...» Giunti ai piedi delle scale, Mary afferrò Holland per un braccio. «E se fosse un trucco? E se il colonnello non fosse fuggito, ma fosse nascosto da qualche parte qui intorno?»

«Perché avrebbe dovuto fare una cosa simile?» domandò Holland, senza liberarsi dalla sua stretta.

«Perché è intelligente. Sa che noi penseremo che è fuggito, perché la fuga è la cosa più probabile, perché è quello che faremmo noi. Ma il colonnello non è un uomo d'azione, non in questo senso, e ama dimostrare di saper essere freddo e compassato di fronte alle avversità.»

«Quindi, voi pensate che abbia voluto nascondersi da qualche parte, fino a quando le cose non si fossero calmate, per poi lasciare il paese con comodo?»

«Sì. E ha sacrificato Rabelais. Forse ha pensato che ci saremmo accontentati di lui.»

«Ma se invece fosse fuggito, anche in sella a un cavallo già stanco, e noi non lo seguissimo, perderemmo le sue tracce» le fece notare Holland.

«Ma se invece lo seguite e lui è qui nascosto, uscirà dal suo nascondiglio in vostra assenza e fuggirà nella direzione opposta» gli fece notare Mary.

«Pensate che dovremmo perlustrare la casa?»

«Sì, la casa e tutta la proprietà.»

L'espressione di Holland era scettica, ma lui annuì. «Non riusciremo mai a trattenere Dick, ma forse è meglio così. Lui partirà all'inseguimento e io organizzerò le ricerche qui.» Fece per dirigersi verso la porta, ma si fermò. «E voi potrete tornare di sopra a tenere d'occhio Susannah.»

Tutto si svolse come Holland aveva ordinato. Dalla finestra della camera di Susannah, Mary vide Whittington allontanarsi a cavallo e Baxter dare ordini ai servitori che non provenivano da Londra e di cui, quindi, ci si poteva fidare. Dopo un po', udì Holland e un gruppo di uomini percorrere il corridoio, aprire porte e armadi. Quanto avrebbe voluto fare anche lei parte della squadra di ricerca! Perché doveva stare in disparte ed essere esclusa quando era stata una sua idea?

«Mary?»

La voce dal tono confuso mise fine alle sue lamentele e dissolse quella sensazione di sentirsi inutile. Con un sospiro, rivolse l'attenzione al dramma che si stava svolgendo nella stanza alle sue spalle e si rimproverò da sé per essersene dimenticata. «Sì, Susannah?» chiese, avvicinandosi all'amica e prendendole la mano.

«Ho fatto un sogno... molto strano» mormorò Susannah. «Stavo camminando... sotto la pioggia... e avevo dimenticato... il mio portafortuna. Ho tanto... sonno.»

«Sì, mia cara, lo so, ma per il momento non puoi ancora dormire. Presto ti sentirai meglio, ma devi continuare a camminare.»

Mary si offrì di sorreggerla, ma né Cassie, né Drake furono disposti a cederle il posto. Tenendola sottobraccio, la costringevano a percorrere la stanza avanti e indietro, Drake insistendo per adottare una specie di marcia militare, mentre Cassie convinceva la sua padrona a ripetere i nomi dei re e delle regine d'Inghilterra, che Susannah aveva da poco cercato d'imparare a memoria. «Enrico IV, Enrico V, Enrico VI, Edoardo... I.» «No, l'abbiamo già detto, signora.»

Il massimo che Mary potesse fare in quella circostanza fu di mandare Lockwood a prendere un'altra caffettiera. Non le piaceva che gironzolasse lì intorno, non si fidava di lui e, in ogni caso, non poteva essere di grande aiuto. «E quando avrete portato il caffè, assicuratevi che venga preparata la colazione per tutti gli uomini che stanno compiendo le ricerche» gli disse.

«Sì, signorina.»

Quando apparve il caffè, Mary interruppe l'elenco dei re con il boccale fumante, proprio mentre Susannah e Cassie stavano incoronando una seconda Elisabetta. Mary cominciava a sentirsi irrequieta. Lì non c'era davvero bisogno di lei. Se fosse uscita avrebbe potuto sapere se avevano scoperto qualcosa. Almeno un indizio... o forse qualcuno aveva visto qualcosa e non si era reso conto di quanto fosse importante. Non si sarebbe esattamente unita alla ricerca, ma si sarebbe limitata a osservare. Inoltre, il capitano Holland probabilmente si trovava da qualche parte nelle soffitte... troppo lontano per accorgersi che lei aveva disobbedito ai suoi ordini.

Quindi, prese la pistola – non perché pensasse che ne avrebbe avuto bisogno, ma perché... be', non aveva senso lasciarla lì – e uscì con passo deciso dalla stanza. Alla sua sinistra, all'inizio del corridoio, c'erano i due servi di guardia e Mary rabbrividì al pensiero di Rabelais che giaceva sul letto. "Avrebbe potuto esserci anche una terza vittima... un'altra persona che non si sarebbe mai più svegliata dal sonno." Mary svoltò verso destra, verso la scalinata che l'avrebbe condotta nel salone principale e, da lì, in giardino.

Dalla cima delle scale, il salone sembrava vuoto, ma quando arrivò a metà, Mary non ne fu più così sicura. Le parve, infatti, di notare qualcosa contro la parete. Aguzzò la vista. «Ma certo! Certo!» esclamò tra sé, prima che il rumore di una porta che si apriva la facesse sobbalzare.

Lockwood entrò nel salone con uno strofinaccio di lino gettato su una spalla. Si chinò e afferrò Slipper per la collottola. «Vieni via di lì!»

Slipper guaì, cercando inutilmente di mordere il maggiordomo, e fu trascinato via, nonostante le sue violente proteste.

«Non puoi stare qui!» lo rimproverava Lockwood, trascinandolo verso la porta. «Perché non vai fuori a giocare come un cane normale, una volta tanto?»

Mary si appiattì contro il muro e, per fortuna, la scenata di Slipper, che nel frattempo si era impuntato con le zampe, trascinandosi dietro un piccolo tappeto, assorbiva tutta l'attenzione del maggiordomo. Le porte furono chiuse alle spalle del cane e Lockwood tornò indietro scuotendo la testa. Raddrizzò il tappeto, sistemò un vaso di fiori su un tavolino e poi si ritirò nella dispensa. Dal giardino provenivano ancora gli uggiolii di protesta di Slipper.

Mary attese ancora un po' e poi scese le scale di corsa. Naturalmente poteva anche sbagliarsi. Slipper era molto indisciplinato e forse non era saggio basarsi sui suoi comportamenti. Ma c'era una cosa in particolare che sapeva fare molto bene e poi, se non ci fosse stato nulla da nascondere, perché mai Lockwood si sarebbe dovuto preoccupare tanto di lui?

Esaminò accuratamente, dal basso in alto, i pannelli di legno che ricoprivano la parete, nel punto in cui si era soffermato Slipper. Erano verniciati come tutti gli altri pannelli della stanza e Mary non vide alcun segno evidente che potesse indicare l'esistenza di una porta. "Un secondo passaggio segreto... ma certo, perché mai non potrebbe essercene anche un altro? Anzi, è del tutto comprensibile che ne esistano due." Posò la pistola su un mobile lì accanto per far scorrere lievemente entrambe le mani sulla superficie di legno. *Ma dov'è?*

Il pensiero che il colonnello Crosby-Nash potesse trovarsi a pochi metri da lei, che forse fosse persino consapevole della sua presenza, la spaventò e Mary indietreggiò di un passo. E se l'avesse aggredita all'improvviso? E se... D'un tratto pensò che il nascondiglio segreto potesse trovarsi sotto il pavimento e non dietro la parete. S'inginocchiò per esaminare le larghe assi di quercia, ma non vide nulla di strano. Eppure doveva esserci qualcosa. Slipper non andava mai a dormire lì, era troppo vicino alla pelle di tigre, per i suoi gusti. "Questa mattina deve averlo fatto per una ragione precisa."

Rialzandosi in piedi, vide qualcosa, un piccolo bagliore, come quando si scrosta la vernice da un oggetto di metallo. Guardò con maggior attenzione e provò un tuffo al cuore: si trattava del buco di una serratura. Ora, indietreggiando, riuscì a identificare la porta senza fatica. Non era una porta piccola e stretta, nascosta tra gli stucchi decorati con cascate di frutti, ma occupava un'intera sezione del rivestimento di legno, larga più di un metro. I cardini dovevano essere nascosti sotto la modanatura.

«Posso esservi d'aiuto, signorina?»

Mary trasalì al suono della voce alle sue spalle, la voce di Lockwood, e si voltò verso di lui. La stava fissando con uno sguardo freddo e un'espressione molto diversa da quella del povero maggiordomo spaventato e impotente che al piano di sopra si era proclamato innocente. Mary si rese conto di essere lontana dalla pistola e fece per avvicinarsi.

«Volete forse dell'altro caffè?» Il tono di voce era provocatorio, ma il suo sguardo dimostrava che lui sapeva esattamente ciò che lei stava facendo e che era intervenuto per fermarla.

«Datemi la chiave di questa porta» gli ordinò Mary in tono minaccioso.

«La chiave, signorina? Non so di che cosa stiate parlando.»

«Sto dicendo che il colonnello Crosby-Nash è nascosto dietro questo pannello di legno e voglio la chiave della porta per chiuderlo dentro. Se non me la darete, io...»

Holland stava scendendo dal secondo piano, quando udì un grido e un rumore di vetri infranti. «Aiuto! Capitano Holland!» Lui percorse il corridoio correndo. Dalla cima delle scale vide Mary aggredita da due uomini. Uno era Lockwood e con una spinta Mary riuscì a respingerlo. Il maggiordomo cadde contro una delle gigantesche zanne d'avorio che rovinò a terra con un rumore assordante. L'altro era Crosby-Nash e stava cercando di torcerle un braccio dietro la schiena.

Superando gli ultimi gradini con un balzo, Holland estrasse la pistola. Mary lo vide e cercò di liberare un braccio, mentre il colonnello le torceva l'altro all'indietro in una stretta dolorosa. Mary scivolava sui pezzi di vetro e i fiori bagnati caduti dal vaso che si era rotto durante la lotta, e tentava disperatamente di raggiungere la pistola. «Lasciala andare!» ordinò Holland. Prese la mira e avanzò. «Lasciala andare, altrimenti ti faccio saltare le cervella!»

Crosby-Nash si voltò di scatto. Anche lui era armato e puntò l'arma contro Mary. «Abbassa la pistola e indietreggia, oppure sarà il suo cervello quello che salterà in aria.»

D'un tratto Lockwood balzò in piedi, armato con un pezzo d'avorio appuntito. Drake apparve in cima alle scale, urlando: «Attenzione!», mentre Holland si abbassava per schivare il fendente del maggiordomo. Una pistola sparò e Holland si voltò verso Crosby-Nash.

Il colonnello trasalì quando il proiettile lo sfiorò sibilando e indietreggiò spaventato. Mary era riuscita ad agguantare la sua pistola e a premere il grilletto, ma il rinculo le strappò l'arma di mano. «Piccola strega!» esclamò il colonnello, nel momento in cui veniva raggiunto dallo sparo di Holland. Crosby-Nash si aggrappò convulsamente a Mary, poi ricadde contro la parete e scivolò lentamente sul pavimento.

«Ne ho anche per voi» disse Holland in tono minaccioso, ma Lockwood abbandonò la lotta quando vide crollare il suo padrone. Lasciò cadere la scheggia d'avorio e non si ribellò quando Drake lo spinse a faccia in giù sul tavolo di quercia e gli legò le mani con la fune di seta usata per raccogliere le tende.

L'aria era satura di fumo e dell'odore della polvere da sparo e Mary era assordata dagli spari e sconcertata per quell'improvvisa esplosione di violenza. Si accasciò sul pavimento, fissando inebetita gli stivali del colonnello. Quasi non sentì il braccio di Holland intorno alle spalle e quasi non udì la sua voce che le chiedeva se fosse ferita, ma scosse la testa e gli strinse la mano. «Sto bene. Lui non… è tutto finito?» chiese.

«Sì,» rispose Holland «è tutto finito e noi siamo entrambi qui.»

Le scostò un ricciolo dal viso e la baciò, stringendola tra le braccia. Sotto la camicia sporca, il suo cuore batteva forte, e Mary si sentì al sicuro per la prima volta da quando era arrivata a Champian Hall. Solo allora si rese conto della presenza di altre persone: Drake e Baxter. Una porta si aprì e il fumo iniziò a dissiparsi. Slipper abbaiò contro il capitano Holland e le saltò in grembo.

23

Mary giocò un ruolo marginale negli eventi che seguirono quel giorno, e non seppe mai esattamente che cosa avvenne dopo la morte di Crosby-Nash. Fu subito portata di sopra e messa a letto, e la mancanza di riposo, associata allo stress costante dei giorni precedenti e a una generosa dose di brandy, la mise fuori combattimento.

Mentre lei dormiva, Champian Hall tornò alla *normalità* e varie questioni furono sistemate. Il corpo del colonnello venne rinchiuso in un salottino di cui solo Baxter aveva la chiave. Rabelais morì poco dopo l'una, e anche le porte delle camere da letto sua e di André furono chiuse a chiave. I morti dovevano essere lasciati in pace, qualsiasi misfatto avessero commesso in vita.

Qualche tempo dopo, arrivò l'agente del signor Shy, «l'amico di quel signor *Vattelapesca*», come lo chiamava Drake. Fu al tempo stesso lieto e dispiaciuto di quello che trovò, ma prese subito in pugno la situazione. Si sarebbe occupato lui delle tre sepolture e avrebbe chiuso Champian Hall cercando di destare meno scalpore possibile. Dopo aver ascoltato il parere di Holland, concordò con lui che Susannah tornasse a Londra dopo una notte di riposo, facendo piccole tappe, accudita da Cassie e accompagnata da Mary, affinché qualsiasi domanda delicata venisse trattata in modo da non traumatizzarla. Nello stesso senso ritenne che Scarborough House non fosse il luogo più adatto in quel momento per la signora Crosby-Nash e che dovesse invece risiedere in Cavendish Square. Drake avrebbe accompagnato le signore. «Lo conoscono entrambe e penserà a tutto lui» disse Holland.

In cambio, l'agente volle sapere qualcosa di più degli avvenimenti della notte precedente. Holland acconsentì, e avendo modi piuttosto bruschi nel raccontare, suscitò un notevole effetto nell'ascoltatore. «Mio Dio!» esclamò l'agente, guardando con rispetto l'individuo sporco e stracciato che gli stava di fronte. «Possedete un invidiabile sangue freddo, signore. Non capisco come abbiano fatto a sfuggirci sul fiume. I miei uomini sono arrivati puntuali al deposito di Barking Creek e sarei stato pronto a giurare che nessuna chiatta fosse riuscita ad allontanarsi.»

«L'avevano già rubata» gli spiegò Holland. «L'avevano nascosta lungo il fiume e vi avevano caricato la polvere da sparo. L'equipaggio attendeva solo il segnale di Rabelais per muoversi.»

«Oggi ero molto sollevato quando ho visto la chiatta ancorata a Purfleet, ma ora, sapendo quello che è accaduto, sono quasi tentato di perdonarvi per non avermi informato subito del vostro piano.»

«Non ero sicuro che avrebbe funzionato... era più che altro un'intuizione. Il vostro piano era sicuramente più sensato.»

«Be', non dovrei lamentarmi, dal momento che avete corso voi tutti i rischi, soprattutto dopo quanto è accaduto qui.»

«Anche voi dovete aver avuto sentore che qualcosa non andasse, altrimenti non sareste venuto a Champian Hall» osservò Holland.

L'agente sorrise. «Purtroppo, non posso assumermi nemmeno questo merito. Ho riferito al signor Lethieullier che la missione aveva avuto successo, ma prima di tornare a Londra ho chiesto di voi a Woolwich e nessuno è stato in grado di dirmi dove foste. La cosa mi è parsa strana, ma il signor Lethieullier mi ha detto che probabilmente vi eravate recato a Champian Hall. Dice di sapere come funziona la vostra mente.»

Holland e Whittington partirono nel tardo pomeriggio, dopo aver espletato tutti i loro obblighi. Entrambi si erano recati a Champian Hall di propria iniziativa, contravvenendo agli ordini ricevuti. Per placare i loro superiori, avrebbero quindi dovuto fornire delle spiegazioni e avrebbero dovuto farlo al più presto. Dal momento che la loro iniziativa aveva avuto successo, non erano preoccupati per le reazioni che avrebbero suscitato rispettivamente all'Arsenale e presso le Guardie a Cavallo. Ma nemmeno erano ansiosi di confrontarsi con i loro superiori.

Fecero la prima parte del viaggio insieme, e Holland pensò che avevano viaggiato verso Woolwich solo qualche giorno prima, ma in circostanze completamente diverse. Ora era esausto e il braccio gli doleva, ma era molto meno preoccupato di quanto non fosse stato quella notte. Ed era comprensibile. Woolwich era al sicuro e Crosby-Nash e Rabelais erano stati sconfitti. Non aveva davvero nulla di cui lamentarsi, desiderava solo che Dick stesse zitto, una volta tanto.

Whittington, come d'abitudine, aveva molto da dire e non solo riguardo a se stesso. «Se c'è una costante, una cosa su cui si può contare nella vita militare, sono le scartoffie» si lamentò. «A questo proposito, invidio la Marina. Loro possono permettersi di essere concisi e di limitarsi a riferire "nave affondata", mentre se io scrivessi solo "Crosby-Nash morto", verrei invitato subito a rimediare.»

«Pensavo che non ci fosse nulla di scritto nei servizi segreti» disse Holland, sorridendo suo malgrado.

«Una leggenda,» replicò Whittington «solo una leggenda, purtroppo. Non solo siamo obbligati a stendere rapporti con abbondanza di particolari, ma sembra che chi di dovere provi un gran piacere nel leggerli. Se non fai attenzione, o se nella fretta dimentichi qualcosa – purtroppo parlo per esperienza personale –, potresti ritrovarti in situazioni sgradevoli.»

Whittington parve riflettere su quell'evenienza, e dopo pochi minuti, Holland gli chiese: «Sei venuto a Champian Hall per uccidere Crosby-Nash?».

Il maggiore guardò di sottecchi l'amico prima di rispondere. Era sceso il crepuscolo e non era facile capire lo stato d'animo di Holland se non dalla voce e dal profilo in ombra. Non avevano avuto occasione d,i chiarirsi e Whittington non sapeva cosa rispondere. Doveva scusarsi con lui o fingere che non fosse accaduto nulla? Aveva la sensazione che l'aspetto professionale del loro dissidio fosse più facilmente rimediabile rispetto a quello personale. Holland era un ufficiale leale, ma non avrebbe tradito Whittington, a meno che Dick non avesse commesso un altro errore. Una mancanza verso il re poteva anche essere perdonata. L'amicizia era sicuramente più importante.

Whittington si disse che la loro amicizia era davvero importante, ma pochi uomini riuscivano a essere coraggiosi in qualsiasi situazione e lui doveva affrontare il problema. «Sheerness era una vera noia, come ti ho detto, e ho iniziato a pensare a Miss Finch. Non mi avevi detto che era armata fino ai denti e pronta a difendersi dai nemici. Ti sei fidato a darle una pistola! Suppongo che sia una cosa normale per un artigliere che corteggia una ragazza, ma...»

«Io non la sto corteggiando.»

«Uhm... se lo dici tu... Ma oltre a questo, ho cominciato a chiedermi che cosa sarebbe successo se il mio capo avesse deciso di muoversi contro Crosby-Nash e lo avessero catturato vivo. Di certo il colonnello non avrebbe tenuto la bocca chiusa riguardo alle mie... indiscrezioni e le cose si sarebbero messe piuttosto male per me.»

«Sì.»

Quell'unica sillaba, pronunciata in tono asciutto, non servì a mettere Whittington a proprio agio. Ebbe persino la sensazione di arrossire, cosa che non gli capitava da anni. «È questa la ragione per cui hai lasciato che lo inseguissi da solo?» chiese a Holland, colto da un pensiero improvviso.

Il capitano alzò le spalle. «In parte. Pensavo che tu meritassi di avere la tua occasione, e lui la sua.»

«*E lui la sua?*» chiese Whittington.

«Se lo avessi trovato io, credo che gli avrei sparato subito» gli spiegò Holland. «Invece forse tu... avresti indugiato a lungo... prima di farlo morire.»

Whittington scorse il sorriso di Holland e iniziò a ridere. «Che faccia di bronzo!»

Per Holland fu una strana esperienza tornare a Woolwich. Sembrava tutto così familiare e normale, dalla strada lastricata che conduceva al cancello, alle guardie assonnate che lo fecero passare. Era evidente che l'ammutinamento, o quel «po' di trambusto» come l'aveva definito il colonnello Congreve, si era ormai concluso. Mentre si dirigeva verso l'alloggio degli ufficiali e veniva salutato distrattamente dai soldati che incrociava, Holland capì che la sua ricomparsa non era considerata degna di nota. Se la sua assenza era stata notata, probabilmente era stata imputata al suo lavoro, che spesso lo portava ad allontanarsi dall'Arsenale. Holland non era né infastidito, né umiliato da quella mancanza d'interesse. Si limitò, quindi, a scrollare le spalle, dichiarandosi felice di dover dare delle spiegazioni solo a poche persone.

Si fece medicare il braccio dal chirurgo del reggimento, un uomo taciturno, che praticava la sua professione con asciutta efficienza. In quell'occasione fece un tagliente commento sulla follia di certi pazienti che non tenevano pulite le ferite, ma il fastidio causato dalla medicazione bandì qualsiasi altra irritazione dalla mente di Holland. Poi salì lentamente le scale fino alle sue stanze, come faceva sempre dopo una lunga giornata, evitando gli scalini che scricchiolavano. Ciò che era stato portato all'Accademia durante la ribellione era tornato al suo posto ed era stato impilato su una sedia in sala da pranzo. Quel mucchio era l'unica nota stonata, perché Drake non avrebbe mai tollerato un simile disordine. Holland rimase in piedi per qualche istante, accarezzando distrattamente la copertina del libro di Muller sulle fortificazioni. Quando si rese conto di quel che stava facendo, mise da parte il libro ed entrò in camera da letto.

Gli eventi di quella giornata gli avevano dato molto a cui pensare, ma era esausto e sapeva che i suoi pensieri sarebbero stati confusi. Questo non gli impedì, in ogni modo, di rimuginare su se stesso, su Mary Finch e su ciò che poteva accadere tra loro. Alcuni non erano veri e propri pensieri, ma piuttosto speranze o aspettative e Holland cercò di mettere ordine tra loro, come se con uno sforzo potessero formare un insieme coerente. Il bisogno di sonno, però, era come la marea che cresce inesorabile, impossibile da contrastare. Il capitano si lasciò cadere sul letto così com'era, un'altra cosa che Drake non avrebbe mai permesso.

Il mattino seguente, Holland fece rapporto al colonnello Congreve senza disporre di alcuna informazione sulla palude situata sulla costa nord del Kent. In circostanze ordinarie Congreve avrebbe sicuramente commentato – nella migliore delle ipotesi – quella disobbedienza ai suoi ordini, ma le informazioni che Holland gli diede quel giorno erano molto più importanti della missione che non aveva portato a termine. Il colonnello prese appunti mentre Holland parlava e, alla fine, posò la penna e osservò: «E così voi e Drake avete requisito la chiatta, mettendola al sicuro e sconfiggendo i traditori».

«Esatto, signore.»

«Dev'essere stata una bella sorpresa quando quel tizio vi ha riconosciuto. Che vi serva di lezione, forse imparerete a scegliere meglio le vostre frequentazioni.»

«Sì, signore, me ne ricorderò.»

«Non riesco a immaginare il caos... voi due contro cinque e con tutta quella polvere da sparo! Bene, bene. E poi, siete andati in un posto vicino a Maidstone?»

«Sì, signore. Prima abbiamo dovuto convincere gli ufficiali di Purfleet di non essere pericolosi, ma non ci è voluto molto e poi io... L'altra questione ha a che fare con il motivo per cui il maggiore Whittington era venuto qui.»

«Ah, sì. Il caso è stato risolto?»

«Credo di sì, signore, più o meno.»

«Bene.» Congreve s'interruppe, come per ripulire l'aria dai segreti e poi riprese. «Ora, per quanto riguarda Purfleet, voglio subito dirvi che avete fatto un ottimo lavoro, però, dovrete portare la vostra corona d'alloro solo in privato. Non voglio che si parli di questa faccenda, né qui né altrove. Sarebbe esattamente il genere di cose in grado di seminare il panico tra la gente, se si venisse a sapere che c'era tutta quella polvere da sparo pronta a saltare in aria e solo una coppia di dannati artiglieri a impedire la catastrofe. La cosa spaventa anche me, per Dio! E non vogliamo dare suggerimenti ad altri rivoluzionari che vagabondano in giro senza aver niente da fare.»

«No, signore.»

«Il braccio va bene?»

«Oh, sì, signore» rispose Holland. «È una cosa da nulla, davvero.»

«Uhm... bene. Dal momento che siete rimasto ferito, siete dispensato dalla missione alla palude.»

«Grazie, signore.»

«Non avete nulla per cui ringraziarmi» protestò Congreve. «È solo una questione di destrezza, non sareste in grado di muovere agevolmente la mano. Suppongo che altre persone vorranno parlarvi in via più ufficiale riguardo... ad altre questioni.»

«Sì, signore, temo che dovrò andare a Londra, se non avete subito bisogno di me qui, naturalmente.»

«Be', credo che potremo fare a meno di voi... e ricordatevi di riportare indietro Drake. Se adesso crede di poter andare e venire come gli pare grazie a quello che è accaduto, sarò ben felice di fargli capire come stanno realmente le cose.»

Holland mantenne un'espressione impassibile. «Non sarà necessario, signore. Mi assicurerò io che capisca.»

Fu deciso dai signori del Governo, il cui compito consisteva nello stabilire «che cosa doveva essere detto», che il colonnello Crosby-Nash era morto in seguito a un duello, sostenuto con il maggiore Whittington e causato da un dissidio di natura non specificata.

Whittington non aveva sollevato obiezioni per essere stato designato il malvagio di quel piccolo dramma, anzi, era stato persino lui a dare quel suggerimento. Le conseguenze per lui sarebbero state molto meno severe che per Holland, che, invece, si sarebbe visto chiudere le porte di certi ambienti a Storey's Court o nel rurale Suffolk, se fosse stato considerato dedito ai duelli. «Naturalmente, sempre che questa storia venga creduta» rammentò Whittington ai signori del Governo. «Il capitano Holland ha un temperamento molto più sanguigno e ha spesso minacciato di diventare violento, mentre io desidero solo una vita tranquilla.»

A proposito di Rabelais e dei suoi complici fu detto il meno possibile. Non c'era nulla che li collegasse, chiunque essi fossero, con lo sfortunato episodio di Purfleet, durante il quale l'equipaggio di una chiatta arrivata in ritardo aveva, purtroppo, creato dei disordini, dopo aver ecceduto con il gin. Per fortuna, gli ufficiali e gli uomini del magazzino avevano agito nella migliore tradizione del servizio per risolvere la situazione che, anche se per nulla pericolosa, sarebbe potuta diventare quantomeno preoccupante.

Susannah fu interrogata con grande delicatezza. Serbava solo un confuso ricordo dell'arrivo di Rabelais a Champian Hall e quasi nulla di quanto era avvenuto in seguito, e questo facilitò enormemente le cose. Mary giustificò il ferimento dell'altro francese, collegandolo al duello, e Susannah ci credette o, almeno, disse di crederci. Era addolorata per il maggiore Whittington e si augurava che non avrebbe avuto problemi per quanto era avvenuto, ed espresse il desiderio di tornare a casa, a Storey's Court, il prima possibile. Qualsiasi cosa pensasse del marito, la tenne per sé, nonostante dicesse a Mary che a volte era possibile puntare troppo in alto e desiderare troppe cose, mentre invece la pace e la tranquillità, tra persone amiche, era forse l'aspirazione più saggia.

Quando tornò nel Suffolk, Mary si concentrò sui propri desideri, sia su quelli nobili che su quelli più banali. Che cosa avrebbe dovuto desiderare? Anche i desideri migliori sarebbero potuti diventare pericolosi se si fossero realizzati? "Come per re Mida" si disse, però poi decise che il paragone non era valido, perché chiunque era in grado di capire che il desiderio di trasformare le cose in oro era destinato a finire male. Anche nelle favole le persone, di solito, desideravano cose banali... ma forse era difficile capire quanto fossero banali fino a quando non si diventava vecchi e saggi. *Sì, vecchi e saggi... e nel frattempo?* Le cose erano finite male per lei? Difficile dirlo. In quella che poteva essere definita *la sfera più ampia*, il risultato della sua *Avventura* era stato senza dubbio positivo. Aveva ricevuto le congratulazioni da vari, importanti gentiluomini e persino Sir John Scott aveva parlato in termini lusinghieri del suo lavoro (non che ne conoscesse i particolari, naturalmente). Ma per quanto riguardava la più ristretta sfera personale era meno soddisfatta di ciò che aveva fatto e di quello che avrebbe potuto derivarne.

Quei tristi pensieri, comunque, non caratterizzarono del tutto lo stato d'animo di Mary durante le prime settimane di giugno e quando la malinconia si faceva troppo intensa, spesso veniva dissipata dal genuino piacere di ritrovarsi con le sue amiche e di essere di nuovo alle *Dame Bianche*. Come aveva previsto, Miss Marchmont e Miss Trent fecero a gara per circondarla di premure. C'era qualcosa di molto confortante nel trovarsi in un piccolo mondo protetto, dove nessuno aveva mai sentito parlare di avvelenamenti con l'oppio, e dove tutti si chiedevano come sarebbe stato il tempo il giorno di San Swithin. Era sorprendente la facilità con cui si poteva rientrare a far parte di quel mondo, quasi come se l'*Avventura* non fosse mai esistita.

Mary venne a sapere che Susannah si stava riprendendo e questo le risollevò lo spirito. Ci sarebbe voluto del tempo prima che tornasse a essere di nuovo forte, ma nell'atmosfera pacifica di Storey's Court stavano già emergendo segni del suo carattere di un tempo. Lady Armitage aveva stabilito una lenta routine per la convalescente, in cui veniva data maggior importanza al riposo e a discreti intrattenimenti piuttosto che alle strette e a volte ottuse convenzioni del lutto. Susannah veniva soprattutto incoraggiata a fare delle scelte pensando a se stessa, ad avere maggior fiducia in sé e a non essere tanto influenzabile. Mary seppe queste cose, prima da Susannah in persona, tramite una lettera scritta con cura, e poi da un'impetuosa missiva di Charlotte, in cui lei esprimeva il desiderio di fare una seconda visita a Londra «non appena sarà possibile», e una grande ammirazione per il maggiore Whittington. "Mi auguro che le due cose non siano collegate" pensò Mary, decifrando gli scarabocchi di Charlotte.

Charlotte propose anche di fare una visita nel Suffolk, perché era certa che Mary trovasse terribilmente noiosa la vita alle *Dame Bianche* e che sentisse il bisogno di divertirsi. *Noioso* non era l'aggettivo che Mary avrebbe usato, ma assecondò caldamente la proposta dell'amica, per trasformarla quasi subito in un invito per la prima settimana di luglio. Miss Marchmont e Miss Trent si dichiararono «disposte a tutto», nonostante in cuor loro gioissero al pensiero che i negozi di Lindham avrebbero precluso qualsiasi spedizione pericolosa, e si rallegrarono alla prospettiva di sentire gli ultimi pettegolezzi dal Norfolk.

Forse fu proprio la fame di notizie a portare la signora Tipton alle *Dame Bianche* il mattino stesso dell'arrivo di Charlotte. Si presentò dichiarandosi interessata a conoscere la ricetta di una certa gelatina, ma si sistemò subito nel salotto in modo da avere un'ottima visuale sul cortile. Non solo fu la prima ad avvistare la carrozza degli Armitage, ma fu anche in grado di stabilire che Charlotte e la sua cameriera non erano le uniche occupanti. «Quell'uomo è ancora qui» annunciò.

«Ah, chi?» chiesero Miss Marchmont e Miss Trent, accorrendo entrambe alla finestra e bloccando la visuale. Salutarono Charlotte con la mano, mentre farfugliavano tra di loro: «Quello è il capitano Holland?».

«Credo sia lui... è molto alto.»

«Non lo ricordavo così alto, che sia cresciuto?»

«Mi stupisce che i suoi doveri militari siano così poco importanti da permettergli di scorrazzare per il paese, come sembra fare spesso» osservò la signora Tipton. Aveva parlato in tono tagliente, indirizzando uno sguardo eloquente in direzione di Mary, che si trovava immobile sulla soglia. «Dopotutto, c'è una guerra in corso!»

Mary riuscì a ritrovare la voce e a parlare in tono pacato, nonostante il cuore le battesse all'impazzata, e decise di strozzare Charlotte per non averla informata di quello sviluppo eccitante e spaventoso al tempo stesso. Avrebbe avuto il tempo di precipitarsi al piano di sopra e d'indossare qualcosa di più grazioso? «Sono sicura che non viene meno ai suoi doveri, signora Tipton. Probabilmente è andato a far visita alla famiglia e... Lady Armitage gli ha chiesto di accompagnare Charlotte.»

Era difficile obiettare a un'interpretazione così sensata e, oltre a questo, le difficoltà motorie della signora Tipton la esclusero dagli eventi successivi, quali i saluti in cortile, lo scaricamento dei numerosi bauli di Charlotte e la decisione che alcuni dovessero essere portati di sopra e altri lasciati nel vestibolo... perché Charlotte aveva portato molti regali e non riusciva a ricordare esattamente dove li avesse riposti. Quando infine si riunirono tutti in salotto e fu servito il rinfresco, si ristabilì il normale corso delle cose. La signora Tipton si era spostata su una grande poltrona che era appartenuta alla priora delle *Dame Bianche*, mentre gli altri avevano preso posto intorno a lei, come se fosse lei il centro della conversazione. Mary rimase improvvisamente colpita dall'estrema concentrazione femminile di quella stanza. Il capitano Holland sembrava talmente fuori posto che le veniva da ridere e quasi dimenticò di non aver avuto il tempo di acconciare meglio i capelli.

«Ho saputo che ci sono stati dei disordini tra i soldati, all'Arsenale» disse la signora Tipton, fissando Holland con gli occhi piccoli e lucenti. «Queste lamentele possono facilmente sfociare nell'anarchia, che sembra essere tanto di moda al giorno d'oggi. Che cosa avete da dire in proposito, signore?»

«Sì, ci sono stati dei disordini, ma li abbiamo risolti in breve tempo.»

«*Li avete*, capitano Holland?» domandò Miss Marchmont.

«Siete stato coinvolto nell'ammutinamento? Nel sedare la ribellione, intendo dire.» Sia lei che Miss Trent erano molto affascinate da Holland... Miss Trent lo considerava molto attraente... ma nessuna delle due osava dimostrare la propria ammirazione in presenza della signora Tipton. Il loro commento, però, suscitò sia espressioni d'interesse che di disapprovazione.

«Be', io...»

«Lo ha sicuramente fatto» intervenne Charlotte con voce acuta. «Bobs ha dovuto lottare con un uomo, non un cannoniere, ma un civile, che era andato lì a fomentare i soldati. Era lui la chiave di tutto!»

«Oddio!» esclamò Miss Trent. «La chiave di tutto! Ma che cosa intendete per *cannoniere*?»

«Così si chiamano gli uomini, i soldati semplici, nell'Artiglieria Reale, signora.»

Miss Marchmont annuì. «Ah, sì, Mary ci ha parlato di un certo cannoniere Drake, ma pensavo che si trattasse di un termine inventato.»

«Bobs è rimasto gravemente ferito nella lotta» proseguì Charlotte. «È stato versato del sangue e Drake ha detto che il braccio di Bobs era aperto *fino all'osso*.»

Persino la signora Tipton si unì al corale «Ohhh!» che accolse la macabra notizia e che fece sì che tutti gli occhi si puntassero su Holland. Non vedendo traccia di quella gravissima ferita, gli sguardi si fecero interrogativi.

Charlotte spiegò che tempo prima la ferita era molto più impressionante, ma Holland aggrottò la fronte e disse che purtroppo Drake tendeva sempre a esagerare. «Come qualcun altro di mia conoscenza.» Continuò a fissare con sguardo eloquente la cugina, indirizzandole un messaggio che Mary non riuscì a decifrare.

«Ho visto la cicatrice» dichiarò Charlotte con aria di sfida. «La ferita ha dovuto essere cucita... come una camicia strappata.»

«Santo Cielo!» esclamò Miss Trent.

La signora Tipton pensava che avessero già sentito abbastanza del capitano Holland e si chiedeva se fosse una buona idea deviare la conversazione verso *Le Dame Bianche*. Questo avrebbe evidenziato l'immenso divario esistente tra lui e Mary e forse gli avrebbe chiarito le idee. Per il quarto d'ora successivo Holland venne a sapere che il tetto era stato ripiombato, che era stata debellata la muffa in cucina e fu invitato ad ammirare il nuovo arredamento.

Charlotte non era molto interessata a quel genere di cose e annunciò che Susannah aveva deciso di regalare a Mary una cavalla che si chiamava Sita e che sarebbe arrivata direttamente dal Kent. «Una buona idea, perché i cavalli di Mary sono così deprimenti!» commentò Charlotte.

Mary fu sorpresa e commossa da quella notizia, ma in lei cominciò a insinuarsi un dubbio. Anche se Susannah avesse voluto farle davvero un regalo, non sapeva nulla del suo interesse per Sita. Quindi, qualcuno doveva averle dato quel suggerimento. «Molto gentile da parte sua» disse sorridendo. «Le scriverò subito per ringraziarla.»

In realtà, aveva maggior urgenza di parlare con il capitano Holland, ma come avrebbe potuto fare? Gli sguardi dei presenti erano tutti puntati su di lei, il che era già abbastanza imbarazzante; e, in ogni caso, non poteva affrontare gli argomenti che le stavano a cuore di fronte a loro.

Il riferimento a Susannah parve alla signora Tipton l'occasione perfetta per spostare l'attenzione generale sugli onorevoli membri della famiglia Armitage. Ma fu interrotta prima che avesse il tempo di farlo. Slipper entrò trotterellando nella stanza, abbaiando e ringhiando agli ospiti. Miss Trent e Miss Marchmont sollevarono subito i piedi sullo sgabello. A loro non dispiaceva quel cane e non avevano sollevato obiezioni quando Mary lo aveva portato a casa con sé, ma Slipper aveva la pessima abitudine di mordere le persone di cui non si fidava e le caviglie erano il suo bersaglio preferito.

Naturalmente, non aveva mai osato mordere la signora Tipton, ma lei guardò in cagnesco sia lui che Mary. «Questo animale è incorreggibile» decretò. «Un altro esempio di mancanza di disciplina nella società moderna. Quando io ero ragazza i cani venivano educati come si conveniva.»

«A me piace» disse Charlotte, e non per la prima volta Mary si chiese quale sarebbe stato il risultato di una gara di forza di volontà tra la ragazza e la signora Tipton.

«Sa cacciare i topi, Mary?»

«Sì, quando ne ha voglia.»

Charlotte si alzò. «Forse dovremmo portarlo a fare una passeggiata, Mary... Vieni anche tu, Bobs.»

La sua proposta suscitò numerose obiezioni (oltre a un commento di Slipper), ma Charlotte se ne sbarazzò dilungandosi sulla passeggiata che aveva in mente di fare in modo da scoraggiare qualsiasi interferenza. Oltre ai topi, espresse interesse anche per i serpenti e si augurò che facesse abbastanza caldo da poter bagnare i piedi nel mare, nonostante il forte vento. Si sarebbero anche potuti arrampicare sulle dune.

La signora Tipton riconobbe tra sé che Charlotte aveva avuto la meglio su di loro, perché Miss Marchmont sarebbe stata disposta a tutto pur di non arrampicarsi sulle dune di sabbia e Miss Trent sarebbe sicuramente svenuta alla vista di un serpente. Non poteva quindi certamente fidarsi di loro. Anche Mary era consapevole di quel che stava per accadere, e invece di esplicitarlo, si accontentò di osservare che a Slipper piaceva anche cacciare i granchi sulla spiaggia e rotolarsi tra le alghe.

«Vi consiglio di prendere uno scialle, Mary, o meglio ancora una stola di pelliccia» le consigliò la signora Tipton in tono aspro.

Holland, Mary e Charlotte scoppiarono a ridere quando furono finalmente fuori, mentre Slipper correva davanti a loro. Mary aveva rinunciato alla stola di pelliccia e si era accontentata di uno scialle di lino. Holland fece per parlare, ma dovette interrompersi quando Charlotte volle sapere dove si nascondevano i topi.

Mary rimase sorpresa. Era convinta di aver capito la strategia di Charlotte, ma ora non ne era più così sicura.

«*Le Dame Bianche* non è infestata dai topi.»

«No, ma se c'è un posto in particolare dove si nascondono, io e Slipper ci andremo» replicò Charlotte. «Poi scenderemo verso il mare e voi potrete raggiungerci,» aggiunse, come se facesse loro una gentile concessione «se volete...»

«D'accordo, andate verso le scuderie e poi noi vi seguiremo» disse Holland.

«Sarà meglio andare verso il giardino, invece,» suggerì Charlotte «è più romantico e...» Scansò lo scapaccione di Holland e corse via correndo. «... e non potranno vedervi dalla casa!»

«Scusatela» mormorò Holland quando furono soli. «È un vero demonio... ma desideravo parlarvi.»

«Anch'io desideravo parlarvi» replicò Mary. «E probabilmente ha ragione a proposito del fatto che potremmo essere visti.»

«Mi sorprende che la signora Tipton non vi abbia consigliato di portare con voi la pistola.»

«Avrebbe anche potuto farlo, se fosse a conoscenza della sua esistenza.»

Attraversarono il giardino e poi il prato che conduceva al mare, con gli alberi piegati dal vento. L'inizio della conversazione fu cauto. Holland osservò che le cose lì erano molto cambiate dai tempi di suo zio e Mary riconobbe che era vero. Il giardino ne risentiva quando c'era maltempo, ma la fila degli alberi lo proteggeva dal vento.

Mary si arrischiò a guardarlo: il profilo di Holland sembrava scolpito nella pietra e ancora una volta lei s'interrogò sulle sue intenzioni. Sembrava così serio, così distante, ma era lì e lei ricordava bene come l'aveva baciata a Champian Hall. Sarebbe stato difficile dimenticarlo. «Grazie per Sita» mormorò.

Holland diede un'alzata di spalle. «A eccezione di tutto ciò che rientra nell'accordo prematrimoniale, quasi tutte le proprietà di Crosby-Nash passeranno a sua sorella. Com'è comprensibile, lei non è molto interessata a Champian Hall e così ho pensato che avrei potuto ottenere la cavalla per voi. Inoltre, Susannah si considera in debito verso di voi per averla liberata di Slipper» concluse.

Mary rise. «Oh, non è un cattivo cane. È indisciplinato, è vero, ma è stato molto utile. Se non fosse stato per lui...»

«Sì, lo so.»

Holland avrebbe voluto scoprire come stavano le cose tra lui e Mary… come stavano davvero e non solo quando uno dei due era in pericolo di morte… ma ora non era più sicuro di poterlo fare. Non era facile sbarazzarsi del peso delle convinzioni che si erano accumulate nell'ultimo anno. Fu sollevato, quindi, quando il riferimento a Slipper riportò i pensieri di Mary all'avventura che avevano vissuto. Parlarono per un po' del colonnello Crosby-Nash e di Rabelais e cercarono di trovare una risposta agli interrogativi insoluti di Mary. Per esempio, era chiaro che ultimamente il colonnello non si fidasse più del suo amico, ma perché allora Rabelais si era recato a Champian Hall? Solo per cercare aiuto oppure anche per muovere delle accuse al colonnello? Lo aveva forse incolpato del fallimento dei loro piani?

«Forse» rispose Holland. «Rabelais non sapeva di voi, ma mi aveva riconosciuto e doveva avermi collegato a Crosby-Nash. Aveva bisogno di aiuto e forse desiderava anche una spiegazione, ma alla fine non ha ottenuto nulla. Non posso certo dire di nutrire simpatia per uno dei due e credo che il signor Shy riuscirà a scoprire dell'altro quando avrà terminato di esaminare tutti i documenti che ha trovato.»

«Lo credo anch'io» concordò Mary. «È un uomo molto intelligente. So che non lo apprezzate, ma…»

«Non è esattamente così e sono pronto a rivedere la mia opinione. Credo che sia un tipo un po' strano, ma suppongo che questo non sia sorprendente, considerato il suo lavoro.» Holland le rivelò che, oltre a Shy, aveva conosciuto anche uno dei capi di Dick Whittington. «Sono entrambi tipi strani, misteriosi, e molto avari quando si tratta di fornire informazioni.»

«Avrei voluto poter parlare con il signor Shy quando siamo tornate a Londra» gli confidò Mary «per tirare le fila della faccenda. La Coutts Bank mi ha mandato un anello, una specie di messaggio, dal momento che proviene dalla gioielleria di Birchin Lane.

È molto bello, ma non credo che lo porterò mai, lo trovo macabro» aggiunse rabbrividendo.

«Non vi biasimo per la vostra decisione.»

«Ora, ripensandoci, so che quello che abbiamo fatto è stato molto importante, ma... mi chiedo se riuscirei a farlo di nuovo.»

Holland inarcò incredulo le sopracciglia. «Se riuscireste a vivere un'altra *Avventura*, intendete dire?»

«Sì.»

«Ma certo! Se Shy fosse qui e vi chiedesse di fare qualcosa, riuscirebbe a convincervi in un secondo.»

«Ma...»

«Vi parlerebbe di un certo mistero, si offrirebbe di mostrarvi un oggetto antico o la *Magna Carta* e voi accettereste subito.»

«La *Magna Carta*!» esclamò Mary. «Avete visto... Avevamo intenzione di visitare il British Museum, ma i biglietti non sono arrivati in tempo. Ma questo non c'entra. Ciò che intendevo dire è che non sono molto contenta di quanto è avvenuto... della parte che ho avuto.»

«Io penso che ve la siate cavata egregiamente» disse Holland. «Ma è naturale avere dei ripensamenti. Un vecchio soldato una volta mi disse che dopo ogni battaglia si ubriacava oppure si deprimeva pensando a ciò che era andato storto e al fatto che avrebbe potuto comportarsi diversamente.»

«Davvero? Ogni volta?»

«Esatto. Non credo sia sbagliato ricordarvi che uccidere qualcuno non ha nulla a che fare con la vittoria o con la gloria, ma il trucco è non essere troppo severi con se stessi, soprattutto se l'indomani si deve combattere di nuovo.»

«Voi fate così?»

«Uhm... a volte mi concedo anche un bicchiere. Non troppo, questo no,» si affrettò ad aggiungere «e non più di quanto sia in grado di sopportare. Non sono un...»

«No, no, naturalmente no,» disse Mary «nessuno lo pensa. Be', probabilmente io non dovrò combattere di nuovo domani,» aggiunse in tono ironico per alleggerire l'atmosfera «ma sono sorpresa di sentire che m'incoraggiate ad avere un'altra *Avventura.*»

«Non voglio incoraggiarvi o scoraggiarvi, penso semplicemente di conoscervi, tutto qui.»

Camminarono per un po' in silenzio e poi Mary chiese: «In che modo avete capito che il tè era avvelenato? E chi vi ha insegnato come fare per salvare Susannah? Siete stato meraviglioso».

«Avevo già assistito a un avvelenamento da oppio tempo fa, a Madras» rispose Holland.

«Quella persona è sopravvissuta?»

«Non ricordo. Crosby-Nash ha messo delle spezie nel tè per camuffare l'odore, o forse Rabelais non era in grado di riconoscerlo. Sono sicuro che Susannah non si è resa conto di quel che stava bevendo.»

«No, ed è questo ciò che mi turba di più» ammise Mary, fermandosi. «Non posso fare a meno di pensare che è avvenuto tutto per colpa mia. Le ho taciuto ogni cosa. Se le avessi parlato di Crosby-Nash, se l'avessi avvisata, lei sarebbe stata in guardia. Avrebbe potuto difendersi, tanto più che non lo amava.»

Holland le prese le mani tra le sue. Aveva deciso di non spingersi fino a quel punto, ma il rammarico di Mary ebbe la meglio sul suo proposito. «No, avete fatto bene a non dirglielo. Se avesse saputo... pensate che sarebbe riuscita a mantenere il segreto con lui? No, per nessuna ragione al mondo. E se lui avesse capito che Susannah sapeva tutto, avrebbe potuto fare anche di peggio.»

«Che cosa avrebbe potuto fare di peggio che tentare di ucciderla?» chiese Mary e, inspiegabilmente, gli occhi le si riempirono di lacrime. Si sentiva una sciocca, ma non riusciva a controllarsi.

«Innanzitutto, avrebbe potuto riuscirci.»

«Ma voi credete che volesse ucciderla davvero?»

«Probabilmente,» rispose Holland «ma non potremo mai saperlo con certezza. Forse sperava che si sarebbe svegliata dopo poche ore. Aveva assunto una dose minore rispetto agli altri.»

«Sono felice di non avergli sparato... non esattamente per questo motivo, ma...»

«Anch'io sono felice che non l'abbiate fatto. In quanto a Susannah, non è meglio che non sappia più nulla di lui? Ha vissuto una brutta esperienza, ma ora può lasciarsela alle spalle, senza che dei terribili ricordi le rovinino il futuro. E voi non dovete incolparvi di nulla. Siamo stati fortunati, diciamo così.»

Mary rifletté sulle sue parole ed ebbe un'illuminazione. «Potrei darvi lo stesso consiglio, sapete, potrei dirvi di non sentirvi colpevole per eventi che mai avreste potuto controllare.»

Holland s'irrigidì, le strinse forte la mano e poi la lasciò andare. Prima che lui si staccasse, Mary invertì le posizioni in modo che fosse lei a tenere le mani del capitano tra le sue.

«Si tratta di una questione completamente diversa» obiettò lui.

«No, è la stessa cosa. Ciò che hanno fatto i vostri genitori, o il tipo di persone che sono stati, non ha nulla a che vedere con voi. Prima avete detto che nulla può cambiare il passato, quindi, perché non lasciarselo alle spalle?»

«Ma quando l'ho detto, intendevo...»

Mary si stava innervosendo. Era maledettamente testardo! «So esattamente che cosa intendevate dire: che ciò che vale per gli altri non vale per voi! Siete più ostinato di un mulo!»

«Ma io non...»

«Oh, sì che lo siete! Rammentate quando sospettavamo che mio zio potesse essere stato un traditore? Voi mi avete consigliato di non pensarci... che ai miei veri amici non sarebbe importato.»

«Sì, mi ricordo.»

Mary sapeva che presto lui avrebbe innalzato il muro delle obiezioni... e della testardaggine. «Avreste il coraggio di dirmi che io non sono una vera amica per *voi*?» Arrossì, pronunciando quelle parole, ma Holland non se ne accorse. Stava osservando le mani di Mary, così piccole e delicate... che stringevano con determinazione le sue.

«No.»

«Oppure, pensate a questo» riprese lei in tono concitato. «Provate meno affetto per Susannah... o nutrite meno stima per lei... perché ha sposato il colonnello Crosby-Nash?»

«Naturalmente no, ma...» Holland s'interruppe e, aggrottando la fronte, alzò lo sguardo. «Se si venisse a sapere la verità su Crosby-Nash, lei potrebbe soffrirne e... e io non voglio che *voi* dobbiate soffrire per causa mia. Mai.»

«Non soffrirò» replicò lei, e gli sorrise. «È tutto finito ormai, e noi due siamo qui.»

Anche Holland sorrise, e in lontananza, come se fosse il ronzio di una mosca, risentì le parole che Dick Whittington gli aveva detto mentre percorrevano la strada per Londra. «Se dopo tutto ciò che è avvenuto non ti sei ancora reso conto che Mary Finch non è una ragazza come tutte le altre, per le quali valgono le regole ordinarie, allora sei proprio un caso disperato.»

Dalla panchina su cui era seduta, Charlotte avrebbe potuto vedere Mary e suo cugino... se si fosse voltata, cosa che, naturalmente, non aveva intenzione di fare. Aveva giocato a lanciare dei rametti a Slipper, ma siccome lui era abituato solo a prenderli e non a riportarli, il divertimento era presto giunto al termine. Poi qualcos'altro aveva catturato l'attenzione del cane, che aveva cominciato ad abbaiare in segno di disapprovazione.

«Shhh!» lo rimproverò Charlotte, accucciandosi accanto a lui e chiudendogli il muso con la mano. «Ci raggiungeranno più tardi. Credo proprio che in questo momento non vogliano averti tra i piedi.»

Nota

Le avventure di Mary Finch e di Robert Holland sono frutto della fantasia dell'Autrice, ma hanno preso corpo tra eventi realmente accaduti e coinvolto persone realmente esistite. Gli ammutinamenti navali della *Spithead* e della *Nore* sono ben noti, ma altri disordini si verificarono tra i reggimenti delle Guardie e all'Arsenale di Woolwich nel maggio del 1797, così come anche in altre unità. Fino a che punto questi ammutinamenti fossero la semplice espressione dell'insoddisfazione di soldati, cannonieri e marinai, o siano stati influenzati da elementi esterni, non è chiaro.

È probabile, in ogni caso, che individui ostili al governo britannico o contrari alla guerra con la Francia, abbiano tentato d'incoraggiare i disordini, se non di giungere al punto di fomentarli. I sergenti maggiori del 3° Reggimento delle Guardie e del Reggimento Reale di Artiglieria offrirono ricompense, rispettivamente, di 50 e 100 sterline per la cattura d'individui «sleali» e «con intenti malvagi» che «tramavano per corrompere la fedeltà dei soldati… distribuendo scritti sediziosi e con altri mezzi illeciti». Il documento che il capitano Holland legge all'interno della baracca è la trascrizione di un proclama che effettivamente circolò. Sono sopravvissute poche notizie riguardo alla ribellione dell'artiglieria, ma pare che sia stata caratterizzata dalla moderazione e dall'ordine e che sia stata risolta nello spazio di pochi giorni. L'insoddisfazione tra le Guardie venne alla luce prima che sfociasse in una vera ribellione e sembra che sia stata sanata grazie a un aumento della paga, annunciato dal governo il 24 maggio.

Anche l'attacco al magazzino di Purfleet è opera di fantasia, ma il pericolo dovuto alla pratica di permettere alle chiatte che arrivavano in ritardo di gettare l'ancora in prossimità del magazzino fu denunciato dal «Times» il 19 ottobre 1864, in seguito a una disastrosa esplosione avvenuta nel deposito ben più piccolo di Erith. Fu dato risalto anche al fatto che altre munizioni fossero occasionalmente custodite a Purfleet e ciò fu deprecato e considerato molto pericoloso.

Tra le persone con cui Mary e Holland entrano in contatto, Sir John Scott, il colonnello William Congreve, il colonnello Frederick Mulcaster e il maggiore John MacLeod sono realmente esistiti. Nonostante nell'ultimo decennio del '700 abbia processato un certo numero di persone accusate di tradimento e sedizione, Sir John era noto per la sua esitazione e per le sue tortuose elucubrazioni sia in queste che in altre questioni. Nei resoconti destinati ai ministri, si riferisce con cautela al lavoro di agenti governativi con il compito di smascherare eventuali traditori. Non ci è dato sapere se quegli agenti includessero personaggi quali Cuthbert Shy, ma non si esclude la possibilità che un patriottico gentiluomo, sebbene eccentrico, possa aver intrapreso con mezzi propri tale attività. Anche Rabelais, l'avversario di Shy, è un personaggio immaginario. Al numero 3 di Birchin Lane esisteva una gioielleria, non lontano dalle botteghe di Tinker e Taylor, i noti armaioli, ma la gioielleria non si chiamava Hardy & Son's e non era, sia ben chiaro, coinvolta in attività di spionaggio.

Infine, per quanto si supponga che lo stratagemma del colonnello Crosby-Nash di comunicare con i suoi complici tramite Slipper, il cane, sia solo un'invenzione dell'Autrice, Helen Maria Williams racconta di una donna francese che ricorse allo stesso sistema, quando suo marito fu imprigionato al Luxembourg, a Parigi, ai tempi di Robespierre. «Alla fine la donna ebbe l'idea d'infilare un biglietto all'interno del collare del cane e riuscì a far capire al marito il suo intento, che mise immediatamente in pratica. Da allora il corriere a quattro zampe, provvisto della sua missiva invisibile, sfilò baldanzoso tutti i giorni, all'ora stabilita, davanti al nemico e, sfidando gli editti rivoluzionari, pose i suoi dispacci e se stesso ai piedi del suo padrone».

Ringraziamenti

Sono molto grata ai miei amici e alla mia famiglia, il cui supporto e incoraggiamento hanno favorito la stesura di questo libro. In particolare, vorrei ringraziare Clare Alexander, Jeff Dalley, Miranda Griffin, Antonia Hodgson, Sriya Iyer, Quentin Stafford-Fraser e Jane Stevens per i consigli, le critiche e l'assistenza tecnica.

Oscar bestsellers
Emozioni

Jonis Agee, *La sposa del fiume*
Giulia Alberico, *Il vento caldo del Garbino*
Mary Balogh, *Un'estate da ricordare*
Ellie Campbell, *Le mie migliori amiche*
Ellie Campbell, *Sorelle*
Daína Chaviano, *L'isola degli amori infiniti*
Jane Costello, *La damigella d'onore*
Josephine Cox, *Cantando per te*
Josephine Cox, *La fine del viaggio*
Josephine Cox, *In fuga*
Josephine Cox, *Il viaggio*
Laura Dave, *Festa di divorzio*
Laura Dave, *Ti aspetterò per sempre (ma non metterci troppo)*
Annabel Dilke, *L'eredità*
Judy Duarte, *Mulberry Park*
Susan Fletcher, *Così diversa da me*
Susan Fletcher, *Eve Green*
Susan Fletcher, *La verità di Corrag*
Noëlle Harrison, *Ora ricordo*
Noëlle Harrison, *Una piccola parte di me*
Elin Hilderbrand, *A piedi nudi*
Kajsa Ingemarsson, *Piccoli limoni gialli*
Jennifer Kaufman, *Libri e amori a Los Angeles*
Laura Kinsale, *La figlia del matematico*
Lisa Kleypas, *L'amante di Lady Sophia*

Lisa Kleypas, *Il diavolo ha gli occhi azzurri*
Lisa Kleypas, *Sognando te*
Lisa Kleypas, *Sugar Daddy*
Sonia Lambert, *Tre madri*
Lesley Lokko, *Povera ragazza ricca*
Cristina Loza, *Quel che il vento ha portato*
Sara MacDonald, *Vieni via con me*
Maryann McFadden, *Da quando sei partita*
Rose Melikan, *Il codice Blackstone*
Rose Melikan, *Un ospite ambiguo*
Jojo Moyes, *Silver Bay*
Ann Packer, *Il pontile di Clausen*
Lesley Pearse, *Nelle tue mani*
Lesley Pearse, *Segreti*
Lesley Pearse, *Se non ti avessi lasciato andare*
Lesley Pearse, *Senza guardarsi indietro*
Rosamunde Pilcher, *Autoritratto*
Rosamunde Pilcher, *Le bianche dune della Cornovaglia*
Rosamunde Pilcher, *La camera azzurra*
Rosamunde Pilcher, *La casa vuota*
Rosamunde Pilcher, *I cercatori di conchiglie*
Rosamunde Pilcher, *Fiori nella pioggia*
Rosamunde Pilcher, *Il giorno della tempesta*
Rosamunde Pilcher, *I giorni dell'estate*
Rosamunde Pilcher, *Neve d'aprile*
Rosamunde Pilcher, *Profumo di timo*
Rosamunde Pilcher, *Ritorno a casa*
Rosamunde Pilcher, *Settembre*
Rosamunde Pilcher, *Solstizio d'inverno*
Rosamunde Pilcher, *Sotto il segno dei Gemelli*
Rosamunde Pilcher, *La tigre che dorme*

Rosamunde Pilcher, *Voci d'estate*
Linn Ullmann, *La luce sull'acqua*
Marieke van der Pol, *Il volo delle spose*
Penny Vincenzi, *I giorni dello scandalo*
Penny Vincenzi, *Tempi migliori*
Mary Westmacott (Agatha Christie), *Il deserto del cuore*
Mary Westmacott (Agatha Christie), *Ritratto incompiuto*
Julia Williams, *Disgelo*